DIE UNGEZÄHMTE BARONESS

LIEBE AM EXILHOF BUCH 2

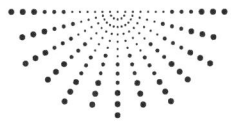

JULIA STIRLING

JULIA STIRLING

WERDE MITGLIED IN JULIAS ROMANCE CLUB

Die Mitglieder von Julias Romance Club bekommen kostenlose Bücher, exklusive Infos, was hinter den Kulissen passiert und andere schöne Sachen, die mit Julias Büchern zu tun haben.

Als Mitglied erfährst Du immer als Erste, wenn es neue Bücher oder andere Veröffentlichungen von Julia gibt.

Am Ende des Buches erfährst Du, wie Du Mitglied in Julias Romance Club werden kannst.

KAPITEL EINS

»Mylady, ich denke, Ihr braucht einen Mann«, sagte Henry und runzelte die sommersprossige Nase.

Charlotte bemühte sich, die Axt wieder aus dem Holzblock zu bekommen und drehte sich zu ihm um. »Und du bist dieser Mann?«, fragte sie mit einem Lächeln.

Der Junge schüttelte den Kopf. »Ich kann Euch vielleicht mit dem Hacken helfen, aber ich meinte, dass es hier oft Dinge gibt, die ein Mann tun müsste.«

Charlotte versuchte, nicht zu lachen und fragte ernst: »Glaubst du etwa, ich schaffe das nicht allein?«

Der Achtjährige hob die Schultern und ließ sie wieder fallen. »Ihr gebt Euch große Mühe, aber ich glaube, es reicht nicht.« Er schaute an ihr herunter. »Anni wird nicht zufrieden mit Euch sein, wenn sie das Kleid sieht. Ihr wart schon wieder auf der matschigen Koppel, oder?«

Nun musste Charlotte doch grinsen. »Irgendjemand muss das Tor aufmachen, damit die Schweine rauskönnen.«

»Seht Ihr, und genau dafür braucht Ihr einen Mann.«

Wieder zog er die Nase kraus. Charlotte konnte sich an seinem Gesicht nicht sattsehen.

Sie zog ebenfalls eine Grimasse. »Glaubst du wirklich, dass

einer von den feinen Lords, die hier schon vorgesprochen haben und mich zur Frau nehmen wollten, jemals ein Tor für die Schweine geöffnet hat?«

Henry lachte. »Ganz sicher nicht. Vermutlich hätten die alle zu viel Angst vor der Muttersau gehabt.«

Charlotte dachte an die drei Männer, die bisher hier aufgetaucht waren und um ihre Hand angehalten hatten. Henry hatte recht, gegen eine Muttersau hatten sie keine Chance.

Der Junge lehnte sich lässig an den Zaun. »Aber deswegen solltet Ihr ja auch einen richtigen Mann nehmen. Es war gut, dass Ihr die anderen fortgejagt habt.« Er grinste und hob seine Zwille. »Wenn ich Euch das nächste Mal dabei helfen soll, sagt bescheid.«

Charlotte zog die Augenbrauen hoch und fragte sich, ob es Zeit war, dieses Gespräch zu beenden. Der Junge würde sich sonst nur in etwas verrennen. Er fühlte sich viel zu sehr als ihr Beschützer. Aber jedes Mal, wenn sie ein bisschen Zeit mit ihm allein hatte, genoss sie es so sehr, dass sie versuchte, es in die Länge zu ziehen. Und das klappte am besten, wenn sie ihn so erwachsen wie möglich behandelte. Das liebte er und sie konnte ihn nur zu gut verstehen. Sie war in seinem Alter genauso gewesen.

Auf dem Hof war der Hufschlag eines Pferdes zu hören und unterbrach ihre Gedanken. Charlotte seufzte und ließ die Axt, wo sie war. Sie ging schnell im Kopf durch, ob irgendjemand mit den Pferden draußen gewesen war. Doch alle standen auf der Koppel.

Sie lauschte. Es war nur ein Tier, es hatte Hufeisen und es zog keinen Karren. Da sie keinen Besuch erwartete, musste es jemand sein, der unangekündigt auftauchte. Seit ihr Vater tot war, passierte das leider viel zu häufig.

Rasch ging sie zur Ecke der Scheune und trat in den Hof. Ein großgewachsener, blonder Mann auf einem knochigen Rappen ritt gerade in den inneren Hof und schaute sich um. Als er das Herrenhaus erblickte, nickte er und lenkte das Pferd dorthin. Er schien sie nicht einmal zu bemerken.

Charlotte kniff die Augen zusammen und fragte sich, ob sie ihn schon einmal gesehen hatte. Nein, sie kannte diesen Mann nicht. Was kein Wunder war, denn sie war noch nie wirklich aus Greenhills rausgekommen, auch wenn ihr Vater ein Haus in London besaß. Besessen hatte, korrigierte sie sich. Jetzt besaß sie es. Der Gedanke war immer noch fremd, obwohl sie schon ein paar Monate Zeit gehabt hatte, sich daran zu gewöhnen.

Dieser Mann gehörte definitiv zu den Männern, die eher in London zuhause waren, denn auf dem Land. Er war schlicht gekleidet, trotzdem vornehm. Da er allein unterwegs war und selbst auf dem Pferd saß und nicht in einer Kutsche, nahm sie an, dass er nicht dem höheren Adel angehörte. Aber ein einfacher Mann aus dem Volk war er auch nicht. Eher ein Adeliger aus der unteren Schicht.

Ihr Herz sank. Vermutlich war er ein Verehrer, der vom Tod ihres Vaters gehört hatte und sich nun durch die Heirat mit der verwaisten Tochter das Landgut unter den Nagel reißen wollte. Und das Stadthaus.

Charlotte atmete tief durch. Wie kamen diese Männer nur darauf, dass sie zu haben war? Hatte jemand in London einen Aushang gemacht, dass Lady Charlotte Dalmore heiratswillig war und nur darauf wartete, dass jemand vorbeikam und sie rettete?

Sie stemmte die Arme in die Hüften und rief: »Guten Tag, Sir! Kann ich etwas für Euch tun?«

Sie benutzte mit Absicht nicht die Anrede Lord oder Mylord. Nicht zu unterwürfig sein. Ein Sir reichte für den Anfang.

Er zügelte sein Pferd und wandte sich zu ihr um. Als er sie anschaute, blickte sie in tiefblaue Augen in einem blassen Gesicht. Ihm stand der Schweiß auf der Stirn, obwohl es an diesem Septembertag gar nicht so warm war. Er musterten sie von Kopf bis Fuß und sie konnte sehen, dass er sich ein Urteil bildete, als er ihren schmutzigen Rock und ihre wilden Haare sah, die sie heute nur locker zusammengebunden hatte, damit sie ihr beim Holzhacken nicht ins Gesicht fielen. Sie reckte das Kinn ein wenig. Wenn ihm nicht passte, was er sah, hätte er sich vorher anmelden müssen. Sie war nicht auf Besucher eingestellt.

»Guten Tag«, sagte er und seine Stimme war zwar voll und tief, doch er klang müde. Dann schüttelte er den Kopf. »Nein, danke. Ich muss zum Herrenhaus.«

Charlotte trat einen Schritt vor. Besser, das Ganze gleich hier zu klären. Dann konnte er umdrehen und war wieder fort, bevor sie ihn womöglich noch in den Salon bitten musste. »Ich denke schon, dass ich Euch helfen kann.« Sie wollte noch etwas sagen, doch er schüttelte den Kopf.

»Nein, danke.« Dann nickte er ihr zu und ritt wieder an.

»Sir!«, rief sie, aber er schien sie nicht zu hören, sondern ritt einfach weiter zum Herrenhaus.

»Wieder einer von diesen Lords?«, fragte Henry, der neben sie getreten war und auf einem Strohhalm kaute. »Der würde die Sau auch nicht rauslassen.«

Wütend starrte Charlotte dem Mann auf dem Pferd hinterher. Der würde etwas erleben! Wie kam er dazu, ihr einfach nicht zu antworten? Sie wandte sich um, raffte die Röcke und rannte durch die Scheune und an der Koppel vorbei, durch den Obstgarten und schließlich durch ihren Kräutergarten zum Hintereingang, der in die Küche führte. Ohne anzuhalten, stürzte sie hinein, vorbei an Anni und Maude, die beide erschrocken aufblickten.

Dann war sie in der Halle und stand gerade hinter der Tür, als der Türklopfer betätigt wurde. Es hallte durchs ganze Haus. Zum Glück war er langsamer gewesen, als sie gedacht hatte. Zeugte nicht gerade vom großen Eifer des Herrn. Irgendwie hatte sie gedacht, dass die Männer, die vorhatten einen Heiratsantrag zu machen, ein wenig enthusiastischer wären.

Sie wartete eine ganze Weile und beruhigte ihren Atem. Kurz überlegte sie, ob sie sich die Haare zusammenbinden sollte, doch dann entschied sie sich dagegen. Sollte er ruhig sehen, mit wem er es hier zu tun hatte. Vielleicht schreckte ihn das ja ab. Vorher hatte er sie für eine Magd gehalten und nicht weiter beachtet.

Es klopfte erneut und endlich kam auch der alte William in die Halle geschlurft. Als er Charlotte direkt hinter der Tür stehen sah, hob er die Augenbrauen. »Soll ich öffnen?«

Charlotte schüttelte den Kopf und der alte Diener humpelte wieder aus der Halle. Dann riss sie die Tür mit Schwung auf und starrte den Mann davor an. »Ihr könnt gleich wieder gehen.«

Erkennen spiegelte sich in seinen blauen Augen und er runzelte ganz kurz die Stirn, bevor er tief durchatmete. »Ich suche Lady Charlotte Dalmore.«

»Und wer wünscht das?«

»Das würde ich gern mit ihr selbst besprechen.«

»Warum?«

Er lehnte sich gegen die Tür, aber es wirkte mehr erschöpft als arrogant. Ob sie ihm etwas zu trinken anbieten sollte? Aber nein, dann würde er gar nicht mehr gehen.

»Weil es wichtig ist.«

»Das sagen sie alle.«

Er hob eine Augenbraue. »Alle? Ich bin nicht alle.«

»Was wollt Ihr?«

»Wie ich schon sagte, ich würde gern...«, setzte er matt noch einmal an und Charlotte unterbrach ihn.

»Ja, ja, mit ihr selbst besprechen. Sie steht vor Euch. Deswegen raus mit der Sprache: Wer seid Ihr?«

Er runzelte die Stirn, die von Schweißperlen überzogen war. Wieder wunderte sie sich, denn so heiß war es gar nicht.

»Woher weiß ich, dass Ihr mich nicht anlügt, nur um mich schnell wieder loszuwerden, weil Lady Charlotte es Euch befohlen hat?«

Er ließ sich nicht so leicht übertölpeln. Sie hob die Schultern und ließ sie wieder fallen, so wie sie es eben bei Henry beobachtet hatte. »Gar nicht vermutlich. Aber auch wenn ich gerade aussehe, als wäre ich hier die Magd, muss ich Euch leider enttäuschen. Vor Euch steht Lady Charlotte Dalmore. Und jetzt würde ich gern erfahren, mit wem ich die Ehre habe.«

Er stieß sich von der Mauer ab und biss sich dabei auf die Lippe. Er neigte den Kopf. »Verzeiht, Lady Charlotte, aber man muss heutzutage vorsichtig sein.«

Sie stemmte die Arme in die Hüften. »Das muss man in der Tat. Also, was wollt Ihr?«

»Können wir woanders hingehen, um das zu besprechen?«

Charlotte schüttelte den Kopf. »Wenn Ihr mir einen Heiratsantrag machen wollt, gibt es nichts zu besprechen. Ihr braucht es nicht einmal zu sagen. Ihr könnt gleich wieder gehen.«

Verblüfft starrte er sie an. »Ich will Euch nicht heiraten.« Es schien als wäre dieser Gedanke völlig absurd.

Charlottes Selbstsicherheit geriet ein klein wenig ins Wanken. »Seid Ihr etwa ein Anwalt? Seid Ihr wegen meines Vaters hier?«

Er fuhr sich über die Stirn und kniff die Augen zu. Kurz stöhnte er auf. »Ja und nein auf die erste Frage. Und nein auf die zweite. Ich bin wegen Eures Onkels hier.«

»Das verstehe ich nicht«, sagte sie schnippisch und wischte sich ärgerlich eine Haarsträhne aus dem Gesicht.

Er stemmte die Arme in die Hüften und holte tief Luft, dann machte er einen Schritt auf sie zu. Im nächsten Moment prallte etwas gegen seinen Schädel, er verdrehte die Augen, sackte in sich zusammen und rollte ein paar Stufen die Eingangstreppe hinunter, bevor Charlotte nach ihm greifen konnte.

Ein kleiner Stein kullerte über die Treppe und kam im Hof zum Liegen.

Charlotte stieß einen erstickten Schrei aus, als sie sah, dass der Fremde an der Wange blutete. Sofort kniete sie neben ihm. Er atmete noch, ein Glück.

»Henry!«, rief sie und schaute sich um. Sie sah das sommersprossige Gesicht hinter einer Ecke verschwinden, nur um dann ängstlich wieder hervorzuschauen. »Komm sofort hierher«, brüllte sie.

Den Kopf zwischen den Schultern eingezogen kam Henry herbei. Als er direkt vor ihr stand, starrte er auf seine nackten, dreckigen Füße.

»Was sollte das?«, fuhr sie ihn an.

Der Junge versteckte die Zwille hinter seinem Rücken. »Ich dachte, er wollte Euch angreifen.«

»Wie kommst du darauf?«

»Er hat nach seinem Degen gegriffen.«

»Nach seinem was?« Charlotte schaute den Mann an, dessen Namen sie immer noch nicht wusste. »Er hat keinen Degen, Henry. Ich kann nicht einmal ein Messer sehen. Außerdem wollte er mich nicht angreifen.« Sie setzte die Miene auf, die einer Lady in diesem Moment angemessen war. »Aber es ehrt dich, dass du mich verteidigen wolltest.«

»Habe ich ihn umgebracht?«, fragte Henry und sie konnte die erstickten Tränen in seiner Stimme hören.

»Ich denke nicht.« Sie fasste den Mann an die Wange, die aschfahl war. Er glühte. »Oh, verdammt«, murmelte sie.

»Ihr sollt doch nicht fluchen«, sagte der Junge.

Charlotte schloss die Augen und biss die Zähne zusammen. Warum musste dieses Kind immer alles besser wissen? »Manchmal darf man fluchen, Henry.«

»Aber neulich habt Ihr gesagt, dass man niemals fluchen darf. Selbst wenn man aus Versehen in der Kirche das Taufbecken umgeschubst hat.«

Charlotte erinnerte sich dunkel daran, dass sie viel Spaß gehabt hatten, als sie darüber diskutiert hatten, in welchen Situationen man nicht fluchen durfte. Sie waren auf die absonderlichsten Ideen gekommen. Doch das half jetzt nicht und sie beschloss, die Diskussion zu beenden. »Der Mann hat Fieber. Hohes Fieber. Vermutlich ist er deswegen ohnmächtig geworden. Aber dein Schuss gegen sein Gesicht hat nicht gerade geholfen. Verdammt, Henry, du kannst ihm nicht einfach ins Gesicht schießen.«

»Ihr habt schon wieder geflucht«, erwiderte der Junge, war aber wenigstens anständig genug den Kopf einzuziehen. »Und ich habe nicht auf sein Gesicht gezielt. Das war ein Versehen.«

Charlotte schnaubte. »Egal. Wir müssen ihn reinbringen. Er ist auf meinem Grund und Boden verletzt worden und außerdem ist er krank. Er braucht unsere Hilfe. Schnell, hol Anni und Maude und vielleicht auch William. Wir tragen ihn gemeinsam rein.«

Obwohl alles in ihr sagte, dass sie ihn nicht in ihr Haus bringen wollte. Nachher dachte er noch, dass es etwas bedeutete. Aber hatte er nicht auch gesagt, dass er nicht hier war, um ihr einen Heiratsantrag zu machen? Oder war er vielleicht nur zum Haus gekommen, weil er krank war? Vielleicht war er auf der Durchreise und brauchte einfach nur Hilfe. Doch woher hatte er ihren Namen gekannt? Es schien, als hatte er ihr etwas wichtiges sagen wollen.

Henry flitzte ins Haus und war kurze Zeit später mit Maude, Anni und William zurück. Alle anderen waren auf dem Feld bei der Ernte. Maude jammerte sofort, wie es immer ihre Art war, doch Charlotte wusste, dass sie trotzdem mit anpacken würde. Der alte Diener hatte Mühe sich zu bücken und ein schlimmes Knie, aber er würde zumindest so tun, als würde er helfen und sie würde wie immer so tun, als würde sie nicht merken, dass er eigentlich gar nicht anfasste. Und Anni stand kurz vor der Niederkunft, deswegen fiel es ihr auch schwer, den Mann zu tragen.

Die meiste Arbeit blieb also an ihr hängen. Sie seufzte. »Ich nehme ihn unter den Schultern, ihr nehmt die Füße. Wir bringen ihn in das Gästezimmer hinter der Treppe.«

»Seid Ihr sicher, Mylady? Der blutet doch alles voll. Wäre es nicht besser, Ihr würdet ihn hier draußen versorgen?«, sagte Maude.

Charlotte packte den Mann unter den Armen und schüttelte den Kopf. »Er hat Fieber und muss in ein Bett.«

Sie hob ihn an und wunderte sich, wie schwer er war. Aber

sie hatte auch noch nie einen so großen Mann getragen. Die anderen drei packten die Beine und gemeinsam hievten sie ihn die Treppe hinauf, schleiften ihn mehr, als dass sie ihn trugen, durch die Halle und dann ins Gästezimmer. Sobald er auf dem Bett lag, rollte Charlotte sich die Ärmel hoch. »Ich brauche meine Kräuter, Anni. Und du, Maude, bring mir frisches Wasser und ausreichend Tücher. William, zieh ihm die Stiefel aus.«

»Und was kann ich tun?«, fragte Henry von der Tür.

»Du versorgst das Pferd und bringst es in den Stall. Wenn der Mann einen so weiten Ritt hinter sich hat, dass seine Kleider so staubig sind, ist das Pferd vermutlich durstig. Gib ihm ein bisschen Hafer, aber nicht zu viel. Und dann bringst du die Tasche des Mannes in die Halle.«

Henry nickte und stob davon.

Während William sich mit den Stiefeln abmühte, betrachtete Charlotte den Fremden. Er war noch immer bewusstlos. Das Blut von der Wunde an seiner Schläfe sickerte in seine blonden Haare und es war auch auf sein Hemd gelaufen. Zum Glück ließ die Blutung langsam nach.

Sein Gesicht war aschfahl und er atmete nur sehr flach. Das Fieber konnte nicht vom Sturz oder von dem Stein gekommen, das musste er vorher schon gehabt haben. Wahrscheinlich hatte er deswegen so geschwitzt und sich an der Mauer abgestützt.

»Noch etwas, Mylady?«, fragte William und stellte die Stiefel neben das Bett.

Charlotte schüttelte den Kopf. »Nein, danke. Du kannst gehen.«

An der Tür stieß er beinahe mit Maude zusammen, die nicht nur eine Schüssel mit Wasser und Tücher brachte, sondern auch die Kiste mit Charlottes Kräutern und Arzneien. »Anni geht es nicht gut. Sie musste sich kurz hinsetzen.«

»Sag ihr, sie soll sich ausruhen. Es fehlt noch, dass das Baby jetzt kommt«, sagte Charlotte und griff nach einem der Tücher.

»Das kommt sowieso in den nächsten Tagen«, erwiderte Maude grimmig. »Da könnt selbst Ihr nichts gegen tun.«

Charlotte seufzte. »Kannst du dich nicht wenigstens ein bisschen auf das Kind freuen?«

Maude schüttelte den Kopf. »Ein Esser mehr und Anni kann erst einmal bei nichts helfen. Wenn sie wenigstens jemanden hätte, der sie und das Kind ernährt. Aber alles bleibt an uns hängen. Das nächste Mal, wenn ein fahrender Handwerker kommt, schließt Ihr Anni besser ein. Nicht, dass sie sich noch ein Balg unterjubeln lässt.«

Charlotte wusste, dass sie ihre Magd nicht überzeugen würde, dass Kinder etwas Wunderbares waren oder dass Anni einfach zu gutgläubig den Versprechungen eines Mannes gegenüber gewesen war, der ihr ernsthaft versichert hatte, dass nichts passieren konnte und selbst wenn doch, dass er sie dann ehelichen würde. Anni war nun einmal gutgläubig und sanft, das würde sich nie ändern und es würde sie zu einer guten Mutter machen. So wie sie Henry immer eine gute Ersatzmutter gewesen war. Doch Maude sah das anders und tat ihre Meinung nur allzu gern kund. Zumindest, wenn sie allein waren. Fremden gegenüber nahm sie Anni, Henry und auch Charlotte immer in Schutz. Und allein dafür war Charlotte ihr dankbar, daher konnte sie das Jammern hinter verschlossenen Türen aushalten. Sie wusste, dass Maude im Grunde ihres Herzens Anni und Henry liebte und nur eine sehr merkwürdige Art hatte, das zu zeigen.

»Sag ihr einfach, dass sie sich ein wenig ausruhen soll«, sagte sie zu der älteren Magd. Sie wusste, dass Anni sich nur ausruhte, wenn es nicht mehr anders ging. Und die letzten Wochen einer Schwangerschaft waren so unglaublich beschwerlich, das wusste Charlotte nur zu gut. Maude hingegen fand, dass Anni sich anstellte.

»Wenn Ihr es so wollt, Mylady.«

Charlotte gedachte nicht, zu lange mit Maude darüber zu diskutieren, denn damit begab sie sich auf dünnes Eis. Jedes Gespräch über Schwangerschaften vor allem ungewollte, führte unweigerlich zu einem Thema, das sie alle vermieden. Es war besser für jeden von ihnen.

Maude ging wieder aus dem Zimmer und Charlotte war mit dem Fremden allein. Sie hoffte, dass er bald aufwachen würde. Zum einen war sie neugierig, wer er war, dann wollte sie, dass Henry sich keine Sorgen machte, dass er ihn umgebracht hatte, und außerdem wollte sie ihn gern wieder loswerden. Solange er bewusstlos und krank war, würde er aber hierbleiben.

Sie entschied, dass sie ihm seinen Mantel ausziehen musste. Er konnte schlecht im Bett liegen und fiebern und dabei einen Mantel tragen, der selbst für den Frühherbsttag zu warm war. Also öffnete sie langsam die Knöpfe. Sie war es gewohnt, Kranke anzufassen und sah ihn eher mit dem Blick einer Heilerin. Als sie die Jacke jedoch öffnete, konnte sie nicht umhin, seine breite Brust und die Muskeln an seinen Armen zu bewundern. Er wirkte nicht, wie ein feiner Gentleman, sondern eher wie jemand, der es gewohnt war, zu arbeiten und sich zu bewegen.

Sie zog seinen rechten Arm aus dem Mantelärmel, was eine Weile dauerte, weil er so gar nicht mithelfen konnte. Sie war sich sicher, dass er gleich aufwachen würde, doch er schlug die Augen nicht auf.

Das feine Leinenhemd war am linken Hemdkragen blutdurchtränkt. Charlotte nahm ein Tuch und legte es unter seinen Kopf, damit das Bettzeug nicht allzu schmutzig wurde. Maude würde schimpfen, wenn sie es waschen musste. Als sie den Kopf anhob, musste sie in seine schweißnassen Haare fassen. Er strahlte eine unglaubliche Hitze aus. Mit diesem Fieber war nicht zu spaßen.

Dann zog sie den linken Arm aus dem Mantelärmel. Sie betrachtete ihn einen Moment und überlegte, ob sie das Hemd auch ausziehen musste, doch es war ja nur das bisschen Blut am Kragen und es trocknete auch schon, dafür brauchte sie das Hemd nicht ausziehen. Und vermutlich wäre es ihm unangenehm, wenn er sich halb entkleidet fand, wenn er wieder erwachte.

Sie tauchte eines der Tücher in das klare Wasser und wollte gerade seine Wunde säubern, als ihr Blick auf seinen Bauch fiel. Das Hemd dort war blutdurchtränkt.

Charlotte runzelte die Stirn. Es konnte auf keinen Fall von der Wunde am Kopf kommen. Es musste etwas anderes sein. Aber was? Der Blutfleck war groß und zum Teil aus getrocknetem Blut, aber zum Teil auch frischem. Und es roch streng.

Sie erkannte üble Wunden meistens am Geruch. Und diese hier gehörte verbunden. Vermutlich war sie schon ein paar Tage alt und noch nicht gereinigt worden.

Sie zögerte nur kurz, dann zog sie das Hemd vorsichtig aus seiner Hose und schob es hoch. Ihre Finger berührten glühende Haut auf seinem flachen Bauch. Dies war kein Mann, der sich der Völlerei hingab.

Als sie die Wunde sah, atmete sie scharf ein. Es war ein länglicher Schnitt. Blut sickerte auf der einen Seite heraus, auf der anderen Seite war die Wunde dunkel verfärbt und rund herum war die Haut hellrot und angeschwollen. Diese Wunde hatte sich eindeutig entzündet.

Vorsichtig schob Charlotte das Hemd weiter nach oben. Dann schaute sie dem Fremden ins Gesicht. Vielleicht war es besser, dass er ohnmächtig war. Wenn sie die Wunde jetzt reinigte, würde es schmerzen. Wo hatte er sich so eine hässliche Verletzung zugezogen? Und warum war er damit noch soweit geritten?

Sie nahm die Tücher, tauchte sie ins Wasser und begann entschlossen, die Wunde zu säubern. Er regte sich nicht. Im Kopf ging sie ihre Kräuter durch und entschied sich, Liebstöckel und Mistel aufzutragen. Vor gut einem Jahr, auch zur Erntezeit, hatte sich einer der Burschen aus dem Dorf eine Sense in den Fuß gerammt und es war eine ähnliche Verletzung gewesen, da er zu stolz gewesen war, sich versorgen zu lassen. Die Wunde hatte angefangen zu eitern und alle hatten geglaubt, dass er entweder an Wundbrand würde sterben müssen oder der Schmied das Bein abnehmen müsste. Doch Charlotte hatte erst einmal ihre Kräutersalben und Tinkturen angewandt und der Fuß war tatsächlich geheilt. Nur eine hässliche Narbe war zurückgeblieben, die der Junge jetzt mit Stolz trug.

Nachdem sie alles gesäubert hatte, sah sie, dass es kein Schnitt wie von einem Messer war, sondern von etwas anderem herrühren musste. Die Ränder waren eher gezackt und das Fleisch gerissen. Aber definitiv hatte diese Verletzung das Fieber ausgelöst.

Der Mann stöhnte und Charlotte beeilte sich, um die Wunde mit den Salben zu versorgen. Dann legte sie ein frisches Tuch darauf. Zu gern hätte sie sie richtig verbunden, doch dafür hätte sie einen Verband unter seinem Rücken durchführen müssen und das schaffte sie allein nicht.

Dann begann sie, die Wunde an der Schläfe zu säubern. Diese war harmlos im Vergleich zu der an seinem Bauch und Charlotte grübelte darüber nach, woher er sie wohl hatte.

Während sie arbeitete, konnte sie nicht umhin, sein Gesicht zu bewundern. Seine Züge waren ebenmäßig und männlich. Sie zeugten von einem starken Willen und viel Kraft. Selbst in seiner Ohnmacht schien er entschlossen zu sein. Fältchen um seine Augen verrieten, dass er gern lachte, doch die beiden Falten zwischen seinen Augen deuteten darauf hin, dass er häufiger die Stirn runzelte und das Leben eher kritisch betrachtete. Ganz kurz fragte Charlotte sich, ob sie schon einmal einen attraktiveren Mann gesehen hatte, doch dann war sie selbst entsetzt über diese Gedanken und schob sie entschlossen beiseite. Dieser Mann war ihr Patient und ihr gerade hilflos ausgeliefert. Sie durfte so etwas nicht denken.

Sie beugte sich wieder über ihn, um die Salbe auf die Wunde aufzutragen, als sie bemerkte, dass seine Augen offen waren. Sie fuhr zurück und betrachtete ihn atemlos. Aus der Nähe waren seine Augen noch blauer, als vorhin im Hof.

»Ihr seid wach«, stellte sie fest.

Er runzelte die Stirn und die Falten über seiner Nasenwurzel vertieften sich. Dann versuchte er sich aufzurichten, doch Charlotte drückte ihn zurück. »Ihr seid verletzt und fiebert. Bleibt liegen.«

Er biss die Zähne zusammen und schaute sich um. »Wo bin ich?«, fragte er.

»In Greenhills«, erwiderte sie. »In meinem Gästezimmer.«

Er blickte sie an, als überlege er, wer sie war, doch er sagte nichts. Deswegen erklärte sie: »Ich bin Lady Charlotte Dalmore.«

Ein leichtes Nicken. »Warum bin ich hier?«

»Das wollte ich Euch gerade fragen. Aber auf diesem Bett liegt Ihr, weil ich Eure Wunden versorgen musste.«

Sie konnte sehen, dass es in seinem Kopf arbeitete. Sie erlebte es oft bei Menschen, die ohnmächtig gewesen waren, dass sie erst einmal orientierungslos waren.

Wieder richtete er sich auf und stöhnte leicht, als sich seine Wunde am Bauch zusammenzog. Erstaunt schaute er an sich herunter und Charlotte bemerkte entsetzt, dass sie vergessen hatte, sein Hemd wieder herunterzuziehen.

Er starrte auf das Tuch, das auf der Wunde lag. »Wart Ihr das?« Es klang feindselig.

Charlotte erhob sich und ging einen Schritt rückwärts. »Die Wunde musste versorgt werden.«

»Ich hoffe, Ihr versteht etwas davon. Es brennt wie Hölle.«

Wieder biss er die Zähne zusammen und der Schweiß trat erneut auf seine Stirn.

Charlotte straffte die Schultern. »Es wird bald besser werden. Aber ich werde Euch etwas Weidenrindentee gegen das Fieber geben. In ein paar Tagen solltet Ihr wieder auf den Beinen sein. Bis dahin müsst Ihr Bettruhe halten.«

Er schüttelte den Kopf und setzte sich ganz auf. Obwohl er nur saß und nicht stand, schwankte er leicht. »Ich habe keine Zeit. Wir müssen so schnell es geht los.«

»Die Zeit solltet Ihr Euch aber nehmen.«

Wieder schüttelte er den Kopf. »Das geht nicht.«

»Dann könnte es sein, dass Ihr demnächst an Wundbrand sterbt, wenn Ihr Euch so auf ein Pferd setzt.«

Er warf ihr einen kurzen Blick zu. »Wird schon gehen. Und wir müssen zurück.«

»Wer ist wir? Soweit ich sehen konnte, wart Ihr allein unterwegs.«

Er schwang die Beine über die Bettkante, schaute wieder an sich herunter, dann zu seinen Stiefeln und seinem Mantel, den sie über die Stuhllehne gehängt hatte. Er stopfte sich das Hemd in die Hose. »Fasst mich nie wieder aus, wenn ich ohnmächtig bin.«

Charlotte lachte auf. »Keine Sorge, ich hatte nicht vorher, Euch überhaupt anzufassen oder es jemals wieder zu tun. Aber wenn Ihr auf meiner Treppe ohnmächtig werdet, bleibt mir wohl kaum eine andere Wahl. Und übrigens könntet Ihr mir ruhig dankbar sein.«

»Lasst es einfach.«

Charlotte reckte das Kinn vor. »Wenn Ihr lieber an Eurer schwärenden Wunde zugrunde gehen wollt, bitte sehr.«

Dass Henry ihm einen Stein an den Kopf geschossen hatte, erwähnte sie lieber nicht.

Er wollte aufstehen, doch sog zischend die Luft ein und hielt sich an der Bettkante fest, bis seine Knöchel weiß hervortraten. Dann warf er ihr einen Blick zu. »Tut es einfach nicht mehr. Ich komme schon klar. Und jetzt sollten wir darüber sprechen, wann wir uns auf den Weg machen.«

Charlotte verschränkte die Arme. »Meint Ihr mit wir etwa Euch und mich?«

Er nickte knapp und erhob sich langsam. Als er stand, überragte er sie um fast einen Kopf. Obwohl er krank und geschwächt war, füllte seine Präsenz das kleine Zimmer aus und sie konnte nicht anders, als ihn anzustarren. Dann riss sie sich von seinem Anblick los und schüttelte den Kopf. »Ich gehe nirgendwo mit Euch hin. Wie ich schon sagte, interessiert mich Euer Heiratsantrag nicht.«

Er runzelte die Stirn und sie konnte sehen, wie viel Mühe

es ihn kostete, stehenzubleiben. »Habe ich vorhin etwas von heiraten gesagt?«

Charlotte öffnete den Mund und schloss ihn dann wieder. Trotzig schüttelte sie den Kopf. »Nein, aber warum seid Ihr sonst hier?«

»Um Euch nach Frankreich zu bringen.« Er griff nach dem Bettpfosten, um sich abzustützen. Sein Atem ging wieder schneller.

Sie war sich nicht sicher, ob sie ihn richtig verstanden hatte. »Nach Frankreich? Ihr müsst verrückt sein. Ich kenne nicht einmal Euren Namen.«

Er verbeugte sich knapp, wenn man es überhaupt eine Verbeugung nennen konnte, doch mehr war in seinem Zustand vermutlich nicht möglich. »Sir Alexander Hartford.«

»Das sagt mir gar nichts«, fuhr sie ihn an. »Und ich werde sicherlich nicht mit Euch nach Frankreich gehen.«

Er schloss die Lider und sein Gesicht war wächsern. Dann schaute er sie aus diesen unergründlichen blauen Augen an. »Euch wird nichts anderes übrigbleiben. Euer Onkel, Lord Arthur Seaforth hat mich geschickt, um Euch und eine Dienerin Eurer Wahl nach Frankreich zu bringen. Er ist am Hof von König James und erwartet Euch.« Er blinzelte, als versuche er, sich an etwas zu erinnern. »Oh, und mein Beileid zum Tod Eures Vaters. Es muss ein großer Verlust sein.«

Charlottes Herz klopfte so laut, dass sie meinte, er müsste es hören. Es war nur eine Frage der Zeit gewesen, bis irgendeiner der Männer ihrer entfernteren Familie sich Gedanken darüber machen würde, was mit ihr geschehen sollte. An ihren Onkel, den jüngeren Bruder ihres Vaters, hatte sie gar nicht mehr gedacht. Obwohl sie ihn überhaupt nicht kannte, war es verständlich, dass er sich als erster meldete, denn er war ihr nächster Verwandter.

»Ich gehe ganz sicher nicht nach Frankreich«, erklärte sie. »Wie kommt er auf eine solche Idee? Und warum ist der König in Frankreich? Ach, was auch immer, ich würde nicht einmal mit nach Sunderland mit Euch kommen. Ich bleibe hier, egal, was mein Onkel sagt.«

Sir Alexander ließ sich wieder auf das Bett sinken. »Ihr müsst aber mitkommen, denn…«,

Er brach ab und verdrehte die Augen. Dieses Mal war Charlotte schneller. Mit einem Sprung war sie bei ihm und packte ihn gerade noch an den Schultern und am Kopf, bevor er an den Rückenteil des Bettes kippte. Es fehlte noch, dass er sich eine weitere Wunde zuzog.

Sanft legte sie ihn auf dem Bett ab und dachte grimmig daran, dass er gesagt hatte, sie solle ihn nicht noch einmal anfassen, wenn er ohnmächtig war. Vielleicht hätte sie ihn einfach fallen sollen. Doch dann schämte sie sich für diesen Gedanken. Als Heilerin wusste sie, dass viele Kranke Dinge sagten, die sie nicht so meinten, einfach nur weil sie mit den Schmerzen nicht zurechtkamen.

Sie erwartete, dass er gleich wieder aufwachen würde, doch das tat er nicht.

»Verdammt«, murmelte sie. Wie konnte er es wagen, ihr mitzuteilen, dass er hier war, um sie nach Frankreich zu bringen, und dann einfach ohnmächtig zu werden, bevor er weitere Erklärungen geben konnte. »Verdammt, verdammt, verdammt.«

Sie ahnte, dass dieser Mann ihr noch eine Menge Ärger bringen würde. Sie brauchte einen Plan. Und zwar schnell.

KAPITEL ZWEI

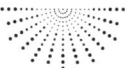

Im Laufe des Tages stieg das Fieber und obwohl Sir Alexander zu Bewusstsein kam, war er nicht ansprechbar, sondern fieberte und schlief die meiste Zeit. Er musste vollkommen erschöpft sein.

Charlotte blieb bei ihm, flößte ihm Tee ein und schaute nach der Wunde. Sie setzte sich über seine Anweisung, ihn nicht mehr anzufassen, hinweg und kümmerte sich um ihn, wie sie sich um jeden Kranken gekümmert hätte.

Maude brachte etwas zu essen, doch in seinem Zustand brachte er nichts herunter. Anni bot an, Charlotte abzulösen, aber sie lehnte ab, weil sie Sorge hatte, dass Anni sich ansteckte und so das Kind gefährdete, wenn es doch kein Wundfieber sein sollte.

Henry drückte sich die ganze Zeit an der Tür herum und Charlotte beruhigte ihn mehrmals, dass es nicht seine Schuld war. Sie betete inständig, dass der Fremde nicht sterben würde, denn für einen Jungen wie Henry wäre das schwer zu verkraften. Trotzdem glaubte sie, dass das Kind eine gute Lektion gelernt hatte, wie man mit Waffen umgehen sollte.

Die Sonne senkte sich dem Horizont entgegen und warf goldene Strahlen ins Zimmer, als Sir Alexander aus einem tiefen, rastlosen Traum erwachte. Wie am Morgen auch, schaute er sich im Zimmer um, dann setzte er sich ruckartig auf. »Der Hund«, sagte er und sah sie an. »Wo ist der Hund?«

Seine Stimme war verwaschen, so geschwächt war er vom Fieber.

»Hier ist kein Hund«, sagte Charlotte sanft und griff nach dem Becher mit Tee. »Trinkt das.«

Doch er schob ihre Hand weg. »Der Hund ist am Baum.« Er wollte die Beine aus dem Bett schwingen. »Ich muss ihn holen.«

Er keuchte auf und seine Augen weiteten sich vor Schmerz oder Schreck. Wieder standen Schweißperlen auf seiner Stirn.

»Legt Euch lieber hin. Der Hund ist draußen. Es geht ihm gut.«

»Wirklich?« Er entspannte sich ein wenig.

Charlotte nickte. Sie hatte die Erfahrung gemacht, dass man Fiebernden, die Wahnvorstellungen hatten oder Kindern, die schlecht träumten, immer sagen sollte, dass alles gut war. Sie ging immer auf deren Traum ein und sagte, dass alles in Ordnung war. Meistens legten sie sich dann beruhigt wieder hin.

Und so auch dieses Mal. Er ließ sich in die Kissen zurücksinken und schloss die Augen.

»Trinkt noch etwas Tee.«

Er schüttelte den Kopf. »Gebt dem Hund Fressen.«

Und dann war er wieder eingeschlafen. Nach einer Weile fühlte Charlotte seine Stirn. Sie war noch heißer als zuvor. Lange hatte sie niemanden mehr erlebt, der in einem solchen Fieberwahn steckte.

Trotzdem machte sie sich Gedanken über das, was er gesagt hatte. Es hatte geklungen, als wäre er relativ klar.

Sie trat an die Tür. »Henry?«, rief sie leise.

Der Junge war nicht weit fort und stand im nächsten Moment vor ihr. »Mylady?«

»Du hast doch das Pferd des Mannes versorgt.«

»Ja, Mylady. Es geht ihm gut. Ich habe ihm Wasser, Hafer und Heu gegeben. Und sogar seine Box mit Stroh ausgelegt.«

Sie musste lächeln. Der Junge versuchte an dem Pferd sein schlechtes Gewissen wieder gut zu machen.

»War dort auch ein Hund oder nur das Pferd?«

Henry schüttelte den Kopf. »Nur das Pferd.« Dann runzelte er die Stirn. »Aber da waren weiße Haare auf der Decke des Pferdes und an den Sachen des Mannes. Das Pferd ist aber schwarz. Vielleicht sind die von einem Hund. Sie sind länger als die von einem Pferd und nicht so borstig wie aus einer Pferdemähne.«

Charlotte war erstaunt über die gute Beobachtungsgabe des Jungen. Sie zögerte. »Er hat im Fieber von einem Hund gesprochen. Dass er zu Fressen braucht und an einem Baum ist. Weißt du etwas davon?«

Henry schüttelte den Kopf. »Draußen ist kein Hund.« Dann biss er sich auf die Lippe. »Ob er vielleicht einen Hund hatte, den er irgendwo angebunden hat, damit er nicht mit auf den Hof kommt?«

»Wie kommst du denn darauf?«, fragte Charlotte.

Henry hob die Schultern. »Ich würde es so machen, denn man weiß ja nie, ob hier ein Hofhund ist und die beiden sich dann beißen.«

Charlotte warf einen Blick zurück zum Bett. Sir Alexander schlief schon wieder und sie konnte ihn nicht fragen, ob es sich so verhielt.

»Soll ich schauen gehen?«, bot Henry an. »Wenn es so ist, kann er nicht weit weg sein. Und ich kenne mich hier besser aus als jeder andere. Ich würde ihn finden.«

Charlotte wusste, dass es die beste Ablenkung für den Jungen war. »Lauf«, sagte sie daher. »Aber sei wieder da, bevor die Sonne untergeht.«

Henry verdrehte die Augen mit der Arroganz eines Achtjährigen. »Ich fürchte mich nicht im Dunkeln.«

Charlotte musste lächeln. »Du nicht, aber ich, wenn ich hier allein bin. Und jetzt lauf.«

Henry rannte durch die Küche und war nach wenigen Augenblicken nicht mehr zu hören.

Nachdenklich setzte Charlotte sich wieder ans Bett.

Die Sonne war schon untergegangen, als es unruhig in der Halle wurde. »Warte«, rief Henry. »He, warte!« Dann war das Geräusch von Krallen auf Stein und ein Hecheln zu hören. Im nächsten Moment stürmte ein schwarz-weißer Hund ins Zimmer und drängte sich an Charlotte vorbei zum Bett. Er wollte raufspringen, aber sie zog ihn zurück. Der Hund knurrte kurz, nahm aber die Vorderpfoten vom Bett. Er setzte sich daneben und begann Sir Alexander die Hand zu lecken und zu fiepen.

»Oh Gott«, flüsterte Charlotte. »Er hat wirklich einen Hund. Wo war er?« Sie drehte sich zu Henry um, der sichtlich stolz in der Tür stand.

»Er war tatsächlich an einem Baum angebunden. Er wollte mich erst nicht ranlassen und hat geknurrt, aber als ich ihm etwas zu Essen und zu Trinken gebracht habe, hat er mich an den Strick gelassen. Dann habe ich ihn losgemacht und er ist wie ein Wilder hierher gerannt. Es war, als wüsste er genau, wo sein Herr ist.« Er strahlte.

»Gut gemacht«, sagte Charlotte und betrachtete den Hund. Er war mager und ungepflegt, ganz anders als sein Herr. Der Gedanke, dass Sir Alexander einen Hund hatte, den er so verwahrlosen ließ, verwirrte sie. Es passte nicht zu dem Bild, das sie sich von ihm gemacht hatte.

»Ich glaube, er braucht noch mehr zu Fressen«, sagte Henry. »Komm«, lockte er den Hund. »Ich gebe dir noch was. Komm, komm.«

Doch der Hund rührte sich nicht, sondern drückte sich enger ans Bett. Anscheinend war er sehr froh, dass er seinen Herrn wiedergefunden hatte.

Henry zuckte mit den Schultern. »Dann bringe ich eben alles hierher. Der will nicht weg.«

Kaum war der Junge aus dem Raum, legte der Hund sich hin und betrachtete Charlotte kritisch. Vorsichtig setzte sie sich wieder auf den Stuhl. »Ich tue dir nichts«, erklärte sie ihm.

»Und deinem Herrn auch nicht. Ich will nur helfen. Darf ich das?«

Der Hund starrte sie einfach nur an.

Henry brachte etwas zu fressen und ein wenig Wasser in einer Schüssel. Der Hund betrachtete den Jungen und dann Charlotte misstrauisch, bevor er zu fressen begann. Erst vorsichtig, dann verschlang er alles, was in der Schüssel war. Nicht eine Sekunde ließ er sie dabei aus den Augen.

Charlotte kannte diesen Blick. Auf Greenhills waren genug Menschen gestrandet, die sonst keiner wollte und die Schlimmes erlebt hatten, weil sie anders waren. Menschen konnten grausam sein. Zu anderen Menschen und auch zu Tieren. Der Hund schien das mit all denen, die hier lebten, gemeinsam zu haben. Sie fragte sich, ob er womöglich Schlimmes durch die Hand des Mannes erfahren hatte, der im Bett lag und schlief, aber aus irgendeinem Grund wusste sie, dass es nicht so war. Der Hund vergötterte ihn. Die Geschichte war anders.

Als Henry gähnte, schickte sie ihn zu Bett. Er zog ein Gesicht, doch dann kam Anni herein und ermahnte Henry, dass es Zeit war, sich schlafen zu legen. Charlotte wusste, dass er zu gern bei dem Hund geblieben wäre.

Die beiden waren noch nicht ganz aus dem Zimmer, als Sir Alexander anfing, sich zu bewegen. Erst stammelte er etwas, dann warf er den Kopf hin und her. Und dann bäumte er sich auf. Er riss an dem Verband an seinem Kopf und wollte sich aufsetzen, bevor er nach hinten fiel, sich den Kopf anschlug und noch lauter schrie.

Entsetzt starrte Charlotte ihn an. Henry und Anni waren ebenfalls stehengeblieben. Der Hund gab Laut und wandte sich zu Charlotte um, als wolle er sie auffordern, etwas zu tun.

Sie ging zum Bett und griff nach seinen Schultern. »Sir Alexander, wacht auf«, rief sie, doch sobald sie etwas sagte, schrie er lauter, so als hätte er furchtbare Schmerzen oder Angst.

Er bäumte sich auf, sie griff wieder nach seinen Schultern

und drückte ihn nach unten, weil sie fürchtete, er könnte sich den Kopf erneut aufschlagen. Die Wunde an seinem Kopf blutete wieder und Charlotte versuchte, das Tuch darauf zu pressen.

Sir Alexander wand sich noch mehr, schlug mit den Armen. Charlotte kämpfte mit ihm und sah, wie Anni näherkam, um ihr zu helfen. »Geh weg«, rief sie, denn sie hatte Angst, dass er Annis Kind treffen könnte. Er war unberechenbar in seinem Fieber.

Dann holte er wieder aus, so als wollte er jemanden schlagen. Sie duckte sich weg und sah aus dem Augenwinkel, wie die andere Hand auf sie zu schnellte. Wieder wollte sie ausweichen, doch im nächsten Moment spürte sie den Schlag am Kopf, direkt über dem Auge. Sie taumelte rückwärts und dann war alles schwarz.

KAPITEL DREI

Als Alexander erwachte und versuchte, die Lider zu öffnen, schloss er sie gleich wieder, denn die Sonne stach derart in seine Augen, als würde jemand ein Messer hineinbohren. Sein Mund war trocken und er fühlte sich selbst bleischwer, aber ansonsten ging es ihm einigermaßen gut. Leider wusste er nicht, wo er war und welche Zeit es war. Er konnte sich nicht daran erinnern, wo er gewesen war, bevor er eingeschlafen war.

Er konnte sich daran erinnern, dass er in einem kleinen englischen Küstendorf von Bord des Schiffes gegangen war. Dann war er zu Fuß in die benachbarte Stadt gelaufen und hatte sich dort das Mietpferd genommen. Der Hund fiel ihm ein und der Mann mit der Peitsche. Er hatte den Hund mitgenommen, oder? Er war sich nicht mehr sicher. Er war auf dem Weg gewesen, einen Auftrag zu erfüllen. Lady Charlotte Dalmore war diejenige, die er nach Frankreich bringen sollte.

Als er sich den Namen vorsagte, erschien das Bild einer hübschen, rothaarigen Frau vor seinem inneren Auge. Sie trug ein schmutziges Kleid, reckte aber stolz das Kinn und sie hatte sanfte Hände, heilende Hände.

Er erinnerte sich daran, dass er an die Tür geklopft hatte und dann war da nichts mehr.

Mühsam öffnete er die Augen. Die Sonne musste hinter einer Wolke verschwunden sein, denn es war nicht mehr so hell im Zimmer. Er stöhnte trotzdem, da ihm die Helligkeit Kopfschmerzen bereitete.

Langsam schaute er sich um. Ein kleines Zimmer, ein großes Holzbett, weiße Kissen und Decken. Ein Bild von einem ernst aussehenden Mann an der Wand, der ihm vage bekannt vorkam. Verdammt, wo war er hier?

Ein Winseln drang an sein Ohr, dann spürte er eine warme, feuchte Zunge an seiner Hand. »Hund?«, fragte er matt.

Wieder das Winseln und das Lecken. Er wollte die Hand heben, um den Hund zu streicheln, aber es ging nicht. Er probierte es mit der anderen, doch auch das klappte nicht.

Alexander schaute an sich herunter und entdeckte, dass jemand seine Hände an das Bett gefesselt hatte, in dem er lag. »Was zum Teufel...?«, fragte er und versuchte, die Hände loszumachen, aber er schaffte es nicht.

»Mylady! Er ist wach«, rief eine Kinderstimme und dann hörte er eilige Schritte.

Es kostete ihn alle Kraft, die er aufbringen konnte, um den Kopf zu drehen. Mit wehenden Röcken kam die rothaarige Frau auf ihn zu. Lady Charlotte, ging ihm auf.

Sie lächelte ihn an und beugte sich über ihn. Ein blaues Auge, das bereits einige Tage alt sein musste, denn es verfärbte sich langsam grün, wie die Farbe ihres Rocks, verunstaltete ihr hübsches Gesicht.

»Ihr habt es geschafft«, sagte sie.

»Was geschafft?«, krächzte er.

»Mylady hat gedacht, Ihr würdet sterben, weil das Fieber so schlimm war. Ihr habt entweder um Euch geschlagen oder geschlafen, als wäret Ihr tot.«

Alexander wandte den Blick und suchte das Kind, zu dem diese Stimme gehörte. So ganz genau konnte er nicht ausmachen, ob es ein Mädchen oder ein Junge war. Doch dann sah er den Jungen. Er stand in der Tür und hielt eine Schale in der Hand. Es war ein gesundes Kerlchen mit wachen Augen und den dürren Beinen und aufgeschlagenen Knien eines Jungen.

Und dann fiel sein Blick auf den Hund. Er saß am Bett und hechelte. Als Alexander ihn anblickte, stand er auf und wedelte mit dem Schwanz.

»Euer Hund hat Euch vermisst. Er ist nicht von Eurer Seite gewichen«, erklärte Lady Charlotte. »Er muss Euch sehr lieben.«

Lieben? Alexander kannte den Hund kaum, aber er konnte fühlen, dass der Hund sich ehrlich freute, dass er wach war.

»Warum…«, setzte er an, doch seine Stimme versagte. Er räusperte sich. »Warum bin ich festgebunden?«

Er fragte sich kurz, ob Lady Charlotte ihn als Gefangenen genommen hatte.

»Oh, die brauchen wir nun wohl nicht mehr«, sagte sie und begann die Fesseln zu lösen. Er spürte ihre kühlen Hände auf seiner Haut.

Als sie fertig war, hielt sie inne und fühlte seinen Puls. »Darf ich?«, fragte sie und hob eine Hand an seine Stirn. Eigentlich wollte er nicht, dass sie sein Fieber maß, so als wäre sie seine Mutter und er ein Kind, aber er war zu schwach, um sich zu wehren. Also nickte er.

Als er ihre kühle Hand auf seiner Haut spürte, schloss er die Augen und wünschte, er würde wieder schlafen. Selten in seinem Leben hatte er sich so schwach gefühlt. Nicht körperlich, aber so ausgeliefert.

»Euer Fieber ist deutlich gesunken. Ich würde sagen, der Tee hat geholfen.«

Dunkel erinnerte Alexander sich daran, dass irgendjemand ihm ein Gebräu eingeflößt hatte. War sie das gewesen?

Er hob die Hände und rieb sich über die Handgelenke. »Warum war ich festgebunden?« Seine Stimme gehorchte ihm immer noch nicht richtig.

»Zu Eurer eigenen Sicherheit. Ich wollte nicht, dass Ihr Euch verletzt.«

Dabei schaute sie ihn nicht an und er fragte sich warum.

»Und auch nicht, dass Ihr jemanden anderen verletzt. Ihr habt nämlich…«, sagte der Junge, doch Lady Charlotte unterbrach ihn.

»Danke, Henry, ich glaube, Sir Alexander braucht jetzt Ruhe. Gib dem Hund sein Fressen und dann schau, ob du Anni in der Küche helfen kannst.«

Ihre Wangen hatten sich gerötet und sie hielt den Blick gesenkt. Trotzdem konnte Alexander das blaue Auge gut erkennen. Eine schreckliche Erkenntnis machte sich in ihm breit. Er wartete, bis der Junge dem Hund den Napf hingestellt hatte und zögerlich das Zimmer verlassen hatte. Dann fragte er: »Das war ich, nicht wahr?« Er hob die Hand und hätte am liebsten ihr Kinn gehoben, damit er sich die Verletzung besser ansehen konnte, doch er traute sich nicht, sie zu berühren.

Sie winkte ab und erhob sich wieder. »Das ist nicht weiter schlimm.«

»Antwortet mir«, sagte er heiser. »Habe ich Euch geschlagen?«

Sie nickte, ohne ihn anzuschauen.

»Deswegen habt Ihr mich festgebunden?«

Wieder nickte sie. »Verzeiht, ich wusste mir nicht anders zu helfen.«

Mit einem Ächzen richtete er sich auf. Es kostete ihn alle Kraft, die er hatte und er verfluchte sich dafür. »Lady Charlotte, ich muss um Verzeihung bitten. Es tut mir leid, das hätte niemals passieren dürfen.«

Er hatte noch nie eine Frau geschlagen und dass es passiert war, während er im Fieberwahn gewesen war, änderte nichts daran, dass es unverzeihlich war. Ihr Auge war so blutunterlaufen, als wäre sie in eine üble Wirtshausschlägerei geraten. Er schämte sich zutiefst.

Er wollte sich weiter aufrichten, ja, am besten aufstehen, doch sie schüttelte den Kopf und drückte ihn wieder ins Bett. »Solche Dinge passieren, Sir Alexander. Ihr könnte nichts dafür. Ich habe genug Kranke behandelt und kenne das. Ihr wirkt nicht wie der Mann, der so etwas tun würde, wenn er all seine Sinne beisammen hat.«

»Aber es war unverzeihlich, dass ich nicht alle meine Sinne beisammen hatte.«

»Ihr wart krank.«

»Trotzdem.«

Auch dafür schämte er sich. Einfach so in Ohnmacht zu fallen, wie eine der Hofdamen der Königin. So etwas war ihm noch nie passiert. Und er wollte jetzt nicht hier herumliegen und sich bemuttern lassen.

Sie biss sich auf die Lippe und beobachtete ihn. »Woher kam eigentlich diese Wunde?«

»Welche?«, fragte er und tastete nach dem Verband, den er anscheinend um den Kopf trug.

„Nein, nicht da", sagte sie und wies auf ihre eigene schlanke Taille. »Die am Bauch.«

Dunkel erinnerte er sich daran, dass der Mann mit der Peitsche auf ihn losgegangen war und auch daran, dass sein Bauch geschmerzt hatte. Aber er hatte nicht nachgesehen, ob er verletzt war. Dafür hatte er auf seinem schnellen Ritt hierher keine Zeit gehabt. Außerdem hatte er sich um den Hund kümmern müssen, den er auf dem Pferd vor sich gehalten hatte.

»Ist sie sehr schlimm?«

Sie hob die Schultern. »Nicht mehr, denn ich habe sie gut versorgt. Aber sie hat Euer Fieber verursacht und Euch fast umgebracht.«

Ihm stockte der Atem, als er daran dachte, dass sie eine Wunde an seinem Bauch versorgt und mit ihren Händen seine nackte Haut berührt hatte, während er bewusstlos gewesen war. Doch sie schien daran nichts Unanständiges zu finden, denn ihr Blick war ruhig und aufmerksam. Vielleicht betrachtete sie ihn auch nur als Kranken und nicht als Mann. Aber irgendetwas daran störte ihn. Er war es nicht gewohnt, dass er jemand anderem so ausgeliefert war. Etwas in seinem Hinterkopf sagte ihm, dass er ihr nicht nur als Patient ausgeliefert war, doch diesen Gedanken schob er schnell beiseite.

Sein Blick fiel auf den Hund, der wieder mit dem Schwanz wedelte, als Alexander ihn anschaute. Er streckte die Hand aus und streichelte ihn. Irgendjemand musste ihn gebadet haben, denn er starrte nicht mehr so vor Dreck. Außerdem schien er an Gewicht zugelegt zu haben.

»Das ist eine längere Geschichte«, sagte er.

Sie setzte sich wieder und verschränkte die Arme. »Ich habe Zeit.« Sie schaute ebenfalls auf den Hund. »Hat die Geschichte etwas mit ihm zu tun? Wie heißt er eigentlich?«

»Er hat noch keinen Namen. Ich habe ihn erst vor ein paar Tagen…«, er zögerte und entschied sich dann zu seinem eigenen Erstaunen für die Wahrheit, »gestohlen. Der Besitzer hat ihn fast totgeprügelt, einfach nur, weil der Hund im Weg war, als er mit einem Wagen in die Einfahrt wollte. Dabei konnte das arme Tier nicht weg, da er eng an einen Zaun angebunden war.«

Sie wartete ab und unterbrach ihn nicht. Das Licht der untergehenden Sonne fing sich in ihren roten Haaren und es wirkte, als hätte sie Flammen auf dem Kopf. Er war sich sicher, dass er noch nie eine Frau gesehen hatte, die selbst wenn sie ruhig auf einem Stuhl saß, eine solche Lebendigkeit ausstrahlte. Und er hatte in seinem Leben schon viele Frauen gesehen. Er zwang sich, den Blick von ihr abzuwenden.

»Ich habe mich eingemischt und als er nicht von dem Hund abließ, habe ich ihn losgebunden. Dann hat er mich seine Peitsche spüren lassen.« Er verzog das Gesicht bei der Erinnerung an den stechenden Schmerz.

Sie nickte langsam. »Deswegen waren die Wundränder so ausgefranst. Ich dachte mir schon, dass es kein Messer war.«

Sie zog die Nase auf eine so entzückende Art und Weise kraus, dass er sich dabei ertappte, wie er sie anstarrte.

»Aber Ihr hättet sie säubern müssen. Das hätte Euch fast das Leben gekostet. Und was hat der Hund davon, wenn Ihr ihn rettet, nur um dann ein paar Tage später zu sterben?«

Am liebsten hätte Alexander es einfach abgetan und ihr gesagt, dass er schon nicht gestorben wäre, aber dann wurde ihm klar, dass sie vermutlich recht hatte. Außerdem hatte er Glück gehabt, dass er dieses Mal gerade sie abholen sollte und vor ihrer Tür zusammengebrochen war, denn sie war anscheinend eine erfahrene Heilerin. Er musste ihr dankbar sein, doch er brachte kein Wort heraus.

Sie beugte sich vor und kraulte den Hund. Schnell zog Alexander seine Hand weg, die immer noch auf dem Kopf des Tieres gelegen hatte. »Ein Glück, dass Ihr noch etwas über den Hund am Baum gesagt habt, bevor Ihr zusammengebrochen seid. Sonst hätten wir nicht gewusst, dass er da draußen ist.«

Alexander erinnerte sich dunkel daran, dass er das Tier an einem Baum angebunden hatte, damit er erst einmal ungestört Lady Charlotte aufsuchen und sie darüber informieren konnte, wie sein Auftrag lautete.

Der Auftrag! Er wischte sich über die Stirn. »Danke, dass Ihr Euch um ihn gekümmert habt.«

Sie schüttelte den Kopf. »Ich habe mich vor allem um Euch gekümmert. Henry war es, der auf die Idee gekommen ist, dass Ihr irgendwo einen Hund angebunden haben könntet. Er hat ihn gefunden und hierher gebracht. In den letzten Tagen hat er die meiste Zeit hier neben Eurem Bett verbracht, den Hund gefüttert, ihm Wasser gebracht und sein Fell gepflegt. Ich glaube, die beiden sind Freunde geworden.«

Es schien als wollte sie noch etwas sagen, aber dann biss sie sich auf die Lippe und schwieg.

»Ich werde Henry dafür danken, dass er sich um den Hund gekümmert hat.«

Sie gab sich einen Ruck und straffte die Schultern. »Er hat es vor allem aus schlechtem Gewissen Euch gegenüber getan.«

»Was meint Ihr damit?«

Ihre honigfarbenen Augen richteten sich auf ihn. »An dem Tag, als Ihr hier vor der Tür aufgetaucht seid, hat er gedacht, dass Ihr mich angreifen wolltet. Er hat Euch einen Stein an den

Kopf geschossen, weil er mich beschützen wollte. Daher kommt die Wunde an Eurer Schläfe.«

»Ich wollte Euch nicht angreifen.«

Ganz im Gegenteil. Nichts lag ihm ferner, als dieser Frau, die ihn mehr und mehr faszinierte, etwas anzutun. Und er schämte sich, weil er ihr das blaue Auge verpasst hatte. Am liebsten hätte er sie beschützt, doch er ahnte, dass sie keinen Schutz brauchte und auch keinen wollte. Das konnte man schon an der Art sehen, wie sie ihre Schultern hielt und das Kinn vorstreckte.

Sie lächelte. »Das weiß Henry mittlerweile auch. Er hatte trotzdem ein schlechtes Gewissen.«

»Dem Hund hat es gut getan«, sagte Alexander und betrachtete ihre Hände, die immer noch auf dem Fell des Hundes lagen. Sie waren nicht wie die lilienweißen Hände der Damen am Hofe, die höchstens Stichwunden von den Sticknadeln aufwiesen. Dies waren die Hände einer Frau, die wusste, wie man arbeitete. Diese Erkenntnis überraschte ihn ein wenig. Doch dann dachte er an das, was Lord Arthur Seaforth, ihr Onkel, ihm vor seiner Abreise aus Saint-Germain-en-Laye über sie erzählt hatte. Sie sei ein Wildfang und ungebärdig. Schon immer sei sie ein Problemkind gewesen und ihr Vater hätte es irgendwann mit ihr aufgegeben.

Alexander dachte an Jonathan Wickham, den er vor gut einem halben Jahr aus England nach Frankreich geholt hatte. Auch er war fest in seinem Landleben verwurzelt gewesen und hatte sich am Königshof lieber in den Ställen aufgehalten, als in den Salons. Mittlerweile hatte er sich gut eingelebt, auch dank seiner Liebe zu einer Hofdame, und er und Jonathan waren Freunde geworden. Doch Alexander erinnerte sich nur zu gut daran, wie Jonathan mehrmals versucht hatte, zu fliehen, als sie auf dem Weg nach Frankreich gewesen waren. Irgendwann hatte Alexander ihn nicht mehr einen Herzschlag lang aus den Augen gelassen und sogar darüber nachgedacht, ihn zu fesseln. Selbst wenn einer von ihnen seine Notdurft hatte verrichten müssen, war der andere an seiner Seite geblieben. Er hoffte, dass Lady Charlotte es ihm nicht so schwer machen würde. Doch sie schien eine ähnliche Meinung über ihre Heimat und darüber, wo sie sein wollte, zu haben, wie Jonathan damals.

Alexander dachte an seinen Auftrag und setzte sich erneut auf. Wie unangenehm, eigentlich sollte er schon lange mit ihr auf dem Rückweg sein und er lag hier im Bett und unterhielt sich über einen Hund, den er gestohlen hatte.

»Lady Charlotte«, sagte er und sah, wie sie aufschreckte. Anscheinend war auch sie in Gedanken versunken gewesen. »Das hier ist kein Höflichkeitsbesuch, ich bin im Auftrag Eures Onkels hier.«

Ihre Augen weiteten sich, aber dann nickte sie. »Ihr wollt mich nach Frankreich bringen«, erwiderte sie.

»Dann habt Ihr also damit gerechnet?«

Sie schüttelte den Kopf. »Ihr habt es mir gesagt, kurz bevor Ihr dem Fieber verfallen seid.« Sie zuckte mit den Schultern. »Es tut mir leid, dass Ihr Euch extra hierher bemüht habt, aber ich werde nicht mitkommen.«

Er atmete tief durch. Tatsächlich wie Jonathan Wickham. Doch so wie sie ihre Arbeit erfüllte, indem sie ihm Tee einflößte, seine Wunden verband und ihn dafür sogar ans Bett fesselte, würde auch er seinen Auftrag verrichten. Damit hatte er Erfahrung und er war gut, in dem, was er tat.

»Ich fürchte, Euch bleibt keine andere Wahl. Der Auftrag Eures Onkels war sehr deutlich.«

Ihr Mundwinkel zuckte. »Der Auftrag an Euch war vielleicht klar, aber ich muss gar nichts tun. Wäre es mein Vater, wäre es etwas anderes, aber der ist tot und mein Onkel kann nicht über mich bestimmen. Außerdem kenne ich ihn nicht einmal.«

Er lehnte sich vor und schaute sie eindringlich an. Sie hatte die Arme verschränkt und den Kopf ein wenig schief gelegt, so als wollte sie ihn herausfordern. »Es ist nicht sicher für Euch, allein hierzubleiben, nun da Euer Vater tot ist. Ihr seid besser in Saint-Germain-en-Laye aufgehoben, bei Eurer Familie.«

Sie hob die Augenbrauen und ein Lächeln zuckte um ihre Mundwinkel. »Und woher wollt Ihr wissen, dass ich allein nicht zurechtkomme und wer meine Familie ist?« Bevor er antworten konnte, erhob sie sich. »Ich lebe hier mehr oder weniger allein, seit meine Mutter gestorben ist, als ich neun Jahre alt war. Mein Vater war zuerst nur selten hier, dann gar nicht mehr. Meine Familie sind die Menschen, mit denen ich aufgewachsen bin. Und zwar alle, die hier leben. Sie brauchen mich mehr als mein Onkel in Frankreich es tut. Alles, was er will, ist, sich das Anwesen unter den Nagel zu reißen. Aber danke, ich lebe hier ganz gut und brauche niemanden, der mir erklärt, was ich tun soll.«

Mit blitzenden Augen schaute sie ihn an und wandte sich zur Tür.

Alexander dachte an den Auftrag von Lord Arthur und an seine unmissverständlichen Worte, die er zum Thema Bezahlung verloren hatte. Sollte er ohne Lady Charlotte wieder in Frankreich auftauchen, würde er keinen Pence bekommen. Und so sehr er sich auch wünschte, dass er darauf nicht angewiesen wäre, war es leider trotzdem so. Er brauchte das Geld und ebenso die Empfehlung von Lord Arthur für seine nächsten Aufträge, sonst würde er sich bald noch nicht einmal mehr etwas zu Essen leisten können. Von einem Mietpferd, neuer Kleidung oder etwas anderem ganz abgesehen.

»Lady Charlotte«, sagte er und sie drehte sich um.

»Ihr solltet jetzt ruhen. Dieses Gespräch war anstrengend für Euch.«

Er biss die Zähne zusammen. »Sagt mir nicht, was ich tun soll«, fuhr er sie an.

Sie hob das Kinn. »Nein? Dann könnt Ihr ja sehen, wie weit Ihr kommt, wenn Ihr Euch meinen Vorschlägen, was Euer körperliches Wohlbefinden angeht, widersetzt.«

»Es geht hier nicht um mich«, sagte er. »Sondern darum, dass ich Euch darum bitte, mit mir nach Frankreich zu kommen.«

Sie hob die Augenbrauen. »Ihr bittet mich? Na, dann werde ich es mir vielleicht noch einmal überlegen.«

Ihr spöttisches Lächeln strafte ihre Worte Lügen.

»Das solltet Ihr«, presste er hervor. »Ansonsten…«, er brach ab, denn er wusste, es gab nichts, womit er ihr drohen konnte.

»Ansonsten?«, fragte sie und legte den Kopf schief.

»Nichts«, brummte er.

»Ansonsten schleppt Ihr mich gegen meinen Willen nach Frankreich?« Sie lachte und überrascht schaute er sie an. Ihre Augen blitzten. »Ein verlockender Gedanke, nicht wahr? Aber Achtung, Sir Alexander, ich bin stärker als ich aussehe. Es könnte zu einer ernsten Auseinandersetzung zwischen uns beiden führen.«

Sie lächelte noch einmal und verschwand dann mit federnden Schritten in der Halle. Die letzten Strahlen der Abendsonne erleuchteten ihren Rücken, ihre wilden Haare und den grünen Rock.

Alexander ließ sich in die Kissen zurücksinken und atmete tief durch. Das lief nicht gut. Ganz und gar nicht. Alles, woran er denken konnte, war, sie einfach zu nehmen, vor sich aufs Pferd zu setzen und mit nach Frankreich zu nehmen. Aber nicht für ihren Onkel, sondern für sich.

»Verdammt«, murmelte er. Worauf hatte er sich mit diesem Auftrag nur eingelassen?

KAPITEL VIER

Am nächsten Morgen fand Charlotte keinen Grund, um in das Zimmer von Sir Alexander zu gehen und einen Großteil des Tages bei ihm zu verbringen, wie sie es in den vergangenen Tagen getan hatte. Jetzt war er bei Bewusstsein und fände es sicherlich merkwürdig, wenn sie Zeit bei ihm verbrachte. Außerdem hatte sie anderes zu tun, denn die Ernte musste eingebracht werden und die neue Scheune war noch nicht ganz fertig.

Doch wenn sie ehrlich war, war sie in Gedanken mehr bei ihm, als bei ihrer Arbeit. Sie musste sich eingestehen, dass sie ihn interessant fand, vor allem seit ihrem Gespräch gestern. Irgendetwas an ihm reizte sie. Er war intelligent und scharfsinnig und konnte anscheinend mit starken Frauen umgehen, aber er hatte auch ein weiches Herz, was die Geschichte mit dem Hund bewiesen hatte. Dass er unglaublich gut aussah und sie kaum den Blick von ihm wenden konnte, half nicht dabei, sich von ihm fernzuhalten.

Obwohl es sie zu ihm hinzog, hatte sie Anni gebeten, ihm Essen zu bringen und sich dann auf den Weg zur neuen Scheune gemacht. Die Bauarbeiten gingen gut voran und eigentlich wurde sie auf der Baustelle nicht gebraucht, aber auf dem Hof fand sie immer etwas zu tun. Sie hatte Henry mitgenommen, als sie gesehen hatte, dass der Junge schon wieder den Tag mit dem Hund von Sir Alexander verbringen wollte.

»Freut Ihr Euch, dass Ihr ihn geheilt habt?«, fragte Henry, als sie über die Wiese zur Scheune gingen.

Charlotte lächelte. »Ich denke nicht, dass ich es war, die ihn geheilt hat. Ich habe höchstens dabei geholfen.«

»Und wer war es dann? Gott?«

»Der auch, aber es ist vor allem der Mensch selbst, der sich heilt. Wenn er es denn will.«

Henry rupfte einen Grashalm ab. »Ich denke, dass sein Hund geholfen hat. Ist es nicht schön, wenn man so ein Tier hat? Ganz für sich?«

Er klang sehnsüchtig und am liebsten hätte Charlotte ihm in diesem Moment einen Hundewelpen geschenkt. Wie immer wurde ihr Herz weich, wenn es um Henry ging. Doch sie wusste, dass sie ihn nicht derart bevorzugen konnte.

»Du hast ein sehr feines Gespür für Tiere«, sagte sie. Sie überlegte, ob sie ihm die Geschichte von der Rettung des Hundes erzählen sollte, entschied sich aber dagegen. Es war besser, wenn Henry nicht zu sehr Gefühle für das Tier entwickelte, denn Sir Alexander würde bald wieder abreisen und den Hund vermutlich mitnehmen.

Henrys Gedanken schienen in eine ähnliche Richtung zu gehen. »Wie lange ist Mylord eigentlich zu Besuch?«

Charlotte duckte sich unter dem Zweig einer Eiche hindurch und blieb stehen, als die Scheune in Sichtweite kam. »Nicht mehr lange«, sagte sie unbestimmt und dachte an ihr Gespräch von gestern.

Henry zog einen Schmollmund. »Ich will aber nicht, dass er geht.«

»Du willst vor allem nicht, dass der Hund geht, oder?«

»Vielleicht.«

Charlotte dachte daran, warum Sir Alexander hier war und atmete tief durch. Sie konnte und wollte gerade nicht nach Frankreich gehen, auch wenn es sie durchaus einmal gereizt hätte, das Land zu sehen. Man hatte ihr gesagt, dass die

Gärten dort großartig angelegt waren und dass es Gewürze und Pflanzen gab, die man in England nicht finden konnte. Aber sie wollte ihrem Onkel auch nicht einfach so nachgeben.

Doch dann dachte sie wieder an den Fremden in ihrem Gästezimmer und erstaunt stellte sie fest, dass sie ähnlich wie Henry empfand. Sie wollte auch nicht, dass er ging. Allerdings nicht wegen des Hundes, sondern weil sie seine Gesellschaft genoss.

Ärgerlich schüttelte sie den Kopf. Das war lächerlich. Sie kannte ihn kaum und er war erst seit weniger als einem Tag wieder wirklich bei Bewusstsein. Doch seine Entschuldigung, als ihm klar geworden war, dass er schuld an ihrem blauen Auge war, hatte sie angerührt und noch immer konnte sie nicht glauben, dass er einfach so einen Hund gerettet hatte und sich dafür mit einer Peitsche hatte prügeln lassen. Sie kannte nicht viele Menschen, die so etwas tun würden.

Sie wusste mit Sicherheit, dass sie noch nie einen Mann wie ihn kennengelernt hatte. Und vermutlich würde sie es auch nicht wieder, denn sie hatte nicht vor, jemals aus Greenhills wegzuziehen und lange wegbleiben konnte sie auch nicht. Vermutlich verirrte sich ein Mann wie Sir Alexander nur alle hundert Jahre einmal auf ein so entlegenes Landgut, wie ihres.

War es so verwerflich, wenn sie wollte, dass er noch eine Weile blieb? Nur für ein paar Tage, sagte sie sich. Es wäre auch viel besser für seine Gesundheit.

»Mylady?«, riss Henry sie aus ihren Gedanken. »Sollen die Männer die Ernte schon in die neue Scheune bringen? Wenn es regnet, wird doch alles nass. Das Dach ist ja nicht drauf.«

Charlotte schreckte auf und schaute hinüber zu dem Gebäude. »Du hast recht«, sagte sie und lief zu den Arbeitern. Henry war ihr dicht auf den Fersen.

Schnell gab sie Anweisungen das Korn und die geernteten Äpfel in die alte Scheune zu bringen, die näher am Landgut lag. »Bei der guten Ernte müssen wir sowieso beide Scheunen vollmachen, sonst bekommen wir nicht alles unter«, erklärte sie den Männern.

Alan Hockfield tippte sich an die Mütze und murmelte etwas Unverständliches. Vor ein paar Jahren hatte ihm ein Pferd gegen den Kiefer getreten und man konnte ihn kaum noch verstehen, da er sich die Zunge abgebissen hatte. Doch sie wusste, dass er ihren Anweisungen wie immer Folge leisten würde.

Sie blieb in der Scheune und packte hier und da mit an, als die Ernte umgeschichtet wurde. Ihre Gedanken kreisten jedoch wieder um Sir Alexander. Henry war irgendwann verschwunden und als sie am Spätnachmittag in die kühle Halle des Herrenhauses trat, stürmte er auf sie zu.

»Mylady, stellt Euch vor, was passiert ist.«

Sie fuhr ihm durch den dunklen Schopf. »Was denn, mein Liebling?«

Sie biss sich auf die Zunge, als sie ihren Fehler bemerkte. So hatte sie ihn genannt, als er noch klein gewesen war, aber jetzt mochte er es nicht mehr. Er war jedoch so aufgeregt, dass er es gar nicht zu bemerken schien.

»Sir Alexander hat sich bedankt, dass ich mich um den Hund gekümmert habe.«

Charlotte musste über seine Aufregung lächeln. »Wie nett von ihm.«

»Ja, und weil ich es so gut gemacht habe, sagt er, dass ich einen Namen für ihn aussuchen darf. Er hat nämlich noch keinen. Darf ich, Mylady, darf ich?«

Hoffnungsvoll schaute er sie an und am liebsten hätte sie sein sommersprossiges Gesicht in die Hände genommen und ihn auf die Nase geküsst. Doch das ging natürlich nicht.

»Ich glaube, du wirst den besten Namen aussuchen. Natürlich darfst du das. Hast du schon eine Idee?«

Henry schüttelte den Kopf und seine Augen leuchteten. »Ich glaube, ich muss dafür noch etwas Zeit mit ihm verbringen, damit ich weiß, wie er so ist. Das habt Ihr bei den Kühen doch auch so gemacht.«

»Das heißt, du willst weiterhin bei Sir Alexander im Zimmer hocken? Das könnte anstrengend für ihn werden.«

»Nein, Mylady, das ist nicht anstrengend, ich bin auch ganz still. Außerdem geht es Sir Alexander schon wieder besser und er ist aufgestanden.«

Charlotte warf einen Blick in Richtung der Tür des Gästezimmers, die offen stand. »So, ist er das?«

»Durfte er das nicht?«, fragte Henry erschrocken.

Charlotte lächelte. »Er darf aufstehen, wann er will.«

»Er hat nach Euch gefragt«

»Hat er das?« Irgendetwas in Charlotte kribbelte.

»Ja, er wollte wissen, ob...«, erklärte Henry, doch in diesem Moment schepperte es im Gästezimmer und Charlotte lief durch die Halle.

»Alles in Ordnung?«, fragte sie atemlos.

Er stand mitten im Zimmer, war vollständig angekleidet, bis auf seinen Mantel und hob gerade ein Zinntablett und einen Becher auf. »Entschuldigt«, sagte er, »das ist mir heruntergefallen.«

Wieder einmal konnte sie nicht anders, als zu bemerken, wie gut er aussah. Er hob den Blick und schaute sie direkt an. Charlotte war es, als würde es nur noch sie beide geben und es dauerte eine Weile, bis sie es schaffte, die Augen abzuwenden.

»Henry möchte gern mit dem Hund spielen«, sagte sie, um den Moment zu überspielen. »Darf er?«

»Die beiden können gern rausgehen, wenn sie möchten.«

Hinter ihr jubelte Henry und dann winkte er dem Hund, der ihm nach einem kurzen Blick auf Alexander tatsächlich folgte. Als ihre Schritte und Henrys aufgeregtes Geplapper in der Ferne verhallt waren, sagte Charlotte: »Das war sehr nett von Euch, dass Ihr Henry den Namen aussuchen lasst.«

»Er hat sich ausgezeichnet um das Tier gekümmert. Ich fand es nur gerecht.«

»Es könnte aber sein, dass Ihr mit einem Namen leben müsst, der Euch merkwürdig vorkommt. Henry hat manchmal sehr seltsame Einfälle.« Sie zögerte. »Aber natürlich könnt Ihr den Hund anders nennen, sobald Ihr durch das Tor von Greenhills geritten seid. Henry würde es ja nicht merken.«

Wieder richteten sich die blauen Augen auf sie. »So etwas würde ich niemals tun.« Sie konnte an seiner Stimme hören, dass er es ernst meinte. »Außerdem werdet Ihr dann neben mir reiten und würdet es sofort merken.«

Ein Lächeln versteckte sich in seinen Mundwinkeln.

Verblüfft starrte sie ihn an. Neckte er sie etwa? Sie biss sich auf die Lippe. »Darüber wollte ich noch mit Euch sprechen.«

Himmel, hatte sie es sich auch wirklich gut überlegt, ihn darum zu bitten? Den ganzen Tag in der Scheune hatte sie darüber nachgedacht, wie sie ihn noch ein wenig länger hierbehalten konnte.

»Ihr kommt doch freiwillig mit?«, fragte er und noch immer war da dieser leicht neckende Ton.

Sie schüttelte den Kopf. »Nein, also, ich meine ja. Oder ich weiß nicht.«

Sie rieb sich über die Stirn. Herrje, warum war das so schwierig?

Mit hochgezogenen Augenbrauen schaute er sie an.

»Ich habe mich noch nicht entschieden. Ich muss ein paar Tage darüber nachdenken. Außerdem ist die Ernte noch nicht eingefahren und die Niederkunft von Anni steht kurz bevor. Ich könnte also frühestens weg, wenn das alles erledigt ist.«

Er neigte leicht den Kopf. »Wie lange wird das dauern?«

Sie zuckte mit den Schultern. »Die Ernte vielleicht noch zehn Tage und das mit Anni ist schwer zu sagen. Es könnte jeden Tag soweit sein. Aber ich muss dabei sein, um zu helfen, falls etwas schief geht. Und Euch würde es auch gut tun, wenn Ihr Euch solange ausruht. Mit einem solchen Fieber ist nicht zu spaßen.«

Er verschränkte die Arme hinter dem Rücken und betrachtete sie nachdenklich. »Wenn ich Euch richtig verstehe, erbittet Ihr Euch mindestens zehn Tage Bedenkzeit und selbst dann wisst Ihr nicht, ob Ihr mitkommt?«

Erleichtert lächelte sie. »Genau so ist.«

Langsam nickte er. »Und wenn Ihr dann nicht wollt?«

Sie wollte auch dann ganz sicher nicht, aber das musste er ja nicht wissen.

»Dann bitte ich Euch, meinem Onkel die besten Grüße auszurichten.« Ihr kam ein Gedanke. »Und vielleicht kann er mir dann sagen, was er von mir möchte und es lässt sich vielleicht auch umsetzen, wenn ich hier bin und er in Frankreich.«

Sie war sehr zufrieden mit dieser Idee und vielleicht würde sogar Sir Alexander der Bote sein, der ihr die Antwort ihres Onkels brachte.

Er holte tief Luft und schaute sie mit einem so intensiven Blick an, dass Charlottes Knie anfingen zu zittern. »Also gut, ich gebe Euch die Zeit. Aber verlasst Euch darauf, dass ich alles dafür tun werde, um Euch dazu zu bewegen, mich nach Frankreich zu begleiten.«

Charlotte legte sich eine Hand auf den Bauch, um das Flattern zu unterdrücken. »Alles?«, fragte sie und merkte erst, als sie das Wort ausgesprochen hatte, wie kokett es klang. Sofort begannen ihre Wangen zu brennen. Wofür hielt er sie jetzt wohl?

Verblüfft schaute er sie an, dann huschte ein seltenes Lächeln über sein Gesicht, das aber ebenso schnell verschwunden war, wie es aufgetaucht war. Er neigte den Kopf. »Ja, zum Beispiel bei der Ernte helfen oder bei was auch immer Ihr Hilfe braucht.«

Sie schüttelte den Kopf. »Das ehrt Euch sehr, aber wir kommen gut zurecht.«

»Ist es nicht so, dass man bei der Ernte jede Hand gebrauchen kann?«

»Schon«, sagte sie. »Aber Ihr seid immerhin mein Patient und ich möchte nicht, dass Ihr Euch überanstrengt.«

Außerdem war sie sich sicher, dass er im Leben noch nie bei einer Ernte geholfen hatte. Zumindest sah er nicht so aus. Allerdings war er groß und kräftig, also könnte er durchaus hilfreich sein.

»Mir geht es schon viel besser, Lady Charlotte. Und ich habe Eure Hilfe bereits über Gebühr strapaziert. Lasst mich helfen, damit ich wenigstens das mit Eurem Auge wieder gut machen kann.«

Wieder schauten sie sich lange schweigend an, schließlich nickte sie. »Also gut, ich nehme Eure Hilfe gern an. Allerdings gibt es noch etwas, wobei Ihr mir helfen könnt.«

Ein Muskel an seiner Wange zuckte, als er sagte: »Wenn Ihr Hilfe dabei braucht, wie Ihr die neuen Kühe benennen sollt, stehe ich zu Eurer Verfügung, Lady Charlotte.«

Fassungslos starrte sie ihn an. »Oh Gott, Ihr habt Henry gehört.«

Er nickte und aus dem Zucken in seiner Wange wurde ein unterdrücktes Lächeln. »Es war kaum zu überhören. Also, wenn Ihr meine Expertise braucht, sehr gern. Ich habe seit ein paar Monaten einige französische Namen dazu gelernt.«

Charlotte musste so laut lachen, dass es selbst in der Halle widerhallte und Maude herbeigeeilt kam. »Was ist, Mylady?«

Sie biss sich auf die Lippe und schüttelte den Kopf. »Nichts, Maude.«

Aber dabei schaute sie Sir Alexander an und er hielt ihrem Blick stand. Die kommenden Tage würden interessant werden und Charlotte spürte, dass sie sich schon lange nicht mehr so auf etwas gefreut hatte.

»Das Abendessen ist bereit, Mylady. Sollen wir schon beginnen oder kommt Ihr?« Maude nickte in Richtung von Sir Alexander. »Für Mylord habe ich das Tablett auch schon gerichtet.«

Sir Alexander schüttelte den Kopf. »Wenn es Euch recht ist, würde ich mich Euch gern anschließen.«

»Aber, Mylord, das ist nicht…«, setzte Maude an, doch Charlotte unterbrach sie mit einer Handbewegung.

»Wenn es Euch nichts ausmacht, mit allen, die hier leben gemeinsam an einem Tisch zu sitzen? Und mit allen, meine ich alle. Selbst die Erntehelfer aus dem Dorf sind dabei. Alle waren den ganzen Tag auf den Feldern oder haben im Stall gearbeitet. Ertragt Ihr das?«

Am liebsten hätte sie hinzugefügt, dass er ja sonst mit Königen speiste, aber sie wollte nicht, dass Maude das aufschnappte und es gleich weitertratschte oder ihn ausquetschte.

Sie hatte gewusst, dass er ja sagen würde, doch als er es tat, machte ihr Herz einen albernen kleinen Satz.

Und so geleitete er sie zum Abendessen. Schon vor Jahren hatten sie einen der Lagerräume neben der Küche in ein Esszimmer für alle verwandelt. Charlotte konnte sich nicht daran erinnern, wann sie das letzte Mal im eleganten Speisezimmer im Erdgeschoss gegessen hatte. Sie hatte die Mahlzeiten immer in der Küche zu sich genommen, seit ihre Mutter nicht mehr war und Anni sowie die alte Köchin Mary, die vor zwei Jahren gestorben war, ihre Erziehung übernommen hatten.

Alle starrten Sir Alexander an, als er ihr galant den Stuhl abrückte und anbot und sie dabei mit einem mokanten Lächeln bedachte. Und obwohl sie wusste, dass er es tat, um ihr etwas zu beweisen, genoss sie diese kleine Aufmerksamkeit. Doch nachdem Charlotte ihn als Gast vorgestellt hatte, der sich noch einige Tage bei ihnen aufhalten würde, und dann nach dem Brot fragte, wandten sich die Gespräche wieder anderen Themen zu. Charlotte diskutierte mit, wie das Wetter sich wohl entwickeln würde und wie lange es mit dem Dach der neuen Scheune noch dauern würde. Sie erfuhr auch, dass im Dorf eine Frau krank geworden war und nahm sich vor, morgen nach ihr zu sehen.

Sir Alexander hörte schweigend zu, aber sie spürte, wie aufmerksam er war. Er schien alles in sich aufzusaugen und beobachtete die Menschen um sich herum genau. Es war eng am Tisch und er saß dicht neben ihr. Manchmal streifte der Ärmel seines Hemdes ihren nackten Arm und einmal, als er nach dem Weinkrug griff, drückte sein Bein gegen ihres. Jedes Mal bekam sie eine Gänsehaut und sie hoffte, dass er nicht so aufmerksam war, dass er auch das bemerkte.

Sie hatten das Mahl fast beendet, als die Tür aufflog und

Henry in die Küche geschossen kam. Hinter ihm war der Hund. »Mylady«, rief er keuchend.

Gerade wollte sie ihn ermahnen, dass er sich ruhiger verhalten sollte und auch Anni hatte schon angesetzt, Henry zurechtzuweisen, als er rief: »Die Scheune brennt!«

Charlotte konnte auf einmal nicht mehr atmen. Es war ein kollektiver Aufschrei und sofort waren alle auf den Beinen. Doch es war die Stimme von Sir Alexander, die sich über das Stimmengewirr erhob. »Welche Scheune, Henry?«

Sofort war es still. »Die alte«, keuchte der Junge.

»Oh Gott, die Vorräte«, rief Charlotte und sprang auf. Sie schwankte kurz und Alexander griff nach ihrer Hand.

»Kommt«, sagte er und zog sie zu der Treppe, die zur Halle führte.

»Nein, hier entlang«, rief sie und deutete auf die Tür zur Küche, durch die gerade alle drängten.

Er schüttelte den Kopf und zog sie weiter. »Dort gehen alle lang, sie werden sich stauen. Und Ihr müsst das Löschen organisieren. Wo ist die nächstgelegene Wasserquelle?«

Er zog sie die Stufen hinauf.

»Der Dorfteich«, sagte Charlotte, doch dann schüttelte sie den Kopf. »Nein, der Fischteich hinter den Ställen.«

»Und Eimer?«

»In den Ställen.«

»Sind auf der neuen Baustelle auch welche?«, fragte er.

Sie liefen, immer noch Hand in Hand, durch die Halle.

Charlotte nickte atemlos.

Sir Alexander blieb stehen und stützte sich an der Tür ab. Er keuchte. »Ihr müsst Euch ausruhen«, sagte sie und legte ihm eine Hand auf den Rücken.

Er hob den Kopf. »Jetzt? Das ist nicht Euer Ernst. Kommt. Ausruhen kann ich mich später.«

Charlotte zögerte noch einen kleinen Augenblick, dann nickte sie und öffnete die Tür. Draußen liefen vereinzelt Menschen umher, doch es war wenig koordiniert und die meisten schrien.

Hinter den Bäumen, direkt hinter dem Stall, leuchtete es orange. Die Flammen schlugen bereits in den Himmel.

Charlotte keuchte auf. »Es darf nicht auf den Pferdestall übergreifen.«

Sir Alexander nickte. »Was ist mit den Dingen in der Scheune?«

Sie zögerte. »Wir haben heute einen Teil der Ernte dort eingelagert. Es ist nicht viel. Aber vor allem darf es nicht auf den Pferdestall übergreifen, sonst sind das Haupthaus und die Nebenscheune auch in Gefahr.«

Panik machte sich in ihr breit.

Alexander schien es zu spüren, denn er packte sie an den Oberarmen und schüttelte sie leicht. »Schaut mich an«, wies er sie an. Es dauerte einen Moment, bis Charlotte ihren Blick von dem orangen Lichtschein losreißen konnte. Dann hielt sie sich an der Ruhe in seinen blauen Augen fest. »Es ist wichtig, dass Ihr klar denkt. Alle werden irgendetwas tun und Ihr müsst ihnen sagen, was das Sinnvollste ist.«

»Aber ich weiß es nicht«, schluchzte Charlotte und wollte wieder zum Feuer schauen.

Er nahm ihr Kinn in seine Hand und zwang sie, wieder in sein Gesicht zu blicken. »Ihr müsst eine Löschkette organisieren. Sie soll zunächst den Stall und die anderen Gebäude schützen. Wenn Ihr genug Leute habt, lasst sie versuchen, das Feuer in der alten Scheune zu löschen. Schickt zwei Gruppen aus, die nach Funkenflug Ausschau halten und immer einen Eimer Wasser dabei haben, um zu löschen. Ihr braucht vor allem Eimer, Zugang zum Teich und ein paar Decken, wenn einer der Helfer Feuer fängt. Habt Ihr mich verstanden? Ihr seid die Herrin hier, alle werden sich nach Euch richten.«

Charlotte nickte. »Wo fange ich an?«

Irgendetwas knackte laut, jemand schrie und sie war schon wieder abgelenkt, doch sie spürte, dass Alexander recht hatte. Sie musste jetzt fokussiert bleiben.

»Nehmt zwei oder drei kräftige Männer. Packt sie am Arm

und sprecht sie direkt an. Sagt ihnen, dass sie mitkommen sollen, um Eimer zu holen. Und dann lauft.«

»Was ist mit Euch?«

»Ich schaue, was ich tun kann. Ich werde in Eurer Nähe bleiben. Versprecht mir nur eins: Geht nicht zu dicht ans Feuer. Egal, was passiert.«

Sie nickte und dann rannte sie los. Alan war in der Nähe der Ställe, der junge Jack und ein Erntehelfer, den sie nicht erkannte. »Wir müssen mehr Eimer holen«, rief sie.

Keiner der Männer reagierte.

Was hatte Alexander gesagt? Sie griff nach Alans Arm. »Alan, wir müssen Eimer von der neuen Baustelle holen. Los, nimm Jack mit und den anderen Burschen und komm.«

Er starrte sie an, dann nickte er, packte Jack am Arm und den anderen und sie rannten zu viert zur neuen Scheune. Es kostete Charlotte alle Kraft der Welt, nicht hinüber zur alten Scheune zu laufen. Und der Weg zur neuen war ihr noch nie so lang vorgekommen.

Doch sie hatten Glück und fanden viele Eimer, viel mehr als sie tragen konnten. Die Männer kippten alle aus, die noch mit irgendetwas gefüllt waren. Dann rannten sie zurück.

Charlotte sah, dass Maude schon dabei war, eine Löschkette vom Teich zur Scheune zu bilden. Alexander stand dicht hinter ihr und gab Anweisungen. Ein Glück, dass ihre Hauswirtschafterin so resolut war.

Die Männer ließen alle Eimer bei der ersten Person am Teich fallen und schauten Charlotte erwartungsvoll an.

»Ihr seid der Trupp, der nach den Funken Ausschau hält. Nehmt Euch zwei Eimer mit und sucht noch drei Männer, die den anderen Trupp bemannen.«

Alan tippte sich an die Mütze und füllte zwei Eimer, dann machten sie sich auf den Weg.

Schon war Alexander wieder bei ihr und nahm ihren Ellenbogen. »Kommt hier herüber.« Er zog sie ein Stück den Weg hinauf, dichter ans Herrenhaus. Sogleich hatte sie einen besseren Überblick. Alexander sagte: »Ich glaube, wir können noch etwas aus der Scheune retten, wenn wir zwei oder drei schnelle Läufer haben. Wollt Ihr das?«

Charlotte nickte. »Da ist ein Teil des Korns drin.« Ihr fiel etwas ein. »Das steht noch auf einem Wagen. Es wurde noch nicht abgeladen.«

»Dann sucht vier kräftige Männer, die den Wagen ziehen können.«

Charlotte schaute sich um und sah Jack und den anderen jungen Mann in Richtung des Innenhofes gehen. Sie legte die Finger an den Mund und stieß einen gellenden Pfiff aus. Für einen Moment war es ganz still, nur das Fauchen des Feuers war zu hören. Alexander schaute sie mit hochgezogenen Augenbrauen an.

»Jack, hier herüber«, brüllte Charlotte.

Sofort kamen er und sein Kompagnon zu ihr.

»Der Wagen mit dem Korn steht noch in der Scheune. Wir könnten ihn rausschieben. Traut ihr euch das zu?«

Die beiden Männer schauten sich an und nickten.

»Dann los«, sagte Charlotte und wollte sich gerade auf den Weg machen, als Alexander nach ihrem Oberarm griff.

»Ihr bleibt hier. Es nützt niemandem etwas, wenn Ihr ins Feuer lauft.«

Sie senkte den Kopf. Den Teil hatte sie vergessen.

»Ich weiß jemanden, Mylady«, sagte der junge Mann und schon waren sie davon.

Ängstlich beobachtete Charlotte, wie die Männer durch das Tor auf der Seite, die noch nicht brannte in die Scheune liefen. Wenn ihnen etwas passierte, würde sie sich das nicht verzeihen. Doch dann lenkte Alexander ihre Aufmerksamkeit auf ein Problem in der Löschkette, das sie schnell löste.

Als sie wieder aufblickte, bemerkte sie, dass irgendjemand jubelte. Die Männer schoben erst langsam, dann immer schneller den Wagen aus der Scheune und schon bald waren sie in Sicherheit.

»Gut gemacht«, murmelte Charlotte und schickte ein kleines Dankesgebet gen Himmel.

»Bleibt hier stehen«, sagte Alexander. »Egal, was passiert. Versprecht Ihr mir das?«

Sie nickte und schaute sich mit großen Augen um. Es schien alles zu laufen. Die Leute hatten begonnen, die Mauern und das Dach des Stalls nass zu machen, und das erste Wasser wurde nun auf die brennende Scheune geworfen.

Die Frauen hatten ihre Röcke an der Hüfte so verknotet, dass sie fast wie kurze Hosen waren. Einige hatten ihre Röcke und Schürzen sogar abgelegt, denn die Gefahr, dass sie Feuer fingen, war zu groß.

Charlotte beschloss, es ihnen gleich zu tun. Das hatte sie schon oft bei der Arbeit auf dem Feld getan und so manches Mal in ihrem Leben hatte sie sich danach gesehnt, Hosen tragen zu dürfen. Als sie fertig war und ihre Röcke an der Hüfte verknotet hatte, fühlte sie die Wärme des Feuers auf den nackten Beinen. Sie betete, dass es nicht übergriff. Die alte Scheune war sowieso verloren, da gab sie sich keiner Illusion hin.

Auf einmal merkte sie, dass Alexander nicht mehr neben ihr stand. Suchend schaute sie sich um. Er war einer der wenigen blonden Männer hier und außerdem war er viel größer als die meisten anderen. Es dauerte einen Moment, bis sie ihn entdeckte. Er stand gefährlich nahe am Feuer, dort wo die Löschkette endete. Wollte er etwa mithelfen? Das konnte sie nicht zulassen. Es war viel zu gefährlich in seinem Zustand.

Sie wollte gerade einen Schritt in seine Richtung machen, als sie sich daran erinnerte, dass sie ihm gerade versprochen hatte, sich nicht von der Stelle zu rühren. Das hatte er ja sehr geschickt eingefädelt.

Doch im nächsten Moment erstarrte sie vor Schreck, als sie sah, wer direkt neben Alexander stand. Es war Henry! Sie stieß einen Schrei aus und stürzte los, doch in diesem Moment drehten Alexander und Henry sich um und kamen in ihre Richtung. Alexander hatte die Schultern des Jungen umfasst und musste ihn beinahe zu Charlotte ziehen.

Sie ging ihnen nun doch ein paar Schritte entgegen. Jedes

Yard in Richtung des Feuers schien ihre Haut ein wenig mehr zu versengen. Wie heiß musste es erst dort sein, wo Henry gestanden hatte? Er hatte bei der Löschkette mithelfen wollen. Dummer Junge!

Alexander sagte etwas zu Henry, der nickte und dann liefen die beiden los. Als sie bei ihr angekommen waren, wollte Charlotte schimpfen, aber Alexander schüttelte den Kopf. »Später«, sagte er. »Henry und ich werden die Tiere auf die Koppeln lassen, damit sie vor dem Feuer flüchten können, falls doch einer der Ställe anfängt zu brennen.«

Charlotte rang mit sich, dann nickte sie. »Braucht Ihr Hilfe?«

Alexander hob die Augenbrauen. »Hattet Ihr mir nicht versprochen, den Platz hier nicht zu verlassen? Henry zeigt mir, wo alles ist und wir machen das gemeinsam.«

Henry hatte Rußflecken im Gesicht und Charlotte fragte sich, ob sie es sich einbildete oder ob seine Augenbrauen und seine Haare ein wenig versengt waren. Besorgt betrachtete sie ihn.

Es dauerte einen Moment, bis sie merkte, dass Alexander sie anstarrte. Sein Blick war an ihren Beinen hängengeblieben und auf einmal schämte sie sich ein wenig. Sie benahm sich überhaupt nicht wie eine Lady. Was dachte er nur von ihr? Sie aß mit dem Gesinde, pfiff auf den Fingern, brüllte Befehle und lief mit nackten Beinen herum. Aber sie hatte ja noch ein paar Tage, um dieses Bild wieder gerade zu rücken.

Schließlich hob er den Blick und schaute sie an. Es schien als wollte er etwas sagen, doch dann drückte er Henrys Schulter, winkte dem Hund und die drei gingen davon.

Charlotte sah ihnen nach und versuchte, ihr klopfendes Herz zu beruhigen. Alexander hatte Henry gerettet. Das war alles, was zählte und es war egal, ob sie sich wie eine Lady benahm oder nicht. Sie hätte es sich nie verziehen, wenn Henry etwas passiert wäre. Oder Sir Alexander.

Kurze Zeit später konnte sie in der Dunkelheit, dort wo die Koppel war, einen weißen Schatten sehen. Das musste der alte

Schimmel sein, der immer den Karren in die Stadt zog. Ein Pferd wieherte laut und sie meinte auch die Schweine, Kühe und Schafe über den Lärm beim Feuer zu hören. Es war richtig gewesen, die Tiere herauszulassen. Und Henry war somit weit weg genug vom Feuer.

Es dauerte noch ein paar Stunden, doch dann wurde das Feuer immer kleiner und schließlich schwelte es nur noch. Es war schließlich so dunkel, dass sie Fackeln holen mussten, um einander zu sehen. Die Löschkette wurde unterbrochen und die Menschen sanken erschöpft ins Gras. Das Ausmaß des Feuers ließ sich in der Dunkelheit schwer ausmachen.

Charlotte rieb sich über die Stirn. Dann ging sie hinüber zu Maude. »Ich weiß, dass du erschöpft bist, aber können wir allen hier etwas zu essen bringen?«

Maude schaute sie dumpf an, dann nickte sie. »Oder wir bitten alle zu Tisch. Das Abendessen steht dort sicherlich noch, wenn sich nicht die Katzen und Mäuse darüber hergemacht haben.«

»Gute Idee. Geh du vor und mache Licht und ein Feuer, dann holen wir ein wenig Schnaps aus dem Keller. Ich rufe alle zusammen.«

Maude richtete sich auf. »Aber bringt sie durch die Halle rein. Sie sollen nicht wieder alle durch Euren Kräutergarten trampeln.«

Charlotte zuckte zusammen. Dort musste sie wohl morgen den Schaden begutachten. Aber die Leute hatten es eilig gehabt, weil sie hatten helfen wollen. Und dafür war sie ihnen dankbar, da konnten sie soviel sie wollten durch den Garten trampeln.

Als alle am Tisch saßen und schweigend aßen, erkundigte Charlotte sich nach Verletzungen. Es gab ein paar kleinere Brandblasen und einen verstauchten Knöchel, weil jemand in der Dunkelheit gefallen war. Doch es war erstaunlich, wie wenig passiert war.

Charlotte versorgte die Wunden und wollte gerade selbst eine Kleinigkeit essen, als ihr auffiel, dass sie Alexander und

Henry noch gar nicht gesehen hatte. Angst stieg in ihr auf. Nachdem sie bei den Tieren im Stall gewesen waren, hatte sie sie nicht mehr gesehen.

Sie fragte herum, doch keiner wusste, wo die beiden waren. Oh Gott, nicht, dass ein Tier in Panik über sie getrampelt war.

Charlotte lief in die Halle zurück und war gerade auf dem Weg zur Vordertür, als sie sah, dass Licht im Gästezimmer brannte. Sie war sich sicher, dass dies vorhin noch nicht da gewesen war, als sie mit Alexander zum Essen gegangen war.

Vorsichtig schaute sie ins Zimmer und atmete erleichtert durch. Auf dem Bett lag Henry und schlief. Er hatte einen Arm um den Hund gelegt, der ebenfalls ruhte, aber sofort den Kopf hob, als Charlotte eintrat.

Alexander saß auf dem Stuhl an dem kleinen Tisch, hatte die Arme auf die Tischplatte und den Kopf darauf gelegt. Er schlief anscheinend auch. Nachdem er erst seit gestern wieder auf den Beinen war, war es eine zu große Anstrengung gewesen.

Charlotte betrachtete seinen blonden Schopf und auf einmal überkam sie große Dankbarkeit dafür, dass dieser Mann gerade heute hier gewesen war. Ohne ihn hätten sie das nicht so gut überstanden. Sie war erstaunt darüber, was für einen kühlen Kopf er bewahrt hatte. So als würde er das häufiger machen. Und vor allem hatte er den übereifrigen Henry aus der Gefahrenzone geholt. Allein dafür würde sie ihm ewig dankbar sein.

Doch was sollte sie jetzt mit ihm machen? Sie konnte ihn schlecht hier am Tisch sitzen lassen. Henry würde sich sicherlich die ganze Nacht nicht rühren.

Sie trat zu ihm und legte ihm eine Hand auf die Schulter, doch er wachte nicht auf. So stand sie da und erlaubte es sich, ihn zu berühren und zu fühlen, wie er atmete und sein Herz schlug, während der Hund sie wachsam beobachtete. Sie musste lächeln. »Ich tue ihm nichts«, flüsterte sie. »Ganz im Gegenteil. Ich werde mich gut um ihn kümmern.«

Beruhigt legte der Hund den Kopf wieder auf Henrys Arm.

KAPITEL FÜNF

Alexander erwachte mit einem Ruck, als Henry und der Hund gerade im Begriff waren, über ihn zu klettern. Der Junge starrte ihn mit großen Augen an. »Verzeiht, Mylord, ich wollte Euch nicht wecken.«

»Schon gut.« Alexander rieb sich über das Gesicht.

Henry stieg aus dem Bett und ging zur Tür. Er hatte noch immer Rußflecken auf den Wangen. »Ich glaube, wir haben verschlafen«, sagte er. »Mylady wird bestimmt böse mit mir sein.«

Alexander schüttelte den Kopf. »Das glaube ich nicht, Henry.«

»Oh doch, Mylord. Sie sagt immer, dass ausschlafen eine Sünde ist, wenn man auf dem Land lebt. Und jetzt ist auch noch Erntezeit. Da wird jede Hand gebraucht.«

Alexander stöhnte und rappelte sich auf. »Dann sollte ich vielleicht auch besser aufstehen, nicht, dass Mylady auch mit mir böse ist.«

Henry schüttelte den Kopf. »Ihr seid krank, da macht sie immer eine Ausnahme. Deswegen tue ich manchmal so, als wäre ich krank, damit sie sich um mich kümmert.« Er grinste. »Aber nicht verraten.«

Alexander schüttelte den Kopf und stellte die Füße auf den Boden. »Niemals«, sagte er. »Ehrenwort.«

Henry grinste und lief durch die Halle davon, den Hund dicht auf den Fersen.

Alexander schaute an sich herunter. Er trug noch immer seine Hose und sein Hemd. Nur dunkel erinnerte er sich daran, wie er sich in der Nacht zuvor ins Bett geschleppt hatte, nachdem er am Tisch eingeschlafen war. Irgendjemand hatte ihm eine Decke übergelegt und er argwöhnte, dass es Charlotte gewesen war.

Er legte den Kopf in die Hände und ließ die Erinnerungen an die vergangene Nacht vor seinem inneren Auge aufsteigen. Zum Glück war nicht viel passiert, außer, dass die Scheune abgebrannt war und mit ihr ein paar Äpfel und altes Heu. Sie hatten Glück gehabt, dass keines der anderen Gebäude Feuer gefangen hatte und niemand ernsthaft zu Schaden gekommen war, nicht einmal ein Tier. Normalerweise gingen solche Feuer schlimmer aus, vor allem, wenn es schon so lange nicht mehr geregnet hatte, wie jetzt.

Obwohl es vielleicht kein Glück gewesen war, sondern die Tatkraft der Menschen. Und vor allem Charlottes entschlossenes Handeln. Es war eindeutig, dass diese Menschen hier sie verehrten und ihr vertrauten. Sie taten alles, was sie sagte und waren sehr bemüht, ihr alles recht zu machen. Erstaunlicherweise war sie sich dessen nicht einmal bewusst. Vermutlich, weil sie keine Ahnung hatte, wie es in anderen Haushalten zuging. Noch nie hatte er erlebt, dass Menschen sich so sehr auf jemanden verließen, zu jemandem aufblickten und bemüht waren, alles richtig zu machen. Und dazu war Charlotte eine Frau.

Das Bild von ihr, wie sie oben auf dem Weg gestanden hatte, die Haare vom Schein des Feuers noch leuchtender als sonst, ihr Rock um die Hüften verknotet, der Blick auf ihre schlanken, weißen Beine frei, und die Hände in die Seiten gestemmt, hatte sich in sein Gedächtnis eingebrannt und er ahnte, dass er es nie vergessen würde.

Bei Hofe hatte er schon einige starke Frauen kennengelernt. Contessa Valentina Turrini und auch Sophia, die Frau seines Bruders und natürlich nicht zuletzt die Königin gehörten dazu. Doch Charlotte war ganz anders. So ungezähmt und wild und doch so herzensgut und freundlich. Als sie im Schein des Feuers gestanden hatte, hatte er sich kaum an ihr sattsehen können und für einen Moment hatte er wie ein Trottel mit offenem Mund vor ihr gestanden.

Als er hierher gekommen war, hatte er mit vielem gerechnet, aber nicht damit, dass Lady Charlotte Dalmore ihn auf eine so besondere Art und Weise faszinieren würde. Nicht nur das: Jedes Mal, wenn er sie berührte, was in der vergangenen Nacht häufiger vorgekommen war, als schicklich gewesen wäre, stieg Begehren in ihm auf. Ein Begehren, dass er so nicht kannte und auch nicht wollte, denn es war nicht hilfreich. Im Gegenteil, es stand seinem Auftrag im Wege. Und doch war es da.

Der Gedanke daran, dass er ihr noch ein paar Tage Bedenkzeit zugestanden hatte, in denen die Ernte eingefahren und ein Baby geboren werden sollten, machte ihn zufrieden und beunruhigte ihn zugleich. Er hatte nichts dagegen, noch ein paar Tage hier zu sein und sie in ihrem Element zu erleben. So konnte er durchatmen, bevor es zurück an den Hof zu den politischen Spielchen und womöglich nach Irland ging, um dort dem König zu dienen. Natürlich würde er es niemals zugeben, wenn jemand ihn danach fragte, aber manchmal ermüdete ihn das Leben am Hof. Das alles hier war anders, soviel ehrlicher und lebendiger. Die Menschen waren anders, er wusste woran er war und musste nicht ständig auf der Hut sein.

Auf der anderen Seite beunruhigte es ihn, denn er wusste, dass er in England kein gern gesehener Mann war und sollte er den Soldaten des neuen Königs in die Hände fallen, würde man ihn sicherlich in das dunkelste Verlies einsperren, das sie fanden. In den vergangenen Monaten, in denen er die Anhänger von König James nach Frankreich begleitet hatte, war er sich der Gefahr, in der er schwebte, immer bewusster geworden. Dies würde sein letzter Auftrag sein bei dem er eine Familie nach Frankreich begleitete, das hatte er bereits mit den Beratern der Königin besprochen. Er gefährdete nicht nur sich, sondern auch die Menschen, die er über den Kanal brachte.

Der Gedanke daran, dass er in England, seinem Heimatland, das Land für das er alles tun würde, ein ungebetener Gast war, machte ihn zornig und hilflos, denn er hatte kein anderes Zuhause. Und deswegen gab es für ihn nur eine Chance, um wieder ein Leben führen zu können, das ihm gefiel: Er musste dafür sorgen, dass König James wieder auf den Thron kam. Doch wie er das anstellen sollte, wusste er nicht.

Der andere Grund, warum es ihn beunruhigte, noch ein paar Tage länger in Greenhills zu bleiben, als gedacht, war Lady Charlotte selbst. Es gefiel ihm zu sehr in ihrer Nähe zu sein und er wusste, dass er diesem Begehren, das in ihm aufstieg, wenn er sie auch nur anschaute, nicht nachgeben durfte. Deswegen wäre es besser, wenn er sie so bald wie möglich nach Frankreich brachte. Doch allein der Gedanke daran, dass sie mindestens zehn Tage gemeinsam dorthin reisten, verursachte ihm Unbehagen und er betete, dass er das heil überstehen würde.

Als er daran dachte, wie aufmerksam er Jonathan Wickham hatte bewachen müssen, damit er nicht floh, stöhnte er auf. Das würde er bei Charlotte niemals aushalten.

Eine Stimme neben ihm schreckte ihn auf. »Ist alles in Ordnung? Geht es Euch nicht gut? Soll ich Euch wieder einen Tee machen? Ich glaube, es war letzte Nacht zu viel für Euch.«

Lady Charlotte!

Er war so schnell auf den Beinen, dass ihm kurz schwindelig wurde. Sie stand neben ihm, die Haare erneut nur lose zu einem Zopf gebunden, aus dem sich schon wieder einige Haarsträhnen gelöst hatten.

»Nein, alles gut, ich habe nur über letzte Nacht nachgedacht und darüber, was für ein Glück wir hatten.«

Sie lächelte. »Das hatten wir in der Tat. Es ist zwar schade um die alte Scheune, aber ich glaube sie hätte höchstens noch zwei oder drei Winter gehalten und wäre dann sowieso zusammengefallen. Genau dafür haben wir ja die neue gebaut.«

Er versuchte sich auf ihre Worte zu konzentrieren und nicht darauf, wie dicht sie vor ihm stand. »Reicht denn der Platz für die Ernte?«

Sie zuckte mit den Schultern. »Vermutlich nicht, aber ich werde mir etwas einfallen lassen. Heute müssen wir erst einmal aufräumen. Ein paar Leute aus dem Dorf sind schon da und haben angefangen.«

»Kann ich helfen?«, fragte Alexander.

»Geht es Euch wirklich gut?«, fragte sie.

Er seufzte. »Hört bitte auf, das zu fragen. Ich komme mir sonst wie ein alter gebrechlicher Greis vor.«

Sie lachte auf und fasziniert betrachtete er sie. Sie kicherte nicht hinter vorgehaltener Hand oder einem Fächer, wie es viele Frauen bei Hofe taten, sondern lachte laut heraus und legte dabei den Kopf ein wenig in den Nacken, was ihren Hals entblößte.

»Ihr und ein Greis? Nichts könnte weiter von der Wahrheit entfernt sein. Ich habe noch nie jemanden erlebt, der sich so schnell von einem Fieber erholt hat, wie Ihr.« Sie zögerte. »Darf ich trotzdem nach Eurer Wunde sehen und sie neu verbinden?«

Wieder war er in diesem Zwiespalt. Einerseits wollte er genau das und dann wieder konnte er den Gedanken, dass sie ihm so nah war, nur schwer ertragen.

Sie deutete sein Zögern anders. »Ich weiß, dass Ihr denkt, dass diese Wunde von selbst heilt, aber mir wäre es lieb, wenn sie sich nicht wieder entzündet, nur weil Ihr mich nicht die Verbände wechseln lasst.«

Er nickte langsam. »Also gut. Aber nur, wenn Ihr mich dann bei den Aufräumarbeiten helfen lasst.«

Sie schüttelte den Kopf und griff nach der Kiste mit dem Verbandszeug. Dann zog sie sich einen Stuhl heran und setzte sich direkt neben ihm. »Zieht bitte das Hemd aus der Hose und haltet es hoch, damit ich ungestört arbeiten kann.«

Er tat, was sie sagte und richtete den Blick stur auf das Bild des Mannes an der Wand, nur um nicht auf ihre flammenden Haare zu schauen, die seinem Körper entschieden zu nahe waren. Er konnte ihren Atem auf seiner Haut spüren und dann ihre kühlen Finger, als sie vorsichtig den Verband löste. Als der Stoff weg war, strich sie vorsichtig mit den Händen über seine Haut um die Wunde herum. Er wusste, dass sie ihn mit den Augen einer Heilerin ansah und nicht mit denen einer Frau, trotzdem fragte er sich, ob ihr gefiel, was sie sah. Dann verdrängte er den Gedanken. Er war nicht eitel und war es auch noch nie gewesen und es war gänzlich unpassend, dass er so etwas dachte.

»Die Wunde sieht gut aus und heilt bereits. Auch die Entzündung ist zurückgegangen.«

»Dann kann ich also mitarbeiten?«

Sie schüttelte den Kopf und war ihm so nah, dass einige ihrer Haare ihn bei dieser Bewegung am Bauch kitzelten. Er schloss die Augen und biss die Zähne zusammen.

»Nein, ich habe etwas anderes mit Euch vor.«

Die Art, wie sie es sagte, war unschuldig, trotzdem stiegen Bilder in seinem Kopf auf, die vollkommen unpassend waren. Er atmete tief durch und versuchte, sie zu verdrängen. Sie war ihm viel zu nah, als dass er sich jetzt eine körperliche Reaktion auf sie erlauben durfte. Vermutlich lag es daran, dass er schon viel zu lange nicht mehr mit einer Frau zusammen gewesen war. Das war alles. Sein Körper spielte ihm einen Streich. Weiter nichts.

»Und was wäre das?«, fragte er und versuchte seine Stimme so neutral wie möglich zu halten. Ganz so, als würde er einen Auftrag von einem der Lords entgegennehmen.

Sie strich eine Salbe auf die Wunde und der brennende Schmerz brachte ihn wieder ein bisschen zu Verstand. »Am ersten

Tag, als Ihr hier angekommen seid, habt Ihr gesagt, Ihr wärt Advokat. Stimmt das oder habt Ihr das nur im Fieber gesagt?«

Sie legte einen Verband auf und drückte ihn leicht an.

»Ich habe Rechtswissenschaften studiert«, sagte er. »Also könnte man sagen, dass ich ein Advokat bin. Auch wenn ich so nicht mein Geld verdiene.«

»Gut«, erwiderte sie und griff um ihn herum, um den Verband zu befestigen. Dabei lag ihre Wange für einen Moment fast an seinem Bauch, er spürte auf jeden Fall ihre Haare. Er atmete scharf ein. Sie hielt inne und schaute zu ihm auf. »Tut es so weh?« Sie klang erstaunt.

Er nickte. »Aber es geht schon.« Dann zwang er sich zu sagen: »Warum ist es gut?«

Sie rollte den Verband weiter. »Ich brauche Eure Hilfe und bitte Euch, dass Ihr Euch meine Unterlagen anschaut. Ich versuche, alles in Ordnung zu halten und eigentlich hat das immer gereicht, aber jetzt muss ich einige Verträge und Urkunden verstehen und das ist so schwer, weil sie vor vielen Jahren aufgesetzt wurden und unglaublich kompliziert sind.« Sie befestigte das letzte Stück und sagte dann: »Ihr könnt das Hemd wieder herunterlassen.«

Erleichtert trat er einen Schritt zurück und steckte das Oberteil in den Hosenbund. »Warum ist das wichtig?«

Sie presste die Lippen zusammen und räumte ihre Verbände wieder fort. »Weil sich zu viele Menschen für das Anwesen interessieren, seit mein Vater gestorben ist. Vor allem mein Nachbar. Auf einmal hat er ein gesteigertes Interesse an allem hier und ich fürchte, dass diese Raubtiere nur darauf warten, es mir wegzunehmen.«

Alexander hob eine Augenbraue. »Das können sie aber nicht einfach.«

Sie straffte die Schultern. »Nein, vielleicht nicht, aber sie könnten auf die Idee kommen, mich zu heiraten.«

Alexander verspannte sich ein klein wenig bei dem Gedanken. »Euer Nachbar will Euch heiraten?«

Sie schüttelte den Kopf. »Er nicht. Ich bin vom Stand her viel zu niedrig für ihn. Aber er will das Gut. Doch genau das soll er nicht bekommen. Es gehört mir. Aber um das zu beweisen und allen klarzumachen, dass niemand ein Recht hat, mich hier rauszuschmeißen, brauche ich Eure Hilfe. Ich verstehe diese Unterlagen nicht und ich habe Angst, dass irgendwann jemand mit einem Advokaten kommt, mir ein Schriftstück unter die Nase hält und ich dann den Erstbesten heiraten muss oder auf einmal Greenhills los bin.«

Bestürzt sah er, dass Tränen in ihren Augen glitzerten.

»Und wo sollen wir dann alle hin? Hier ist es sicher und wir sind glücklich.« Sie biss sich auf die Lippe. »Auch wenn ich meinen Vater manchmal dafür gehasst habe, dass er sich nicht für mich interessiert hat, nur weil ich kein verdammter Junge war, hat er uns wenigstens in Ruhe gelassen und niemand konnte einfach so kommen und uns Greenhills wegnehmen. Dafür war er wirklich gut. Aber jetzt ist er tot und ich habe das Gefühl, dass ich gleich von einem Raubtier überfallen werde, das mir alles wegreißt.«

Sie sah so verzagt aus, dass Alexander sie am liebsten in den Arm genommen hätte. Doch diese Geste stand ihm nicht zu. Schließlich hatte sie ihn gerade quasi als ihren Anwalt engagiert. »Wen meint Ihr mit uns?«, fragte er stattdessen leise.

Sie machte eine umfassende Geste. »Na, alle hier. Anni, Maude, Alan, William, Jack, Fiona und Henry. Sogar die Tiere. Wir sind hier glücklich und keiner von uns kann irgendwo anders hin.«

Alexander nickte langsam. Sie sprach von den Menschen hier, wie von ihrer Familie. Und in einem hatte sie recht: Sie konnte all diese Menschen nicht mit nach Frankreich nehmen. Vielleicht war ihr Platz wirklich hier. Zum ersten Mal kamen ihm Zweifel an der Richtigkeit seines Auftrags.

Sie erhob sich und schaute ihn mit großen Augen an. »Also, könntet Ihr Euch die Urkunden anschauen, ob ich irgendetwas übersehen habe, was mir das Genick brechen könnte?«

Er seufzte. »Ich werde nicht zulassen, dass Euch jemand das Genick bricht.« Er zögerte. »So kann ich wenigstens das hier wieder gut machen.«

Zu seinem eigenen Erstaunen, streckte er die Hand aus, strich vorsichtig mit dem Finger über ihre Augenbraue und ließ ihn dann auf ihrer Wange zum Liegen kommen. Ihre Haut war so samtig und er genoss die Berührung.

Sie schloss die Augen und er konnte sehen, wie sich ihre Atmung beschleunigte. Er musste seinen Finger dort wegnehmen, doch er konnte nicht. Als sich der Moment in die Länge zog, brachte er endlich die Kraft auf, um seine Hand zurückzuziehen.

Charlotte holte tief Luft, seufzte und schlug die Augen auf. »Das ehrt Euch sehr, aber das braucht Ihr nicht. In der vergangenen Nacht habt Ihr mir genug geholfen. Ohne Euch wäre das Feuer sicherlich außer Kontrolle geraten, weil ich einfach nicht gewusst hätte, was ich machen soll.«

Er wollte etwas einwenden, doch sie schüttelte den Kopf. »Keine Einwände, Sir Alexander. Wir sind quitt. Helft Ihr mir trotzdem mit den Urkunden?«

»Natürlich«, sagte er mit einer leichten Verbeugung.

Sie wandte sich zum Gehen und zu seiner Überraschung griff sie nach seiner Hand und drückte sie leicht. Sie stand so dicht vor ihm, dass er sie riechen konnte, ein Duft wie Wildblumen. »Danke für alles«, sagte sie leise und dann war sie fort.

Alexander schloss die Augen und biss die Zähne zusammen. Wenn das so weiterging, würde es sein schwierigster Auftrag bisher werden. Denn zu dem Begehren hatte sich Zärtlichkeit gesellt und das hielt er für das viel gefährlichere Gefühl.

KAPITEL SECHS

Charlotte strich sich eine Haarsträhne aus dem Gesicht und musste lächeln, als Jack den Hammer in die Höhe reckte. Gerade hatte er die letzte Schindel auf dem Dach der neuen Scheune angebracht.

Die Sonne neigte sich dem Horizont entgegen, vom Feld her kam ein Wagen Garben den Weg herauf und Charlotte hätte nicht glücklicher sein können.

Neben einem der Wagen ging Sir Alexander. Er sah müde aus, aber zufrieden. In den vergangenen Tagen, seit er wieder auf den Beinen war, hatte sie gelernt, seine Gefühle an seiner Haltung zu erkennen. Es war nur subtil, denn er musste es gewohnt sein, sich zurückzunehmen und seine wahren Gefühle nicht erkennbar zu machen, doch sie konnte mittlerweile sagen, wann er wütend oder niedergeschlagen war, wann er sich freute und wann er sich Sorgen machte.

Seine Wunde war gut verheilt, denn die Tage über den Büchern und Urkunden hatten ihm die nötige Ruhe gegeben. So hatte sie ihm erlaubt, dass er mit aufs Feld kommen durfte. Und wenn sie ehrlich war, wünschte sie sich jetzt, dass sie es früher getan hätte. Er war ein guter Arbeiter. Er verstand zwar nichts von der Arbeit auf dem Feld, aber er war erfahren, was Tiere anging und er lernte unglaublich schnell. Man brauchte ihm nur einmal etwas zeigen und er begriff sofort, was er machen musste. Außerdem dachte er mit und erkannte Probleme manchmal schon, bevor sie überhaupt entstanden. Seine Körpergröße und seine Kraft halfen natürlich auch.

Er war zurückhaltend und freundlich, bildete sich nichts auf seinen Titel ein und beobachtete die meiste Zeit still das Geschehen. Auch sie selbst bedrängte er nicht, obwohl ihr bewusst war, dass er bald nach Frankreich zurückkehren musste. Meistens zog er sich abends noch einmal mit den Urkunden zurück und kam nur selten, um sie nach etwas zu fragen. Auch hier bewies er Scharfsinn und Genauigkeit.

Schon manches Mal hatte sie sich dabei ertappt, dass sie sich wünschte, er würde länger bleiben. Es war angenehm, ihn um sich zu haben. Auch für ihre Augen. Sie beobachtete ihn gern und manchmal, wenn er ihren Blick spürte, den Kopf hob und sie anschaute, musste sie eine Hand auf den Bauch legen, um ein Flattern zu unterdrücken.

Als er sie jetzt bemerkte, löste er sich aus der Gruppe um den Wagen und kam zu ihr herüber. Sie genoss seinen Anblick, als er auf sie zukam und musste lächeln, als sie bemerkte, dass er sich einen Sonnenbrand im Nacken und auf den Armen eingefangen hatte. Dies war ein deutliches Zeichen dafür, dass er die Arbeit auf dem Feld nicht gewohnt war. Bauern bekamen keinen Sonnenbrand mehr. Doch sie fand, dass es ihm durchaus stand. Es ließ ihn gesünder aussehen, nicht mehr so blass wie am ersten Tag, als er mit dem Fieber vor ihrer Tür gestanden hatte.

»Dann ist die Scheune endlich fertig?« Er stellte sich neben sie und schaute zu dem neuen Gebäude hinüber.

Charlotte nickte. »Ja, zum Glück. Jetzt können wir alle Arbeit in die Ernte stecken.«

»Wie lange wird es noch dauern?«, fragte er betont beiläufig.

Sie warf ihm einen Blick von der Seite zu. »Müsst Ihr nach Frankreich zurück?«

Er zog eine Grimasse. »Eigentlich hätte ich schon lange

wieder dort sein müssen.« Er hob die Hand, als sie etwas einwenden wollte. »Aber ich habe mich dafür entschieden, Euch die Bedenkzeit zu geben und deswegen ist es nicht Eure Schuld.«

Er schien sie mittlerweile auch ein wenig zu kennen.

Sie verschränkte die Arme und schaute wieder zur Scheune hinüber. Ja, sie hatte sich Bedenkzeit erbeten, aber sie hatte von Anfang an gewusst, dass sie nicht mitgehen würde. Doch mit jedem Tag, da sie mehr Ernte eingefahren hatten, dachte sie darüber nach, ob sie nicht doch gehen sollte. Nur kurz, um dann schnell wiederzukehren. Vielleicht war das die einzige Chance in ihrem Leben einmal hier herauszukommen und etwas anderes zu sehen. Hier in Greenhills würde sie noch lange genug leben. Doch jedes Mal, wenn sie über diese Reise nachdachte, verwarf sie den Gedanken wieder. Es ging einfach nicht und wenn sie ehrlich war, wollte sie auch mitfahren, um noch etwas Zeit mit ihm zu haben. Und das war ein ganz und gar törichter Gedanke.

Er wandte sich ihr zu. »Wie wahrscheinlich ist es, dass Ihr mitkommt?«

Sie riss die Augen auf. Konnte er ihre Gedanken lesen?

Er fuhr fort: »Ich meine, nun da die Scheune abgebrannt ist und mit der Ernte mehr zu tun ist, als gedacht, werdet Ihr vermutlich eher darüber nachdenken, hier zu bleiben, oder?«

Seine blauen Augen schienen sie zu durchbohren. Hastig wandte Charlotte den Blick ab. Sie hob die Schultern. »Ich weiß es noch nicht.«

»Lasst mich wissen, wenn Ihr Euch entschieden habt. Aber ich will Euch auf keinen Fall drängen. So eilig habe ich es auch nicht.«

Sie hob die Augenbrauen und konnte nicht widerstehen, zu sagen: »Warum, gefällt Euch die Arbeit auf dem Feld so sehr?«

Er schaute sie schweigend an und sein Blick schien sich fast in sie zu bohren, dann zuckte er mir den Schultern. »Nicht nur das.«

Für einen Moment war sie sprachlos. Es war eigentlich nur

eine harmlose Neckerei gewesen, doch sie fühlte, dass es eine tiefere Bedeutung gehabt hatte. Etwas, das sie atemlos machte. Etwas, das gefährlich war. Und dabei konnte sie noch nicht einmal genau benennen, was sie so atemlos machte. Vielleicht war es seine Ernsthaftigkeit oder sein Blick. Jetzt schaute er sie schon wieder so an, als würde er darauf warten, dass sie etwas Bestimmtes sagte. Oder bildete sie sich das nur ein?

Um wieder festeren Boden unter den Füßen zu bekommen, sagte sie: »Stellt Euch vor, heute morgen waren sowohl die Kühe, als auch die Schweine ausgebrochen. Sie sind einfach durchs Tor raus spaziert, denn am Zaun war nichts zu sehen. Jack und ich haben bis zum Nachmittag gebraucht, um alle einzufangen. Und die Muttersau fehlt immer noch, aber meistens versteckt sie sich irgendwo, wenn sie kann.«

Sie plapperte einfach drauf los.

Alexander wandte sich zu ihr um und für einen kurzen Moment erschien er enttäuscht. Dann runzelte er die Stirn. »Wie konnte denn das passieren? Henry hat doch bestimmt nicht das Tor offen gelassen. Er ist immer so sorgfältig.«

Charlotte atmete erleichtert auf, als sie sich wieder auf sicherem Grund befand. Dann lächelte sie, denn sie freute sich immer, wenn er Henry lobte. Sie schüttelte den Kopf. »Heute morgen ist er gleich ins Dorf gelaufen, weil er für mich etwas ausliefern sollte. Ich habe die Tiere selbst rausgelassen.«

»Aber Ihr habt das Tor doch ganz sicher nicht aufgelassen.«

Sie schüttelte den Kopf. »Nein. Warum fragt Ihr?«

Er verschränkte die Arme hinter dem Rücken und blickte nachdenklich in Richtung der Ställe. »Wären nur die Kühe ausgebrochen oder nur die Schweine würde ich es nicht auffällig finden, aber so? Eure Zäune sind stabil und in Ordnung und Eure Leute zuverlässig, vor allem Henry. Ihr selbst gebt auch Acht. Irgendetwas stimmt da nicht.«

Charlotte runzelte die Stirn. »Wie meint Ihr das? Glaubt Ihr, dass jemand das mit Absicht getan hat?«

Er schaute sie nachdenklich an, dann zuckte er mit den

Schultern und lächelte. »Vermutlich nicht. Ich bin es nur gewohnt, immer argwöhnisch zu sein. In London gibt es viele Verbrecher und Halsabschneider. Da muss man vorsichtig sein.«

Charlotte musste lächeln. »Das ist hier zum Glück anders. Für die Menschen hier lege ich meine Hand ins Feuer. Sie würden so etwas niemals tun.«

Er nickte. »Wie ich schon sagte, mein Argwohn ist vermutlich nicht angebracht. Hier leben tatsächlich außergewöhnliche Menschen.«

Charlotte ließ den Blick über die Scheune gleiten und konnte sich ein Lächeln nicht verkneifen. »Sie sind alle etwas Besonderes. Und ich bin dankbar, dass sie hier sind.«

Er drehte sich wieder zur Scheune, wo Jack gerade von der Leiter stieg und Alan ihm das Werkzeug abnahm und ihm auf die Schulter klopfte. »Erzählt mir von ihnen.«

Hilflos hob sie die Schultern. »Was soll ich denn erzählen?«

»Zum Beispiel wie es dazu kam, dass Alan nicht mehr richtig sprechen kann. Oder warum William humpelt und seine Aufgaben nicht verrichten kann, aber alle ihm unter die Arme greifen und seine Arbeit mit verrichten. Oder warum Anni immer zusammenzuckt, wenn irgendwo etwas herunterfällt und Maude dann einmal kurz schnalzt und sie sich sofort wieder beruhigt.«

Verdutzt starrte sie ihn an. »Woher wisst Ihr das alles?«

Er lächelte. »Das ist nicht schwer zu sehen, wenn man ein wenig Zeit mit ihnen verbringt. Und noch etwas ist mir aufgefallen: Alle sind Euch derart ergeben, dass ich das Gefühl habe, dass Ihr eine ganze Menge mit ihrem Schicksal zu tun habt. Viele von denen, die direkt auf dem Anwesen arbeiten und nicht aus dem Dorf kommen, sind nicht hier aufgewachsen und zum Teil auch noch nicht lange hier. Was hat es damit auf sich?«

Charlotte ließ sich gegen die kleine Mauer sinken und verschränkte die Arme. Sie musste die Tatsache erst einmal verdauen, dass er all das bemerkt hatte. Sie hatte immer gedacht, dass sie alles gut geheim gehalten hatte und dass es für einen Fremden nicht so offensichtlich wäre. Aber vielleicht war Alexander kein Fremder mehr.

»Es sind alles wunderbare Menschen«, sagte sie leise.

»Ich weiß«, antwortete er. »Und sie verehren Euch.«

Sie schüttelte den Kopf. »Tun sie nicht.«

»Ich weiß, was ich gesehen habe und es ist doch keine Schande, dass dem so ist. Vermutlich habt Ihr ihnen etwas Gutes getan, wofür sie Euch ewig dankbar sind.«

Er sagte es so sanft, dass sie wagte, den Blick zu heben. Seine Augen ruhten sanft auf ihr.

»Ich habe nichts weiter getan, als sie hier aufzunehmen, als keiner sie mehr wollte. Ich finde, dass jeder ein Recht darauf hat, ein Leben zu führen, wo ihm nichts passieren kann. Und für diese Menschen ist dieser Ort hier.«

Sie reckte beinahe trotzig das Kinn. Sie hatte diesen Satz in ihrem Leben schon öfter geprobt, hatte ihn aber noch nie anwenden müssen, da ihr Vater sich nie dafür interessiert hatte, was auf Greenhills passierte.

»Und Ihr habt diesen Ort für sie geschaffen.«

Er lehnte sich neben ihr gegen die Mauer, fast ein wenig zu nah, als dass es schicklich war. Wenn sie zu wild gestikulierte, würde sie ihn ständig berühren. Dieser Gedanke verursachte schon wieder dieses Kribbeln in ihrem Bauch und machte sie atemlos.

Wieder zuckte sie mit den Schultern, versuchte aber, sich so wenig wie möglich zu bewegen. »Ich habe diesen Ort nicht geschaffen. Greenhills gab es schon und es war so leer. Warum sollte ich sie nicht aufnehmen? Es sind alles gute Menschen und sie können noch genauso arbeiten, wie andere.«

Sie hörte mehr, dass er lächelte, als dass sie es sah, denn sie wagte es nicht, ihn anzuschauen, dafür war er zu nah. »Ihr braucht weder Euch noch sie zu verteidigen. Im Gegenteil, ich bin beeindruckt von diesem Zusammenhalt hier und was Ihr geschaffen habt. Mittlerweile kann ich verstehen, dass Ihr nicht mit nach Frankreich kommen wollt. Ihr könnt sie nicht allein lassen.«

Sie schüttelte den Kopf. »Niemals würde ich das hier aufgeben. Wo sollen sie denn sonst hin?«

»Erzählt mir von ihnen«, bat er erneut.

»Wirklich?«

»Wirklich. Ich bin sehr neugierig.«

Fast hätte sie gelacht. Sie stellte sich jemanden, der wirklich neugierig war und seine Nase in alles steckte, anders vor. Aber sie konnte fühlen, dass er es ernst meinte und ehrlich interessiert war. Und sie fühlte, dass sie ihm vertrauen konnte.

So erzählte sie ihm von Anni, die noch von ihrer Mutter hierhergeholt worden war, weil sie als Kind misshandelt und dann rausgeworfen worden war, als sie den Herrn des Hauses mit einem Messer bedroht hatte, als er auf einmal in der Küche hinter ihr aufgetaucht war. Deswegen war sie so empfindlich, was Geräusche anging und Maude hatte das mit dem Schnalzen durch Zufall herausgefunden. Seitdem hielten sich Annis Panikanfälle in Grenzen.

Sie erzählte von Alan und von dem Tritt des Kutschpferdes gegen seinen Kiefer, wie er seitdem nur noch flüssige oder breiige Nahrung zu sich nehmen konnte und dass seine Frau ihn zuhause rausgeschmissen hatte, weil sie ihn nicht mehr als ganzen Mann erachtete. Dabei konnte Alan besser als alle anderen alles reparieren, was kaputt gegangen.

Sie erzählte sogar von Maude, die fast im Zuchthaus gelandet wäre, weil ihre Herrin sie des Stehlens bezichtigt hatte und nicht einsehen wollte, dass ihre eigene Schwester Gegenstände verkauft hatte.

Als sie geendet hatte, war die Sonne untergegangen und alle Erntehelfer machten sich auf den Weg zum Abendessen ins Herrenhaus.

Alexander lächelte. »Und Henry?«, fragte er. »Was ist seine Geschichte?«

Charlotte erstarrte und konnte auf einmal nicht mehr atmen. Aufmerksam schaute er sie an und sie verfluchte sich, dass sie sich auf dieses Thema eingelassen hatte. Schließlich würgte sie hervor: »Er ist ein Findelkind.«

»Und Anni hat ihn großgezogen?«

Charlotte schüttelte den Kopf. »Wir alle haben ihn großgezogen und ich bin jeden Tag dankbar, dass er hier ist.«

Wieder warf er ihr diesen prüfenden Blick zu und sie fragte sich, ob er wusste, dass sie log. Aber obwohl sie bereit war, ihm zu vertrauen, was die Geschichten der anderen anging, konnte sie ihm Henrys Geschichte nicht erzählen. Es war zu gefährlich.

»Er ist ein wunderbarer Junge«, sagte Sir Alexander nun. »Ich glaube, es gab keine Stunde, da er mich nicht mit Fragen gelöchert hat, wie es in London ist und was die Welt da draußen sonst noch zu bieten hat. Er hat eine unglaubliche Beobachtungsgabe. So etwas habe ich noch nie bei einem Kind erlebt.«

Charlotte nickte langsam. »Und er liebt Tiere über alles. Ich glaube, er hofft, dass er für immer mit dem Hund zusammen sein kann und Ihr nie wieder weggeht. Und ich glaube, das hoffen noch einige andere hier.«

Auf einmal wurde ihr klar, dass sie sich schon wieder auf dünnes Eis begeben hatte. Und natürlich schaute er sie von der Seite an. Sie blickte aber stur zur Scheune, als gäbe es dort etwas Interessantes zu sehen.

Verdammt, sollte sie hinzufügen, dass Anni etwas in der Richtung geäußert hatte und selbst Jack und der alte Dickie gesagt hatten, dass sie ein paar Hände wie Mylord sie hatte, hier gut gebrauchen könnten? Doch es wäre albern, das jetzt zu tun.

Alexander ließ den Moment vorüber streichen und sie atmete erleichtert aus, als er sagte: »Ich habe auch schon darüber nachgedacht, den Hund hier zu lassen. Er und Henry würden gut zusammen passen. Im Grunde sind sie beide Findelkinder.«

Charlotte biss sich auf die Lippe, als er das Wort verwendete. »Das ist sehr gütig von Euch, aber ich denke, dass es ein zu großes Geschenk für Henry wäre.«

»Ehrlich gesagt, ist in meinem Leben kein Platz für einen Hund, dafür bin ich zu viel unterwegs. Er wäre hier besser aufgehoben. Ihr würdet also mir einen Gefallen tun.«

Sie hielt die Luft an und fragte sich auf einmal, ob es eine Frau in seinem Leben gab. Darüber hatte sie sich noch nie Gedanken gemacht. Vielleicht war er sogar verheiratet und hatte Kinder und sie wusste nichts davon.

Der Gedanke ließ sie auffahren. Sie saß hier und gab sich mädchenhaften Träumereien hin, dabei wusste sie gar nichts über ihn.

Er wandte sich zu ihr um. »Alles in Ordnung?«

Charlotte stand auf und nahm ihren Korb mit den Kräutern, die sie gesammelt hatte. »Ich denke, wir sollten zum Abendessen gehen.«

Mit einem Stirnrunzeln schaute er sie an, dann nickte er und bot ihr den Arm. Sie zögerte und fragte sich, ob es eine gute Idee wäre, aber dann wurde ihr klar, dass sie keinen guten Grund hätte, seinen Arm abzulehnen.

Er nahm ihren Korb und sie legte eine Hand auf seinen Arm. Dann atmete sie tief durch und ging mit ihm zum Herrenhaus hinüber.

Im Speisezimmer herrschte Feierstimmung, obwohl alle von der Arbeit des Tages erschöpft waren. Aber sie wollten feiern, dass die Scheune fertig war.

Charlotte und Alexander diskutierten mit, wo die restliche Ernte, die nicht mehr in die neue Scheune passte, gelagert werden sollte und gemeinsam entwickelten sie am Tisch einen Plan.

Nachdem das Abendmahl abgetragen worden war, zogen sich alle zurück und Charlotte blieb noch eine Weile in der Küche, weil sie schauen wollte, wie es Anni ging und wann das Baby endlich kommen würde. Als sie den Bauch der Schwangeren abtastete, fiel ihr auf, dass Alexander gar nicht nach dem Vater des Kindes gefragt hatte. Sicherlich musste ihm mittlerweile aufgefallen sein, dass es keinen Mann an Annis Seite gab. Sie war ihm dankbar dafür, dass er dieses Thema nicht angesprochen hatte, denn sie war sich nicht sicher, ob sie das mit ihm hätte besprechen wollen.

Sie schreckte auf, als sie Stiefel auf der Treppe hörte. Sofort wusste sie, dass er es war. Er steckte den Kopf in die Küche und schaute sich suchend um. »Lady Charlotte? Kann ich Euch kurz sprechen?« Er sah so ernst aus.

Sie erhob sich. »Aber natürlich, was gibt es?«

»Im Arbeitszimmer, bitte.«

Sie runzelte die Stirn. Warum war er so kurz angebunden? Hatte sie etwas falsch gemacht?

Im Arbeitszimmer lagen überall die Urkunden und Papiere in ordentlichen Stapeln. Auf den beiden Sesseln, die vor dem Schreibtisch standen, lagen jeweils einer, auf dem Boden vor dem Bücherregal waren gleich mehrere und sogar auf dem Fensterbrett hatte er Stapel hinterlegt, die er mit jeweils einem Buch beschwert hatte, damit sie nicht wegwehten, wenn Maude hier lüftete. Nur der Schreibtisch war leer, vermutlich weil er den zum Arbeiten brauchte. Bei ihr sah es anders aus, wenn sie hier arbeitete.

Er schloss die Tür hinter ihr und kam sogleich zur Sache. »Welcher Nachbar ist es, mit dem Ihr Probleme habt?«

Charlottes Magen verknotete sich. Etwas schwang in seiner Stimme mit, das sie sehr unruhig machte. »Der Duke of Egerton.«

Er biss die Zähne zusammen. »Er ist aber kein direkter Nachbar.«

Charlotte hob die Augenbrauen. »Spielt das eine Rolle? Und wenn man es genau nimmt, ist er schon unser Nachbar. Ein ganz kleines Stück seines Waldes grenzt an eine unserer hinteren Wiesen.«

Er zog eine Grimasse. »Warum habt Ihr mir nicht schon früher davon erzählt?«

»Habe ich doch. Das ist der Grund, warum Ihr die Urkunden durchgeht.«

»Aber Ihr habt mir nicht seinen Namen gesagt.« Er zögerte. »Ist es der alte Duke? Soweit ich weiß, ist er bettlägerig und kann seine Geschäfte nicht mehr führen.«

Eiseskälte stieg in Charlotte auf. Sie zwang sich, zu antworten. »Nein, es ist sein Sohn. Er führt seine Geschäfte und ist seit einiger Zeit wieder hier.«

Alexander straffte die Schultern und ging hinüber zum Schreibtisch. Alles an ihm hatte sich verändert – seine Haltung, seine Stimmung. Es schien, als wäre alles um ihn herum auf einmal dunkel geworden.

»Kennt Ihr ihn?«, fragte sie.

Ganz kurz ballte sich seine Hand zur Faust und er schaute nicht gleich auf. Sie hatte schon ihre Antwort.

Alexander nickte knapp, dann atmete er tief durch. »Das verändert die Lage ein wenig.«

»Welche Lage?«, fragte sie matt.

»Eure«, sagte er und nahm einen Stapel Papiere.

»Aber warum?«

»Weil der Duke ein mächtiger Mann ist und sein Sohn sich nimmt, was er will. Und wenn es stimmt, dass er Greenhills will, dann…«, er brach ab und schaute sie zögernd an.

»Dann was?«, fragte sie. »Herrgott, jetzt sagt schon, Ihr macht mir Angst.«

Sein Blick wurde ein klein wenig weicher. »Wenn er Greenhills will, müssen wir andere Dinge bedenken und vielleicht sogar etwas tun.«

Charlotte schlang die Arme um den Oberkörper. »Ihr klingt so ernst.«

»Das ist es auch. Deswegen muss ich jetzt noch einmal alles durchgehen, damit wir bestimmen können, was die beste Strategie ist.«

Er setzte sich wieder an den Schreibtisch und nahm einige Papiere in die Hand.

Einen Impuls folgend, fragte Charlotte: »Kann ich bleiben?«

Sie konnte nicht ins Bett gehen, wenn er hier unten saß

und arbeitete und ihr sagte, dass die Lage ernster war, als gedacht.

Er schaute kurz auf. »Das braucht Ihr nicht. Es war ein langer Tag. Ruht Euch aus.«

Doch Charlotte schüttelte den Kopf. »Wenn Ihr Euch schon durch meine Unterlagen arbeitet, ist es das mindeste, dass ich Euch Gesellschaft leiste. Und vielleicht habt Ihr ja eine Frage, die ich Euch so gleich beantworten kann.«

Er schien zu zögern, dann nickte er. »Das ist vielleicht eine gute Idee. Setzt Euch.«

Charlotte nahm in dem großen Sessel direkt vor dem Schreibtisch Platz, auf den sie sich schon so manches Mal als Kind gekuschelt hatte und der auch Henrys Lieblingsplatz war, wenn sie hier arbeitete. Sie betrachtete Sir Alexanders blonde Haare, als er sich wieder über die Papiere beugte. Es schien, als wäre er sich heute Abend schon so einige Male mit der Hand hindurch gefahren. Sie biss sich auf die Lippe, um die Frage zurückzuhalten, die sich in ihr aufbaute, doch dann gelang es ihr nicht mehr. Sie musste es wissen.

»Woher kennt Ihr ihn?«

Er fuhr auf und starrte sie an. Wieder hatte sich alles an ihm angespannt. »Wir haben zusammen studiert.«

Charlotte setzte sich auf. »Das heißt Ihr kennt ihn gut.«

Er versteifte sich noch ein wenig mehr und sie dachte schon, dass er nein sagen würde, doch dann schluckte er und antwortete: »Leider.« Sein Blick wurde hart. »Kommt nicht auf die Idee, dass ich das doch nutzen könnte, um für Euch mit ihm zu sprechen.«

Charlotte riss die Augen auf. »Das würde ich niemals tun. Je weniger ich mit ihm zu tun habe, desto besser.«

Er nickte mit Nachdruck. »Woher wisst Ihr, dass er Greenhills haben möchte?«

»Es war schon immer ein Scherz zwischen meinem Vater und dem alten Duke. Der wollte Greenhills haben, weil es ihm den Zugang zum Fluss sichern würde, den seine Ländereien nicht haben. Mein Vater hingegen genoss es, dass er etwas hatte, was der Duke gern wollte. Sie scherzten darüber, dass sie vielleicht einmal Karten spielen sollten und Greenhills der Einsatz sein sollte.«

Alexander schnaubte abfällig und sie entspannte sich ein wenig, weil sie ahnte, dass sie ihn bei dieser Geschichte auf ihrer Seite hatte.

»Der junge Duke ist erst seit kurzem wieder hier. Aber ich weiß von Jack, dass er sich vor einer Weile auf unseren Wiesen und Feldern umgeschaut hat. Als Jack ihn angesprochen hat, gab er vor, dass sein Hund fortgelaufen war und er ihn suchte, aber ich denke, dass er sich umschauen wollte, was Greenhills so zu bieten hat. Er ist sogar bis zur neuen Scheune gekommen.«

Sie konnte sehen, wie Alexander sich aufsetzte. »Hunde interessieren ihn nicht. Er würde es nicht einmal merken, wenn ihm eine ganze Meute abhanden käme«, bemerkte er. »Was habt Ihr getan, als er hier war?«

»Nichts«, sagte sie schnell.

Aufmerksam schaute er sie an. »Gar nichts?«

Sie schüttelte den Kopf und dachte kurz daran, ihm zu erzählen, dass sie nicht da gewesen war, doch er verdiente keine Lüge. »Ich habe so getan, als wäre ich nicht da.«

Mit einem Stirnrunzeln schaute er sie an. »Wirklich?«

Sie nickte. »Ist das so schlimm?«

»Nein, im Gegenteil. Es passt nur nicht zu Euch. Ihr geht doch nie einer Konfrontation aus dem Weg.«

Charlotte wollte darauf nicht näher eingehen. »Warum sagtet Ihr im Gegenteil?«

»Für unsere Sache ist es besser, wenn Ihr möglichst wenig Kontakt zu ihm habt.«

»Das schaffe ich«, sagte sie. »Er ist der letzte Mensch, den ich sehen möchte.«

Alexanders Gesicht verdunkelte sich. »Das kann ich verstehen.«

Charlotte biss sich auf die Lippe. »Darf ich Euch noch etwas fragen?«

Es dauerte einen Moment, bis er schließlich nickte. Vorsicht lag in seiner Miene.

»Warum genau macht Ihr Euch solche Sorgen um meine Lage?«

Es fiel ihr schwer, diese Frage zu stellen, aber sie musste die Antwort wissen.

Alexander schien seine Worte sorgfältig abzuwägen. »Wenn er wirklich etwas will, setzt er alle Mittel ein, um es zu bekommen. Und Ihr seid in einer schwachen Position, die er gnadenlos ausnutzen wird.«

»Warum bin ich in einer schwachen Position?«

Natürlich wusste sie es, aber sie wollte seine Meinung hören.

»Weil Ihr eine Frau seid, weil er im Rang höher steht als Ihr, weil er mehr Mittel zur Verfügung hat und weil Eure Familie gerade dem König nach Frankreich ins Exil gefolgt ist, während er dem neuen König Treue geschworen hat.«

»Danke«, sagte sie leise.

»Wofür?«

»Dass Ihr ehrlich mit mir seid. Das weiß ich sehr zu schätzen.«

Ihre Blicke verschränkten sich miteinander und sie konnte kaum noch atmen. Der Moment zog sich in die Länge und schließlich biss sie sich auf die Lippe und wandte den Blick ab.

Alexander seufzte. »Wenn ich ehrlich bin, sieht es nicht gut aus. Es kommt darauf an, welche Absichten er wirklich hat. Aber ich habe eine Idee, was Ihr tun könnt.«

Charlotte wurde übel, als sie daran dachte, welche Absichten der junge Duke haben könnte. Doch das war nichts, was sie mit Alexander besprechen wollte oder konnte. »Und was ist das?«

Er lehnte sich zurück und betrachtete sie lange im Schein der Lampe. »Es wird Euch nicht gefallen.«

»Ich werde nicht heiraten, falls es das ist, was Ihr meint.«

Sie war sich nicht sicher, aber glaubte wahrgenommen zu

haben, dass er kurz gezuckt hätte. Doch jetzt schaute er sie ruhig an.

»Das ist eine Möglichkeit, zu sichern, dass Ihr Greenhills nicht verliert. Aber es ist nicht das, was ich vorschlagen wollte, denn dafür würdet Ihr zunächst einen geeigneten Verlobten benötigen. Und das ist in Zeiten wie diesen ziemlich schwierig.«

Wieder schaute er sie so intensiv an, dass sie wegschauen musste. Versuchte er, ihr etwas mitzuteilen, was sie nicht verstand? Doch das musste sie sich einbilden. Vielleicht war es nur Wunschdenken ihrerseits. Zum ersten Mal dachte sie darüber nach, ob sie ihn heiraten würde, wenn sie die Möglichkeit dazu hätte. Ein solcher Gedanke war ihr noch nie gekommen. Und jetzt war sicher der falsche Moment, um darüber nachzudenken. Aber warum im Himmel schaute er sie so an?

Seine Stimme riss sie aus ihren Gedanken. »Es gibt noch eine andere Möglichkeit, wie Ihr hierbleiben könnt.«

Sie lächelte schwach. »Und die beinhaltet keine Hochzeit?«

Er schüttelte den Kopf. »Vermutlich nicht. Aber dafür müsstet Ihr mit nach Frankreich kommen.«

Charlotte schreckte auf. »Warum? Was soll das nützen?«

»Weil Euer Onkel nun einmal Euer nächster männlicher Angehöriger ist und der Titel und alle materiellen Güter Eures Vaters gehören ihm oder besser gesagt, er kann darüber verfügen. Je nachdem, was im Testament Eures Vaters hinterlegt wurde.« Er beugte sich vor. »Wenn Ihr ihn auf Eure Seite bekommt, kann er Euch sicherlich helfen, damit Ihr hierbleiben könnt, um sagen wir einmal Greenhills für ihn zu sichern. Denn solange er in Frankreich ist, ist die Rechtslage schwierig. Es ist nicht klar, wem die Güter all der Adeligen nun gehören, da sie ins Exil gegangen sind. Und jedes Anwesen, das leer steht, könnte annektiert werden. Solltet Ihr Greenhills verlassen und jemand interessiert sich dafür, was anscheinend der Fall ist, wird es sicherlich sehr schnell den Besitzer wechseln. Und Euer Onkel könnte aus Frankreich noch nicht einmal etwas dagegen tun, selbst wenn es Unrecht wäre.«

Charlotte starrte ihn an und ihr Herz klopfte auf einmal sehr schnell. Sie hatte nicht gewusst, dass es so schlimm stand.

Für einen Moment wirkte es so, als wollte er ihre Hand nehmen, aber dann tat er es doch nicht. »Es tut mir leid, dass ich keine besseren Nachrichten für Euch habe. Ich sehe, dass Ihr hier gut allein zurechtkommt und jedem Mann gewachsen seid, der versuchen würde, Greenhills gut zu führen. Eure Bücher sind in Ordnung und Ihr könnt Euch und alle, die hier leben, gut versorgen. Doch von Rechts wegen ist all das unbedeutend. Ihr seid eine Frau.«

Charlotte ballte die Hände zu Fäusten, als er das sagte. Nun griff er doch nach ihrer Hand und legte die seine auf ihre Faust. Seine Berührung war fast wie ein Schock.

»Charlotte«, sagte er eindringlich, »auch, wenn es gerade nicht so aussieht, habt Ihr gute Chancen Greenhills zu behalten, wenn Ihr mit nach Frankreich kommt und mit Eurem Onkel einen Plan entwickelt. Er will das Anwesen sicherlich auch behalten. Ich…«, er räusperte sich, »ich könnte Euch unterstützen, wenn Ihr das wollt.«

Charlotte entspannte sich ein wenig. »Und was ist, wenn er nicht will?«

Zu ihrer Bestürzung blieb Alexanders Gesicht ernst und er antwortete nicht sofort. »Natürlich besteht die Möglichkeit, aber warum sollte er nicht wollen, dass Ihr Greenhills weiter führt. Es ist eine gute Einnahmequelle für ihn.«

Charlotte zuckte zurück und entzog ihm ihre Hand. »Greenhills ist nicht nur eine Einnahmequelle. Es ist soviel mehr als das.«

»Das weiß ich doch«, sagte er sanft. »Aber wir müssen es aus der Sicht Eures Onkels sehen. Wir brauchen gute Argumente für ihn, damit er sich darauf einlässt, dass Ihr hier weiter lebt.«

»Und was ist, wenn ich nicht mit nach Frankreich komme?«

Er atmete tief durch. »Dann ist es nur eine Frage der Zeit, bis irgendein Mann kommt, sei es der junge Duke oder Euer Onkel selbst, der versuchen wird, Euch Greenhills wegzunehmen. Sucht Euch Eure Verbündeten lieber selbst, bevor sie als Gegner vor Eurer Tür stehen.«

Charlotte spürte, wie Tränen in ihr aufstiegen, doch sie schluckte sie energisch herunter. »Dann muss ich mich also entweder mit dem jungen Duke arrangieren, mit nach Frankreich kommen oder heiraten? Oder gibt es noch eine andere verheißungsvolle Möglichkeit?«

Sie hörte selbst, wie bitter sie klang.

Er schüttelte den Kopf. »Ich sehe keine. Aber ich halte Frankreich für Eure beste Möglichkeit.«

Sie verschränkte die Arme vor der Brust. »Wie genau lautet eigentlich Euer Auftrag? Was hat mein Onkel Euch gesagt?«

Überrascht schaute er sie an. »Warum wollt Ihr das wissen?«

»Ihr spielt auf Zeit«, bemerkte sie. »Das heißt, Ihr verschweigt mir etwas.«

Sie sah ganz kurz etwas in seinen Augen aufflackern, was sie nicht deuten konnte, aber dann war es schon wieder fort.

Er schüttelte den Kopf und schaute hinüber zum Fenster, hinter dem es schon dunkel geworden war. »Sein Auftrag lautete, dass ich Euch aus England holen und nach Frankreich bringen soll.« Er zögerte. »Und er sagte mir auch, dass Ihr als kratzbürstig geltet und es nicht leicht werden könnte.«

Charlotte schnaubte. »Dabei kennt er mich nicht einmal.«

»Aber er hatte recht, nicht wahr? Ihr hattet nie vor, mich nach Frankreich zu begleiten.«

Unruhig rutschte Charlotte auf dem Sessel hin und her. Sie wollte ehrlich mit ihm sein, denn er hatte schon soviel für sie getan, doch es fiel ihr schwer. Also zuckte sie mit den Schultern. »Bis heute Abend nicht.«

Sie erwartete, dass er böse reagieren würde, doch zu ihrer Überraschung lächelte er. »Dann bin ich ja fast froh, dass Eure

Reise nach Frankreich der einzige Weg zu sein scheint, um Greenhills zu behalten. Es hat sich also gelohnt, zu bleiben.«

Charlotte zog eine nicht sehr damenhafte Grimasse. »Warum seid Ihr darauf eingegangen, als ich mir Bedenkzeit erbeten habe, obwohl Ihr wusstet, dass ich nicht mitkommen wollte?«

Kaum hatte sie die Frage ausgesprochen, bereute sie sie bereits. Und als er nicht antwortete, wand sie sich auf ihrem Stuhl und wäre am liebsten aufgesprungen, um das Gespräch zu beenden.

Schließlich hob er leicht die Schultern. »Vielleicht hat es mir hier einfach gefallen.« Bevor sie etwas erwidern konnte, sagte er schnell: »Dann ist es also abgemacht. Sobald die Ernte eingefahren ist und Annis Kind da ist, werden wir aufbrechen?« Er schaute sie dabei nicht direkt an, sondern beschäftigte sich mit den Papieren auf dem Schreibtisch.

Am liebsten hätte Charlotte sich noch einmal Bedenkzeit erbeten, doch sie wusste, dass das nicht ging. Sie nickte. »Ja.«

Sobald sie das Wort ausgesprochen hatte, wurde ihr ganz schwindelig, denn wenn sie diese Zusage erst einmal gemacht hatte, würde sie sie nicht brechen.

»Also gut«, sagte er. »Dann werde ich in den Tagen, die uns bleiben, schauen, was ich aus den Unterlagen noch erfahre, damit Euer Onkel möglichst mit dem einverstanden ist, was Ihr ihm vorschlagen werdet.«

Wieder nickte Charlotte und erhob sich. »Ich werde mich zurückziehen«, sagte sie. »Oder braucht Ihr mich noch?«

Er schaute sie an und es schien, als wollte er etwas sagen, doch dann schüttelte er den Kopf und sagte nur: »Gute Nacht.«

Sie ging zur Tür und wollte diese gerade öffnen, als er hinzufügte: »Darf ich Euch noch etwas fragen?«

Sie wandte sich um. »Natürlich.«

»Warum wollt Ihr nicht heiraten?«

Es schien als würde ihm diese Frage Mühe bereiten und sobald er sie gestellt hatte, presste er die Lippen aufeinander.

Charlotte klammerte sich am Türgriff fest. »Weil…«, sagte sie und brach ab. Ihre Wangen wurden heiß und sie war froh, dass sie außerhalb des Lichtkreises der Öllampe stand. Sie atmete tief durch. »Weil ich nicht glaube, dass es einen Mann gibt, der mich und alle hier in Greenhills so akzeptieren würde, wie wir sind. Es hängt nicht nur mein Leben davon ab, wen ich heirate und deswegen glaube ich, dass es besser ist, gar nicht zu heiraten.«

Alexander hatte sich in seinem Stuhl nach hinten gelehnt und sein Gesicht lag nun ebenfalls im Dunkeln. »Gute Nacht, Charlotte«, sagte er und seine Stimme klang rau.

Charlotte floh beinahe die Treppe hinauf. Obwohl sie todmüde von der Arbeit war, konnte sie die ganze Nacht nicht schlafen, weil sie an Frankreich denken musste und sich fragte, was sie auf seinem Gesicht hätte lesen können, hätte sie es in diesem Moment gesehen.

KAPITEL SIEBEN

Mit einem Seufzen ließ Alexander sich am Schreibtisch nieder und starrte auf die Unterlagen, die er schon so oft durchgegangen war. Er war sich sicher, dass er mittlerweile eine gute Strategie entwickelt hatte, um Lord Arthur Seaforth zu überzeugen, dass es das Sinnvollste war, Charlotte Greenhills zu überlassen. Und er hatte Abschriften angefertigt, damit er diese mit nach Saint-Germain-en-Laye nehmen konnte. Doch er wollte heute noch einmal alles durchgehen, damit er sich absolut sicher sein konnte, dass er nichts übersehen hatte.

Er konnte sich nicht daran erinnern, wann er das letzte Mal so viele Stunden an einem Schreibtisch verbracht hatte. Normalerweise bestanden seine Aufgaben darin, Informationen zu sammeln oder – in letzter Zeit – Menschen sicher von England nach Frankreich zu bringen. Er war es nicht mehr gewohnt, so lange an einem Platz zu sitzen und sich nur mit Papieren zu beschäftigen.

Eine hartnäckige Stimme in seinem Hinterkopf fragte ihn, warum er sich derart für diese Sache einsetzte. Es gehörte ganz sicher nicht zu seinem Auftrag.

Eine andere, viel leisere Stimme hingegen, sagte ihm, dass es genau richtig war. Und eigentlich wusste er, warum er es tat.

Immer wieder sagte er sich, dass er lediglich bewunderte, was Charlotte hier geschaffen hatte und was für ein großes Herz sie hatte. Dass es beeindruckend war, dass sie sich derart für diese Menschen einsetzte, die vom Leben gebeutelt waren. Und doch wusste er, dass es nicht nur das war. Sie war schön, anmutig, lebendig und oh, so verführerisch. Das Schlimmste war, dass sie sich dessen nicht einmal bewusst war. Sie kokettierte nicht und wenn sie sich gedankenverloren eine rote Haarsträhne um den Finger wickelte oder sich auf die volle Unterlippe biss, tat sie das nicht in der Absicht, ihn zu verführen oder aufreizend zu sein.

Und doch hatte es eine Wirkung auf ihn, die er selbst so noch nie erlebt hatte. Er konnte sie stundenlang einfach nur anschauen und sie bei ihrer Arbeit beobachten. Er liebte es, wenn sie jemanden freundlich anlächelte oder aus vollem Halse lachte. Allerdings war das in den vergangenen Tagen seit sie hier in der Bibliothek über Frankreich gesprochen hatten, nicht mehr vorgekommen. Sie machte sich Sorgen, das fühlte er genau und er wünschte sich nichts mehr, als diese Sorgen zu lindern. Am liebsten hätte er sie in die Arme genommen und ihr gezeigt, dass sie es schaffen konnte und dass sie nicht allein war. Doch sie brauchte keinen Beschützer, sie brauchte einen Unterstützer.

Noch etwas anderes kam dazu, denn wenn er daran dachte, wie er sie berührte, glitten seine Gedanken schnell in eine andere Richtung ab und er wusste, dass er das nicht durfte, auch wenn er es sich noch so sehr wünschte.

Deswegen war er mit seiner Arbeit hier am Schreibtisch nicht so schnell vorangekommen, wie gedacht. Immer wieder hatte er innegehalten und ihrer Stimme in der Halle gelauscht, wenn sie William etwas zugerufen hatte und er hatte sie ein paar Mal vom Fenster aus gesehen.

Vor allem aber hatte er an sie gedacht.

Morgens und abends, wenn sie gemeinsam mit den anderen die Mahlzeiten einnahmen, war es eine süße Qual, neben ihr zu sitzen, ihr zuzuhören und ihre Nähe zu spüren. Sie verströmte den Duft von Sommer und Frische und manchmal, wenn sie den Kopf wandte, um mit Henry zu sprechen, der auf ihrer anderen Seite saß, strichen ihre Haare, die sie die meiste Zeit offen trug, über seinen Arm und schon so oft hatte er sich gewünscht, einfach in diese rote Mähne fassen zu dürfen. Nur um zu wissen, wie es sich anfühlte.

Ein zartes Klopfen schreckte ihn aus seinen Gedanken. Auf sein »Herein«, schob sich ein kleiner, dunkelhaariger Kopf ins Zimmer.

»Guten Morgen, Mylord«, sagte Henry. Der Hund, der immer noch keinen Namen hatte, da Henry sich nicht entscheiden konnte, schob sich an ihm vorbei und kam zu Alexander, um sich seine morgendliche Streicheleinheit abzuholen. Er sah den Hund kaum noch, da er neben oder meistens auf Henrys Matratze schlief.

»Komm herein, Junge«, sagte Alexander und strich über die schwarz-weißen Ohren.

Doch Henry schüttelte den Kopf. »Ich soll Euch nur etwas von Mylady ausrichten.«

Alexander hob die Augenbrauen. »Was gibt es?«

»Sie sagt, dass heute der letzte Tag der Ernte ist und Ihr Euch nicht hinter Eurem Schreibtisch verkriechen sollt. Heute Abend wird gefeiert und es wäre schön, wenn Ihr mit auf dem Feld seid, damit Ihr auch mit feiern könnt.«

»Das hat Lady Charlotte so gesagt?«, fragte Alexander.

Henry wiegte den Kopf hin und her. »Ungefähr so. Aber sie meinte bestimmt, dass es nur eine echte Feier für Euch wird, wenn Ihr auch mitgeholfen habt. Und jetzt ist die letzte Gelegenheit.«

Alexander strich dem Hund über den Rücken und fragte Henry: »Siehst du das auch so?«

Der Junge nickte eifrig. »Ich will Euch noch soviel zeigen und das Fest wird toll. Alle, die bei der Ernte mitgeholfen haben, kommen. Und Ihr müsst auch dabei sein. Ihr gehört doch auch dazu.«

Irgendetwas in Alexanders Brust verengte sich, als der

Junge diese Worte sagte. Er schaute in die strahlenden Augen des Kindes und es fiel ihm schwer, eine Antwort zu formulieren. Doch Henry machte es ihm leicht. »Also, kommt Ihr mit? Die Arbeit heute ist nicht schwer. Das schafft Ihr auch.«

Alexander musste lachen und auf einmal fragte er sich, wann er das letzte Mal so laut gelacht hatte.

Henry schien sich nicht bewusst zu sein, was so lustig an dem gewesen war, was er gesagt hatte, denn er fragte nur: »Dann heißt das ja, Mylord?«

Alexander nickte. »Das heißt es.«

Er erhob sich und warf einen letzten Blick auf die Papiere. Wenn die Ernte eingefahren war, würde es nur noch wenige Tage dauern, bis sie aufbrechen würden. Der Gedanke stimmte ihn kurz melancholisch, aber dann hatte er keine Zeit mehr, darüber nachzudenken, denn Henry nahm seine Hand und zog ihn aus dem Zimmer. Der Hund folgte ihnen auf den Fersen.

Henry behielt recht. Die restliche Arbeit war nicht mehr allzu schwer. Es mussten noch ein paar Garben eingeholt werden, ein wenig Korn musste in Säcken verpackt werden und das Heu musste im hinteren Teil des Stalles untergebracht werden.

Wie in den vergangenen Wochen auch, war es ein wunderschöner Frühherbsttag. Die Luft war mild, aber schon ein wenig frisch. Die Sonne brannte noch, aber nicht mehr so heftig, dass man es nicht aushalten konnte. Die Stimmung war ausgelassen und alle freuten sich auf das Fest.

Alexander packte mit an, so gut er konnte und wie immer genoss er schweigend das Geplauder und die Neckereien der anderen. Man spürte, dass die Menschen zufrieden waren: mit der Ernte, miteinander und mit ihrem Leben generell. Er wunderte sich immer noch darüber, wie schnell sich die Gemeinschaft von dem Brand der alten Scheune erholt hatte. Man sah noch die verkohlten Ruinen, die erst abgetragen werden würden, wenn nach der Ernte Zeit dafür war, aber die Menschen waren nicht verzagt. Ganz im Gegenteil, sie waren stolz auf die neue Scheune und freuten sich über die reiche

Ernte in diesem Jahr. Besonders heute wurde gescherzt, geneckt und gelacht. Die jungen Kerle maßen ihre Kräfte und versuchten, den Frauen zu imponieren und die älteren betrachteten alles mit Wohlwollen, während sie im Schatten einer Linde saßen und das einfache Mittagessen verzehrten.

Kurz dachte Alexander an die Räume im Schloss von Saint-Germain-en-Laye oder die in einem der anderen Paläste, in denen er im Laufe der Jahre gewesen war. Er dachte an das starke Parfum einiger älterer Damen, an die raschelnden Seidenkleider, an die gemurmelten Gespräche hinter vorgehaltener Hand und die endlos langen Musikabende, die sein Bruder zum Teil gestaltete und die er sehr genoss, aber für die Alexander nie etwas übrig gehabt hatte. Das hier war eine andere Welt und erstaunt stellte er fest, dass er begann sich als ein Teil dieser Welt zu fühlen und dass er den Palast in Frankreich überhaupt nicht vermisste.

Als er sich mit den anderen ein wenig Schinken, frisches Brot und etwas Ale teilte, musste er an die Mahlzeiten am Königshof denken. Selbst die alltäglichen Speisen waren exotischer und erlesener als alles, was er hier bekommen hatte. Und trotzdem schmeckte es ihm hier viel besser. Vielleicht, weil er körperlich mehr arbeitete und es während des Essens mehr zum Lachen gab.

Lady Charlotte sah er an diesem Tag nur kurz, da sie sich um die Vorbereitungen des Festes im Haus kümmerte. Wie jedes Mal, wenn er sie erspähte, hoffte er, dass sie zu ihm kommen würde, damit sie sich ein wenig unterhalten konnte. Doch sie winkte ihm nur aus der Ferne zu und ging dann mit einem Korb unter dem Arm zum Herrenhaus.

Henry wich den ganzen Tag nicht von seiner Seite und zeigte ihm seinen Lieblingskletterbaum, den Bach, wo er immer Fische fing und ein neues Kunststück, das er dem Hund beigebracht hatte. Außerdem löcherte er ihn mit Fragen über Schiffe, die Armee des Königs und darüber, was der König den ganzen Tag machte.

Am späten Nachmittag war alles eingebracht und die

Erntehelfer begannen, sich für das Fest vorzubereiten. Die letzten Stunden hatte Alexander auf dem Heuboden verbracht und dort Ladungen von Heu entgegen genommen, die er gemeinsam mit den anderen verstaut hatte. Sein Kopf juckte und überall unter seiner Kleidung waren Halme, die ihn an den unmöglichsten Stellen piekten.

Henry beobachtete ihn, als er sich gerade einen Halm aus dem Hosenbund zog. »Wisst Ihr, was ich mache, wenn ich im Heu war? Ich gehe baden. Das tut so gut.«

Alexander seufzte. Ein Bad wäre das Schönste, was er sich gerade vorstellen konnte, doch die Mägde hatten genug mit dem Fest zu tun, er konnte sie jetzt nicht bitten, ein Bad für ihn zu bereiten. »Vielleicht morgen«, sagte er.

Henry machte ein enttäuschtes Gesicht. »Aber nachmittags ist der See viel schöner, als morgens.«

Das klang schon besser. »Wo ist dieser See?«

»Gleich da hinter den Bäumen. Wollt Ihr?«

Kurze Zeit später waren Henry und er im Wasser. Die anderen hatten ihnen gesagt, dass sie nicht bei der Vorbereitung helfen konnte und Alexander mutmaßte, dass es ihnen doch zu viel wurde, wenn Mylord, wie sie ihn hier alle nannten, beim Tischdecken half. Aber ihm sollte es recht sein.

Der See war angenehm frisch nach dem sommerwarmen Tag, aber auch nicht zu warm. Es tat gut, zu schwimmen und unterzutauchen. Außerdem konnte er sich nicht daran erinnern, wann er das letzte Mal in einem See geschwommen war.

Henry und für eine Weile der Hund, waren mit ihm ins Wasser gekommen. Sie machten Wettschwimmen und Henry zeigte Alexander seine liebste Stelle. Ein kleiner Vorsprung, den man vom Land aus nicht erreichen konnte.

»Hier bin ich manchmal, wenn ich nicht will, dass jemand mich findet.«

Als sie zum Ufer schwammen, erkannte Alexander, dass er ein Problem hatte. Er hatte sich so von Henrys Begeisterung für den See anstecken lassen, dass er vergessen hatte, neue Kleider mitzunehmen. Die alten konnte er schlecht wieder anziehen, selbst wenn er sie noch so sehr ausschüttelte.

Er gab ein ärgerliches Knurren von sich. Henry, der sich gerade in seine Hose zwängte, sah zwischen ihm und den Kleidern hin und her. »Oh, das ist jetzt aber schlecht«, sagte er leichthin.

Alexander nickte. »Aber es bleibt mir wohl kaum etwas anderes übrig. Ich kann so nicht ins Herrenhaus laufen.«

Henry kicherte und streifte sein Hemd über. »Nein, aber ich kann schnell Eure Kleider holen. Soll ich?«

Sobald Alexander seine Zustimmung ausgedrückt hatte, rannte der Junge los.

Alexander lächelte, drehte sich auf den Rücken und schwamm noch eine Runde. Der Eifer des Jungen und seine Begeisterung für alles um ihn herum, war genauso erfrischend wie der kühle See.

Während er das Wasser durch seine Finger gleiten ließ und das Gefühl genoss, wie es um seinen Körper spielte, dachte er wieder an den Königshof. Erst seit er hier war, merkte er, was er dort alles vermisste. Nicht erst, seit der Hof in Frankreich war, sondern auch schon vorher, in London. Als Kinder waren er und sein Bruder viel draußen gewesen und hatten wie Henry die Gegend erkundet, waren schwimmen gewesen, im Winter im Schnee oder auf dem Eis und waren im Sommer auf Bäume geklettert.

Er hatte diese Gedanken an die unbeschwerte Zeit auf dem Land immer verdrängt, weil sie ihn auch daran erinnerten, dass er sein Geburtshaus verloren hatte und er und Thomas seitdem heimatlos waren. Natürlich waren sie schon erwachsen gewesen, als es passiert war und keiner von ihnen hätte dort leben wollen, weil es viel zu weit von London entfernt gewesen wäre. Doch seit er in Greenhills war, wurde ihm bewusst, wie sehr er die Möglichkeit vermisste, dort zu sein. Und, wenn er ehrlich war, vermisste er es, ein Zuhause zu haben.

Er biss die Zähne zusammen, als er an den Mann dachte, der der Grund für all das war. Niemals hätte er gedacht, dass

Gilbert of Egerton noch einmal in seinem Leben auftauchen würde. Er hatte es so sorgfältig vermieden, ihm aus dem Weg zu gehen, nach allem, was passiert war. Die Erkenntnis, dass gerade er der Nachbar von Lady Charlotte war, der ihr solche Sorgen bereitete, hatte ihn wie ein Schlag getroffen, vor allem, weil er am eigenen Leib erfahren hatte, wie niederträchtig Gilbert war. Eigentlich hatte er sich geschworen, dass er nie wieder etwas mit ihm zu tun haben würde. Und sein Verstand weigerte sich auch, über Gilbert nachzudenken. Es war ein so schwarzer Fleck in seinem Leben, dass er ihn die meiste Zeit ignorierte. So wie er auch den Schmerz der Wunde ignoriert hatte, die der Mann mit der Peitsche ihm zugefügt hatte.

Eigentlich konnte man Gilbert gut mit einer schwärenden Wunde vergleichen, von der man hoffte, dass sie von allein wieder weggehen würde.

Der Gedanke an die Wunde ließ ihn an Charlotte denken - wieder einmal - und daran, wie sich ihre Finger auf seiner Haut angefühlt hatten. Obwohl er Schmerzen gehabt hatte und sie ihn als Heilerin angesehen hatte, erinnerte er sich gern daran, wie sie sanft über seine Haut gestrichen hatte und wie er manchmal sogar das Glück gehabt hatte, dass er ihren Atem oder ihre Haare auf seinem Bauch gefühlt hatte.

Er war dankbar dafür, dass er im kalten Wasser war, denn so regte sich seine Männlichkeit nur ein klein wenig bei diesen Gedanken.

Er tauchte noch einmal unter und genoss die Stille unter Wasser. Als er auftauchte und sich das Wasser aus den Augen wischte, entdeckte er eine Gestalt am Ufer. Gerade wollte er Henry zuwinken, als er bemerkte, dass es gar nicht Henry war. Es war Lady Charlotte und sie war dabei dich Bänder ihres Kleides zu lösen.

Ihm stockte der Atem. Er wusste, dass er sich bemerkbar machen musste, um sie davon abzuhalten, sich zu entkleiden, aber als sie ihr Oberkleid über die Schultern zog und ihr Unterkleid dabei derart verrutschte, dass er den Blick auf eine weiße Schulter erhaschte, die mit Sommersprossen besprenkelt war, schien er wie festgefroren. Er konnte sie einfach nur anstarren.

Ganz langsam wand sie sich aus dem Oberkleid und wackelte dabei mit den Hüften, damit es schneller fiel. Sie nahm das Kleid, faltete es zusammen und legte es über einen großen Stein. Dabei drehte sie sich von ihm weg und beugte sich ein wenig nach vorn, so dass er einen guten Blick auf ihr Hinterteil hatte. Sonst verdeckten es die Röcke und auch jetzt konnte er mehr erahnen, als wirklich sehen, dass es fest und rund war, doch es reichte vollkommen, um seine seit Tagen angeheizte Fantasie noch weiter zu befeuern.

Jetzt hob sie die Arme und flocht ihre Haare mit schnellen Bewegungen in einen Zopf. Dabei rutschte ihr Unterkleid hoch, sodass er nicht nur ihre Waden sehen konnte, sondern das Kleid auch die Brüste ein wenig mit anhob.

Alexander unterdrückte ein Stöhnen. Noch nie hatte er jemanden so gern anfassen wollen, wie sie gerade.

Als sie fertig war, ging sie mit zügigen Schritten ins Wasser. Noch immer hatte sie ihn nicht bemerkt. Sie keuchte kurz auf, weil das Wasser so kühl war und dieses Geräusch verstärkte seine Begierde derart, dass er an sich halten musste, nicht zu ihr zu schwimmen. Doch was sollte er ihr sagen?

Das Unterkleid sog das Wasser förmlich auf und schon klebte es an ihren Schenkeln und er konnte das dunkle Dreieck zwischen ihren Beinen sehen. Doch dann ließ sie sich ins Wasser sinken und all die Pracht verschwand aus seinem Blickfeld. Sie holte Luft und tauchte unter. Für einen Moment war es ganz still und Alexander hörte nur seinen eigenen keuchenden Atem, doch dann war da auf einmal ein anderes Geräusch vom Ufer, das ihn erstarren ließ.

»Mylord! Ich habe sie. Ihr könnt rauskommen.«

Entsetzt starrte Alexander zu Henry und bedeutete ihm, dass er gehen sollte. Doch der Junge verstand seine Handbewegungen nicht.

»Was ist? Ihr müsst rauskommen Das Fest beginnt bald. Mylady wird sicher böse, wenn wir zu spät kommen.«

In diesem Moment tauchte Charlotte wieder auf und Alexander konnte sehen, dass Henry vor Schreck einen Satz nach hinten machte.

Es dauerte nur einen kurzen Moment, bis Charlotte den Jungen entdeckte. »Henry!«, rief sie streng. »Was machst du hier? Du kannst mich nicht einfach beim Baden beobachten.«

Der Junge öffnete den Mund und schüttelte den Kopf. Alexander war dankbar dafür, dass Charlotte bis zum Hals unter Wasser war und zumindest trug sie noch das Unterkleid, doch das war mittlerweile nass und würde, wenn sie aus dem Wasser stieg, wie eine zweite Haut auf ihrem Körper kleben und so mehr verraten, als dass es verhüllen würde.

»Was hast du da in der Hand?«, rief Charlotte und wollte sich gerade aus dem Wasser erheben, als ihr anscheinend ebenfalls einfiel, dass sie nicht viel an hatte.

Henrys Augen zuckten hinüber zu Alexander und er begriff, dass der Junge noch nicht genug Feingefühl für das hatte, was zwischen Mann und Frau vor sich ging, als dass er Alexanders Anwesenheit überspielen würde. In diesem Moment wünschte er sich, er könnte untertauchen und nie wieder an die Oberfläche kommen.

»Jetzt sag schon. Was hast du da in der Hand? Es sind ganz sicher nicht deine Wechselkleider«, rief Charlotte.

»Das sind die von Mylord«, sagte Henry und beinahe hilflos schaute er zu der Stelle unter den Bäumen, wo Alexander sich befand.

»Aber wieso hast du…«, begann Charlotte, dann schien die Erkenntnis sie zu treffen und sie fuhr herum. Ihr Blick suchte den See ab und als er auf ihm landete, dachte er, er müsste sterben. Entsetzt starrte sie ihn an, dann wurde ihr anscheinend bewusst, was er gesehen haben musste, denn sie sank wieder ein wenig tiefer ins Wasser und ihre Wangen färbten sich tiefrot.

Er musste etwas sagen, verdammt. Aber was?

»Ich konnte…«, setzte er an. Nichts sehen? Das war eine Lüge und sie wussten es beide. »Ich wollte nicht…«, natürlich hatte er gewollt, Himmel nochmal. Er schloss mit: »Es ging so schnell.«

Sie hob die Augenbrauen und er konnte sehen, wie sich etwas anderes auf ihrem Gesicht breit machte. Erheiterung. Ungläubig starrte er sie an.

»Da stecken wir ja ganz schön in einem Schlamassel. Was machen wir denn jetzt?«, fragte sie. »Wer geht als Erster wieder raus?«

In ihrer Stimme lag etwas Neckendes oder bildete er sich das nur ein?

Als er nicht antwortete, sagte sie: »Ich finde ja Ihr, weil ich erst angefangen habe, zu baden und Ihr anscheinend schon länger drin seid.«

Fast mechanisch nickte er, doch dann fiel ihm auf, dass sie ihn sehen würde, wenn er aus dem Wasser lief. Konnte er sie auffordern, sich abzuwenden? Obwohl es eigentlich nicht gerecht war, denn er hatte sie genauso angestarrt.

Doch auf Henry war Verlass. »Es gehört sich aber nicht, wenn Ihr ihn nackt seht, Mylady«, informierte er sie.

Das Rot in Charlottes Wangen vertiefte sich, doch sie sagte ernsthaft zu Henry: »Da hast du natürlich recht. Ich werde untertauchen und dann kann ich Sir Alexander nicht sehen, wenn er sich anzieht.«

Sie warf Alexander einen Blick zu und ganz kurz fragte er sich, wie viel sie schon von ihm gesehen hatte, als er krank gewesen war. Als er aufgewacht war, hatte er nur ein Hemd getragen, doch seine nackten Beine waren unter der Bettdecke verborgen. Obwohl er mehrere Tage Fieber gehabt hatte, war das Hemd relativ sauber gewesen und jemand hatte ihm die Hose ausgezogen und auch das Hemd gewechselt. Mittlerweile war er sich sicher, dass William nicht in der Lage dazu war, dies zu tun und Maude und Anni zu verschämt, um die Kleider eines Mannes zu wechseln. Vor allem seine, denn noch immer nannten sie ihn Mylord. Es konnte nur Charlotte gewesen sein. Also hatte sie ihn schon nackt gesehen. Oder nicht? Er konnte sie manchmal so schlecht deuten. Jetzt wartete sie einfach ab und schaute zu ihm rüber. Die Entscheidung lag bei ihm. Vielleicht sollte er Mann genug sein, um aus dem Wasser zu steigen, egal ob sie schaute oder nicht.

»Bereit?«, fragte sie mit einem Lächeln, dann tauchte sie unter. Für einen Moment schwamm ihr Zopf auf dem Wasser, dann waren nur noch kleine Luftblasen zu sehen, wo sie untergetaucht war.

»Mylord, schnell«, rief Henry und winkte hektisch.

Mit kräftigen Zügen schwamm Alexander zum Ufer und blieb so lange unter Wasser, wie er konnte. Dann zwang er sich, aufzustehen und watete mit schnellen Schritten zum Ufer. Dabei lauschte er die ganze Zeit auf Geräusche hinter sich. Irgendwann musste sie doch wieder auftauchen und er betete, dass er bis dahin angezogen war.

Ganz kurz dachte er daran, ob sich die Situation anders entwickelt hätte, wäre Henry nicht zurückgekommen oder gar nicht erst hier gewesen. Als er an ihren Blick dachte, den sie ihm zugeworfen hatte, bevor sie abgetaucht war, meinte er zu ahnen, dass darin etwas Verheißungsvolles gelegen hatte. Doch er schüttelte den Gedanken ab. Es war müßig, darüber nachzudenken und vermutlich spielte seine Fantasie ihm einen Streich.

Mit dem Rücken zum See, versuchte er, sein Hemd überzuziehen. Doch weil er so nass war, gelang es ihm nicht. Normalerweise hätte er sich einen Augenblick auf den Stein in die Sonne gesetzt, um ein wenig trockener zu werden. Doch dort lag ihr rostrotes Kleid und ein kurzer Blick darauf reichte, um ihn an die Szene zu erinnern, die sich ihm vorhin geboten hatte.

Auf einmal meinte er, ihren Blick auf sich zu spüren. In all den Jahren, die er als Spion für die Königin unterwegs gewesen war, hatte er sich alle möglichen Fähigkeiten angeeignet und eine bestand darin, dass er spürte, wenn ihn jemand anschaute. Das galt sowohl für einen Raum voller Höflinge als auch für eine dunkle Gasse in London. Und anscheinend funktionierte es auch an einem See in Greenhills. Sein Nacken prickelte, wie immer, wenn jemand ihn anstarrte.

Endlich hatte er sein Hemd übergestreift und griff nach seiner Hose, die Henry ihm reichte. Der Junge ließ den Blick über den See schweifen. Das Prickeln in seinem Nacken ließ nach. Hatte sie ihn tatsächlich beobachtet? Jetzt tat sie es anscheinend nicht mehr, da Henry sich nach ihr umgeschaut hatte.

Endlich war er fertig angezogen oder zumindest ausreichend. Er nahm seine staubigen Kleider vom Nachmittag und wollte gerade gehen, als er sich einem Impuls folgend noch einmal zum Wasser umdrehte.

Sie schwamm in der Mitte des Sees, den Kopf nur knapp oberhalb der Oberfläche. Ihre Beine waren lang nach hinten ausgestreckt und weil Alexander so groß war und der Winkel, in dem er auf den See schaute, konnte er ihren Hintern sehen, der sich ein wenig aus dem Wasser erhob. Das weiße Unterkleid klebte daran und bauschte sich ansonsten im Wasser um sie herum. Wieder starrte er sie an.

»Wir sehen uns gleich beim Fest«, rief sie.

Henry, der aufgrund seiner geringeren Körpergröße einen anderen Blickwinkel hatte und nur ihren Kopf sah, winkte unschuldig zurück. »Bis gleich, Mylady.«

Alexander atmete tief durch, er sollte auch etwas sagen. Doch bevor er seine Worte sortieren konnte, rief sie: »Ich freue mich darauf, mit Euch zu tanzen, Sir Alexander.«

Er straffte die Schultern. »Es tut mir leid, aber ich tanze nicht.«

Sie lächelte. »Heute Abend schon, Mylord. Ich bestehe darauf.«

Dann tauchte sie wieder unter.

Henry grinste. »Ich fürchte, Ihr werdet Ihr nicht entkommen, Mylord. Wenn Mylady tanzen will, wird getanzt.« Er seufzte. »Mir geht es immer genauso. Erst will ich nicht und dann ist es doch ganz schön.«

Der Junge wandte sich zum Gehen und verschwand in

dem kleinen Wäldchen, das den See von der Wiese hinter der Scheune trennte.

Alexander warf einen letzten Blick zurück zum Wasser. Sie war jetzt am hinteren Ende des Sees, hatte sich auf den Rücken gedreht und schaute in den Himmel. Aus der Ferne konnte er die Erhebungen ihrer Brüste erahnen.

Sie hatte keine Ahnung, wie verführerisch sie war und das verstärkte ihre magische Anziehungskraft auf ihn um ein tausendfaches.

Wenn es sein musste, würde er heute Abend sogar mit ihr tanzen.

KAPITEL ACHT

Charlotte blieb länger im Wasser, als sie geplant hatte, doch es war notwendig, denn sie musste erst einmal ihre wirbelnden Gedanken bändigen. Noch nie in ihrem Leben hatte sie sich derart verrucht verhalten. Obwohl, eigentlich hatte sie nichts dafür gekonnt, dass er sie gesehen hatte. Und wenn sie gewusst hätte, dass er im Wasser war, hätte sie sich niemals ausgezogen.

Immer wieder ging sie in Gedanken durch, wie sie sich entkleidet und was er wohl gesehen hatte. Eigentlich nicht viel und auf der anderen Seite doch eine ganze Menge. Dieser Gedanke erregte sie auf eine merkwürdige Art und Weise, aber sie genoss es.

Als sie ihren ersten Schreck überwunden hatte, war ihr klar geworden, dass er sie gern angeschaut hatte. Und dieser Gedanke beflügelte sie beinahe. Ihm hatte gefallen, was er gesehen hatte. Auch zum Schluss, als sie allein im Wasser gewesen war und er an Land, hatte er sie weiterhin so angestarrt.

Sie hatte nicht viel Erfahrung mit Männern und deswegen fiel es ihr schwer, diese Situation mit Alexander einzuschätzen, doch als sie vor vielen Jahren einmal hatte fühlen dürfen, wie es war, angefasst, geküsst und begehrt zu werden, hatte sie gewusst, dass sie mehr davon wollte. Mit dem richtigen Mann. Doch leider hatte sie nie Gelegenheit dazu. Aber jetzt schien sich das geändert zu haben. Oder bildete sie es sich nur ein?

Ein Gedanke sprudelte in ihren Kopf und sie musste wieder untertauchen, um klarer denken zu können. Begehrte sie Alexander nur, weil er der einzige Mann seit Jahren war, der für sie infrage kam?

Dann wurde ihr jedoch bewusst, dass er gar nicht der einzige Mann war. In den vergangenen Monaten hatte sie drei Heiratsanträge bekommen und während einer von den Kandidaten für ihren Geschmack zu alt war, schienen die anderen beiden jüngeren, nette Kerle zu sein. Der eine hatte sogar richtig gut ausgesehen. Doch nichts hatte sie zu ihm hingezogen. Und bei dem Gedanken, wie einer von ihnen sie anfasste, musste sie sich schütteln.

Bei Alexander hingegen war es etwas ganz anderes. Sie sehnte sich sogar danach, von ihm angefasst zu werden. Wieder musste sie daran denken, wie er sie angeschaut hatte und das obwohl ihr Körper unter Wasser gewesen war. So voller Begehren. Ein Gefühl des Triumphes baute sich in ihr auf, obwohl gar nicht wirklich etwas passiert war.

Was er wohl über sie dachte? Zum ersten Mal seit langem wünschte Charlotte sich eine Freundin, mit der sie über solche Dinge sprechen konnte. Eines war jedoch klar: Alexander sah gut aus, war ein Mann von Welt und traf sicherlich jeden Tag schöne Frauen, wenn er am Königshof war. Bestimmt konnte er fast jede Frau haben, die er wollte, doch im Moment war sie es, die er anschaute. Aber war es auch sie, die er wollte? Sie wünschte es sich so sehr!

Eine Weile ließ sie sich auf dem Rücken treiben und schaute in den wolkenlosen Himmel. Sie dachte an das Fest an diesem Abend und daran, dass sie ihm angedroht hatte, dass sie mit ihm tanzen wollte. Sie hatte es einfach so, einem Impuls folgend, gesagt. Doch jetzt wusste sie, dass sie sich genau das wünschte. Sie wollte seine Hände auf ihrer Taille spüren, wollte ihm in die Augen schauen, sich mit ihm drehen.

Vielleicht war es die überreife Fülle der Erntezeit oder der träge Spätsommertag, die diese Sehnsüchte ihn ihr hervorriefen. Und vielleicht würde sie morgen all das schon wieder bereuen oder spätestens, wenn sie in Frankreich waren. Aber das war morgen und wer wusste schon, was dann war. Heute war Erntefest, heute hatte er sie so angeschaut und heute sehnte sie sich nach ihm und wollte seine Berührung spüren. Das war alles, was zählte. Und sie hoffte, dass er genau das gleiche wollte.

Als ihr kalt wurde, kletterte sie aus dem Wasser. Sie hatte sich auf dem Felsen in der Sonne trocknen wollen, wie sie es immer tat, wenn sie im See badete, doch dafür hatte sie keine Zeit mehr. Ihr war klar, dass alle auf sie warteten und das Fest nicht beginnen würde, bevor sie da war.

Also zog sie ihr rotes Kleid über das nasse Unterkleid und lief hinüber ins Herrenhaus. Dort entschied sie sich für ein Kleid mit einem dunkelgrünen Rock. Sie wusste, dass es gut zu ihren Haaren passte und heute war es wichtig, dass sie gut aussah, auch wenn sie sich sonst nie Gedanken darüber machte.

Sie flocht sich dunkelgrüne und weiße Bänder in die Haare und ließ den Rest, der noch feucht war, über den Rücken herunterhängen.

Als sie an sich herunterschaute, war sie zufrieden, mit dem, was sie sah. Ihr Herz flatterte wie verrückt und sie legte eine Hand auf den Bauch. Sie entschied, dass es ein wunderbarer Abend werden würde.

Wenig später trat sie auf die Festwiese vor der neuen Scheune. Im Schatten des Lindenbaumes war eine große Tafel gedeckt worden und der Tisch bog sich fast unter den guten Speisen, die Maude, Anni und sie zubereitet hatten.

Charlotte ließ ihren Blick über die Anwesenden schweifen und suchte doch nur einen. Erst konnte sie ihn nicht entdecken und ihr Herz schlug schneller, vor lauter Sorge, dass er der Feier fernbleiben würde. Vielleicht war sie mit ihrer Aufforderung zum Tanz doch zu forsch gewesen?

Doch dann sah sie ihn. Er lehnte an der Wand der Scheune, etwas abseits von den anderen, die in kleinen Grüppchen zusammenstanden. Sein Blick war auf sie gerichtet und als sie ihn anschaute, schien die Welt für einen kleinen Moment stillzustehen. Charlotte nahm nichts mehr wahr, außer ihn.

Er war jetzt ordentlich gekleidet und seine Haare waren wieder trocken. Ernst schaute er sie an, dann glitt sein Blick an ihr herunter und Charlotte stellte sich seiner Musterung mit erhobenem Kinn. Als er wieder bei ihrem Gesicht angelangt war, meinte sie, Bewunderung in seinem Blick zu lesen. Sie lächelte und auch auf seinem Gesicht erschien ein schmales Lächeln. Ob er wohl auch an den Moment am See dachte und daran, was er dort gesehen hatte? Wieder stieg ihr das Blut in die Wangen. Sie war sich nicht sicher gewesen, wie er sich verhalten würde, wenn sie sich hier wieder trafen, doch es schien alles in Ordnung zu sein.

Dann entdeckten die anderen sie und alle strömten hinüber zum Tisch. Charlotte sah ein, dass sie sie lange hatte warten lassen. Aber so war es nun einmal, wenn ein Mann ihre Gedanken derart verwirrte.

Besagter Mann trat neben sie und reichte ihr den Arm. Vorsichtig legte sie ihre Hand darauf und er führte sie zum Tisch.

Wie sie es sich in der Küche angewöhnt hatten, saß Alexander neben ihr und Charlotte genoss jeden Moment. Sie plauderte und lachte mit den anderen, die ob der üppigen Ernte in diesem Jahr, ausgelassen waren, doch ihre Aufmerksamkeit war immer bei ihm.

Sie genoss es, wenn er mit jemand anderem sprach und sie ihm einfach nur zuhören konnte. Sie liebte es, wenn seine Finger aus Versehen ihre Hand streiften, wenn er nach etwas griff. Und sie musste sich davon abhalten, sich nicht weiter zu ihm zu lehnen, um seinen männlichen Duft einzuatmen. Seine Nähe war so berauschend.

Die Sonne ging langsam unter und es wurden Fackeln

entzündet, die man in die Wiese in den Boden steckte und als alle satt waren und der Tisch abgeräumt wurde, wurde das Erntefeuer, ein riesiger Holzstoß in der Mitte der Wiese, entzündet.

Einige der Männer holten Musikinstrumente und sobald die Geige zu spielen begann, erhoben sich einige der Frauen und begannen zu tanzen. Charlotte schloss sich ihnen noch nicht an. Sie wollte es noch genießen, neben ihm zu sitzen.

Doch dann zog ausgerechnet Maude sie auf die Beine und mit zum Feuer. Sie wusste, dass Charlotte diesen Tanz liebte und tatsächlich, sobald sie auf den Beinen war, konnte sie gar nicht anders, als sich im Rhythmus der Musik zu bewegen. Die Bewegungen waren komplex, doch Charlotte hatte diesen Tanz sooft mit den anderen Frauen getanzt, dass sie es im Schlaf gekonnt hätte und auf jeden Fall in der Lage war, zu tanzen, während Alexander ihr zuschaute auch wenn sein Blick sie beinahe zu versengen schien.

Sie versuchte, ihn zu vergessen und nicht zu ihm herüber zu schauen und gab sich ganz der Musik hin. Seit sie ein Kind war, hatte sie diesen Tanz einstudiert und es war, als wären all die Tänze zuvor nur eine Probe für diesen wichtigen Moment gewesen.

Sie wirbelte mit den anderen Frauen, um das Feuer herum und sie wurden immer schneller, als die Musik sich beschleunigte. Atemlos lachten sie, als Agnes, eine der jungen Frauen aus dem Dorf, stolperte und Charlotte sie auffing. Dann ging es weiter im wilden Reigen.

Charlotte erlaubte sich doch einen kleinen Blick in Alexanders Richtung und sobald sie aufschaute, trafen ihre Augen die seinen. Sie hielt seinen Blick fest, während sie sich drehte, löste sich nur einen kurzen Moment, weil sie ihm den Rücken zuwandte und zum Feuer schaute. Doch dann tauchte sie wieder in seine Augen ein, wie zuvor ins Wasser. Sie lächelte und ein fast nicht wahrnehmbares Lächeln umspielte seine Mundwinkel. In seinen Augen jedoch lag soviel Wärme, dass sein Blick fast heißer zu sein schien, als das Feuer.

Charlotte drehte sich weiter und konnte ihn nicht mehr sehen. Noch nie war sie so trunken vor Glück gewesen wie in diesem Moment.

Die Musik wechselte und die Männer nahmen Aufstellung. Mit einem leichten Flattern in der Magengegend schaute sie zu Alexander, doch er machte keine Anstalten aufzustehen. Stattdessen lehnte er sich nach vorn, stützte die Arme auf die Knie und betrachtete sie interessiert. Er wollte ihr also weiter zuschauen.

Der junge Jack traute sich als Erster zu Charlotte und als er ihr die Hand hinstreckte und sich verbeugte, konnte sie nicht anders, als seine Hand zu ergreifen und den Tanz mit ihm zu beginnen. Doch noch immer fühlte sie Alexanders Augen auf sich.

Sie konzentrierte sich auf Jack, der in Plauderstimmung war. Er war stolz darauf, dass er von allen das meiste an der neuen Scheune gemacht hatte und sie nahm sich die Zeit ihn zu loben. Er hatte ein hartes Schicksal gehabt und war von seinem Vater, einem Trunkenbold, so oft verprügelt worden, dass seine Mutter ihn fortgeschickt hatte, weil sie um sein Leben fürchtete. Halb verhungert und verängstigt war er mit sechzehn Jahren hier gelandet und Alan hatte sich seiner angenommen. Charlotte war sehr stolz darauf gewesen, dass der ältere Pferdeknecht, diese Verantwortung übernahm. Und aus Jack war ein stattlicher Mann geworden. Noch vor zwei Jahren hätte er sich niemals getraut, sie zum Tanz zu führen.

Die Musik endete und schon streckte sich ihr die nächste Hand entgegen. Es war Alan und sie musste lächeln, denn sie wusste, dass er es nur tat, damit sie ihm versicherte, dass Jack sich nicht ungehörig verhalten hatte und dass sie stolz auf den Jungen war.

Als Alan gerade mit ihr am Feuer vorbei tanzte, schaute sie hinüber zum Tisch, doch Alexander war fort. Ihr Herz stockte für einen Moment und sie fragte sich, ob er gegangen war, doch zu ihrer Überraschung entdeckte sie ihn bei Anni.

Charlotte hatte Anni verboten zu wild zu tanzen, doch sie

wusste, dass sie es zu gern tat und kaum stillsitzen konnte. Deswegen stand sie nun am Rand des Tanzkreises und wiegte ihren Bauch im Takt der Musik. Charlotte dachte daran, wie wunderbar es war, dass sie zu der reichen Ernte auch noch ein Baby hier auf Greenhills bekamen. Sie konnte es kaum abwarten, das kleine Wesen in den Händen zu halten und den Duft des Neugeborenen zu riechen.

Erstaunt stellte sie fest, dass Anni und Alexander miteinander sprachen und dann auf ihre Füße schauten, was bei Anni kaum noch möglich war.

Alexander hob den Blick, als hätte er gefühlt, dass sie ihn anschaute und dann sagte er etwas zu Anni. Die lachte, warf Charlotte einen Blick zu und dann drehten sich beide um und verließen den Lichtkreis, den das Feuer warf.

Verwirrt blickte Charlotte ihnen hinterher und stolperte, als sie darüber nachdachte, warum Alexander und Anni sich zurückzogen. Sie verrenkte sich den Hals, um die beiden zu sehen, doch anscheinend waren sie hinter der Scheune verschwunden.

Alan fing sie geschickt auf und grinste, als er ihren Blick sah. Dann deutete er auf die Scheune, zeigte eine zwei, deutete auf seine Füße und formte das Wort ‚tanzen' mit dem Mund.

Charlotte runzelte die Stirn. »Die beiden tanzen hinter der Scheune?«

Warum tanzte er mit Anni und nicht mit ihr?

Alan schüttelte den Kopf und machte ein hilfloses Gesicht. Dann hob er den Zeigefinger und schaute wie ein strenger Lehrer drein.

Es dauerte einen Moment bis Charlotte begriff. »Sie zeigt ihm, wie man tanzt?«

Alans Augen leuchteten. Er nickte.

»Oh«, entfuhr es Charlotte. Sie hatte nicht darüber nachgedacht, dass Alexander die Tänze nicht können könnte. Und sie war gerührt, dass er sie für sie lernte. Zumindest hoffte sie, dass er es für sie lernte.

Es dauerte eine ganze Weile, bis Alexander und Anni

hinter der Scheune hervorkamen. Charlotte tanzte gerade mit einem der älteren Bauern aus dem Dorf und während sie mit ihm darüber sprach, wie man im nächsten Jahr die Weiden neu verteilen könnte, beobachtete sie, wie Alexander sich an den Rand des Kreises stellte, die Arme hinter dem Rücken verschränkte und sie aufmerksam anschaute. Plötzlich war ihr ganz heiß, denn ihr wurde klar, dass er nur darauf wartete, dass dieser Tanz zu Ende ging und er an der Reihe war. In wenigen Augenblicken würden seine Hände auf ihr liegen und wieder stolperte sie fast, als sie darüber nachdachte, wie sich das anfühlen würde.

Die Musik neigte sich dem Ende zu und plötzlich sah Charlotte, wie Bridget eine der jungen Frauen aus dem Dorf etwas zu einer ihrer Freundinnen sagte, die Schultern straffte und auf Alexander zuging. Es war nicht unüblich bei diesen Dorffesten, dass Frauen auch Männer aufforderten und Charlotte hätte es eigentlich wunderbar gefunden, dass Bridget den Mut hatte, Sir Alexander, der ja der Gast ihrer Herrin war, zum Tanzen aufzufordern. Doch dieses Mal erschreckte es sie, denn sie wollte Alexander für sich.

Am liebsten hätte sie sich von dem Bauern losgemacht, um vor Bridget bei Alexander zu sein, doch sie wusste, dass es nicht ging und den Bauern beschämt hätte. Auch konnte sie Alexander kein Zeichen geben, nicht ohne, dass alle gemerkt hätten, was los war. Deswegen konnte sie nur hoffen, dass er ablehnen würde, doch sie wusste auch, dass er zu höflich war, um das zu tun, denn es würde Bridget beschämen und ihn arrogant wirken lassen.

Kurz bevor Bridget jedoch bei ihm ankam, schoss eine Hand vor und Maude zog sie zur Seite. Verwirrt stolperte Bridget hinter ihr her. Charlotte sah aus dem Augenwinkel, wie Maude auf Bridget einredete, dann nickte sie schließlich und ging mit langem Gesicht zu ihrer Freundin zurück. Maude hingegen zwinkerte Charlotte zu.

Fassungslos starrte sie zu ihrer Haushälterin. Sie hatte weder geahnt, dass Maude bemerkt hatte, dass Charlotte gern mit Alexander tanzen wollte, noch, dass Maude zu einer so freundlichen Geste wie Zwinkern fähig war. Aber sie war ihr unendlich dankbar.

Dann endlich spielten die Musiker die letzte Note und ließen den Tanzenden Zeit, einen neuen Partner zu finden oder durchzuatmen.

Kaum hatte sich der Bauer von Charlotte verabschiedet, verbeugte sich schon Alexander vor ihr. Mit einem Lächeln schaute er sie an. »Es scheint mir fast leichter, an einen Tanz mit der Königin zu kommen, als mit Euch.«

Charlotte hob eine Augenbraue. »Tanzt die Königin auch um Feuer herum?«

Alexander lachte und dieses Geräusch durchrieselte sie. Sie war sich nicht sicher, ob sie ihn schon einmal lachen gehört hatte. »Soweit ich weiß, nein. Aber ehrlich gesagt bereitet mir der Teil auch ein wenig Sorge.«

Verwirrt schaute Charlotte ihn an. »Welcher Teil?«

»Der mit dem Feuer. Ich habe Sorge, dass ich über meine Füße stolpere und wir gemeinsam in den Flammen landen.«

Charlotte kicherte. »Keine Angst. Ich halte Euch fest, mit mir kann Euch nichts passieren.«

Die Musiker machten sich bereit und Alexander hielt ihr seine Hand hin. Ganz leise, sodass nur sie es hören konnte, sagte er: »Ich fürchte, dafür ist es zu spät.«

Charlottes Hände zitterten, als sie die seinen ergriff. Er zog sie näher an sich, schaute sich kurz um und als er bemerkte, dass die anderen Männer, den Frauen die Hände auf die Taille gelegt hatten, atmete er tief durch und dann lagen seine großen Hände an ihrer Seite und ihr war, als würde sie anfangen zu brennen. Vorsichtig legte sie die Hände auf seine Schultern und ihr wurde bewusst, dass sie erst heute Nachmittag am See seine Muskeln dort bewundert hatte, als er aus dem Wasser gestiegen war. Sie errötete bei dem Gedanken daran, dass sie auch den Rest seiner Rückseite nackt gesehen hatte. Doch sie bereute nicht eine Sekunde, dass sie hingeschaut hatte. Er hatte es schließlich auch getan.

Die Musik begann und Charlotte wollte ihn mit sich ziehen, doch er ließ es nicht zu. »Ich führe«, sagte er leise und ihr lief ein Schauer über den Rücken, dabei wusste sie nicht einmal warum. Dann schob er sie in einer fließenden Bewegung nach hinten und dirigierte sie mit den Händen an ihrer Taille. Charlotte passte sich seinen Bewegungen an und versuchte, zu atmen.

Es dauerte nur einen kurzen Moment, bis sie einander gefunden hatten und nach der ersten Runde um das Feuer waren sie perfekt eingespielt. Charlotte entspannte sich ein wenig und ließ sich mehr in seine Arme sinken. Er musste sich immer noch ein wenig auf seine Füße konzentrieren und ab und zu warf er einen Blick zu den anderen Tänzern, um dann zu korrigieren. Seine Fähigkeit schnell alles fehlerfrei nachzumachen, was jemand ihm zeigte, bewährte sich jetzt.

Sie lächelte ihn an. »Ich dachte, Ihr tanzt nicht.«

»Das tue ich eigentlich auch nicht. Ich glaube, am Königshof hat mich noch nie jemand tanzen sehen.«

Sie hob die Augenbrauen. »Und ich dachte, Ihr tanzt jeden Tag mit der Königin.«

Er lächelte. »Wie ich schon sagte, ich tanze nicht, weil ich anderes zu tun habe.«

»Warum dann jetzt?«, fragte sie.

Er schaute ihr in die Augen, während er sie drehte, sodass ihre Haare flogen. »Weil ich nicht anders kann.«

Die Intensität in seinem Blick ließ sie verstummen.

Wieder drehte er sie und dabei zog er sie ein wenig näher zu sich heran. Ihre Körper berührten sich jetzt an so vielen Stellen, dass Charlotte kaum noch klar denken konnte. Zu gern hätte sie ihre Hände von seinen Schultern genommen und ihm in den Nacken gelegt oder über seinen Rücken gestrichen, doch sie wusste, dass das nicht möglich war. Nicht hier, nicht vor all den Augenpaaren, die sie beobachteten.

Der Tanz ging viel zu schnell vorbei und Charlotte klammerte sich an seinen Schultern fest, als die Musik verstummte. Auch er ließ sie nicht los, rückte nur anstandshalber ein kleines Stück von ihr ab. Damit setzten sie ein deutliches Zeichen, dass niemand anders sie auffordern sollte. Und vermutlich traute sich auch niemand.

Als die Musik wieder zu spielen begann und er sie näher zu sich heranzog, fragte er: »Mache ich mich sehr unbeliebt, wenn ich heute Abend niemand anderen mehr mit Euch tanzen lasse?«

Sie hob den Kopf und schaute ihn an. Erst stolperte ihr Herz und dann ihre Füße. Geschickt hielt er sie fest.

»Was sagtet Ihr noch über das Feuer und dass mir nichts passieren kann?«

Sie musste lächeln. »Der Abend ist noch lang, Ihr habt noch genug Möglichkeiten zu verbrennen.« Sie wurde sich der Doppeldeutigkeit ihrer Worte bewusst und ihre Wangen begannen zu glühen. »Ich...«, setzte sie an, doch er unterbrach sie mit einem Kopfschütteln.

»Nicht. Wir werden sehen, was heute noch passiert.«

Plötzlich veränderte sich die Musik, sie wurde schneller und die Paare drehten sich ebenfalls in einem höheren Tempo. Charlotte hielt sich an ihm fest und jauchzte, als ihr Kleid zu fliegen begann. Sie wusste schon jetzt, dass sie diese Nacht nicht vergessen würde.

Sie tanzten den ganzen Abend, bis die Ersten sich zurückzogen. Es war schon dunkel geworden und die meisten Fackeln und auch das große Feuer waren heruntergebrannt. Erst jetzt bemerkte Charlotte, dass die Frauen den Tisch bereits abgedeckt hatten.

Sie wusste, dass die Musiker nur noch weiterspielten, weil sie noch tanzen wollte. Also knickste sie vor Alexander und ging dann zu den Musikern, um sich für den wundervollen Abend zu bedanken.

»Ich weiß ja, dass Ihr gern tanzt, Mylady, aber heute war es eine besondere Freude, für Euch zu spielen«, sagte einer der älteren Musiker und verbeugte sich vor ihr.

Charlotte errötete. »Ich danke Euch für die herrliche

Musik. Es war der passende Abschluss für einen großartigen Sommer und diese reiche Ernte.«

Für einen Moment schaute der Mann auf eine Stelle hinter Charlotte und verbeugte sich dann wieder. »Manchmal ist Musik gut, um etwas zum Abschluss zu bringen und manchmal ist sie das Beste für einen Anfang.«

Charlotte neigte den Kopf. »Dann sollten wir vielleicht in einem halben Jahr ein Frühlingsfest feiern.«

»Auch das, Mylady, auch das. Und vielleicht gibt es ja noch andere Dinge zu feiern«, sagte er mit einem Lächeln und verbeugte sich wieder. »Habt eine gute Nacht.«

Die Musiker zogen hinunter ins Dorf, heim an ihren Herd. Mit einem Stirnrunzeln schaute Charlotte ihnen nach.

Das Feuer war schon fast heruntergebrannt und nur noch wenige Scheite brannten, ansonsten war es nur noch Glut, die nicht mehr viel Licht, aber Wärme spendete. Wärme, die sie in dieser Nacht gar nicht gebraucht hätten, denn es war mild.

Sie sah sich nach Alexander um und sah ihn nicht sofort. Nur Anni, die sich den Bauch hielt und mit Maude sprach, die einen Korb mit Krügen und allerlei anderem Geschirr unter dem Arm trug. Der junge Jack löschte gerade die letzten Fackeln und die Dunkelheit breitete sich immer mehr aus.

Mittlerweile waren alle anderen fort. Doch wo war Alexander?

Maude sah ihren suchenden Blick und kam zu ihr. Anni folgte ihr wie ein Schatten. »Er hat Henry ins Haus getragen. Der Junge ist unter dem Tisch eingeschlafen und hat den Hund als Kissen benutzt.« Sie lächelte. »Kommt, Mylady, Ihr gehört ins Bett, es war ein langer Tag.«

Charlotte zögerte. Natürlich war sie gerührt, dass Alexander Henry ins Bett gebracht hatte, aber wenn sie ehrlich war, war sie enttäuscht, dass er gegangen war, ohne sich von ihr zu verabschieden. Vor allem nach einem Abend wie diesem. Vielleicht hatte er ja vor wiederzukommen.

»Ich bleibe noch ein wenig hier«, sagte sie.

Doch Anni schüttelte den Kopf. »Das solltet Ihr nicht tun.«

Charlotte hob das Kinn. Solche Widerworte war sie von Anni nicht gewohnt. »Ich möchte aber.«

Maude schaute in die Dunkelheit, wo sich ein Schatten bewegte. »Es würde ein falsches Signal an den jungen Jack senden. Das ist es, was Anni meint.«

Charlotte runzelte die Stirn. »Was soll denn das heißen?«

Maude schaute sie mit einem Stirnrunzeln an. »Mylady, das wisst Ihr genau. Der junge Jack ist Euch vollkommen verfallen und stolpert über seine eigenen Füße, wenn Ihr nur am Horizont erscheint. Ermutigt ihn nicht, indem Ihr an einem Abend wie diesem allein mit ihm draußen bleibt. Er könnte es falsch verstehen.«

Mit offenem Mund starrte Charlotte die Haushälterin an. Dann lachte sie. »Nicht doch, Maude, das ist ein Hirngespinst. Jack sieht mich nicht als…, als.«, sie brach ab, weil sie nicht einmal ein Wort dafür fand.

Doch Anni und Maude schauten sie beide ernst an. »Oh doch, Mylady, das tut er. Ihr seid zwei Jahre jünger als er und er hat oft genug Scherze darüber gemacht, dass er Euch sofort heiraten würde, wenn Ihr nicht die Lady wärt.«

Maude klang streng.

»Bitte, Mylady«, sagte nun auch Anni. »Kommt mit uns hinein. Es ist besser für uns alle. Und Jack hat heute Abend ein bisschen zu viel Ale getrunken.«

In ihrer Stimme schwang Angst mit und auf einmal fühlte Charlotte sich ernüchtert. Für einen Moment hatte sie gedacht, dass die beiden Frauen wollten, dass sie Alexander nicht zu nahe kam, doch als sie genauer darüber nachdachte, sah sie ein, dass die beiden recht haben könnten. Anni hatte durch die schlechten Erfahrungen in ihrem Leben einen untrüglichen Instinkt dafür entwickelt, was Männer vorhatten. Charlotte vertraute ihrem sechsten Sinn, doch dass sie Jack misstraute, schockierte sie beinahe.

Mit einem Seufzen nickte sie und rief dann: »Jack, lösche bitte das Feuer gründlich. Ich ziehe mich zurück.«

Kurzen war es still, dann rief Jack: »Sehr wohl, Mylady.«

Sie konnte die Enttäuschung in seiner Stimme heraushören und auf einmal wusste sie, dass Anni recht hatte. Sie tauschte einen Blick mit den anderen beiden Frauen und nickte leicht. »Danke«, sagte sie leise.

Sie begaben sich zurück zum Haus und Charlotte versuchte die Gedanken zum Tanz zurückkehren zu lassen. Es war das schönste Erntefest gewesen, das sie je erlebt hatte. Noch nie hatte sie soviel getanzt wie heute, vor allem noch nie so lange mit ein und demselben Mann. Noch immer konnte sie seine Hände auf ihrer Taille und ihrem Rücken spüren und seinen intensiven Blick sehen, der sich in sie zu bohren schien.

Das Herrenhaus lag dunkel in der Nacht, doch mittlerweile hatten sich Charlottes Augen an das Dämmerlicht des Mondes gewöhnt und sie konnte den Weg durch den Garten zum Hintereingang sehen. Wie alle hier, hätte sie diesen Weg allerdings auch mit verbundenen Augen gefunden.

Sie wollten gerade in Richtung des Gartens gehen, als sie am Eingang des Hauses eine Bewegung wahrnahm. Anni schrak zusammen und Maude schnipste kurz mit den Fingern, um sie zu beruhigen. »Es ist nur Mylord«, sagte Maude, schaute dabei aber Charlotte an und nicht Anni.

Charlottes Herz stolperte und sie legte sich eine Hand auf den Bauch, als er auf sie zukam. Sie versuchte, seinen Gesichtsausdruck zu deuten, aber das war schwierig im Dunkeln. Sie konnte jedoch sehen, dass er nur sie anschaute.

»Ist schon alles aufgeräumt?«, fragte er.

Charlotte nickte, aus irgendeinem Grund konnte sie nichts sagen.

»Ich habe Henry ins Bett gebracht und wollte Euch dann helfen.«

»Das ist furchtbar freundlich, Mylord«, sagte Maude, »aber es ist alles erledigt. Alle sind schon zu Bett gegangen. Und das werden wir jetzt auch tun. Oder braucht Ihr noch etwas?«

Alexander antwortete nicht sofort. Noch immer schaute er Charlotte an und ihre Knie wurden weich. Schließlich schüttelte er den Kopf. »Danke, Maude. Ich brauche nichts. Habt Dank für das schöne Fest.«

Noch immer wandte er nicht den Blick von Charlotte.

»Dann gute Nacht, Mylord«, sagte Maude und wandte sich ab.

»Ich werde rasch nachsehen, ob das Feuer aus ist. Es war in letzter Zeit so trocken. Nicht, dass noch etwas verbrennt«, sagte Alexander.

Charlotte zögerte und hätte am liebsten gesagt, dass sie ihn begleiten wollte, doch es gab keinen guten Grund dafür. Verzweifelt biss sie sich auf die Lippe. Als sich das Schweigen schließlich in die Länge zog, sagte sie: »Macht das, habt Dank.« Dann fügte sie hinzu. »Ich werde nach Henry sehen und vielleicht die Unterlagen noch einmal durchgehen.«

Sie hoffte, dass er sie verstand und auch in die Bibliothek kommen würde. Doch was dann?

Er nickte und verneigte sich leicht. »Ich wünsche Euch eine gute Nacht.« Dann ging er an ihr vorbei und verschwand in der Dunkelheit.

Fast hätte Charlotte vor Enttäuschung geschluchzt, doch sie hielt sich zurück. Sie hätte nur ein paar Minuten länger auf der Festwiese bleiben müssen, dann wäre er zurückgekehrt. Dort hätte sie einen Weg gefunden, wie sie noch mehr Zeit miteinander hätten verbringen können.

Hinter sich hörte sie Schritte und sah, wie Jack und Alan in Richtung des Stalls gingen. Jack wünschte ihnen eine gute Nacht und Alan winkte, dann waren sie verschwunden.

Maude räusperte sich und Charlotte wollte sich gerade in Bewegung setzen, als ihre Haushälterin sagte: »Anni, schau mal, ob Henry richtig zugedeckt ist.«

Die beiden tauschten einen Blick, dann ging Anni wortlos voraus.

Maude atmete tief durch, wartete bis Anni außer Hörweite war und drehte sich dann zu Charlotte um. »Nun lauft schon, Mylady.«

Ein Kribbeln durchfuhr Charlotte. »Was meinst du damit?«

Maude legte den Kopf schief und deutete mit dem Finger in Richtung der Festwiese. »Geht schauen, ob das Feuer auch wirklich aus ist.«

Atemlos starrte Charlotte sie an. »Aber…«, setzte sie an, doch Maude unterbrach sie.

»Kein Aber, Mylady. Ihr habt es Euch verdient. Er ist ein guter Mann. Und nun lauft schon. Ich kümmere mich um alles andere.«

Tränen traten Charlotte in die Augen und einem Impuls folgend umarmte sie Maude, wobei die ältere Frau sich versteifte, doch das war Charlotte egal. »Danke«, flüsterte sie. Dann drehte sie sich um und rannte los.

KAPITEL NEUN

Alexander ging den Weg zur neuen Scheune hinauf und mit jedem Schritt, den er sich vom Herrenhaus fort bewegte, fragte er sich, wie es hatte passieren können, dass er derart die Kontrolle verlor. Seine Enttäuschung, dass das Fest bereits zu Ende war und Charlotte sich zurückziehen wollte, war so maßlos, dass er sich fragte, ob er den Verstand verloren hatte. Ja, es war ein wunderschönes Fest gewesen und er hatte noch nie so lange getanzt, aber all das führte doch zu nichts.

Er erreichte die Festwiese und sah sich ernüchtert um. Das Feuer war komplett gelöscht, der Tisch abgeräumt, die Musik war zu Ende und alle waren heimgegangen. Was tat er hier? Er hätte schon lange wieder in Frankreich sein müssen. Dort am Königshof war es, wo er hingehörte. Auch wenn es nicht sein Zuhause war, so war es doch der Ort, an dem er sich am besten auskannte, wo er sicher war. Alle anderen, mit denen er heute gefeiert hatte, waren hier zuhause, doch er gehörte nicht dazu, auch wenn er sich das an diesem Abend eingebildet hatte.

Er ging zu der kleinen Mauer unter dem Baum und blickte auf die mondbeschienen Felder, die er in den vergangenen Tagen geholfen hatte, abzuernten. Er kannte einige von ihnen fast besser als Teile des Palastes in Saint-Germaine-en-Laye.

Doch er gehörte nicht hierher, auch wenn ihn diese Erkenntnis aus unerfindlichen Gründen schmerzte. Er hatte nicht einmal das Recht auf diesen Schmerz.

Eine Eule strich lautlos an ihm vorbei und verschwand im Schatten der Scheune. Alexander entschied, dass er Lady Charlotte bitten würde, so schnell es ging abzureisen. Vermutlich brauchte die Königin ihn schon und er war hier und tanzte durch die Nacht. Wie ein Narr.

Hinter sich hörte er ein Geräusch und er fuhr herum. Es war Charlotte, die neben dem erloschenen Feuer stand und sich suchend umblickte. Als sie ihn entdeckte, erstarrte sie und für einen Moment schauten sie sich einfach nur an.

Sein Herz schlug schneller, als er daran dachte, wie er sie den ganzen Abend in seinen Armen gehalten hatte. Er konnte ihre Lebendigkeit noch unter seinen Händen spüren, ihre Bewegungen, ihre Wärme, ja, er hörte sogar noch ihr Lachen und er war sich sicher, dass er all das seinen Lebtag nicht vergessen würde. Jetzt stand sie da im Mondlicht und sah aus wie eine von den Statuen, die er im Park von Saint-Germain-en-Laye gesehen hatte. Zugegeben, eine Statue mit aufgelösten Haaren, aber ihre Gesichtszüge waren so klar, wie gemeißelt. Das silbrige Mondlicht stand ihr genauso gut, wie der Schein des Feuers oder das Glitzern auf der Oberfläche des Sees.

Sein Herz zog sich schmerzhaft zusammen. Sie war ein Teil dieser Gemeinschaft und dieses Teils von England, sie gehörte hierher, während er nur ein Zuschauer war, ein flüchtiger Gast. Sie war die Eule, die Königin der Nacht und er war eine der Schwalben, die noch vor wenigen Tagen den Hof umschwirrt hatten und nun nach Süden gezogen waren. Sie zogen immer weiter und waren unstet. Die Erkenntnis, dass er nur noch Gast in England war und nicht mehr hierher gehörte, traf ihn in diesem Moment so hart, dass er beinahe zusammenzuckte.

Langsam kam sie auf ihn zu und wie so oft, wenn sie über etwas nachdachte, legte sie eine Hand auf ihren Bauch. Alexander spannte sich ein wenig an. Als sie direkt vor ihm stand, fragte er: »Was tut Ihr hier?« Es klang barscher als er es beabsichtigt hatte.

Sie lächelte. »Das gleiche wie Ihr. Ich wollte sichergehen, dass das Feuer gelöscht wurde.«

Er biss die Zähne zusammen und versuchte nicht daran zu denken, was sie früher am Abend über das Feuer und die Gefahr sich zu verbrennen gesagt hatte. Ihre Neckereien hatten ihm gefallen, doch jetzt fühlte er sich wie ein Narr.

»Es ist aus. Ich habe es kontrolliert.«

»Was tut Ihr dann noch hier?«, fragte sie mit einem Lächeln und kam noch ein Stück näher.

Er musste sich von ihr abwenden. Sie war zu nah und zu schön. »Ich genieße die Aussicht. Lange werde ich sie nicht mehr haben, denn ich muss zurück nach Frankreich.«

Sie trat neben ihn, viel zu dicht war sie bei ihm, doch er schaffte es nicht, von ihr abzurücken. »Ihr meint, wir müssen nach Frankreich. Ich hoffe, dass Annis Kind bald kommt, damit wir aufbrechen können. Oder könnt Ihr nicht mehr so lange warten?«

Erstaunt schaute er sie an. »Das klingt beinahe so, als ob Ihr Euch auf die Reise freut.«

Sie atmete tief durch und erwiderte seinen Blick mit klaren Augen. Das Mondlicht glitzerte darin und er fühlte sich wie magisch von ihr angezogen. Er war nicht in der Lage den Blick abzuwenden.

»Das tue ich in der Tat. Ich bin sicher, dass ich meinen Onkel überzeugen kann, mir Greenhills anzuvertrauen, nachdem Ihr alles so gründlich vorbereitet habt.« Zögerlich legte sie eine Hand auf seinen Unterarm und drückte ihn leicht. »Ich danke Euch dafür. Für alles, was Ihr für mich, für uns hier und für Greenhills getan habt.«

Alexander konnte nicht mehr atmen, sondern starrte nur noch auf ihre Hand, die auf seinem Arm lag und ihn zu verbrennen schien. Noch immer hatte er die Hemdsärmel aufgerollt und so lag ihre Hand auf seiner nackten Haut. Es war lächerlich. Sie hatten sich heute Abend so oft berührt, warum war diese Berührung so anders? Doch er wusste es: Zum ersten Mal berührte sie ihn bewusst von sich aus und zwar nicht als Heilerin, sondern als Frau.

Der Moment zog sich in die Länge und noch immer lag ihre Hand auf seinem Arm. Langsam hob er den Blick und schaute ihr ins Gesicht. Ihre Augen suchten seine und nur das leichte Zittern ihrer Unterlippe verriet ihre Aufregung.

Eine Haarsträhne hatte sich aus den Bändern gelöst, schon vorhin beim Tanz, und die leichte Nachtbrise wehte sie ihr übers Gesicht. Ohne zu wissen, was er tat, hob Alexander die Hand und strich ihr die Strähne hinters Ohr. Das hatte er schon den ganzen Abend tun wollen, doch er hatte sich nicht getraut, sie vor all den anderen mit einer so zärtlichen Geste zu berühren.

Wie von allein taten seine Finger noch etwas anderes, was er schon seit Tagen hatte fühlen wollen. Sie wanderten an ihrer Wange hinab und den schlanken Hals hinunter und kamen dann auf ihrem Schlüsselbein zum Liegen. Er hatte schon die ganze Zeit fühlen wollen, wie weich ihre Haut war.

Nicht einen Herzschlag lang hatte Charlotte den Blick von ihm gelöst und er spürte, wie er immer stärker von ihr in den Bann gezogen wurde. Sie atmete zitternd ein und strich nun ihrerseits mit ihrer Hand seinen Arm hinauf. Vorsichtig legte sie ihre Finger auf seine Wange und verweilte dort nur für einen Moment, dann wanderte ihre Hand höher und zu seiner Überraschung fuhr sie durch seine Haare.

Sie trat näher an ihn heran und unter seinen Fingerspitzen, die noch immer auf der kleinen Vertiefung zwischen ihren Schlüsselbeinen lagen, konnte er spüren, wie sich ihr Herzschlag beschleunigte.

»Das wollte ich schon so lange tun«, flüsterte sie und fuhr mit einem Finger durch sein Haar.

Wie von selbst fuhr er mit den Fingerspitzen über ihren Nacken in ihre volle Mähne und vergrub seine Hand darin. Sie waren so üppig und voll und er konnte dem Drang, die Hand zu schließen und ganz leicht an den Haaren zu ziehen, nicht widerstehen.

Charlotte keuchte überrascht auf oder war es eher ein Stöhnen? Für einen kurzen Moment schloss sie die Augen und Alexander konnte sich an ihrem Gesicht nicht sattsehen.

Als sie die Augen wieder öffnete, sah er das Verlangen darin und sie neigte den Kopf so, dass er sie küssen konnte. Es war die schönste Einladung, die er jemals bekommen hatte und trotzdem zögerte er.

»Charlotte«, sagte er langsam und seine Stimme klang heiser.

Sie betrachtete ihn aufmerksam, dann legte sie einen Finger auf seine Lippen und schüttelte den Kopf. »Du brauchst nicht zu zweifeln. Ich weiß, was ich tue.«

Verdammt, aber er wusste es nicht. Sie war so schön und wollte von ihm geküsst werden, doch er konnte nicht. Durfte nicht.

Sie schien seinen Kampf auf seinem Gesicht ablesen zu können, denn sie nahm sein Gesicht in beide Hände und zog es so zu sich heran, dass es ganz dicht vor dem ihrem war. Erst dachte er, dass sie ihn küssen wollte und der Gedanke war eine Qual, denn er wusste nicht, ob er in der Lage war, dies abzuwehren oder ob er es zulassen sollte. Er wollte sie so sehr. Zu sehr.

»Schau mich an«, sagte sie leise. Er öffnete die Augen und blickte in die ihren. »Was quält dich so?« Sie atmete tief durch. »Gibt es eine andere Frau? Ist es das?«

Überrascht schaute er sie an. »Nein«, stieß er hervor. Es hatte noch nie eine Frau in seinem Leben gegeben und schon gar keine wie sie.

Sie biss sich auf die Lippe. »Was dann? Gefalle ich dir nicht?«

Mit einem Stöhnen schloss Alexander die Augen. Wie konnte sie das nur denken? Wieder schüttelte er den Kopf.

»Schau mich an«, verlangte sie. Gehorsam öffnete er die Augen. Ihr Blick war weich. »Was ist es? Ich kann alles ertragen, ich bin stärker, als ich aussehe, ich muss nur wissen, was es ist.«

Er konnte ihren Wunsch so gut verstehen und er wusste auch wie stark er war. Er hingegen war schwach. »Ich darf es nicht«, murmelte er.

»Warum nicht?«

»Weil ich kein Recht dazu habe.«

Sie schwieg einen Moment, dann hob sie ihr Kinn leicht. »Du hast jedes Recht der Welt, mich zu küssen.«

Er schüttelte den Kopf, wollte ihr widersprechen, doch sie ließ ihn nicht zu Wort kommen.

»Doch, das hast du. Denn die einzige Erlaubnis, die du brauchst, ist meine. Und ich wünsche mir nichts mehr, als dass du mich küsst.«

Sie klang so entschlossen und zärtlich zugleich, dass er spürte, wie seine Abwehr ins Wanken kam. »Ich will dich doch auch«, sagte er und wunderte sich selbst über seine Worte, die gequält klangen. Das hatte sie nicht verdient. Deswegen fügte er schnell hinzu: »Aber das kann nirgendwo hinführen, Charlotte. Was soll daraus werden?«

Sie lächelte und dieses Lächeln war so süß und verheißungsvoll, dass es ihn fast umbrachte. »Es muss nirgendwo hinführen«, flüsterte sie. »Lass es nur heute Abend sein. Nur jetzt, nur hier. Morgen ist uns gleich. Lass uns diesen Abend feiern und die Zeit, die wir miteinander haben. Mehr brauche ich nicht.«

Ganz langsam sickerten die Worte in ihn ein. Ein merkwürdiges Gefühl breitete sich in ihm aus und es dauerte einen Moment, bis er begriff, dass es Hoffnung war. Hoffnung darauf, dass er bekommen konnte, was er sich so sehnlich wünschte, ohne dass er die Konsequenzen dafür tragen musste. Und natürlich war er bereit sie zu tragen, wenn es sein musste, aber er und Charlotte hatten keine Zukunft. Er konnte nicht in England bleiben und sie war hier Zuhause und musste in Greenhills sein. Sie würden niemals zusammen sein können. Und was war er für ein Mann, wenn er sich einfach nur nahm, was er wollte und dann wieder aus ihrem Leben verschwand?

»Du denkst schon wieder«, sagte sie mit einem feinen Lächeln und er fragte sich kurz, warum sie ihn so gut lesen konnte. »Nur heute Nacht«, flüsterte sie. »Mehr nicht.«

Alexander atmete tief durch und ergab sich. Er war einfach nicht stark genug.

Sanft legte er seine Hände auf die ihren, die immer noch sein Gesicht umfasst hielten und führte diese herunter auf seine Taille, dann umschloss er ihr Gesicht mit den Händen und ertrank beinahe in ihrer Schönheit. Vorsichtig senkte er seine Lippen auf ihre und kam dort für einen Moment zur Ruhe. Sie schaute ihn noch einige Herzschläge lang an und er meinte ein Lächeln in ihren Augen zu erkennen, dann schloss sie die Lider und gab sich ihm hin.

Er umfasste ihren Rücken und zog sie näher an sich, während sein Kuss immer drängender wurde. Sie öffnete die Lippen leicht und vorsichtig strich er mit der Zunge darüber. Zuerst war ein kehliges Stöhnen die Antwort und dann fand ihre Zunge die seine.

Nur heute Nacht, dachte er und zog sie fester an sich. Wenn er nur heute Nacht hatte, dann würde er das Beste daraus machen.

Während ihre Zungen miteinander tanzten, fuhren seine Hände über ihren Rücken und hinauf in ihre Haare. Sie schlang die Arme um seinen Nacken und presste sich an ihn.

Immer tiefer drang er mit der Zunge in ihren Mund ein und lauschte ihrem immer schneller werdendem Atem. Dass sie ihn genauso wollte, wie er sie, machte ihn beinahe rasend vor Verlangen. Doch er bemühte sich, einen kühlen Kopf zu bewahren, denn Küssen war das eine, aber vermutlich war sie noch Jungfrau und er konnte nicht einfach so über sie herfallen. Das ging dann doch zu weit. Aber sie so zu fühlen, ihre wilden Haare, ihre weiche Haut, ihre fordernden Hände in seinen Haaren, war so berauschend wie der Tanz vorhin und

Alexander wusste, dass er verloren war. Zumindest für heute Nacht. Dann gab er das Denken auf und sich ihr hin.

Er drehte sich ein Stück mit ihr, hob sie hoch und setzte sie auf der Mauer ab. Den Kuss unterbrachen sie dabei nicht. Sie zog ihn fest an sich und er genoss es, dass sie jetzt mit ihm auf Augenhöhe war.

Alexander löste sich von ihren Lippen und küsste sich an ihrer Wange entlang und hinunter zu ihrem Hals. Charlotte keuchte auf und vergrub die Hände in seinen Haaren. Sie zog leicht daran und er musste lächeln, weil sie genau das wiederholte, was er vorhin bei ihr getan hatte. Es hatte ihr also gefallen.

Während er eine Hand in ihren Nacken legte und sie dort hielt, ließ er die andere nach vorn wandern. Er küsste ihren Hals, umfasste gleichzeitig sanft ihre Brust und strich dann mit dem Daumen über ihre Brustwarze, die sich bereits aufgerichtet hatte.

»Oh Gott«, stöhnte sie und bog sich ihm entgegen.

Ermutigt von ihrer Reaktion, streichelte er sie ein wenig fester und erneut stöhnte sie auf. Alexander zog sie an sich, damit sie spürte, wie sehr er sie wollte und als sie ihr Becken ganz leicht an ihm rieb, wusste er, dass sie verstanden hatte.

Plötzlich zog sie noch mehr an seinen Haaren und führte seinen Kopf wieder nach oben. »Küss mich«, flüsterte sie. »Bitte.«

Er eroberte ihren Mund von Neuem und ließ seine Hand wo sie war. Gerade wollte er auch ihre andere Brust liebkosen, als sie atemlos innehielt und lauschte.

»Oh Gott«, sagte sie wieder, aber dieses Mal klang es anders.

»Was ist?«, fragte er und horchte ebenfalls. Für einen Moment konnte er nur seinen schnellen Atem hören und zwang sich die Luft anzuhalten. In der Nacht waren Schritte auf dem Kiesweg zu hören. Jemand kam den Weg zur Wiese herauf. Natürlich war sie beunruhigt, schließlich war sie die Herrin hier.

Er zog sie ein bisschen weiter unter den Baum. »Hier sieht uns keiner«, sagte er leise in ihr Ohr. Er hielt sie fester, einfach weil er es nicht ertrug, dass sie sich soweit von ihm entfernt hatte.

Doch Charlotte schüttelte den Kopf. »Das ist Henry.«

Alexander wandte den Kopf und lauschte wieder. »Bist du sicher? Ich habe ihn doch ins Bett gebracht. Er hat fest geschlafen.«

»Sehr sicher«, sagte sie und drückte ihn ein wenig von sich weg. »Irgendetwas ist passiert. Sonst würde er nicht hier herauf kommen.«

Der Tonfall in ihrer Stimme alarmierte auch Alexander und er wandte sich in Richtung der Feuerstelle um.

In Windeseile richtete Charlotte ihre Haare, sprang von der Mauer und glättete ihre Röcke. Dann schaute sie ihn an, stellte sich auf die Zehenspitzen und küsste ihn kurz auf den Mund. Beinahe reflexartig griff er nach ihr und zog sie näher an sich. »Merk dir, wo wir waren. Ich will das noch weitermachen«, flüsterte sie und küsste ihn noch einmal.

Er konnte nur sprachlos nicken. Dann trat sie von ihm weg. Seine Hände taten beinahe weh vor Verlangen nach ihr, aber er durfte sie jetzt nicht mehr anfassen.

Tatsächlich hörten sie im nächsten Moment Henrys Stimme. »Mylady? Seid Ihr hier?«

Charlotte atmete tief durch. »Was gibt es, Henry?«, fragte sie und trat aus dem Schatten des Baumes hervor.

Erleichtert wandte der Junge sich um. »Maude schickt mich. Das Kind kommt. Ihr müsst Ihr helfen.«

»Oh Gott«, sagte Charlotte und Alexander zuckte zusammen. Als sie diese Worte gekeucht hatte, hatten sie sich in sein Gedächtnis eingebrannt und er würde sie nie wieder aus ihrem Mund hören können, ohne daran zu denken, wie sich seine Lippen in diesem Moment auf ihrer Haut und ihr Atem in seinem Ohr angefühlt hatten.

Charlotte wandte sich zu ihm um. »Ich muss zu Anni.«

Er nickte langsam. »Ich verstehe. Geht nur.«

Sie warf ihm einen sehnsüchtigen Blick zu, der ihm bis ins

Mark ging, dann raffte sie die Röcke und rannte zum Haus. Innerhalb weniger Augenblicke hatte die Dunkelheit sie verschluckt.

Nur heute Nacht hatte sie gesagt. Die Nacht war schneller vorbei als er es für möglich gehalten hatte. Dabei war sein Verlangen nicht einmal ansatzweise gestillt. Ganz im Gegenteil, es schmerzte noch mehr als zuvor.

Doch die Geburt von Annis Kind bedeutete, dass sie wirklich bald nach Frankreich aufbrechen konnten. Das hier, dieser Traum, in dem er sich befunden hatte, war nun vorbei. Und vielleicht war es besser so.

Warum nur schmerzte es dann so?

KAPITEL ZEHN

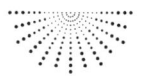

Alexander schrak zusammen, als er eine Stimme hinter sich im Dunkeln hörte.

»Ihr nehmt sie mit, nicht wahr?«

Er wandte sich um. Henry stand immer noch neben der Feuerstelle, die Hände zu Fäusten geballt.

Alexander seufzte. »Komm her, Junge. Und setz dich.«

Zögernd kam Henry auf ihn zu, wie immer folgte der Hund ihm wie ein Schatten. Er ließ sich jedoch nicht auf der Mauer nieder, sondern rutschte am Baum herunter und starrte Alexander mit großen Augen an. »Ihr seid gekommen, um sie zu heiraten, oder?«

Verblüfft starrte Alexander ihn an, dann schüttelte er den Kopf. »Nein, Junge. Ich werde sie nicht heiraten.«

Henrys Augen wurden noch größer. »Aber ich habe gehört, dass Ihr sie mitnehmen wollt. Ins Frankreichland. Da lebt Ihr doch.«

Alexander senkte den Kopf, um sein Lächeln zu verbergen. »Das stimmt, aber ich habe nur den Auftrag, sie sicher dorthin zu bringen.«

»Und was soll sie da?«

Alexander hob die Schultern. »Sie will mit ihrem Onkel sprechen.«

Er hatte keine Ahnung, wie viel er dem Jungen sagen konnte.

»Aber ich habe vorhin gehört, dass jemand gesagt hat, dass Ihr sie bestimmt bald heiratet.«

»Wer immer das gesagt, hat nicht recht. Ich war nur ein paar Tage Gast hier und Lady Charlotte hat mich gebeten zu warten, bis die Ernte eigefahren und Annis Kind da ist. Dann werden wir aufbrechen.«

»So bald schon?« Seine Stimme zitterte ein wenig und der Junge kämpfte darum, die Fassung zu bewahren. »Und was wird dann aus uns?«

Alexander seufzte. »Keine Sorge, Henry, ich bringe sie euch wieder.«

»Wann?«

Er hob die Schultern. »Ich weiß es nicht. Wenn sie mit ihrem Onkel gesprochen hat.«

Henry kaute auf seiner Unterlippe und warf ihm einen Blick zu. Etwas beschäftigte ihn noch. »Bleibt Ihr dann hier?«

Es dauerte einen Moment, bis er begriff, was der Junge meinte. Dann wurde ihm bewusst, dass er nicht einmal wusste, ob er derjenige sein würde, der Charlotte wieder hierher brachte. Auf einmal verengte sich seine Brust. Schließlich schüttelte er den Kopf. »Nein.«

»Warum nicht? Gefällt es Euch hier nicht?«

»Es gefällt mir sehr, Henry, aber darum geht es manchmal nicht.«

»Das verstehe ich nicht.«

Alexander seufzte. »Es gibt eine Menge Leute, die bestimmen, wo ich als nächstes hingehen werde und ich muss mich dem beugen. Außerdem kann ich immer nicht lange in England bleiben.«

»Warum nicht?«, fragte Henry.

Alexander wischte sich über das Gesicht und überlegte, ob er dem Jungen die Wahrheit erzählen sollte. Dann entschied er sich dafür. Er hatte es verdient, denn er war ihm in den Tagen, in denen er hier war, immer ein treuer Freund gewesen und Alexander hatte seine Fragen als Kind nie ehrlich beantwortet bekommen. »Du weißt doch, dass der alte König in Frankreich im Exil ist. Da ich für ihn und die Königin arbeite, musste ich mitgehen. Der neue König von England mag alle Menschen, die zum alten König James stehen, nicht. Deswegen erlaubt er ihnen nicht, hier im Land zu bleiben. Und jedes Mal, wenn ich herkomme, ist es gefährlich für mich. Deswegen darf ich nie lange bleiben.«

Mit großen Augen starrte Henry ihn an. »Was passiert, wenn man Euch erwischt?«

Das hatte Alexander sich auch schon ein paar Mal gefragt. Er wusste, dass man die meisten Anhänger von König James einfach ziehen ließ und so tat, als sähe man nicht, dass sie das Land verließen. Doch bei ihm war es eine andere Sache. Es war bekannt, dass er Leute aus dem Land schleuste, Informationen sammelte und Geheimaktionen durchführte. Ein paar Mal wäre er fast erwischt worden. Bei ihm würde man sicherlich kein Auge zudrücken und ihn zurück nach Frankreich schicken. Doch er wollte dem Jungen keine Angst machen.

»Ich weiß es nicht, aber ich vermute, dass sie mir einmal mit dem Zeigefinger drohen werden, so wie Anni es tut, wenn sie sieht, dass du dir etwas mehr Marmelade nimmst, als du solltest und dann werden sie mir sagen, dass ich nicht mehr nach England kommen darf.«

Henry runzelte die Stirn. »Aber Ihr seid doch Engländer, Mylord. Sie können Euch doch nicht verbieten, hier zu leben.«

Alexander biss die Zähne zusammen. Wenn es nur so einfach wäre. Doch er beschloss, dieses Thema zu beenden. Deswegen sagte er: »Es gibt da etwas, was ich noch mit dir besprechen wollte, deswegen ist es gut, dass wir hier beieinander sitzen.«

»Was gibt es?«, fragte Henry eifrig.

Alexander schaute zu dem Hund, der neben dem Jungen auf dem Boden lag. »Wenn ich wieder nach Frankreich gehe, werde ich den Hund vermutlich nicht mitnehmen können. Und ich wollte dich fragen, ob du auf ihn achtgeben kannst.«

Er hatte damit gerechnet, dass Henry strahlend ja sagen würde, aber der Junge runzelte die Stirn und machte ein unbestimmtes Geräusch.

»Was ist? Ich dachte, du und der Hund seid Freunde.«

»Wenn Ihr Lady Charlotte zurückbringt, nehmt Ihr den Hund dann wieder mit?«

»Möchtest du, dass ich ihn wieder mitnehme?«, fragte Alexander vorsichtig.

Henry schüttelte schnell den Kopf. »Am liebsten würde ich, dass Lady Charlotte hier ist, der Hund und…«, er zögerte und warf Alexander einen verstohlenen Blick zu. »Und Ihr auch, Mylord.«

Es traf Alexander mehr, als er geahnt hatte. Es war wie eine Liebeserklärung des Kindes an ihn. Dabei hatte er es gar nicht verdient. Der Junge kannte ihn kaum. »Du weißt, dass das nicht geht.«

Henry verzog den Mund. »Aber warum denn nicht? Ich glaube, Mylady würde Euch heiraten, wenn Ihr sie fragt.«

Alexander verschluckte sich beinahe, doch Henry schien es nicht zu bemerken. Ernsthaft fuhr er fort: »Und Ihr könntet gut hier mit uns leben. Es ist genug Platz da. Alle mögen Euch und Ihr könnt sogar mithelfen. Das konnten die anderen alle nicht.«

Er hob die Augenbrauen. »Die anderen?«

»Ja, seit der Vater von Mylady gestorben ist, waren schon drei hier, die sie heiraten wollten, aber sie hat immer nein gesagt. Sie meinte, dass die noch nicht einmal wüssten, wie man die Muttersau auf die Koppel lässt. Aber Ihr könnt das, ich habe es selbst gesehen.«

Alexander konnte den Jungen nur anstarren. Henry schien es nicht zu bemerken und redete einfach weiter.

»Und heute Abend, als Ihr mit ihr getanzt habt, da hat sie gelacht, wie schon lange nicht mehr. Alle haben es gesehen und ich habe gehört, wie Maude gesagt hat, dass sie hofft, dass Ihr sie heiratet.« Er grinste. »Jack hat es auch gehört und war ziemlich sauer.«

Aus irgendeinem Grund stellten sich Alexanders Nackenhaare auf. »Warum war er sauer?«, fragte er vorsichtig.

»Weil er am liebsten Mylady heiraten will. Das weiß doch jeder. Aber das geht ja nicht. Das weiß auch jeder, nur Jack hat es noch nicht gemerkt. Maude hat mal zu Anni gesagt, dass er größenwahnsinnig ist.«

Das ungute Gefühl verstärkte sich und Alexander war geschult genug, um zu wissen, dass er diesem Gefühl Aufmerksamkeit schenken musste. Doch er wusste nicht, was genau diesen Alarm ausgelöst hatte. Natürlich hatte er gesehen, dass Jack Charlotte angehimmelt hatte und er sich in ihrem Lob sonnte. Doch er hatte auch gemerkt, dass Charlotte dies überhaupt nicht erwiderte. Sie betrachtete und behandelte ihn wie jeden anderen ihrer Schützlinge.

Der Hund, der bisher ruhig neben Henry gelegen hatte, hob den Kopf und schaute in die Dunkelheit hinein.

Henry hatte seine Ausführungen noch nicht beendet. »Und deswegen wäre es gut, wenn Ihr sie heiratet. Aber nehmt sie ja nicht mit. Dann wäre ich sehr traurig.«

Alexander versuchte, das warnende Kribbeln zu ignorieren und konzentrierte sich auf den Jungen. »Das kann ich gut verstehen. Aber einmal davon abgesehen, dass Lady Charlotte anscheinend nicht heiraten will, kann ich hier nicht leben. Das habe ich dir doch schon erklärt.«

Henry zog eine Grimasse. »Könnt Ihr es Euch nicht noch einmal überlegen?« Dann hellte sich sein Gesicht auf. »Wenn Ihr hierbleibt, könnte ich Euch zeigen, was man im Winter hier alles Tolles machen kann. Der See, in dem wir gestern gebadet haben, friert dann zu und wir können darauf schlittern.«

Alexander zwang sich zu einem Lächeln, während ein wehmütiger Stich ihn durchfuhr. »Das hört sich wunderbar an, Henry. Ich glaube aber, dass es an der Zeit ist, dass du wieder ins Bett gehst.«

Der Junge schüttelte den Kopf, unterdrückte aber ein Gähnen, als er das Wort Bett hörte.

»Komm, geh schon. Morgen wird ein aufregender Tag, wenn Annis Baby da ist.«

Henrys Augen begannen zu leuchten. »Ich hoffe, es wird ein Junge. Dann kann ich mit ihm spielen.«

»Mit Mädchen kann man auch spielen«, sagte Alexander und zog den Jungen auf die Beine.

»Nicht so gut«, protestierte er und wandte sich mit einem Seufzten zum Haus. »Lady Charlotte meint, dass es ein Junge wird. Und sie versteht etwas davon.«

Henry schnalzte, damit der Hund ihnen folgte, doch der stand immer noch wie festgewurzelt und starrte in die Nacht. Der Junge zuckte mit den Schultern. »Der kommt gleich, wenn ich ihn aus der Küche mit etwas Leckeren rufe.«

»Bestimmt«, sagte Alexander und drehte sich noch einmal zu dem Hund um. Dessen Nackenhaare waren aufgestellt und es wirkte, als hätte er eine Bürste auf dem Rücken. Irgendetwas stimmte nicht.

Er ging mit Henry hinunter zum Haus, als er hörte, wie der Hund knurrte. Und da war noch etwas anderes gewesen, ein Geräusch, das er nicht zuordnen konnte und das nicht zu den normalen Nachtgeräuschen gehörte. Irgendetwas stimmte ganz und gar nicht.

Das Haus war bereits in Sichtweite. »Kannst du den Rest allein gehen?«, fragte Alexander.

Der Junge nickte und gähnte.

»Gut. Ich schaue nur, ob das Feuer auch richtig aus ist«, sagte er. Dann ging er zurück in die Dunkelheit. Er lief jedoch nicht auf dem Weg, sondern auf dem Gras, damit er geräuschlos vorankam.

Der Hund war immer noch unter dem Baum und warf Alexander einen raschen Blick zu, als er neben ihn trat. Alexander ging neben dem Tier in die Hocke. »Hörst du etwas?«, fragte er.

Wieder knurrte der Hund ganz tief in seiner Brust, sodass Alexander es eher unter seiner Hand spürte, als dass er es hörte.

Wieder war da ein Geräusch. Es kam von der Scheune her und auf einmal wusste Alexander mit Sicherheit, dass dort jemand war. Aus irgendeinem Grund wusste er auch, dass es kein Liebespaar war, das sich die Nacht in der Scheune versüßte. Sondern es war etwas anderes.

Stahl womöglich jemand etwas von der Ernte?

Auf einmal glaubte er, einen Lichtschein in der Scheune zu sehen. Sein Blut schien zu Eis zu gefrieren. Nicht schon wieder, dachte er. Ihm wurde sofort klar, dass kein Dieb so dumm war, eine Lampe mit in die Scheune zu nehmen. Der Mond war fast voll und schenkte genug Licht.

Und niemand, der sich nachts in der Scheune vergnügte, würde es riskieren, Feuer mit hineinzunehmen. Es war viel zu gefährlich. Aber vielleicht war es genau das, was die Person, die sich dort herumtrieb, wollte.

Er setzte sich in Bewegung, der Hund folgte ihm. Kurze Zeit später war er an der Scheune und lauschte. Jetzt konnte er ein Atmen von drinnen hören und wie jemand anscheinend etwas Schweres hochhob und wieder abstellte. Doch ein Dieb?

Er schlich weiter zur Stirnseite, an der tatsächlich das Tor offen stand. Alexander atmete tief ein und hielt dann die Luft an, als er sich langsam nach vorn schlich, bemüht, keinen Laut zu machen. Er linste durch den Spalt zwischen Tor und Scheune und was er sah, ließ sein Herz stocken.

Gerade hatte eine Kiste mit Holz darin Feuer gefangen und knisterte. Er sah eine Hand mit einer Fackel, die jetzt zu einem Strohballen ging. Jemand legte Feuer!

Er rannte los, umrundete die Tür und stürzte in die Scheune. Der Mann mit der Fackel in der Hand fuhr herum. Und Alexander glaubte seinen Augen nicht zu trauen. »Jack?«, rief er.

»Scheiße«, murmelte der, warf die Fackel in den nächsten Heuballen und rannte los. Er rammte Alexander seine Schulter in den Bauch und die beiden fielen hinten über. Jack hatte ihn jedoch nur aus dem Weg räumen wollen, denn sofort rappelte er sich wieder auf und stürzte aus der Scheune.

Alexander kam auf die Beine, versuchte, ihn noch zu fassen, doch Jack trug kein Hemd und Alexanders Hand rutschte an seinem Rücken ab. Dann war Jack in der Nacht verschwunden.

Alexander wollte ihm hinterher, aber dann wurde er sich bewusst, dass einige Dinge in der Scheune brannten. Wenn er jetzt ging und Jack verfolgte, würde die gesamte Scheune abbrennen und damit die gesamte Ernte dieses Jahres.

Mit einem Fluch schlug er gegen die Scheunenwand, dann wandte er sich um und versuchte, einen Überblick über die Lage zu bekommen. Als erstes nahm er die Holzkiste und trug sie vor die Tür. Dabei verbrannte er sich ein wenig die linke Hand, da die Flammen bereits gierig daran leckten.

Er rannte wieder hinein und schaute sich um. Nirgendwo war Wasser zu sehen. Er riss eine Pferdedecke vom Haken und warf sie auf den Strohhaufen, der brannte. Kurze Zeit später quoll Qualm unter der Decke hervor.

Viel schlimmer war jedoch der Balken beim Heuhaufen, der bereits angefangen hatte zu brennen. Alexander riss die Decke hoch, doch sofort flammte das Stroh wieder auf. Er hustete und schaute sich um. Wenn er die Flammen nicht bald aufhielt, würden sie den oberen Balken und die Strohgarben dort oben erreichen. Die neue Scheune war vollgestopft bis zum Rand, weil der Platz so knapp geworden war. Genau das wurde ihm jetzt zum Verhängnis.

Er erinnerte sich daran, dass früher am Abend jemand in der Nähe des Tisches einige Eimer mit Wasser bereitgestellt hatte. Vermutlich aus Sicherheit für das Erntefeuer. Er betete, dass sie noch da waren.

Alexander rannte aus dem Stall und zu dem Tisch. Nach dem Feuerschein im Inneren der Scheune, dauerte es einen Moment, bis seine Augen sich an das Dunkel gewöhnt hatten. Doch dann sah er sie. Zwei Eimer waren noch da.

Er schnappte sich beide und rannte damit zurück zur Scheune. Ein Teil des Wassers schwappte auf seine Beine und er versuchte, sie gerade zu halten.

Als er endlich in der Scheune war, sah er, dass das Feuer schon einen Gutteil des Balkens erfasst hatte. Doch zumindest hatte die Pferdedecke das andere Feuer gelöscht.

Alexander dachte einen kurzen Moment nach, dann erkannte er, dass es keinen Sinn ergab, wenn er das Wasser auf den Balken goss. Er hatte nur dieses Wasser und wenn es den Brand nicht löschte, hätte er verloren.

Er kippte den Inhalt des einen Eimers auf die Pferdedecke, die immer noch auf dem Boden lag. Dann nahm er den tropfenden Stoff hoch und wickelte ihn so gut es ging um den Balken. Es zischte und qualmte und seine Hände wurden so heiß, dass er es kaum noch ertragen konnte.

Er löste die Decke, stopfte sie in den zweiten Eimer und tränkte sie erneut. Es zischte, als er den Stoff in das Wasser tauchte. Dann wickelte er sie erneut um den brennenden Balken. Wieder qualmte es fürchterlich, aber dieses Mal wurden seine Hände nicht mehr so heiß.

Wieder nahm er die Decke ab und tränkte sie mit dem Rest des Wassers. Aus dem Balken schlugen nur noch vereinzelt Flammen, ansonsten qualmte das schwarze Holz einfach nur. Nach dem dritten Mal waren die Flammen aus und auf einmal war es sehr dunkel in der Scheune.

Er hatte es geschafft. Keuchend ließ er die Decke sinken und stützte sich auf die Knie. Das Feuer war zwar aus, aber der Brandstifter war weg.

Plötzlich hörte er aus der Ferne ein Bellen. Er richtete sich auf und lauschte. Das Bellen blieb immer an der gleichen Stelle. Und es klang, als wollte der Hund ihn rufen.

Einer Ahnung folgend, lief Alexander nach draußen. Die kühle Nachtluft schlug ihm entgegen und nach dem beißenden Rauch, den er eingeatmet hatte, sog er die klare Luft ein. Dann lauschte er wieder.

Das Bellen kam aus Richtung des Sees. Alexander dachte nur einen kurzen Moment darüber nach, ob er nachschauen sollte. Sein Instinkt sagte ihm, dass es wichtig war.

Er ging zunächst, doch als er hörte wie sich unter das Bellen ein Fluchen und Schimpfen mischte, rannte er los.

Er sah den schwarz-weißen Hund schon von weitem, denn der Mond schien hell auf die Stelle, wo er stand. Vor ihm auf dem Boden war ein dunkler Fleck, der sich bewegte. Es war Jack. Der Hund hatte ihn tatsächlich gestellt.

Alexander rannte schneller und als Jack ihn kommen sah, wollte er sich erheben, aber der Hund fletschte die Zähne und schoss auf ihn zu. Jack zuckte zurück. »Verdammte Töle.« Er wollte nach dem Hund treten, doch der schnappte nach ihm und jetzt war Alexander auch nah genug dran, um die Bisswunde auf dem Arm zu sehen. Der Hund hatte also ganze Arbeit geleistet.

Als er vor Jack zum Stehen kam, sagte er: »Bleib liegen, sonst wird er dich noch einmal beißen. Oder ich werde dich windelweich prügeln.«

Tatsächlich hatte Jack den Mut, zu ihm aufzuschauen und eine Grimasse zu schneiden. »Ihr könnt es nicht mit mir aufnehmen, Mylord.«

Alexander hob eine Augenbraue. »An Körperkraft vielleicht nicht, an Köpfchen und Erfahrung aber schon. Also versuche es gar nicht erst.«

»Was habt Ihr mit mir vor?«

Alexander zuckte die Schultern. »Als Erstes wirst du mir sagen, warum du die Scheune anstecken wolltest.«

Jack hob das Kinn. »Das geht Euch nichts an.«

»Geht es sehr wohl. Also, warum?«

Jack schwieg.

»Dann probieren wir es doch einmal anders. Hast du die alte Scheune auch in Brand gesteckt?«

Jacks Auge zuckte, aber er sagte: »Nein.«

Also ja, dachte Alexander. »Und warum hast du die Tiere aus der Koppel gelassen?«

Er konnte sehen, wie Jack stutzte. Anscheinend hatte er nicht damit gerechnet, dass Alexander eins und eins zusammenzählen konnte. »Ich weiß nicht, wovon Ihr redet.«

Alexander seufzte. »Das weißt du sehr wohl. Aber lass mich raten, du hast es getan, damit du helfen kannst, zu löschen, die Tiere einzufangen und die neue Scheune wieder aufzubauen.«

Jack verschränkte die Arme und der Hund knurrte. »Warum sollte ich so etwas machen?«

»Weil du Lady Charlotte gefallen wolltest? Vielleicht wolltest du ihr Retter in der Not sein, damit sie sich hilfesuchend an dich wendet, wenn das nächste Mal etwas passiert?«

Wieder zuckte Jacks Auge, dann wandte er den Blick ab und biss die Zähne zusammen. Alexander war also auf der richtigen Fährte.

»Was tut man nicht alles für die Liebe, nicht wahr, Jack? Hast du wirklich geglaubt, dass sie dich als Mann sehen wird, wenn du all das tust? Denkst du wirklich, dass sie dich nimmt, wenn sie erfährt, dass du ihre Scheune angezündet, Menschen und Tiere in Gefahr gebracht und die Ernte vernichtet hast?«

Er sprach immer schneller, als er merkte, dass eine Ader an Jacks Schläfe zu pochen begann. Der junge Mann hatte Mühe, sich unter Kontrolle zu halten. Gut so.

»Was meinst du, wird sie tun, wenn ich ihr nachher sage, was ich gesehen habe? Meinst du, sie wird dich in ihre Arme schließen und auf immer dein sein? Es tut mir leid, aber so gewinnt man eine Frau nicht für sich. Nur ein Dummkopf würde so etwas tun.«

Jack fuhr auf und der Hund knurrte. »Ich bin kein Dummkopf und sie weiß das auch.«

»Das wird sie anders sehen, wenn ich ihr morgen sage, was du getan hast.«

Ein böses Lächeln erschien auf Jacks Gesicht. »Dazu werdet Ihr keine Gelegenheit mehr haben.«

Alexander wusste, dass es falsch war, auf solche Drohungen einzugehen. Aber irgendetwas an der Art, wie er es sagte, beunruhigte ihn. Was hatte Jack geplant?

»Ganz sicher werde ich das, denn ich werde morgen früh mit Lady Charlotte abreisen und dann werde ich ihr alles erzählen. Wenn sie wieder da ist, kannst du selbst entscheiden, ob du dich ihrem Zorn stellen willst oder ob du vielleicht nicht mehr hier bist. Ich glaube, du weißt, was besser für dich ist.«

Während er sprach war ihm ein Gedanke gekommen. Wenn er Charlotte erzählte, was Jack angestellt hatte, würde sie nicht mit ihm nach Frankreich gehen. Sie würde hierbleiben und versuchen, alles wieder zu richten, denn Jack war eines ihrer Schäfchen. Sie würde mit ihm reden und sich um ihn kümmern und auch wenn sie vielleicht zu Beginn wütend war, würde er genau bekommen, was er wollte: ihre Aufmerksamkeit.

»Ihr lügt«, sagte Jack abfällig. »Lady Charlotte würde Greenhills nie verlassen. Nicht jetzt. Nicht da…«, er brach ab.

Alexander hob die Augenbrauen. »Sprich weiter, Jack.«

Der junge Mann schwieg, doch er war gefährlich nahe davor, zu sprechen. Und Alexander wusste genau, was er tun musste.

»Nicht jetzt, da sie schon fast dein geworden ist? Was willst du ihr denn bieten? Wie stellst du dir das vor? Du hast kein Geld, kein Land, nichts. Soll sie mit dir im Stall schlafen oder hast du dir vorgestellt, dass du zu ihr ins Herrenhaus ziehst? Tja, leider zu spät, denn Lady Charlotte hat vor kurzem drei Heiratsanträge bekommen.«

Mit einem Schrei stürzte Jack sich auf ihn. Es kam so überraschend, dass weder Alexander noch der Hund schnell genug reagieren konnten. Jack warf Alexander um und kniete auf ihm, holte aus und wollte Alexander gerade schlagen, als der Hund seine Zähne in das Bein des jungen Mannes grub.

Jack heulte auf und seine Faust landete neben Alexanders Gesicht im Gras, doch er holte schon wieder aus. Alexander griff nach seinen Armen und hielt sie fest. »Sie wird dich niemals nehmen«, sagte er scharf. »Sie ist viel zu fein für dich.«

Er wusste, dass es gefährlich war, was er tat, aber irgendetwas verschwieg Jack ihm. Er hatte noch irgendetwas geplant, vermutlich etwas gegen Alexander, da dieser ein

Rivale war. Er musste ihn noch mehr reizen, um alles aus ihm herauszubekommen.

»Wird sie wohl«, rief Jack und versuchte, seine Arme freizubekommen. Am Rande nahm Alexander wahr, wie der Hund mit einem Knurren weiter an dessen Bein zerrte. »Ich werde bald ein Haus und Land haben und ihr ein Leben bieten können, das sie hier nicht mehr hat.«

Alexander horchte auf und einem Impuls folgend sagte er: »Sie hat in Greenhills das beste Leben, das sie sich vorstellen kann.«

»Nicht mehr lange«, keuchte Jack und bekam seine Hand frei. »Bald wird sie bei mir sein und ich werde für sie sorgen.«

Er holte wieder aus, doch Alexander drehte sich und rammte ihm einen Ellenbogen in den Bauch. »Das kannst du nicht.«

»Doch, wenn ich endlich meinen Lohn für all die Drecksarbeit bekomme, dann schon. Und ich werde mich von Euch nicht abhalten lassen.«

Seine Faust landete dieses Mal in Alexanders Magen und für einen Moment blieb ihm die Luft weg. Doch er wusste, dass er auf dem richtigen Weg war. Jack musste nur noch ein paar Augenblicke das Gefühl haben, die Oberhand zu haben.

»Wer würde dich schon mit Land und Geld für irgendeine Handwerksarbeit bezahlen? Du schneidest auf. Du hast keinen Penny«, stieß er keuchend hervor.

Jack schnitt eine Grimasse und drückte Alexander den Ellenbogen auf den Hals. »Ich bin nicht so dumm, wie Ihr denkt. Ich weiß auch, wie ich gut durchs Leben komme. Und der Duke wird mich gut dafür bezahlen, was ich für ihn getan habe.«

Alexander war sich nicht sicher, ob er richtig gehört hatte. Der Duke? Es gab nur einen Duke hier in der Gegend. Und Jack hatte Drecksarbeit für ihn verrichtet? Was hatte das zu bedeuten? Auf einmal klärte sich das verworrene Bild in seinem Kopf auf und wenn er nicht schon soviel an Intrigen und politischen Spielchen am Königshof erlebt hätte, wäre er nicht einmal im Traum darauf gekommen, dass so etwas möglich war. Und er kannte Lord Gilbert Egerton besser als die meisten anderen Menschen. Es passte zu ihm.

Fassungslos starrte er Jack an. Der hatte die Zähne zusammengebissen und bemühte sich, Alexander am Boden zu halten. Vermutlich versuchte er auch, den Schmerz auszublenden, den der Hund ihm zufügte.

Es war an der Zeit, dem jungen Burschen zu zeigen, was in Alexander steckte. Er war nicht stolz darauf, aber Kämpfen hatte er in jungen Jahren gelernt und es in den vergangenen Jahren, wenn er für die Königin spionierte immer einmal wieder angewendet.

Er wandte den Kopf und tat, als ob seine Augen sich vor Überraschung weiteten, so als sähe er etwas über Jacks Schulter. Der junge Mann war so unerfahren, dass er sofort darauf hereinfiel. Er drehte den Kopf, um zu sehen, was Alexander entdeckt hatte.

Diesen Moment der Unachtsamkeit nutzte er, um sich unter seinem Ellenbogen herauszuwinden. Er packte Jack an den Haaren, riss seinen Kopf nach hinten und rammte ihm erneut den Ellenbogen in den Bauch. Dann schleuderte er ihn von sich und bevor sein Gegner auf die Beine kommen konnte, kniete Alexander auf seinem Rücken und verdrehte ihm den Arm.

An Jacks Bein war die Hose zerrissen, wo der Hund seine Zähne in die Wade versengt hatte. Jetzt stand das Tier knurrend neben seinem Kopf, bereit ihm bei einer falschen Bewegung in die Kehle zu beißen.

Alexander keuchte, war aber durchaus zufrieden mit sich selbst. Wenn er wollte, konnte er es doch noch mit jemandem wie Jack aufnehmen. Und auch der Hund mit seinem Kampfesmut und seiner Loyalität hatten ihn überrascht.

»So«, sagte Alexander. »Jetzt noch einmal ganz von vorn, damit ich es auch richtig verstehe. Du hast dich mit dem Duke of Egerton eingelassen oder besser gesagt mit seinem Sohn, der noch kein Duke ist. Er hat dich angeworben, Greenhills ein wenig zu schaden und aufzumischen, damit es für ihn später leichter ist, es Lady Charlotte abzunehmen.«

Jack riss erschrocken die Augen auf, sagte aber nichts.

»Und besser noch: Der Duke hat dir versprochen, dass du mit einem Stück Land, einem Häuschen und Geld belohnt wirst, wenn du deine Arbeit gut machst.«

Jack stieß einen Fluch aus.

»Und du hast wirklich geglaubt, dass du mit Lady Charlotte dort hinziehen kannst? Denkst du wirklich, dass sie dir das verzeihen würde?«

»Sie hätte es nie erfahren.«

»Du weißt genau, dass sie es erfahren hätte. Sie ist nicht dumm.«

»Wenn Ihr nicht gewesen wärt, hätte sie es nie erfahren. Aber der Duke hat schon dafür gesorgt, dass Ihr…«, er brach ab.

»Was hat er?«, fragte Alexander und drehte den Arm noch ein wenig mehr nach oben. Doch Jack schwieg.

Es lief Alexander kalt den Rücken herunter. »Der Duke weiß, dass ich hier bin?«

»Natürlich weiß er das.«

Alexander biss die Zähne zusammen »Und woher?«

»Ich bin nicht so dumm, wie ich aussehe«, brachte Jack hervor.

Alexander stieß einen lautlosen Fluch aus. Das Problem war, dass der Junge dümmer war, als ihm gut tat. Es war eine größere Miesere als gedacht.

Er traf seine Entscheidung schnell. Mit einem Ruck zog er Jack auf die Beine, verdrehte seinen Arm aber noch ein wenig weiter, damit er nicht auf die Idee kam, zu fliehen. Dann schleppte er ihn zurück zur Scheune. Auf Jacks Fragen hin, was jetzt passierte, schwieg Alexander.

Als sie an der Scheune ankamen, löste sich ein Schatten aus der Dunkelheit. »Mylord? Habt Ihr den Hund gesehen?«

Alexander stöhnte auf und zwang Jack gerade zu stehen. »Henry, du solltest im Bett sein.«

»Aber der Hund ist noch nicht da.« Dann breitete sich ein Lächeln auf seinem Gesicht aus. »Da bist du ja.«

Der Hund lief auf ihn zu und wedelte mit dem Schwanz, als könnte er keiner Seele etwas zuleide tun.

Alexander spürte, dass Jack etwas sagen wollte, aber er hielt seinen Arm etwas fester und knurrte ihm leise ihn Ohr: »Kein Wort, Freundchen.« Dann wandte er sich an Henry. »Gib dem Hund etwas besonders Leckeres. Er hat es sich verdient.«

»Aber er ist weggelaufen, dafür kann ich ihn doch nicht belohnen«, protestierte der Junge.

Alexander schüttelte den Kopf. »Er hat es sich verdient, glaube mir.«

Auch wenn er ihm nie würde erzählen können, warum.

Henry zuckte mit den Schultern und wollte sich gerade abwenden, als Alexander sagte: »Sei so gut und hol mir aus der Scheune zwei Stricke.«

Henry runzelte die Stirn und seine Augen flogen zwischen Alexander und Jack hin und her. »Warum?«

»Jack und ich müssen den Zaun reparieren, da ist ein Loch drin. Wir wollen ja nicht, dass irgendein Tier ausbrechen kann.«

Zum Glück fragte Henry nicht weiter nach, sondern lief in die Scheune und kam kurze Zeit später mit zwei Stricken zurück. Dann sagte er artig: »Gute Nacht, Mylord, gute Nacht, Jack«, und lief mit dem Hund davon.

Noch bevor seine Schritte in der Nacht verhallt waren, band Alexander schnell aber fest Jacks Hände zusammen, dann führte er ihn in die Scheune. Jack hatte den Widerstand aufgegeben und Alexander war dankbar dafür, denn er wusste nicht, ob er noch eine Prügelei mit diesem kräftigen jungen Burschen überstanden hätte. Außerdem war der Hund nicht mehr an seiner Seite.

Obwohl Jack jetzt so zahm wirkte, war Alexander vorsichtig, denn er hatte es schon oft erlebt, dass die Missetäter scheinbar aufgaben, nur um im letzten Moment noch einmal um sich zu schlagen und einen Fluchtversuch zu wagen. Doch Jack war dafür nicht gewitzt genug und so ließ er sich ohne Protest mit den Händen und Füßen an einen Balken binden. Alexander prüfte noch einmal die Knoten und vergewisserte sich, dass Jack nicht flüchten konnte. Dann wandte er sich zum Gehen.

»Wann bindet Ihr mich wieder los?«, fragte Jack.

Alexander hob die Augenbrauen. »Ich werde dich gar nicht losbinden. Aber Alan wird sicherlich bald kommen und sich um dich kümmern.«

Der junge Mann keuchte erschreckt auf. Dann nahm sein Gesicht einen flehentlichen Ausdruck an. »Er darf nichts davon erfahren.«

Alexander hob die Schultern. »Das hättest du dir früher überlegen sollen.«

»Bitte«, sagte Jack und es schien als wollte er noch etwas hinzufügen, aber dann biss er sich auf die Lippe und ließ den Kopf gegen den Balken sinken.

Zufrieden schaute Alexander ihn an. Er hatte geahnt, dass die größte Strafe für Jack sein würde, wenn sein Ziehvater davon erfuhr.

Er seufzte. Die Nacht würde lang werden, auch wenn sie hoffentlich keine Schlägereien mehr beinhaltete.

KAPITEL ELF

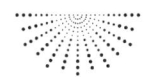

Als die Sonne aufging, fuhr Alexander sich müde über die Augen, doch als er hinter den Fenstern des noblen Herrenhauses inmitten der gepflegten Parkanlage eine Bewegung wahrnahm, blinzelte er und zwang sich, klar zu denken.

Seit zwei Stunden harrte er nun schon versteckt hinter einigen Bäumen aus und beobachtete das Anwesen. Wenn sie die Gewohnheiten von Gilbert nicht geändert hatten, war er immer noch ein Frühaufsteher und nahm vor allen anderen sein Frühstück ein.

Am Pferdestall war schon seit einiger Zeit etwas los und Alexander hatte gesehen, dass zwei sehr elegante Pferde gesattelt worden waren. Jemand aus dem Schloss wollte ausreiten und da der alte Duke bettlägerig war, konnte es nur Gilbert sein. Dann war er also tatsächlich hier. Die Frage war nur, für wen das andere Pferd war.

Alexander musste ihn unbedingt allein sprechen. Und Gilbert durfte auf keinen Fall den Vorteil haben, auf dem Pferd zu sitzen, während Alexander zu Fuß hier war.

Als er durch das Fenster einen Diener sah, der sich herunterbeugte und anscheinend am Tisch jemandem etwas einschenkte und sich dann höflich verbeugte, wusste Alexander, dass Gilbert im Esszimmer sein musste. Der richtige Zeitpunkt war gekommen.

In all den Jahren, die er für die Königin arbeitete, hatte er festgestellt, dass offensives Verhalten in diesen Situationen oft besser war, als sich einzuschleichen. Also strich er seine Jacke glatt, straffte die Schultern und ging zügigen Schrittes direkt auf die Eingangstür zu.

Ohne den Türklopfer zu betätigen, öffnete er die Tür und trat in die Halle. Ein Dienstmädchen kam gerade aus einem Zimmer und schaute ihn mit großen Augen an. Er nickte ihr nur freundlich zu und sagte: »Ich werde mein Frühstück mit seiner Lordschaft im Salon einnehmen. Danke.«

Sie knickste und eilte eine Treppe hinunter.

Alexander konnte ein Lächeln nicht unterdrücken. Es war manchmal so einfach.

Er schaute sich nur kurz um. Das Haus war innen genauso prunkvoll wie außen. Eine riesige Treppe wand sich ins Obergeschoss. Überall hingen wertvolle Wandteppiche und Ölgemälde und selbst die Kleidung des Dienstmädchens zeugte davon, dass diese Familie viel Geld hatte.

Alexander war noch nie hier gewesen, aber Gilbert hatte ihm während ihres Studiums in Oxford so manches Mal von dem Landsitz seines Vaters erzählt. Früher hatte er sich immer darüber lustig gemacht, wie viel Geld sein Vater hier reinsteckte, während er sich um die Häuser in London nicht halb soviel kümmerte. Sehr zum Verdruss von Gilbert, der nach ihrem Studium und während der Ferien eines der Stadthäuser in London bewohnte und dort den Luxus vermisste, mit dem er hier aufgewachsen war. Doch nie hatte er Alexander hierher mitgenommen. Immer hatte er Ausflüchte gefunden und heute wusste Alexander, dass sein Freund derart auf ihn herabgeblickt hatte, dass er Alexander als nicht würdig erachtet hatte, hierher zu kommen. Andere, die vom Titel her weiter oben standen als Alexander, waren durchaus hierher eingeladen worden. Heute war es ihm egal, doch damals hatte diese Erkenntnis ihn getroffen, auch wenn er es damals noch nicht geschafft hatte, Gilberts wahres Gesicht zu sehen.

Doch er hatte keine Zeit, sich lange umzuschauen. Er maß die Türen ab, die von der Halle abgingen und schätzte, dass es die linke hintere sein musste, die ins Speisezimmer führte. Denn dort lagen die Fenster, die er beobachtet hatte.

Obwohl er sich nicht sicher war, musste er das Risiko eingehen.

Mit schnellen Schritten war er an der Tür und öffnete sie einfach. So wie Gilbert es auch tun würde. Er kam in einen Vorraum, in dem edle Möbel standen und dann roch er auch schon den Duft des Frühstücks, das der Hausherr sicherlich gerade einnahm. Er betete, dass er allein war.

Als er die Stimme von Gilbert hörte, stellten sich seine Nackenhaare auf. Eigentlich hatte er gedacht, dass er nie wieder diesen näselnden, herablassenden Ton würde hören müssen.

»Ah, das muss mein Gast sein. Hol sein Frühstück«, wies er den Diener an.

Der ältere Mann, den Alexander von draußen gesehen hatte, kam ihm entgegen. Er runzelte unmerklich die Stirn, als er Alexander sah, sagte dann aber: »Guten Morgen, Mylord, Ihr werdet bereits erwartet.«, bevor er an ihm vorbeiging.

Alexander atmete noch einmal tief durch und trat ins Speisezimmer. Gilbert wandte sich um und wollte gerade etwas sagen, als er Alexander erkannte und ihm für einen Moment der Mund offen stehen blieb. Doch er besann sich und der übliche arrogante Ausdruck, den er nur für Alexander reserviert zu haben schien, machte sich auf seinem Gesicht breit.

»Sieh an, sieh an, was die Katze hereingeschleppt hat. Eine Ratte«, sagte er.

Alexander betrachtete Gilbert. Er hatte sich kaum verändert, nur um die Mitte war ein wenig breiter geworden und leichtes Grau hatte sich in seine Haare gemischt, dabei war er so alt wie Alexander. Er sah noch immer recht gut aus, so wie früher, als die jungen Frauen bei ihm Schlange gestanden hatten. Der attraktive Sohn eines Dukes, der es liebte im Mittelpunkt zu stehen und das Geld hatte, sich diese Aufmerksamkeit zu erkaufen.

Gilbert hob eine Augenbraue. »Was willst du hier, Hartfort?«

Alexander lächelte. »Du weißt genau, was ich will, deswegen werde ich es kurz machen.«

»Gern, denn ich kann es kaum ertragen, mit dir in einem Raum zu sein. Vielleicht sollte ich die Wachen rufen lassen.«

Alexander wusste, dass Gilbert keine Wachen hatte, aber er tat gern so, als wäre er ein König.

»Ich weiß, was du in Bezug auf Greenhills vorhast und ich werde nicht zulassen, dass du es bekommst. Dein dummer, kleiner Versuch dort Unfrieden zu stiften und die Ernte zu vernichten, ist leider fehlgeschlagen.«

Gilbert starrte ihn ausdruckslos an, einen Moment zu lange und Alexander wusste, dass sein ehemaliger Freund nachdenken musste. Manchmal war es von Vorteil, wenn man andere Menschen in- und auswendig kannte.

»Ich weiß nicht, wovon du redest. Aber Greenhills, ist das nicht dieser kleine Hof in Richtung Küste?«

Alexander legte den Kopf leicht schief. »Greenhills ist Teil der Ländereien des Viscounts Dalmore und es dürfte dir von großem Nutzen sein, wenn du es besitzt, denn dann hast du einen Flusszugang. Das weißt du genauso gut wie ich. Daher können wir aufhören, um den heißen Brei herumzureden.«

Gilberts Gesichtsfarbe wurde ein wenig röter und Alexander wusste, dass er es hasste, wenn er belehrt wurde. Deswegen fuhr er fort: »Du wirst dieses Land niemals bekommen, auch wenn der Viscount verstorben ist. Und ehrlich gesagt, dachte ich, dass es unter deiner Würde wäre, einen einfachen Tagelöhner anzuheuern, eine derartige Drecksarbeit für dich zu erledigen. Hättest du das nicht auf eine intelligentere Art und Weise angehen können?«

Gilberts Nasenflügel blähten sich und Alexander genoss es beinahe ein wenig zu sehr, dass er seinen ehemaligen Freund so in Rage bringen konnte. Doch dann sagte der: »Das musst du gerade sagen. Wenn ich mich recht erinnere, hast du auch mal ein Haus verloren, weil du nicht sehr intelligent gehandelt hast. Was war es noch? Ach ja, dieses schmucke Haus in Kent, in dem du aufgewachsen bist, nicht wahr? Ich habe gehört, dass der Earl of Brass jetzt seine ehemalige Mätresse, derer er überdrüssig geworden ist, dort untergebracht hat. Weißt du noch, dieses furchtbare Weib mit der Stimme eines Huhns?«

Alexander zuckte beinahe zusammen. Er wusste, dass Gilbert ihn nur treffen wollte und er hatte es auch geschafft, doch er durfte sich nicht davon irritieren lassen. Aber Gilbert kannte ihn genauso gut wie Alexander ihn und deswegen war ihm nicht entgangen, dass seine Spitze ihr Ziel getroffen hatte.

»Und weißt du, ich frage mich immer noch, wie du damals so dumm sein konntest, dieses Haus zu verpfänden. Es war das einzig wertvolle, was du hattest. Wie ist es jetzt? Wovon lebst du? Und wo? Ich hoffe, nicht auf Greenhills. Aber was ich habe munkeln hören, ist, dass du dich bei der italienischen Hure eingeschmeichelt hast, die sich unsere Königin genannt hat.«

Es kostete Alexander alle Kraft, nicht auf Gilbert loszugehen, deswegen konnte er die Pause, die dieser machte, nicht nutzen, um ihm eine schlagfertige Antwort an den Kopf zu werfen. Und sein ehemaliger Freund war noch nicht fertig mit ihm.

»Ich werde Greenhills bekommen, so oder so. Dieses Mädchen hat mir nichts entgegenzusetzen.« Er erhob sich. »Und solltest du auf die Idee kommen, sie heiraten zu wollen, um endlich wieder einen Ort zu haben, an dem du sesshaft werden kannst, denk noch einmal nach: Du bist ein Nichts und du hast nichts. Keine Frau, die bei Verstand ist, wird dich nehmen. Aber du könntest es ja bei Brass' Mätresse probieren. Zum einen ist sie eine Frau, die sicherlich den Verstand verloren hat, außerdem kennst du das Haus, in dem sie lebt schon. Wenn du ihr das Bett warm hältst, wird sie dich sicherlich mit Freuden aufnehmen.«

Es war zu viel. Alexander machte einen Schritt auf Gilbert zu und wollte ihn gerade am Kragen packen, als er dessen selbstzufriedenes Lächeln sah. Da begriff er, dass er es genau darauf abgesehen hatte. Schon immer hatte er Menschen auf diese Art und Weise gereizt. Alexander hatte in den Jahren, die sie gemeinsam verbracht hatten und in denen er Gilberts unmögliches Verhalten beobachtet hatte, viel darüber gelernt, wie man Menschen bis zur Weißglut reizte. Und obwohl es nicht Alexanders Art war, so mit Menschen umzugehen, war es manchmal für ihn von Vorteil gewesen, denn hin und wieder hatte er dies in seiner Arbeit für die Königin angewendet. Und bei Jack hatte er es auch getan, um Informationen aus ihm herauszubekommen. Doch wenn sich Gilberts arrogante Art gegen ihn selbst richtete, fiel es ihm schwer, nicht zu reagieren.

Aber auch das hatte er bei seiner Arbeit gelernt: sich selbst und die eigenen Gefühle zurückzunehmen. Daher hielt er sich im letzten Moment zurück und atmete tief durch. »Du kannst mich nicht reizen, Gilbert«, sagte er.

»Für dich immer noch, Eure Lordschaft, wenn ich bitten darf.«

»Du darfst nicht bitten, Gilbert«, erwiderte Alexander. »Denn ich weiß Dinge über dich, die sonst niemand weiß und ich werde sie gegen dich verwenden, wenn es sein muss. Dein Vater lebt doch noch, oder?«

Gilbert blinzelte, dann machte er eine wegwerfende Handbewegung. »Das ist alles verjährt. Jugendsünden. Denkst du wirklich, es interessiert meinen Vater noch, ob ich damals mal über die Stränge geschlagen bin?«

Alexander lächelte. »Nein, das sicher nicht, aber ich könnte mir vorstellen, dass es deinen Vater sehr interessiert, warum sich der Duke of Mornmouth damals gegen ihn gewandt und ihn beim König denunziert hat.«

Gilbert war blass geworden. »Du weißt gar nichts«, zischte er.

Alexander nickte. »Das Problem ist, dass ich noch eine Menge mehr als das weiß.«

Er überlegte kurz, ob er Gilbert damit drohen sollte, dass er mittlerweile auch darüber bescheid wusste, was bei dem Reitunfall seines älteren Bruders wirklich geschehen war und welche Rolle Gilbert dabei gespielt hatte, doch er wusste, dass er dann vermutlich nicht lebend aus diesem Raum kommen würde. Menschen, die verzweifelt waren, entwickelten die erstaunlichsten Kräfte. Also sagte er nur: »Du hast dich mit dem Falschen angelegt, Gilbert, und du wirst die Finger von Greenhills lassen. Hast du mich verstanden?«

Gilbert zögerte, doch dann breitete sich auf einmal ein Lächeln auf seinem Gesicht aus, das sogar seine Augen erreichte. Er war eben ein guter Schauspieler. »Ach, Alexander, wir sind doch alte Freunde. Sollten wir nicht zusammenhalten? Dieser kleine Hof ist mir egal. Ich habe Wichtigeres zu tun.«

Vielleicht, dachte Alexander, aber du willst trotzdem immer gewinnen. Er machte einen Schritt rückwärts. »Lass es einfach sein, Gilbert. Wenn du noch einmal versuchst, Greenhills an dich zu reißen, werde ich deinem Vater einen Besuch abstatten.«

Gilbert zuckte die Schultern. »Wenn er bis dahin noch lebt.«

Alexander hob eine Augenbraue. »Es gibt noch andere Menschen, die sich dafür interessieren. Und soweit ich weiß, hat dein Onkel eine recht hohe Position beim neuen König eingenommen.«

Gilbert presste die Lippen zusammen. »Weißt du was, Hartfort? Du begibst dich auf dünnes Eis. Ich hätte nicht übel Lust, dich einzusperren und dem neuen König zu übergeben. Ich habe gehört, dass du gesucht wirst, weil du soviel Ärger machst. Wie immer. Etwas anderes als Ärger kannst du auch nicht machen.«

»Das sagt der richtige«, erwiderte Alexander mit einem Lächeln. »Ich glaube, wir sind hier fertig, bevor wir noch anfangen, uns Unflätigkeiten an den Kopf zu werfen.«

»Jetzt, wo du es sagst«, meinte Gilbert. »Ich habe gerade

einen Gast im Hause, den ich jeden Moment erwarte. Wir wollen einen Ausritt machen und vielleicht komme ich mal in Greenhills vorbei. Er ist nämlich ein Major und sicherlich daran interessiert, jemanden dingfest zu machen, der England derart schadet.«

Alexander erstarrte. Er wusste, dass Gilbert das ernst meinte. Doch dann zuckte er scheinbar gelassen die Schultern. »Tu, was du nicht lassen kannst. Ich wünsche dir einen guten Tag. Und solltest du heute nach Greenhills kommen, werde ich noch an diesem Abend deinem Vater einen Besuch abstatten. Soweit ich weiß, mochte er mich damals ganz gern. Schauen wir mal, ob er sich noch an mich erinnert.«

Gilbert knurrte und machte einen Schritt vorwärts.

Hinter Alexander öffnete sich die Tür und der Diener trat mit einem Tablett ein. Diese Gelegenheit nutzte er und verließ das Zimmer. Er eilte durch die Halle und war schon kurze Zeit später auf dem Pfad in dem kleinen Wäldchen, der ihn in Richtung Greenhills bringen würde. Sobald er im Schatten der Bäume war und vom Herrenhaus nicht mehr gesehen werden konnte, begann er zu rennen.

Er wusste, dass Gilbert ernst machen würde. Irgendjemand würde nach Greenhills kommen und ihn verhaften. Einfach nur, weil Alexander für Gilbert zu gefährlich geworden war. Und wenn er irgendwo im Gefängnis saß, wo er nach Ansicht des neuen Königs durchaus hingehörte, würde niemand ihm mehr zuhören und er war für Gilbert keine Gefahr mehr. Verdammt, er hätte nicht hierher kommen sollen. Doch er hatte nicht anders gekonnt.

Als er nach einiger Zeit die Wiese erreichte, die schon zu Charlottes Land gehörte, musste er für einen Moment anhalten und verschnaufen. Er war die ganze Nacht wach gewesen und völlig übermüdet. Gestern die Arbeit auf dem Feld, dann das Fest und der Kuss. Bei der Erinnerung kniff er die Augen zusammen. Es schien so weit entfernt. Seitdem war soviel passiert.

Die Prügelei mit Jack, daraufhin das Gespräch mit Alan

und später mit Maude über das, was Jack getan hatte und nun der Besuch bei Gilbert. Vielleicht hatte er sich zu viel zugemutet. Doch er wusste, dass er nicht lange verschnaufen konnte. Und er betete, dass das Baby da war. Denn dann konnte sie endlich nach Frankreich aufbrechen. Er konnte keine Minute länger hier bleiben.

Also rannte er weiter. Als er die Scheune erreichte, sah er, dass dort Menschen waren und die Festwiese aufräumten. Alexander zögerte und warf einen Blick in das Gebäude. An dem verbrannten Balken lehnten einige Bretter und verdeckten das verkohlte Holz; das Heu und Stroh, das gebrannt hatte, war entfernt worden. Nichts deutete darauf hin, dass heute Nacht jemand versucht hatte, hier ein Feuer zu legen.

Auch Jack war nicht mehr an dem Balken angebunden. Alan hatte alles genau so ausgeführt, wie Alexander es ihm gesagt hatte. Auch wenn es ihm missfallen hatte, Charlotte zu verschweigen, was vorgefallen war, hatte er eingesehen, dass es für den Moment besser war. Alexander hatte ihm und Maude erklärt, was passiert war und dass sie Charlotte vor diesem Wissen schützen mussten. Zum einen, weil sie sich Jack annehmen würde und vor allem, weil sie nicht nach Frankreich reisen würde. Dabei konnte nur die Reise dorthin Greenhills retten. Zum Glück hatten sowohl Alan als auch Maude eingesehen, dass Alexander recht hatte und getan, was er ihnen vorgeschlagen hatte. Wenn alles glatt gelaufen war, hatte niemand mitbekommen, was in der Nacht geschehen war, schon gar nicht Charlotte.

Jetzt konnte sie mit ihm nach Frankreich gehen. Noch heute.

Alexander schloss das Scheunentor und atmete tief durch. Es würde eine lange Reise werden.

KAPITEL ZWÖLF

Charlotte betrachtete das noch schrumpelige Gesicht und als das Neugeborene zu strampeln begann, hielt sie ihm einen Finger hin. Reflexartig schlossen sich die winzigen Finger darum und es beruhigte sich wieder.

Sanft küsste sie das Baby auf die Stirn und sog tief den süßen Geruch des Neugeborenen ein. Ein Blick auf das Bett sagte ihr, dass die frischgebackene Mutter immer noch schlief. Es war eine leichte Geburt gewesen, aber zum Glück hatte Anni auch das Becken dafür. Der Junge war gesund und kräftig und hatte geschrien, sobald er auf der Welt war. Charlotte wünschte, dass es bei jeder Geburt so wäre, aber sie hatte schon ganz andere Erfahrungen gemacht.

Plötzlich hörte sie schwere Stiefel in der Halle und das Geräusch riss sie aus ihrer sanften Stimmung. Jemand rannte durch die Halle. Im nächsten Moment flog die Tür auf und Alexander stand verschwitzt in der Tür. Er starrte auf die Szene, die sich im bot. Erst auf das Bett, in dem Anni lag und dann zu Charlotte und dem Baby auf dem Stuhl. Seine Augen weiteten sich vor Überraschung, doch er lächelte nicht, wie alle anderen es getan hatten, als sie das Neugeborene angeschaut hatten.

Charlotte richtete sich ein wenig auf. »Es tut mir leid, dass wir das Zimmer benutzt haben. Anni hätte es nicht mehr die Treppe hinauf geschafft. Ich dachte, dass du ab jetzt ein Zimmer oben benutzen könntest.«

Die persönliche Anrede fiel ihr schwer und als er nicht sofort reagierte, war sie sich nicht sicher, ob sie zu weit gegangen war. Aber sie hatten sich gestern Abend geküsst, leidenschaftlich geküsst, da konnte sie ihn kaum mit Sir Alexander ansprechen.

Er atmete tief durch und kam ins Zimmer. »Wir müssen los«, sagte er.

Charlotte riss die Augen auf. »Das Baby ist gerade erst geboren. Ich kann noch nicht weg.« Als sie den Ausdruck auf seinem Gesicht sah, runzelte sie die Stirn. »Was ist passiert?«

Ein Muskel zuckte auf seiner Wange. »Ich werde es später erklären. Ich kann nicht mehr bleiben. Und du musst mitkommen.«

Wieder schüttelte sie den Kopf. »Aber ich kann nicht.«

»Das Baby ist geboren und die Ernte ist eingefahren. Es gibt keinen Grund mehr zu bleiben«, er klang beinahe zornig.

Charlotte wusste, dass er recht hatte, aber das alles ging ihr zu schnell. »Ich kann Anni in diesem Zustand nicht allein lassen.«

Sein Blick schweifte zum Bett. »Warum? Geht es ihr nicht gut?«

»Doch, aber es kann noch alles Mögliche passieren. Die Tage nach der Geburt sind nicht ungefährlich.«

»Das weiß ich auch, aber ich bin mir sicher, dass Maude es schaffen wird, sich um Anni zu kümmern.«

Sie wollte etwas sagen, doch er machte einen Schritt auf sie zu. »Charlotte, vertrau mir. Wenn ich sage, wir müssen los, dann müssen wir aufbrechen.«

Sie erhob sich. »Es klingt fast so, als würde mein Leben davon abhängen.«

Er schwieg und starrte sie nur an. Ein ungutes Gefühl machte sich in Charlotte breit. »Ist es so? Ist irgendjemand in Gefahr?«

Er nickte knapp.

»Wer? Und warum?« Auf einmal hielt sie das Baby fester und das Kind wurde unruhig. Sie zwang sich, den Griff zu lockern.

»Es geht um mich«, sagte er schließlich. »Und ich entschuldige mich, wenn es dir Unannehmlichkeiten bereitet. Aber es ist Zeit zu gehen. Ich bin schon viel zu lange hier.«

Kälte kroch Charlotte den Rücken herauf. Alexander war in Gefahr? Darüber hatte sie sich noch nie Gedanken gemacht. Er schien so stark und unerschütterlich.

»Und du musst heute noch los?«

Er nickte. »Jetzt gleich. Hattest du nicht gesagt, dass du schon alles gepackt hast?«

Charlotte blinzelte verwirrt und warf einen Blick auf das Baby. Jetzt gleich sollte sie nach Frankreich aufbrechen? Konnte sie wirklich hier fort? Die Geburt war gut verlaufen und Anni war stark. Maude konnte sich gut um sie kümmern. Die Ernte war eingefahren. Es gab tatsächlich keinen triftigen Grund, warum sie noch bleiben musste. Und wenn Alexander wirklich in Gefahr war, wollte sie nicht diejenige sein, die ihn zurückhielt.

Sie seufzte. »Also gut. Aber ich brauche noch ein paar Stunden, bis ich alles vorbereitet und die kleine Mary geholt habe.«

Er runzelte die Stirn. „Wer ist das?"

„Eine junge Frau aus dem Dorf. Sie wird als meine Dienerin mitkommen."

Sie konnte sehen, dass Alexander zögerte und er am liebsten gleich aufgebrochen wäre, aber sie ließ ein ganzes Anwesen und eine frischgebackene Mutter zurück. Sie konnte nicht einfach so gehen.

Schließlich nickte er. »Also gut, ich spanne schon einmal die Pferde an. Wer kann uns an die Küste bringen und den Wagen mit zurücknehmen?«

Charlotte runzelte die Stirn. »Warum nehmen wir nicht ein Boot?«

»Ein Boot?« Alexander hielt in der Tür inne.

»Wie du mittlerweile weißt, haben wir Zugang zum Fluss Wean. Es sind zwar zwei Meilen bis dorthin, aber wir haben einige Lastkähne, die uns bis an die Küste bringen können. Das ist doch viel praktischer, als mit dem Wagen zu fahren.«

So etwas, wie ein leichtes Lächeln breitete sich auf seinem ernsten Gesicht aus. »Du hast recht«, sagte er. »Dann werde ich alles bereit machen, damit jemand uns zur Anlegestelle bringt.«

Sie nickte. »Und schick mir Henry, er soll der kleinen Mary bescheid sagen, dass es losgeht.« Dann fiel ihr noch etwas ein. »Dein Pferd wirst du allerdings nicht mitnehmen können.«

Er hob die Schultern. »Dann lasse ich es hier.«

»Aber ist es nicht ein Mietpferd?«

Er zögerte, dann schüttelte er den Kopf. »Nicht mehr. Ich musste es dem Mann zusammen mit dem Hund abkaufen, weil ich die Tiere nicht in seine Hände zurückgeben konnte.«

Er wandte sich zum Gehen, doch dann schien ihm noch etwas einzufallen. »Als ich meine Sachen gepackt habe, ist mir das hier in die Hände gefallen.« Er zog einen zerknitterten Brief aus der Tasche.

»Was ist das?«, fragte Charlotte vorsichtig.

»Ein Brief von deiner Cousine Claire Seaforth. Sie hat mich damals gebeten, ihn dir zu geben, aber durch die Krankheit habe ich ihn vergessen.« Er sah schuldbewusst aus. »Ich hätte ihn dir früher geben sollen. Sie meinte, dass sie dir schreiben wollte, um dich zu überzeugen, dass Saint-Germain-en-Laye zu kommen und das tust du ja jetzt.«

Sie nahm den Brief und legte ihn an die Seite. »Danke.« Der Gedanke, dass sie eine Cousine hatte, die sie freudig erwartete, fand sie merkwürdig.

Die nächsten Stunden hatte Charlotte alle Hände voll zu tun. Anni erwachte und legte das Baby an. Charlotte bemerkte, dass sie ein klein wenig mit dem Neugeboren fremdelte, denn sie hatte zwar schon ein paar Babys auf dem Arm gehalten, aber noch nie ihr eigenes. Sie hoffte aber, dass Anni sich bald an den Gedanken gewöhnen würde, Mutter zu sein.

Nachdem sie Anni und Maude gesagt hatte, dass sie bald abreisen würde und Maude erstaunlich gelassen darauf reagiert und sofort erklärt hatte, dass sie sich um alles kümmern würde, bis Charlotte wieder da war, packte sie ihre Sachen zusammen. Sie nahm nur wenig mit, da sie nicht vorhatte, länger als ein paar Tage in diesem französischen Schloss zu bleiben. Sie würde nur mit ihrem Onkel sprechen und fertig.

Aber sie nahm ihre besten Kleider mit, damit sie dort nicht allzu sehr auffiel. Sie packte auch einige Heilkräuter und Tinkturen ein, denn ohne diese konnte sie nicht reisen, sie fühlte sich sonst nackt. Und man konnte so etwas immer gebrauchen.

Sie packte alles an Bändern und Haarnadeln ein, was sie finden konnte, denn sie ahnte, dass sie ihre Haare an einem Königshof nicht offen tragen konnte, wie sie es hier tat, auch wenn sie jetzt schon wusste, dass es ihr Kopfschmerzen bereiten würde.

Dann endlich, als es fast schon Mittag war, trug William die kleine Truhe, in der sie alles verstaut hatte, nach draußen in den Hof. Alan hatte die Pferde angespannt und machte ein verbissenes Gesicht. Neben ihm stand die kleine Mary und klammerte sich an einem Beutel fest, in dem ihre wenigen Habseligkeiten waren.

Charlotte sah sich nach Alexander um und als sie ihn bei den Ställen sah, machte ihr Herz einen Sprung. Was tat sie hier bloß? Sie war auf dem Weg in ein anderes Land. Sie würde über das Meer segeln. Und dieser Mann würde sie begleiten. Dieser Mann, der sie gestern erst geküsst hatte.

William versuchte, die Treppe hinunterzukommen, doch Alan sprang zu ihm und nahm ihm mit Leichtigkeit die Truhe ab. Erleichtert atmete der alte Diener auf, bevor er sich von Charlotte verabschiedete.

Auch Maude kam. Sie wirkte aufgeregt, aber genauso besorgt. »Kommt bald wieder, Mylady«, sagte sie.

»Das werde ich«, versprach Charlotte. Sie schaute sich um, aber niemand sonst war da. Enttäuschung machte sich in ihr breit.

Alexander hatte ihren Blick gesehen. »Wir haben niemandem etwas gesagt, es ist besser so.«

Charlotte presste die Lippen zusammen und nickte. Doch von einem musste sie sich verabschieden. »Henry«, rief sie.

Es dauerte nur einen Herzschlag, dann schoss der Junge aus dem Stall und rannte in ihre Arme. Er klammerte sich an sie und drückte sein Gesicht an ihren Hals. So groß war er schon.

Sie spürte, wie die Haut an ihrem Hals nass wurde und es dauerte einen Moment, bis sie begriff, dass er weinte. Auch ihr liefen die Tränen über die Wangen.

»Sei schön brav, ja?«

»Ich will nicht, dass Ihr geht, Mylady«, flüsterte er.

»Ich will es auch nicht, aber ich muss«, erwiderte sie.

»Aber warum denn?« Seine Stimme war nur ein ersticktes Flüstern.

Charlotte senkte ihr Gesicht in seinen dunklen Schopf. »Damit alles so bleibt, wie es ist.«

Der Junge schluchzte auf und klammerte sich noch fester an sie. Charlotte war, als würde ihr das Herz brechen. Sie war noch nie länger als einen Tag fort gewesen und sie hatte keine Ahnung, wie sie nun aufbrechen sollte, wenn er sie schon jetzt so vermisste. Sie wusste, dass sie ihn genauso vermissen würde.

Es waren die schwieligen Hände von Alan, die Henry von ihr wegzogen. Kurzerhand setzte er den Jungen auf den Kutschbock, drückte ihm die Zügel in die Hand, deutete auf sich und ihn und machte eine Bewegung in Richtung Fluss und wieder zurück. Das Ganze beendete er mit einem fragenden Nicken.

»Ja«, antwortete Henry mit einem Schniefen. Und obwohl ihr das Herz schwer war, musste Charlotte lächeln. Dann half Alan ihr auf den Wagen, Mary folgte ihr und schließlich stieg

Alexander auf. Er setzte sich weit weg von ihr hin. Immer wieder schaute er sich suchend um, so als hätte er Sorge, dass gleich jemand kommen und ihn aufhalten würde.

Kurz darauf rumpelten sie vom Hof und Charlotte warf einen letzten Blick auf ihr Zuhause. Wie würde es wohl sein, ein paar Wochen nicht hier zu sein? Als ihr Blick zu dem kleinen Kräutergarten glitt, sprang sie auf. »Halt«, rief sie.

»Was ist?«, fragte Alexander und Henry zügelte die Pferde.

»Ich habe vergessen, Maude zu sagen, was sie tun muss, wenn Frost kommt. Der Lavendel kann kein kaltes Wetter vertragen.«

Alexander schüttelte den Kopf. »Du wirst vor dem ersten Frost wieder hier sein.«

Charlotte ließ sich langsam sinken und der Wagen fuhr erneut an. Sie betete dafür, dass es so war.

Es dauerte nicht lange und sie waren an der Anlegestelle. Der alte Will, der ihre Lastkähne fuhr und ansonsten ein beschauliches Leben am Fluss führte und sie immer mit Fisch versorgte, wartete bereits neben dem Boot. Er hatte es klargemacht und Charlotte fragte sich, wie es kam, dass alles so reibungslos verlief.

Alexander begrüßte den alten Will mit Handschlag und Charlotte begriff, dass er schon hier gewesen sein musste, um sicherzustellen, dass der Lastkahn bereit war. Irgendwie dachte er immer an alles.

Alan brachte ihre Truhe an Bord, stellte sich dann hinter Henry und legte ihm die Hände auf die Schultern. Dieses Mal weinte der Junge nicht, aber Charlotte rollte eine Träne über die Wange, als sie ihm ein letztes Mal über den Kopf strich.

»Pass gut auf Greenhills auf«, sagte sie.

Henry nickte ernst, aber sagte nichts.

Dann half der alte Will Charlotte auf den Lastkahn und kurze Zeit später legten sie ab. Charlotte winkte Henry und Alan, bis sie sie nicht mehr sehen konnte und selbst dann winkte sie sicherheitshalber noch einen Moment weiter.

Erst jetzt schien Alexander sich ein wenig zu entspannen.

Er stand neben dem alten Will und schaute sich aufmerksam um. Charlotte setzte sich neben die kleine Mary und merkte erst jetzt, dass das Mädchen ängstlich die Schultern eingezogen hatte. Kein Wunder, es war eine Reise, die selbst ihr unheimlich war, doch für jemanden wie Mary, die aus einem liebevollen, aber mehr als bescheidenen Elternhaus kam, und die noch nie etwas von der Welt gesehen hatte, war es unglaublich.

Die nächsten Stunden verbrachte sie damit, auf die Landschaft zu starren und nicht zur sehr an Greenhills und das, was ihr bevorstand zu denken. Mary brachte kein Wort heraus und Alexander hatte sich so weit wie möglich von ihr zurückgezogen.

Die junge Dienerin warf immer wieder einen besorgten Blick zum Himmel hinauf, der sich langsam mit Wolken zuzog. Das Licht wurde immer trüber und der Wind frischte auf. Wie passend, dachte Charlotte. Nun, da die Ernte eingefahren war und sie Greenhills verließ, begann es zu regnen. Als ob der Himmel wusste, wie traurig sie war.

Nach ein paar Stunden erreichten sie endlich das kleine Küstenstädtchen, das ihr Ziel gewesen war. Der Wean hatte sich deutlich verbreitert und immer häufiger waren ihnen andere Schiffe entgegen gekommen. Der Salzgeruch in der Luft ließ erkennen, dass sie sich dem Meer näherten. Immer öfter zogen Möwen kreischend über dem alten Kahn ihre Runden.

Der alte Will war schon so oft hier gewesen, dass er sie ruhig und sicher in den Hafen von Sandburg steuerte. Hier war der Platz, wo er immer seine Ladung aufnahm oder ablud.

Alexander war wieder angespannt und Charlotte konnte hören, wie er Will über Sandburg ausfragte. Sie stand auf und stellte sich neben ihn. »Wie geht es von hier aus weiter?«, fragte sie.

Alexander warf ihr einen Blick zu. »Wenn wir Glück haben, finden wir ein Schiff, das noch heute über den Kanal fährt.«

Sie konnte an seiner Stimme hören, dass er alles daran setzen würde, dass sie ein solches Schiff fanden.

»Und wenn nicht?«

Alexander biss die Zähne zusammen. »Dann werden wir weiter nach Newcastle reisen und schauen, ob wir dort etwas finden.«

Will steuerte um eine Landzunge herum und begann, sich an dem Segel zu schaffen zu machen.

Alexander wandte sich an Charlotte. »Wovor hat Mary Angst?«, fragte er.

Charlotte zuckte die Schultern. »Sie war noch nie so weit von zuhause weg.«

Der alte Will schaute auf. »Es wird heute Sturm geben. Ich glaube, sie hat davor Angst. Ihre Mutter hat ihr gesagt, dass sie nicht aufs Schiff gehen soll, wenn es Sturm gibt.«

Charlotte stöhnte auf und ging hinüber zu Mary. Sie wusste genau, dass Will recht hatte, wenn er sagte, es würde Sturm geben. Und warum nur hatte Marys Mutter das gesagt?

Sie hockte sich neben dem verängstigten Mädchen nieder. »Keine Sorge, Mary, Sir Alexander wird uns sicher nach Frankreich bringen. Und wenn Sturm ist, werden wir bestimmt kein Schiff nehmen.« Sie schaute auf und sah, wie Alexanders Blick auf ihr ruhte. »Oder? Wir können doch gar nicht segeln, wenn Sturm ist.«

Er verschränkte die Arme und sein Gesicht wurde hart. »Wir müssen so schnell es geht über den Kanal.«

Erstaunt schaute Charlotte ihn an. Eigentlich hatte sie ihn so kennengelernt, dass er kein Risiko einging. Aber irgendetwas bereitete ihm Sorgen, und es war nicht der Sturm.

Sie erhob sich wieder und trat neben ihn. »Bedeutet das, das wir auch auf ein Schiff gehen, wenn es einen Sturm gibt?«

Er antwortete nicht sofort und sie sah ihm an, dass er darüber nachdachte, wie er es ihr schonend beibringen sollte. »Das ist nicht dein Ernst«, sagte sie leise. Auch ihr wurde mulmig bei dem Gedanken auf dem offenen Meer zu sein, wenn es stürmisch war.

»Die Kapitäne sind sehr erfahren. Wenn sie der Meinung sind, wir können segeln, werden wir es tun.«

Charlotte betete, dass die Kapitäne wirklich wussten, was sie taten.

»Warum hast du es so eilig?«, fragte sie.

Wieder wurde sein Gesicht hart. »Siehst du die Soldaten dort drüben?«, erwiderte er leise und deutete auf eine Gruppe von Rotröcken, die vor einem Haus an Land standen. »Mich würde es nicht wundern, wenn die nach mir suchen.«

Charlotte stockte der Atem. »Aber warum?«

Er warf ihr einen Blick zu. »Vielleicht bin ich nicht der Mann, für den du mich hältst.«

Sie wollte etwas darauf erwidern, aber er wandte sich bereits ab und da legten sie auch schon an.

Alexander wies sie an, an Bord zu bleiben und ging allein los. Auf einmal machte sie sich Sorgen um ihn.

Es schien endlos zu dauern, bis sie ihn wieder entdeckte. Nicht eine Sekunde hatte sie die Menschen am Kai aus den Augen gelassen.

Er rannte beinahe und seine Miene war besorgt. »Schnell«, rief er.

Charlottes Magen verknotete sich, aber dann half sie der zitternden Mary auf die Beine und fragte sich zum ersten Mal, ob es klug gewesen war, sie mitzunehmen. Sie hätte nicht allein mit Alexander reisen können, aber Mary schien so ängstlich zu sein, dass sie ihr vermutlich keine große Hilfe sein würde.

Als sie an Land waren, verabschiedeten sie sich vom alten Will und Charlotte hatte das Gefühl Greenhills nun endgültig hinter sich zu lassen. Sie ließ jedoch keine Gefühlsregung zu und folgte Alexander, der ihre kleine Reisetruhe und seine Tasche trug, durch die erstaunlich belebten Straßen des kleinen Küstenortes.

Charlotte zerrte Mary hinter sich her und bemühte sich, mit Alexanders großen Schritte mitzuhalten. Immer wenn ein Mann, der auch nur ein bisschen nach Soldat aussah, in ihre Richtung schaute, verkrampfte sich ihr Magen mehr.

Alexander schien genau zu wissen, wo er hin wollte und schon bald näherten sie sich einem anderen Hafen, in dem etwas größere Schiffe lagen.

Charlotte schloss zu Alexander auf. »Es tut mir leid, dass ich so viele Sachen mitgenommen habe«, sagte sie.

Erstaunt sah er sie von der Seite an. »Viel? Das ist das kleinste Gepäck, das ich jemals bei einer Frau gesehen habe. Ich bin gerade sehr dankbar dafür, dass es so wenig ist.«

Charlotte stutzte. »Hätte ich mehr mitnehmen müssen?«

Abrupt blieb Alexander stehen und Mary prallte in ihn.

»Was ist?«, fragte Charlotte.

Er deutete mit dem Kopf in Richtung einer Reihe kleinerer Schiffe, daneben standen zwei Soldaten, die sich umschauten. »Unser Schiff«, sagte er leise.

»Warten die auf uns?«, fragte Charlotte und im selben Moment stieß Mary einen Schluchzer aus. »Was ist?« Charlotte wandte sich der jungen Frau zu.

»Ich gehe da nicht rauf«, presste sie hervor und starrte mit großen Augen auf das kleine Schiff.

»Warum nicht?« Charlotte biss die Zähne zusammen.

»Es ist zu klein.« Die junge Frau begann unkontrolliert zu zittern und ihre Atmung wurde immer flacher und schneller. »Wir werden untergehen.«

»Mary«, sagte Charlotte beschwörend, »wenn der Kapitän denkt, dass wir segeln können, dann können wir das.«

Aber ihr wurde selbst mulmig bei dem Gedanken, dass sie in diesem winzigen Boot über das Meer segeln sollten.

Doch Mary beruhigte sich nicht. Ganz im Gegenteil, sie begann zu weinen und laut zu schluchzen.

»Sei still«, verlangte Charlotte, denn sie fürchtete, dass die Soldaten auf sie aufmerksam werden würden.

Alexander stellte die Kiste ab und gab ein Knurren von sich. Mit jedem Moment wurde Mary hysterischer und als der Wind unter Charlottes Rock fuhr und sich bauschte, wurde es noch schlimmer.

»Ich gehe da nicht rauf. Niemals. Wir werden alle sterben.«

Die Soldaten blickten jetzt in ihre Richtung. Charlotte bemerkte, wie Alexander sich langsam rückwärts bewegte. »Lenkt sie ab«, sagte er leise und schon war er verschwunden.

Mary sank auf die Knie und Charlotte stand hilflos neben hier. Mit so etwas hatte sie bisher nur einmal zu tun gehabt, als ein junger Mann aus dem Dorf bei einem Unfall mit einem Bullen ums Leben gekommen war und die Mutter, die schon ihren Mann verloren hatte, außer sich gewesen war vor Trauer.

Die Soldaten kamen jetzt auf sie zu. »Können wir helfen, Ma'am?«, fragte der eine schon von weitem.

Charlotte beugte sich zu Mary runter und strich ihr über den Kopf. »Kein Wort, überlass mir das reden.« Sie war sich nicht sicher, ob Mary sie gehört hatte, denn als Antwort bekam sie nur ein Schluchzen.

Charlotte blickte auf, als die beiden zu ihr traten. Sie schüttelte den Kopf. »Sie ist außer sich vor Trauer«, sagte sie zu den Männern. »Aber ich weiß damit umzugehen. Das ist nicht das erste Mal.«

»Können wir Euch irgendwohin begleiten?«, fragte der eine und musterte sie von oben bis unten.

Charlotte hob das Kinn und musste sich selbst daran erinnern, dass sie eine Lady war und diese Männer sie mit Respekt behandeln mussten. Sie kam so selten aus Greenhills heraus, dass sie manchmal vergaß, dass es Menschen gab, die nicht gleich wussten, wer sie war.

Sie schüttelte den Kopf. »Vielen Dank die Herren, aber es geht gleich wieder und wir können unseren Weg fortsetzen.«

»Wohin wollt Ihr denn?«, fragte der eine.

Charlotte lächelte unverbindlich. »Nach Hause.«

»Und wo ist das?«

»Nicht weit von hier. Nur den Fluss herunter. Und mir wäre es lieb, wenn wir vor dem Sturm wieder zuhause sind.«

Der eine wollte noch etwas sagen, aber der andere knuffte ihn in die Seite. »Komm schon, wir haben nicht den ganzen Tag Zeit.«

Der erste warf Charlotte noch einen Blick zu, schaute dann etwas abfällig auf Mary, bevor sie endlich gingen.

Charlotte war es, als ob ihre Knie wegsackten. Sie hatte noch nie jemanden so offensichtlich angelogen.

Eine Bewegung bei den Schiffen erregte ihre Aufmerksamkeit. Sie entdeckte Alexander auf einem kleineren Boot, er winkte ihr.

»Komm schon, Mary«, sagte sie und zog die junge Frau hoch.

»Nein«, heulte diese und ließ sich wieder auf die Knie sinken. Das Schluchzen wurde wieder lauter.

»Verdammt«, murmelte Charlotte. »Komm schon, du schaffst das.«

»Ich gehe nicht mit, Mylady. Wir werden alle sterben!«

»Hör auf«, herrschte Charlotte sie an. »Das werden wir nicht. Reiß dich zusammen.«

»Ich gehe nicht. Lasst mich hier. Ich bitte Euch, Mylady, lasst mich hier.«

Sie ergriff Charlottes Rock und zog daran.

»Hör auf«, sagte Charlotte wieder. »Reiß dich zusammen. Ich kann dich nicht hierlassen.«

»Doch«, heulte Mary.

Aber Charlotte wusste, dass sie die junge Frau nicht allein in diesem Hafen zurücklassen konnte. Nicht, wenn hier Männer wie diese Soldaten herumliefen. Und auch nicht, wenn der alte Will schon wieder fort war. Sie hatte gesehen, dass er bereits abgelegt hatte.

Alexander winkte erneut. Was sollte sie nur tun? Sie dachte an die Frau, die ihren Sohn verloren hatte. Was hatte sie damals mit ihr gemacht? Die Nachbarin hatte ihr Schnaps verabreicht und als das nichts half, hatte Charlotte Laudanum geholt. Das war kostbar und sie hatte nicht viel davon, aber es hatte gut geholfen. Die Frau war in einen tiefen Schlaf gesunken und niemand hatte sie wecken können. Als sie wieder aufgewacht war, hatte sie zwar immer noch getrauert, aber sie war nicht hysterisch gewesen.

Laudanum also. Doch hatte sie es überhaupt mitgenommen?

Sie öffnete ihre Truhe und kramte darin herum. Sie hoffte inständig, dass die Soldaten nicht wiederkommen würden. Mary heulte immer noch hysterisch.

Charlotte ging die kleinen Fläschchen durch und als sie die Aufschrift fand, die sie suchte, jubelte sie beinahe vor Freude. Zitternd öffnete sie es. »Hier, nimm das«, sagte sie und holte einen Löffel heraus, auf den sie etwas von dem Gift träufelte. Dann hielt sie es Mary hin.

»Was ist das?«, fragte diese.

»Das wird dir helfen.«

Mary schaute sie vertrauensvoll an und Charlotte hasste sich dafür, dass sie ihr das antun musste. Sie hoffte, dass Mary schlafen würde, bis das Schiff in Frankreich anlegte.

Brav schluckte Mary das Laudanum und Charlotte war dankbar dafür, dass die Menschen aus Greenhills ihr derart vertrauten.

Es dauerte nicht lange, bis Mary erst taumelte, sich dann an Charlotte festhielt und schließlich zu Boden sank, während Charlotte ihren Kopf hielt, damit sie nicht auf dem Pflaster aufschlug. Dann lag sie still.

Nun musste Charlotte sie nur noch aufs Boot bekommen. Sie kniete nieder und hob Mary hoch. Das Mädchen war leichter, als sie gedacht hatte und kurz fragte Charlotte sich, ob sie vielleicht zu viel Laudanum genommen hatte. Denn umbringen wollte sie Mary nicht.

Sie hatte keine zwei Schritte gemacht, als auf einmal Alexander vor ihr stand. »Gib sie mir«, sagte er und dankbar übergab Charlotte die junge Frau.

»Nimm die Kiste«, wies Alexander sie an und drehte sich schon wieder um.

Charlotte merkte, dass die Truhe nicht viel weniger wog als Mary und sie fragte sich wieder, ob sie zu viel mitgenommen hatte. Dann eilte sie Alexander hinterher, der mit großen Schritten auf das Boot zueilte.

An Bord waren drei Männer – alles Fischer, nahm Charlotte an. Sie schauten sie ausdruckslos an und gingen dann wieder ihrer Arbeit nach.

»Wir gehen unter Deck«, erklärte Alexander. »Schnell.«

Über eine enge, steile Stiege kletterten sie in den Bauch des Schiffes. Unten roch es abscheulich und Charlotte musste fast würgen.

»Es tut mir leid«, sagte Alexander. »Etwas anderes habe ich auf die Schnelle nicht gefunden.«

»Es geht schon«, presste Charlotte hervor. Sie hatte die Erfahrung gemacht, dass man sich an einen solchen Geruch schneller gewöhnte als man dachte.

Vorsichtig legte Alexander Mary ab und wies dann auf einen Platz am Mast in der Mitte des Laderaums. Dort hatte er zwei Decken ausgebreitet. »Es ist nicht sehr komfortabel. Aber es ist nur eine Nacht, es wird gehen.«

Fast ein wenig unsicher schaute er sie an, doch Charlotte nickte. »Ich habe schon schlechter genächtigt.«

Alexander hob eine Augenbraue. »Du bist eine schlechte Lügnerin.«

Sie unterdrückte ein Lächeln. »Für die Soldaten hat es gereicht.«

Er atmete tief durch. »Danke dafür.«

Charlotte hob den Kopf, nickte, nahm all ihren Mut zusammen und sagte: »Für dich jederzeit.«

Es schien als wollte er etwas erwidern, aber dann ruckte das Schiff auf einmal und sie beide stolperten. Charlotte konnte sich gerade noch an einer Kiste festhalten.

Es ging los. Sie verließen England.

»Wir bleiben unter Deck bis wir die Küste hinter uns gelassen haben. Dann wird es vermutlich dunkel sein und…«, er zögerte.

Charlotte runzelte die Stirn. »Sag es mir.«

»Vermutlich wird es zu stürmisch sein, als dass wir rausgehen können.«

Sie atmete tief ein und bereute es sofort, denn der Gestank

war heftig. Ihr wurde noch ein wenig übler. Doch dann straffte sie die Schultern. »Das schaffen wir schon. Ich habe noch ein bisschen Laudanum.« Sie wies auf ihre Kiste und ihr kam eine Idee. »Ich habe auch noch andere Sachen.«

Sie kramte in ihrem Vorrat und holte etwas getrocknete Minze, Zitronenmelisse und Rosmarin heraus. Sie schlug die Kräuter in ein kleines Leinentuch ein. »Wenn der Gestank zu groß wird, können wir uns das vor die Nase halten.«

Er lächelte leicht. »Ich sollte öfter mit dir reisen.«

Sein Blick war intensiv und Charlotte erschauderte. Wie meinte er das denn schon wieder?

Erneut schlingerte das Schiff und diese Mal prallte sie gegen ihn. Alexander stand breitbeinig und etwas sicherer als sie. Er fing sie auf und für einen Moment hielt er sie an seinen Körper gepresst.

Charlotte dachte an die vergangene Nacht und wie er sie geküsst hatte. Noch nie in ihrem Leben war sie so geküsst worden. So voller Kraft und Verlangen, mit solcher Tiefe und Leidenschaft. Seine Küsse hatten Gefühle in ihr ausgelöst, die sie nicht gekannt hatte und als Henry sie unterbrochen hatte, war sie so enttäuscht gewesen, dass sie fast geweint hätte.

Sie hatte ihm gesagt, dass er sich nur in dieser einen Nacht auf sie einlassen sollte und dann war ihre Zeit viel zu kurz gewesen. Was wäre wohl noch zwischen ihnen passiert, wenn Henry nicht gekommen wäre?

Am liebsten hätte sie ihn gefragt, wie er das alles sah und ob sie noch einmal nachholen wollten, was sie verpasst hatten, doch sie traute sich nicht.

Hier auf dem stinkenden Schiff wollte sie ihn nicht küssen. Und außerdem war alles anders. Sie waren nicht mehr im Rausch des Erntedankfestes, waren nicht trunken vom Tanz und der Sommernacht, sondern sie waren auf dem Weg nach Frankreich und anscheinend war es gefährlicher als sie jemals gedacht hätte.

Doch jetzt hielt er sie wieder fest, in seinen starken Armen, die sich so gut anfühlten. Und er ließ zu, dass sie sich an ihn lehnte.

Das Schiff schlingerte erneut und wieder stieg Übelkeit in Charlotte auf. »Oh Gott«, murmelte sie.

»Was ist?«, fragte er.

»Ich glaube, ich habe mir den Magen verdorben.«

Alexander lachte leise. »Ich fürchte, dass du eher seekrank bist.«

»Was ist das?«, fragte sie und versuchte, die Übelkeit wegzuatmen, doch der Gestank machte es nur noch schlimmer.

»Es gibt einige Menschen, die das Geschaukel eines Schiffes nicht aushalten können. Ihnen wird dann schlecht.«

»Geht das wieder weg?«

Er seufzte. »Ja, aber erst wenn wir angelegt haben.«

Charlotte richtete sich auf. »Wie lange brauchen wir?«

»Die ganze Nacht.«

Sie stöhnte auf und hatte das Gefühl, als ob ihre Knie versagten, doch Alexander hielt sie. »Vielleicht sollte ich auch Laudanum nehmen«, sagte sie leise. »Dann merke ich es nicht.«

Doch Alexander schüttelte den Kopf. »Wenn uns etwas passiert, kannst du nichts tun, wenn du davon benebelt bist.«

Das Schiff schlingerte erneut und Charlotte spürte, wie die Übelkeit in ihr aufstieg. Es fehlte nicht mehr viel und sie würde sich übergeben müssen. »Was könnte uns denn passieren?«, fragte sie schwach.

»Alles mögliche, aber ich glaube, es ist besser, wenn wir das jetzt nicht diskutieren.«

»Aber ich will nicht, dass mir stundenlang schlecht ist.«

»Hast du noch ein anderes Kraut dabei, das gegen Übelkeit hilft?«

Charlotte dachte nach, da sie aber noch nie von Seekrankheit gehört hatte, wusste sie auch nicht, was man dagegen tun konnte. Sie hatte Pfefferminze und Ringelblume dabei, die beide gegen Übelkeit halfen, doch daraus musste man einen

Tee kochen. Und das konnte sie hier schlecht. Also schüttelte sie den Kopf und unterdrückte ein Würgen.

Alexander seufzte, dann sagte er: »Halt dich hier fest.«

Während Charlotte sich am Mast festklammerte und versuchte, sich auf die Bewegungen des Schiffes einzustellen, verstaute Alexander ihre Kiste, bettete Mary richtig, sodass sie nicht herumrollen konnte und holte einen Eimer. Charlotte konnte sich denken, wofür er war. Und tatsächlich sagte Alexander: »Ich glaube, es ist besser, wenn du deine Haare zusammenbindest.«

Am liebsten hätte sie angefangen zu weinen, doch dafür hatte sie keine Kraft mehr. Sie war die ganze Nacht auf den Beinen gewesen, um bei der Geburt zu helfen. Sie warf einen Blick auf Mary, die friedlich auf dem Boden schlief. Sie beneidete sie auf einmal so sehr.

Plötzlich fühlte sie Alexanders Arm um ihre Taille. Er zog sie an sich und erschöpft ließ sie sich gegen seine Brust sinken. »Du schaffst das«, flüsterte er. »Du bist eine starke Frau.«

»Ich fühle mich gerade nicht stark«, erwiderte sie leise. Der Gedanke, sich zu übergeben, während Alexander neben ihr saß war ihr so unangenehm, dass sie überlegte, ob sie ihn bitten sollte, sich woanders hinzusetzen.

Wieder schlingerte das Schiff und Alexander sagte: »Ich glaube, wir sollten uns auf den Boden setzen.«

Beinahe willenlos ließ Charlotte es geschehen, dass er ihr half sich hinzusetzen. Alexander lehnte sich mit dem Rücken an den Mast und zog sie zwischen seine Beine. Den Eimer stellte er in Reichweite.

»Keine Sorge«, murmelte er in ihr Haar. »Ich halte dich. Du brauchst dich um nichts zu kümmern. Lass einfach los.«

Das Schiff hob sich in eine Welle und mit ihr Charlottes Magen. Sie biss die Zähne zusammen. »Aber ich kann doch nicht einfach…«, sagte sie, doch konnte den Satz nicht zu Ende führen, weil ihr Magen derart rebellierte, dass sie all ihre Kraft brauchte, um sich nicht zu erbrechen.

Er zog sie noch näher an sich. »Doch du kannst. Dieses Mal kümmere ich mich um dich.«

Erschöpft schloss Charlotte die Augen und ließ sich gegen ihn sinken. Sie ahnte, dass es die schlimmste Nacht ihres Lebens werden würde.

KAPITEL DREIZEHN

Wie aus weiter Ferne nahm Charlotte wahr, dass Alexander an Deck mit den Fischern stritt. Sie vermisste seine Nähe, denn die gesamte Nacht hatte sie an seiner Brust gelehnt und er hatte sie gehalten.

Das Heben und Senken des Schiffes hatte sich deutlich gelegt und damit auch ihre Übelkeit, doch es hatte Stunden in dieser Nacht gegeben, da Charlotte gedacht hatte, sie wäre in der Hölle gelandet. Immer wieder hatte sie sich übergeben, bis nichts mehr in ihrem Magen war. Einige Stunden hatte sie erschöpft an Alexander gelehnt geschlafen, doch sie waren ständig hin und her geschleudert worden und so war sie immer wieder aufgewacht.

Manchmal hatte sie wahrgenommen, dass Alexander ihr beruhigend über den Kopf gestreichelt hatte und sie war dankbar dafür.

Mehr als einmal war sie sich sicher gewesen, dass sie sterben würden, so wie Mary es vorausgesagt hatte, doch nun war der Sturm vorbei und sie lebten immer noch. Mary schlief weiterhin und Charlotte beneidete sie um diesen Schlaf oder Ohnmacht oder was auch immer es war. Sie wünschte, dass sie selbst nichts von dem Sturm mitbekommen hätte. Dabei hatte Alexander ihr erklärt, dass es kein schlimmer Sturm gewesen war, ihr Schiff war nur so unglaublich klein. Er hatte sich mehrmals dafür entschuldigt, dass er auf die Schnelle kein größeres Schiff hatte finden können.

Die Luke am Ende der Treppe öffnete sich und gleißendes Sonnenlicht fiel herein, dann verdunkelte es sich wieder und Alexander stieg die Treppe hinab.

Charlotte richtete sich auf. »Sind wir bald da?«

Alexander nickte. »Nur noch ein oder zwei Stunden.«

Sie stöhnte. »Sagtest du nicht, dass schon Land zu sehen gewesen war?«

»Ja, aber wir sind viel weiter nördlich angekommen, als ich angenommen hatte. Ich möchte aber nach Calais. Die Männer sahen das anders.«

Er wirkte grimmig.

»Und jetzt bringen sie uns hin?«

Alexander nickte knapp und presste die Lippen zusammen.

Charlotte lehnte sich an den Mast. »Warum willst du nach Calais?«

Sie musste sich unterhalten, damit sie nicht wieder in ihrer Übelkeit versank.

»Weil dort ein Gasthaus ist, von dem ich weiß, dass es sauber und sicher ist und wir dort erst einmal ausruhen können. Außerdem steht dort mein Pferd.«

Charlotte versuchte, sich Calais vorzustellen, aber es gelang ihr nicht. Sie wusste ja nicht einmal, wie es in London aussah. Das brachte sie auf eine Idee.

»Erzähle mir von London«, bat sie.

Alexander hob die Augenbrauen. »Warum von London?«

»Weil ich noch nie dort war.«

»Willst du dich nicht lieber ein wenig ausruhen?«

Charlotte schüttelte den Kopf. »Ich will einfach nur, dass die Zeit schneller vergeht.«

Er lächelte und hielt ihr eine Hand hin. »Dann komm mit ans Deck. Es ist etwas leichter, wenn du den Horizont siehst. Und jetzt besteht auch keine Gefahr mehr, dass du über Bord gespült wirst.«

Er zog sie auf die Beine und ging voran nach oben.

Charlotte kniff die Augen zusammen, als sie aus dem dunklen Bauch des Schiffes kletterte. Es dauerte eine ganze Weile, bis sie sich an das gleißende Sonnenlicht gewöhnt hatte. Als sie blinzelte und sich umschaute, stockte ihr der Atem. Um sie herum war nichts als Wasser. Graue Wellen mit kleinen Schaumkronen darauf. In der Ferne sah sie einen winzigen Streifen Land und auf der anderen Seite waren die Segel eines Schiffes zu erkennen. Ansonsten waren sie ganz allein. Staunend schaute sie das Wasser an und musste an den See in Greenhills denken. Als Kind war er ihr riesig vorgekommen, doch jetzt, da sie das Meer zum ersten Mal richtig erlebte, wusste sie, dass er winzig war.

Auf einmal konnte sie verstehen, dass einige Menschen das Meer liebten. In der vergangenen Nacht hatte sie sich eher gefragt, warum jemand jemals auf die Idee gekommen war, Schiffe zu bauen.

Alexander setzte sich direkt neben die Luke und Charlotte tat es ihm gleich. Doch er rückte ein Stück von ihr ab und blieb auf Armeslänge entfernt. Vermutlich wegen der Seeleute, die sie argwöhnisch beobachteten. Charlotte fragte sich, ob sie tatsächlich die gesamte Nacht bei dem Sturm hier an Deck verbracht hatten.

»Ich soll also irgendetwas über London erzählen?«, fragte Alexander und riss sie damit aus ihren Gedanken.

Charlotte nickte und schaute wieder zum Horizont, als eine größere Welle das Schiff anhob.

Erst stockend, dann immer flüssiger, begann Alexander zu erzählen. Von den vielen unterschiedlichen Menschen, die Fluch und Segen zugleich waren. Wie interessant es war, sie zu beobachten, aber wie anstrengend es auch sein konnte. Wie sehr es dort manchmal stank, aber wie grandios die Paläste und Häuser der Kaufleute waren. Er erzählte von den Parks, dem Königshof und vor allem von den königlichen Ställen, was Charlotte zum Lächeln brachte. Sie ließ sich von seiner Stimme einlullen und stellte fest, dass es wirklich half, den Horizont zu sehen. Ihre Übelkeit war beinahe verschwunden.

Dann endlich kam der Hafen von Calais in Sicht und Alexander holte ihre Truhe, die Taschen und Mary an Deck. Diese schlief immer noch und Charlotte tastete mehrmals nach ihrem Puls, um sicherzugehen, dass sie noch lebte.

Calais war viel größer, als Charlotte es sich vorgestellt hatte. Über der Stadt thronte eine befestigte Anlage, die den Eingang zum Hafen bewachte. Hunderte von Häusern drängten sich am Hafen und tausende von Schiffen schienen im Hafen zu liegen. Das Boot auf dem sie waren, schien winzig gegen die riesigen Segelschiffe, die vor Anker lagen.

Charlotte erwischte sich dabei, dass sie alles mit offenem Mund anstarrte und sie erinnerte sich an Maudes strenge Worte, die sie als Kind oft gehört hatte, nämlich dass sie nicht gaffen sollte. Aber wie sollte das gehen, wenn man eine solche Pracht und Vielfalt sah?

Sie spürte, wie Alexander sie von der Seite betrachtete und wandte sich ihm zu. »So etwas habe ich noch nie gesehen«, gestand sie.

Er lächelte. »Das kann ich mir denken. Es ist ja auch beeindruckend. Und wenn du wüsstest, woher die Schiffe kommen und was sie geladen haben, wärst du noch mehr beeindruckt.«

»Woher denn?«

»Von den Westindischen Inseln, der Neuen Welt und Afrika. Einige fahren auch in die baltischen Länder.«

»Das sind Handelsschiffe?«, fragte Charlotte.

»Nicht alle. Viele gehören zur königlichen Flotte und einige werden nur zum Transport zwischen den kleineren Häfen oder für das Binnenland genutzt.«

Sie glitten an einem großen Schiff vorbei, bei dem gerade die Segel gehisst wurden. Auf einmal überkam Charlotte eine unglaubliche Sehnsucht mitzufahren. Nicht, weil sie noch einmal eine Seereise machen wollte, sondern weil sie sehen, fühlen und riechen wollte, wie es dort draußen in der Welt war. Diese Sehnsucht nach der Ferne und nach der Welt, zerrte auf einmal so an ihrem Herz, dass es beinahe wehtat. Es war ein Gefühl, das sie gar nicht kannte. Bisher war sie in Greenhills so zufrieden gewesen. Doch jetzt stellte sie fest, dass ihr Teil der Welt winzig klein war, während Alexander in der großen Welt zuhause war.

»Wo es wohl hinfährt?«, fragte sie und starrte auf den runden Bauch des Schiffes.

Alexander lächelte. »Viel interessanter ist, was es geladen hat und womit es zurückkommt. Das sind die Schiffe, die Gewürze und seltene Dinge bringen, die es hier nicht gibt. Manchmal haben sie die sonderbarsten Tiere an Bord. Soweit ich weiß, gibt es am Hof von Versailles ein Gehege mit Tieren, die man noch nie gesehen hat.«

Charlotte starrte ihn an. »Tatsächlich? Wie gern würde ich die sehen. Warst du schon einmal dort?«

Alexander schüttelte den Kopf und warf ihr einen langen Blick zu, sagte aber nichts mehr.

Sie sahen noch viele andere Schiffe und Menschen in merkwürdiger Kleidung mit verschiedenen Hautfarben, die sich Dinge in Sprachen zuriefen, die Charlotte noch nie gehört hatte. Ja, ihre Mutter hatte einmal versucht, ihr Französisch beizubringen, aber sie hatte nicht die Geduld gehabt, weil sie lieber draußen hatte spielen wollen. Und dann war ihre Mutter gestorben als Charlotte neun Jahre alt war und ihre formale Ausbildung war beendet gewesen. Stattdessen hatte sie andere wichtige Dinge gelernt. Wie man Verbände wechselte, welche Heilkräuter man für welche Krankheit einsetzte, wie man das Wetter voraussagen konnte, wie man Dinge für den Winter einlegte oder wie gute Vorratshaltung funktionierte.

Auf einmal wurde ihr klar, dass sie davon ausgegangen war, dass man hier auch Englisch sprach, doch nun wurde ihr bewusst, dass das vermutlich nicht der Fall sein würde. Ob sie sich überhaupt würde verständigen können?

Alexander wies auf ein Gebäude an Land. »Das ist ein Geschäft, das dir gefallen würde.«

»Warum?«

»Weil es dort Heilmittel aller Art zu kaufen gibt.«

Charlotte spürte, wie sich ihr Herzschlag beschleunigte. »Ich könnte vielleicht mein Laudanum dort auffüllen. Und bestimmt wissen die, was gegen Seekrankheit hilft. Schließlich muss ich auch wieder zurück. Oh, können wir dorthin gehen? Bitte, bitte, bitte.«

Sie sprang beinahe auf und ab wie ein kleines Mädchen.

Alexander rieb sich über das Gesicht. »Wir werden sehen. Erst einmal brauchen wir einen Platz zum Schlafen und müssen dafür sorgen, dass Mary wieder auf die Beine kommt.«

Charlotte riss sich von dem Anblick des Geschäfts los. Erst jetzt bemerkte sie, wie erschöpft Alexander aussah. Seine Haut war beinahe grau und er hatte Ringe unter den Augen. »Hast du heute Nacht überhaupt geschlafen?«, fragte sie.

Er warf ihr einen kurzen Blick zu und schüttelte dann den Kopf. »Ich hatte wichtigeres zu tun.«

»Das tut mir leid«, sagte sie. »Aber danke.«

Bevor er etwas erwidern konnte, rief einer der Seeleute und dann steuerten sie auf einen kleinen Anlegeplatz zu. Alexander spannte sich ein klein wenig an und nahm Mary auf den Arm. Charlotte konnte sehen, dass es ihn Mühe kostete, doch er biss die Zähne zusammen und sagte nichts.

»Sie dürfen hier eigentlich nicht anlegen«, sagte Alexander. »Deswegen müssen wir so schnell es geht von Bord. Nimm die Truhe.«

Charlotte tat, was er sagte und merkte selbst, wie müde ihre Muskeln waren. Kein Wunder, sie hatte schon lange nichts mehr gegessen und getrunken und ansonsten alles andere wieder von sich gegeben.

Das Boot stoppte mit einem Ruck, als es gegen den Anleger prallte. Einer der Seeleute sprang von Bord und hielt ein Tau fest. Die anderen beiden schubsten Alexander und Charlotte fast von Bord und innerhalb weniger Sekunden standen sie auf französischen Boden und das Boot legte bereits wieder ab.

Erschrocken starrte Charlotte ihm hinterher.

»Komm«, sagte Alexander. »Wir dürfen nicht zu lange hier bleiben, sonst kommt noch jemand und stellt Fragen.«

Wieder lief sie ihm hinterher und versuchte, mit ihm Schritt zu halten. Doch das war im Hafen von Calais viel schwieriger, als in Sandburg. Hier waren viel mehr Menschen, Tiere, Karren und Kutschen. Es wurde geschrien, gelacht, gestikuliert. Charlotte wandte den Kopf, um soviel zu sehen wie möglich, aber dann verlor sie Alexander beinahe aus den Augen und beeilte sich, wieder zu ihm aufzuschließen. Niemand beachtete sie und Charlotte war dankbar dafür.

Alexander steuerte auf ein Gasthaus zu, das am Rande des Hafens lag. Doch obwohl hier weniger Schiffe am Anleger lagen, war es nicht ruhiger, sondern genauso viele Menschen wimmelten wie in einem Ameisenhaufen durcheinander.

Fasziniert beobachtete Charlotte, dass sich aus irgendeinem Grund, die Menge immer teilte, wenn Alexander sich entschied in diese Richtung zu gehen. Er hatte kein Problem damit, an jemandem vorbeizukommen oder dass ihm jemand vor die Füße lief. Bei Charlotte war das anders. Und vor allem wurde die Kiste schwer.

Als sie die Stufen zum Gasthaus hinaufgingen, dachte sie, dass ihre Beine unter ihr nachgeben würden. Ein freundlicher älterer Mann, der etwas in einer Sprache sagte, die Charlotte nicht verstand, hielt ihnen die Tür auf und dann waren sie in dem dunklen Schankraum.

Alexander ging sofort auf eine Frau zu, die vermutlich die Wirtin war. Er diskutierte eine Weile mit ihr und immer wieder schüttelte die Frau den Kopf. Entsetzt starrte Charlotte sie an. Hatte sie etwa keine Zimmer mehr für sie? Wenn in dieser Stadt so viele Menschen lebten, die alle gleichzeitig auf den Straßen zu sein schienen, würden sie sicherlich keinen Platz in einer Herberge finden. Sie wusste, dass es vor allem die Erschöpfung war, die diese Gedanken verursachte, aber trotzdem konnte sie nicht umhin, dass sie fast anfing zu weinen.

Schließlich wandte Alexander sich um. »Wir haben ein Zimmer«, sagte er.

»Oh«, sagte Charlotte und ihre Beine sackten ihr vor Erleichterung beinahe weg.

Alexander sah grimmig aus. »Es hat allerdings nur ein Bett. Ich werde wohl im Stall schlafen.« Er wandte sich zur Treppe. »Komm«, sagte er. »Ich muss Mary langsam mal ablegen.«

Charlotte schleppte sich die Treppe hinauf und versuchte, die Enttäuschung, die sich in ihr breit machte, zu ignorieren. Hatte sie nicht vorgehabt, auf dieser Reise eine Lady zu sein? Eine Lady war nicht enttäuscht, sagte sie sich. Eine Lady ertrug selbst die herausforderndsten Situationen. Und vor allem schlief eine Lady nicht im selben Bett mit einem Mann, der nicht ihr Ehemann war.

Und dann wünschte sie sich, keine Lady sein zu müssen.

KAPITEL VIERZEHN

*D*as erste, was Charlotte in dem Zimmer bemerkte, war, dass das Bett groß war. Sie starrte darauf und bemerkte, dass auch Alexander innegehalten hatte, auf das Bett blickte und dann kurz zu ihr, doch sie versuchte, nicht darüber nachzudenken, was es bedeutete. Stattdessen stellte sie die Truhe ab und dachte darüber nach, wie sie dieses Zimmer am besten für ihre Bedürfnisse aufteilte.

Es war warm in dem Zimmer, denn es lag unter dem Dach, auf das die Mittagssonne schien. Mit wenigen Handgriffen, nahm Charlottes Marys Umhang, den ihre Mutter ihr wohlweislich mitgegeben hatte und legte ihn zwischen Wand und dem Fußende des Bettes auf den Boden. Dann bat sie Alexander Mary dort abzulegen.

Charlotte schaute sich um und entdeckte eine Feuerstelle. Sie atmete tief durch. Wenigstens konnte sie sich einen Tee machen, der ihren Magen beruhigen würde. Und sie konnte ihre Kleider waschen, denn sie alle rochen nach der Nacht in dem stinkenden Bauch des Schiffes erbärmlich.

Alexander stand unschlüssig neben der Tür und sie sah, dass er sich kaum noch auf den Beinen halten konnte. Sie biss sich auf die Lippe. »Ich frage dich nur ungern, aber ich spreche kein Französisch und kann nicht selbst gehen. Kannst du mir zwei kleine Kessel und Feuerholz besorgen? Ich möchte Tee machen und die Kleider waschen.«

Alexander nickte und verschwand ohne ein Wort. Sobald sich die Tür hinter ihm geschlossen hatte, holte Charlotte ein neues Kleid und Unterkleid aus ihrer Truhe. Sie stellte sich so, dass man sie von der Tür aus nicht gleich sehen konnte und schälte sich aus ihren Kleidern. Zu gern hätte sie sich gewaschen, aber da sie noch kein Wasser hatte, ging das leider nicht.

Als sie nackt im Zimmer stand und die Luft über ihren Körper strich, ertappte sie sich bei dem Gedanken, dass sie fast hoffte, dass Alexander genau in diesem Moment zurückkommen würde. Es hatte sich so gut angefühlt, als er sie am See angeschaut hatte. Und dann schämte sie sich für diesen Gedanken.

Natürlich kam er nicht und seufzend stieg Charlotte wieder in ihr Kleid. Sie war gerade dabei, sich die Bänder zuzubinden und fluchte, weil Mary nicht wach wurde, denn es war eines ihrer vornehmeren Kleider, das mehr Bänder hatte und sie hätte die Hilfe des Mädchens gut gebrauchen können, als sich die Tür wieder öffnete. Alexander kam herein und hatte die Arme voll Feuerholz, außerdem trug er einen großen Krug, der vermutlich Wasser enthielt und einen Kessel.

Als er sie am Fenster stehen sah, erstarrte er kurz und sein Blick glitt an ihr herunter und wieder herauf. Charlotte gab den Kampf mit den Bändern auf. »Ich habe mich mit diesem Geruch so unwohl gefühlt, dass ich die Kleider wechseln musste«, sagte sie. »Mir wird sofort wieder übel, wenn ich nur daran denke.«

Er nickte nur, legte das Feuerholz am Kamin ab und stellte den Krug und den Kessel auf den Tisch. Dann nahm er seine Tasche und verließ das Zimmer wieder.

Charlotte starrte auf die Tür, die sich hinter ihm geschlossen hatte. Ging er einfach so in den Stall, ohne sich von ihr zu verabschieden? Ihr Herz schlug schneller und sie versuchte das Gefühl des Verlassenwerdens zu verbannen. Es ist nur die Erschöpfung, sagte sie sich. Doch ein Zittern stieg in ihr auf, dass sie nicht kontrollieren konnte. Was machte sie hier nur? Sie sollte jetzt in Greenhills sein, sich um Anni und das Baby kümmern und alles für den Winter vorbereiten.

Mit einem Kloß im Hals, machte sie sich daran, ein Feuer zu entzünden. Zum Glück hatte sie alles, was sie dafür brauchte, in ihrer Truhe. Das war etwas, was Alan ihr eingeschärft hatte. Feuer war das wichtigste, was man brauchte, wenn man unterwegs war und man sollte immer in der Lage sein, selbst eins zu entzünden.

Als sich die Tür hinter ihr öffnete, fuhr sie herum. Alexander hatte sich umgekleidet und trug jetzt wieder das Hemd, das er angehabt hatte, als er vor ihrer Haustür zusammengebrochen war. Annie hatte es zwar so gut es ging gewaschen, aber ein dunkler Fleck an der Seite erinnerte noch an das Blut von seiner Wunde. Es schien Jahre her zu sein, dass sie ihm dieses Hemd ausgezogen hatte. Schnell wandte sie den Blick ab.

Alexander stellte einen großen Zuber neben ihr ab, der mit Wasser gefüllt war. »Die Wirtin hatte leider keine Seife, die sie mir geben wollte«, sagte er mit vor Erschöpfung rauer Stimme. »Aber ich würde meine Kleider auch gern waschen. Sagst du mir bescheid, wenn du fertig bist?«

Charlotte warf einen Blick aufs Feuer, das mittlerweile gut brannte und erhob sich. »Das mache ich für dich«, sagte sie.

Er schüttelte den Kopf. »Das brauchst du nicht.«

Charlotte hob die Augenbrauen. »Du hättest dich heute Nacht auch nicht um mich kümmern müssen und hast es doch getan. Dann kann ich wenigstens deine Kleider waschen.«

Er hielt ihrem Blick noch einen kleinen Moment stand und sie wartete beinahe darauf, dass er widersprechen würde, aber schließlich sagte er einfach nur: »Danke.«

Sie lächelte, um die Stimmung zwischen ihnen ein wenig zu entspannen. »Und ich habe sogar noch etwas besseres als die Seife der Wirtin.« Sie griff in die Truhe und holte ein Stück Seife heraus, das sie erst vor ein paar Wochen hergestellt hatte.

»Mit Lavendel aus meinem Garten«, sagte sie beinahe triumphierend.

Alexander lächelte matt. »Dann ist sie bestimmt gut.«

Es klopfte an der Tür und Charlotte schrak zusammen. »Wer ist das?«, flüsterte sie.

Er atmete tief durch. »Das Essen.«

»Wundervoll«, seufzte Charlotte.

Alexander hob die Augenbrauen. »Kannst du schon wieder essen?«

»Ich verhungere«, gab sie zu. Seit sie wieder festen Boden unter den Füßen hatte, war die Übelkeit wie weggeblasen.

Als Alexander die Tür öffnete, linste die Wirtin ins Zimmer. »Ach, Mrs. Webber, Ihr habt schon selbst Feuer gemacht«, sagte sie mit einem merkwürdigen Singsang in der Stimme, der vermutlich daher rührte, dass Englisch nicht die Sprache ihrer Geburt war. »Ich hätte Eure Wäsche auch machen können, aber Euer Gatte sagte mir, dass Ihr es lieber allein machen wollt.«

Charlotte blinzelte verwirrt. »Mein Gatte…«, setzte sie an, fing dann aber den Blick von Alexander auf und schloss den Mund. »Ja, danke«, sagte sie nur. »Das ist richtig.«

Die Wirtin schnaufte und drückte Alexander das Tablett mit drei Schüsseln dampfendem Eintopf in die Hand. Dann war sie wieder verschwunden.

»Gatte?«, fragte Charlotte.

Müde zuckte Alexander mit den Schultern. »Ich wusste nicht, wie ich ihr sonst erklären soll, dass wir ein Zimmer nehmen können.« Er lächelte schwach. »Sie wurde nicht müde, mir zu erklären, dass dies nicht ›so ein Haus‹ ist.«

Charlotte spürte, wie ihre Wangen heiß wurden und wandte sich schnell ab. Er würde im Stall schlafen, das hatte er gesagt. »Und warum Webber?«

»Weil sie meinen richtigen Namen nicht wissen darf.«

Charlotte starrte ihn an. »Ist es ein Geheimnis, dass du hier bist?«

Alexander schüttelte den Kopf. »Nein, aber man weiß ja

nie, wer nach mir fragt. Diesen Namen habe ich hier schon immer benutzt.«

Sie dachte wieder einmal, dass er in einer ganz anderen Welt als sie lebte und aus irgendeinem Grund machte es sie traurig. Schnell wandte sie sich ab. »Fang schon einmal an zu essen«, sagte sie und machte sich daran, den Kessel mit Wasser zu füllen und über das Feuer zu hängen.

Sie hörte, wie er sich vorsichtig auf der Kante des Bettes niederließ, denn einen Stuhl gab es in dem winzigen Zimmer nicht. Dann begann er zu essen, während Charlotte den richtigen Tee suchte und sich schließlich für eine Mischung aus Baldrian und Melisse entschied. Diese Kräuter würden ihr helfen, einen guten Schlaf zu finden und den brauchte sie, wenn sie sich bald auf die Weiterreise nach Paris machen würden.

Der Gedanke daran verursachte ihr eine Gänsehaut. Was sie wohl dort erwarten würde? Und sie dachte auch daran, wie Alexander dort sein würde. Es schien, als wäre er schon auf dem Schiff und auch hier ein anderer Mann als in Greenhills.

Sie nahm ihre Kleider und als sie sich zum Zuber umwandte, um sie einzuweichen, sah sie, dass Alexander an den Bettpfosten gelehnt, eingeschlafen war. Den Löffel hielt er noch in der Hand.

Charlotte betrachtete ihn und empfand auf einmal eine unglaubliche Zärtlichkeit für diesen Mann, der ihr in den vergangenen Wochen auf so unterschiedliche Weise nah gekommen war, wie kaum jemals zuvor ein anderer Mensch. Vor allem hatte er sie sicher nach Frankreich gebracht und gab alles dafür, damit es ihr gut ging. Und nun war er vor lauter Erschöpfung eingeschlafen.

Sie dachte kurz darüber nach, ob sie ihn wecken sollte, damit er in den Stall gehen konnte, doch dann entschied sie sich, dass er noch ein wenig ruhen sollte, denn sie hatte sowieso noch einiges zu tun. Sie ging zu ihm hinüber, nahm ihm den Löffel aus der Hand, umfasste seinen Hinterkopf und ließ ihn sanft auf das Bett gleiten. Dann zog sie mit ein wenig

Mühe seine Stiefel aus und wuchtete die Beine auf das Bett. Alexander rührte sich nicht einmal. Er lag da wie tot.

Bei diesem Gedanken fasste Charlotte an seinen Hals und fühlte nach seinem Puls. Er schlug kräftig und stetig und auch seine Brust hob und senkte sich gleichmäßig. Er war nicht tot, sondern einfach nur unendlich erschöpft.

Sie musste lächeln und ließ ihre Hand noch einen Moment auf seiner Brust verweilen. Er hatte sich diesen Schlaf verdient.

In aller Ruhe, um ihm Zeit zu geben, machte Charlotte sich einen Tee, erhitzte Wasser für die Wäsche, aß ihren Eintopf und begann dann, die Kleider zu waschen. Sie waren nicht sehr dreckig, es musste nur ein anderer Geruch in das Gewebe kommen. Deswegen musste sie sich nicht sehr schrubben, sondern nur einweichen.

Es hatte etwas merkwürdig Intimes, seine Kleider gemeinsam mit den ihren in dem Bottich vor sich zu haben und sie musste daran denken, wie die Wirtin Alexander als ihren Gatten bezeichnet hatte. Jetzt, da sie darüber nachdachte, verursachte ihr dieser Gedanke ein leichtes Flattern in der Magengegend.

Es dauerte eine ganze Weile, bis sie die Kleider gewaschen, ausgewrungen und überall im Zimmer zum Trocknen aufgehängt hatte. Der Schweiß stand ihr auf der Stirn und der warme Eintopf und der heiße Tee hatten ihr übriges getan.

Jetzt, da sie langsam zur Ruhe kam, spürte sie die Erschöpfung wieder. Auch wenn sie ein paar mehr Stunden als Alexander geschlafen hatte, war sie doch schon länger als er auf den Beinen, denn sie hatte in der Nacht zuvor Annies Geburt begleitet, während er geschlafen hatte. Das war direkt nach ihrem Kuss gewesen.

Der Kuss…

Charlotte hängte sein Hemd auf und strich mit den Händen darüber. Sie verdrängte den Gedanken an den Moment, als seine Lippen das erste Mal auf den ihren gelegen hatte. Sie versuchte nicht an seine Hände zu denken, die über ihren

Körper strichen. Es war schon viel zu weit weg, es zählte nicht mehr.

Sie zwang sich, an etwas anderes zu denken und ihre Gedanken wanderten zu Annie und sie fragte sich, wie es ihr und dem Kind gerade ging. Sie dachte an die Geburt und war zufrieden, dass Annie es so überaus gut gemacht hatte. Für ein erstes Kind war das eine großartige Leistung gewesen.

Dann war sie endlich fertig mit allem. Sie ging erneut zu Mary und überprüfte, ob sie noch atmete. Wieder wunderte sie sich, wie lange die Wirkung des Laudanums anhielt. Aber sie hatte ihr die Medizin in großer Hektik verabreicht und einfach etwas auf einen Löffel geträufelt – etwas, das man nie tun sollte. Sie hätte länger nachdenken sollen. Vermutlich hatte sie ihr zu viel gegeben. Charlotte biss sich auf die Lippe und schickte ein kurzes Gebet gen Himmel, dass sie doch bitte wieder aufwachen möge.

Doch es schien Mary gut zu gehen und die junge Frau sah friedlich aus im Schlaf. Ihre Lippen waren leicht geöffnet und ihre Wangen sogar ganz rosig. Was sie wohl sagen würde, wenn sie aufwachte und feststellte, dass sie doch in Frankreich war? Ob sie wieder einen hysterischen Anfall bekommen würde?

Charlotte erhob sich und stellte sicher, dass das Feuer unter Kontrolle war. Dann wandte sie sich um. Es war Zeit, Alexander zu wecken.

Er lag noch genauso da, wie vorhin und wieder betrachtete sie ihn still. Doch da ihre Erschöpfung sie zittrig machte und der beruhigende Tee sein Übriges getan hatte, musste sie ihn wecken.

Sanft rüttelte sie ihn an der Schulter, doch er reagierte nicht. Sie versuchte es mit einem stärkeren Rütteln und sagte seinen Namen. Immer noch nichts. Wieder fühlte sie nach seinem Herzschlag und stellte erleichtert fest, dass der immer noch da war. Er schlief einfach nur so fest.

Sie dachte daran, ob sie ihn kneifen sollte, traute sich jedoch nicht. Weh tun wollte sie ihm nicht.

Charlotte rüttelte ihn noch einmal, doch als er sich immer noch nicht bewegte, stand sie wieder auf und betrachtete ihn. Sie würde ihn nicht wach bekommen, das wurde ihr jetzt klar. Er war einfach zu erschöpft.

Was sollte sie tun? Sie war genauso müde und musste jetzt einfach schlafen. Doch wo?

Neben Mary war kein Platz mehr und auch sonst war kaum ein freier Fleck auf dem Boden. Sie könnte sich direkt neben das Feuer legen, aber sie müsste ihre Beine anziehen und würde mit ihren Röcken den Flammen gefährlich nahe kommen. Außerdem war der Boden dreckig und mittlerweile auch nass, weil überall die Kleider hingen und auf den Boden tropften. Der Tisch sah zu wackelig aus, als dass sie sich darauf legen könnte und einen Stuhl gab es nicht. Ob sie in den Stall gehen sollte? Doch während sie das in Greenhills jederzeit getan hätte, warnte eine innere Stimme sie, dass es keine gute Idee war, das hier zu tun. Vor allem nicht als Frau.

Immer wieder wanderte ihr Blick zum Bett. Ein ungeheuerlicher Gedanke stieg in ihr auf. Was, wenn sie sich einfach zu ihm ins Bett legte? Ob er etwas dagegen hätte? Schließlich hatte er gesagt, dass er im Stall schlafen würde. War das, weil er nicht so nah bei ihr sein wollte oder weil er dachte, dass sie es nicht wollte? Aber auf der anderen Seite hatte er sie die gesamte letzte Nacht im Arm gehalten und sie auch schon geküsst.

Doch genau das, war das Problem. Sie waren sich schon viel zu nahe. Jetzt aber schlief er so fest, dass sie ihn nicht wecken konnte, also würde er sicherlich nicht erwachen, wenn sie sich neben ihn legte. Und vermutlich wäre sie sowieso vor ihm wach. Dann konnte sie schnell aufstehen und er würde gar nicht merken, dass sie neben ihm geschlafen hatte.

Um ganz sicher zu gehen, würde sie ihn hinüber an die Wand rollen und sich selbst an die Kante legen. So wäre noch ausreichend Platz zwischen ihnen, dass sie sich nicht berühren würden.

Charlotte wusste genau, dass eine Lady so etwas nicht

einmal denken würde, aber sie konnte gerade keine Lady sein. Das schaffte sie einfach nicht. Sie musste schlafen.

Auf zittrigen Beinen ging zum Bett und versuchte noch einmal, ihn zu wecken. Doch sie merkte selbst, dass der Versuch halbherzig war. Und Alexander wachte sowieso nicht auf.

Sie biss die Zähne zusammen und mit der letzten Kraft, die sie noch aufbringen konnte, rollte sie ihn in Richtung der Wand. Dann legte sie sich an die Kante des Bettes, zog die Beine an und war trotz des Lärms auf den Straßen innerhalb weniger Herzschläge eingeschlafen.

KAPITEL FÜNFZEHN

Die Morgendämmerung sickerte bereits in das Zimmer, als Charlotte erwachte. Es dauerte einen Moment, bis sie begriff, wo sie war. Sie dachte an das Schiff, an Calais und die vielen Menschen. Dann wanderten ihre Gedanken zu dem Zimmer, dem Feuer und schließlich an Alexander auf dem Bett. War es das Bett, in dem sie jetzt auch lag?

Sie öffnete die Augen und sah im Grau des Morgens die Kleider, die sie gestern zum Trocknen aufgehängt hatte. Das Feuer war heruntergebrannt und bestand nur noch aus einem Gluthaufen, aber das war nicht schlimm, denn es war noch immer warm im Zimmer.

Charlotte lag auf der Seite an der Kante des Bettes, doch irgendetwas war anders. Von hinten drückte etwas schwer gegen ihre Körper.

Ihr Blick wanderte nach unten und sie sah einen behaarten Unterarm, der nicht ihrer war, über ihrem Bauch liegen. Es dauerte einen kleinen Moment, bis sie begriff. Und dann fühlte sie auch seinen Atem an ihrem Hals.

Kurz erstarrte sie, doch dann ließ sie sich ein wenig tiefer in seine Umarmung sinken. Sein Arm schloss sich etwas fester um sie und Charlotte schloss wieder die Augen. Sie fühlte sich so wohl und aufgehoben, dass sie fast geseufzt hätte. Doch sie wollte ihn nicht wecken und versuchte so still wie möglich zu liegen. Anscheinend hatte er sich im Schlaf zu ihr herüber gerollt. Und sie war dankbar für dieses unerwartete Geschenk. Sie genoss es, ihn derart fühlen zu können. Er war stark und sie wusste, dass seine Arme sie immer beschützen würden.

Im nächsten Moment regte er sich ein klein wenig. Charlotte lag ganz still und betete, dass er nicht aufwachen würde, damit dieser süße Moment noch eine Weile andauern würde.

Er schien zu erwachen, denn sie fühlte, wie er erstarrte und die Luft anhielt. Charlotte ließ die Augen geschlossen und bemühte sich, so ruhig wie möglich zu atmen, damit er annahm, dass sie schliefe. Seine Erstarrung löste sich langsam, doch statt sich von ihr zu lösen, geschah das Wunderbarste, das sie sich vorstellen konnte: Er zog sie noch näher zu sich heran und vergrub sein Gesicht in ihren Nacken.

Sein Atem auf ihrer empfindlichen Haut verursachte ihr eine Gänsehaut, die ganz langsam über ihren Körper wanderte und sie musste sich zusammenreißen, um sich nicht noch näher in seine Arme zu schmiegen. Aber ihr Herzschlag beschleunigte sich und seine Nähe weckte ihre Lust.

Plötzlich lag er wieder ganz still. »Du bist wach«, flüsterte er. Es war keine Frage, sondern eine Aussage.

Charlotte nickte leicht und wollte sich gerade tiefer in seine Arme kuscheln, als er den Arm hob und sich von ihr wegbewegte. »Verzeih mir«, murmelte er.

Bevor sie wusste, was sie tat, griff Charlotte hinter sich, nahm seinen Arm und zog ihn wieder über sich. »Bleib«, bat sie ihn. Sie verschlang ihre Finger mit seinen und zog ihre Hände eng an ihre Brust.

Er lag so still, dass sie schon glaubte, zu weit gegangen zu sein. Doch dann flüsterte er in ihren Nacken: »Bist du sicher?«

Sie nickte und genoss das Glücksgefühl, als er sie wieder an sich zog. »Das ist schön«, sagte sie und senkte ihrerseits das

Gesicht, um ihre Wange auf seinen nackten Unterarm zu legen. Er schob den anderen Arm unter ihren Kopf, sodass sie darauf zum Liegen kam und jetzt wickelt er sie regelrecht in seiner Umarmung ein. Noch nie in ihrem Leben hatte sie sich so wohlgefühlt wie in diesem Moment.

Eine Weile lagen sie einfach so da und genossen die Nähe des anderen. Seine Wange lag jetzt direkt an ihren Haaren und sie konnte seinen Atem an ihrem Ohr fühlen. Dieses Gefühl weckte ihre Lust noch mehr und schien direkt von dort an die Stelle zwischen ihren Beinen zu wandern.

Unwillkürlich drückte sie ihr Hinterteil ein bisschen enger an ihn und zu ihrer Überraschung fühlte sie die Härte seiner Männlichkeit. Alexander unterdrückte ein Stöhnen, dann rückte er von ihr ab.

»Nicht«, flüsterte sie und zog ihn erneut zu sich heran. Erstaunt fühlte sie, wie hart er schon war. Ihr ganzer Körper begann zu kribbeln.

»Charlotte«, murmelte er leise. »Wir sollten das lassen.«

»Warum?«, fragte sie und wunderte sich, woher sie den Mut für diese Frage nahm.

Er unterdrückte wieder ein Stöhnen. »Ich will dich viel zu sehr.«

Langsam drehte sie sich in seinen Armen, sodass sie ihm ins Gesicht schauen konnte. Er kam halb über ihr zum Liegen, ernst blickte er sie an.

Ganz vorsichtig bewegte sie ihre Hüften, als Einladung, als Aufforderung, sie wusste es selbst nicht. Er schloss die Augen und sog scharf die Luft ein.

Sie hob die Hand und strich ihm über die Wange. »Weißt du noch, dass wir unterbrochen worden sind, damals bei der neuen Scheune?«

Er schlug die Augen auf und nickte langsam. In seinem Blick lag eine Frage, die Charlotte beantwortete, indem sie die Hände auf seine Wangen legte und ihn langsam zu sich zog.

Ihre Münder trafen sich und es war, als hätten sie nie

aufgehört, sich zu küssen. Ihre Zungen fanden einander und Charlotte stöhnte leicht, als er eine Hand in ihre Haare schob. Sie umfasste seinen Rücken und winkelte ein Bein an, einfach nur, weil sie mehr von ihm wollte. Er verstand sie und mit einem kehligen Stöhnen rutschte halb auf sie rauf. Charlotte keuchte auf und bog sich ihm entgegen. Immer wilder wurden ihre Zungen und ihr Atem ging schnell.

Auf einmal wollte sie ihn fühlen. Sie zerrte an seinem Hemd und als sie es aus der Hose befreit hatte, glitt sie mit der Hand darunter. Seine Haut war warm und weich und sie fuhr über seine starken Muskeln. Sie begann ihr Becken an ihm zu reiben und er nahm ihren Rhythmus auf. Seine Hand wanderte zu ihrem Hintern und als er ihn durch die Röcke packte, stöhnte Charlotte auf. Sie wollte mehr, soviel mehr.

»Zu viele Kleider«, murmelte sie zwischen zwei Küssen und begann, an den Bändern ihres Oberkleides zu zerren.

Alexander erstarrte und hielt im Kuss inne. Seine Hand wanderte zu ihrer und hielt sie fest. »Charlotte«, sagte er leise.

»Was ist?« Am liebsten hätte sie ihre Hand befreit.

»Wir dürfen das nicht.«

»Warum nicht?«

Natürlich wusste sie es ganz genau, aber sie wollte ihn so sehr. Und er sie doch auch.

Er senkte den Kopf, sodass seine Stirn auf ihrer lag. Sein Atem ging schnell und stoßweise und sie konnte seinen rasenden Herzschlag spüren, von seinem harten Glied an ihrer Hüfte ganz zu schweigen.

»Ich will dich, Alexander«, sagte sie und bewegte ihre Hüfte erneut.

Er schloss die Augen und atmete tief durch. »Du bringst mich um.«

»Nein«, sagte sie. »Du bekommst nur, was du willst. Und ich will es doch auch.«

Er öffnete die Augen und da war ein Feuer in seinem Blick, das sie noch nicht kannte. Sie kannte es nur aus seinen Küssen und seinen Händen auf ihrem Körper. Aber jetzt hatte das Feuer der Leidenschaft seiner Augen erreicht.

Ruhig erwiderte sie seinen Blick. »Ich will dich«, wiederholte sie. »So sehr.«

Er biss die Zähne zusammen. »Charlotte, du bist noch Jungfrau. Ich kann dich nicht einfach…«, er brach ab und ihr Herz schlug schneller.

»Oh Gott«, murmelte sie. Seine Hand verkrampfte sich und wieder schloss er kurz die Augen, so als müsste er sich zusammenreißen. »Alexander, ich…«, sie brach ab und schloss ebenfalls für einen Moment die Augen. Wieso war er nur so verdammt ehrenhaft?

Als sie die Augen wieder öffnete schaute er sie direkt an. »Was ist los?«, fragte er sanft. »Du bist doch noch Jungfrau, oder?«

Charlotte biss sich auf die Lippe, doch bevor sie antworten konnte, war erst ein Husten zu hören und dann ein würgendes Geräusch.

Mit einem Fluch rappelte Charlotte sich auf. Sie begriff nicht genau, was geschah. Dann hörte sie ein Schluchzen, wieder ein Würgen und Marys Stimme: »Es tut mir leid, Mylady. Soll ich besser rausgehen?«

Mit einem Schrei sprang Charlotte aus dem Bett und starrte zu ihrer Dienerin. Vage nahm sie wahr, dass Alexander sich in die Kissen zurückfallen ließ, die Decke über seinen Schritt zog und einen Arm über die Augen legte.

Charlotte fuhr sich durch die Haare. Sie hatte völlig vergessen, dass Mary hier war.

Wieder war ein Würgen zu hören. »Es tut mir leid«, sagte die junge Frau leise.

Alexander sprang auf, nahm seine Jacke und ging zur Tür. Dort blieb er kurz stehen, drehte sich zu Charlotte um und sein Blick suchte den ihren. Er sah gequält aus. »Ich werde schauen, ob ich eine Kutsche finde«, sagte er.

Sein Blick verweilte noch einen Moment auf ihr, dann atmete er tief durch und ging hinaus.

Charlotte starrte auf die Tür, die sich hinter ihm geschlossen hatte. Am liebsten wäre sie ihm nachgerannt. Sie wollte, dass zwischen ihnen alles gut war, doch sie merkte auch, dass sie nichts bereute. Er wollte sie und sie wollte ihn, es war eigentlich ganz einfach. Er machte es furchtbar kompliziert, allerdings, so musste sie zugeben, kannte er auch nicht die ganze Geschichte.

Mary versuchte, sich zu erheben und Charlotte wandte sich ihr zu. »Bleib liegen«, sagte sie und goss einen Becher Wasser ein.

Wortlos ließ Mary sich wieder auf ihren Mantel sinken. Charlotte war erleichtert, dass sie wieder wach war und sie schämte sich dafür, dass sie sich ihrer Lust so sehr hingegeben hatte, dass sie Mary ganz vergessen hatte. Das hätte nicht passieren dürfen.

Sie kniete neben der jungen Frau nieder und reichte ihr das Wasser. Vorsichtig nahm Mary einen Schluck und runzelte dann die Stirn. Charlotte hatte auch schon gemerkt, dass das Wasser hier anders schmeckte.

Mary schaute sie aus klaren Augen an. »Wo sind wir?«, fragte sie.

Charlotte wappnete sich, bevor sie sagte: »In Frankreich.«

Die Augen ihrer Dienerin weiteten sich. »Aber eben war ich doch noch in England«, sagte sie und runzelte die Stirn. »Am Hafen.«

Charlotte nickte und zwang sich, Mary in die Augen zu schauen. »Erinnerst du dich daran, dass ich dir eine Medizin gegeben habe? Das war ein Schlafmittel. Du hast die ganze Überfahrt auf dem Schiff verschlafen.«

Marys Augen wurden kugelrund. »Ich war auf einem Schiff?«

Wieder nickte Charlotte und überlegte bereits, was sie tun sollte, wenn Mary jetzt hysterisch wurde. Wenn doch nur Alexander hier wäre.

»Aber wir sind nicht gestorben«, bemerkte Mary staunend und schaute sich um. »Oder?«

»Nein, das sind wir nicht. Soweit ich weiß, sind wir alle lebendig.«

Ein Lächeln breitete sich auf Marys Gesicht aus und ihre sommersprossige Nase kräuselte sich. »Ich bin tatsächlich in Frankreich? Und ich bin nicht tot?« Sie stützte sich auf die Ellenbogen auf. »Dann hatte meine Mutter also nicht recht.« Es klang beinahe ein wenig verwirrt.

Charlotte musste lächeln. »Mütter haben nicht immer recht.«

Mary schüttelte den Kopf. »Das ist noch nie passiert. Sonst hat sie immer recht.«

Charlotte zog es vor, ihrer Dienerin nichts von dem Sturm zu erzählen.

Zu ihrem Erstaunten rappelte das Mädchen sich auf. Sie war noch etwas wackelig auf den Beinen und musste sich am Bettpfosten festhalten, aber dann ging sie zum Tisch und stellte den Becher ab. »Ich habe Euch lange genug Probleme bereitet, Mylady. Was kann ich tun, um mich nützlich zu machen?« Sie schaute sich um. »Soll ich mich um die Wäsche kümmern?«

Charlotte erhob sich ebenfalls und stemmte die Arme in die Seiten. »Ich glaube, deine Mutter hatte doch recht.«

»Womit, Mylady?«, fragte Mary und ließ Charlottes Kleid los, dass sie eben befühlt hatte, ob es trocken war.

»Sie hat gesagt, dass du hart arbeitest und es eine Freude ist, dich um sich zu haben.«

»Das hat sie gesagt?«

»Genau das waren ihre Worte. Und ich merke gerade, dass es stimmt.«

Röte kroch in die Wangen des Mädchens, aber es senkte den Blick nicht. »Danke, Mylady.« Dann straffte Mary die Schultern. »Also, was soll ich tun?«

»Als Erstes solltest du deine Kleider waschen, denn ihnen haftet der Geruch des Schiffes an und ich kann es nicht ertragen.«

»Das bin ich?«, fragte Mary erschreckt und roch an ihren Kleidern. Sie verzog angeekelt das Gesicht. Dann begann sie sofort, ein Feuer zu entzünden, bevor sie an den Bändern ihres Kleides nestelte. Doch sie hielt inne. »Und was ist, wenn Mylord zurückkommt?«

Charlotte ging zur Tür und schob den Riegel vor. »Mylord kommt erst einmal nicht zurück.«

KAPITEL SECHZEHN

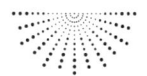

Mit schweren Beinen stieg Alexander die letzten Treppenstufen hinauf. Er musste den Kopf einziehen, um in den Flur zu treten, von dem das Zimmer abging, in dem er vergangene Nacht geschlafen hatte.

Noch nie in seinem Leben hatte er solch widerstreitenden Gefühle gehabt. Auf der einen Seite schämte er sich für das, was er getan hatte und auf der anderen Seite konnte er es gar nicht abwarten, Charlotte wiederzusehen und in ihrer Nähe zu sein.

Letzte Nacht war er einfach über sie hergefallen und ja, sie hatte es auch gewollt, aber sie wusste doch gar nicht, was es bedeutete. Er war derjenige, der sich im Griff haben musste und nicht zulassen durfte, dass das passierte. Doch das war nicht der Fall gewesen. Er hatte völlig vergessen zu denken, als er sie in den Armen gehalten hatte. Noch nie in seinem Leben hatte es sich so gut angefühlt, eine Frau zu küssen.

Und genau deswegen durfte es nicht mehr passieren. Es war besser so, wenn sie sich auf den Weg nach Paris machten.

Es dauerte eine Weile, bis er es schaffte, die Hand zu heben und an die Tür zu klopfen. Von drinnen hörte er ein erschrecktes Keuchen und hastig geflüsterte Worte, dann Charlottes Stimme. »Ja, bitte?«

»Ich bin es. Kann ich reinkommen?«

»Nein«, sagte sie.

Da er damit nicht gerechnet hatte, konnte er dem kurzen Schmerz, den die Antwort auf seine Bitte auslöste, nicht ausweichen. Warum wollte sie ihn nicht mehr in dem Zimmer? Er war tatsächlich zu weit gegangen. Vermutlich war sie auch zur Vernunft gekommen und hatte gemerkt, dass er sich wie ein Tier verhalten hatte.

Er biss die Zähne zusammen. Vermutlich war es besser so, dann würde es in Zukunft leichter werden, sich zurückzuhalten.

»Ich wollte nur bescheid geben, dass ich eine Kutsche gefunden habe. Wir brechen in einer Stunde auf.«

Es gingen ständig Kutschen nach Paris, aber sie waren oft ausgebucht. Er war dankbar gewesen, dass er einen Platz für die beiden Frauen gefunden hatte. Er würde der Kutsche auf dem Pferd folgen. Das war besser so, denn der Gedanke, dass er tagelang mit Charlotte in einer engen Kutsche eingesperrt war und sie anschauen oder gar neben ihr sitzen musste, ohne sie zu berühren, brachte ihn beinahe um. Es war Zeit, sie bei ihrem Onkel abzuliefern und sich seinem nächsten Auftrag zuzuwenden.

Er schrak zusammen, als er Charlottes Stimme auf der anderen Seite der Tür hörte. Sie musste direkt dahinter stehen und sie waren nur durch das Holz getrennt. »In einer Stunde schon? Geht es nicht auch später?«

Er runzelte die Stirn. »Nein. Alle anderen Kutschen haben keinen Platz mehr. Wir könnten erst wieder in ein paar Tagen fahren.«

Und er konnte ganz sicher nicht noch eine Nacht hier im Gasthaus verbringen.

»Also gut, wir versuchen da zu sein.«

»Du musst da sein«, erwiderte er. »Sei am besten bereits in einer halben Stunde unten. Es ist nicht weit von hier.«

Charlotte schwieg, dann seufzte sie. »Wir sehen uns gleich.«

Ihre Schritte entfernten sich.

Alexander begab sich nach unten und informierte die Wirtin, dass sie abreisen würden. Er holte sein Pferd aus dem Stall und wartete neben der Tür.

Als sich zur vereinbarten Zeit die Tür öffnete und erst Mary mit der Truhe und dann Charlotte herauskam, konnte er nicht anders als sie anzustarren. Mary trug eines von Charlottes Kleidern, das er schon einmal in Greenhills an ihre gesehen hatte und Charlotte hatte immer noch dasselbe Kleid wie heute Nacht an, allerdings hatte sie ihre Haare gerichtet. Alexander konnte nur daran denken, wie es sich angefühlt hatte, sie in seinen Armen zu halten und was für eine leidenschaftliche Frau sich unter dem Stoff dieses Kleides verbarg.

Sie lächelte ihn ein wenig unsicher an. Alexander saß ab und nahm Mary die Kiste ab. »Das müsst Ihr nicht, Mylord«, sagte sie. »In der Schmiede meines Vaters habe ich immer schwerere Sachen getragen.«

Doch er ließ sich nicht beirren. »Kommt mit«, sagte er knapp. »Du kannst das Pferd führen.« Dann ging er voraus zur Kutsche.

Charlotte schloss neben ihm auf. »Ich hatte Mary gebeten, ihre Kleider zu waschen, weil sie noch so nach dem Schiff gestunken hat. Deswegen waren wir noch nicht bereit.«

Daher trug das Mädchen also eines von Charlottes Kleidern.

»Du brauchst es mir nicht zu erklären«, sagte er und beschleunigte seinen Schritt.

Sie musste beinahe rennen, um mitzuhalten. »Alexander, können wir nochmal sprechen?«

Er warf ihr einen kurzen Blick zu, doch sie konzentrierte sich gerade darauf, nicht in eine große Pfütze zu treten und sah ihn nicht an. »Nein«, sagte er. »Wir haben keine Zeit.«

Er wusste, dass er abweisend klang, aber wenn sie jetzt noch einmal allein miteinander sprachen, würde es wieder damit enden, dass er sich nicht mehr unter Kontrolle hatte. Das durfte er nicht riskieren.

Zum Glück kam der Platz, an dem die Kutschen abfuhren schon in Sichtweite. Alexander ließ Charlotte einfach stehen und ging zum Kutscher und zu dem Zahlmeister.

Als Charlotte kurz darauf mit einem Stirnrunzeln hinter einem älteren, englischen Ehepaar in die Kutsche stieg, hielt er sich im Hintergrund. Sie ließ sich auf den Sitz sinken und schaute ihn verwirrt an, aber er wandte den Blick ab. Er wollte sie nicht traurig machen, doch es blieb ihm keine andere Möglichkeit.

Plötzlich hörte er, wie sie seinen Namen rief. Widerwillig trat er zur Kutsche. »Wir wollten doch zu dem Geschäft, in dem man Heilmittel kaufen kann. Schaffen wir das noch?«

Alexander schüttelte den Kopf.

Enttäuscht biss Charlotte sich auf die Lippe. »Dann aber auf dem Rückweg.«

Er atmete tief durch. »Ja, vielleicht.« Doch als er sah, dass sie ihre Enttäuschung nicht verbergen konnte, sagte er: »Sowohl die Königin als auch der König haben einen Hofapotheker. Und es gibt noch jemanden, der für alle anderen zuständig ist, soweit ich weiß. Sie werden Euch sicherlich alles zeigen, was Ihr braucht.«

Er hatte bewusst die förmliche Anrede gewählt, da er die anderen Passagiere in der Kutsche nicht einschätzen konnte.

Auf Charlottes Gesicht breitete sich das Lächeln aus, das er so mochte. »Wirklich?«

Er nickte. »Wirklich.«

Ihr Lächeln vertiefte sich. »Oh, ich fange an, mich darauf zu freuen.«

Wieder musste er den Blick abwenden. Es schmerzte beinahe, ihr so nah zu sein und ihr strahlendes Lächeln zu sehen. Die nächsten Tage würden die Hölle werden, das wusste er jetzt schon.

Der Weg nach Saint-Germain-en-Laye zog sich wie immer in die Länge und Alexander fand ihn noch anstrengender als sonst, weil er dem Tempo der Kutsche folgen musste. Er hielt sich so gut es ging von Charlotte fern und schlief meistens im

Stall, während sie mit Mary und der Dame des älteren Ehepaares in einem Zimmer im Gasthaus nächtigte. Anscheinend verstanden Charlotte und die älteren Leute sich gut, denn er hörte oft Lachen aus der Kutsche. Er fragte sich, wie man sich in so kurzer Zeit derart mit Fremden anfreunden konnte, dass man gemeinsam lachte.

Doch dann dachte er daran, wie einfach Charlotte es auch ihm in Greenhills gemacht hatte. Sie war stark und wusste, was sie wollte, aber sie war vor allem offen, freundlich, fürsorglich, intelligent und immer für einen Scherz zu haben. Es war dieses sonnige Wesen, das ihn beinahe magisch angezogen hatte, als er aus dem Fieber erwacht war. Eigentlich sollte er besser als jeder andere verstehen, warum jemand in Charlottes Nähe sein wollte.

Während des viertägigen Ritts hatte er genug Zeit darüber nachzugrübeln, was zwischen ihnen passiert war. Er hatte nicht nur Zeit, sich zu fragen, was er tun sollte, wenn sie bald wieder aus seinem Leben verschwand, sondern auch dafür, sich nach ihr zu sehnen, während er manchmal einen Blick auf sie erhaschte. Und obwohl es ihm mit jedem Tag besser gelang, seine Gefühle für sie in sich zu verschließen, gab es Moment, in denen die Sehnsucht so stark wurde, dass alles in ihm schmerzte. Dann starrte er sie aus der Ferne an und erinnerte sich daran, wie sich ihre Haare anfühlten, wie sie leise »Oh Gott« geflüstert hatte, als er ihren Hals geküsst hatte und wie weich ihr Atem war, wenn er über seine Haut streichelte.

Immer wenn diese Gedanken kamen, quälte es ihn so sehr, dass er fast körperliche Schmerzen empfand und sich bemühen musste, an etwas anderes zu denken.

Was Charlotte dachte, konnte er nur schwer ermessen. Manchmal schaute sie ihn traurig an, dann wieder lächelte sie und manchmal tauschten sie einfach nur einen Blick, ohne ein Lächeln oder ein Stirnrunzeln, sondern wissend und vertrauensvoll.

Warum war sie nicht wütend auf ihn? Nicht nur, dass er sie einfach geküsst hatte, sondern danach war er derart auf

Abstand gegangen, dass es schon fast an Unhöflichkeit grenzte. Aber er wusste auch, dass Charlottes Herz groß war und jemand viel tun musste, um es sich mit ihr zu verscherzen.

Als sie nur noch einen halben Tagesritt von Saint-Germain-en-Laye entfernt waren, begann eines der Pferde der Kutsche zu lahmen. Der Kutscher fluchte und hielt an. Schnell stellte sich heraus, dass das Pferd ein Eisen verloren hatte.

Während der eine Kutscher das Pferd ausschirrte, holte der andere eine große Werkzeugkiste von hinten.

Charlotte streckte den Kopf aus dem Fenster. »Was ist passiert?«

»Die Eisen müssen runter, sonst sitzen wir hier fest«, erklärte der Kutscher in seinem relativ passablen Englisch und fügte auf Französisch hinzu: »Scheiße, verdammte. Zur Hölle mit dem Schmied.«

Die ältere Dame in der Kutsche sog ob der derben Sprache erschrocken die Luft ein, aber Charlotte verstand ihn nicht und stieg aus.

»Können wir helfen?«

Der Kutscher starrte sie an. »Ihr, Eure Ladyschaft? Nä.«

Mary stieg ebenfalls aus. »Soll ich das Pferd halten? Ihr braucht sicherlich alle Hände, um die Eisen zu lösen.«

Der Kutscher betrachtete Mary von oben bis unten und wollte gerade den Kopf schütteln, als Charlotte sagte: »Sie ist die Tochter eines Schmieds und kann mit Pferden umgehen.«

Der Kutscher zuckte mit den Schultern. »Also gut. Aber haltet den alten Bock gut fest. Der ist wie eine zickige Jungfrau in der Hochzeitsnacht, wenn es ums Eisen wechseln geht.«

Alexander runzelte die Stirn. »Hüte deine Zunge, Mann.«

Doch Mary kicherte nur und ging zu dem Pferd. Vermutlich war sie solch derbe Flüche von ihrem Vater gewohnt.

Als einer der Kutscher das Bein des Pferdes hob, begann es tatsächlich zu tänzeln, aber Mary machte ihre Sache gut und redete beruhigend auf das Tier ein. Sofort beruhigte es sich.

Charlotte lächelte zufrieden, dann wandte sie sich um. »Ich

würde mir gern ein wenig die Beine vertreten. Begleitet Ihr mich, Sir Alexander? Dann fühle ich mich sicherer.«

Es wäre derart unhöflich gewesen, nein zu sagen, dass selbst er es nicht konnte. Also nickte er und stieg vom Pferd.

Langsam gingen sie durch die lichten Bäume hinunter zu dem Fluss, an dessen Ufer sie schon seit geraumer Zeit entlangfuhren. Charlotte stemmte die Hände in den unteren Rücken und streckte sich. »Ich bin mir nicht sicher, ob ich nicht doch eine Nacht auf dem Schiff vier Tagen in der Kutsche vorziehe.«

Alexander nickte. Er wusste genau, was sie meinte. Deswegen hatte er immer sein Pferd dabei.

»Wie weit ist es noch?«, fragte sie, als sie an das Ufer des klaren, sprudelnden Flusses traten.

»Nur noch ein paar Stunden.«

»Das heißt, wir brauchen heute Nacht nicht mehr im Gasthaus zu bleiben?«

Er schüttelte den Kopf. »Heute Abend sind wir in Saint-Germain-en-Laye.«

Ihr stockte der Atem, das sah er genau, doch sie überspielte es und lächelte. »Gut, denn ich kann nicht mehr mit Mrs. Smithfield in einem Zimmer schlafen. Sie schnarcht unglaublich.« Sie nickte ihm zu. »Du hast gut daran getan, im Stall zu schlafen. Dort war es sicherlich ruhiger, als bei uns.«

Er erwiderte nichts und schaute auf den Fluss. Es war so schwer, ihr so nahe zu sein.

Aus den Augenwinkeln sah er, dass sie die Arme verschränkte und ihr Gesicht ernst wurde. »Was passiert, wenn wir nach Saint-Germain…«, sie stolperte über das Wort und machte eine unbestimmte Handbewegung, »in den Palast kommen?«

Er räusperte sich. »Ich werde deinem Onkel bescheid geben, dass wir da sind. Du wirst vermutlich von deiner Cousine Claire in Empfang genommen werden und mit ihr ein Zimmer teilen.«

Charlotte runzelte die Stirn. »Schnarcht sie auch?«

Alexander konnte ein Lächeln nicht unterdrücken, als er an die hübsche Lady Claire dachte. »Das weiß ich leider nicht, aber ich denke eher nicht.«

Charlotte kaute nachdenklich auf ihrer Unterlippe und er musste den Blick abwenden. »Und was ist mit uns?«, fragte sie schließlich leise und er konnte hören, dass sie all ihren Mut zusammennehmen musste, um diese Frage zu stellen.

Alexander straffte die Schultern und schaute sie nicht an, als er sagte: »Wenn du das Gespräch mit deinem Onkel führst und meine Hilfe mit den Unterlagen brauchst, gibst du mir bescheid. Ich kann gern dabei sein.«

Er wusste genau, dass es nicht das war, was sie eigentlich wissen wollte.

»Danke«, sagte sie leise. »Und dann? Bringst du mich zurück nach Greenhills?«

Alexander biss die Zähne zusammen und es dauerte einen Moment bis er ihr antworten konnte. »Vermutlich nicht. Es ist in England zu gefährlich für mich geworden. Aber ich werde dafür sorgen, dass jemand Vertrauenswürdiges dich zurückbringt.«

Wenn er nach Greenhills zurückkehrte, wusste er nicht, ob er noch einmal gehen konnte.

Sie schwieg so lange, dass er ihr einen Blick zuwarf. Der Ausdruck auf ihrem Gesicht erstaunte ihn. Er wusste nicht, was er erwartet hatte, aber dieses Stirnrunzeln und die Entschlossenheit ganz sicher nicht. Als sie seinen Blick bemerkte, wandte sie sich zu ihm um. »Heißt das, dass das hier unser letzter Moment allein ist?«

Alexander dachte an all die verschwiegenen Ecken im Palast und in den Gärten, in denen Liebespaare sich verstecken konnten. Doch er und Charlotte waren kein Liebespaar. Also nickte er.

Ihre Augen füllten sich mit Tränen, doch sie blinzelte sie hastig fort. »Ich wünschte, wir hätten mehr Zeit gehabt.«

Mit einem Mal wirkte sie so verletzlich und zart, wie er sie noch nie zuvor erlebt hatte. Immer war sie eine starke Frau gewesen, die sich in fast jeder Situation zu helfen wusste. Eine Frau, wie er noch nie eine erlebt hatte, eine, die ihm unter die Haut gegangen war.

Der Wunsch sie anzufassen wurde so übermächtig, dass er einen Schritt auf sie zu machte. Im letzten Moment vergewisserte er sich, dass sie von der Kutsche aus nicht gesehen werden konnten. Dann war er bei ihr und zog sie in seine Arme. Bevor er wusste, was er tat, vergrub er das Gesicht in ihren Haaren, während sie die Arme um seinen Nacken schlang. Es fühlte sich so richtig an und so gut. Erst jetzt wurde ihm klar, wie sehr er nach ihr gehungert hatte.

Er hob den Kopf aus ihren Haaren und nahm ihr Gesicht in seine Hände. Zärtlich studierte er ihr schönes Gesicht und sie erwiderte seinen Blick ruhig. Leise fragte er: »Darf ich dich noch einmal küssen?«

Sie nickte atemlos und bevor sie es sich anders überlegen konnte, senkte er seine Lippen auf die ihren. Der Kuss war zärtlich und voller Sehnsucht und Alexander zog sie näher an sich, schlang seine Arme um sie, damit er sie einfach nur fühlen konnte. Sie ließ sich in seine Umarmung sinken, ein Gefühl, dass er mittlerweile schon kannte und in diesem Moment wollte er nichts anderes, als sie zu beschützen und für immer zu halten.

Fragend fuhr er mit der Zungenspitze über ihre Unterlippe und mit einem leisen Seufzen, öffnete sie den Mund. Dieses Mal war es nicht das wilde Spiel voller Verlangen, das ihre Zungen miteinander spielten, sondern ein vertrauensvolles Erkunden. Es war, als würde er alle Facetten von ihr erforschen. Alexander wurde klar, dass er dies tat, um sich eine Erinnerung zu schaffen, die er auskosten konnte, wenn er sie schon bald nicht mehr küssen durfte und sie vermutlich nie mehr wiedersehen würde. Doch jetzt in diesem Moment verdrängte er diesen Gedanken. Alles, was zählte, war sie in seinen Armen.

Schließlich beendete er ihren Kuss. Die Kutscher müssten

bald fertig sein und er würde es nicht ertragen, wenn sie noch einmal unterbrochen werden würden.

Zärtlich und voller Wehmut schaute sie ihn an und ihm war, als würde er in ihren honigfarbenen Augen ertrinken. »Ich wünschte, wir hätten mehr Zeit gehabt«, sagte sie noch einmal.

»Das wäre wunderbar gewesen«, erwiderte er.

»Ist das schon unser Abschied?«, fragte sie.

Alexander schüttelte den Kopf. »Nein«, sagte er leise und hoffte, dass es stimmte. Er wusste nicht, was passieren würde, wenn er nach Saint-Germain-en-Laye kam. Manchmal verlangte man von ihm, dass er auf dem Absatz kehrt machte, weil es eine dringliche Angelegenheit gab. Vielleicht würde man ihn auch nach Irland zum König schicken. Und es gab einen kleinen Teil von ihm, der hoffte, dass es so sein würde, denn er wusste nicht, ob er die Kraft hatte, mit Charlotte in einem Palast zu leben, wo nichts unbemerkt blieb und sich zu viele Menschen mit nichts als Tratsch beschäftigten.

Er küsste sie noch einmal auf die Stirn, atmete ein letztes Mal ihren Duft ein, prägte sich ein, wie sie sich in seinen Armen anfühlte und ließ sie dann zögerlich los. »Lass uns zurückgehen, damit wir der kleinen Mary nicht wieder einen Schreck einjagen, wenn sie uns holen kommt.«

Charlotte lächelte und senkte den Kopf. »Die ganze Zeit auf dem Schiff hatte ich Sorge, dass ich ihr zu viel Laudanum gegeben habe und dass sie nie wieder aufwacht. Aber als sie dann erwacht ist, habe ich mir gewünscht, dass sie noch weitergeschlafen hätte.«

Langsam setzten sie sich in Bewegung, beide bemüht, nicht zu schnell zu gehen.

Alexander schaute sie von der Seite an und er sah, dass ihre Wangen sich rot gefärbt hatten. Doch der Blick, den sie ihm zuwarf, war beinahe verschwörerisch.

Es war so leicht mit ihr. Jede andere Frau hätte ihm eine Szene gemacht, geweint oder entrüstet reagiert. Doch Charlotte schien ihn zu verstehen. Am liebsten hätte er ihre Hand genommen und sie gedrückt.

Der Augenblick, als Mary sie beim Liebesspiel gestört hatte, war eine intime gemeinsame Erinnerung, die nur sie beide teilten. Aus irgendeinem Grund wurde Alexander von Wehmut ergriffen. Vielleicht weil er wusste, dass diese Erinnerungen, die sie gesammelt hatten, von nun an reichen mussten.

Er half ihr über einen umgestürzten Baumstamm. Vertrauensvoll lag ihre Hand in seiner. Er seufzte und hob eine Augenbraue. »Du solltest auf jeden Fall deine Vorräte an Laudanum auffüllen.«

Ein Lächeln stahl sich in ihre Mundwinkel und sie drückte seine Hand, bevor sie ihn losließ. Die Kutsche kam in Sicht und tatsächlich spannte der Kutscher gerade das Pferd an.

Doch bevor sie in Hörweite der Kutsche kamen, blieb Charlotte stehen. Sie schien zu zögern und musterte sein Gesicht, als würde sie etwas abwägen. Dann hob sie das Kinn und sagte: »Die Antwort auf deine Frage lautet übrigens nein.«

Verwirrt schaute er sie an. »Ich bin mir nicht sicher, ob ich weiß, welche Frage du meinst.«

Er bemerkte, dass ihre Finger zitterten, als sie ihre Röcke leicht anhob, um weiter zur Kutsche zu gehen. Sie schien sich zu zwingen, ihm in die Augen zu sehen, als sie an ihm vorbeiging.

»Du hattest mich gefragt, ob ich noch Jungfrau bin.« Sie richtete sich ein wenig mehr auf. »Und die Antwort ist nein. Ich dachte, das solltest du wissen.«

Bevor Alexander ihre Worte auch nur begreifen konnte, ging sie schnellen Schrittes zur Kutsche.

KAPITEL SIEBZEHN

Die nächsten Stunden, während die Kutsche über immer belebtere Straßen ruckelte, versuchte Charlotte sich von der bevorstehenden Ankunft im Königspalast abzulenken, indem sie darüber nachdachte, warum sie Alexander gesagt hatte, dass sie keine Jungfrau mehr war. Sein Gesicht war unbeschreiblich gewesen und für einen Moment hatte sie sich daran erfreut. Doch kaum war die Kutsche wieder angefahren, hatte sie sich gefragt, was er nun wohl von ihr dachte. Ob er sie für leicht zu haben hielt? Oder wollte er jetzt nichts mehr mit ihr zu tun haben, weil sie nicht mehr unberührt war? Sie war sich nicht einmal sicher, warum sie es überhaupt gesagt hatte. Wollte sie ihm damit zu verstehen geben, dass sie mit ihm schlafen wollte?

Zu gern hätte sie mit ihm über all das gesprochen, doch sie fürchtete sich auch davor. Obwohl er gesagt hatte, dass der Moment am Fluss nicht ihr Abschied gewesen war, hatte es sich doch wie einer angefühlt. Zumindest von ihrer unbeschwerten Zeit zusammen, die sie in Greenhills verbracht hatten. Sie wusste nicht, was sie in diesem Saint-Germain erwartete, er schon. Wusste er, dass sie sich dort nicht mehr nahe kommen würden?

Der Gedanke, dass nicht er sie nach England zurückbegleiten würde, betrübte sie mehr, als sie erwartet hatte. Vielleicht hatte sie auch gehofft, dass sie auf diese Weise noch mehr Zeit miteinander haben würden und das zarte Pflänzchen zwischen ihnen noch weiter wachsen würde, bis es stark genug war, größeren Stürmen zu trotzen.

Ihre Gedanken drehten sich immer wieder im Kreis, bis auf einmal die Kutsche hielt und der Kutscher rief: »Wir sind in Saint-Germaine-en-Laye.«

Mr. und Mrs. Smithfield hatten Mühe auf die Schnelle alles zusammenzuraffen und der Abschied fiel kurz aus. Charlotte stieg ebenfalls mit klopfendem Herzen aus der Kutsche, doch der Kutscher schüttelte den Kopf, als er sie sah. »Nein, Eure Ladyschaft, Mylord hat angeordnet, dass ich Euch beim Schloss absetzen soll.«

Charlotte drehte sich um und versuchte Alexander auf seinem schwarzen Pferd zu entdecken, aber er war nirgendwo zu sehen. Stattdessen blickte sie auf die Häuser und Straßen und die Menschen, die herumeilten. Keiner schenkte ihnen Beachtung.

»Wo ist er?«, fragte sie den Kutscher.

»Vorausgeritten. Vor zwei Stunden schon.«

Aus irgendeinem Grund sank Charlottes Herz bei diesen Worten. Er hatte sie allein gelassen, mitten in Frankreich, ohne etwas zu sagen. Sie schluckte hart und stieg wieder zu Mary in die Kutsche.

Die Pferde zogen erneut an und innerhalb weniger Minuten hielt die Kutsche. Charlotte wagte einen Blick aus dem Fenster. Sie sah nur rote und sandsteinfarbene Mauern, einen Soldaten, der sie nicht beachtete und eine Magd die vorbeilief. Dann fuhr die Kutsche erneut an und rumpelte in einen Innenhof.

Immer noch sah sie nur Mauern, die zu einem ziemlich großen Gebäude gehören mussten, vermutlich der Palast. Sie zitterte so sehr, dass ihre Zähne aufeinander schlugen. Zu ihrer Überraschung griff Mary nach ihrer Hand und flüsterte: »Ihr seid so stark, Mylady. Ihr habt schon so vieles in Eurem Leben geschafft. Das schafft Ihr auch.«

Dankbar lächelte Charlotte ihr zu. Vielleicht war es doch ein Segen, dass sie das Mädchen mitgenommen hatte.

Die Kutsche hielt vor einer Brücke, hinter der ein Tor lag. Und vor diesem Tor stand Alexander und schaute ihr ernst entgegen. Ihr Herz machte einen Sprung. Er hatte sie also doch nicht allein gelassen.

Trotzdem zitterte sie beinahe unkontrolliert, als sie aus der Kutsche stieg und einen kleineren älteren Mann neben Alexander stehen sah, der sie missmutig anblickte. Er hatte unverkennbar Ähnlichkeit mit ihrem Vater und sie nahm an, dass er ihr Onkel war. Er schien nicht sehr erfreut, sie zu sehen.

Doch sie hatte schon schwierigere Situationen überstanden und so straffte sie die Schultern und ging auf die beiden Männer zu. Sie wollte ihren Onkel anschauen, aber er sah so unfreundlich aus, dass ihr Blick sich unwillkürlich an Alexander festhielt. Sein Mund verzog sich zu einem kleinen Lächeln und er nickte ihr fast unmerklich zu. Das gab ihr die Kraft zu ihrem Onkel zu gehen und vor ihm einen Knicks anzudeuten.

»Ihr müsst mein Onkel sein«, sagte sie. »Wie wundervoll Euch kennenzulernen.«

Er nahm ihre Hand und beugte sich kurz darüber, aber deutete noch nicht einmal einen Kuss an. »Du bist also Charlotte«, sagte er. »Ganz wie deine Mutter.« Es klang nicht wie ein Kompliment und er musterte sie von oben bis unten. »Ich hatte dich schon vor ein paar Wochen erwartet.«

»Wie ich bereits sagte, Lord Seaforth«, warf Alexander ein, »es war meine Schuld, da ich auf der Reise krank geworden bin.«

Ihr Onkel gab ein undefinierbares Schnauben von sich. »Jetzt bist du ja da. Komm mit rein, dann kann ich endlich zu meinem Treffen mit Lord Thornton zurückkehren, aus dem Sir Alexander mich so rüde herausgerissen hat.«

Er bot ihr den Arm und zögernd nahm Charlotte ihn. Er

fühlte sich fremd an, lieber hätte sie sich von Alexander in den Palast führen lassen.

»Sir Alexander, sorgt dafür, dass ein Diener das Gepäck meiner Nichte nach oben trägt. Sie wird bei meiner Enkelin schlafen.«

Alexander verbeugte sich. »Soll ich Lady Claire bescheid geben?«

Ihr Onkel schüttelte den grauen Kopf. »Sie treibt sich schon wieder bei irgendeinem Spiel oder dergleichen im Park herum. Sie wird genug Wirbel machen, wenn sie wieder da ist.«

Wieder verbeugte Alexander sich knapp und Charlotte fragte sich, warum er auf einmal so anders auf sie wirkte. Ernster und zurückhaltender. Dabei hatte dieser Mann sie doch erst vor ein paar Stunden leidenschaftlich geküsst.

Aus irgendeinem Grund trieb der Gedanke an ihren Kuss ihr die Tränen in die Augen, die sie schnell wegblinzelte.

Während Alexander sich wieder zur Kutsche wandte, führte ihr Onkel sie durch ein von Soldaten bewachtes Tor in einen fünfseitigen Innenhof, dessen Boden mit Kies bedeckt war. Die riesigen Mauern ragten um sie herum auf und sofort fühlte Charlotte sich eingesperrt. Sie konnte kaum den Himmel sehen, ohne den Kopf in den Nacken zu legen.

Hinter ihnen trat Alexander in den Innenhof und Charlotte war sich sofort seiner ruhigen, warmen Präsenz bewusst. Es tat ihr gut, wenn er in der Nähe war, es machte sie ruhiger.

Ihr Onkel steuerte auf eine Tür zu, die ein Diener für ihn öffnete. »Claire wird dich sicherlich in den nächsten Tagen herumführen und dir alles zeigen. Ich habe jetzt keine Zeit dafür.«

Charlotte nickte und dachte darüber nach, dass sie eigentlich gar kein Interesse daran hatte, herumgeführt zu werden und nur das Gespräch mit ihm führen wollte. Obwohl sie erst seit wenigen Augenblicken in dem riesigen Schloss war, wollte sie schon wieder weg.

Zwei Damen gingen an ihnen vorbei, doch sie grüßten

nicht einmal. Verwundert schaute Charlotte ihnen nach. Sie hatte gedacht, dass sich alle kennen würden und sich dementsprechend grüßten, wenn sie gemeinsam in einem Haushalt lebten.

Sie stiegen eine Treppe hinauf und sie merkte, wie kurzatmig ihr Onkel war. Schon nach wenigen Treppenstufen fing er an, zu keuchen.

»Soll ich dir ein wenig von Greenhills erzählen?«, fragte sie, um etwas zu sagen. Es war merkwürdig, am Arm eines Mannes zu gehen, mit dem sie zwar verwandt war, aber den sie gar nicht kannte.

»Nein«, sagte er barsch.

»Wann können wir darüber sprechen? Es gibt einiges, was ich gern mit dir...«

Sie kam nicht weiter, denn Alexander unterbrach sie von hinten. »Lord Seaforth, wann ist der König eigentlich abgereist?«

Charlotte wandte sich mit einem Stirnrunzeln zu ihm um und er schüttelte fast unmerklich den Kopf. Sollte das ein Zeichen sein, dass sie diese Frage nicht stellen sollte? Aber sie musste so bald wie möglich mit ihrem Onkel über Greenhills sprechen. Es war wichtig und das wusste Alexander auch.

Sie hatten die oberste Treppenstufe erreicht. Ihr Onkel schwitzte, er hielt sich am Geländer fest und versuchte, zu Atem zu kommen. Am liebsten hätte Charlotte ihren Arm von seinem genommen.

»Wäret Ihr rechtzeitig wiedergekommen, hättet Ihr ihn begleiten können. Aber so, seid Ihr hier mit den Alten und den Damen gefangen.« Er wandte sich nach links und nickte ihm zu. »Guten Tag, Sir Alexander. Ihr habt sicherlich noch einiges zu tun.«

Hastig wandte Charlotte sich zu ihm um. Alexander zögerte und sein Gesicht war wie erstarrt, dann verbeugte er sich aber und nickte. »Ich wünsche Euch ebenfalls einen schönen Tag, Lord Seaforth. Lady Charlotte, ich wünsche

Euch, dass Ihr Euch gut in Saint-Germaine-en-Laye einlebt. Es war mir eine Ehre Euch hierher begleiten zu dürfen.«

Sie schaffte es nicht, zu antworten.

Er warf ihr einen letzten Blick zu, dann wandte er sich um und ging in die entgegengesetzte Richtung davon. Charlotte starrte auf seinen breiten Rücken und fühlte sich so allein wie noch nie in ihrem Leben. Am liebsten wäre sie ihm hinterher gelaufen.

Plötzlich tauchten drei Gestalten am Ende des Flures auf. Ein Mann und zwei Frauen, die eine von ihnen blond und hochschwanger, die andere dunkelhaarig und unglaublich elegant. Beide waren wunderschön. Der Mann hingegen schien eine dunkelhaarige Ausgabe von Alexander zu sein. Etwa sein Bruder oder ein Cousin?

Der Mann schlug Alexander lachend auf die Schulter und Charlotte konnte sehen, dass auch er lächelte und den Arm des anderen Mannes kurz drückte. Dann wandte er sich der dunkelhaarigen Frau zu und beugte sich für einen Handkuss über ihre Hand, was sie mit einem huldvollen Nicken und einem warmen Lächeln erwiderte. Ein Stich in Charlottes Magen zeigte ihr, dass sie das Lächeln als etwas zu warm empfand.

Dann wandte Alexander sich an die blonde Frau, die ihn strahlend anlächelte, während der Mann, der Alexanders Bruder sein musste, ihr eine Hand auf den Rücken legte und anscheinend stolz war, Vater zu werden. Alexander küsste auch ihr die Hand und die Frau ergriff die seine mit beiden Händen und sagte etwas zu ihm, das ihn dazu brachte, verlegen den Kopf zu senken.

Es war so offensichtlich, dass er sich freute, diese Menschen zu sehen. Das hier war seine Familie, wurde Charlotte auf einmal bewusst. Er war hier zuhause. Und sie war kein Teil davon. Sie hatten nicht die Zeit gehabt, als dass sie ein Teil des Lebens des anderen hätten werden können. Doch Charlotte wusste, dass sie ihn für immer in ihrem Herzen tragen würde.

Sie wollte gerade der Szene den Rücken zuwenden, weil ihr Onkel wieder Luft bekam und sich anschickte weiterzugehen, als sie den Blick der dunkelhaarigen Frau auffing, die ruhig neben Alexander und dem Pärchen stand. Es war ein prüfender Blick, neugierig und nicht unfreundlich. Sie schien genauso aufmerksam die Welt zu betrachten, wie Alexander es tat. Und jetzt gerade schätzte sie Charlotte ein.

Charlotte dachte daran, wie sie Alexander gefragt hatte, ob es eine Frau in seinem Leben gab und als sie an das Lächeln der Frau dachte, als Alexander sich über ihre Hand gebeugt hatte, fragte sie sich, ob er sie angelogen hatte. Auf jeden Fall spielte sie eine Rolle in seinem Leben, auch wenn nicht klar war, welche.

Hastig wandte sie den Blick ab, drückte den Rücken durch und folgte ihrem Onkel den Gang entlang. Sie spürte den Blick der Frau in ihrem Nacken und ihre Kehle schnürte sich zu.

Ihre Schritte hallten von den hohen Decken wieder. Ein Diener öffnete ihnen die Tür zu einem Raum und Charlotte grüßte ihn, wenn auch nicht so freundlich wie es sonst ihre Art war, denn sie schaffte es kaum noch, zu atmen. Der Diener reagierte nicht einmal und ihr Onkel schaute sie mit einem Stirnrunzeln an.

»Man merkt, dass du auf dem Land groß geworden bist.«

Auch das klang nicht wie ein Kompliment.

Sie betraten eine Art Wohnzimmer und ihr Onkel wies auf einen Stuhl. »Warte hier, bis Claire kommt. Sie wird sich um alles kümmern.«

Er wandte sich zum Gehen und Charlotte ballte die Hände zu Fäusten. Ihr Onkel sah es und schon wieder runzelte er die Stirn. »Wann können wir über Greenhills sprechen?«

Missmutig schaute er sie an und spitzte die dicken Lippen, was dazu führte, dass er wie ein Frosch aussah. Unter anderen Umständen hätte Charlotte es lustig gefunden, doch gerade war ihr nicht nach Lachen zumute.

Er zuckte die Schultern. »Ich werde es dich wissen lassen.

Und sprich mich nicht mehr darauf an. Ich habe wichtigeres zu tun.«

Entsetzt schaute Charlotte ihn an und wollte noch etwas sagen, aber sie wusste nicht was. Doch er hatte sich schon abgewandt und das Zimmer verlassen.

Fassungslos sank sie auf einen Sessel und konnte die Tränen nicht länger zurückhalten. Warum war sie nur hierher gekommen? Die weite und gefährliche Reise nur dafür, dass ihr Onkel nicht mit ihr über Greenhills sprechen wollte? Sie vermisste ihre Familie zuhause und wenn sie ehrlich war auch Alexander.

Die nächsten zwei Stunden verbrachte Charlotte allein in dem Raum. Ein Diener kam und brachte ihre kleine Reisetruhe, aber nicht einmal Mary erschien und Charlotte fragte sich, wo man das Mädchen hingebracht hatte.

Sie ging in dem Zimmer auf und ab, versuchte, aus den hohen Fenstern zu schauen, konnte aber nur einen Blick auf ein paar Baumwipfel erhaschen, weil sie zu klein war, selbst wenn sie sich auf die Zehenspitzen stellte.

Kurz überlegte sie, ob sie das Zimmer verlassen sollte, doch wohin sollte sie gehen? Und wer wusste schon, ob sie den Weg zurückfand.

So wartete sie und die Zeit verstrich so langsam wie an einem Krankenbett, wenn man hofft, dass der Patient überlebt. Sie begann, ihre Truhe auszupacken, doch dann wusste sie nicht, wohin sie alles stellen sollte, denn ihr Onkel hatte nicht gesagt, ob sie in diesen Räumen bleiben würde. Es war kein Bett da, deswegen ging sie davon aus, dass sie hier zumindest nicht schlafen würde. Also packte sie alles wieder ein und ließ ihre Finger wehmütig über all die Dinge gleiten, die sie in Greenhills eingepackt hatte.

Manchmal hörte sie in der Ferne Stimmen und sie lauschte angestrengt, ob sie Alexander ausmachen konnte, doch es war beinahe unmöglich.

Die Sonne war schon fast hinter dem Horizont verschwunden, als endlich die Tür aufgerissen wurde. Eine hübsche junge

Frau platzte ins Zimmer und lachte, als sie Charlotte erblickte. Sie eilte auf sie zu und nahm ihre Hände. »Du musst Charlotte sein! Endlich bist du da.«

»Und du bist Claire?«, fragte Charlotte vorsichtig. Sie dachte an den Brief, den Alexander ihr am Tag der Abreise gegeben hatte und den sie zur Seite gelegt und gleich wieder vergessen hatte. Jetzt schämte sie sich dafür und hoffte, dass Claire sie nicht darauf ansprach.

Die blonde Frau lächelte. »Genau die. Ich habe eben erst beim Abendessen erfahren, dass du hier bist. Wenn ich das früher gewusst hätte, wäre ich schon eher hochgekommen, aber wir haben ein wunderbares neues Spiel im Park gespielt. Da musst du morgen unbedingt mitmachen. Meine Freundinnen haben sicher nichts dagegen, wenn ich dich mitbringe. Es wird manchmal ein wenig langweilig hier und wir freuen uns über jedes neue Gesicht, dem wir die gleichen, alten Geschichten erzählen können.«

Sie plapperte so schnell, dass Charlotte Mühe hatte, ihr zu folgen.

»Außer natürlich, wenn eine von uns mit nach Versailles durfte. Du kannst dir gar nicht vorstellen, was für eine Aufregung das immer ist. Ich war schon zweimal dort, stell dir vor! Und nächsten Monat darf ich schon wieder. Vielleicht kannst du ja mitkommen, ich werde Großvater fragen. Es wird dir bestimmt gefallen. Es ist nicht so langweilig wie hier.« Sie lächelte. »Obwohl, für jemanden, der so lange auf dem Land gelebt hat, wie du, ist das hier sicherlich auch sehr spannend, oder? Ach je, ich bin so aufgeregt, dass du da bist. Soll ich dir alles zeigen?«

Charlotte starrte sie an und betete im Stillen, dass Claire einfach nur aufgeregt war und sich sonst anders benahm. Sie war sich nicht sicher, ob sie sonst die nächsten Tage, die sie im Schloss verbringen würde, überstand.

»Können wir uns den Garten anschauen?«, fragte sie.

Claire zog die Nase kraus. »Der Garten ist langweilig und

ich war fast den ganzen Tag da. Dort gibt es nur Rabatten und Rasenflächen.«

Charlotte versuchte, weiter zu lächeln. »Gibt es einen Kräutergarten?«

Ihre Cousine zuckte mit den Schultern. »Das weiß ich nicht. Und wenn, gehen sicher nur die Küchenmägde dorthin. Nein, lass uns lieber in den Salon gehen, dann kann ich dich meinen Freundinnen vorstellen. Sie sind schon so gespannt auf dich, ich habe ihnen schon viel von dir erzählt.«

Charlottes Magen verknotete sich ein wenig. »Sind sie so wie du?«

Claire lachte hell. »Ja, das sind sie. Und wir haben soviel Spaß miteinander, du wirst sehen. Du passt genau zu uns. Ach, ist es schön, endlich eine weibliche Verwandte hier zu haben. Das macht die Zeit viel erträglicher.«

Sie wandte sich zur Tür. »Komm.« Doch dann runzelte sie die Stirn und schaute an Charlotte herunter. »Zieh besser erst etwas anderes an. Und vielleicht sollte deine Dienerin dir die Haare machen. Schau mal, so ungefähr.« Sie drehte sich um, sodass Charlotte ihre komplizierte Frisur anschauen konnte. »Sie ist ein wenig durcheinander, weil wir draußen waren, aber ist sie nicht hinreißend.«

Charlotte starrte auf die blonden Flechten, die überhaupt nicht durcheinander schienen und in einer Form hochgesteckt waren, dass sie sich fragte, ob ihre Cousine soviel mehr Haare hatte als sie oder ob sich darunter ein Hohlraum befand. Eines war sicher: Mary würde ihr eine solche Frisur nicht machen können. Wenn überhaupt, konnte Mary ihr einen dicken Zopf flechten, den man sich bei der Arbeit auf dem Feld gut über die Schulter werfen konnte. Aber sie ahnte, dass Mary schon mit den Haarbändern, die sie in ihrer Truhe hatte, überfordert war. Eine solche Frisur wollte Charlotte auf keinen Fall und vor allem wollte sie Claires Freundinnen nicht kennenlernen. Noch nicht zumindest, doch wie sagte man so etwas?

»Ich glaube, ich bin müde von der Reise und schaffe es heute Abend nicht mehr«, sagte sie vorsichtig.

Claire zog eine Schnute und seufzte. »Du hast recht, die Reise war sicherlich anstrengend. Als wir damals rübergekommen sind, war mir ganz elend. Aber da wusste ich noch nicht, was für wunderbare Dinge mich hier erwarten. Wie gesagt, Versailles ist einfach ein Traum. Dort gibt es Dinge, die du nicht für möglich halten wirst.«

Charlotte dachte an Alexanders Worte, als sie auf dem Schiff gestanden hatten und er ihr von dem französischen Königshof erzählt hatte. Auf einmal fiel ihr auf, dass ein Ausflug zu Claires Freundinnen vielleicht auch dazu führte, dass sie Alexander sah. Vorsichtig fragte sie: »Sind denn alle, die hier wohnen da unten versammelt, wo deine Freundinnen jetzt sind?«

Claire lachte hell auf. »Wo denkst du hin? Es sind viel zu viele. Wir müssen sogar nacheinander essen, weil es nicht genug Plätze gibt. Aber das Abendessen ist längst vorbei und die meisten haben sich zurückgezogen. Allerdings spielen einige Frauen Karten im Salon. Das ist wunderbar, sollen wir dorthin gehen?«

»Und die Männer?«, fragte Charlotte. »Was machen die?«

Claire zuckte mit den Schultern. »Die meisten sind nicht mehr da, weil sie mit dem König nach Irland gegangen sind. Und die anderen sind alt und schlafen entweder schon früh oder besprechen mal wieder irgendetwas Wichtiges. Wir sehen sie eigentlich kaum.« Sie lächelte und griff nach Charlottes Hand. »Aber in Versailles ist das anders. Dort wird jeden Abend gemeinsam gefeiert. Ich habe einmal fast die ganze Nacht getanzt. Wie ich schon sagte, dort ist es viel aufregender als hier.«

Enttäuscht biss Charlotte die Zähne zusammen. Dann würde sie Alexander also nicht sehen.

Auf einmal knurrte ihr Magen unfein und sie legte eine Hand darauf. Claire kicherte. »Hast du noch Hunger?«

Charlotte zögerte, dann hob sie die Schultern. »Ich habe noch gar nichts gegessen.«

Claire riss die braunen Augen auf. »Warum bist du nicht

zum Essen heruntergekommen?« Dann schüttelte sie den Kopf. »Ach, entschuldige, du weißt ja gar nicht, wo es das Essen gibt. Das zeige ich dir morgen. Jetzt können wir vielleicht noch etwas für dich holen lassen. Und dann zeige ich dir unser Zimmer. Es ist gleich nebenan. So aufregend, dass wir zusammen schlafen. Da können wir die ganze Nacht reden. Ich will alles über dich wissen.«

Sie zog Charlotte an der Hand mit sich und öffnete eine Verbindungstür, die ihr vorher gar nicht aufgefallen war, da sie genauso aussah wie die Wand. Sie ließ sich von Claire mitziehen, aber der Gedanke, dass ihre Cousine in den nächsten Tagen nicht von ihrer Seite weichen würde, strengte sie schon jetzt an. Sie hoffte, dass sie ihr schnellstmöglich entkommen konnte.

KAPITEL ACHTZEHN

Alexander sah sich in seinem Zimmer um, das er immer bewohnte, wenn er in Saint-Germain-en-Laye war, was nicht allzu oft vorkam. Er wusste, dass er Glück gehabt hatte, als der Verwalter des Schlosses ihm dieses Zimmer zugewiesen hatte. Er musste es mit niemandem teilen und es war groß genug, damit neben einem durchaus großzügigen Bett und seiner Truhe, die all seine Habseligkeiten enthielt, auch ein Schreibtisch und zwei Stühle hineinpassten.

Dieser Raum war das einzige Zuhause, das er gerade hatte und er fühlte sich damit nicht einmal wirklich verbunden. Er dachte an Greenhills und unweigerlich stiegen Bilder von Charlotte vor seinem inneren Auge auf. Charlotte, wie sie beim Abendessen am großen Tisch saß und mit Henry sprach, wie sie in ihrem Kräutergarten arbeitete, wie sie mit den Bauern beim Erntefest scherzte.

Seine Gedanken wollten gerade ungebeten zum See weiter wandern, als ein Klopfen an der Verbindungstür ihn unterbrach. Gleich darauf wurde sie geöffnet und Thomas trat ein. »Darf ich hereinkommen?«

Alexander nickte und wies auf einen der Stühle. »Ich nehme an, ihr habt das Zimmer neben mir bekommen?«

„So ist es." Thomas ließ sich auf einem der Stühle nieder. Alexander nahm den anderen. »Wir hatten Glück, das noch etwas für uns frei war. Dieses Schloss ist wirklich überfüllt. Wie gut, dass so viele nach Irland gereist sind. Ich hatte schon befürchtet, dass wir ein Zimmer in der Stadt nehmen müssen.«

Alexander betrachtete seinen Bruder und schüttelte langsam den Kopf. »Wann bist du eigentlich erwachsen geworden?«

Noch vor einem Jahr, als sie alle noch in London gelebt hatten und der König nicht einmal daran gedacht hatte, ins Exil zu gehen, war Thomas ein unvernünftiger Jüngling gewesen, der nichts als seine Musik im Kopf hatte, Alexander ständig auf der Tasche lag und sich in allerlei unvernünftigem Unfug verstrickte, aus dem er ihn regelmäßig befreien musste.

»Das macht die Ehe, Bruder. Und ich muss gestehen, dass ich es so tausend Mal lieber mag, als vorher.« Er grinste. »Du solltest es mal ausprobieren.«

Alexanders Herz zog sich kurz und schmerzhaft zusammen, als ungebeten ein Bild von Charlottes Gesicht mit ihrem warmen Lächeln und ihrem in der Erwartung eines Kusses leicht geneigten Kopf vor seinem inneren Auge aufstieg. Doch er ließ sich nichts anmerken und verdrängte das Bild. Der Schmerz verschwand.

Er schaute Thomas an und musste ehrlich gestehen, dass er sich freute, seinen Bruder zu sehen. Das letzte Mal hatten sie sich kurz nach ihrer Ankunft in Frankreich gesehen, als Thomas und Sophia gerade geheiratet hatten. Wieder schüttelte er den Kopf. »Jetzt wirst du auch noch Vater«, sagte er. »Seid ihr deswegen hier und nicht mehr in Versailles?«

Thomas nickte. »Versailles ist kein Ort, um ein Kind auf die Welt zu bringen. Es hat Spaß gemacht dort zu sein, als es nur wir beide waren, aber Sophia möchte gern englische Frauen um sich haben, wenn sie das Kind zur Welt bringt. Das kann ich verstehen und deswegen sind wir seit ein paar Wochen hier. Du warst gerade abgereist, als wir kamen.«

»Und du? Was ist mit deiner Musik? So wie ich es verstanden habe, war das Angebot am französischen Hof zu spielen, dein großer Traum.«

Noch immer fiel es ihm schwer, den Lebenswandel seines Bruders zu verstehen, der mit der Arbeit eines Musikers einherging. Da er selbst nicht viel für Musik übrig hatte, hatte er sich schon immer gefragt, wie sein Bruder alles andere dafür aufgeben konnte. Doch anscheinend hatte sich das geändert, denn Thomas sagte: »Ich will nicht dort sein, wenn Sophia nicht bei mir ist. Ich habe viel gelernt und hätte noch mehr lernen können, aber das alles ist es nicht wert, wenn Sophia oder das Kind darunter leiden.«

Alexander hob die Augenbrauen. »Und jetzt lebt ihr in diesem kleinen Zimmer hier im Schloss? Reicht euch das denn?«

Thomas grinste. »Du hast uns nie in Versailles besucht, sonst wüsstest du, dass dieses Zimmer riesig im Vergleich zu unserer Kammer in Versailles ist. Aber zu Beginn einer Ehe braucht man sowieso nicht viel Platz. Solange ein Bett da ist, reicht es.«

Alexander senkte den Kopf und versuchte das hohle Gefühl, das sich in ihm ausbreitete zu ignorieren. Er hatte kein Recht darauf. Außerdem gönnte er Thomas sein Glück.

»Wie geht es jetzt für euch weiter? Wovon werdet ihr leben?«

Thomas verdrehte die Augen. »Hast du etwa Sorge, dass du mich aushalten musst?«

Alexander biss die Zähne zusammen, denn so ganz falsch lag sein Bruder mit seiner Annahme nicht. Allerdings hatte er kaum Geld, sich selbst durchzubringen, wie sollte er dann Thomas und seine schwangere Frau unterstützen?

Doch sein Bruder überraschte ihn. »Die Königin war so großzügig, uns die Mitgift, die sie uns zugesprochen hatte, doch zu überlassen. Dann habe ich ein bisschen was in Versailles verdient, auch wenn ich zugeben muss, dass es ein

Hungerlohn war. Und schließlich hat Sophias Vater uns die Mitgift gegeben. Wenn du damals nicht gewesen wärst und vorgeschlagen hättest, dass er gleich alles unterschreibt, hätte sie vermutlich nichts bekommen. Also muss ich dir wohl dankbar sein, ohne dich wäre ich ein armer Mann.«

Nur zu gut erinnerte Alexander sich an den Nachmittag im Dezember, kurz bevor der König und die Königin nach Frankreich geflohen waren. Der Marquess of Bremfield hatte Sophia in seinem Haus gefangen gehalten und Alexander hatte Thomas geholfen, sie zu befreien. Dabei hatte er gleich seine juristischen Fähigkeiten anwenden können und Sophia hatte ihren Vater gezwungen, zu unterschreiben, dass alle seine Töchter eine angemessene Mitgift erhalten würden. Wie gut, dass der Earl of Eastham auch Sophia bedacht hatte.

»Wie hoch war die Mitgift denn?«, fragte er und stellte verwundert fest, dass sein kleiner Bruder auf einmal viel mehr Geld zu besitzen schien, als er selbst. Was für eine verdrehte Welt es doch manchmal war. Doch er freute sich ehrlich für Thomas.

Der seufzte. »Anscheinend hat der Earl all seinen Töchtern, die noch nicht verheiratet sind, eines der Landgüter gegeben. Sophia hat das Gut Kilburn in Schottland bekommen. Es liegt direkt an der Grenze zu England und soweit sie weiß, ist es das Gut, das am meisten abwirft. Also ist es gut für uns, auch wenn wir natürlich noch nichts davon haben, da wir ja schlecht dorthin reisen können.«

»Und warum geht ihr nicht dorthin, damit sie das Kind dort auf die Welt bringen kann?«

Wieder grinste Thomas. »Du kennst doch meine Frau. Sie weiß sehr genau, was sie will. Und im Moment möchte sie am Königshof bleiben und nicht in der Abgeschiedenheit in Schottland leben. Ich habe ihr allerdings angeboten, dass wir dort leben. Aber sie will unbedingt hierbleiben, weil sie es hier viel interessanter findet.« Er breitete die Hände aus. »Und wer bin ich, dass ich ihr das verwehre?«

Alexander starrte seinen Bruder verblüfft an. »Was ist nur mit dir geschehen?«

Thomas erhob sich. »Wie ich schon sagte, die Ehe tut mir gut und mittlerweile bin ich der Meinung, dass das für jeden Mann gilt.«

Alexander stand ebenfalls auf. »Vielleicht nicht für jeden, aber es freut mich zu sehen, dass es euch so gut geht.«

Thomas lachte. »Warte nur ab, bis die Richtige für dich kommt, dann wirst du deine Meinung ändern.« Er senkte die Stimme. »Ich hatte ja immer gedacht, dass du und Contessa Turrini, also ich meine jetzt Lady Wickham, füreinander gemacht wärt, und dann erfahre ich auf einmal, dass sie Jonathan Wickham heiratet und dass du nicht ganz unbeteiligt daran warst, die beiden zusammenzubringen.«

Alexander versteifte sich ein wenig bei Thomas' Worten und versuchte, eine unbewegliche Miene aufzusetzen. »Valentina war mir immer nur eine gute Freundin und ich freue mich für sie und Jonathan, dass sie so glücklich sind.«

Thomas schlug ihm leicht auf die Schulter. »Siehst du, Jonathan ist jetzt auch glücklich und ganz vernarrt in seine Frau. Du solltest die beiden mal zusammen sehen. Meine Theorie mit der Ehe stimmt also. Jonathan hat sich sogar daran gewöhnt, hier im Palast zu leben und nicht mehr in dieser Burg im Hinterland von England. Jeder Mann ändert sich durch die Ehe, wenn sie mit der richtigen Frau ist.«

Charlotte würde sich nie daran gewöhnen, hier zu leben, dachte Alexander und wunderte sich, woher dieser Gedanke kam, bevor er ihn zur Seite schob. Er versuchte, das Thema zu wechseln. »Warum wart ihr eigentlich nicht bei der Hochzeitsfeier von Jonathan und Valentina? Eingeladen wart ihr doch sicherlich.«

Thomas seufzte. »Ja, wir waren schon fast auf dem Weg, aber dann hat Sophia fürchterliche Rückenschmerzen bekommen und konnte sich nicht vorstellen, ein paar Stunden in der Kutsche zu sitzen. Deswegen haben wir es nicht geschafft. Aber wir haben uns gleich ein paar Tage später auf den Weg gemacht.«

Alexander runzelte die Stirn. »Geht es ihr wieder besser?«

Das Gesicht seines Bruders verdüsterte sich ein wenig. »Seit wir hier sind, ist sie zumindest beruhigter, weil sie die englischen Frauen um sich hat. Aber sie hat immer noch ab und zu Schmerzen und muss viel liegen. Ich hoffe, das alles gut geht.«

Er schien ehrlich besorgt.

»Soll Charlotte einmal nach ihr sehen?«

Sein Bruder kniff die Augen zusammen. »Wer ist denn das schon wieder? Himmel, ich dachte, so langsam würde ich alle hier am Hofe kennen.«

Alexander biss die Zähne zusammen, als er seinen Fehler bemerkte. »Ich meine Lady Dalmore, ich habe sie gerade aus England hier herüber begleitet.«

Thomas hob die Augenbrauen und um seinen Mund spielte ein amüsiertes Lächeln. »So, so, Charlotte also.«

Alexander versuchte den Kommentar zu ignorieren und setzte die strenge Miene auf, die ihm als älterem Bruder, der Thomas mit groß gezogen hatte, zustand. »Du musst ihre Hilfe ja nicht in Anspruch nehmen, aber soweit ich weiß, ist sie sehr erfahren in diesen Dingen. Unsere Abreise hat sich verzögert, weil sie erst noch einem Kind auf die Welt helfen musste. Außerdem habe ich ihre Reisetruhe getragen und dort sind mehr Kräuter und Tinkturen drin als Kleider. Aber wenn du nicht willst, ist das deine Sache.«

Thomas betrachtete ihn interessiert. »Warum so hitzig, Bruder?«

Er verschränkte die Arme. »Ich bin erschöpft von der Reise. Außerdem wird es vermutlich das letzte Mal gewesen sein, dass ich in England war. Es sei denn, der König schafft es in Irland, die Krone zurückzugewinnen und wir kehren alle zurück.«

Jetzt wurde Thomas ernst. »Was ist passiert?«

Alexander winkte ab. »Vermutlich bin ich einmal zu oft

dort gewesen und habe mich unbeliebt gemacht. Man sucht mich und die Soldaten entlang der Küste wissen, dass sie achtgeben müssen, dass ich das Land nicht betrete oder verlasse. Und letztes Mal hat Gilbert Egerton mich gesehen.«

»Der Sohn des Duke of Egerton?« Thomas sah besorgt aus. »Ist das nicht der, mit dem du früher befreundet warst, bis er dir…«, er atmete tief durch und dann sagte er es doch, »Hyland Manor abgenommen hat?«

In seiner Stimme klang die gleiche Wut mit, die Alexander jedes Mal fühlte, wenn er an Gilbert dachte. Manchmal vergaß er, dass auch Thomas sein Elternhaus verloren hatte, als Alexander es damals für Gilbert verpfändet hatte. Noch nie hatten sie wirklich darüber gesprochen und Alexander hasste das Schuldgefühl, das ihn so niederdrückte, genauso wie er Gilbert hasste. Doch er bemühte sich, sich nichts anmerken zu lassen.

»Genau der. Er ist der Nachbar von Lady Dalmore und versucht ihr Gut zu bekommen. Deswegen ist sie hier, damit sie mit ihrem Onkel darüber sprechen kann, mit welcher Strategie sie das Gut vor Gilberts gierigen Fingern retten kann. Leider hat er die Soldaten auf mich aufmerksam gemacht.«

Thomas nickte langsam. »Aber heißt es wirklich, dass du nicht mehr nach England kannst?«

Düster zuckte Alexander mit den Schultern. »Zumindest eine lange Zeit erst einmal nicht.«

»Und was wirst du in Zukunft tun?«

Darauf hatte er keine Antwort und zum Glück blieb es ihm erspart, eine zu finden, denn von nebenan rief Sophia nach Thomas. Sofort war sein Bruder an der Tür. »Entschuldige, aber ich muss nach ihr sehen.« Er zögerte. »Es ist schön, dass du wieder da bist, Bruder. Ehrlich gesagt finde ich es gar nicht so schlecht, dass du erst einmal bleibst, denn zum einen will Sophia dich endlich besser kennenlernen und zum anderen«, er grinste wieder, »bin ich mir sicher, dass ich etwas Unterstützung gebrauchen kann, wenn ich Vater werde. Ich habe nämlich keine Ahnung, was auf mich zukommt.«

Dann war er verschwunden. Alexander starrte auf die Tür

und fragte sich, wie um Himmels willen er Thomas bei dem Thema Vaterschaft helfen sollte. Und wenn es nach ihm ginge, würde er zumindest noch einmal gern nach England reisen. Nur, um Charlotte sicher nach hause zu bringen. Schließlich hatte er das Henry versprochen.

KAPITEL NEUNZEHN

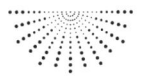

Als sie durch die Tür trat, zog Charlotte unwillkürlich den Kopf ein. Claire schaute sich tadelnd zu ihr um. »Was machst du denn? So kommt doch die Frisur gar nicht zur Geltung.«

Charlotte fasste zu ihren Haaren, die viel schwerer als sonst zu sein schienen, so aufgetürmt wie sie waren. Claire zog ihre Hand herunter. »Nicht anfassen, sonst geht es kaputt. So und jetzt Kopf hoch und lächeln, alle schauen zu uns.«

Charlotte sah sich um und bemerkte, dass schon viele Leute auf den Stühlen saßen, die für den Musikabend aufgestellt worden waren. Einige von ihnen schauten die Neuankömmlinge an.

Claire straffte die Schultern und schwebte vor ihr durch den Saal in Richtung ihrer Freundinnen. Charlotte versuchte ihr zu folgen. Sie spürte, dass ihre Wangen brannten. Vermutlich sah jeder sofort, wie unwohl sie sich mit dieser Frisur fühlte. Sie hätte niemals nachgeben sollen. Doch nach vier Tagen unablässigen Geplappers, merkwürdigen Spielen im Park und unentwegtem Gekicher, hatte Charlotte aufgegeben. Die Einsamkeit drückte so schwer auf ihrer Seele, dass sie keine Kraft mehr hatte, zu kämpfen.

Die Tage erschienen ihr endlos und sinnlos. Ständig sprachen die jungen Frauen, mit denen Claire sich umgab, von Versailles, potentiellen Ehemännern, dem neuesten Tratsch, der sich ebenfalls hauptsächlich um Männer drehte sowie von Kleidern und Frisuren. Die jungen Frauen, versuchten, die Frisuren der Damen aus Versailles nachzuahmen, die sich anscheinend alles mögliche in die aufgetürmte Haarpracht steckten – sogar echte Vogelnester, hatte eine kichernd erzählt. Soweit gingen die Mädchen, und als etwas anderes konnte Charlotte sie nicht bezeichnen, hier nicht, aber sie hatten seit Tagen auf sie eingeredet, dass sie doch auch mal eine Frisur ausprobieren sollte. Schließlich hatte sie diese langen Haare und immer wieder waren Bemerkungen darüber gefallen, dass diese wild waren, wie die einer Bäuerin und doch viel hübscher aussehen würden, wenn sie diese in einer Frisur nach französischer Mode auftürmen würde.

Heute war der Musikabend, auf den die jungen Frauen sich schon seit langem freuten, denn er gab ihnen Gelegenheit, sich unter die Männer zu mischen und auch die Königin wollte teilnehmen. Deswegen hatten sich alle besonders hübsch gemacht.

Charlotte hatte ihr bestes Kleid angezogen, das allerdings im Vergleich zu den Roben von Claire und ihren Freundinnen immer noch aussah, als wäre sie auf dem Weg zum Gottesdienst in einer Landkirche. Aber besser ging es nun einmal nicht. Mary hatte das Kleid gewaschen, gebügelt und gebürstet bis es so gut aussah wie noch nie.

Charlotte hatte die kleine Mary dabei beobachtet. Die junge Frau fühlte sich wohler im Palast, als sie selbst und Charlotte hatte fast ein wenig Neid empfunden, als Mary mit rosigen Wangen von all den aufregenden Dingen erzählte, die sie schon gesehen hatte. Doch Charlotte bedeutete das nichts. Alles, was sie wollte, war, zurück nach Greenhills zu gehen. Aber dafür musste sie erst einmal mit ihrem Onkel sprechen.

Vorsichtig ließ sie sich neben Claire nieder und schaute sich um. Ein paar neugierige Blicke ruhten noch auf ihr, doch dann erschien eine andere Dame mit ihrer jungen Tochter in der Tür und alle wandten sich den beiden zu.

»Wird dein Großvater auch kommen?«, fragte Charlotte ihre Cousine und ließ den Blick schweifen.

Claire kicherte. »Um Gottes willen, nein. Er kann Musik nichts abgewinnen. Warum fragst du?«

»Ich muss dringend mit ihm sprechen.«

Claire verdrehte die Augen. »Über das Gut? Er wird sich schon bei dir melden. Warte einfach ab und widme dich den schönen Dingen des Lebens.«

»Aber ich bin schon vier Tage hier und hatte noch gar keine Gelegenheit. So beschäftigt kann er doch nicht sein.«

Elizabeth, eine Freundin von Claire, lehnte sich nach vorn und sagte: »Es gibt viel spannendere Männer hier als Claires Großvater.«

Jane neben ihr seufzte und schaute nach vorn, wo mehrere Stühle aufgereiht standen, auf denen gleich die Musiker sitzen würden, die jetzt aber noch leer waren. »Genau, es gibt sehr viel interessantere Männer und vor allem jüngere. Wie schade, dass Thomas Hartford mittlerweile vergeben ist. Was gäbe ich darum, wenn er mich einmal so mit seinen blauen Augen angeschaut hätte, wie er seine Frau anhimmelt. Aber wenigstens kann ich ihn heute Abend wieder einfach nur anschauen. Das ist ja auch schon sehr erfreulich für das Auge.«

Charlottes Magen zog sich zusammen. »Thomas Hartfort?«, fragte sie vorsichtig. »Er ist der Musiker?«

Das musste Alexanders Bruder sein. Der, der ihm so ähnlich sah und der Alexander am Tag ihrer Ankunft in Empfang genommen hatte.

Claire nickte und ihr Gesicht nahm einen verträumten Ausdruck an. »Er sieht so gut aus! Was meinst du wohl, warum wir keinen Musikabend auslassen?«

»Wirklich schade, dass er vergeben ist«, sagte Elizabeth. »Der einzige, der ihm vom Aussehen her das Wasser reichen kann, ist Jonathan Wickham.«

Sie hob eine feine Augenbraue und schaute Claire amüsiert

an. Die bekam rote Wangen und Jane sagte: »Du hättest einfach schneller sein müssen, Claire.«

Ihre Cousine verdrehte die Augen. »Wer hat denn damit gerechnet, dass die Contessa ihn sich schnappt. Er hat ihr nicht einmal offiziell den Hof gemacht, sonst hätte ich bestimmt interveniert.«

»Ist es nicht furchtbar, wie die beiden sich manchmal anschmachten?«, fragte Jane, aber es klang eher neidisch als abfällig.

Charlotte wollte gerade weghören, weil sie dieses Geplapper nicht interessierte, als Elizabeth sagte: »Aber wie wäre es denn mit Sir Alexander, dem Bruder von Thomas? Auch er sieht umwerfend aus und soweit ich weiß, ist er seit ein paar Tagen wieder da. Vielleicht sollte ich schnell zuschlagen, bevor er erneut auf eine seiner geheimen Missionen geht.«

Charlottes Magen verknotete sich und sie versuchte, nicht allzu interessiert auszusehen.

Jane seufzte. »Der würde mir auch gefallen. Er hat unsere Familie aus England hierher begleitet, aber er ist immer so ernst. Und ich glaube manchmal, er mag gar keine Frauen. Zumindest schaut er nie zweimal hin, egal, was ich anhabe oder wie großartig meine Haare frisiert sind. Meistens erwidert er noch nicht einmal ein Lächeln.«

»Vielleicht hat er irgendwo in England jemanden«, warf Elizabeth ein.

»Oder hier am Hofe und wir haben es nur noch nicht gemerkt, so wie Jonathan damals«, fügte Claire hinzu.

Charlotte dachte an die dunkelhaarige Frau, die Alexander begrüßt hatte, als sie angekommen waren. Sie erinnerte sich daran, wie sie Charlotte neugierig gemustert hatte. Vermutlich war sie diejenige, warum Alexander keiner anderen Frau einen Blick schenkte. Doch warum hatte er sie dann beim Erntefest geküsst, wenn es schon jemanden gab?

Das Gespräch der anderen wandte sich einem anderen Thema zu. Anscheinend trug eine der Damen, die gerade hereinkam, das gleiche Kleid wie schon an drei Musikabenden zuvor und das war Grund genug, um darüber zu tuscheln.

Charlotte hingegen versuchte, ihre Gedanken und Gefühle zu ordnen, was ihr aber schwerfiel. Sie hatte Alexander nicht mehr gesehen, seit sie angekommen waren und es hatte Momente gegeben, da hatte sie sich gefragt, ob sie all das, was vorher passiert war, nur geträumt hatte. Hatte er wirklich beim Erntefest mit ihr getanzt und sie geküsst? Hatte er sie in diesem Gasthaus in Calais im Arm gehalten und auf ihr gelegen? Wenn ja, warum ging er ihr dann aus dem Weg?

Auf einmal stieß Claire sie mit dem Ellenbogen an. »Schau nicht auffällig hin, aber Thomas Hartfort starrt dich an. Kennst du ihn?«

Charlottes Kopf ruckte hoch und sie blickte in die gleichen blauen Augen, die sie so gut kannte und von denen sie nachts träumte. Doch es waren nicht Alexanders, sondern die seines Bruders. Er stand vorn, hielt eine Violine in der Hand und schaute sie aufmerksam an.

Er sah wirklich gut aus, stellte Charlotte fest, aber ihn umgab eine ganz andere Aura als Alexander. Sie waren nicht miteinander zu vergleichen. Thomas schien freundlich und lebenslustig, Alexander hingegen war ernst, verschlossen, manchmal sogar fast düster, aber er strahlte eine Kraft und Präsenz aus, die Charlotte stets den Atem nahm. Es war, als wäre sie sicher, wenn sie nur in seiner Nähe war. Thomas hingegen schien das Leben leichter zu nehmen, er war neugieriger. Auch jetzt schauten seine blauen Augen sie fast fragend an.

»Was will er von dir?«, fragte Claire hinter vorgehaltener Hand. Doch Charlotte wusste es nicht. Sie hatte Thomas Hartfort außer am Tag ihrer Ankunft noch nie gesehen und der einzige Grund, den sie sich vorstellen konnte, war der, dass Alexander ihm von ihr erzählt hatte. War sie so wichtig für ihn, dass er seinem Bruder, mit dem er sich anscheinend gut verstand, von ihr erzählen würde?

Als Thomas ihren Blick auffing, lächelte er sie kurz an und

schien etwas zu überlegen. Doch dann wandte er den Blick ab, denn die Stimmung im Raum hatte sich verändert. Im nächsten Moment begriff Charlotte, warum. Durch eine Seitentür war die Königin eingetreten. Zumindest nahm sie an, dass es die Königin war, denn sie trug ein wunderschönes Kleid, schwebte beinahe in den Raum und wirkte einfach majestätisch.

Alle erhoben sich und Charlotte tat es ihnen gleich. Die Damen sanken in einen Knicks, die Männer verbeugten sich. Charlotte hatte noch nie in ihrem Leben so lange und so tief geknickst. Ihre Frisur schien gefährlich ins Wanken zu geraten und am liebsten hätte sie sie festgehalten.

Als alle sich erhoben, schaute Charlotte die Königin neugierig an. Sie war wunderschön, ihre Züge sanft und freundlich. Sie lächelte allen zu und ging dann hinüber zu ihrem Ehrenplatz in der ersten Reihe. Doch bevor sie sich setzte, wechselte sie einige Worte mit Thomas Hartfort.

Claire und ihre Freundinnen hatten schon wieder zu tuscheln begonnen, während alle darauf warteten, dass die Königin sich setzte und auch sie wieder ihre Plätze einnehmen konnten.

Charlottes Blick wanderte über die anderen Menschen, die vorn standen und auf einmal schaute sie in dunkle, mandelförmige Augen, die aufmerksam auf sie gerichtet waren. Hastig wandte sie den Blick ab.

Es war die Frau, die Alexander so herzlich begrüßt hatte. Charlottes Herz schlug schneller.

Als die Königin sich setzte, wagte sie noch einen Blick. Zum Glück schaute die Frau sie nicht mehr an, sondern sagte ebenfalls etwas zu Thomas Hartford, der wegen ihrer Worte lachte. Sie waren so vertraut miteinander, als ob sie zu einer Familie gehörten. Charlotte wurde schlecht.

Und obwohl sie nicht wollte, starrte sie die Frau weiterhin an. Sogar die Art, wie sie stand, war elegant. Viel eleganter, als Charlotte es jemals sein würde, selbst wenn sie es darauf anlegte. Sie trug ein gelbes Kleid, das ihre dunklen Haare, die zu einer eleganten, aber nicht überladenen Frisur frisiert waren, zur Geltung brachten.

Am liebsten hätte Charlotte den Raum verlassen, aber sie konnte hier nicht raus. Das hatte Claire ihr vorhin eingeschärft. Wenn die Königin da war, verließ niemand den Raum. Wenn sie stand, standen alle, wenn sie saß, durfte man sich setzen, wenn sie eintrat, knickste man.

Und man durfte auch nicht sprechen, also konnte sie Claire nicht fragen, wer diese Frau war.

Sie seufzte und ergab sich. Zumindest freute sie sich auf die Musik.

Thomas Hartfort wollte sich gerade setzen, als seine Aufmerksamkeit von etwas hinten im Saal angezogen wurde. Er lächelte und hob fragend eine Augenbraue. Es war, als ob er stumm mit jemandem kommunizierte. Dann nickte er kurz und wies auf die erste Reihe, bevor er sich selbst setzte.

Einige der Anwesenden wandten sich um, da sie natürlich gesehen hatten, dass der Musiker ohne Worte mit jemandem sprach. Charlotte tat es ihnen gleich und mit einem Mal stockte ihr der Atem. Alexander ging gemessenen Schrittes durch den Raum. Er wirkte ernst, nickte aber einigen der Anwesenden zu.

Atemlos beobachtete sie, wie er zur ersten Reihe ging, genau dorthin, wo die Frau sitzen musste. Charlotte konnte sie nicht sehen, da zu viele Hinterköpfe im Weg waren.

Alexander verbeugte sich tief vor der Königin, dann richtete er sich auf und ließ seinen Blick über die Anwesenden gleiten, auf die er von da vorn einen guten Blick hatte. Es war, als suchte er jemanden und Charlottes Herz schlug schneller. Dann waren seine Augen bei ihr und Charlotte konnte nicht mehr atmen. Er schien die Stirn zu runzeln und auf einmal wurde sie sich des Gewichts ihrer Frisur bewusst. Er starrte sie einfach nur an, während Charlotte heiße und kalte Schauer über den Körper liefen. Bis zu diesem Moment hatte sie nicht gewusst, dass sie sich derart nach ihm sehnte. Doch jetzt schmerzte ihr gesamter Körper vor Sehnsucht.

Sie versuchte zu lächeln, aber es gelang ihr nicht. Und auch seine Miene verdunkelte sich eher, als dass sie freundlicher wurde. Dann brach er den Blickkontakt ab, indem er sich hinsetzte und sie konnte nur noch ein kleines Stück seiner Haare sehen. Haare, die sie schon berührt hatte, als sie sich unter der Linde beim Erntefest geküsst hatten.

Auf einmal wurde ihr schlecht. Was tat sie hier eigentlich? Sie trug eine alberne Frisur, ihr bestes Kleid, das hier nicht einmal für eine Zofe gut genug war, sie war einsam, hatte nichts zu tun und verbrachte den Tag damit, dem Geplapper von ein paar dummen Gänsen zuzuhören. Dabei wurde sie in Greenhills gebraucht. Es war ein Fehler gewesen, hierher zu kommen.

Die Musik begann und Charlotte versuchte, ihr zu lauschen, doch sie konnte nur daran denken, dass sie von hier fort wollte. Ihre Kopfhaut begann zu jucken und am liebsten hätte sie sich all die Nadeln, Bänder und wer weiß, was da noch drin war, aus den Haaren gezogen.

Plötzlich wurde es vorn ein wenig unruhig, während Thomas Hartfort weiterspielte. Seine Augen aber betrachteten aufmerksam etwas in der ersten Reihe.

Auf einmal sah Charlotte, wie Alexander aufstand und dann die dunkelhaarige Frau. Sie presste sich ein Taschentuch vor den Mund und war blass. Sie knickste vor der Königin, Alexander verbeugte sich rasch und dann führte er die Frau aus dem Saal. Sie hatte eine Hand auf den Bauch gelegt und Charlottes spürte, wie eine Eiseskälte in ihr aufstieg. Wenn sie eines erkannte, dann waren es schwangere Frauen. Sie hatten diese typische Geste, ihren Bauch mit mindestens einer Hand zu schützen, die sie ganz unbewusst machten. Und diese Frau hatte diese Geste gemacht. Wenn ihr auch noch übel war, konnte sie nur schwanger sein. Und Alexander hatte sie rausbegleitet, obwohl man nicht aufstehen durfte, wenn die Königin noch saß.

Am liebsten hätte Charlotte angefangen zu weinen, doch sie wusste, dass sie Claire und ihren Freundinnen keine

Angriffsfläche bieten durfte. Die tuschelten schon wieder über den unerhörten Abgang und Charlotte war sich sicher, dass sie mehr über die Frau erfahren hätte, wenn sie ihre Cousine gefragt hätte, doch diese Blöße würde sie sich nicht geben.

Mahnendes Zischen wurde laut und es wurde wieder still im Saal. Charlotte konnte nicht mehr der Musik zuhören und auch nicht Thomas Hartfort anschauen, sie musste einfach nur überleben. Wie, wusste sie nicht. Sie hatte schon einmal gehört, dass Eifersucht ein schlimmes und quälendes Gefühl war, eines der schlimmsten, aber sie hatte sie noch nie gefühlt. Dieses Ziehen an ihrem Herz und die Übelkeit, der Wunsch sich auf ihr Bett zu werfen und zu weinen, bis es nichts mehr zu Weinen gab, musste wohl Eifersucht sein.

Oh, hätte sie ihn doch nie geküsst.

Auf einmal stieß Claire sie an. »Er schaut dich schon wieder so an.«

Charlotte hob den Kopf und blickte direkt in die blauen Augen von Thomas Hartfort. Aufmerksam war er und neugierig, doch als er ihren Blick auffing, wandte er den Kopf ab.

Dann endlich war das erste Stück vorbei. Die Königin erhob sich, um zu klatschen und alle taten es ihr gleich.

Auf einmal hielt Charlotte es nicht mehr aus. Sie wandte sich ab, drängelte sich an ein paar Zuschauern vorbei, achtete nicht auf das Rufen von Claire und flüchtete zur Tür. Was würde schon groß passieren, wenn sie vor der Königin den Raum verließ? Sie konnten sie nicht so bestrafen, dass ihr Leben hier schlimmer werden würde. Es war schon die Hölle.

Keuchend erreichte sie den Flur und schaute sich um. Wohin musste sie gehen? Sie rannte erst in die eine Richtung, kehrte dann um und nahm eine Treppe hinauf, dann wieder den Gang entlang. Doch sie ahnte schnell, dass sie nicht wusste, wo sie war und wohin sie musste. Sie lief sonst nur immer Claire hinterher. Dieser Palast verwirrte sie.

Schließlich ließ sie sich erschöpft in einen Erker sinken. Sie war sich nicht einmal mehr sicher, ob sie auf dem richtigen Stockwerk war.

Die Sonne war schon untergegangen, aber es war noch dämmrig draußen. Es war ihr egal, ob sie hier die ganze Nacht sitzen bleiben würde, es war allemal besser, als in den Saal zurückzukehren oder mit Claire und ihren Freundinnen zusammen zu sein.

Ihre Kopfhaut juckte, weil sie so schnell gelaufen war. Eine Haarnadel schien verrutscht zu sein, denn sie stach unangenehm kurz hinter ihrem Ohr.

Auf einmal konnte Charlotte es nicht mehr ertragen und begann, an der Frisur zu zerren. Doch die Bänder und Nadeln schienen mit ihren Haaren verwachsen zu sein und ließen sich nicht lösen. Charlotte zog so heftig daran, dass es weh tat. Eine Strähne löste sich und fiel auf ihre Schulter, eine andere landete in ihrem Gesicht.

»Verdammt«, murmelte sie. Henry kam ihr in den Sinn und wie er sie damals, als Alexander auf der Treppe zusammengebrochen war, getadelt hatte, dass sie nicht fluchen sollte. Die Erinnerung sowohl an Henry als auch an ihre erste Begegnung mit Alexander verstärkte ihre Verzweiflung und sie riss noch heftiger an den Haaren. Endlich begannen auch die Tränen zu laufen, doch sie halfen nicht dabei, die Haare zu lösen. »Verdammt, verdammt, verdammt«, sagte Charlotte wieder und ihr wurde klar, dass sie die Frisur nicht würde lösen können. Vermutlich sah sie aus wie eine Vogelscheuche.

»Kann ich Euch helfen?«, fragte auf einmal eine sanfte Stimme neben ihr. Sie hatte diesen besonderen Singsang, den sie in den vergangenen Tagen schon bei zwei Männern und einer Frau gehört hatte, die allesamt wie die Königin aus Italien stammten.

Charlotte schrak auf und schaute sich um. Als sie erkannte, wer direkt neben ihr stand, weiteten sich ihre Augen vor Entsetzen und sie brachte kein Wort heraus. Es war die Frau. Wieder hielt sie eine Hand auf den Bauch und schaute Charlotte besorgt, aber ruhig an. »Lady Dalmore, nicht wahr?«

Charlotte schniefte und wollte sich gerade mit dem Ärmel

über die Nase wischen, als ihr einfiel, dass eine Dame so etwas nicht tat. Aber ein Taschentuch hatte sie natürlich nicht.

Als sich der Moment in die Länge zog, merkte sie, dass sie ihr antworten musste. »Es geht schon«, murmelte sie. »Die Frisur hat mich gestört.«

Ein leichtes Lächeln zuckte um die Mundwinkel der Frau. »Das kann ich verstehen. Ich könnte es nicht aushalten, so einen Turm auf dem Kopf zu tragen. Einmal habe ich es probiert, aber für mich ist es nichts.«

Sie klang so nett, doch Charlotte wehrte sich gegen das Gefühl. Sie nickte und starrte auf die Spitzen ihrer Schuhe. »Meine Cousine wollte unbedingt, dass ich es ausprobiere. Und ich hasse es.«

Sie konnte beinahe hören, wie die Frau lächelte. »Lady Claire war schon immer sehr modisch, aber das ist nicht für jede Frau etwas. Auch wenn Eure Haare scheinbar ideal dafür sind.« Sie schwieg kurz. »Kommt, ich mache Euch die Bänder raus. Ich glaube, es hat sich alles ziemlich verknotet.«

Charlotte straffte die Schultern. »Ich glaube, die kleine Mary kann das schon.«

Eine perfekt geschwungene Augenbraue hob sich. »Die kleine Mary?«

Charlotte errötete. »Meine Dienerin. Wir haben drei Marys bei uns im Dorf und ich habe die kleine Mary mitgebracht, damit sie mir helfen kann.«

Etwas flackerte in den dunklen Augen auf und Charlotte fragte sich, was es war. Dann sagte sie: »Aber Euer Zimmer liegt auf der anderen Seite des Schlosses. Meines ist gleich hier. Lasst mich schnell Eure Haare etwas richten, dann könnt Ihr hinübergehen und es fällt nicht allzu sehr auf.«

Sie wies auf eine Tür, die dem Erker direkt gegenüber lag.

Charlotte zögerte, doch dann wurde ihr klar, dass sie zum einen keine Wahl hatte und zum anderen war dies die Gelegenheit mehr über die andere Frau zu erfahren. Also nickte sie und erhob sich.

Wenig später saß sie vor einem feinen Frisiertisch, der in

einem Schlafzimmer stand. Verstohlen schaute Charlotte sich um. Sie konnte nicht einschätzen, ob die Frau hier allein lebte oder nicht.

Vorsichtig begann sie die Bänder in Charlottes Haaren zu lösen. Sie nahm das Gespräch wieder auf. »In Eurem Dorf gibt es also drei Marys. Wo liegt dieses Dorf?«

»In der Nähe von Sunderland, Durham County.«

Die andere warf ihr einen Blick im Spiegel zu. »Vermisst Ihr es?«

Charlotte nickte heftig und riss der Frau damit eine Strähne aus der Hand. »Entschuldigung«, murmelte sie.

»Was genau vermisst Ihr?«

Charlotte straffte die Schultern. »Alles. Aber vor allem die Menschen. Es ist ganz anders als hier.«

Die Frau lächelte sie an. »Das kann ich mir vorstellen. Vermutlich ist Sir Alexander deshalb so lange bei Euch geblieben.«

Charlotte erstarrte und hielt die Luft an. Was meinte sie damit?

Auf einmal wurde ihr klar, dass die andere Frau sie aushorchte. »Er war krank«, sagte sie so neutral wie möglich. »Ich habe mich um ihn gekümmert und dann musste ich noch abwarten bis das Kind von Anni geboren war, bis wir aufbrechen konnte. Es war nicht seine Schuld, dass es so lange gedauert hat.«

Interessiert schaute die Frau sie an, dann entwirrte sie ein weiteres Band aus den Strähnen und so langsam begannen Charlottes Haare wieder wie ihre eigenen auszusehen. Doch es war merkwürdig intim, dass diese Frau ihre Haare derart berührte.

Es schien, als wollte sie etwas sagen, doch dann verzog sie plötzlich das Gesicht. Sie murmelte eine Entschuldigung, presste die Hand auf den Mund, rannte zu einer kleinen Kammer und schloss hastig die Tür hinter sich. Charlotte konnte trotzdem hören, dass sie sich erbrach. Sie hatte also recht gehabt.

Es dauerte nicht lange und die Frau erschien wieder. »Verzeiht«, sagte sie. »Ich habe mir den Magen verdorben.«

Für einen kurzen Moment schloss Charlotte die Augen, dann nahm sie all ihren Mut zusammen und fragte: »In welchem Monat seid Ihr?«

Fassungslos starrte die Frau sie an. Sie legte eine Hand auf den Bauch. »Woher wisst Ihr davon?«

Charlotte hob die Schultern. »Ich sehe so etwas. Ich bin Heilerin.«

Es hörte sich beinahe ein wenig albern an, das hier zu sagen, in einem Schloss, wo es mehrere Ärzte gab, die das an irgendwelchen feinen Universitäten studiert hatten.

Die Frau zögerte nur kurz, dann nickte sie. »Ich habe vor sechs Wochen geheiratet.«

Charlotte war, als hätte jemand ihr eine Ohrfeige verpasst, so benommen fühlte sie sich auf einmal. Alexander hatte direkt vor seiner Abreise nach Greenhills geheiratet und ihr dann gesagt, dass es keine Frau in seinem Leben gab? Sie konnte nicht fassen, dass er so niederträchtig war.

Langsam erhob sie sich. »Weiß Sir Alexander von der Schwangerschaft?« Dann wurde ihr klar, was sie gerade gesagt hatte und dass sie das höchstens hätte denken dürfen. Ihre Wangen begannen zu brennen. »Verzeiht, es geht mich natürlich nichts an, was Ihr mit Eurem Ehemann besprecht.«

Für einen Moment war es ganz still und Charlotte schätzte den Weg zur Tür ein, den sie gleich rennen würde, um dieser Situation schnellstmöglich zu entkommen. Doch zu ihrer Überraschung lachte die Frau. Es war ein herzliches Lachen und kein hämisches. Verwirrt starrte Charlotte sie an.

Die Frau stemmte die Arme in die Seiten. »Lady Dalmore, mein Ehemann weiß über meinen Zustand bescheid und er freut sich sehr, aber Sir Alexander weiß noch nicht, dass ich ein Kind erwarte.«

Charlotte hatte Mühe zu begreifen, was sie gerade gesagt hatte. Doch dann schien die Bedeutung ihrer Worte in sie einzusickern. Langsam ließ sie sich wieder auf den Stuhl sinken. »Alexander ist nicht Euer Ehemann?«

Sie lächelte. »Nein, meine Liebe, mein Mann ist Lord Jonathan Wickham. Er ist leider nicht hier, weil er für den König ein paar neue Pferde besorgt, da er die Aufsicht über den Stall übertragen bekommen hat. Sir Alexander war so gut, mich vorhin aus dem Saal zu geleiten, weil mir so übel war.« Aufmerksam betrachtete sie Charlotte.

Auf einmal schienen mehrere Mosaikstücke an ihren Platz zu fallen, als Charlotte sich an das Geplapper von Claire erinnerte. »Dann seid Ihr diese Contessa?« Sie dachte auch daran, dass Jane gesagt hatte, wie sehr dieser Jonathan seine Frau anhimmelte, doch das behielt sie für sich.

»Das ist mein ehemaliger Titel. Contessa Valentina Turrini, aber jetzt Lady Valentina Wickham. Und nun fällt mir auch auf, dass wir einander nie vorgestellt wurden und ich nur wusste, wer Ihr seid, weil jeder die Neuen kennt, die hierher kommen. Vor allem die, die Alexander bringt.«

Ihre dunklen Augen ruhten auf Charlotte, als suchten sie in ihrem Gesicht nach etwas.

Charlotte bemühte sich, sich nichts anmerken zu lassen, aber Erleichterung durchflutete sie. Alexander war also nicht verheiratet. Zumindest nicht mit dieser Frau.

Lady Valentina lächelte sie an. »Wenn ich Euch richtig verstanden habe, war Alexander krank und Ihr habt ihn gesund gepflegt. Dann möchte ich Euch von Herzen dafür danken. Er hat uns allen natürlich nichts davon erzählt. So wie er selten etwas preisgibt. Egal, was ihn bewegt.«

Charlotte senkte den Kopf, freute sich aber über den Dank. »Jeder hätte das gleiche getan.«

»Aber nicht jeder hat die Fähigkeiten dazu, so etwas zu tun.«

Für einen Moment schwiegen sie, dann erhob Lady Valentina sich. »Am besten richte ich jetzt Eure Haare. Ich muss gleich wieder zur Königin.«

Ihre Finger machten sich wieder an Charlottes Locken zu

schaffen und auf einmal fand sie es gar nicht mehr so unangenehm. Sie stellte fest, dass sie Lady Valentina sogar mochte. Sie hatte den gleichen Scharfsinn wie Alexander, war freundlich, aber bestimmt und vor allem nicht so albern und dumm wie Claires Freundinnen.

Als hätte sie ihre Gedanken gelesen, sagte Lady Valentina: »Wie gefällt es Euch hier in Saint-Germaine-en-Laye? Soweit ich weiß, hat Lady Claire Euch in Beschlag genommen. Sie hat sich sehr darauf gefreut, dass Ihr kommt.«

Charlotte hob die Schultern, während Lady Valentina die letzten Haarnadeln herauszupfte. »Es ist ungewohnt, den ganzen Tag mit Menschen zusammen zu sein, die…«, sie suchte nach den richtigen Worten und Lady Valentina half ihr aus. »Die nur über Kleider, unmögliche Frisuren und potentielle Ehemänner nachdenken?«

Charlotte nickte erleichtert. »Versteht mich nicht falsch, meine Cousine Claire ist eigentlich ganz liebenswert, aber es scheint, als ob ihr andere Dinge im Leben wichtig sind, als mir.«

Ihre Blicke trafen sich wieder im Spiegel. »Und was ist Euch wichtig, Lady Charlotte?«

Sie atmete tief ein. »Die Menschen in Greenhills und meine Heilkunst. Ich liebe es, das Gut zu führen und anderen Menschen zu helfen.«

»Das sind nicht gerade die Themen, die Lady Claire und die anderen…«, sie machte eine bedeutungsvolle Pause, »Damen bevorzugen. Verzeihung, ich habe sie früher immer Gänschen genannt, aber ich versuche, das abzulegen. Verratet Eurer Cousine nicht, dass ich das gesagt habe.«

Charlotte schüttelte den Kopf. »Auf keinen Fall.« Sie tauschten ein Verschwörerlächeln im Spiegel. »Und es stimmt, Claire und ich haben ganz unterschiedlichen Interessen. Ich hatte gehofft, dass sie mir den Kräutergarten zeigen würde, denn Sir Alexander hat gesagt, dass er mich begeistern würde, aber sie weiß nicht einmal wo er ist.«

Die schlanken Finger von Lady Valentina hielten für einen

Moment inne, als sie den Kopf schief legte und Charlotte im Spiegel fragend anschaute. »Und Alexander hat ihn Euch noch nicht gezeigt?«

Charlotte schluckte. »Ich habe ihn seit meiner Ankunft nicht mehr gesehen. Bis heute Abend. Und da war er so schnell wieder fort.«

Erneut schoss ihr die Röte in die Wangen. Sie plapperte schon wie eine von Claires Freundinnen.

Lady Valentinas Blick ruhte nachdenklich auf ihr, dann nahm sie eines der gelben Bänder und band Charlotte einen einfachen Zopf im Nacken. »Verzeiht, aber diese Farbe passt überhaupt nicht zu dem Rot Eurer Haare.«

»Das liegt daran, dass es nicht meine Bänder sind«, erklärte Charlotte. Dass Claire ihre Bänder als zu schäbig eingeschätzt hatte, sagte sie nicht, denn auch Lady Valentina war so unglaublich elegant.

Die trat einen Schritt zurück. »Kommt morgen früh zu mir. Ich werde Euch den Garten zeigen.«

»Wirklich?«, fragte Charlotte. »Oh, das wäre wunderbar. Ich muss einige Heilkräuter auffüllen.« Sie zögerte. »Wenn Ihr wollt, kann ich Euch einen Tee gegen die Übelkeit bereiten.«

Lady Valentinas Augen weiteten sich. »Das wäre wunderbar. Ich habe schon überlegt, ob ich den Dienst bei der Königin aufgeben soll, weil ich mich ständig entschuldigen muss.« Sie erhob sich mit einem Lächeln. »Lady Charlotte, ich muss sagen, ich bin sehr froh, dass Ihr da seid. Und ich finde es unverzeihlich von Alexander, dass er Euch uns bisher vorenthalten hat.«

Charlotte senkte den Kopf und zum ersten Mal, seit sie im Schloss angekommen war, spürte sie, wie sich etwas in ihr entspannte. Ihr war, als würde sie sich mit Lady Valentina besser verstehen als mit den anderen Frauen.

Hoffnung keimte in ihr auf. Vielleicht hatte es ja doch etwas Gutes gehabt, dass Claire ihr Haare derart furchtbar frisiert hatte, sonst hätte sie Lady Valentina niemals kennengelernt.

KAPITEL ZWANZIG

Alexander klopfte an der Tür von Lord Seaforth und betete zugleich, dass Charlotte da sein möge und auch wieder nicht. Zum einen sollte sie endlich dieses Gespräch mit ihrem Onkel führen, zum anderen wusste er nicht, ob er es aushalten würde, ihr zu begegnen. Seit er sie vor einigen Tagen bei dem Musikabend gesehen hatte und sie so verändert schien, konnte er es kaum mehr ertragen, an sie zu denken. Er hatte gemerkt, dass sie sich nicht wohlfühlte mit dieser Frisur und mit den anderen jungen Damen.

Es waren Schuldgefühle, die ihn plagten, weil er sie aus Greenhills herausgerissen und hierher gebracht hatte. Sie gehörte nicht in einen Königspalast. Es war, als hätte man ein Wildtier eingefangen und würde es in einem Käfig halten.

Lord Seaforth erwartete ihn schon. »Setzt Euch, setzt Euch, Sir Alexander.« Er wies auf einen Stuhl. »Ihr könnt Euch denken, worum es geht?«

Vorsichtig ließ Alexander sich auf dem Stuhl nieder. »Vermutlich um Euren Auftrag an mich.«

»Richtig. Da meine Nichte nun hier ist, habt Ihr den Auftrag beendet und hier ist Eure Bezahlung.« Er klopfte auf eine Börse auf dem Tisch. »Aber bevor ich sie Euch gebe, habe ich noch ein paar Fragen.«

Alexander hob die Augenbrauen. »Ich höre.«

»Was könnt Ihr mir über Greenhills sagen?«

Überrascht schaute Alexander ihn an. »Sollte das nicht besser Eure Nichte beantworten? Oder habt Ihr schon mit ihr gesprochen?«

Der alte Lord zog die buschigen Augenbrauen zusammen. »Sie ist eine Frau, Sir Alexander, was soll sie mir schon über das Gut sagen können?«

Alexander lehnte sich zurück. »Ihr wäret überrascht, Lord Seaforth. Sie kennt sich vorzüglich aus und führt das Gut mit sicherer Hand. Ich glaube, es wäre das Beste, wenn wir sie zu unserem Treffen dazu holen.«

Er konnte dieses Gespräch nicht ohne Charlotte führen. Es war der Grund, warum sie hierher gekommen war.

Doch der Lord schüttelte den Kopf und schaute Alexander missmutig an. »Wie ich schon sagte, sie ist eine Frau und hat nur Kleider und Vergnügungen im Kopf. Sie weiß nichts über diese Dinge.«

»Habt Ihr schon einmal mit ihr gesprochen?«

Er sagte nicht, dass Charlotte mehr über die Führung eines Guts wusste, als die meisten Männer, die er kannte.

»Nein und das habe ich auch nicht vor. Alles, was ich wissen muss, weiß ich und ich habe entsprechende Vorkehrungen getroffen. Mir war nur wichtig, welchen Eindruck Ihr gewonnen habt. In welchem Zustand ist Greenhills?«

Alexander musste sich beherrschen, nicht aufzuspringen und Charlotte zu holen. Es war nicht gerecht. Ihr Onkel kannte sie nicht einmal. Dann war es wohl an ihm für sie und ihre Leistungen zu sprechen.

»Greenhills ist in einem sehr guten Zustand. Es ist hervorragend geführt. Ich habe mir die Bücher angeschaut, Lady Charlotte hat alles im Griff. Selbst die Buchführung und die schwierigen Entscheidungen, die jemand, der ein Gut führt treffen muss, beherrscht sie. Ihr könntet Euch niemand besseren wünschen, der die Geschicke von Greenhills leitet.«

Lord Seaforth hatte ihm mit gerunzelter Stirn zugehört. »Gut, gut«, sagte er. »Wirft es denn auch etwas ab?«

Alexander zögerte. Das war das Hauptargument gewesen, das Charlotte nutzen wollte, um ihren Onkel davon zu überzeugen, dass sie das Gut weiterhin führen sollte. Wenn er es bereits jetzt brachte, hatte sie ihr Pulver schon fast verschossen. Dennoch nickte er. »Es ist sehr profitabel, Lord Seaforth. Aber ich glaube wirklich, dass Ihr Lady Charlotte dazu holen solltet. Sie kann Euch besser berichten, was Ihr wissen wollt. Ich habe nur einen kurzen Blick in die Bücher geworfen.«

Das war eine glatte Lüge, aber er musste den alten Mann dazu bringen, dass er Charlotte zuhörte.

Doch der machte nur eine wegwerfende Handbewegung. »Ich weiß alles, was ich wissen muss.« Er rieb sich sogar die Hände und Alexander spürte, wie Wut langsam in ihm hochkochte. Doch er beherrschte sich, denn er wusste, dass er den alten Mann nur gegen sich aufbringen würde. Lord Seaforth musste einfach einsehen, dass Charlotte zwar die Führung von Greenhills übernehmen konnte, aber den Schutz der Familie brauchte. Und wenn ihr Onkel sie nicht sprechen ließ, dann musste er eben für sie sprechen.

Deswegen sagte er: »Allerdings gibt es Probleme mit dem Nachbarn. Und dafür braucht Lady Charlotte Eure Hilfe. Sie braucht die Unterstützung einer starken Familie wie es die Eure ist.«

Er hasste es, dem alten Lord Honig um den Bart zu schmieren, aber vielleicht musste es sein.

»Was für Probleme? Und welcher Nachbar?«

So leicht ließ Lord Seaforth sich nicht umschmeicheln.

Alexander atmete tief durch. Das lief nicht so, wie er es sich vorgestellt hatte. »Der Duke of Egerton. Er selbst ist bettlägerig, aber sein Sohn Gilbert ist wieder auf dem Landsitz. Wie Ihr vielleicht wisst, hat Greenhills einen Zugang zum Fluss und damit zur Küste, den das Anwesen des Dukes nicht hat. Deswegen versucht er, Greenhills zu bekommen. Und er sieht eine Chance, nun da Euer Bruder verstorben ist und Ihr hier in Frankreich seid. Deswegen halte ich es für sehr wichtig, dass Ihr Eure Nichte nach Greenhills zurückschickt, damit Gilbert of Egerton nicht glaubt, dass er sich das Gut einfach so nehmen kann, nur weil Ihr dem richtigen König treu ergeben seid und nicht wie er einfach die Seiten gewechselt hat.«

Der Lord schaute ihn durchdringend an. »Ich danke Euch für diese Informationen, Sir Alexander, aber ich brauche keine Belehrungen darüber, was ich mit meiner Nichte tue. Ich habe unsere Familienangelegenheiten sehr wohl im Griff.« Er erhob sich und deutete auf die Börse. »Ich danke Euch für die Erfüllung des Auftrags und wünsche Euch einen guten Tag.«

Alexander dachte darüber nach, noch etwas zu sagen, aber er wusste, dass es den alten Lord noch mehr gegen ihn und damit auch gegen Charlottes Sache aufbringen würde. Er musste einen anderen Weg finden.

Langsam erhob er sich und nach kurzem Zögern griff er nach der Börse. Steif sagte er: »Das wünsche ich Euch auch, Lord Seaforth. Wenn ich wieder einmal etwas für Euch tun kann, lasst es mich wissen.«

Eine buschige Augenbraue hob sich. »Eines solltet Ihr noch wissen. Da Ihr viel länger gebraucht habt, als erwartet, habe ich Euer Honorar gekürzt und das nächste Mal werde ich mir jemand anderen suchen. Danke, Sir Alexander.«

Ihm blieb nichts anderes, als die Schultern zu straffen und wortlos das Zimmer zu verlassen. Es brachte nichts, weiter zu diskutieren, denn der alte Mann hatte seine Meinung gefasst und würde davon nicht abrücken.

Doch die Tatsache, dass Lord Seaforth sein Honorar gekürzt und ihn derart abserviert hatte, war eine Schmach. Nicht zuletzt, weil sich das an diesem Hof herumsprechen würde. Auch, dass er nicht mehr nach England reisen konnte, half nicht dabei, dass er in eine rosige Zukunft blickte.

Alexander schloss die Tür hinter sich, wog die Börse in der Hand und fragte sich, wie lange er damit hinkommen würde. Und was dann?

Doch was noch viel schwerer wog, war die Tatsache, dass

er Charlottes Chance verspielt hatte. Ihr Onkel würde sie nicht mehr anhören und er hatte ihren Fall nicht ausreichend dargelegt. Lord Seaforth nahm Charlotte nicht ernst und wie es ihm schien, hatte er nicht vor, sie nach Greenhills zurückkehren zu lassen. Er musste etwas unternehmen, auch wenn er nicht wusste, was.

Langsam ging er zu seinem Zimmer zurück.

KAPITEL EINUNDZWANZIG

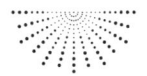

Charlotte war kaum noch in der Lage, etwas zu sehen, so sehr waren ihre Augen von Tränen verschleiert. Sie unterdrückte ein Schluchzen, klemmte ihre Kräutertasche unter den Arm, raffte die Röcke und rannte den Gang entlang, obwohl sie nicht einmal wusste, wohin sie wollte.

In ihr Zimmer, wo Claire vielleicht war oder jederzeit hereinkommen konnte, würde sie nicht zurückkehren. Den Kräutergarten hatte sie immer noch nicht gefunden, weil Lady Valentina ihr aufgrund einer Verpflichtung bei der Königin hatte absagen müssen. Und nun hatte auch noch ihr Onkel sie abgewiesen, dabei hatte sie doch nur einen Krankenbesuch machen wollen.

Heute morgen hatte sie erfahren, dass ihr Onkel mit Fieber im Bett lag. Die Gelegenheit mit ihm zu sprechen und ihm in Erinnerung zu rufen, dass es sie gab, war so günstig, dass sie sie nicht hatte verstreichen lassen können. Also hatte sie ihre Kräuter genommen und war zum Zimmer ihres Onkels marschiert. Doch als der erfahren hatte, dass sie da war, hatte er sie weggeschickt, ohne dass sie ihn gesehen hatte. Ein Diener hatte ihr mit hochnäsiger Miene mitgeteilt, dass »Mylord sie nicht zu sehen wünsche und dass sie sich wieder zu den Spielen im Park begeben könne«.

Die Erinnerung daran trieb Charlotte noch mehr Tränen in die Augen und sie stolperte beinahe blind vorwärts. Als sie an einem Treppenhaus ankam und sich entscheiden musste, ob sie nach unten ging oder weiter auf diesem Stockwerk blieb, wischte sie sich ärgerlich mit dem Ärmel über die Augen.

»Verdammt«, murmelte sie. »Verdammt, verdammt, verdammt.«

Wie immer, wenn sie dieses Wort sagte, musste sie an Henry denken und auf einmal drohte der Kummer sie zu überwältigen. Sie schluchzte auf und ließ sich auf die oberste Stufe sinken. Ein paar Herzschläge lang versuchte sie, einfach nur zu atmen. Was sollte sie bloß tun?

In diesem Moment erschien am unteren Ende der Treppe eine Gestalt. Eine allzu vertraute Gestalt. Charlotte stöhnte leise auf. Damit konnte sie jetzt nicht auch noch umgehen. Es tat einfach zu weh.

Alexander hatte schon einen Fuß auf die Treppe gesetzt, als er sie erblickte und ebenfalls erstarrte.

Charlotte wollte nicht, dass er sie so sah. Außerdem schien er sowieso das Interesse an ihr verloren zu haben. Rasch erhob sie sich, raffte ihre Röcke und lief so schnell sie konnte den Gang weiter. Sie schämte sich, dass sie nicht einmal »Guten Tag« gesagt hatte. Doch auch das wäre albern gewesen, denn anscheinend hatte er ihr auch nichts mehr zu sagen.

Ihre Wangen brannten und sie lief so schnell, dass sie keuchte. Dann merkte sie auf einmal, dass der Gang endete und nur ein paar Türen davon abgingen. Es gab kein Treppenhaus, durch das sie fliehen konnte.

Hinter sich hörte sie Schritte. Ohne sich umzudrehen, riss sie eine der Türen auf und wollte sich gerade in dem Raum verstecken, als sie sah, dass zwei Männer darin saßen und sie verwundert anschauten. Hastig schlug sie die Tür wieder zu und schaute sich panisch um. Welche Tür sollte sie als nächste nehmen? Zurück konnte sie nicht.

In diesem Moment hörte sie eine ruhige Stimme direkt hinter sich.

»Charlotte.«

Sie schloss die Augen. »Lass mich.«

»Dir geht es nicht gut.«

»Ich sagte, lass mich.«

Ihren Worten folgte ein Schluchzen und sie presste eine Hand auf den Mund. Anschauen konnte sie ihn nicht.

In diesem Moment öffnete sich die Tür, die sie gerade aufgerissen hatte.

»Ah, Sir Alexander, Ihr seid es. Alles in Ordnung?«

»Danke der Nachfrage, Lord Thornton. Lady Dalmore hat sich verlaufen, ich werde ihr den richtigen Weg zeigen.«

»Der Palast kann sehr verwirrend sein, wenn man neu hier ist.«

»So ist es. Ich wünsche Euch einen guten Tag«, sagte Alexander und die Tür schloss sich wieder.

Zu ihrem eigenen Entsetzen schluchzte Charlotte erneut auf. Sie wollte nicht vor Alexander weinen. Sie wollte ihn gar nicht sehen.

»Ich gehe jetzt«, sagte sie, doch ihre Beine rührten sich nicht von der Stelle. Stattdessen kamen noch mehr Tränen, die über ihre Wangen liefen. Sie wischte sie mit dem Ärmel weg, nur um Platz für neue Tränen zu machen.

Geduldig stand er neben ihr und wie immer fühlte sie seine Präsenz, die ihr eigentlich so gut tat. Vielleicht bewegten sich ihre Beine deswegen nicht.

»Komm mit«, sagte er leise und nahm sie vorsichtig am Arm. Seine Berührung verbrannte sie beinahe, obwohl er nicht direkte ihre Haut berührte, sondern nur den Stoff ihres Ärmels. Warum hatte er nur diese Wirkung auf sie?

Widerstandslos ließ sie sich von ihm zu einer der anderen Türen führen. Dahinter lag ein kleiner Salon, in dem aber niemand war. Er schob sie in den Raum und schloss die Tür hinter ihnen.

Noch immer konnte Charlotte ihn nicht anschauen, sondern starrte nur auf ihre Schuhe, die unter ihrem Rock hervorschauten. Es waren lächerliche kleine Pantoffeln, die Claire ihr geliehen hatte. Sie schämte sich für diese Schuhe fast genauso wie für ihre Tränen. Das war nicht sie.

»Komm her«, sagte Alexander wieder und zu ihrer Überraschung zog er sie in seine Arme.

Für einen Moment war Charlotte wie erstarrt, aber dann ergab sie sich dem wunderbaren Gefühl, in seinen Armen zu liegen. Und jetzt kamen die Tränen erst richtig. Sie vergrub ihr Gesicht an seiner breiten Brust und ließ zu, dass er sie hielt, über ihren Rücken strich und beruhigende Worte in ihr Haar flüsterte. Mit jeder zärtlichen Geste von ihm wurde sie trauriger und irgendwann begann sie unkontrolliert zu zittern.

So lange hatte sie alles zurückgehalten, doch jetzt brachen sich all die Sorgen, die Einsamkeit und das Gefühl des verloren Seins, Bahn und drohten sie von den Füßen zu reißen. Doch Alexander hielt sie fest und gab ihr den sicheren Raum all diese Gefühle zuzulassen. Sein Griff wurde fester und sie schlang ebenfalls die Arme um ihn.

Endlich, nach einer scheinbaren Ewigkeit, versiegten die Tränen und Charlottes Herzschlag beruhigte sich ein wenig. Sanft strich Alexander ihr über die Haare und Charlotte schloss die Augen. Kurz erlaubte sie es sich, diesen Moment einfach zu genießen und für einen Herzschlag konnte sie sich sogar einbilden, dass sie in Greenhills unter dem Baum neben der neuen Scheune standen, nachdem sie den ganzen Abend getanzt hatten. Doch im nächsten Moment war die Illusion vorbei und sie stellte entmutigt fest, dass sie hier war, in diesem verdammten Schloss mit Menschen, die sie nicht brauchten und nicht wollten. Wieder wurde ihre Kehle eng, doch bevor die Tränen wiederkamen, stieß sie hervor: »Bring mich nach Hause, Alexander. Bitte.«

Seine Umarmung wurde ein wenig fester und sie spürte, wie er den Kopf auf ihre Haare legte. Sie wusste genau, was er sagen würde, aber der Wunsch nach Greenhills zu gehen, war so groß, dass sie die Worte nicht hatte zurückhalten können.

»Es tut mir leid, dass es hier so furchtbar für dich ist«, sagte er leise.

Wieder schluchzte Charlotte und sie vergrub ihr Gesicht in seiner Jacke, die so gut nach ihm roch. »Ich bin eigentlich nicht so«, flüsterte sie. »Aber ich kann nicht mehr.«

Er machte ein beruhigendes Geräusch, seine Hand fand ihren Weg unter ihre Haare und in ihren Nacken und streichelte sie sanft. Charlotte erschauderte. »Doch das kannst du, denn du hast schon ganz andere Dinge geschafft. Du bist hier, um Greenhills für alle, die dort leben, zu sichern. Und das schaffst du auch. Ich helfe dir dabei, das weißt du doch.«

Charlotte ließ seine Worte in sich einsickern und sie wusste, dass er recht hatte. Sie hatte wahrlich schon ganz andere Dinge geschafft, auch wenn er von den meisten nicht einmal etwas ahnte. Doch etwas anderes an seinen Worten machte ihr zu schaffen.

Sie richtete sich auf und löste sich ein wenig von ihm. Sie zwang sich, den Blick zu heben und ihn anzuschauen. Er begegnete ihrem Blick, aber Vorsicht lag darin. Sie holte tief Luft. »Warum gehst du mir aus dem Weg?«

Gequält schaute er sie an, antwortete aber nicht. Es war, als würde er seine Antwort abwägen, als ob er ihr nicht die Wahrheit sagen könnte. Auf einmal stieg Wut in Charlotte auf. Langsam hatte sie genug davon, dass niemand hier sagte, was er wirklich dachte. Sie stemmte die Hände in die Hüften und trat einen kleinen Schritt zurück, um ihn besser sehen zu können.

»Wie willst du mir helfen, wenn du so tust, als würde ich nicht existieren? Ich muss den ganzen Tag mit meiner Cousine und ihren dummen Freundinnen verbringen. Mein Onkel will nicht mit mir sprechen und niemand nimmt mich ernst. Keiner will meine Heilkünste oder über etwas sprechen, was auch nur ansatzweise interessant ist.«

Ärgerlich beobachtete sie, wie er sie zuerst beinahe verzweifelt anschaute, aber dann ein ganz kleines Lächeln um seine Mundwinkel spielte. »Ich weiß wirklich nicht, was daran so lustig sein soll«, fuhr sie ihn an.

Sein Blick wurde weicher. »Weil die Charlotte, die ich kenne, zum Glück noch da ist. Und das ist die Charlotte, die kämpft.«

Sie runzelte die Stirn. »Leider muss ich das aber allein tun, denn du benimmst dich so, als ob ich nicht existieren würde. Warum machst du das?« Wieder schnürte sich ihr fast die Kehle zu. Es tat beinahe weh zu sprechen. »Am Fluss hast du gesagt, dass es kein Abschied ist, aber dann war es doch einer, wenn du mich nicht mehr sehen willst.«

Still betrachtete er sie und sie konnte alle möglichen Gefühle sehen, die sich auf seinem Gesicht abwechselten, auch wenn er sie zu verstecken versuchte. Schließlich seufzte er. »Es war nicht richtig, dir aus dem Weg zu gehen.«

Charlotte atmete tief durch. »Dann hast du es also wirklich getan und ich habe mir das nicht nur eingebildet?«

Aus irgendeinem Grund erleichterte sie das, auch wenn es trotzdem schmerzte.

Er schüttelte den Kopf. »Das hast du nicht.«

»Aber warum?«, fragte sie.

Wieder erschien dieser gequälte Ausdruck auf seinem Gesicht. Es dauerte eine Weile, bis er antwortete, doch Charlotte zwang sich, ihm diese Zeit zu geben. »Weil ich es nicht ertragen kann, dich zu sehen.«

»Warum nicht?« Ihre Stimme war fast nur ein Flüstern und sie war sich nicht sicher, ob er sie gehört hatte.

Schließlich hob er den Kopf, seine blauen Augen bohrten sich in sie. »Weil ich nicht so tun kann, als ob zwischen uns nichts ist. Ich kann nicht bei einem Musikabend neben dir sitzen und so weit weg von dir sein, dass ich dich nicht anfassen kann. Nicht nachdem ich in Greenhills so oft beim Abendessen neben dir gesessen habe und du mir so nahe warst.«

Es schien, als wollte er noch mehr sagen, doch er verstummte.

Charlotte schloss die Augen. Sie fühlte seinen Schmerz, der ihren eigenen widerspiegelte. Dann schaute sie ihn an. »Ich wünschte auch, wir könnten wieder dort sein.« Sie zögerte und dann sagte sie mit hämmerndem Herzen: »Zusammen.«

Er biss die Zähne aufeinander und baute innerhalb weniger Herzschläge diese Mauer wieder auf, hinter der er sich so gern versteckte. »Du weißt, dass das nicht geht. Ich kann nicht zurück nach England. Zumindest im Moment nicht.«

Natürlich wusste sie das, aber bei Gott, sie wünschte sich, dass sie die Macht hätte, es zu ändern. Am liebsten hätte Charlotte ihm angeboten, dass sie ihn auf Greenhills verstecken könnte, aber sie wusste selbst, dass es albern war.

Er straffte die Schultern. »Außerdem müssen wir zuerst sicherstellen, dass du nach Greenhills zurückkehren kannst.« Er atmete tief durch und sie konnte sehen, dass er sich ein Lächeln abrang. »Und bis dahin sollten wir dafür sorgen, dass du dich hier ein wenig wohler fühlst. Das Schloss ist nicht so schlimm, wie du glaubst.«

Sie spürte, dass er versuchte, wieder Boden unter die Füße zu bekommen. Das Geständnis, dass er sie begehrte, war sicherlich nicht leicht für ihn gewesen. Und obwohl er ihr auch gesagt hatte, dass sie keine Zukunft hatten, beflügelte dieser Gedanke sie, denn noch bis vor ein paar Augenblicken hatte sie geglaubt, dass er sie nicht mehr wollte. Zu gern hätte sie ihn geküsst, doch seine Körperhaltung und seine Worte zeigten ihr, dass er ihr diesen Wunsch abschlagen würde. Außerdem würde es sie vermutlich nur noch mehr verwirren. Doch sie war dankbar dafür, dass sie zumindest wieder miteinander sprachen. Deswegen zwang sie sich, noch einen Schritt zurückzugehen, um ihm zu helfen, sich wieder sicherer zu fühlen. Zögernd lächelte sie ihn an. »Zeigst du mir den Kräutergarten?«

Er schien erleichtert ob des Themenwechsels und hob die Augenbrauen. »Du hast ihn noch nicht gesehen?«

Mit einem Kopfschütteln sagte sie: »Lady Valentina wollte ihn mir zeigen, aber leider war sie verhindert und wir hatten noch keine Gelegenheit. Und meine Cousine interessiert sich für so etwas nicht.«

Sein Blick wurde weich, als er sie anschaute. »Dann ist es ja gut, dass ich heute nichts weiter vorhabe. Du bekommst jetzt eine richtige Schlossführung. Mit all den Dingen, die wirklich interessant sind.«

Er trat vor und hielt ihr den Arm hin. Mit klopfendem Herzen hakte sie sich bei ihm ein und schaute zu ihm auf. Es tat so gut, ihm so nahe zu sein.

»Wirst du mich jetzt wieder kennen und Zeit mit mir verbringen? Ein klein wenig zumindest? Oder ist das nur für heute.«

»Nicht nur für heute, ich verspreche es«, erwiderte er und hielt ihrem Blick stand.

Schon lange nicht mehr, hatte sie sich so leicht gefühlt.

Er trat zur Tür und Charlotte atmete tief durch. »Sehe ich sehr zerzaust aus?«, fragte sie und strich sich über die Locken.

Er hielt inne und schaute sie aufmerksam an. »Du bist wunderschön, wie immer.«

Ihr Magen begann zu flattern und sie spürte, dass ihre Wangen rot wurden.

»Ich will nur nicht, dass getratscht wird, wenn ich mit verquollenen Augen an deinem Arm durchs Schloss laufe.«

Er lachte auf und seine Augen funkelten. Bisher hatte sie dieses Lachen so selten gehört, dass es sie immer noch faszinierte. Sie wollte mehr davon.

»Tratschen werden sie sowieso, selbst wenn ich dir nur die Tür aufgehalten und dich dabei einen Moment zu lange angeschaut hätte.« Er legte eine Hand über ihre und ein warmes Gefühl durchströmte sie. »Und wenn die Alternative lautet, dass ich mich wieder von dir fernhalte, lassen wir sie lieber tratschen.« Doch dann zögerte er. »Es sei denn, du möchtest das nicht.«

Charlotte lächelte und schüttelte den Kopf, ohne den Blick von ihm zu wenden. »Ich bin sowieso bald nicht mehr da, sollen sie doch tratschen soviel sie wollen.«

Ein Schatten huschte über sein Gesicht und Charlotte ahnte, dass er nicht daran denken wollte, dass sie bald wieder abreiste. Auch sie wollte daran nicht denken. In diesem Moment wollte sie es einfach nur genießen, die Frau an seinem Arm zu sein.

KAPITEL ZWEIUNDZWANZIG

Die Oktobersonne brach durch die Blätter der Kastanien, die sich bereits gelb zu färben begannen. Die Sonnenstrahlen fingen sich in Charlottes roten Locken, die sie heute nur lose zusammengebunden hatte, wie sie es so oft auch in Greenhills getan hatte. Alexander konnte sich kaum an ihr sattsehen, als sie durch den Kräutergarten ging und hier und da über Pflanzen strich, sich herunterbeugte, an den letzten Blüten roch oder ein Blatt zwischen den Fingern zerrieb. Ab und zu schaute sie zu ihm herüber und dann lächelte sie.

Ihr fast entrückter Gesichtsausdruck und ihre offensichtliche Freude über diesen Garten, zerrten an seinem Herz. Er hätte sie schon viel früher hierher bringen sollen. Das hier war der Platz, an den sie gehörte und nicht der Park, wo Claire und ihre Freundinnen Spiele spielten oder stundenlang tuschelten.

Schon seit über einer Stunde lehnte er an der Mauer und genoss die warmen Sonnenstrahlen und den Anblick, der sich ihm bot. Er hätte, ohne dass es ihm langweilig geworden wäre, hier für den Rest des Tages gestanden, wenn nicht zwei Küchenmägde gekommen wären. Die beiden maßen Charlotte und ihn mit einem kritischen Blick, vertieften sich dann aber ins Kräuter ernten und fingen an zu schnattern und zu tratschen.

Innerhalb kürzester Zeit kehrte Charlotte zu ihm zurück und bemerkte lächelnd: »Du hast gesagt, es gibt auch noch andere schöne Ecken im Schloss?«

Er konnte ihr nicht verdenken, dass sie es nach über zehn Tagen mit Lady Claire und ihren Freundinnen nicht mehr ertrug, wenn diese Mägde tratschten. Also bot er ihr den Arm und führte sie auf dem langen Weg um das Schloss herum zu den Ställen. Den wilderen Teil des Gartens, der unten auf den Terrassen lag, die zur Seine hinunter führten, mit den kleinen versteckten Grotten, hob er sich bis zum Schluss auf.

Er genoss ihre Nähe, wenn sie neben ihm ging und manchmal wie zufällig an ihn stieß. Es erinnerte ihn an die Abende in Greenhills. Noch immer konnte er nicht glauben, dass er ihr tatsächlich gestanden hatte, wie sehr er sie vermisste. Sie hatte es zwar nicht direkt gesagt, aber sie musste ähnlich fühlen, wenn er ihren Blick richtig gedeutet hatte. Und obwohl nach dem Gespräch mit Lord Seaforth auch Sorgen auf seiner Seele lasteten, war er schon lange nicht mehr so zufrieden gewesen.

Sie betraten den Stall durch einen der Hintereingänge und als er ihr die Tür aufhielt und sie an ihm vorbeitrat, legte er kurz eine Hand auf ihren unteren Rücken. Sie warf ihm einen Blick aus diesen warmen Honigaugen zu und er musste sich zusammenreißen, sie nicht in seine Arme zu ziehen und zu küssen. So etwas hatte er noch nie bei einer Frau empfunden.

Doch dann war sie im Stall und eilte auf die erste Box zu und der Moment war vorbei. Er folgte ihr langsamer und gemeinsam schritten sie die Stallgasse entlang. Charlotte staunte über die großen und eleganten Pferde, die so anders waren als die Arbeitspferde bei ihr zuhause.

Am Ende des Stalles in der Nähe des Haupttores war ein Pferd in der Stallgasse angebunden und Alexander sah eine vertraute Gestalt neben dem Tier. Jonathan war also wieder da. Er untersuchte gerade eines der Pferde, die er mitgebracht haben musste, denn Alexander hatte es noch nie hier gesehen. Es war ein junger Fuchshengst, dessen Fell die gleiche Farbe wie Charlottes wilde Locken hatte, und Alexander musste neidlos zugestehen, dass Jonathan ein echtes Auge für Pferde hatte.

Charlottes Augen leuchteten, als sie auf das Tier zutraten und sie dem Hengst die Hand hinhielt, dass er daran schnuppern konnte. Leise redete sie auf ihn ein und lachte, als er an ihrem Gesicht schnupperte und vorsichtig in ihre Haare blies.

Jonathan kam auf der anderen Seite des Pferdes hervor und betrachtete Charlotte verblüfft, dann fiel sein Blick auf Alexander. Ein breites Grinsen breitete sich auf seinem Gesicht aus. »Du bist wieder da.«

»Du auch, wie ich sehe«, antwortete Alexander. Er deutete mit einem Nicken auf das Pferd. »Das hast du gut ausgesucht, würde ich sagen. Das ist aber sicherlich nicht für die Königin.«

Jonathan lachte. »Nein, ganz sicher nicht. Ich habe auch noch eine hübsche kleine Schimmelstute dabei, aber Lord Waldegrave braucht in zwei oder drei Jahren ein neues Pferd und er bat mich nach einem zu schauen.«

Fragend warf er einen Blick zu Charlotte hinüber, die immer noch mit dem Pferd schäkerte und gar nicht zu bemerken schien, dass beide Männer sie anschauten.

Alexander gab sich einen Ruck. »Das ist Lady Charlotte Dalmore. Ich habe sie vor kurzem aus England hierher begleitet.«

Charlotte drehte sich um und kam zu ihnen. Höflich knickste sie. »Guten Tag.«

Jonathans Gesicht hellte sich auf. »Dann seid Ihr also die Cousine von Lady Claire.«

Ein Schatten huschte über Charlottes Gesicht, doch als Jonathan weitersprach, entspannte sie sich wieder.

»Ihr scheint allerdings ganz anders als sie zu sein. Ich habe Eure Cousine noch nie im Stall gesehen und ich könnte mir nicht vorstellen, dass ein Pferd sie mag, wie Rufus Euch zugewandt ist. Ihr kennt Euch mit Tieren aus.«

Es war eine Feststellung und keine Frage.

Aus irgendeinem albernen Grund war Alexander stolz, dass sie Jonathan gefiel.

Aufmerksam betrachtete Charlotte ihn. »Ihr müsst Lord Jonathan Wickham sein.«

Er lächelte und verbeugte sich. »Ist mir mein Ruf also vorausgeeilt? Was hat Alexander über mich erzählt? Dass ich ständig versucht habe, zurück nach England zu fliehen, weil ich mit dem Hof nichts zu tun haben wollte?«

Alexander war erstaunt, wie sehr Jonathan sich in dem halben Jahr, seit sie im Frühjahr hier angekommen waren, verändert hatte. Früher hätte er niemals mit einer Dame so gesprochen, sondern hätte kaum den Mund aufbekommen.

Zu seiner Überraschung lachte Charlotte. Vermutlich war die Tatsache, dass Jonathan Pferde mochte und ebenfalls nichts mit dem Hof hatte zu tun haben wollen, genug, dass sie sich in seiner Gegenwart entspannte. »Nein, davon hat er mir nichts erzählt. Aber das ist schade, denn ich hatte die ganze Zeit ein schlechtes Gewissen, weil ich ihm solche Scherereien bereitet habe, da ich nicht aus Greenhills abreisen wollte.«

»Hat er Euch auch einfach unter den Arm geklemmt und nach Frankreich geschleppt?«, fragte Jonathan mit einem Zwinkern.

Hätte Alexander nicht gewusst, wie vernarrt Jonathan in seine Ehefrau war, vor allem auch deswegen, weil er Valentina zu ihm nach England gebracht hatte, hätte er sich gefragt, ob er mit Charlotte tändelte. Neben ihm fühlte er sich steif und befangen, doch es gefiel ihm, dass Charlotte so offen strahlte. Die beiden hatten so einiges gemeinsam, denn beide liebten ihre Heimat und Jonathan hatte sich ähnlich um Wickham Castle gekümmert, wie Charlotte es mit Greenhills getan hatte. Nein, verbesserte er sich in Gedanken, sie tat es noch. Sie war nur einfach zurzeit nicht dort.

»Wie gefällt es Euch hier?«, fragte Jonathan und griff nach dem Halfter des Hengstes, der schon wieder versuchte an

Charlottes Ärmel zu zupfen, um ihre Aufmerksamkeit zu erlangen.

Charlotte wollte gerade antworten, als Schritte zu hören waren. Jemand rannte auf den Stall zu. Alexander wechselte einen Blick mit Jonathan, denn es war ungewöhnlich, dass hier jemand rannte. Im nächsten Moment bog sein Bruder Thomas in die Stallgasse ein. Er war ein ebenso seltener Anblick im Stall wie Lady Claire. Diese Tatsache und sein Gesicht sagten Alexander, dass etwas passiert war.

Thomas lief auf ihn zu, doch als er den Hengst erreichte, riss dieser den Kopf hoch und begann zu tänzeln. Charlotte und Jonathan redeten beide gleichzeitig beruhigend auf das Pferd ein und sogleich wurde es wieder ruhiger und rollte nur noch ein wenig mit den Augen.

Jonathan, der wie Alexander über den Rücken des Tieres schauen konnte, sagte zu Thomas: »Komm herum, aber geh langsam.«

Vorsichtig trat sein Bruder um das Pferd herum. »Verzeiht, ich wollte nicht stören. Ich muss dich nur rasch etwas fragen. Ach, und willkommen zurück, Jonathan.«

»Was ist passiert?«, fragte Alexander.

Thomas trat zu ihm und sein Blick fiel auf Charlotte. »Oh«, entfuhr es ihm. »Ihr seid der Grund, warum ich Alexander gesucht habe.«

Sie riss die Augen auf. »Ich?«

Thomas nickte und verbeugte sich vor ihr. »Ich bin Thomas Hartfort, Alexanders Bruder.«

Charlotte knickste. »Ich weiß, Ihr seid der Musiker und die Ähnlichkeit ist unverkennbar.«

Alexander runzelte die Stirn. Er fand nicht, dass er und Thomas sich ähnlich sahen, vor allem waren sie so unterschiedlich. »Warum hast du Lady Charlotte gesucht?«, fragte er.

Thomas jedoch beachtete ihn gar nicht und wandte sich direkt an Charlotte. »Sophia, meine Frau, sie ist schwanger und es geht ihr nicht gut. Alexander sagte mir, dass Ihr Euch damit auskennt. Und da ich mir nicht zu helfen weiß und der

Hofmedicus sich geweigert hat, eine schwangere Frau zu untersuchen, wollte ich fragen, ob Ihr vielleicht nach ihr schauen könnt.«

Charlotte warf Alexander einen schnellen Blick zu, der verwundert und erfreut schien, dann nickte sie. »Aber natürlich. Bringt mich zu ihr.«

Thomas' Erleichterung war unübersehbar. »Jetzt gleich? Ich wollte nicht stören.« Er schaute Alexander entschuldigend an.

»So etwas duldet keinen Aufschub«, sagte Charlotte und raffte ihre Röcke. »Wenn es sehr dringend ist, kann ich sogar rennen.«

Alle drei Männer blickten auf die kleinen Pantoffeln, die sie trug und ein grimmiger Ausdruck erschien auf ihrem Gesicht. Sie streifte die Schühchen ab und nahm sie in die Hand. »So geht es besser.«

Thomas nickte und wandte sich ab, Charlotte folgte ihm aus dem Tor hinaus und Alexander wollte den beiden gerade hinterher gehen, als er Jonathans Grinsen auffing.

»Außer dass sie eine Frau ist, ist sie wie ich, findest du nicht?« Er hob die Augenbrauen. »Ich glaube, du musst dich in acht nehmen.«

Alexander warf seinem Freund einen missmutigen Blick zu, aber dessen Grinsen vertiefte sich nur.

»Valentina hat mir auch schon von ihr erzählt. Sie war sehr beeindruckt.«

Erstaunt schaute Alexander ihn an. Valentina und Jonathan hatten sich über Charlotte unterhalten? Und Valentina war beeindruckt. Er war sich nicht sicher, was er davon halten sollte. »Wie lange bist du denn schon wieder da?«, fragte er Jonathan.

Der zuckte mit den Schultern. »Seit ein paar Stunden.«

»Und dann hattest du schon Zeit mit Valentina über Lady Charlotte zu sprechen?«

Am liebsten hätte er gefragt, was sie noch über Charlotte gesagt hatte, denn er schätzte Valentinas Meinung sehr. Allerdings würde er sie nie direkt fragen können, sonst wüsste sie gleich bescheid.

Jonathan hob die Schultern. »Unter anderem. Es gab so einiges zu…,« er hielt inne und sagte dann mit einem Lächeln, »zu besprechen, da ich so lange fort war.«

Alexander schüttelte den Kopf und wandte sich ab. »So genau wollte ich es nicht wissen.«

»Du hast gefragt«, sagte Jonathan und wandte sich wieder dem Hengst zu. »Und jetzt schau, dass du sie nicht wieder aus den Augen verlierst.«

Alexander hielt inne. »Wieder?«

Jonathan warf ihm einen Blick zu. »Valentina erwähnte, dass du dich möglicherweise ein paar Tage nicht um sie gekümmert hast.«

Alexander versteifte sich ein wenig. Valentina wusste schon wieder viel zu viel. »Es war nur meine Aufgabe, sie hierher zu bringen.«

Jonathan lächelte. »Sicher, sie war nur ein Auftrag. Deswegen lässt du jetzt sie auch keine Sekunde aus den Augen. Oder hat dich jemand beauftragt, das auch zu tun.«

Bevor Alexander etwas erwidern konnte, sagte er: »Und jetzt geh schon.«

Als er gerade aus dem Stall ging, rief Jonathan: »Dein Bruder schaut seine Frau übrigens ungefähr genauso an.«

Alexander straffte den Rücken und ging einfach weiter. Das musste Jonathan gerade sagen. Als er sich in Valentina verliebt hatte, war sein Blick ähnlich schmachtend gewesen.

Auf dem Weg zu Thomas' und Sophias Zimmer dachte er über die Worte seines Freundes nach. War es so offensichtlich, dass er Charlotte begehrte? Wenn ja, musste er vorsichtig sein. Es könnte böse für sie alle enden, wenn jemand anfing zu tratschen. Und war es wirklich nur Begehren oder war da mehr, wie Jonathan angedeutet hatte? Er weigerte sich über das Wort Liebe nachzudenken. Er war ein Mann der Vernunft und nicht der Liebe. Bei seinem Bruder war das anders, der hatte ständig irgendwelche

Gefühle, allein schon von Berufs wegen. Aber er nicht. Oder vielleicht doch?

Entschlossen schob er den Gedanken beiseite, als er vor der Tür des Zimmers stand und schon von draußen Charlottes beruhigende Stimme hörte, die sie sich für die Kranken aufhob oder für Henry, wenn er Kummer hatte. Er mochte diese Stimme so sehr, denn sie hatte auch ihn in seiner Krankheit getröstet.

Da er Charlotte nicht bei der Untersuchung stören und Sophia nicht in eine unangenehme Situation bringen wollte, ging er in sein Zimmer und klopfte leise an die Verbindungstür. Sofort wurde sie aufgerissen und Thomas starrte ihn an. Seine Haare standen zu Berge, anscheinend war er sich mehrmals mit der Hand hindurch gefahren.

»Ist alles in Ordnung?«

Thomas zuckte mit den Schultern. »Sie hatte den ganzen Vormittag starke Schmerzen und wollte nicht aufstehen. Außerdem hat sie geblutet und…«,

Alexander hob die Hand, um seinen Redefluss zu stoppen. So genau wollte er es gar nicht wissen. »Komm doch zu mir und gib den Frauen ein wenig Ruhe«, bot er an. »Außerdem habe ich noch etwas von dem Brandy.«

Thomas nickte und schaute hinüber zum Bett, das Alexander nicht sehen konnte, weil es hinter der Tür lag. »Ich gehe zu meinem Bruder und warte dort. Ist das für dich in Ordnung, Liebes? Wenn etwas ist, bin ich hier. Lady Charlotte wird mich holen.«

»Natürlich, geh nur. Ich bin in guten Händen«, sagte Sophia mit ihrer tiefen Stimme.

Alexander sah, wie das Gesicht seines Bruders weich wurde. Er liebte sie wirklich und wieder einmal war Alexander froh, dass er geholfen hatte, diese Hochzeit doch noch zu ermöglichen.

Er hörte das Rascheln von Röcken und auf einmal erschien Charlotte in der Tür. Sie war noch immer barfuß und jetzt hatte sie auch noch ihre Ärmel aufgekrempelt. Wie so oft versetzte ihr Anblick ihm einen kurzen, atemlosen Schock. Ihr Blick flog an ihm vorbei in sein Zimmer und verweilte einen ganz kurzen Moment auf dem Bett, dann wandte sie sich ihm zu. Ihre Wangen waren gerötet, was sie noch zauberhafter machte.

»Ich habe meine Kräutertasche vergessen«, sagte sie. »Wärest du so freundlich und holst sie mir? Und ich brauche heißes Wasser für einen Tee und Leinentücher, damit ich Umschläge machen kann.«

Thomas mischte sich ein. »Ich kann das alles holen. Ist die Tasche in Eurem Zimmer?«

Die Röte in ihren Wangen vertiefte sich und sie schüttelte den Kopf. »Nein, ich muss sie dort vergessen haben, wo ich heute morgen falsch abgebogen bin und versehentlich die Tür zum Zimmer von Lord Thornton geöffnet habe.«

Sie warf Alexander einen durchdringenden Blick zu und ihm wurde klar, dass sie versuchte, ihm zu sagen, dass die Tasche vermutlich noch in dem Zimmer lag, wo er sie in den Armen gehalten hatte.

Thomas runzelte die Stirn und wollte gerade etwas sagen, als Alexander schnell einwandte: »Lass mich die Tasche holen und du kümmerst dich um die Tücher und das Wasser.«

Erleichtert atmete Charlotte aus, dann wandte sie sich wieder Sophia zu.

Alexander rannte beinahe durch den Palast, während Thomas die Treppen hinunter eilte. Hoffentlich hatte niemand die Tasche in dem Zimmer bemerkt.

Doch zum Glück war sie noch da. Sie lag auf dem Boden, genau dort, wo sie heute Morgen gestanden hatten. Vermutlich hatte Charlotte sie fallenlassen, als sie so geweint hatte. Es schien eine Ewigkeit her zu sein, dass sie hier gewesen waren.

Alexander nahm die Tasche und eilte zurück. Der Duft der Kräuter in dem Beutel erinnerte ihn so an Greenhills, dass es fast schmerzte, denn es waren auch die Kräuter darin, mit denen sie ihn behandelt hatte. Diesen Geruch würde er für immer mit Charlotte verbinden.

Thomas traf gleichzeitig mit ihm ein und sie lieferten alles bei Charlotte ab. Dann warteten sie in seinem Zimmer bei einem Brandy. Alexander fragte sich, ob das Kind heute schon kommen würde, doch er wollte seinen Bruder nicht beunruhigen und deswegen sprach er es nicht an. Zumindest waren keine Schreie zu hören und das war doch normalerweise bei Gebärenden so, oder? Aber Sophia war eine sehr beherrschte Frau, deswegen konnte es auch sein, dass sie nicht schreien würde.

Doch irgendwann hörten sie Lachen von nebenan und kurz darauf öffnete sich nach einem zaghaften Klopfen die Tür. Charlotte streckte den Kopf herein. Dieses Mal vermied sie den Blick auf das Bett. »Sir Thomas, könnt Ihr bitte zu Eurer Frau kommen?«

»Geht es ihr gut?« Thomas sprang auf die Beine und auch Alexander erhob sich.

»Ja, alles in Ordnung. Der Tee und die Umschläge haben die Schmerzen gelindert. Aber es gibt etwas, was ich Euch erzählen möchte. Kommt.«

Thomas trat ans Bett und Alexander lehnte sich an den Türrahmen, sodass er nichts sehen, aber zumindest alles hören konnte.

Sophia musste gespürt haben, dass er da war. »Du kannst auch hereinkommen, Schwager. Ich bin vollkommen angezogen.«

Alexander musste lächeln, er hatte Sophias Unverblümtheit schon immer gemocht.

Thomas saß auf der Bettkante und hielt Sophias Hände. Wie immer, wenn Alexander seine Schwägerin in den letzten Tagen gesehen hatte, war er überrascht, wie groß ihr Bauch war. Charlotte stand neben dem Bett und Alexander konnte sehen, dass sie sich über irgendetwas freute.

Sie wandte sich vor allem an Thomas. »Die Schmerzen sind ganz normal und tauchen in fast jeder Schwangerschaft gegen Ende auf.«

»Das heißt, es ist bald soweit?«, fragte Thomas. Er schluckte sichtlich.

Charlotte wiegte den Kopf hin und her. »Das kann man schlecht sagen, denn es ist noch etwas hinzugekommen, das die Einschätzung schwieriger macht.«

Sofort tauchten Sorgenfalten auf Thomas' Gesicht auf. »Ist es sehr schlimm?«

Charlotte biss sich auf die Lippe. »Das kommt darauf an, wie Ihr es seht. Das Besondere an dieser Schwangerschaft ist, dass Lady Sophia nicht ein Kind bekommt, sondern zwei. Es werden Zwillinge.«

Es war ganz still im Raum und Sophia und Thomas starrten Charlotte einfach nur an. Als sich der Moment in die Länge zog und niemand etwas sagte, warf sie Alexander einen unsicheren Blick zu. Er nickte ihr aufmunternd zu, obwohl er selbst ein wenig geschockt war. »Bist du sicher?«, fragte er.

Sie nickte. »Sehr sicher.«

»Woher…«, Thomas' Stimme brach und er räusperte sich, »woher wisst Ihr das?«

»Man kann es fühlen«, sagte Charlotte.

»Fühlen?«, wiederholte Thomas ungläubig.

Sophia hatte sich wieder von dem Schock erholt und nickte. »Sie hat meinen Bauch abgetastet.« Dann wandte sie sich an Charlotte. »Was bedeutet das für mich? Ist es gefährlich?«

Charlotte wurde ernst. »Nicht unbedingt, aber natürlich wird die Geburt schwieriger, denn Ihr müsst zwei Kinder kurz nacheinander auf die Welt bringen. Ich habe aber schon drei Mal eine Zwillingsgeburt miterlebt und alle sind gesund auf die Welt gekommen, daher bin ich zuversichtlich, dass ich Euch genauso helfen kann.«

»Ihr werdet dafür hier sein?«, fragte Sophia mit großen Augen.

Charlotte zögerte nur kurz, dann nickte sie. »Ich lasse Euch damit nicht allein.«

Am liebsten hätte Alexander gefragt, für wann die Geburt

erwartet wurde, aber dann zwang er sich, zu schweigen. Es wäre zu offensichtlich gewesen, dass er sich darüber freute, dass Charlotte noch etwas blieb.

Sophia lächelte Thomas an. »Hast du gehört, Liebling? Wir bekommen zwei Kinder, nicht nur eines.«

Thomas wirkte immer noch ein wenig verdattert und Alexander ging hinüber in sein Zimmer, um den Brandy zu holen. Er drückte Thomas ein Glas in die Hand und wollte auch Sophia eines reichen, aber Charlotte schüttelte energisch den Kopf. »Das wäre nicht gut, denn es könnte Wehen auslösen und ich glaube, dafür ist es noch ein wenig zu früh.«

Sophia verzog schmerzhaft das Gesicht und legte eine Hand auf den Bauch.

»Was ist?«, fragte Thomas besorgt.

»Es bewegt sich«, sagte sie und zu seinem Erstaunen sah Alexander tatsächlich, wie ihr Kleid sich auf einer Seite ein wenig ausbeulte. So etwas hatte er noch nie gesehen.

Thomas schüttelte den Kopf. »Nein, Liebes, sie bewegen sich. Nicht es.«

»Willst du mal fühlen?«

Thomas warf einen Blick zu Charlotte. »Darf ich?«

Sie lachte auf. »Natürlich. Wenn ich darf, könnte ich Euch sogar zeigen, wo der Kopf des einen Kindes und die Füße des anderen sind.«

Als Sophia nickte, ließ sie ihre Hände vorsichtig über deren Bauch gleiten und ihr Gesicht nahm einen fast verträumten Ausdruck an. Es war, als würde sie mit den Händen fühlen. Fasziniert beobachtete Alexander sie. Dann lächelte sie auf einmal und nahm Sophias Hände. »Hier, da ist der eine Kopf.« Sie legte eine Hand nach rechts oben und die andere nach links unten auf den Bauch. »Und hier der andere.«

Staunen breitete sich auf Sophias Gesicht aus. »Ich kann es fühlen«, flüsterte sie.

»Und hier sind die Füße«, fuhr Charlotte fort. »Das hier ist vermutlich ein Hinterteil.«

Tastend fuhr Sophia über ihren Bauch. Dann lachte sie auf und griff nach Thomas Händen. »Das musst du fühlen. Hier.«

Der skeptische und fast ängstliche Ausdruck auf Thomas' Gesicht verwandelte sich in wenigen Augenblick in einen verklärten. Charlotte lächelte und zog sich dann langsam zurück.

»Ruht Euch heute und morgen noch aus. Dann könnt Ihr wieder herumlaufen. Wenn etwas ist, sagt mir bescheid. Auch nachts. Ich schlafe bei Lady Claire im Zimmer.«

Thomas nickte abwesend, während seine Hände immer noch auf Sophias Bauch lagen. Doch die werdende Mutter blickte auf. »Ihr wolltet mir doch noch erzählen, wie eine Geburt abläuft.«

»Das machen wir an einem anderen Tag.«

Sie nahm ihre Kräutertasche und ging zur Tür. Alexander folgte ihr auf den Flur. »Soll ich dich zu deinem Zimmer bringen?«

Zu seiner Enttäuschung schüttelte sie den Kopf. »Lieber nicht. Das gibt nur Gerede.« Sie zögerte und schaute sich um, dann griff sie verstohlen nach seiner Hand und drückte sie kurz. »Ich danke dir. Es war der schönste Tag, den ich seit langem hatte.«

Alexander atmete tief durch. »Ich danke dir, dass du Sophia geholfen hast. Ich glaube, mein Bruder wäre heute ohne dich verrückt geworden vor Sorge.«

Sie lächelte. »Die beiden schaffen das. Sie sind großartig miteinander.«

Er drückte ihre Hand und wünschte sich, dass er sie in seine Arme ziehen könnte, doch zu dieser Uhrzeit, so kurz vor dem Abendessen, kamen hier zu viele Menschen vorbei und jeden Moment könnte jemand auftauchen.

»Du bist einfach wunderbar«, sagte er leise.

Ein Hauch von Rot zog sich über ihre Wangen. »Sehen wir uns morgen wieder?«

Schritte erklangen am anderen Ende des Ganges und

schnell entzog sie ihm ihre Hand. Er musste sich beherrschen, um nicht sofort wieder danach zu greifen.

»Ich kann es nicht erwarten«, erwiderte er.

Sie lächelte ihn noch einmal so strahlend an, wie sie es schon den ganzen Nachmittag getan hatte, im Kräutergarten, im Stall und jetzt hier in ihrer Rolle als Heilerin. Es war ein Lächeln, das ihn trunken machte vor Glück. Dann drehte sie sich um und eilte davon.

Als er ihr nachsah stellte er fest, dass sie noch immer barfuß war und musste lächeln.

KAPITEL DREIUNDZWANZIG

In dieser Nacht konnte Charlotte nicht schlafen. Sie lauschte Claires gleichmäßigen Atemzügen und drehte sich von einer Seite auf die andere. Sie wunderte sich, dass sie so glücklich war. Noch immer hatte sie nicht mit ihrem Onkel gesprochen und konnte auch noch nicht nach Greenhills zurückkehren, doch seit heute war sie auf einmal gern im Palast.

Das kam nicht nur, weil sie endlich im Kräutergarten gewesen war und den Stall gesehen hatte, sondern Alexander hatte sie im Arm gehalten. Er hatte ihr gesagt, dass er sie vermisste und sich deshalb von ihr ferngehalten hatte, nicht weil er sie vergessen hatte. Außerdem hatte sie ihre Kenntnisse als Heilerin einsetzen können und jemandem geholfen. Und was ihr am meisten bedeutete, war, dass Alexander sie seinen Freunden und seiner Familie vorgestellt hatte.

Sie hatte das herzliche Verhältnis zwischen Jonathan und Alexander wahrgenommen. Er schien entspannter und ruhiger, wenn Lord Wickham in seiner Nähe war. Aber auch Sir Thomas und Lady Sophia vertrautem ihm und sie hatten einen herzlichen Umgang miteinander. Es war eine Seite an Alexander, die sie nicht gekannt hatte. Und es machte ihr Freude, dass sie heute einen Einblick bekommen hatte, und dass er ihr anscheinend so vertraute, dass er ihr diesen Einblick gewährte.

Sie verspürte eine mädchenhafte Freude darüber, dass sie seine Hand kurz gehalten hatte, bevor sie gegangen war und sie konnte den nächsten Tag kaum erwarten.

Es musste schon nach Mitternacht sein, als es an der Tür klopfte. Ganz leise und zögerlich, doch Charlotte saß sofort aufrecht im Bett. Claire schlief tief und fest und schien das Klopfen nicht gehört zu haben.

Wieder klopfte es und Charlotte war in wenigen Schritten an der Tür. »Wer ist da?«, flüsterte sie. Für einen ganz kurzen Moment fragte sie sich, ob es Alexander sein könnte, doch dann verwarf sie den Gedanken. Er würde nie hierher kommen.

»Thomas Hartford. Lady Dalmore?«

Sie öffnete die Tür einen Spalt. Der Flur war nur spärlich beleuchtet, doch sie konnte den besorgten Gesichtsausdruck von Sir Thomas sehen.

»Es tut mir leid, Euch zu stören, aber Sophia hat schon wieder Schmerzen und da Ihr heute Nachmittag so gut geholfen habt...«, er hob die Schultern, »Würde es Euch etwas ausmachen, mitzukommen?«

»Einen Moment«, sagte Charlotte. Sie warf sich ihren Umhang über und nahm ihre Kräutertasche. Dann trat sie in den Flur.

Thomas lief voraus und Charlotte folgte ihm. Sie kannte es, dass sie nachts herausgerufen wurde und es war die vertraute konzentrierte Erwartung, was sie vorfinden würde. Sie hoffte nur, dass noch keine Wehen eingesetzt hatten.

Lady Sophia lag blass im Bett und hielt sich den Bauch. Charlotte kniete sich neben sie. »Wie schlimm ist es?«, fragte sie.

Lady Sophia verzog das Gesicht. »Genau wie heute morgen.«

»Blutet Ihr?«

»Ich weiß nicht.«

Charlotte seufzte. »Dann werde ich nachschauen. Sir Thomas, könnt Ihr bitte draußen warten?«

Thomas nickte und öffnete die Verbindungstür, die zu Alexanders Zimmer führte. Charlotte sah einen Lichtschein und leise Stimmen, als die beiden Männer miteinander sprachen. Dann konzentrierte sie sich wieder auf Sophia.

Nach einer kurzen Untersuchung stellte sie fest, dass es eher harmlos war und vielleicht vielmehr die Sorge darüber, dass sie zwei Kinder erwartete und nicht nur eins, dazu geführt hatten, dass sie Schmerzen spürte.

»Ich würde Euch empfehlen, den Tee noch einmal zu trinken. Ich lasse Euch dafür Kräuter da und diese Tinktur, die könnt Ihr auf Euren Bauch streichen.«

»Dann ist es also nicht schlimm?«, fragte Sophia.

Charlotte schüttelte lächelnd den Kopf. »Nein, aber ich weiß, dass so etwas Angst macht, vor allem, wenn es nachts passiert. Es war gut, dass Ihr mich geholt habt, denn diese Angst kann tatsächlich Wehen auslösen. Deswegen wäre es am besten, wenn Ihr versucht, Euch möglichst wenig zu ängstigen. Ich bin für Euch da.«

Sophia lächelte dankbar und nahm Charlottes Hand. »Es tut gut, das zu wissen. Und ich bin so froh, dass ich nicht mehr in Versailles bin. Was habe ich für ein Glück, dass Ihr gerade hier seid.«

Charlotte lächelte und schaute auf die schmalen Finger in den ihren. »Es gibt noch etwas außer dem Tee und der Tinktur, das Euch helfen könnte.«

Fragend schaute Sophia sie an.

»Ich habe gesehen, dass Euer Ehemann Euch sehr zugetan ist. Lasst Euch von ihm in den Arm nehmen. Das beruhigt.« Sie zögerte, doch dann sagte sie es doch. »Aber bitte nicht mehr als das, denn die ehelichen Pflichten können Wehen auslösen, wenn Ihr versteht, was ich meine.«

Eine feine Röte zog sich über Sophias Gesicht. »Es war sowieso kaum noch möglich mit dem Bauch«, sagte sie und schlug sich im nächsten Moment erschrocken eine Hand auf den Mund.

Charlotte lächelte und erhob sich. »Es wird früh genug wieder passieren. Aber jetzt würde es dazu führen, dass Ihr eher Mutter werdet, als es für die Kinder gut wäre. Verzeiht meine unverblümten Worte.«

Sophia lächelte und setzte sich auf. »Ich schätze das sehr an Euch. Das war es, was ich mir gewünscht habe, als wir hierher gekommen sind. Jemand, mit dem ich sprechen und den ich alles fragen kann, da ich gar keine Erfahrung damit habe. Ich habe noch so viele Fragen. Nicht nur über die Geburt, sondern auch, was ich mit den Kindern machen soll und was danach passiert.«

Sie machte eine vage Geste, die das Bett und sich selbst einschloss. Das Rot in ihren Wangen vertiefte sich.

»Ihr könnt mich alles fragen, Lady Sophia, auch wenn ich nicht auf alles eine Antwort habe. Aber ich glaube, jetzt sollte ich Eurem Gatten bescheid sagen, dass alles in Ordnung ist. Er macht sich große Sorgen.«

Sie rollte ein wenig die Augen. »Für meinen Geschmack dürfte er mich weniger ängstlich behandeln.«

Charlotte trat an die Tür und klopfte. »Sir Thomas? Ihr könnt wieder hereinkommen.«

Innerhalb weniger Sekunden riss er die Tür auf und war wieder am Bett. Sophia lächelte ihn beruhigend an. »Alles ist gut, Liebling. Aber wir brauchen noch einmal heißes Wasser für den Tee.«

»Ich hole es gleich«, sagte Thomas und rannte beinahe aus dem Zimmer.

Charlotte musste lächeln. Wenn doch nur alle Ehemänner so aufmerksam wären.

Sie warf einen Blick auf die Verbindungstür, die noch immer offen stand. Von Alexander war nichts zu sehen, trotzdem klopfte ihr Herz schneller, denn sie wusste, dass er da war. Fast wünschte sie sich, dass sie ihn noch einmal sehen könnte, doch natürlich schickte es sich nicht, wenn er des nachts zu ihr und Lady Sophia ins Zimmer kam.

Langsam packte sie ihre Sachen zusammen. »Kann ich Euch allein lassen, Lady Sophia?«, fragte sie.

Die nickte. »Thomas ist bestimmt gleich wieder da. Aber wenn Ihr wollt, könnt Ihr noch so lange bleiben, dann bringt er Euch zurück zu Eurem Zimmer.«

Charlotte schüttelte den Kopf. »Danke, ich finde den Weg. Schlaft gut, Lady Sophia. Ich werde morgen noch einmal nach Euch sehen.«

»Habt Dank«, sagte sie.

Charlotte trat in den Flur und schloss die Tür leise hinter sich. Für einen Moment stand sie ganz still und lauschte auf ihr klopfendes Herz. Das Geräusch schien von den hohen Decken widerzuhallen. Sie war ihm nahe, viel zu nahe und es fiel ihr schwer, zu gehen.

Plötzlich öffnete sich leise die Tür zu ihrer Rechten und bevor sie ihn sah, fühlte sie Alexander. Lautlos trat er in den stillen Flur. Als sich ihre Blicke trafen, konnte Charlotte nicht mehr atmen.

Er schaute sich um, doch niemand war zu sehen. Charlotte aber wusste, dass Thomas gleich wiederkommen würde. Sie hatten nicht viel Zeit, denn Thomas würde ganz sicher darauf bestehen, sie zu ihrem Zimmer zurückzubringen, wenn er sie hier im Flur sah. Ihr Herz schlug schneller.

»Möchtest du hereinkommen?«, fragte Alexander leise.

Charlotte schluckte und auf einmal fuhren heiße und kalte Schauer über ihren ganzen Körper. »Du weißt, was dann passiert«, sagte sie und ihre Stimme zitterte.

Ein feines Lächeln spielte um seine Mundwinkel, als er nickte. »Ja.«

Es war ein so einfaches Wort, aber es lag soviel Verheißung darin. Charlotte wusste, dass sie auf einer Schwelle stand und dass sie nicht mehr zurück konnte, wenn sie diese erst einmal übertreten hatte. Es war das, was sie schon so lange wollte und alles in ihr sehnte sich danach, trotzdem hielt etwas sie davon ab. Sie wusste, dass sie keine Zukunft hatten und dass sie später leiden würde, wenn sie eine noch tiefere Verbindung mit Alexander zuließ.

Doch eigentlich hatte sie keine Wahl. Die hatte sie noch nie gehabt, weil ihre Gefühle für ihn viel zu stark waren.

Ihr Körper schien sich selbständig in Bewegung zu setzen und Alexander streckte die Hand nach ihr aus. Als sie die seine ergriff und seine Finger sich fest um ihre schlossen, wusste sie, dass es richtig war, egal was später kam.

Rückwärts ging er ins Zimmer, ohne sie auch nur einen Herzschlag lang aus den Augen zu lassen. Charlotte zog die Tür hinter sich zu und lehnte sich dagegen. Alexander ging hinüber zur Verbindungstür und schloss sie leise. Er nahm ihr die Tasche ab und legte sie auf einen der Stühle.

Und dann stand er auf einmal direkt vor ihr, so nah, dass es Charlotte berauschte. Federleicht legte er seine Hände auf ihre Taille und schaute sie einfach nur an. Sein Blick war liebevoll und intensiv und sie hatte das Gefühl darin ertrinken zu können. Sie war sich nicht sicher, ob jemand sie schon einmal so angeschaut hatte.

Vorsichtig strich er ihr eine Strähne aus dem Gesicht und ließ seine Finger an ihrer Wange nach unten gleiten. Er beugte sich nach vorn und seine Lippen waren nur noch eine Handbreit vor den ihren, als nebenan eine Tür klappte. Dumpf hörte Charlotte die Stimme von Thomas und dann Sophias.

Auch Alexanders Aufmerksamkeit war kurz abgelenkt und sie spürte, wie er sich ein wenig anspannte. Er legte seine Stirn an ihre und flüsterte: »Ich glaube, ich werde verrückt, wenn wir noch einmal gestört werden. Warte kurz.«

Charlotte biss sich auf die Lippe und nickte. Am liebsten hätte sie gesagt, dass sie nicht mehr warten konnte, aber er hatte ja recht.

Er ging hinüber zu dem kleinen Tisch und löschte die Öllampe, dann klopfte er an die Verbindungstür. Es dauerte nur einen Moment, bis sie sich öffnete.

»Es ist nett, dass du dich sorgst, Bruder, aber...«, sagte Thomas, doch Alexander hob eine Hand.

»Ich wollte dir nur bescheid geben, dass ich nicht mehr gestört werden will.«

Charlotte konnte Thomas' Verblüffung spüren, auch wenn sie ihn nicht sehen konnte.

»Das werden wir nicht, es sei denn, Sophia braucht Lady Charlotte noch einmal, dann würde ich...«, doch wieder unterbrach Alexander ihn.

»In dem Fall klopfst du dreimal laut an die Tür und ich werde Lady Charlotte für dich holen gehen.«

»Aber es geht mir nur darum, dass du bei Sophia bleibst, wenn ich...«,

dieses Mal wurde er von Sophia unterbrochen.

»Thomas, tu einfach, was er sagt und hör auf zu reden. Außerdem brauche ich Lady Charlotte heute Nacht ganz sicher nicht mehr. Ich habe jetzt den Tee und wir sollten schlafen gehen, wenn ich ihn getrunken habe. Gönn deinem Bruder die Nachtruhe.« Sie zögerte. »Er hat sie sich verdient.«

Charlotte war sich nicht sicher, aber sie meinte, ein Lächeln in ihrer Stimme zu hören.

»Und was ist, wenn die Schmerzen wiederkommen?«

Sophia seufzte. »Das werden sie nicht. Lady Charlotte hat mir alles erklärt, was ich tun muss. Wir sollten sie nicht mehr stören. Und jetzt lass deinen Bruder, er will sich bestimmt endlich zurückziehen.«

»Er ist doch immer so lange wach«, protestierte Thomas.

Charlotte musste sich auf die Lippe beißen. Sie war sich sicher, dass Sophia alles begriffen hatte und Thomas nichts.

»Stör mich einfach nicht mehr. Verstanden?«, knurrte Alexander.

»Gute Nacht, Schwager«, rief Sophia. »Und jetzt komm her, Thomas.«

Alexander schloss die Tür und atmete tief durch. Mit wenigen Schritten war er bei ihr und sofort streckte sie die Arme nach ihm aus. Sie konnte es nicht mehr ertragen, ihn nicht zu berühren. Weil er das Licht gelöscht hatte, konnte sie ihn nur noch als dunklen Schatten sehen.

»Ich fürchte, wir müssen leise sein«, murmelte er und nahm ihr Gesicht in seine Hände. Sie genoss das Gefühl und lächelte ihn an. So langsam gewöhnten sich ihre Augen an das Dämmerlicht, denn der Mond schien ins Zimmer und erhellte ausgerechnet das Bett, aber das sollte ihr recht sein.

Alexander folgte ihrem Blick. »Ich kann es kaum erwarten, dich darin zu haben.«

Sie lächelte. »Worauf wartest du dann noch?«

Er senkte seine Lippen auf die ihren und Charlotte war froh, dass er sie festhielt, denn für einen kurzen Moment schienen ihre Beine zu versagen. Der Kuss war lang und intensiv und sie spürte sein Verlangen, das auch das ihre schürte.

Sie öffnete ihren Mund und sofort war da seine Zunge. Sie schlang die Arme um seinen Nacken und drängte sich an ihn. Er erwiderte ihre Umarmung mit einer solchen Leidenschaft, das ihr schwindelig wurde.

Als er seine Lippen von ihren löste und sich ihren Hals hinab küsste, fuhr sie mit den Fingern in seine Haare und lehnte sich an die Tür. Er knabberte an ihrem Ohrläppchen und das sandte heiße Wellen durch ihren gesamten Körper, vor allem in ihre Brüste und in ihre Mitte.

»Oh Gott«, stöhnte sie.

Er hielt inne und flüsterte ihr ins Ohr: »Leise.« Aber sie konnte das Lächeln in seiner Stimme hören.

Charlotte öffnete die Augen und schaute in sein lächelndes Gesicht. »Das werde ich dir auch gleich sagen«, neckte sie ihn.

Sie sah die Verblüffung in seinen Augen, aber dann hob er eine Augenbraue. »Ich bin gespannt.«

Sie liebte es so, dass sie mit ihm so sein konnte, wie sie tatsächlich war. Dass sie aussprechen durfte, was sie dachte und was sie wollte. Sie brauchte ihm nicht vorzuspielen, dass sie eine Lady war. Und deswegen wusste sie auch, dass sie das

Thema aus ihrer Vergangenheit mit ihm besprechen konnte. Zumindest Teile davon.

Trotzdem kostete es sie ein wenig Mut, als sie sich nach vorn beugte, damit ihre Lippen sein Ohr berührten, und flüsterte: »Manchmal hat es eben auch Vorteile, wenn man keine Jungfrau mehr ist.«

Sie lehnte sich wieder zurück und beobachtete ihn. Sie wusste nicht, was sie erwartet hatte, auf seinem Gesicht zu sehen, aber diese Mischung aus Vergnügen und Begehren brachte ihr Gewissheit, dass es richtig gewesen war, dieses Thema noch einmal aufzubringen. Liebevoll schaute er sie an und seine Hand wanderte wieder über ihre Wangen und ihren Hals hinab. Seine Finger schienen eine heiße Spur auf ihrer Haut zu hinterlassen.

»Ich finde, dass es so einige Vorteile hat. Denn wenn du noch eine wärst, würden wir das hier nicht tun. Und das«, er beugte sich vor, küsste sie und fuhr mit seiner Zunge über ihre Unterlippe, doch zog sich zurück, bevor sie reagieren konnte, »wäre sehr schade.«

Charlotte betrachtete ihn und fuhr ihrerseits mit dem Zeigefinger über seine Unterlippe. Er küsste ihren Finger und saugte ein ganz klein wenig daran. Charlotte keuchte auf, dann konzentrierte sie sich auf das, was sie sagen wollte. »Es stört dich also nicht, dass ich nicht unberührt bin?«

In den vergangenen Jahren hatte sie sich darüber nie viel Gedanken gemacht, denn sie hatte sowieso nicht vorgehabt zu heiraten. Doch dann war Alexander gekommen und seit sie hier im Palast war, hatte sie zu viele Gespräche von Claire und ihren Freundinnen mit angehört, die sich auch um diese Themen drehte. Und ihr war klar geworden, dass es in dieser Welt ein großes Problem darstellte, wenn eine Frau keine Jungfrau mehr war.

Ihre Gedanken begannen schon wieder, sich im Kreis zu drehen.

Alexander musste es gespürt haben, denn er nahm ihr

Gesicht in seine Hände. »Ich will dich so, wie du bist, Charlotte.«

Ihr lief ein Schauer über den Rücken.

»Es ist mir egal, ob du Stroh in den Haaren hast, weil du beim Pferde füttern geholfen hast oder ob du deine Haare hochgesteckt trägst. Ich will dich, ganz gleich, ob du barfuß mit hochgeknoteten Röcken herumläufst oder in Seidenpantoffeln. Und genauso ist es mit allen anderen Dingen auch. Du bist so, weil dein Leben dich so gemacht hat und ich will dich nicht anders.«

Noch nie in ihrem Leben hatte ihr jemand so etwas gesagt und es verunsicherte sie zutiefst, während es gleichzeitig ein warmes Gefühl in ihrem Inneren auslöste.

Für einen kurzen Moment verschleierten Tränen ihre Sicht und ihre Kehle schmerzte, doch dann atmete sie tief durch und sah, dass Alexander lächelte.

»Und es gibt noch etwas, was ich sehr an dir schätze.«

Er war wieder in den neckenden Ton verfallen und Charlotte war dankbar dafür, denn sofort fühlte sie sich sicherer. »Was denn?«, fragte sie.

Er beugte sich vor und küsste sie auf den Mund. Sofort öffnete sie die Lippen und drängte sich an ihn. Er lachte leise und zog sich zurück, blieb aber direkt vor ihren Lippen.

»Genau das. Du weißt, was du willst und du nimmst es dir. Das ist etwas, das ich sehr zu schätzen weiß.« Verheißung schwang in seiner Stimme mit. Er hob leicht die Augenbrauen. »Also, Charlotte, was willst du?«

Atemlos starrte sie ihn an. »Dich«, flüsterte sie.

»Du hast mich schon. Was noch?«

»Bring mich endlich in dein Bett.«

Mit einem langsamen Lächeln öffnete er ihren Umhang und ließ ihn zu Boden gleiten. Dann senkte er seine Lippen auf die ihren und küsste sie. Im gleichen Moment hob er sie hoch, so als würde sie nichts wiegen. Doch er trug sie nicht auf dem Arm, sondern so, dass sie ihre Beine um seine Hüften schlingen konnte. Seine Hand war direkt unter ihrem Hintern, die andere auf ihrem Rücken.

Ohne ihren Kuss zu unterbrechen, ging er langsam mit ihr durchs Zimmer und Charlotte spürte heiße Wellen der Vorfreude durch ihren Körper pulsieren. Er legte sie auf dem Bett ab und kniete sich über sie. »Komm her«, flüsterte sie und zog ihn auf sich. Sein Mund fand ihren und ihre Zungen begannen ein wildes Spiel miteinander.

Charlotte zog sein Hemd aus der Hose und dann fuhren ihre Finger über seine herrliche, nackte Haut. »Zieh das aus.« Auf einmal konnte sie nicht mehr warten.

Er tat, was sie sagte und ließ sie nicht einen Moment aus den Augen. Doch statt sich wieder über sie zu beugen, zog er sie in eine sitzende Position, löste die Bänder ihres Nachthemdes und zog es ihr aus. Die kühle Nachtluft strich über ihren Körper und verursachte ihr eine Gänsehaut. Oder war es sein hungriger Blick?

Obwohl sie jetzt vollständig nackt war und es ihr erster Impuls war, sich unter die Decke zu verkriechen, ließ sie sich langsam zurücksinken. Sie lag genau auf dem Teil des Bettes, der vom Mond erhellt wurde. Er konnte alles von ihr sehen und obwohl sie sich verletzlich fühlte, genoss sie es auf unerwartete Art und Weise, wie seine Augen über ihren Körper glitten. Voller Bewunderung und Verlangen.

Zu ihrer Überraschung legte er die Hände auf ihre Fußgelenke und begann langsam mit den Händen von dort nach oben zu streicheln. Er beugte sich vor und fuhr nun auch mit den Lippen über ihre Schienbeine, die Knie und köstlich langsam über ihre Oberschenkel. Unwillkürlich öffnete Charlotte die Beine und seufzte, als er ihrer Weiblichkeit immer näher kam. Sie hob ihm sogar das Becken entgegen, doch er fuhr nur federleicht mit den Händen über ihre Hüftknochen und mit dem Mund über ihre Locken und verweilte dort nicht.

Die Nähe seines Körpers und seine Berührungen sandten heiße Wellen durch sie und schienen sich in ihrer Mitte zu sammeln. Vor Enttäuschung stöhnte sie auf.

»Gleich«, murmelte er. »Ich will dich erst anschauen.«

Seine Hände wanderten weiter und kamen auf ihrem Bauch zum Liegen. Er legte sich neben sie und betrachtete ihren Körper, dann strich er langsam über eine Stelle oberhalb des rechten Beckenknochens, dann über die Haut oberhalb des linken. Sie folgte seinen Fingern mit den Augen und als sie begriff, was er da berührte, erstarrte sie. Es waren die Streifen auf ihrem Bauch. Sie hatte sich so an sie gewöhnt, dass sie sie gar nicht mehr wahrnahm, bis jetzt. Ob er wusste, was das war?

Er merkte, dass sie den Atem anhielt und ganz still lag. »Tut das weh?«

Sie hob den Blick und schaute ihm in die Augen. »Nein.«

Würde er weiter fragen? Würde ihre Liebesnacht enden, bevor sie begonnen hatte?

Er strich noch einmal über die Streifen, die silbrig im Mondlicht glänzten, dann wanderten seine Finger weiter, umkreisten ihren Bauchnabel und strichen weiter in Richtung ihrer Brüste. Charlotte holte wieder Luft und ließ sich weiter von ihm erkunden.

Obwohl er noch seine Hose trug, spürte sie seine Erektion. Als er mit den Fingern über ihre Brüste fuhr und sich ihre Brustwarzen aufrichteten, stöhnte er leise auf und drängte sich ein wenig näher an sie.

Gerade wollte sie ihm sagen, dass er seine Hosen ausziehen sollte, als er den Kopf über ihre Brust beugte und ihre Brustwarze mit der Zunge liebkoste. Überrascht ob der intensiven Empfindung keuchte sie auf und konnte nichts mehr sagen. Er ließ seine Zunge kreisen und über ihre Brustwarze schnellen, knabberte sogar daran, während er ihre andere Brust mit der Hand liebkoste.

Charlotte ließ den Kopf zurücksinken, vergrub die Hände in seinen Haaren und stöhnte, was dazu führte, dass seine Zungenspiel noch intensiver wurde. Mit der Hand, die unter ihr lag, fuhr er in ihre Haare und zog leicht daran, so dass Charlotte sich ihm entgegen bog. Sie wusste nicht, ob sie schon einmal etwas so Himmlisches gefühlt hatte.

Er drehte sie so zu sich, dass er sich ihrer anderen Brust zuwenden konnte, dann ließ er seine Hand über ihren Bauch nach unten wandern und strich sanft über ihre Locken. Unwillkürlich öffnete Charlotte die Beine. Vorsicht fuhr er mit den Fingern immer tiefer, bis er direkt an ihrem Eingang zum Liegen kam. Er glitt in ihre feuchten Falten, hielt mit den Küssen an ihrer Brust inne und stöhnte auf.

Alexander löste den Mund von ihrer Brust und legte seine Stirn an ihre. »Du bist so feucht«, sagte er beinahe staunend.

Charlotte öffnete die Beine weiter, als Einladung und er nahm sie an. Seine Finger glitten in sie und es war eine so köstliche Empfindung, dass Charlotte aufkeuchte und sich an ihm festhielt. »Tiefer«, flüsterte sie und er lächelte, tat aber, was sie sich wünschte.

Sie nahm die Bewegung seiner Finger mit den Hüften auf und dann küsste er sie wieder. Immer schneller bewegte er seine Finger in ihr und immer intensiver pulsierten die Wellen durch sie, bauten eine Spannung auf, der sie entgegenstrebte, von ihm getragen.

Doch dann hielt sie inne, ja, musste sich dazu zwingen, weil ihr Körper wusste, worauf er zustrebte. Sie wusste aber, dass sie etwas anderes wollte.

Ihn.

Als sie innehielt und ihr Becken wegdrehte, unterbrach er den Kuss. »Was willst du?« Es klang neugierig.

»Du weißt genau, was ich will«, flüsterte sie. »Zieh endlich die Hose aus.«

Langsam löste er seine Finger aus ihr und zog sich schnell vollständig aus. Er lag direkt neben ihr und sie lehnte sich ein bisschen zurück, um ihn anzuschauen. Sie hielt den Atem an, als sie seinen wunderbaren Körper im Mondlicht sah. Sie hatte ihn schon als Patienten gesehen und kannte mehr von seinem Körper, als sie durfte. Aber das hier war anders. Sie sah ihn anders. Heute sah sie ihn als Frau. So wie damals am See, als er sich abgetrocknet hatte. Doch jetzt zeigte seine Erektion, wie sehr er sie begehrte und es schürte auch ihr Verlangen.

Er war groß, aber sie wusste, dass es passen würde und wünschte sich auf einmal nichts sehnlicher, dass er endlich in ihr war. Doch zuerst wollte sie ihn anfassen, sie konnte nicht anders. Zu lange hatte sie sich danach gesehnt.

Langsam glitt sie mit der Hand über seine breite Brust und über seinen flachen Bauch, um dann sein Glied zu umfassen. Es war samtig und fest zugleich und ihr wurde bewusst, dass sie so etwas noch nie mit den Händen berührt hatte. Langsam begann sie auf und ab zu fahren.

Er sog scharf die Luft ein und sie rückte näher zu ihm, damit ihre Körper sich noch mehr berührten. Er griff nach ihr, fasste in ihre Haare und vergrub sein Gesicht an ihrem Hals, während sie ihre Hände immer schneller bewegte.

Bald begann sein Körper sich anzuspannen und sie merkte, dass er sich zurückhielt, nicht zu kommen. Es brachte ihr eine merkwürdige Befriedigung, dass sie in der Lage war, diesen starken Mann dazu zu bringen, um seine Selbstbeherrschung zu kämpfen.

Sie hielt in der Bewegung inne und strich mit dem Daumen über die Spitze seines Glieds. Ein kleiner Tropfen verteilte sich und so glitt ihr Finger noch besser über seine Haut.

Alexander keuchte auf und hielt sie so fest, dass sie sich kaum noch bewegen konnte. »Oh, Charlotte«, stöhnte er und endlich war der Moment gekommen, auf den sie gewartet hatte.

Sie beugte sich zu seinem Ohr und flüsterte: »Leise.«

Zu ihrer Überraschung brach seine Spannung und er lachte an ihrem Hals. Dieses Geräusch bezauberte sie so sehr, dass sie atemlos lauschte.

Alexander hob sein Gesicht und schaute sie an. Sein Blick war so intensiv und so voller Verlangen, dass sie erschauderte. Und dann lag sie auf einmal auf dem Rücken und er war über ihr, lag auf ihr. Sie spreizte die Beine unwillkürlich und er half mit seinem Knie nach.

»Ich kann nicht mehr warten«, flüsterte er.

Charlotte lächelte, als sie spürte, wie sein Glied schon an sie stieß und um Einlass bat. »Nimm mich«, sagte sie und hob ihm das Becken entgegen.

Sie hatte erwartet, dass er schnell in sie stoßen würden, aber anscheinend hatte er seine Selbstbeherrschung wieder gefunden, denn er versenkte sich so langsam in sie, dass es schon fast eine Qual war.

»Schneller«, bat sie und wollte ihre Hüften bewegen, doch sein Körper drückte sie aufs Bett, sodass sie sich nicht bewegen konnte.

»Hab Geduld«, sagte er. »Das ist das erste Mal in dich eindringe, ich will es genießen.«

Er schob sich immer weiter und Charlotte musste zugeben, dass es sich köstlich anfühlte, so von ihm ausgefüllt zu werden. Es war ungewohnt aber gleichzeitig so erregend. Er tat nichts anderes, als sie anzuschauen und immer weiter in sie einzudringen.

Endlich war er angekommen und Charlotte seufzte auf, doch dann griff er nach ihrem Bein, winkelte es an und schob sich noch tiefer. Er berührte etwas in ihrer Tiefe, was sie nicht kannte. Es war ein Punkt, wohin noch nie jemand vorgedrungen war. Erstaunte schaute sie ihn an.

Er beobachtete sie genau und seine blauen Augen waren liebevoll, aber ernst. Dann fasste er mit der Hand unter ihren Po und hob ihr Becken ein wenig an. So konnte er noch ein kleines Stück tiefer vordringen.

Es schien als würde er sie komplett ausfüllen, nicht nur ihre Weiblichkeit, sondern ihren gesamten Körper, so als würde er ihr Herz berühren. Charlotte fühlte sich roh und verletzlich wie noch nie ihrem Leben und gleichzeitig so geborgen. Seine Berührung tief in ihrem Inneren löste eine Welle von Gefühlen aus, die sie verzweifelt versuchte, zurückzuhalten, doch dann schaffte sie es nicht mehr. Und dabei konnte sie sich nicht einmal benennen. Es schienen alle Gefühle zu sein, zu denen ihr Körper fähig war.

Er bewegte sich ganz leicht und Tränen traten ihr in die Augen, weil die Empfindung zu köstlich war.

»Tue ich dir weh?«, fragte er leise.

Charlotte konnte nur mit dem Kopf schütteln.

Er beugte sich vor und küsste sie, nicht leidenschaftlich, sondern tief und während sich seine Zunge in sie schob, begann er langsam seine Hüften zu bewegen. Für einen Moment hielt die wunderbare, tiefe Empfindung noch an, dann zog er sich ein wenig zurück und das heiße Verlangen, das Charlotte schon zuvor empfunden hatte, kehrte wieder. Stärker dieses Mal, weil sich irgendetwas in ihr gelöst hatte und nur noch das Begehren übrig war.

Alexander zog sich fast vollständig aus ihr zurück, nur um dann wieder in sie zu stoßen, mit jedem Mal ein wenig schneller. Rasch nahm sie seinen Rhythmus auf und hielt sich an ihm fest, während ihre Münder immer noch in einem wilden Kuss vereint waren. Seine Hand fand ihre Brust wieder, die andere grub sich in ihre Haare. Sein keuchender Atem vermischte sich mit dem ihren und Charlotte spürte, wie sie auf den Höhepunkt zusteuerte. Dieses Mal überließ sie ihrem Körper die Führung und hielt nichts mehr zurück. Ihr Körper wusste genau, was er tat.

Sie schaffte es noch für einen kurzen Moment klar zu denken, dass sie nicht laut stöhnen oder gar schreien durfte und als er die Lippen von ihren löste, biss sie sich darauf, konnte aber ein kleines Stöhnen, das eher wie ein Wimmern klang, nicht unterdrücken.

Nur noch ein paar wenige Stöße und dann zog sich alles in ihr zusammen und sie überschritt die magische Schwelle. Sie bäumte sich auf, ihm entgegen und er hielt sie, während sie in tausend Stücke zu zerspringen schien.

»Alexander«, hörte sie sich selbst flüstern, dann ließen die pulsierenden Wellen in ihrem Inneren ein wenig nach und sie kehrte langsam zur Erde zurück.

Ihr wurde bewusst, dass er ganz still auf ihr lag, noch immer in ihr. Träge öffnete sie die Augen und sah, dass er sie betrachtete. Ein Lächeln lag auf seinen Lippen und in seinem Blick lagen Verwunderung und Staunen. Sie erwiderte sein Lächeln und fuhr ihm sanft mit einem Finger über die Lippen.

»Ich bete dich an«, sagte er mit heiserer Stimme. »Du bist so unglaublich schön.«

Seine Worte prickelten durch sie hindurch und sie zog ihn zu sich, um ihn zu küssen. Dann begann sie ganz langsam ihre Hüften zu bewegen. Er stöhnte leise und nahm ihre Bewegung auf, während sein Blick sie festhielt.

»Nimm dir, was du brauchst«, sagte sie.

»Dich. Ich brauche dich.«

Charlotte winkelte die Beine an und drückte ihre Hüften nach oben, damit er noch tiefer in sie eindringen konnte. Sofort stieß er tief in sie hinein und sie beobachtete fasziniert sein Gesicht, wie er seine Lust endlich entfesselte und sich ihr hingab.

»Lass los«, flüsterte sie und Alexander stöhnte auf, bewegte sich schneller und ließ sie nicht einen Moment aus den Augen. Nicht einmal als er kam und sich sein Gesicht für einen Moment wie im Schmerz verzerrte. Sein gesamter Körper spannte sich an und sie konnte seine Kraft und seine Verletzlichkeit zugleich spüren. Er hielt nichts mehr zurück und sie war so unendlich dankbar dafür.

»Komm zu mir.«

Sie zog ihn an sich und er brach mehr auf ihr zusammen, als dass er sich auf sie legte. Dann vergrub er das Gesicht an ihrem Hals und während er wieder zu Atem kam, ließ sie die Hände über seinen Rücken wandern. Sanft küsste sie seine Schulter, seine Wange und seinen Hals, einfach alles, was sie erreichen konnte.

Sie liebte es, dass er immer noch in ihr war, so nah und vertraut.

»Ich habe so etwas noch nie erlebt«, sagte sie leise.

Alexander stützte sich auf die Ellenbogen und brachte sein Gesicht direkt über ihres. »Ich auch nicht.«

Charlotte zögerte, dann sagte sie: »Aber ich könnte mich daran gewöhnen.«

Sie fragte sich, ob das zu forsch gewesen war, aber als sie das Lächeln in seinen Augen sah, wurde ihr klar, dass sie bei ihm alles sagen konnte, was sie dachte, weil er sie immer verstand.

Er küsste sie sanft. »Heißt das, du kommst morgen Nacht wieder zu mir?«

Charlotte lächelte. »Morgen? Ich hatte an heute Nacht gedacht.«

»Du willst jetzt schon wieder?«

Sie schaute ihn an, fühlte ihn immer noch in sich und musste lächeln. »Vielleicht nicht sofort. Aber bald.«

Er bewegte sich ein kleines bisschen in ihr und obwohl er nicht mehr so steif war wie eben, fühlte sie ihn doch. Ernst schaute er sie an. »Habe ich dir weh getan? War ich zu tief?«

Charlotte schüttelte den Kopf und dachte an den Moment, als er sich immer tiefer in sie geschoben hatte. Es fiel ihr schwer, Worte dafür zu finden, aber sie musste ihn wissen lassen, was passiert war. »Es hat nicht weh getan, ganz im Gegenteil.« Sie schaute in seine blauen Augen, die sie interessiert, aber mit einem Hauch von Sorge musterten. »Es war, als hättest du mich erlöst und irgendetwas freigesetzt, auch wenn ich nicht weiß, was. Deshalb die Tränen.«

Schweigend schaute er sie einfach nur an und Charlotte begann, sich unwohl zu fühlen. »Ich weiß, dass es albern klingt. Ich...«,

Er unterbrach sie mit einem Kuss. »Es war nicht albern. Es war entweder das Schönste oder das Zweitschönste, was jemand zu mir gesagt hat.«

»Das Zweitschönste?« Charlotte runzelte die Stirn und sah an seinem Lächeln, dass er genau das beabsichtigt hatte, um der Situation die Schwere zu nehmen. »Was war denn das Schönste?«

Er küsste sie wieder und sagte an ihren Lippen: »Das war als du meinen Namen gesagt hast, als du gekommen bist.«

»Oh«, entfuhr es ihr und ihr ganzer Körper kribbelte, als sie sich daran erinnerte, wie sie in seinen Armen gekommen war und wie er sie danach angeschaut hatte.

Sie strich mit ihren Fingern über seinen Rücken nach unten und dann über sein Hinterteil. Lasziv drückte sie den Rücken etwas durch, so dass ihre Brustwarzen, die schon wieder begannen hart zu werden, gegen seine Brust drückten. »Wie wäre es, wenn wir an dem Drittschönsten arbeiten, was du je gehört hast?«

Sie spürte, wie sich sein Glied in ihr regte und seine Hände begannen wieder über ihren Körper zu streicheln. »Wenn du es so willst«, sagte er.

»Ich will«, flüsterte sie in sein Ohr.

Sie war so froh, dass sie heute Abend seine Hand genommen hatte und in sein Zimmer gegangen war. Es war die beste Entscheidung ihres Lebens gewesen. Und während sie seine Küsse an ihrem Hals genoss, wusste sie, dass sie einen Weg finden musste, morgen Nacht wieder zu ihm zu kommen. Es ging nicht mehr anders.

KAPITEL VIERUNDZWANZIG

Charlotte schlenderte neben Sophia, die sich nur noch langsam bewegen konnte, durch den Park, genoss die Herbstsonne auf ihrer Haut und die leichte Brise in den Haaren. Es hatte ein paar Tage geregnet und obwohl es sie nicht störte, bei Regen draußen zu sein, hatte sie festgestellt, dass man es im Palast nicht gern sah, wenn sich jemand bei diesem Wetter draußen aufhielt. Das war etwas, das Diener und Dienstboten tun mussten, aber Angehörige des Hofes hatten das Privileg nicht rausgehen zu müssen.

So war sie drinnen eingesperrt gewesen, was die Tage noch unerträglicher machte, da sie kaum eine Möglichkeit hatte, vor Claire und ihren Freundinnen zu fliehen.

Dafür waren ihre Nächte umso erfreulicher. Seit sie das erste Mal in Alexanders Bett gewesen war, hatte sie sich bisher jede Nacht davongeschlichen. Sie wusste, dass es riskant war, aber sie konnte nicht anders. Jeden Abend nahm sie sich vor, einmal nicht zu gehen, denn mit jedem Mal, da sie durch die Flure huschte, wurde die Gefahr größer, dass jemand entdeckte, dass sie gar nicht zu Lady Sophia ging, sondern zu Alexander. Sie war dankbar, dass die beiden Zimmer direkt nebeneinander lagen und trotzdem war es gefährlich. Aber sie konnte nicht anders.

Und jede Nacht empfing Alexander sie mit einer solchen Leidenschaft, als hätten sie sich wochenlang nicht gesehen. Es war die gleiche Leidenschaft, die auch sie empfand und sie hatte nicht geahnt, dass es so etwas geben könnte.

Auch wenn sie immer leise sein mussten – etwas was Charlotte ab und zu vergaß, weil sie vor lauter Lust nicht anders konnte –, hatten sie schon so gut wie alles ausprobiert, was ihnen eingefallen war. Charlotte spürte, wie ihre Wangen heiß wurden, wenn sie daran dachte, wie und wo er sie schon berührt hatte und sie ihn im Gegenzug auch. Er schien eine unersättliche Neugier zu entwickeln, wenn es darum ging, wie er ihr Lust bereiten konnte. Und Charlotte genoss es, ihm sagen zu dürfen, was und wie sie es wollte.

Wenn sie tagsüber etwas anderes machte, verlor sie sich manchmal in Tagträumen über ihre Liebesnächte und konnte sich kaum auf etwas konzentrieren. Sie war selten in ihrem Leben so glücklich gewesen und hatte sich derart als Frau gefühlt.

Sie war dankbar dafür, dass sie in den vergangenen Tagen nicht nur Zeit mit Claire und ihren Freundinnen hatte verbringen müssen, sondern dass Lady Sophia häufiger nach ihr geschickt hatte, damit sie über die Geburt und den Umgang mit Säuglingen sprechen konnten. Ihr Wissensdurst erschien unerschöpflich und immer wieder hinterfragte sie alles, was Charlotte erklärte mit einem »Warum?«. Mehr als einmal hatte sie Sophias Mann lächeln sehen, wenn sie diese Frage stellte und Charlotte wieder zu einer längeren Erklärung ansetzte. Doch sie liebte es, dass ihr Wissen gebraucht und geschätzt wurde.

Auch Lady Valentina hatte sich in ihre heilenden Hände begeben und vor ein paar Tagen hatte sie Lady Sophia in das Wissen um ihre Schwangerschaft eingeweiht, sodass die beiden Frauen sich austauschen und gegenseitig unterstützen konnten. Es schien für beide eine Erleichterung zu sein.

Diese Nachmittage, wenn Charlotte Tees für die beiden zubereitete und erklärte, wie eine Geburt ablief, waren erfüllend und ließen sie die lange Zeit, zwischen den Morgenstunden und dem späten Abend, da sie nicht bei Alexander sein konnte, besser überbrücken.

Sophia stöhnte, drückte sich eine Hand in den Rücken und blieb stehen. Sie hielt sich am Geländer fest, das den Park zu den Uferterrassen hin begrenzte. »Ich glaube, ich sollte mich wieder ein wenig hinlegen.« Sie lächelte Charlotte an. »Ich hätte nie gedacht, dass eine Schwangerschaft so anstrengend sein könnte.«

»Wenn es nur ein Kind ist, ist es ein wenig leichter«, beruhigte Charlotte sie.

Sophia nickte. »Das einzig Gute ist, dass ich nachts ruhig schlafe. Neulich hat mir jemand gesagt, dass die Nächte furchtbar wären, vor allem wenn die Schwangerschaft so weit fortgeschritten ist, aber ich schlafe sehr gut.«

Sie schaute Charlotte einen Moment lang an, dann lächelte sie und senkte den Blick.

Nicht zum ersten Mal fragte Charlotte sich, was Sophia über ihre nächtlichen Besuche bei Alexander wusste. Sie war sich in der ersten Nacht so sicher gewesen, dass Sophia sehr genau verstanden hatte, warum Alexander Thomas erklärt hatte, dass er nicht mehr gestört werden wollte. Doch sie hatte nie etwas gesagt oder eine Anmerkung gemacht und mittlerweile war Charlotte sich nicht mehr so sicher, ob sie mit ihren Gedanken richtig gelegen hatte.

Als eine Stimme direkt hinter ihnen erklang, erschrak Charlotte und drehte sich um. Es war Claire, die beinahe lautlos zu ihnen getreten war.

»Lady Sophia, wie geht es Euch? Ich habe Euch seit ein paar Tagen nicht mehr gesehen.« Claire lächelte süß.

Sophia nickte. »Danke, mir geht es ganz gut.«

»Tatsächlich? Das freut mich sehr zu hören, denn ich habe von Charlotte erfahren, dass sie jede Nacht mehrere Stunden an Eurem Bett zubringen muss, um Eure Schmerzen zu lindern und da habe ich mir Sorgen gemacht. Ich habe schon das Gefühl, dass meine Cousine mehr Zeit des Nachts in Eurem Zimmer verbringt, als in unserem.«

Charlotte erstarrte und wagte nicht mehr zu atmen. Sie spürte, wie Sophia ihr einen Blick zuwarf, aber sie konnte ihn nicht erwidern, denn sie hatte die Frau, die in den vergangenen Tagen fast so etwas wie eine Freundin geworden war, ausgenutzt und belogen. Außerdem würde sie sich gleich der peinlichen Frage stellen müssen, wo sie nachts tatsächlich war. Sie betete, dass Sophia das nicht vor Claire diskutieren würde.

In diesem schrecklichen Moment wusste sie, dass ihre Nächte mit Alexander ein Ende hatten und das entsetzte sie mehr als alles andere. Sie konnte ihn nicht aufgeben.

»Wisst Ihr, Lady Claire«, sagte Sophia jetzt, »ich habe schon ein furchtbar schlechtes Gewissen, weil ich Lady Charlotte derart beanspruche und ihr nachts den Schlaf raube. Ich wünschte, es gäbe einen anderen Weg, aber die Schmerzen sind nachts so schlimm, dass meine Schreie vermutlich das ganze Schloss wecken würden, wenn Eure Cousine mir nicht Stunde um Stunde die Umschläge mit ihrer besonderen Tinktur machen würde.«

Charlottes Herz klopfte so laut, dass sie sicher war, dass die beiden Frauen es hören mussten. Sie traute sich nicht, Sophia anzuschauen, aber Claires prüfendem Blick konnte sie nicht ausweichen.

»Ich wusste ja gar nicht, dass Charlotte sich so gut mit Heilkunde auskennt«, sagte Claire nun. »Ich dachte immer, dass das nur Nonnen oder Hexen könnten.«

Wieder dieser unschuldige Blick aus den blauen Augen, dabei wusste sie genau, was sie tat. Leider war Claire nicht dumm.

Sophia lachte und hakte sich bei Charlotte ein. »Ihr habt zu viel Fantasie, meine Liebe. Aber glaubt mir, ich bin sehr dankbar, dass Lady Charlotte mir zur Seite steht. Sonst würde ich diese Nächte nicht überleben. Wartet nur ab, bis Ihr einmal schwanger seid, dann werdet Ihr Euch auch freuen, wenn jemand wie Eure Cousine für Euch da ist.«

Claire wollte noch etwas erwidern, doch Sophia sagte: »Und jetzt muss ich mich leider wieder hinlegen, der Spaziergang hat mich doch ein wenig angestrengt. Könnt Ihr mich nach oben begleiten, Lady Charlotte? Allein schaffe ich die Treppen so schlecht.«

Sie wollte sich gerade in Bewegung setzen, als Claire den Kopf schüttelte. »Das geht leider nicht, mein Großvater möchte Charlotte gern sprechen. Aber ich kann Euch ins Schloss begleiten.«

Charlottes Herz machte einen Satz. Ihr Onkel wollte sie sprechen? Endlich! So langsam fügten sich die Dinge. Doch sie hatte ihre Unterlagen nicht. Und Alexander sollte auch dabei sein.

»Ich muss vorher aber noch einmal kurz in mein Zimmer«, sagte sie.

Wieder schüttelte Claire den Kopf. »Dafür ist keine Zeit. Er ist da vorn am Brunnen und wartet auf dich.«

Irgendetwas in ihrer Stimme ließ Charlotte aufhorchen und sie schaute hinüber zu dem Brunnen. Da stand tatsächlich ihr Onkel mit einem anderen Mann und beide schauten in ihre Richtung, so als würden sie auf sie warten.

»Wer ist der Mann bei ihm?«, fragte Sophia. »Ich habe ihn noch nie im Schloss gesehen.«

Claire hob die Schultern. »Mein Großvater weiht mich leider nicht in alles ein. Kommt, lasst uns gehen, damit Ihr Euch ausruhen könnt, Lady Sophia. Charlotte, mein Großvater erwartet dich.«

Es klang beinahe wie ein Befehl.

Zu gern hätte Charlotte eine Ausrede erfunden, um mit Sophia nach oben zu gehen, statt so unvorbereitet auf ihren Onkel zu treffen. Außerdem musste sie mit Sophia über diese Lüge sprechen und sich entschuldigen. Doch Claire hatte sie schon fort gezogen und plapperte auf sie ein.

Sophia warf Charlotte einen langen Blick zu, lächelte dann und nickte.

Charlotte versuchte, ihre Gedanken zu sortieren. Lady

Sophia hatte gerade für sie gelogen und zwar ohne auch nur einen Moment zu zögern. Ob sie Charlotte später deswegen zur Rede stellen würde? Und hatte Claire diese Lüge geglaubt? Sie hatte misstrauisch gewirkt, doch wenn man es recht nahm, war die Lüge sehr glaubwürdig gewesen. Charlotte hatte keine Ahnung, was es für sie und Alexander bedeutete und ob sie sich weiterhin sehen konnten. Doch diese Gedanken musste sie auf später verschieben, denn jetzt wollte ihr Onkel mit ihr sprechen und da sie schon seit fast drei Wochen hier war und dies ihr erstes Gespräch sein würde, musste sie alles dafür geben, um ihn zu überzeugen, dass sie Greenhills weiterführen konnte, wenn er ihr den nötigen Schutz aus der Ferne gab.

Ihr Onkel winkte ungeduldig vom Brunnen aus und langsam setzte Charlotte sich in Bewegung, während sie in Gedanken all die Argumente durchging, die sie mit Alexander entwickelt hatte, damit sie Greenhills behalten konnte. Wenn er doch nur hier sein könnte, um ihr zu helfen.

Sie kam näher und sah, dass ihr Onkel sich am Brunnen abstützte. Er war noch immer geschwächt von seiner Krankheit. Zu gern hätte sie ihn behandelt, denn sie wusste, dass sie einige Kräuter hatte, die ihm besser helfen würden, als ein Aderlass, aber er hatte ihre Hilfe abgelehnt. Und auch jetzt würde sie es nicht zur Sprache bringen, denn vermutlich würde es ihn nur gegen sie aufbringen. Und das konnte sie gerade nicht gebrauchen.

Der andere Mann neben ihm, schien ebenfalls auf sie zu warten, denn er schaute ihr interessiert entgegen. Er war groß, hatte braune Haare, breite Schultern und mit jedem Schritt, den sie näherkam, stellte sie fest, wie attraktiv er war. Jetzt verstand sie Claires Reaktion. Ein neuer Mann war im Schloss, er war gutaussehend und ihr Großvater schickte sie weg, bat sie aber Charlotte zu holen. Kein Wunder, dass sie schnippisch reagierte.

Doch obwohl er wirklich gut aussah, regte sich nichts in ihr. Der einzige Mann, der sie gerade zum Leuchten brachte und dieses warme Gefühl in ihrem Bauch auslöste, war Alexander. Andere Männer konnte sie gar nicht mehr wahrnehmen. Es war, als existierten sie nicht.

Schließlich war sie bei den beiden Herren angekommen. Wie immer musterte ihr Onkel sie missmutig und unwillkürlich strich sie sich eine Locke hinters Ohr, die sich aus ihrem Zopf gelöst hatte. Der Fremde musterte sie ebenfalls, doch er wirkte eher neugierig, denn missmutig.

Sie knickste. »Ihr wolltet mich sprechen, Onkel?«

Er nickte. »So ist es.« Es schien als wollte er noch eine Bemerkung über ihr Aussehen machen, denn er betrachtete mit gerunzelter Stirn ihre festen Schuhe, die sie für den Spaziergang im Park angezogen hatte, was nach all dem Regen viel vernünftiger war, denn überall standen Pfützen, doch dann grunzte er nur und wandte sich an den anderen Mann. »Lord Craven, das ist meine Nichte, Lady Charlotte Dalmore.«

Der Mann verbeugte sich tief und als er sich wieder aufrichtete, sagte er: »Es ist mir eine Ehre Euch kennenzulernen, Lady Charlotte.«

Es klang fast so, als hätte er diese Begegnung erwartet.

Sie knickste wieder. »Ganz meinerseits, Lord Craven.«

Mittlerweile hatte sie gelernt, wie man so etwas hier am Hofe machte, allerdings kam sie sich manchmal immer noch albern dabei vor.

»Gut, dann werde ich mich wieder meinen Geschäften widmen«, sagte ihr Onkel auf einmal. »Charlotte, bitte sei so freundlich und zeige Lord Craven den Park, er ist zum ersten Mal in Saint-Germaine-en-Laye.«

Entsetzt starrte Charlotte ihren Onkel an. Er wollte schon wieder gehen?

»Aber ich wollte mit dir endlich über Greenhills sprechen«, platzte sie heraus.

Die buschigen Augenbrauen schoben sich zusammen. »Da gibt es nichts zu besprechen, wie ich schon sagte. Und jetzt führe Lord Craven bitte herum.«

Charlotte schossen die Tränen in die Augen, energisch blinzelte sie sie weg. »Aber wann können wir denn darüber sprechen? Deswegen bin ich doch hierher gekommen.«

»Du bist hierher gekommen, Mädchen, weil ich dich habe holen lassen. Sei dankbar, dass du hier leben kannst und gut versorgt bist. Soweit ich von Claire gehört habe, hast du dich bestens eingelebt. So soll es sein. Und jetzt vergiss Greenhills.«

Er wandte sich ab. »Lord Craven«, sagte er über die Schulter, »Ihr wisst, wo Ihr mich findet, wenn Ihr fertig seid.«

Und dann ging er davon und das pfeifende Keuchen, das jeden seiner Atemzüge begleitete wurde langsam leiser.

Fassungslos starrte Charlotte ihm hinter her. Er hatte nicht vor, mit ihr über Greenhills zu sprechen und er dachte, dass sie die Vergnügungen hier im Schloss genoss. Dabei hasste sie sie!

Dass sie nicht allein war, wurde ihr erst bewusst, als Lord Craven ihr einen Arm hinhielt. »Lasst uns ein paar Schritte gehen.«

Sie fuhr zu ihm herum. »Ich will aber nicht«, fauchte sie.

Er hob eine Augenbraue und schaute sie an. Sein Blick war immer noch freundlich. »Euch liegt dieses Greenhills anscheinend sehr am Herzen.«

Charlotte presste die Lippen zusammen, dann nickte sie. Schon wieder traten ihr Tränen in die Augen. »Es ist mein Zuhause«, presste sie hervor. Er konnte ja nichts dafür, dass ihr Onkel sie so wütend machte.

Ein Schatten schien über sein Gesicht zu fliegen, doch dann war da wieder dieses freundliche Lächeln. »Lasst uns trotzdem ein paar Schritte gehen. Das hilft vielleicht mit all den Gefühlen.«

Zögernd griff Charlotte nach seinem Arm. Es war merkwürdig, einen anderen Mann als Alexander zu berühren, auch wenn es nur eine höfliche Geste war.

Langsam führte er sie durch den Park und Charlotte schwieg, weil ihre Gedanken sich im Kreis drehten und sie keine Worte übrig hatte.

Als sie am Geländer ankamen, an dem sie eben mit Lady

Sophia gestanden hatte, sagte er: »Was wolltet Ihr mit Eurem Onkel über Greenhills besprechen?«

Charlotte straffte die Schultern. »Ich wüsste nicht, was Euch das angeht.«

Sobald die Worte heraus waren, bereute sie sie, denn es war nicht sehr damenhaft. Doch sie konnte sich gerade nicht mehr wie eine Dame benehmen.

Er nickte. »Das stimmt, aber manchmal hilft es, wenn man diese Dinge ausspricht, damit es einem besser geht.«

Verwundert schaute Charlotte ihn von der Seite an. Sie wusste, dass sein Ratschlag stimmte, denn sie hatte es Henry schon allzu oft gesagt, wenn er Kummer hatte und dann hatten sie stundenlang geredet.

Der Gedanke an den Jungen schnürte ihr die Kehle zu und auf einmal fragte sie sich, ob sie jemals nach Greenhills zurückkehren würde.

Sie war nachlässig geworden. So sehr hatte sie sich von ihrer Leidenschaft gefangen nehmen lassen, dass sie gar nicht mehr darüber nachgedacht hatte, warum sie hier war. Dabei musste sie bald wieder zurück. Der Winter stand vor der Tür und sie hatte gehört, dass es zu der Jahreszeit gefährlich war, den Kanal zu überqueren. Dabei brauchten ihre Leute zuhause sie. Doch ihr Onkel wollte nicht mit ihr sprechen.

Sie atmete tief durch. Sie musste endlich der Tatsache ins Auge sehen, dass er ihr nicht zuhören würde und sie umsonst gekommen war. Vielleicht musste sie andere Maßnahmen ergreifen und ihre Zukunft selbst in die Hand nehmen.

Doch auf einmal wurde ihr schlagartig klar, dass diese Zukunft Alexander beinhalten musste. Sie konnte nicht mehr ohne ihn sein. Es musste einen Weg geben, wie sie zusammen sein konnten. Und er mochte Greenhills, das wusste sie, das spürte sie, denn er hatte sich dort wohlgefühlt, viel wohler als hier. Es war als wäre er dort angekommen und alle, die dort lebten, mochten ihn. Das war das Wichtigste für sie. Sie könnte niemals einen Mann in ihrem Leben haben, den die Menschen in Greenhills nicht akzeptierten.

Ein Gedanke begann sich in ihr zu formen und es machte sie atemlos allein an die Möglichkeit zu denken. Sie hatte nie heiraten wollen, weil es viel zu gefährlich war für alles und jeden, den sie liebte, aber mit Alexander war es anders. Denn er kannte die Menschen, die ihr wirklich wichtig waren und akzeptierte sie. Ja, er war ein Teil ihrer Gemeinschaft gewesen.

Es dauerte einen Moment, bis sie sich traute den Gedanken zuzulassen und ihn sich in seiner Fülle in ihrem Kopf ausbreiten zu lassen. Was war, wenn sie Alexander heiratete und mit ihm in Greenhills lebte?

Aufregung machte sich in ihr breit und sie versuchte, ihre Gedanken zu sammeln, die gerade durchgehen wollten wie ein feuriges Pferd, das zu lange im Stall gestanden hatte. Sie würden sich nicht mehr verstecken müssen, sich nicht mehr heimlich treffen, sie konnten da sein, wo die Menschen sie am meisten brauchten und auch ihr Onkel würde sicherlich zufrieden sein, denn Alexander war ein angesehener Mann bei Hofe, hatte das Vertrauen der Königin und er war ein Mann, der die Belange von Greenhills nach außen hin vertreten durfte. Charlotte wusste, dass sie das Gut gemeinsam führen würden und Alexander ihr nicht einen Platz am Stickrahmen oder bei den Vergnügungen der Damen zuweisen würde. Er wusste, dass sie lieber auf dem Feld mit anpackte oder den Kranken half, als alberne Ballspiele im Park zu spielen. Mit Alexander würde sie nie befürchten müssen, nicht sie selbst sein zu können.

Der Plan war unglaublich und perfekt zugleich. Beinahe hätte sie vor Freude gelacht, doch dann erinnerte sie sich daran, wo sie war. Sie ging am Arm eines Fremden durch den Park von Saint-Germain-en-Laye. Beinahe hatte sie vergessen, dass er da war.

»Entschuldigt bitte, aber ich war in Gedanken versunken«, sagte sie.

Er lächelte. »Das habe ich gemerkt. Und es scheint, als ob es viele und sehr unterschiedliche Gedanken waren.«

Charlotte errötete und nickte. »Danke, dass Ihr so geduldig mit mir seid. Ich bin heute keine gute Begleitung.«

Aber sie hatte ja auch nicht geplant, seine Begleitung zu sein.

Sie näherten sich dem Schloss und stiegen ein paar Stufen hinauf. Wieder lächelte er. »Eure Laune scheint sich innerhalb der letzten Minuten deutlich gebessert zu haben. Darf ich fragen, was den Sinneswandel ausgelöst hat?«

Lächelnd schüttelte Charlotte den Kopf. »Manchmal muss eine Dame auch Geheimnisse haben.«

»Das steht Euch natürlich zu. Mögt Ihr mir jetzt vielleicht von Greenhills erzählen?«

Sie war erstaunt, dass er den Namen immer noch wusste, so als würde er es kennen. Ihr Herz machte einen kleinen Sprung, als sie an die vertrauten Gebäude dachte und die Gesichter der geliebten Menschen vor ihrem inneren Auge vorbeizogen. Wenn sie doch nur schon dort wäre, mit Alexander.

Zitternd holte sie Luft und verdrängte den Gedanken an ihn. Später würde sie mit ihm sprechen. Jetzt würde sie erst einmal ihre Unhöflichkeit gegenüber Lord Craven ausbügeln.

»Wollt Ihr wirklich etwas darüber wissen oder fragt Ihr nur aus Höflichkeit?«, wandte sie sich an ihn.

Er legte den Kopf in den Nacken und lachte. Einige Damen, die ebenfalls durch den Park schlenderten, schauten neugierig herüber. »Ich frage selten etwas aus Höflichkeit«, sagte er. »Aber wenn Ihr gern über etwas anderes sprechen wollt, bin ich bereit, Euch dahin zu folgen.«

»Dann erzählt mir doch ein wenig über Euch, Lord Craven. Was bringt Euch nach Saint-Germain…«, noch immer stolperte sie über das Wort und brachte es nicht fehlerfrei heraus, »hierher?«

Mit einem Zwinkern schaute er sie an. »Ich hätte niemals gedacht, dass es mich einmal nach Frankreich verschlägt. Wenn ich das gewusst hätte, hätte ich früher besser aufgepasst, als mein Lehrer versucht hat, mir die französische Sprache beizubringen.«

Charlotte lachte. »So geht es mir auch. Meine Mutter wäre entsetzt.«

»Sie hat Euch also unterrichtet?«

»Das hat sie«, sagte Charlotte mit einem Seufzen, »aber sie ist dabei fast verzweifelt. Ich allerdings auch.«

Sie bogen in die Allee ein, die in Richtung des Waldes führte, der hinter dem Park des Schlosses lag. »Heißt das, Ihr wart ein wildes Kind, Lady Charlotte?«

Sie lächelte. »Das bin ich vermutlich immer noch. Sehr zum Missfallen von einigen Menschen hier.«

»Ihr meint, Euren Onkel?«

Sie musterte ihn von der Seite. »Ja, er vor allem. Aber ich bin nun einmal, wie ich bin.«

Merkwürdigerweise interessierte es sie gar nicht mehr, was ihr Onkel dachte. Sicherlich würde ihm der Gedanke gefallen, wenn sie Alexander heiratete und mit ihm nach Greenhills zog. Dann wäre er sie hier zumindest los und musste sich nicht mehr für sie schämen.

Dieser Gedanke beflügelte sie und sie freute sich bereits auf den Abend, wenn sie mit Alexander allein war. Sicherlich, es gab noch einiges zu klären und zu besprechen und zunächst einmal musste sie ihm klarmachen, dass sie seine Frau werden sollte. Doch sie kannte Alexander und wusste, dass sie gemeinsam einen Weg finden würden, solange sie nur ehrlich miteinander waren.

Lord Craven riss sie aus ihren Gedanken. »Was ist Euer liebster Platz hier im Schloss?«

Charlotte unterdrückte ein Lächeln als ihr erster Gedanke Alexanders Bett war und sagte dann: »Der Kräutergarten.«

»Kommen wir dort vorbei?«

Erfreut schaute sie ihn an. »Ja, gern. Ich wollte sowieso dorthin und ein paar Kräuter schneiden.«

Er blieb stehen. »Dann lasst uns doch gleich gehen, denn ich fürchte, ich muss mich bald bei Eurem Onkel melden. Ich soll heute noch einen Lord Thornton treffen und da ich schon einige Tage zu später in Saint…«, er lächelte, »hier eingetroffen bin, will ich ihn nicht warten lassen.«

Charlotte wies auf einen kleinen Weg. »Wir können hier entlang gehen.«

Sie schlenderte an seinem Arm weiter zum Kräutergarten und sie plauderten unverbindlich aber herzlich. Mehrmals brachte Lord Craven sie zum Lachen und Charlotte stellte fest, dass sie den Mann mochte. Er hatte sich freundlich verhalten, während sie nur mit sich selbst beschäftigt gewesen war, aber er schien es ihr nicht nachzutragen. Aber vielleicht war sie auch nur so beschwingt, weil ihre Vorfreude auf das Gespräch mit Alexander so groß war. Was auch immer es war, sie genoss den Nachmittag im Garten mit Lord Craven mehr als sie erwartet hatte.

KAPITEL FÜNFUNDZWANZIG

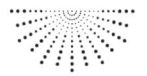

Alexander stand am Fenster und betrachtete den Schlossgarten. Nein, eigentlich wartete er, dass Charlottes roter Lockenkopf wieder zwischen den Bäumen auftauchte. Er wusste, dass sie noch im Park war und hatte vorhin ihr grünes Kleid an der hinteren Terrasse aufblitzen sehen. Auch wenn er sie jede Nacht in seinen Armen hielt, ließ er keinen Moment verstreichen, sie auch am Tage zu sehen. Und hätte er nicht gleich den Termin bei der Königin gehabt, wäre er zu ihr gegangen, um mit ihr ein paar Schritte im Garten zu gehen. Er hatte ihr immer noch nicht die Grotten an den Terrassen gezeigt, vielleicht sollte er das bald tun, um auch tagsüber einen Kuss zu erhaschen.

Endlich erschien sie zwischen den Bäumen, doch was er sah, ließ ihn die Stirn runzeln. Sie ging am Arm eines Mannes, den er noch nie gesehen hatte und sie lachte. Er liebte es, wenn sie lachte, denn sie legte den Kopf in einem bestimmten Winkel zurück und immer wenn sie das tat, wenn sie allein waren, nutzte er den Moment, um ihren Hals zu küssen, was ihr nicht selten, eines dieser herrlichen »Oh Gotts« entlockte.

Es störte ihn nicht, wenn sie mit jemand anderem als ihm lachte, denn es erfüllte sein Herz, dass sie wieder fröhlicher war und sich hier wohler zu fühlen begann. Doch er hatte diesen Mann noch nie gesehen und irgendetwas an dem Fremden irritierte ihn. Vielleicht die Art und Weise, wie er Charlotte ansah. Oder die Tatsache, dass die beiden allein unterwegs waren. War sie nicht mit Sophia in den Park gegangen?

In diesem Moment trat Valentina zu ihm. »Die Königin ist bereit«, sagte sie.

Alexander riss sich von Charlottes Anblick los und nickte Valentina zu. »Weißt du, was sie von mir will?«

Sie schüttelte den Kopf. »Aber ich glaube, dass es ihr wichtig ist.«

Gemeinsam gingen sie zu den Gemächern der Königin, in denen sie Besucher empfing. Alexander musterte Valentina von der Seite. Erst vor einigen Tagen hatte Charlotte ihm erzählt, dass diese ebenfalls ein Kind erwartete und dass sie sich nicht nur um Sophia kümmerte, sondern auch um sie. Er liebte diese Freude in Charlottes Augen, wenn sie in der Lage war, anderen zu helfen. Und dass sie Valentina helfen konnte, freute ihn besonders, denn die Italienerin war eine gute Freundin von ihm geworden und sie konnte gut etwas von Charlottes Herzenswärme gebrauchen, die sie an jeden, der sie wollte, freigiebig verschenkte.

Tatsächlich strahlte Valentina eine tiefe Freude aus und als sie Alexanders Blick auffing, lächelte sie. Es war, als ob sie seine Gedanken lesen könnte, als sie sagte: »Ich wünschte Lady Charlotte könnte bis zum Frühjahr bleiben und sich genauso um mich kümmern, wie sie sich um deine Schwägerin sorgt. Sie ist eine gute Heilerin. Jemanden wie sie könnten die Frauen bei Hofe gut gebrauchen.« Sie zögerte, dann fragte sie: »Hat Lord Seaforth irgendetwas darüber gesagt, wie lange er sie hier behalten will? Sie selbst spricht davon, dass sie nur auf Besuch da ist, aber wie ich den alten Lord kenne, wird er genaue Pläne haben, was ihren Aufenthalt angeht.«

Alexander atmete tief durch. Er wünschte ebenfalls, dass Charlotte bleiben würde, doch er wusste, dass es sie nicht mehr lange hier halten würde. Sie vermisste Greenhills und konnte es kaum erwarten, zurückzukehren. Er hatte wenig Hoffnung, dass Lord Seaforth sie dabei unterstützen würde. Das Problem war, dass Charlotte sich sicherlich schon bald über die Wünsche und Anweisungen ihres Onkels hinwegsetzen würde. Und obwohl er sie in allem unterstützte, was sie wollte, hoffte er doch ganz egoistisch, dass sie für immer hierbleiben würde. Also schüttelte er den Kopf. »Ich weiß nur, dass Lord Seaforth nicht mit seiner Nichte darüber sprechen will. Zumindest hat er das gesagt.«

Valentina hob die Augenbrauen und lächelte. »Leider ist er einer der Männer, die glauben, dass eine Frau nur dazu da ist, um hübsch auszusehen und Kinder zu bekommen und nicht, dass wir auch selbst denken können.« Ihr Lächeln vertiefte sich. »Zum Glück gibt es aber auch noch andere Männer. Wie ich hörte, unterstützt du Lady Charlotte dabei, dass sie nach England zurückkehren kann. Ist es denn auch das, was du wirklich willst?«

Alexander runzelte die Stirn. Wie immer war er verblüfft, dass Valentina soviel darüber wusste, was am Hof vor sich ging. Doch eine Antwort blieb ihm erspart, weil sie jetzt in das Zimmer der Königin traten, die auf einem Stuhl saß und ihnen mit einem Lächeln entgegen schaute. Alexander verbeugte sich tief, während Valentina einen Knicks andeutete. Sie war heute schon den ganzen Tag hier gewesen.

»Bitte, setzt Euch, Sir Alexander«, sagte die Königin und wies auf einen Stuhl ihr gegenüber.

Langsam ließ Alexander sich nieder und wartete ab, was die Königin ihm zu sagen hatte. Sie neigte leicht den Kopf und betrachtete ihn. Wie immer war er fasziniert von dem aufmerksamen, wachen Blick aus ihren dunklen Augen. Sie war eine wahre Königin.

»Vor kurzem ist mir zu Ohren gekommen, dass es für Euch schwierig ist, wieder nach England zu reisen, da zu viele Leute auf Euch aufmerksam geworden sind.«

Alexander wartete einen Moment, bis er sicher war, dass die Königin nicht weitersprach, dann sagte er: »Das ist richtig, königliche Hoheit. Ich habe mir nicht nur Freunde gemacht, wenn ich nach England gereist bin. Aber wenn Ihr mich dort braucht, kann ich es sicherlich noch einmal dorthin schaffen. Ich weiß nur nicht, wie sicher es für jemanden ist, den ich hier herüber begleite. Ich möchte niemanden in Gefahr bringen.«

Sie lächelte. »Ich weiß Euren Mut und Eure Dienste in den vergangenen Jahren sehr zu schätzen, Sir Alexander, aber ich denke, es wird nicht nötig sein, dass Ihr Euch oder jemand anderen in Gefahr bringt.«

Alexander hielt die Luft an und fragte sich, ob sie ihn aus ihren Diensten entlassen würde, nun, da er zu nichts mehr nütze war, zumindest, was diese Reisen nach England anging. Doch er sagte: »Ich würde alles für Eure königliche Hoheit tun.«

Wieder lächelte sie. »Das weiß ich und ich bin froh, so treue Männer wie Euch in meinen Diensten zu wissen.«

Die Enge in seiner Brust löste sich ein wenig. Noch war er also in ihren Diensten.

»Trotzdem gibt es zwei neue Männer, die in Zukunft treue Anhänger des Königs aus England nach Frankreich begleiten werden. Natürlich nur, falls das nach der Kampagne des Königs in Irland noch von Nöten sein sollte. Wir alle beten dafür, dass der König dann wieder seinen Thron in England einnehmen wird und wir dorthin zurückkehren können. Es gibt nichts, was wir uns mehr wünschen.«

Obwohl Alexander mit seinen eigenen Gedanken beschäftigt war, sah er genau, dass Valentina sich ein wenig anspannte. Er wusste, dass sie zerrissen war, denn einerseits wollte sie, dass der Hof in Frankreich blieb, andererseits wusste sie, dass ihr Mann Jonathan auf seinem Gut in England glücklicher war. So hatten sie alle ihr Päckchen zu tragen.

Er nickte. »Das wünsche ich mir sehr, Ma'am. England ist nun einmal meine Heimat und dort ein ungebetener Gast zu sein, ist schwer zu ertragen.« Er atmete tief durch. »Wie gut, dass Ihr die Weitsicht hattet, andere Männer anzuwerben, die meine Arbeit übernehmen können. Ich bin mir sicher, dass sie das hervorragend leisten können.«

Die Königin betrachtete ihn und er hatte Mühe, ihren Gesichtsausdruck zu deuten, dann sagte sie: »Habt keine Sorge, Sir Alexander, ich weiß um Eure Fähigkeiten und auch, dass diese Männer noch viel lernen müssen, bevor sie Euch das Wasser reichen können. Deswegen wäre es mir lieb, wenn Ihr ihnen erklärt, wie Ihr die Dinge handhabt, damit sie nicht in irgendwelche Fallen stolpern, von denen es so viele auf dem Weg zwischen England und Frankreich gibt.«

Er wusste, dass die Königin jedes Recht hatte, ihn darum zu bitten, doch es widerstrebte ihm zutiefst. Was blieb ihm dann noch, wenn andere seine Arbeit übernahmen und er sie darin auch noch unterwies?

Wieder betrachtete die Königin ihn still und er hoffte, dass sie ihm seine Gedanken nicht am Gesicht ablesen konnte. Valentina hatte ihn sicherlich längst durchschaut. Demütig senkte er den Kopf und sagte: »Sehr wohl, Ma'am. Sagt mir, wer die Männer sind und wann sie eintreffen und ich werde mich mit ihnen in Verbindung setzen.«

»Hervorragend. Einer der beiden ist noch in London und sammelt dort so viele Informationen wie möglich, bevor jemand herausfindet, dass er mit uns in Verbindung steht. Erst dann wird er nach Frankreich übersetzen. Der andere ist bereits gestern hier eingetroffen. Er ist völlig unbekannt in London, weil er der dritte Sohn eines Marquess aus der Nähe der walisischen Grenze ist. Und das ist der Grund, warum wir ihn ausgewählt haben, denn er hat keine Vorgeschichte und wird nicht schnell erkannt.«

Alexander nickte. »Wie lautet sein Name?«

»Lord Craven. Lady Wickham wird ihn mit Euch bekannt machen.«

Sie nickte Valentina zu, die Alexander ein Lächeln zuwarf.

Die Königin fuhr fort. »Allerdings wird das warten müssen, bis Ihr von Eurem nächsten Auftrag zurück seid, denn ich möchte Euch bitten, schnellstmöglich abzureisen. Heute ist es vielleicht schon ein wenig zu spät, aber brecht gleich im Morgengrauen auf, denn es ist dringend. Und ich bin froh, dass Ihr gerade keine Aufträge mehr annehmen könnt, Familien aus England hierher zu begleiten, denn so kann ich Euch für die Dinge einsetzen, die für den König und mich von höchster Bedeutung sind.«

Obwohl Alexander versuchte, sich nichts anmerken zu lassen, musste ihm seine Erleichterung anzusehen sein, denn die Königin hob eine Augenbraue. »Ich denke, dass das in Eurem Sinne ist, Sir Alexander.«

Er nickte. »Natürlich, königliche Hoheit, es ist eine große Ehre, dass Ihr mich weiterhin für diese Aufgaben nutzen wollt.«

Seine Erleichterung darüber, dass sie ihm noch vertraute und ihn einsetzte, war so groß, dass er für sie sogar direkt in den Königspalast in London marschiert wäre, hätte sie es von ihm gefordert.

»Gut. Es geht für Euch nach Schottland. Dorthin könnt Ihr ja noch ungefährdet reisen. Allerdings muss dieser Auftrag mit größter Diskretion behandelt werden, da es politisch von höchster Wichtigkeit ist und den König in Irland unterstützen könnte.«

Sie nahm ein versiegeltes Papierstück vom Tisch und wog es in der Hand. »Es geht nur darum, dass Ihr diesen Brief übergebt und sicherstellt, dass der Empfänger ihn auch wirklich liest. Drängt ihn darauf, eine Antwort zu verfassen, die Ihr mit zurückbringt. Er wird versuchen, dem auszuweichen, aber Ihr werdet ihn mit diplomatischem Geschick dazu bringen, die Antwort zu formulieren.«

Alexander nickte und nahm das Schriftstück entgegen. Es war versiegelt, aber das Siegel trug nicht den königlichen Stempel, sondern einen einfachen, den er nicht erkannte.

Sie reichte ihm einen zweiten Brief. »Hier sind Eure Anweisungen, um wen es sich handelt und was Ihr zu tun habt.«

Er wusste, dass er den Brief mehrmals aufmerksam lesen,

ihn sich einprägen und dann verbrennen würde. So war es immer.

Alexander verbeugte sich. »Ihr könnt Euch auf mich verlassen, königliche Hoheit.«

»Das weiß ich, Sir Alexander. Und es ist etwas, was mich in all diesen Wirren nachts ruhiger schlafen lässt.« Wieder hob sie eine Augenbraue, dann winkte sie ihm, sich zu erheben. »Grämt Euch nicht darüber, dass andere Männer Euren Platz einnehmen, Ihr habt jetzt wichtigere Aufgaben. Und denkt daran: Brecht auf, sobald Ihr könnt. Ich verlasse mich auf Euch.«

Alexander verbeugte sich und ging aus dem Zimmer. Ihm war vor Freude schwindelig. Endlich würde er wieder für die Königin arbeiten und zwar in einem Gebiet, das ihm lag. Immer nur der Begleiter von englischen Adeligen zu sein, war nicht das, was er wollte, auch wenn es ihm das Geld brachte, das er brauchte.

Hinter ihm trat Valentina in den Flur und schloss die Tür. »Ich gratuliere dir«, sagte sie leise, während sie gemeinsam den Flur entlang gingen. »Es ist eine große Auszeichnung.«

»Ich weiß«, sagte er nur und atmete tief durch. »Gut, dass es Schottland noch gibt.«

Valentina schüttelte sich. »Ich weiß, dass du es nicht gern hörst, weil England deine Heimat ist, aber mich zieht nichts nach London zurück. Und die Jahre, die ich mit dem König und der Königin in Schottland verbringen musste, waren noch schlimmer. Es war noch dunkler und kälter und ich habe niemanden verstanden.«

Alexander selbst verstand die Schotten gut, aber für eine Italienerin musste es in der Tat schwierig sein. »Im Moment ist der Hof ja hier. Auch wenn wir natürlich alle hoffen, dass der König in Irland siegreich ist und wir bald nach Hause zurückkehren.«

»So ist es«, erwiderte sie und sie tauschten ein Lächeln. Dann wurde Valentina ernst. »Es gibt da noch etwas, was ich mit dir besprechen wollte. Du hast doch davon gehört, dass

Sophia von ihrem Vater dieses Gut in Schottland als Mitgift bekommen hat. Sie hat vor kurzem Nachricht erhalten, dass der Verwalter gestorben ist. Eigentlich müssten sie oder Thomas dorthin reisen, um einen neuen Verwalter einzustellen. Aber wie du weißt, ist das nicht möglich.«

Sie machte eine kunstvolle Pause und Alexander wusste genau, worauf sie hinauswollte. »Du meinst, ich soll dort einmal vorbeischauen, wenn ich sowieso in Schottland bin?«

Valentina nickte langsam. »Sie würde dich niemals fragen, außerdem weiß sie nicht, dass du nach Schottland reist. Aber du könntest es ihr anbieten. Allerdings unter dem Siegel der Verschwiegenheit, da niemand wissen darf, dass du im Auftrag der Königin nach Schottland reist.«

Er dachte einen Moment lang nach. »Wie wäre es, wenn wir es umdrehen? Ich gebe vor, nach Schottland zu reisen, um für meinen Bruder das Gut anzuschauen und nach einem Verwalter zu suchen und wickele meinen eigentlichen Auftrag ab.«

Valentinas Augen strahlten. »Wie die Königin schon sagte, du bist hervorragend für diese Arbeit geeignet.«

Sie waren vor Alexanders Zimmer angekommen. Er deutete auf das seines Bruders. »Dann werde ich am besten gleich mit Sophia sprechen.«

Valentina knickste leicht. »Wann wirst du abreisen?«

Charlottes Gesicht tauchte vor seinem inneren Auge auf. Er konnte nicht gehen, bevor er sie nicht noch einmal allein gesehen hatte. »Morgen früh. Heute ist es schon zu spät.«

Valentina betrachtete ihn mit diesem für sie typischen Blick, mit dem sie alles zu durchschauen schien. »Wir werden uns nicht mehr sehen, weil ich heute Abend Dienst beim Prinzen habe. Ich wünsche dir eine gute Reise und wir alle freuen uns schon auf deine Rückkehr.«

Alexander schaute ihr nach, wie sie durch den Flur davonging, doch seine Gedanken waren bei Charlotte. So sehr er sich über seinen Auftrag freute, so wenig wollte er gehen. Er wollte bei ihr bleiben und sie weiterhin jede Nacht in seinen

Armen halten. Schon jetzt vermisste er sie, dabei war er noch nicht einmal unterwegs.

Doch eine Reise nach Schottland bedeutete mindestens eine Woche reine Reisezeit in jede Richtung und wer wusste schon, was ihn dort erwartete und wie schnell er seinen Auftrag abwickeln konnte. Er würde mindestens einen Monat lang fort sein, vor allem wenn er bei dem Gut vorbeischaute. Und sie würde allein hier sein.

Er traf die Entscheidung schnell und bevor er es sich anders überlegen konnte, rief er: »Valentina?«

Sie drehte sich um und schaute ihn fragend an. Er lief den kurzen Weg zu ihr. »Was gibt es?«

Es kostete ihn einiges an Überwindung, aber er musste es tun. »Darf ich dich um einen Gefallen bitten?«

Sie lächelte. »Du darfst mich um jeden Gefallen bitten und das weißt du auch.«

Er war froh über ihr freundschaftliches Verhältnis, das sich entwickelt hatte, als er sie vor ein paar Monaten zu Jonathan nach England gebracht hatte.

Alexander räusperte sich. »Mir ist aufgefallen, dass Lady Dalmore Mühe hatte, sich einzuleben. Jetzt, da sie sich um Sophia kümmert, ist es besser geworden, aber ich denke sie fühlt sich manchmal noch sehr allein. Da ich ihr sehr dankbar bin, dass sie mich geheilt hat, als ich bei ihr in Greenhills war, fühle ich mich ein wenig verantwortlich dafür, dass es ihr hier im Schloss gut geht. Könntest du dich ein wenig um sie kümmern, während ich fort bin?«

Er hoffte, dass sie ihn nicht durchschaute, doch als er das wissende Lächeln sah, wusste er, dass er sich keine Mühe geben brauchte. Dafür war es zu spät. Doch sie neigte nur leicht den Kopf. »Aber natürlich. Mir ist es auch wichtig, dass es ihr gut geht, denn ich bin auf ihre Hilfe angewiesen.«

Und ich bin ganz anders auf sie angewiesen, dachte Alexander, doch er sprach es nicht aus und hoffte, dass sich diese Erkenntnis nicht auf seinem Gesicht zeigte.

KAPITEL SECHSUNDZWANZIG

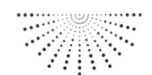

Charlotte hob die Hand, um an Sophias Tür zu klopfen und ließ sie wieder sinken. Dann versuchte sie es erneut. Sie musste noch vor dem Abendessen mit ihr sprechen, ansonsten wäre es zu peinlich, wenn sie sich nach dieser Sache mit der Lüge im Park einfach so im Speisesaal treffen würden.

Endlich schaffte sie es zu klopfen. Doch als sie die warme Stimme hörte, die »Herein«, rief, wäre sie beinahe weggelaufen.

Langsam öffnete sie die Tür und trat ein. Wie so oft lag Sophia auf dem Bett, einige Kissen im Rücken. Doch als sich ihre Blicke trafen, senkte Charlotte den Kopf und studierte die Maserung der Fußbodendielen und wie unordentlich die Fransen des Teppichs waren.

»Lady Charlotte«, rief Lady Sophia überrascht. »Woher wusstet Ihr, dass ich Euch gerade in diesem Moment brauche?«

Charlotte starrte auf den Teppich und schüttelte den Kopf. »Das wusste ich nicht. Aber ich wollte mit Euch sprechen.« Sie atmete tief durch. »Über heute Nachmittag.«

Aus dem Augenwinkel sah Charlotte, wie Lady Sophia sich ein wenig mehr aufsetzte. »Das wollte ich auch«, sagte sie munter. »Wer war dieser Mann bei Eurem Onkel, über den Eure Cousine sich so ausgeschwiegen hat?«

Kurz fragte Charlotte sich, ob Sophia ihr es mit Absicht schwer machte, aber so schätzte sie die andere Frau nicht ein. Doch sie musste es hinter sich bringen. »Ich wollte über die andere Sache sprechen. Das, was Claire über meine nächtlichen Besuche bei Euch gesagt hat.«

Sie schluckte, als es ganz still im Zimmer war. Noch immer konnte sie Sophia nicht anschauen, also sprach sie schnell weiter. »Ich möchte mich dafür entschuldigen, dass ich Euch da mit reingezogen habe. Und ich danke Euch, dass Ihr mich nicht verraten habt, aber das hättet Ihr nicht tun müssen. Trotzdem bin ich dankbar.«

Sie biss sich auf die Lippe. Sie fing schon wieder an zu plappern.

»Verdammt«, murmelte sie und merkte erst im nächsten Moment, dass sie es laut gesagt hatte. »Entschuldigt«, fügte sie hinzu, senkte mit brennenden Wangen den Kopf und wartete auf ihr Urteil.

Sie merkte, wie Sophia sich mit einem Ächzen aufsetzte und die Beine über die Bettkante schwang.

»Ihr müsst nicht aufstehen, Lady Sophia. Nicht meinetwegen.«

Diese seufzte. »Das kann ich gerade auch nicht. Aber dann kommt doch zu mir.«

Zögernd trat Charlotte ans Bett, obwohl sie am liebsten aus dem Zimmer gerannt wäre. Jetzt kam der schwierige Teil, der den sie nicht erklären konnte.

»Wäret Ihr so freundlich und würdet mich einmal anschauen?«

Charlotte nahm all ihren Mut zusammen und hob die Augen. Zu ihrer Überraschung wirkte Lady Sophias Gesicht freundlich, ja fast schelmisch. Sie streckte die Hände aus und zog Charlotte neben sich auf die Bettkante, sodass sie auf Augenhöhe saßen. Sie ließ ihre Hände nicht los und Charlotte starrte darauf, wie die schlanken, feinen Finger ihre eher groben und von der Arbeit gezeichneten Hände umfassten, die schon wieder Spuren von Kräutersaft aufwiesen.

Sophia seufzte. »Habe ich Euch schon einmal die Geschichte erzählt, wie mein Mann und ich uns kennengelernt haben?«

Charlotte schüttelte den Kopf. »Ich habe nur gehört, dass sie ungewöhnlich ist.«

Alexander hatte ihr davon erzählt, aber nicht über Einzelheiten gesprochen, doch sie würde das Gespräch nicht auf ihn bringen.

Sophia lächelte. »Das kann man wohl sagen und sie entspricht sicher nicht dem, was die feine Gesellschaft in London von mir erwartet hat. Aber auch wenn ich Ehrlichkeit sehr schätze, habe ich in dieser Zeit so manches Mal gelogen. Einfach nur, weil ich nicht anders konnte.«

»Warum nicht?«, fragte Charlotte. Dass Lady Sophia noch immer ihre Hände hielt, gab ihr Zuversicht.

»Seht Ihr, Thomas und ich wurden in einer kompromittierenden Situation angetroffen. Mein Vater wollte, dass wir heiraten, sperrte mich aber bis zur Hochzeit in mein Zimmer. Um es kurz zu machen: Thomas hat sich nicht nur einmal nachts in mein Zimmer geschlichen, damit wir…«, sie errötete ein wenig, »reden konnten.« Dann lächelte sie Charlotte an. »Ich hätte alles getan, um diese Momente mit ihm zu schützen und zu erhalten.«

Charlotte starrte sie an und begann zu ahnen, warum Lady Sophia ihr das erzählte. Ein wenig Hoffnung keimte in ihr auf. Sie ließ diese Information durch ihren Kopf wandern. Es passte zu den beiden, vor allem zu Thomas, der so sorglos und charmant war.

Sophia drückte ihre Hände. »Ich hatte damals auch eine Vertraute, meine Schwester Lilly, die mir und Thomas sehr geholfen hat. Ich würde das gleiche für sie tun«, sie schwieg einen Moment und zu ihrer Überraschung strich Lady Sophia mit den Daumen über Charlottes Handrücken, »oder für jede andere Frau, die ich so schätze wie eine meiner Schwestern und deren Glück davon abhängt, was ich sage oder nicht sage. Und wenn diese Frau durch diese Angelegenheit auch noch so etwas wie meine Schwägerin ist, weil der Mann, um den es geht, der Bruder meines Mannes ist, würde ich alles für sie tun.«

Charlotte wagte kaum noch zu atmen als die Worte auf sie wirkten. Ihr wurde beinahe schwindelig und sie war froh, dass sie saß. Sie hatte mit allem gerechnet, aber nicht damit.

»Dann wisst Ihr also davon?«

Ihr Lächeln vertiefte sich. »Ja, und es macht mich sehr glücklich, zu sehen wie Ihr aufgeblüht seid. Das gleiche gilt übrigens für meinen Schwager. Er ist immer so ernst und zurückhaltend, aber seit einiger Zeit wirkt er gelöster.«

Als das Blut in ihre Wangen schoss, senkte Charlotte den Kopf. Es war eine Sache, zu ahnen, dass Lady Sophia etwas von ihren nächtlichen Besuchen bei Alexander wusste, aber etwas anderes, darüber zu sprechen.

»Es tut mir leid, dass ich Euch da mit reingezogen habe«, sagte sie leise.

Lady Sophia lachte. »Das braucht es nicht. Es hat mir eine ungeahnte Freude bereitet, das Gesicht Eurer Cousine zu sehen, die glaubte, einen Skandal aufzudecken. Aber warum soll ich sie etwas kaputt machen lassen, was den Beteiligten und damit auch meiner Familie so gut tut? Außerdem finde ich es schön, endlich wieder jemanden zu haben, mit dem ich über solche Dinge sprechen kann. Versailles war doch in mancher Hinsicht einsam.«

Langsam hob Charlotte den Kopf und sah in Sophias Augen, die sie verschmitzt anblickten. Tränen verengten ihren Hals, als sie sagte: »Ich hatte noch nie jemanden, mit dem ich so ehrlich sein konnte. Zumindest nicht jemanden wie Euch.«

»Dafür sind Schwägerinnen und Schwester zum Glück da und glaubt mir, dass ich weiß, wovon ich spreche. Ich habe einige Schwestern. Aber noch keine Schwägerin.«

»Ich habe noch nicht einmal eine Schwester«, gestand

Charlotte. »Die einzigen, mit denen ich sprechen kann, sind Maude, die Haushälterin und Anni, ihre zweite Hand. Aber über das hier, könnte ich nicht mit ihnen sprechen.«

Sie machte eine Geste, die das gesamte Schloss einbezog. Und sie wusste, dass sie mit ihnen auch nicht über Alexander sprechen konnte, denn all die Zwänge, unter denen die Adeligen hier lebten, waren für jemanden vom Land, sehr merkwürdig.

Sophia runzelte die Stirn. »Zu Beginn, als Ihr hergekommen seid, müsst Ihr sehr einsam gewesen sein. Thomas erzählte mir, dass er Euch bei dem Musikabend gesehen hat und dass Ihr sehr unglücklich ausgesehen habt. Das tut mir sehr leid, denn ich weiß, wie schwierig es an einem Hof sein kann, wenn man diese Art von Leben nicht kennt. Mir ging es am Anfang auch so.«

Charlotte wischte sich mit dem Ärmel über die Augen und bemerkte zu spät, dass sie ein Taschentuch hätte nehmen sollen. »Ich bin noch nie wirklich aus Greenhills herausgekommen. Und hier ist es so anders.«

Sophia nickte, dann betrachtete sie Charlotte aufmerksam. »Wie wird es mit Euch und Alexander weitergehen?«

Wieder wurde Charlottes Hals eng. Sie dachte daran, wie ihr Onkel schon wieder nicht mit ihr hatte sprechen wollen und welche Gedanken sie sich gemacht hatte, als sie mit Lord Craven durch den Park spaziert war. Sollte sie Lady Sophia davon erzählen? Aber war es nicht albern, zu denken, dass Alexander all das hier aufgeben würde, um mit ihr nach Greenhills zu kommen? Diese Gedanken, die heute Nachmittag noch soviel Sinn ergeben hatten, erschienen ihr auf einmal mädchenhaft und lächerlich.

Lady Sophia sog auf einmal scharf die Luft ein und hielt sich den Bauch.

»Ist alles in Ordnung?«, fragte Charlotte besorgt.

Die andere Frau lächelte, aber ihre Augen glitzerten ein wenig. Es musste sehr weh getan haben. »Ja, nur ein Tritt.

Doch ich sehe, dass Euch auch irgendetwas quält. Allerdings scheint es das Herz zu sein und nicht ein Baby oder zwei, die sich entschieden haben, Euch den Abend zu verderben. Raus mit der Sprache, meine Liebe.«

Charlotte biss sich auf die Lippe. »Ich glaube, mein Onkel will nicht mit mir über Greenhills sprechen. Ich denke sogar, dass er plant, mich hier zu behalten. Aber ich möchte, nein, ich muss dahin zurück, denn es ist mein Zuhause und ich werde dort gebraucht.«

Ihre Gedanken wanderten zu Henry, Anni und all den Menschen, die dort waren. Sie dachte an das Erntefest und die unbeschwerten Tage, die sie dort mit Alexander verbracht hatte.

»Deswegen muss ich einen Weg finden, um wieder zurückzukehren, auch wenn mein Onkel es nicht will.« Ihr Herz klopfte auf einmal schneller. »Aber ich kann nicht ohne Alexander gehen«, sagte sie leise. Zum ersten Mal hatte sie es ausgesprochen und es fühlte sich gleichzeitig gut und erschreckend an.

»Und er will nicht mitkommen?«, fragte Sophia. Wieder verzog sie das Gesicht und setzte sich ein wenig gerader hin.

Langsam hob Charlotte die Schultern. »Ich weiß es nicht.«

»Ich glaube, dann wird es Zeit, ihn zu fragen.«

»Das wollte ich auch, aber ich fürchte mich so davor, dass er nein sagt.«

In dem Moment, als sie die Worte aussprach, wurde ihr klar, dass sie sich mehr davor fürchtete, als vor vielen anderen Dingen im Leben. Sie würde es nicht ertragen, wenn er sie abwies und es vorzog hier in Frankreich zu bleiben, während sie allein nach Greenhills zurückkehrte. Oder schlimmer noch, dass er sie bat hierzubleiben.

Eine Träne rollte ihr über die Wange und sie wischte sie ungeduldig weg. Doch eine weitere folgte sogleich.

Sophia griff wieder nach ihren Händen. »Schaut mich an«, sagte sie.

Charlotte tat es und hielt sich an dem ruhigen Ausdruck in Lady Sophias Gesicht fest. Sie durfte jetzt nicht zusammenbrechen.

»Und nun atmet einmal tief durch. Gut, und gleich noch einmal.«

Charlotte musste lächeln. »Das sage ich sonst immer zu Euch.«

»Aber da es funktioniert, kann ich es auch zu Euch sagen. Und nun überlegen wir gemeinsam, wie die Dinge liegen. Ihr wollt gern mit Alexander zusammen sein und zwar in Greenhills. Ihr wisst nicht, ob er das auch möchte, gefragt habt Ihr ihn aber auch noch nicht. Soweit richtig?«

Charlotte nickte.

»Hat er schon einmal eine Andeutung gemacht, dass er mitkommen möchte oder dass er lieber hier bleiben will?«

»Nein, ich weiß nur, dass er denkt, dass er nicht mehr nach England reisen kann, weil es zu gefährlich ist.«

Sophia nickte nachdenklich. »Das habe ich auch schon gehört. Aber wenn Greenhills so abgelegen ist, sollte ihn dort niemand finden, nicht wahr?«

Sie hob langsam die Schultern. »Das habe ich auch schon gedacht, aber ich weiß nicht, ob er das ebenfalls so sieht.«

»Habt Ihr überhaupt schon einmal darüber gesprochen, wie Eure Zukunft aussehen könnte?«

Dieses Mal schüttelte Charlotte den Kopf.

Sophia seufzte und drückte ihre Hände fest. »Ihr müsst dieses Gespräch so schnell wie möglich führen.«

Auf einmal stieg Panik in Charlotte auf. »Aber was ist, wenn er mich dann nicht mehr will?«

Sophia gab ein Schnauben von sich, gefolgt von einem unterdrückten Fluch. Wieder hielt sie sich ihren Bauch, dann kehrten ihre Hände zu Charlottes zurück. »Ich glaube nicht, dass er Euch nicht mehr will. Habt Ihr noch nicht bemerkt, wie er Euch anschaut? Thomas erzählte mir, dass es sogar Jonathan aufgefallen ist. Und wenn es den Männern auffällt und sie sich darüber unterhalten, will das etwas heißen. Soviel habe ich zumindest in den vergangenen Monaten über Männer gelernt.«

»Wie schaut er mich denn an?«, fragte Charlotte leise und schämte sich sofort für diese Frage. Trotzdem wollte sie es gern wissen, denn sie wusste, was sie empfand, wenn sie Alexander irgendwo sah und wenn es nur aus der Entfernung war. Sie schmolz jedes Mal dahin und gerade, wenn er unter Leuten war, waren diese Momente umso süßer, denn nur sie wusste, wie gut er sich anfühlte, wenn sie sich an ihn schmiegte. Sie wusste, was sich unter seiner Kleidung verbarg und nur sie kannte dieses leise Stöhnen, das er nicht unterdrücken konnte, wenn er in sie eindrang. Aber es war nicht nur das. Sie liebte es, dass er so ernst war und alles genau beobachtete. Sie war fasziniert von seinem Scharfsinn und seinem Sinn für Humor, den sonst kaum jemand zu kennen schien. Und nur sie hatte gesehen, wie er die Führung übernahm, als es gebrannt hatte. Nur sie wusste, wie entspannt sein Gesicht sein konnte, wenn er sich nach einem arbeitsreichen Morgen im Schatten eines Baumes ausstreckte und wie er lachte, wenn Henry ihn mit einem Strohhalm an der Nase wach gekitzelt hatte.

All diese Erinnerungen an ihn brachen immer über sie herein, wenn sie ihn irgendwo sah und sie brachten die herrlichsten Gefühle mit sich. War es so verwerflich, dass sie hören wollte, wie er sie anschaute?

Sophia lächelte schelmisch. »Wenn Ihr in einen Raum kommt, ist es, als ob er…«,

Sie brach ab und stieß einen Schmerzenslaut aus. Sie krümmte sich und Charlotte stützte sie.

»Ihr solltet Euch hinlegen. Wir haben schon zu viel geredet.«

Sophia tat, was Charlotte sagte, aber sie presste hervor: »Es geht schon.«

Charlotte schüttelte den Kopf. »Es geht nicht. Ihr habt Schmerzen und ich werde schauen, woher sie kommen. Alles andere kann warten.«

Sie hielt inne, als sie an den Beginn ihres Gespräches

dachte. Auf einmal hatte sie ein schlechtes Gewissen, dass sie Sophia mit ihrem Gerede über Alexander und Greenhills belästigt hatte, während sie offensichtlich Schmerzen hatte.

»Warum hattet Ihr eigentlich nach mir schicken wollen?«

Sophia biss die Zähne zusammen und deutete auf ihren Bauch. »Weil ich solche Rückenschmerzen hatte, aber die sind jetzt fort, weil der Bauch wehtut.«

Charlotte atmete tief durch und legte ihre Hände auf den Bauch. »Tut es jetzt weh?«, fragte sie.

Sophia nickte.

Charlotte tastete und konnte die Köpfe der Babys fühlen, die sich seit ein paar Tagen in Richtung Becken senkten. Die Kinder hatten nicht mehr viel Platz. Doch die Bauchdecke war entspannt. Also keine Wehen, zumindest noch nicht.

»Ihr solltet Euch ausruhen. Ich werde Euch einen Tee und ein paar Umschläge machen, dann wird es besser werden.«

Sophia lächelte und ihr Gesicht entspannte sich ein wenig. »Es geht schon wieder. Ein Tee wäre gut, aber Ihr müsst mir eines versprechen.«

»Alles«, sagte Charlotte mit einem Lächeln und ging zu der kleinen Kiste, in der sie ihre Kräuter lagerte, damit sie nicht immer alles hin und her tragen musste.

»Sprecht noch heute mit ihm.«

Charlotte erstarrte und ihr Herz klopfte auf einmal schneller. »Ich kann nicht«, sagte sie leise und zwang sich den Frauenmantel herauszunehmen, den sie für den Tee brauchte.

»Ihr habt es versprochen«, sagte Sophia freundlich, aber bestimmt. »Und glaubt mir, es ist wichtig.«

Langsam erhob Charlotte sich und bereitete den Tee vor, den sie nur noch aufzugießen brauchte, wenn sie gleich das heiße Wasser hatte. »Es gibt noch ein paar Dinge, über die ich mir klar werden muss, bevor ich mit ihm sprechen kann.«

Sophia stützte sich auf die Ellenbogen und schüttelte den Kopf. »Ich weiß, dass solche Gespräche furchtbar erscheinen, wenn sie vor einem liegen, aber vielleicht werden Ihr überrascht sein, wie einfach die Lösung ist. Und glaubt mir bitte, dass es wichtig ist, dass Ihr noch heute mit ihm sprecht.«

Sie zögerte und atmete tief durch, doch bevor Charlotte fragen konnte, ob sie Schmerzen hatte, sagte sie: »Kann ich Euch dabei helfen, diese Dinge zu durchdenken?«

Schnell schüttelte Charlotte den Kopf. »Ihr habt schon genug für mich getan.«

»Also, versprecht Ihr es mir?«

Es kostete sie alle Kraft der Welt, zu sagen: »Ich verspreche, dass ich heute noch mit ihm rede.«

Und das tat sie nur, weil Sophia so freundlich zu ihr gewesen war und sie zum ersten Mal das Gefühl hatte, eine wirkliche Freundin zu haben.

Kraftlos ließ Sophia sich auf das Bett zurücksinken. »Gut. Und ich würde mich nicht wundern, wenn Ihr überrascht seid, was er alles für Euch tun würde.«

Charlotte umklammerte den Krug, den sie gleich in die Küche bringen wollte. »Was meint Ihr damit?«

Sophia lächelte. »Ihr habt mich gefragt, wie er Euch anschaut und mein Gedanke war hungrig, aber Thomas meinte, dass sehnsuchtsvoll es besser trifft. Er kann mit Worten besser umgehen als ich und er sagte auch, dass er seinen Bruder noch nie so erlebt hätte. Es ist, als hätte diese Reise zu Euch nach Greenhills ihn grundlegend verändert und als wäre er endlich aufgewacht. Wie gesagt, das waren seine Worte, nicht meine. Aber hungrig trifft es auch ganz gut.«

Charlotte starrte sie an und ihre Worte hallten in ihrem Kopf wieder. Sie konnte kaum glauben, was sie hörte. Langsam breitete sich eine unglaubliche Wärme in ihr aus und mit ihr ein Lächeln auf ihrem Gesicht. »Danke«, sagte sie leise.

Sophia nickte ihr zu. »Und jetzt geht schnell und holt das heiße Wasser. Bis dahin sollte er auch vom Abendessen zurück sein.« Sie grinste. »Und sollte Eure Cousine Euch heute Abend suchen, wird Thomas ihr gern sagen, dass Ihr Euch ausgiebig um mich kümmern müsst.«

Charlotte war sich nicht sicher, ob sie sich einer Frau gegenüber schon einmal derart verbunden gefühlt hatte. Es war, als hätte sie eine Schwester gewonnen. Am liebsten hätte sie Sophia umarmt, doch diese wies auf die Tür.

»Auf, auf. Ihr habt heute Abend viel vor.«

KAPITEL SIEBENUNDZWANZIG

Alexander öffnete die Tür zu seinem Zimmer und warf seine Jacke auf einen der Stühle. Er hatte keine Ahnung, wo er noch nach Charlotte suchen sollte. Sie war nicht beim Abendessen gewesen und er hatte danach überall dort nachgeschaut, wo er sie vermutete. Im Stall, im Kräutergarten, ja, er hatte sogar die kleine Mary befragt, die ihm aber auch nicht weiterhelfen konnte und nur erklärte, dass Charlotte nicht in ihrem Zimmer war. Mit Lady Claire war sie auch nicht unterwegs und Thomas sagte, dass sie sich heute schon um Sophia gekümmert hatte und diese sich bereits für die Nacht zurückgezogen hatte.

Wo steckte sie bloß? Alles war bereit für seine Abreise: Seine wenigen Sachen waren gepackt und seinem Pferd hatte er eine Extraportion Hafer zukommen lassen, damit er es morgen ein wenig mehr antreiben konnte, um die Zeit gutzumachen, die er heute verloren hatte. Jetzt wollte er nur noch mit Charlotte sprechen und ihr von seiner Abreise erzählen. Und er musste sie einmal noch lieben, sonst konnte er nicht gehen. Doch sie war nirgendwo zu finden. Ob sie vielleicht einen Kranken behandelte?

Plötzlich klopfte es leise an der Verbindungstür. Alexander runzelte die Stirn, denn Thomas klopfte nicht so und er fragte sich, was Sophia von ihm wollte. Für einen Moment dachte er daran, nicht hinzugehen, da er sich gleich wieder aufmachen wollte, um Charlotte zu suchen, aber da Thomas einen Musikabend hatte und Sophia vielleicht Hilfe brauchte, tat er es doch.

Es klopfte wieder, noch zaghafter dieses Mal und er öffnete die Tür. Vor ihm stand Charlotte. Das Licht der Lampen in Thomas' und Sophias Zimmer strahlte sie von hinten an, was ihr beinahe eine Aura verlieh und ihre Haare noch feuriger machte. Er war so erleichtert, sie zu sehen, dass er sie fast in seine Arme gezogen hätte.

Zu seiner Überraschung trat sie auf ihn zu und hauchte ihm einen Kuss auf die Lippen. Dann trat sie ein und zog die Tür hinter sich zu. Sie schlang die Arme um seinen Hals. Obwohl er absolut nichts dagegen hatte, fragte er leise: »Was machst du da?«

Nur der Schein des Kohlebeckens erhellte ihr Gesicht, da er noch keine Lampe angezündet hatte. Sie lächelte und küsste ihn erneut. »Ich fürchte, Lady Sophia weiß über uns bescheid.«

Unwillkürlich schloss er die Arme etwas fester um sie, als wollte er sie beschützen. Er wollte etwas sagen, doch sie schüttelte den Kopf. »Es ist in Ordnung. Sie meinte, dass sie mir eines Tages die ganze Geschichte von ihr und deinem Bruder erzählt und dass sie es schön findet, dass wir einander haben.«

»Das hat sie gesagt?«, fragte er leise. Seine Schwägerin überraschte ihn immer wieder.

Charlotte lächelte. »Ich hatte es auch nicht erwartet, aber heute Nachmittag wäre Claire uns beinahe auf die Schliche gekommen und Sophia hat uns in Schutz genommen. Wir sollten ihr dankbar sein.«

»Ich bin sehr dankbar«, murmelte Alexander und konnte nicht widerstehen, Charlotte zu küssen. Aus dem sanften Kuss wurde ein intensiverer, als sie sich an ihn presste und leicht die Lippen öffnete. Er konnte sich nicht zurückhalten, ein wenig mit ihrer Zunge zu spielen und wie von selbst wanderten seine Hände ihren Rücken hinab zu ihrem Hintern.

Charlotte stöhnte kehlig und fuhr mit ihren Händen in seine Haare. Als draußen auf dem Flur Stimmen erklangen, löste Alexander sich von ihr, behielt seine Hände aber da wo sie waren. Einfach, weil es so köstlich war. »Wie geht es dir damit?«, fragte er. »Schließlich sind wir heute einmal fast und einmal wirklich entdeckt worden.«

Charlotte hob die Schultern. »Ich weiß nicht. Vielleicht sollten wir darüber sprechen.«

Auf einmal schwang etwas in ihrer Stimme mit, was er nicht deuten konnte. War sie nervös?

»Ist alles in Ordnung?«, fragte er.

Sie nickte und schaute ihn an. Dann zog sie seinen Kopf näher zu sich heran. »Es gibt allerdings etwas, was ich noch viel lieber tun würde, als reden. Zumindest im Moment.«

Sanft knabberte sie an seiner Unterlippe und sofort reagierte sein Körper. Sie spürte es und lächelte. »Ist das ein Ja?«

»Du weißt, dass du mich das nicht fragen brauchst«, sagte er mit einem Lächeln. Dann hob er sie hoch, so wie er es in ihrer ersten Nacht getan hatte und trug sie zum Bett. Es fühlte sich beinahe dekadent an, denn noch nie hatte sie ein Kleid getragen, wenn sie hier bei ihm gewesen war, sondern immer nur ihr Nachthemd und einen Umhang. Doch es erregte ihn umso mehr, es machte das alles noch verbotener.

Er küsste sie noch einmal, tiefer jetzt und erlaubte es sich, in ihre Haare zu greifen und ihren Zopf zu lösen. Er spürte, wie sie an seinem Mund lächelte, als er in ihre Haare fasste und sanft daran zog. Dann legte er sie auf dem Bett ab und betrachtete sie, wie sie in ihrem dunkelgrünen Kleid dalag, das er so an ihr mochte.

»Ich weiß gar nicht, ob ich dich ausziehen soll oder ob ich dich so will.«

Ihre Augen wurden dunkel vor Verlangen. »Ich will dich ganz fühlen«, flüsterte sie.

Er kniete jetzt über ihr und betrachtete ihre Haare, die ausgebreitet auf seinem Bett lagen, ihr wunderschönes Gesicht, das im Halbdunkel nur schwer zu erkennen war. Sein Herz wurde schwer, als ihm klar wurde, dass er sie mehrere Wochen nicht sehen würde. Und dass er ihr das heute Abend noch sagen musste. Deswegen beugte er sich über sie und küsste sie wieder. »Wir wollen gleich reden. Vielleicht ist es besser, wenn wir dann angezogen sind.«

Sie runzelte die Stirn und schluckte. Er erwartete bereits Widerspruch, aber dann nickte sie. »Vielleicht ist es besser.«

Was war das in ihrer Stimme?

»Aber«, sagte er und küsste sich ihre Wange entlang und ihren Hals hinunter, »ich habe vor, dich heute Nacht mehrmals zu lieben und wir können uns dann gern ausziehen. Ich bestehe sogar darauf.«

Er hörte ihr kehliges Lachen und knabberte ein wenig an ihrem Ohrläppchen. Es passierte genau das, worauf er gehofft hatte. »Oh Gott«, keuchte sie und wölbte sich ihm entgegen.

Er legte sich auf sie und während er wieder ihren Mund küsste, liebkoste er durch den Stoff ihres Kleides ihre Brüste und merkte mit wachsender Erregung, wie sich ihre Brustwarzen aufrichteten. Sie schlang ein Bein um seine Hüften und zog ihn näher heran, rieb sich an ihm.

»Ich habe den ganzen Tag daran gedacht«, murmelte sie und stöhnte erneut auf, als er mit einer Hand unter ihre Röcke fuhr und ihren Schenkel hinauf.

Ihm gefiel der Gedanke, dass sie an ihn und das hier dachte, während sie ihren Tag verbrachte. Eine kurze Irritation durchzuckte ihn, als ihm einfiel, dass sie einen Teil ihres Tages mit diesem Mann im Park verbracht hatte, doch jetzt war nicht der richtige Zeitpunkt, sie darauf anzusprechen. Später, dachte er.

Mit den Fingern fand er ihre Weiblichkeit und als er spürte, wie feucht sie war, konnte er nicht anders, als vorsichtig mit dem Finger in sie hineinzugleiten. Er fand die Stelle ihrer größten Lust und liebkoste sie mit dem Daumen, während er immer wieder mit dem Finger in sie hineinfuhr. Charlotte ließ den Kopf zurücksinken, die Augen geschlossen und nahm mit dem Becken seinen Rhythmus auf. Bei Gott, sie war so schön und so leidenschaftlich, er konnte sich kaum an ihr sattsehen.

Ihr Bein rieb an seiner Erektion und ihr leises Stöhnen erregte ihn so sehr, dass er sich zusammenreißen musste, um nicht zu kommen, wie ein junger Bursche, der seine ersten Erfahrungen mit einer Frau machte. Aus irgendeinem Grund erregte Charlotte ihn mehr, als es jede andere Frau zuvor getan hatte. Doch er wollte ihr Lust bereiten, mehr als alles andere und deswegen hielt er sich zurück, während er versuchte, sie zum Höhepunkt kommen zu lassen. Mittlerweile wusste er, dass sie sich danach entspannt in seine Arme fallen lassen würde und er sich nehmen durfte, was er brauchte und meistens kam sie dann auch noch einmal. Das war das Schönste an ihr, ihre Lust erschien unersättlich.

Doch Charlotte hatte anscheinend anderes im Sinn. Sie schlug die Augen auf und schaute ihn an. »Nimm mich«, sagte sie, »ich brauche dich.«

Dass ließ er sich nicht zweimal sagen. Schnell streifte er seine Stiefel ab, die er in der Eile vergessen hatte, auszuziehen. Dann schob er Charlotte auf dem Bett ein wenig nach oben, sodass sie mit dem Kopf auf dem Kissen lag. Fast bedauerte er, dass sie das Kleid noch trug, denn das Mieder verhinderte, dass er ihre Brüste liebkosen konnte, wie er es sonst immer tat. Doch sie hatten noch die ganze Nacht und er würde sich später ausgiebig darum kümmern. Und jetzt fehlte weder ihm noch anscheinend ihr etwas, was die Erregung noch hätte steigern können. Er wollte sie so sehr, dass es beinahe weh tat.

Sie spreizte die Beine und zog ihn auf sich, er hatte kaum Zeit seine Hosen aufzuschnüren. Sie ließ ihn nicht einen Herzschlag lang aus den Augen.

Charlotte winkelte die Beine an, so dass ihre Röcken nach oben rutschten und er genau auf ihr zum Liegen kam. Die Spitze seines Glieds drückte bereits an ihren Eingang und sie keuchte auf, bevor sie ihn zu einem Kuss zu sich heranzog. Er nutzte den Moment und drang mit einem Seufzen gleichzeitig in ihren Mund und ihre Weiblichkeit ein. Für einen kurzen Moment schloss er die Augen, um ihre weiche, feuchte Fülle ganz zu spüren. Sobald er sich ganz in sie versenkt hatte, öffnete er die Augen und ihre Zungen begannen ein wildes Spiel, während er seine Hüften zunächst nur langsam bewegte. Doch Charlotte bewegte ihr Becken und trieb ihn so zu einem schnelleren Tempo an. Ihm sollte es recht sein, er konnte jederzeit kommen, auch wenn er wollte, dass sie sich zuerst nahm, was sie brauchte.

Heute ließ sie ihn nicht einen Moment lang aus den Augen, während sie sich an ihm festklammerte und sie ihren gemeinsamen Rhythmus fanden. Immer schneller stieß er sie hinein und Charlotte begann zu keuchen. »Mehr«, flüsterte sie. »Tiefer.«

Er schob eine Hand unter ihr Becken und hob es an, sodass er einen anderen Winkel hatte und sie noch tiefer berührte. »Oh Gott«, flüsterte sie, nein, keuchte sie. Dann vergrub sie die Hände in seinen Haaren, bog den Kopf zurück und er spürte, wie sie um ihn herum kam. Ihre Weiblichkeit pulsierte und ihr ganzer Körper spannte sich an. Sie schrie auf, doch unterdrückte den Schrei sofort, wie sie es immer tat. Und auf einmal wünschte er sich nichts sehnlicher, als dass sie einmal so laut sein konnte, wie sie wollte. Wie war es wohl, wenn Charlotte nichts mehr zurückhielt? Wäre die Liebe mit ihr dann noch erregender als sie es sowieso schon war?

Als ihr Körper sich langsam entspannte, lächelte sie ihn träge an und flüsterte: »Komm.«

Er stöhnte auf, stieß noch einmal in sie hinein und ließ sich ebenfalls fallen. Er kam so heftig, dass auch er ein Stöhnen unterdrücken musste und sich nicht sicher war, ob er es geschafft hatte, denn er schien in tausend Stücke zu zerfallen und auf Charlotte hinab zu regnen. Doch er wusste, dass sie ihn halten und wieder zusammensetzen würde. So wie sie es immer tat.

Er brach mehr auf ihr zusammen, als dass er sich auf sie legte und wollte sich gerade auf die Seite rollen, als sie ihre Beine um seine Hüften schlang und ihn noch einmal tief in sich hineinzog. Sie schloss die Arme um ihn und zog ihn zu einem Kuss heran. »Ich liebe dich«, flüsterte sie und er ertrank in ihren Augen.

Er hatte nicht gewusst, wie es sich anfühlen konnte, wenn jemand, den man auch liebte, so etwas zu einem sagte. Es war als wäre er endlich angekommen.

»Oh, Charlotte«, flüsterte er und küsste sie. Dann strich er ihr ein paar verirrte Locken aus dem Gesicht. »Du machst mich so glücklich«, sagte er leise.

Sie lächelte und er vergrub seinen Kopf in ihren Haaren und sog ihren Duft ein. Er konnte einfach nicht genug von ihr bekommen. Auch das hatte er noch nie in seinem Leben erfahren. Alle anderen Frauen hatten ihn meist so schnell gelangweilt, dass er die Angelegenheit rasch beendet hatte. Nie hatte er eine von ihnen vermisst, doch der Gedanke Charlotte auch nur für eine Nacht verlassen zu müssen, brach ihm beinahe das Herz. Ihm wurde klar, dass er ihr sagen musste, was er vorhatte.

Er küsste sie auf die Wange und rollte sich langsam von ihr herunter. Einen Moment lang lagen sie noch nebeneinander und Charlotte hielt seine Hand so fest, dass es beinahe weh tat, dann richteten sie ihre Kleider und setzten sich auf.

Alexander rutschte an das Kopfende des Bettes und schauderte, als er den Rücken an die kalte Wand lehnte. Er zog Charlotte an sich.

»Können wir eine Lampe entzünden?«, fragte sie.

Er war überrascht, denn sonst schätzte sie die Dunkelheit, da sie ihnen Sicherheit gab, sollte jemand unerwartet ins Zimmer platzen. Aber natürlich stieg er aus dem Bett, um eine Lampe zu entzünden, deren warmer Schein im nächsten Moment den Raum erhellte.

Charlotte saß auf dem Bett und ihre Augen folgten ihm

durchs Zimmer. Als er wieder zu ihr ging und neben ihr aufs Bett glitt, sagte er: »Ich muss über etwas mit dir sprechen.«

Sie zuckte beinahe zusammen und er runzelte die Stirn. »Ist alles in Ordnung?«

»Du klingst so ernst«, sagte sie und ihre Augen suchten sein Gesicht ab.

Er ergriff ihre Hände und entschied sich, es ihr gleich zu sagen: »Ich habe einen neuen Auftrag und muss morgen abreisen.«

Ihre Augen weiteten sich und sie atmete zitternd ein, sagte aber nichts. Also fügte er hinzu: »Es ist ein Auftrag der Königin, ich kann es nicht ablehnen.«

Er hatte schon vorher entschieden, dass er ihr nicht die Geschichte auftischen würde, dass er das Gut von Sophia und Thomas anschauen würde. Sie verdiente die Wahrheit, auch wenn er ihr keine Details nennen durfte. Und dass er einen Auftrag der Königin nicht ablehnen konnte, wusste sie auch.

»Aber du kannst doch nicht mehr nach England. Wohin gehst du dann? Oder schickt sie dich nach England?«

Er zögerte, weil es zu viele Details waren, doch dann fiel ihm auf, dass sie sowieso von anderen hören würde, dass er nach Schottland gereist war.

»Nach Schottland. Offiziell werde ich mir das Gut von Sophia anschauen, das sie als Mitgift in die Ehe gebracht hat. Der Verwalter ist verstorben und ein neuer muss eingesetzt werden. Da weder Thomas noch Sophia gerade hier weg können, werde ich das für die beiden übernehmen.«

Sie runzelte die Stirn. »Aber eigentlich tust du dort etwas anderes?«

Er nickte. »Ich werde beides erledigen, denn die Gelegenheit ist günstig und so kann ich den beiden ein wenig helfen.«

»Darfst du mir sagen, was du dort wirklich tust?«

Er schüttelte den Kopf.

Ihre Augen verdunkelten sich. »Ist es gefährlich?«

Er hob die Schultern. »Nicht gefährlicher als sonst auch und nichts worüber du dir Sorgen machen musst.«

»Wie lange wirst du weg sein?«

Da war sie, die Frage, die er gefürchtet hatte. »Ich weiß es nicht. Aber vermutlich mindestens einen Monat.«

Sie hielt die Luft an und wandte den Blick ab. Er konnte beinahe beobachten, wie sie nachdachte. Es tat ihm weh zu sehen, wie sie litt, denn auch ihn schmerzte der Gedanke, sie hier allein zu lassen. Nicht nur, weil er sie vermisste, sondern weil er ahnte, dass sie sich allein fühlen würde.

Sie wischte sich mit einem Ärmel über die Augen und er konnte sehen, dass sie ärgerlich war, weil sie weinen musste.

»Charlotte«, sagte er leise und griff nach ihrer Hand. »Ich komme doch wieder.«

»Aber dann ist schon fast Dezember«, sagte sie. »Ich kann nicht so lange warten.«

Alarmiert setzte er sich auf. »Was meinst du damit?«

Doch sie schien ihn gar nicht zu hören. Sie hatte ihre Knie umschlungen und starrte auf die Lampe im hinteren Teil des Zimmers. »Das meinte Sophia also damit, dass ich noch heute mit dir sprechen soll.« Sie wandte ihm den Kopf zu. »Weiß sie davon?«

Er nickte und am liebsten hätte er wieder nach ihrer Hand gegriffen. »Ich habe mit ihr über das Gut gesprochen.« Als er über ihre Worte nachdachte, stutzte er. »Wolltest du mit mir auch über etwas sprechen?«

Sie erstarrte und schlang ihre Arme fester um ihre Knie. Er hasste es, dass er sie gerade nicht berühren konnte, aber sie war wie eine Mauer.

»Was ist passiert?«

»Nichts«, sagte sie mit belegter Stimme. Dann senkte sie den Blick und atmete tief durch. »Kannst du mich nach Schottland mitnehmen? Du brauchst mich auch nicht nach Greenhills zu bringen, wenn es nicht geht. Aber von dort aus ist es nicht mehr weit und ich könnte allein weiterreisen.«

Ihm war, als hätte jemand ihm in den Bauch geschlagen und er konnte nicht mehr atmen. Natürlich wusste er, dass sie zurück wollte, aber nun, da sie es sagte, wurde es schreckliche

Gewissheit. Und er hasste es, dass er ihr sagen musste, dass es nicht ging.

»Es tut mir leid«, antwortete er leise und er hörte selbst, wie rau seine Stimme klang. »Ich würde es sehr gern, aber ich kann nicht. Es ist ein Auftrag für die Königin, den ich nicht gefährden darf.«

Sie schoss einen Blick zu ihm herüber, der ihn bis ins Mark traf. »Dann soll ich hier also auf dich warten? Ist es das, was du willst?«

Alexander seufzte und schwieg. Was sollte er ihr auch sagen? Dass er sich nichts mehr wünschte, als dass sie hier wäre, wenn er zurückkam? Dass er sich ein Leben hier ohne sie nicht vorstellen konnte? Dass er ihr aber auch gleichzeitig nichts mehr wünschte, als dass sie in Greenhills sein konnte? Was war er nur für ein Mann, dass er wollte, dass sie auf ihn wartete, damit er seine Lust befriedigen konnte, wenn er zurückkam, egal, was das mit ihr machte? Er fand sich selbst abstoßend.

»Warum sagst du nichts?«, fragte sie leise.

Er hob die Schultern. »Weil ich nicht weiß, was ich dir sagen soll.«

»Willst du denn, dass ich…«, sie biss sich auf die Lippe und brach ab. Er war dankbar, dass sie die Frage nicht zu Ende gestellt hatte. Dann hob sie den Kopf und schaute ihn direkt ab. »Weißt du, warum ich heute mit dir sprechen wollte?«

Sie klang gequält und er fragte sich, wie sie innerhalb so kurzer Zeit von einem leidenschaftlichen Liebesakt zu soviel Schmerz hatten kommen können. Er schüttelte den Kopf.

Charlotte wischte sich wieder über die Augen. »Ich habe heute Nachmittag herausgefunden, dass mein Onkel nicht mit mir über Greenhills sprechen will.«

Alexander zuckte beinahe zusammen, als ihm klar wurde, dass das eine Information war, die er schon seit längerem hatte und dass er selbst ihr diese nur nie gegeben hatte, weil nie der richtige Moment gewesen war. Er schämte sich auf einmal. Greenhills war ihr so wichtig.

»Hat er dir das so gesagt?«, fragte er vorsichtig.

Sie nickte. »Ich habe ihn im Park getroffen und ich blöde Gans dachte, dass er mit mir über Greenhills sprechen will. Dabei wollte er mich nur diesem Lord Craven vorstellen. Und er hat mir auch klar gesagt, dass ich froh sein soll, dass ich hier bin und dass er nicht wünscht, weiter mit mir darüber zu sprechen. Ich glaube, er will mich hierbehalten und hat nicht vor, mich jemals nach Greenhills zurückkehren zu lassen.«

Sie schluchzte und presste sofort eine Hand auf den Mund.

Alexander erstarrte, als sie den Namen des Mannes sagte, mit dem er sie im Park gesehen hatte. Es war derjenige, der seine Aufgaben in England übernehmen würde. Doch er hatte jetzt keine Zeit, darüber nachzudenken, das hier war wichtiger. Er versuchte, sich auf sie zu konzentrieren und legte eine Hand auf ihr Bein. »Charlotte«, sagte er hilflos.

Sie setzte sich auf und straffte die Schultern, dann schaute sie ihn an. Zu seiner Überraschung war ihr Blick liebevoll. »Ich muss einen anderen Weg finden, um in Greenhills sein zu können.«

Sie schwieg wieder eine Weile und biss sich auf die Lippe. Alexanders Puls beschleunigte sich, als er darüber nachdachte, ob er etwas sagen oder lieber schweigen sollte. Sie schien mit ihrem Gedankengang noch nicht fertig zu sein.

Jetzt war sie es, die nach seiner Hand griff. Mit dem Daumen strich sie über seinen Handrücken. »Diese Zeit mit dir war die schönste, die ich jemals habe«, sagte sie. »Und ich wünschte, sie würde niemals enden.«

Ihre Worte waren liebevoll, trotzdem stieg Eiseskälte in Alexander auf. Es waren Worte, mit denen man einen Abschied einleitete. Sie wollte ihn verlassen. Deswegen war sie so sonderbar gewesen, als sie sich geliebt hatten. Aber warum hatte sie ihm gesagt, dass sie ihn liebte, nur um ihn jetzt zu verlassen?

Wieder biss sie sich auf die Lippe, so als würde sie ihre Worte abwägen. Doch er würde hier nicht sitzen und es einfach so über sich ergehen lassen. Er entzog ihr seine Hand und stand auf. Verwirrt starrte sie ihn an. »Was ist?«

Alexander atmete tief durch. »Jetzt sag es schon endlich.«

Mit gerunzelter Stirn schaute sie ihn an und er ertrug ihren Anblick nicht mehr, denn es brach ihm beinahe das Herz. Also wandte er sich ab.

»Was soll ich dir sagen?«

Er biss die Zähne zusammen. »Dass du mich verlassen willst.«

Er senkte den Kopf und wartete auf den Richtspruch. Aber sie sagte nichts, stattdessen hörte er, wie sie sich auf dem Bett bewegte. Als sie seine Hand berührte, zuckte er zusammen.

»Alexander«, sagte sie. »Schau mich an.«

Es dauerte einen Moment bis er sich so weit unter Kontrolle hatte, dass er ihr ins Gesicht sehen konnte. Doch er sah dort nicht den Schmerz, die Trauer oder das Mitleid, das er erwartet hatte, sondern ihre Züge waren weich. Sie griff auch nach seiner anderen Hand, sodass er gezwungen war, sich ihr zuzuwenden. Während sie auf dem Bett kniete, stand er vor ihr. Wie immer tat ihre Schönheit fast weh.

»Ich will dich nicht verlassen«, sagte sie. »Im Gegenteil, ich versuche gerade den Mut zu finden, dich zu fragen, ob du dir eine Zukunft mit mir vorstellen könntest.«

»Was?«, stieß er hervor und ärgerte sich im nächsten Moment über seine nicht sehr elegante Antwort, während er begann, ihre Worte zu begreifen. Alles, was er verstanden hatte, war, dass sie ihn nicht verlassen wollte. Er hielt ihre Hände fester und sie zog ihn ein bisschen näher heran.

»Ich weiß nicht, wie man so etwas fragt und ich weiß, dass unsere Situation kompliziert ist, aber ich will mit dir zusammen sein. Auch wenn ich nicht weiß, wo und wie, aber ich kann nicht ohne dich leben.«

Alexander schloss die Augen, um der Gefühle, die in ihm tobten wieder Herr zu werden. Erleichterung, Sorge, helle Freude, Scham, Wut auf sich selbst, Liebe und wer weiß was noch alles, wirbelte in ihm herum.

Als er die Augen wieder öffnete, stellte er fest, dass sie noch immer auf eine Antwort von ihm wartete. Mit großen Augen schaute sie ihn an und er ahnte, dass sie gerade mit ähnlichen Gefühlen kämpfte. Sanft zog er sie an sich. »Ich glaube, ich bin gerade der glücklichste Mann auf dieser Erde«, sagte er.

Sie runzelte die Stirn. »Dann willst du das also auch?«

Er lachte leise und küsste sie sanft. »Ich könnte es nicht ertragen, dich zu verlieren. Und für das Wo und Wie finden wir einen Weg.«

Auch wenn er wirklich nicht wusste, wie sie das lösen sollten. Doch darum würden sie sich später kümmern.

Sie erwiderte seinen Kuss und für einen Moment schmiegte sie sich in seine Arme, doch dann atmete sie tief durch und löste sich von ihm. Überrascht schaute er sie an. »Was ist?«

»Es gibt da noch etwas, das ich dir sagen muss. Kannst du dich setzen?«

Langsam ließ er sich neben ihr auf dem Bett nieder. Ihre Worte beunruhigten ihn. »Was ist es?«

»Heute Nachmittag, als ich meinen Onkel getroffen habe und mir klar geworden ist, dass er mir nicht helfen wird und ich einen anderen Weg finden muss, um nach Greenhills zurückzukommen, ist mir auch bewusst geworden, dass ich dich nicht verlassen kann.«

Er griff nach ihrer Hand und drückte sie sanft. »Das musst du auch nicht. Und das mit Greenhills klären wir, wenn ich wieder da bin. Kannst du so lange warten?«

Sie hob den Kopf und lächelte traurig. »Ja, das kann ich, aber darum geht es nicht. Es gibt noch etwas anderes. Und mir ist klargeworden, dass ich es dir erzählen möchte, wenn du weiterhin in meinem Leben bleibst. Ich möchte keine Geheimnisse vor dir haben.«

Alexander war sich nicht sicher warum, aber ein kalter Schauer lief ihm über den Rücken. Irgendetwas stimmte nicht, sie war viel zu ernst.

»Du kannst mir alles sagen.« Er nahm ihre schmale Hand in seine beiden.

Sie nickte. »Ich weiß, es fällt mir trotzdem schwer. Und ich hoffe, du hasst mich dann nicht.«

Beinahe hätte er gelacht. »Ich könnte dich niemals hassen und das weißt du auch.«

Sie warf ihm einen Blick zu, der sagte, dass sie sich da nicht so sicher war. Das warnende Kribbeln verstärkte sich. Schließlich holte sie tief Luft und ihre nächsten Worte verwirrten ihn.

»Erinnerst du dich daran, dass du in unserer ersten Nacht über diese Streifen auf meinem Bauch gestrichen hast?«

Er runzelte die Stirn. »Natürlich.« Seitdem hatte er diese Streifen noch häufiger gesehen, er kannte ihren Körper in- und auswendig.

»Weißt du, was das ist?«, fragte sie vorsichtig.

Er hob die Schultern. »Narben?«

Verwundert bemerkte er, dass ihre Finger zitterten.

»Charlotte, was ist los?«

Sie holte tief Luft. »Diese Narben entstehen, wenn Haut sich ausdehnen musste. Zum Beispiel in einer Schwangerschaft. Das heißt, viele Frauen, die ein Kind bekommen haben, tragen diese Streifen auf dem Bauch.«

Atemlos hielt sie inne und schaute ihn aus großen Augen an. Ganz langsam begann er die Informationen, die sie ihm gerade gegeben hatte, zusammenzusetzen.

»Aber du hast doch kein Kind. Woher hast du dann diese Streifen?«

»Verdammt«, murmelte sie. »Verdammt, verdammt, verdammt.«

Eine schreckliche Ahnung breitete sich in ihm aus. Er dachte daran, dass sie keine Jungfrau mehr gewesen war, obwohl sie noch nicht verheiratet war. Er dachte an ihre Erfahrung mit Geburten und Schwangerschaften und daran, wie Thomas ihm berichtet hatte, wie dankbar Sophia gewesen war, dass Charlotte ihr genau beschrieben hatte, wie eine

Geburt ablief und was sie erwarten musste. Und als er in ihre Augen schaute, die Verzweiflung ausdrückten, wurde ihm auf einmal klar, was sie ihm zu sagen versuchte.

»Du hast ein Kind bekommen?« Seine Stimme brach beinahe.

Sie nickte.

»Wann?«

Ihr Zittern verstärkte sich. »Vor ungefähr acht Jahren.«

Fassungslos starrte er sie an. Doch da war noch etwas, was an seinen Verstand rührte, irgendeine Information wollte noch Aufmerksamkeit. Irgendetwas hatte er übersehen, das sagte ihm sein Instinkt.

Plötzlich fügte sich noch ein Mosaiksteinchen an seinen Platz. Das Bild eines sommersprossigen Jungen schob sich in seine Gedanken. Das Findelkind aus Greenhills, das von allen mit soviel Liebe bedacht wurde und das Charlotte überall hin folgte.

»Henry?«, fragte er leise.

Ihre Augen weiteten sich und sie nickte. Er erhob sich vom Bett, weil er Abstand zwischen sich und dieses neue Wissen bringen musste. Doch es folgte ihm durch das Zimmer, genau wie ihr Blick.

Er blieb vor dem Kohlenbecken stehen, mit dem Rücken zu ihr, damit er denken konnte. Auf einmal ergaben viele Kleinigkeiten, die er beobachtet hatte einen Sinn. Vor allem Charlottes Blick, wenn sie den Jungen anschaute. Wie schwer es ihr gefallen war, sich von ihm zu trennen, als sie damals aufgebrochen waren. Doch dann fiel ihm etwas anderes ein. Der Junge nannte Charlotte »Mylady«.

»Weiß er es?«, fragte Alexander und drehte sich wieder zu ihr um.

Sie schüttelte den Kopf und senkte sogleich den Blick.

»Warum nicht?«

»Es ist zu gefährlich.« Ihre Stimme klang gepresst.

»Wer weiß noch davon?«

Sie hob die Schultern. »Nicht viele. Anni, Maude, William, Alan und vielleicht ahnen es ein paar Leute.«

»Dein Vater?«

Wieder schüttelte sie den Kopf. »Er war damals nicht in Greenhills und wir konnten es vor ihm verstecken. Ich weiß nicht, was er getan hätte, wenn er es herausgefunden hätte. Ich hatte solche Angst, dass er mir Henry wegnimmt.« Sie blickte auf und in ihren Augen standen Tränen. »Was denkst du jetzt von mir?«

Alexander wischte sich mit der Hand über das Gesicht und atmete tief durch. »Ich weiß es nicht«, sagte er ehrlich, setzte sich aber auf die Bettkante, um ihr wieder näher zu sein. »Warum hast du es mir nicht eher gesagt?«

Sie hob die Schultern. »Wann denn? Damals, als du bei uns warst, gab es keinen Grund, dir davon zu erzählen, weil ich dachte, du gehst bald und ich werde dich nicht wiedersehen. Und als das hier alles geschehen ist, war es schon zu spät.« Sie presste die Lippen zusammen. »Mir war es wichtig, dass du es weißt, bevor du dich entscheidest, ob du bei mir bleiben willst oder nicht.«

Er nickte langsam. »Dann ist Henry also der Grund, warum du nach Greenhills zurück willst?«

Noch mehr Tränen traten in ihre Augen und sie blinzelte heftig. »Alle anderen dort brauchen mich genauso wie er. Ich kann sie nicht einfach ihrem Schicksal überlassen und mich hier in einem Schloss den Vergnügungen hingeben. Ich muss zurück.«

Jetzt verstand er diese Dringlichkeit mit der sie ihre Heimreise behandelte. Und er sah ein, dass sie Henry vermisste und bei ihm sein wollte.

»Du weißt, dass ich nicht mit nach England kann, oder?«

Sie runzelte die Stirn, nickte aber. »Vielleicht finden wir einen Weg.« Sie zögerte. »Würdest du mich trotzdem nehmen, auch wenn ich schon ein Kind habe?«

Alexander schloss die Augen. Sie hatte ihm gesagt, dass sie keine Jungfrau mehr war, aber dass sie ihm verschwiegen hatte, dass sie schon Mutter war, machte ihm zu schaffen. Vor allem, dass es ihn so unerwartet erwischt hatte, störte ihn. Normalerweise sah er die Schläge kommen, die gegen ihn gerichtet waren. Aber da gab es noch etwas, was er wissen musste.

»Was ist mit dem Vater?«

Unsicher schaute sie ihn an. »Was soll mit ihm sein?«

»Wer ist er?«

Sie antwortete nicht gleich und starrte ihn nur an. Eine ungute Ahnung regte sich in ihm. »Wer ist er, Charlotte?«

Sie wandte den Blick ab und er sah, wie sie mit sich haderte. »Ist das denn wichtig?«

Spätestens jetzt war es das, denn sie wollte ihm etwas verschweigen.

»Für mich ja. Weiß er von Henry?«

Sie schüttelte den Kopf. »Und er darf es auch nie erfahren.«

»Dann ist er also noch irgendwo in deinem Leben?«

Anscheinend erschreckt, dass sie schon zu viel gesagt hatte, presste sie die Lippen zusammen.

Eindringlich schaute er sie an. »Sag mir, wer er ist. Ich muss es wissen.«

»Alexander, bitte, ich kann nicht.«

Er erhob sich vom Bett. »Es ist Jack, nicht wahr?«

Er fuhr sich mit der Hand durch die Haare. Es war durchaus möglich. Henry hatte dunkle Haare, genau wie Jack und nicht die roten Locken von Charlotte. Und Jack war schon vor der Geburt von Henry nach Greenhills gekommen.

Charlotte fuhr auf. »Wie kommst du darauf?«

»Dann stimmt es also?«

»Nein.«

»Du lügst. Er hat dir schon immer nachgestellt. Jetzt tut er es ja auch noch.«

Sie erhob sich ebenfalls vom Bett. »Es ist nicht Jack. Hör auf, ihm so etwas zu unterstellen, er würde so etwas niemals tun. Er ist ein guter Mensch.«

»Ach ja? Glaubst du das wirklich?«, hörte Alexander sich selbst sagen und er hasste sich dafür, doch er konnte sich nicht daran hindern, weiterzusprechen. »Wenn er so ein guter Mensch ist, warum hat er dann die alte Scheune angezündet? Und er war es auch, der die Tiere aus der Koppel gelassen hat. So ein guter Mensch ist er, Charlotte. Er wollte dir schaden. Aber das kannst du anscheinend nicht sehen.«

Mit weit aufgerissenen Augen starrte sie ihn an. »Das würde er niemals tun.«

»Hat er aber. Und in der Nacht bevor wir abgereist sind, hat er versucht die neue Scheune abzubrennen, damit die Ernte vernichtet wird. Ich konnte ihn gerade noch davon abhalten.«

»Das stimmt nicht«, flüsterte sie.

»Frag Alan, ich habe Jack an ihn übergeben und er hat den Schaden so verdeckt, dass niemand es bemerkt hat, bevor wir abreisten.«

Sie stemmte die Hände in die Hüften. »Warum hast du das getan? Und warum hast du mir nichts davon gesagt? Glaubst du etwas, dass ich so etwas nicht händeln kann? Hast du Jack etwas getan? War er verletzt?«

Alexander lachte auf und drehte sich um. »Der arme Jack! Nimm ihn noch in Schutz. Er wollte dir schaden.«

»Warum hast du mir nichts gesagt?«

Mittlerweile schrie sie fast, doch es war ihm egal, ob irgendjemand sie hörte. Er stand sowieso vor dem Abgrund.

»Weil du dann niemals mit hierher gekommen wärst.«

»Und das wäre vielleicht auch besser so gewesen! Wie du siehst, werde ich dort gebraucht. Auch wenn du es nicht verstehst, aber Jack braucht mich. Er kann nichts dafür, dass er so ist, wie er ist. Er hat Schlimmes durchgemacht.«

Alexander biss die Zähne zusammen und zwang sich, wieder ruhig zu werden. »Ich verstehe, dass du so denkst«, sagte er. »Aber Jack wollte dir schaden, weil er dich für sich wollte. Und weißt du, wer ihm diesen Floh ins Ohr gesetzt hat? Dass er dich für sich haben könnte, wenn du erst einmal ruiniert wärst und nicht mehr auf Greenhills leben könntest?«

Sie runzelte die Stirn. »Was redest du denn da? Wer sollte Jack so etwas sagen?«

»Dein guter Nachbar. Gilbert of Egerton. Er steckt dahinter.«

Entsetzt starrte sie ihn an. Dann wandte sie sich ab. »Das kann nicht sein. Du bildest dir das ein.«

»Das tue ich nicht und das weißt du auch. An dem Morgen an dem wir abgereist sind, war ich bei Gilbert und er hat alles zugegeben. Er hat Jack darauf angesetzt, deine Scheunen anzuzünden und dir das Leben schwer zu machen. So wollte er Greenhills bekommen und Jack sollte dich bekommen, sozusagen als Belohnung.«

Jetzt war es Charlotte, die sich abwandte und ihm den Rücken zudrehte. Es war ganz still im Zimmer und Alexander versuchte zu Atem zu kommen und seine Gedanken zu ordnen. Er hatte es ihr niemals sagen wollen, doch vielleicht war es besser, dass es jetzt raus war.

Es dauerte einen Moment, bis er begriff, dass sie beide wichtige Dinge voreinander verschwiegen hatten. Sie ihre Mutterschaft und er die Sache mit Jack. In dem Moment hatte alles soviel Sinn ergeben, doch jetzt zweifelte er an seiner Entscheidung.

Sie drehte sich wieder um und ihr Gesicht war ernst. »Erzähl mir alles und lass kein Detail aus. Ich will alles wissen.« Ihre Stimme war rau.

Er nickte. Sie hatte die Wahrheit verdient. »Setz dich«, sagte er und wies auf das Bett. Vorsichtig ließ sie sich darauf nieder, er setzte sich neben sie und wollte nach ihrer Hand greifen, doch sie zog sie weg und schüttelte den Kopf.

»Noch nicht. Erzähl erst.«

Und Alexander berichtete ihr alles, was in der Nacht nach ihrem Kuss noch geschehen war. Auch das Gespräch mit Henry ließ er nicht aus. Er endete erst damit, als er zu ihr gekommen war, um ihr zu sagen, dass sie sofort los mussten.

Still hörte sie sich alles an und als er fertig war, schwieg sie so lange, dass er es kaum ertragen konnte. Doch dann griff sie nach seiner Hand und drückte sie leicht. »Vielleicht ist es besser gewesen, dass ich hierher gekommen bin. Ich weiß nicht, was ich getan hätte, wenn ich Jack in die Finger bekommen hätte. Aber mit etwas Abstand habe ich sogar fast Verständnis für ihn.«

Er wollte etwas einwenden, doch sie schüttelte den Kopf. »Du kennst ihn nicht, wie ich ihn kenne. Alan wird sich um alles gekümmert haben und es ist gut, wenn ich bald mit ihm darüber sprechen kann, wie wir mit Jack verfahren sollen.« Sie hob den Blick und schaute ihn mit einem leichten Lächeln an. »Danke, dass du die neue Scheune gerettet hast. Wir verdanken dir alle sehr viel. Ohne die Ernte wäre der Winter hart geworden.«

Alexander schaffte es nur zu nicken.

Sie fuhr fort. »Und ich danke dir, dass du mir alles erzählt hast.«

Ihr Lächeln war warm, als sie ihn anschaute.

Er wusste, dass er die Situation und ihre Dankbarkeit ausnutzte, als er sagte: »Findest du nicht, dass es nur gerecht wäre, wenn du mir jetzt sagst, wer Henrys Vater ist?«

Ihr Blick wurde vorsichtig und dann traurig. »Es ist nicht Jack. Können wir es nicht einfach dabei belassen?«

Er schüttelte den Kopf. »Nein, das kann ich nicht. Sag es mir.« Und dann zwang er sich hinzuzufügen: »Bitte.« Er musste es einfach wissen.

Wieder schüttelte sie den Kopf. »Lass es sein, Alexander. Es ist besser so. Glaube mir.«

Doch mittlerweile begann die Wut in ihm hochzukochen. Es kostete ihn Kraft, nicht die Stimme zu erheben, so hilflos fühlte er sich auf einmal. »Ich habe ein Recht darauf.«

Sie zögerte und er wusste, dass er sie langsam an den Punkt brachte, dass sie es ihm sagte. Deswegen fügte er hinzu: »Wenn du es mir nicht sagst, werde ich jetzt gehen und nicht mehr wiederkommen.«

Ihre Augen weiteten sich. »Du drohst mir?«

Er dachte nach, dann schüttelte er den Kopf. »Nein, ich stelle dich vor die Wahl. Entweder du bist vollständig ehrlich mit mir, so wie ich es war, oder ich kann dir nicht vertrauen und dann ist es vorbei mit uns.«

Auch wenn es ihm das Herz aus dem Leib reißen würde, doch das sagte er ihr nicht.

Sie war blass geworden und schließlich senkte sie den Blick. »Es wird auch so vorbei sein, wenn ich es dir sage.«

»Denkst du so schlecht von mir? Glaubst du nicht, dass ich damit umgehen kann? Wenn du eine Zukunft mit mir willst, musst du es mir sagen.«

Er hasste sich selbst für diese Worte.

Plötzlich drückte sie den Rücken durch und nickte. »Du hast recht. Du warst ehrlich mit mir und dafür bin ich dankbar. Es ist nur gerecht.«

Dann hob sie den Kopf und schaute ihn mit dem Blick einer Königin an. »Gilbert of Egerton ist Henrys Vater.«

Sie blieb ganz ruhig sitzen, während seine Welt ins Wanken geriet und er in den Abgrund stürzte, der sich in den letzten Minuten vor ihm aufgetan hatte. »Das kann nicht sein«, keuchte er, doch im gleichen Moment wusste er, dass es sehr wohl wahr war. Die beiden waren quasi Nachbarn gewesen, sie waren jung gewesen, Gilbert war schon immer jedem Rock hinterher gejagt, der in seine Nähe kam und er wickelte Frauen schamlos um den Finger, nur um sie dann zu benutzen und zu verlassen. Und ja, Henry hatte Ähnlichkeit mit Gilbert.

Übelkeit durchflutete ihn. Mühsam erhob er sich vom Bett. Er stolperte zum Tisch und griff nach seiner Jacke und den Stiefeln. Er musste hier raus.

Charlotte beobachtete ihn still. Dann sagte sie leise: »Ich weiß, dass es ein Schock für dich ist. Möchtest du etwas darüber wissen?«

Er schüttelte den Kopf, während er sich in seine Stiefel zwängte. Allein die Vorstellung, dass Gilbert Charlotte angefasst hatte, widerte ihn an. Doch dann hob er den Kopf. »Hat er dir Gewalt angetan?«, fragte er rau.

Sie zögerte und schüttelte dann den Kopf. »Er hat mich überredet und meine Unerfahrenheit ausgenutzt, aber mehr nicht. Und ich war viel zu neugierig und niemand hatte mir erklärt, was passieren kann.«

Alexander kämpfte die Übelkeit herunter. Er warf einen letzten Blick auf sie, den sie ruhig aber mit traurigen Augen erwiderte. Dann ging er zur Tür, wo er stehenblieb, mit dem Rücken zu ihr. »Hast du...«, er räusperte sich und zwang die Worte aus seinem Mund. »Hast du ihn geliebt?«

Sie schwieg einen Moment. »Nein, ich war sechzehn und wusste nicht einmal, was er da mit mir machte.« Sie holte tief Luft. »Und bis vor ein paar Wochen wusste ich nicht, was es heißt, einen Mann zu lieben.«

Er musste sich zusammenreißen, um nicht ein Loch in die Tür zu schlagen, so sehr schmerzten ihre Worte. Dann ging er und ließ die Tür mit einem Krachen ins Schloss fallen. Er musste hier raus.

Die wenigen Schritte bis zur Treppe rannte er beinahe, doch kaum hatte er einen Fuß auf die oberste Stufe gesetzt, als er Schritte hinter sich hörte.

»Alexander!«

Doch es war nicht ihre Stimme, sondern die seines Bruders.

Er schloss kurz die Augen. Dann drehte er sich langsam um. »Was ist?«

Verwundert schaute Thomas ihn an. »Kannst du mir helfen, Lady Dalmore zu suchen? Sie ist nicht in ihrem Zimmer und ich glaube, die Geburt geht los. Sophia braucht sie.«

Alexander stemmte die Hände in die Hüften und senkte den Kopf. Dann nickte er. »Sie ist in meinem Zimmer.«

Es schien, als wollte Thomas etwas dazu sagen, doch dann begnügte er sich mit einem »Danke.« Er wandte sich ab.

»Alles Gute für dich und Sophia«, sagte Alexander.

Thomas blieb stehen und wandte sich um. »Warum sagst du das?«

»Weil ich aufbrechen muss. Mein Auftrag wartet.«

Sein Bruder schüttelte den Kopf. »Du kannst mich jetzt nicht allein lassen. Ich überstehe die Nacht nicht.«

Alexander biss die Zähne zusammen und nickte knapp. Thomas hatte ihm schon am Tag seiner Ankunft das Versprechen abgenommen, dass sie sich gemeinsam betrinken würden, wenn die Geburt losging. »In meinem Zimmer steht noch eine Flasche Brandy. Bring die mit in den Stall. Ich schlafe dort. Und sag Sophia, wo du bist, damit sie dich holen können, wenn die Kinder da sind.«

Er konnte den Gedanken, nur ein Zimmer von Charlotte entfernt zu sein, nicht ertragen.

Thomas grinste, aber es geriet zu einer etwas schiefen Grimasse, als aus Sophias Zimmer ein Schrei zu hören war. »Auf dich ist Verlass, Bruder.«

Alexander biss die Zähne zusammen und ging die Treppe langsam hinunter. Er wünschte, es wäre so, doch heute hatte er die Frau, die er liebte enttäuscht und er wusste, dass sie es nicht mehr retten konnten.

KAPITEL ACHTUNDZWANZIG

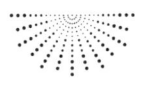

Charlotte beobachtete, wie mehrere Frauen und Lord Thornton sich um Thomas scharrten und ihn beglückwünschten. Sie zwang sich, das nächste Stück gekochtes Fleisch in den Mund zu schieben, als Claire sich neben ihr auf den Stuhl setzte und ihrem Blick folgte.

»Ich habe gehört, dass Lady Sophia letzte Nacht Zwillinge bekommen hat und dass du ihr bei der Geburt geholfen hast«, sagte sie.

»Ja«, antwortete Charlotte und schaute auf ihren Teller.

»Das war sicherlich aufregend«, sagte Claire und winkte eine Dienerin herbei, damit sie auch etwas zu essen bekam. »Ist denn alles gut gegangen?«

Sie hörte sich zwar ehrlich interessiert an, doch Charlotte hatte keine Kraft, sich mit ihr zu unterhalten. Deshalb nickte sie nur.

»Was ist denn los mit dir?«, fragte Claire und nahm einen Schluck vom Wein, von dem Charlotte heute nichts trinken konnte.

»Nichts«, antwortete sie, obwohl es eine glatte Lüge war. Ja, die Geburt war hervorragend verlaufen, auch wenn es zwei Kinder waren und Sophia am Ende sehr geschwächt gewesen war. Doch sie hatte Alexander verloren. Thomas hatte ihr erzählt, dass er in den frühen Morgenstunden nachdem er die Nachricht von der glücklichen Geburt erhalten hatte, sofort aufgebrochen war. Er hatte nicht einmal mehr nach ihr gefragt oder sie aufgesucht. Natürlich, er hatte den Auftrag und musste nach Schottland, aber sie konnte immer noch nicht glauben, dass er sie einfach verlassen hatte. Dabei hatte sie geahnt, dass das Wissen, dass Henry ihr Sohn war und schlimmer noch, dass Gilbert dessen Vater war, ihn treffen würde. Schon früh nach Henrys Geburt hatte Maude ihr erklärt, dass es schwer für sie werden würde, einen Mann zu finden, der Henry als ihren Sohn akzeptieren würde. Damals hatte sie das nicht gestört, doch jetzt, da sie den Mann, den sie liebte, deswegen verloren hatte, brachte es sie beinahe um.

Dabei hätte sie niemals mit der Lüge leben können. Er hatte es verdient, die Wahrheit zu erfahren, um seine eigene Entscheidung treffen zu können. Das Schlimmste war jedoch, dass sie gefühlt hatte, dass er mit dem Wissen um ihre Mutterschaft umgehen konnte, da er Henry mochte. Sie hätte beides haben können, ihren Sohn und die Liebe ihres Lebens, wenn nicht Gilbert Henrys Vater gewesen wäre. Nun hatte er bereits zum zweiten Mal ihr Leben zerstört.

Claire riss sie aus ihren Gedanken. »Du hast Heimweh, nicht wahr?«

Charlotte ließ Messer und Gabel sinken. Es hatte keinen Sinn etwas zu essen, alles schmeckte fade. Sie zuckte mit den Schultern. »Wie kommst du darauf?«

Ihre Cousine lächelte. »Wenn man gemeinsam in einem Zimmer schläft, erfährt man eine Menge über einen Menschen. Du redest im Schlaf. Wusstest du das?«

Der Schreck fuhr Charlotte in die Glieder. Ob sie auch von Alexander gesprochen hatte? Doch dann sank sie wieder in ihre Resignation, denn das war nun auch egal. »Das tut mir leid«, sagte sie. »Ich hoffe, ich habe dich nicht allzu sehr gestört.«

Ihre Cousine winkte ab. »Du warst ja in den letzten Nächten kaum da. Aber anscheinend hat es etwas gebracht, wenn Lady Sophia die Geburt gut überstanden hat. Ich dachte allerdings, du freust dich ein wenig mehr darüber.«

Charlotte zwang sich zu einem schmalen Lächeln. »Ich bin sehr müde, da ich überhaupt nicht geschlafen habe.«

Auch das war nur ein Teil der Wahrheit. Sie hatte normalerweise keine Probleme damit, eine Nacht ohne Schlaf zu überstehen. Aber außer, dass der Streit mit Alexander an ihr nagte, war es wie bei jeder Geburt gewesen, die sie in den vergangenen Jahren betreut hatte. Wenn sie die Babys sah, sie säuberte, in Tücher wickelte und für einen Moment im Arm hielt, vermisste sie Henry so unglaublich, dass es beinahe wehtat. In Greenhills hatte sie danach immer einen Weg gefunden, um Henry unauffällig in den Arm zu nehmen und sich etwas Zeit mit ihm gegönnt. Auch mit seinen acht Jahren kuschelte er sich manchmal noch gern an sie und sie genoss die Schwere seines Körpers auf ihrem Schoß. Doch heute konnte sie das nicht tun, denn Henry war weit fort und sie wusste nicht einmal wann und ob sie ihn wiedersehen würde.

Tränen stiegen ihr in die Augen und sie blinzelte sie hastig weg.

Claire betrachtete sie und nahm noch einen Schluck Wein. »Ich wollte dir etwas berichten, was ich gerade erfahren habe.«

Am liebsten hätte sie ihrer Cousine gesagt, dass die neueste Geschichte von ihren Freundinnen sie nicht interessierte, doch sie nickte einfach nur. Wenn Claire redete, konnte sie vielleicht ihren Gedanken nachhängen.

»Morgen früh werden Lord Thornton und seine Gemahlin nach England reisen. Lord Craven wird sie begleiten, um ihre sichere Überfahrt zu gewährleisten. Es wäre eine geschützte Reisegruppe, um wieder nach England zu gelangen.«

Charlottes Herzschlag beschleunigte sich, aber sie versuchte sich nichts anmerken zu lassen. »Woher weißt du das?«

Claire lächelte unschuldig. »Hoftratsch.«

»Warum erzählst du mir das?«

Ihre Cousine beugte sich vor und sah sie eindringlich an.

»Ich mag dir vielleicht manchmal albern und dumm vorkommen, aber ich habe Augen im Kopf und du fühlst dich hier nicht wohl. So sehr ich mir auch wünschen würde, dass es anders wäre, denn außer dir habe ich keine weiblichen Verwandten hier. Und da mein Großvater anscheinend nicht vorhat, dich zurück nach England gehen zu lassen und Sir Alexander, der dich hergebracht und damit auch wieder zurückbringen könnte, heute ohne dich aufgebrochen ist, dachte ich, dass diese Information vielleicht interessant sein könnte. Du möchtest doch auf dieses Gut zurück oder etwa nicht?«

Charlotte musste den Kopf senken, damit Claire ihre Tränen nicht sah und damit sie ihre Gedanken ordnen konnte. »Du bist nicht albern und dumm«, sagte sie leise. »Und ich danke dir.«

Claire beugte sich zu ihr herüber. »Dann geh schnell und frage Lord Craven, ob du dich der Reisegruppe anschließen kannst.«

Charlotte runzelte die Stirn. »Warum soll ich ihn fragen? Wäre es nicht besser, wenn ich Lord Thornton frage?«

»Und was meinst du, wen der als erstes fragt, ob es in Ordnung ist, dass du mitfährst?« Claire hob die elegant geschwungenen Augenbrauen. »Richtig, meinen Großvater.«

»Und Lord Craven würde das nicht tun?«

Claire lächelte geheimnisvoll. »Nein, das wird er nicht. Und jetzt geh endlich. Bis morgen früh ist nicht mehr viel Zeit.«

Charlotte starrte ihre Cousine an und konnte kaum fassen, was gerade passiert war. Wie hatte sie sie so falsch einschätzen können? Sie beugte sich zu ihr hinüber und schlang die Arme fest um sie. »Ich danke dir so sehr. Ich wünschte, wir könnten noch einmal von vorn anfangen.«

Claire drückte sie ebenfalls. »Das wünschte ich auch.«

Charlotte erhob sich, doch Claire hielt ihre Hand noch einen Moment lang fest. »Es ist übrigens möglich, dass heute Nacht ich diejenige bin, die nicht in unserem Zimmer schläft.«

Für einen Moment verschränkten sich ihre Blicke und Charlotte fragte sich, was sie verpasst hatte, als sie ihre Cousine tatsächlich als albern und dumm abgetan hatte. Sie lächelte matt. »Sei vorsichtig.«

Claire lächelte strahlend und ihr verliebtes Lächeln brach Charlotte beinahe das Herz, das so mürbe war von ihrem eigenen Liebeskummer. »Das bin ich.« Sie drückte noch einmal Charlottes Hand. »Du aber auch.«

Charlotte umging die Gruppe um Thomas, der noch immer Glückwünsche entgegennahm und die entzückten Ausrufe der Damen ertragen musste, dies aber mit einem charmanten und glücklichen Lächeln tat.

Einen Jungen und ein Mädchen, wie wunderbar! Sie sind sie schon getauft? Und welche Namen habt Ihr ihnen gegeben?

Sie fand Lord Craven im Herrenzimmer und ließ ihn von einem Diener herausbitten. Er schien nicht überrascht über ihre Frage und sicherte ihr zu, dass sie am nächsten Morgen noch vor Sonnenaufgang vor dem Schloss warten solle, damit sie die Erste in der Kutsche war.

Ihr Herzschlag beschleunigte sich. Sie würde tatsächlich nach Hause zurückkehren. Wäre sie nicht so traurig gewesen, hätte sie vor Freude getanzt.

Dann informierte sie die kleine Mary über die Abreise. Zu ihrem Entsetzen begann die junge Frau zu weinen, aber sie riss sich schnell zusammen und eilte davon, um alles vorzubereiten.

Schließlich, als schon einige begannen, sich in ihre Zimmer zurückzuziehen, trat Charlotte den schwersten Gang an. Sie wusste, dass Thomas noch immer unten im Herrenzimmer war. Mit ihm konnte sie nicht darüber sprechen, ja, sie konnte ihn kaum anschauen, denn er sah auf eine gewisse Art und Weise Alexander so ähnlich, dass ihr sofort die Tränen in die Augen stiegen, wenn sie ihn sah.

Sie klopfte an die Tür zu Sophias Zimmer und schlüpfte hinein. Sophia lag im Bett, die beiden Kinder schliefen direkt neben ihr, obwohl zwei Wiegen im Zimmer standen.

Sie lächelte müde, als sie Charlotte erkannte. »Ich glaube, ich habe den ganzen Tag geschlafen, wenn ich nicht versucht habe, zu stillen.«

Charlotte trat ans Bett und schaute auf die beiden kleinen Gesichter, die aus den Tüchern herausschauten. Sie sahen so friedlich aus und Charlotte beneidete sie, dass sie noch kein Herzleid kannten. »Hat es mit dem Stillen geklappt?«

Sophia seufzte. »Manchmal besser und manchmal nicht so gut. Es fühlt sich merkwürdig an.« Ihr Blick fiel auf Charlottes Gesicht und auf einmal setzte sie sich auf. »Herrje, was ist passiert? Ist es wegen Alexander?« Sie strich sich über die Stirn. »Hattet Ihr gestern noch Zeit mit ihm zu sprechen? Wir hatten gar keine Gelegenheit mehr, darüber zu reden.«

Charlotte fand es beinahe unheimlich, wie gut Sophia ihr die Gefühle vom Gesicht ablesen konnte. Sie nickte. »Wir haben geredet, aber jetzt ist er abgereist.« Sie zögerte einen Moment, dann sagte sie: »Und ich werde morgen früh auch abreisen.«

»Aber nicht zu ihm, oder?«

Charlotte schüttelte den Kopf.

Einige Herzschläge lang, schaute Sophia sie einfach nur an, dann griff sie nach Charlottes Händen. »Ich weiß gar nicht, wo ich anfangen soll. Ihr wisst, dass ich es bedauerlich finde. Nicht nur, weil ich gehofft habe, dass Ihr mir mit meiner neuen Aufgabe helfen könntet, sondern weil ich Euch sehr mag und das Gefühl hatte, in Euch eine weitere Schwester gefunden zu haben. Aber habt keine Sorge, ich werde nicht versuchen, Euch davon abzuhalten«

Charlottes Kehle wurde eng und sie drückte Sophias Hände. Sagen konnte sie nichts.

Sophia fuhr fort. »Ich kann Euch nicht meinetwegen hier behalten, da es eindeutig etwas gibt, was Euch zurück auf dieses Gut zieht, etwas, das stärker als alles hier ist. Eurem Gesicht entnehme ich, dass das Gespräch mit Alexander nicht so verlaufen ist, wie Ihr es Euch erhofft habt und das finde ich am bedauerlichsten, denn er und Ihr hättet dieses Glück verdient.«

Charlotte senkte den Kopf. »Vielleicht ist es besser so für alle.«

Sophia schwieg und Charlotte wusste, dass sie es anders sah, aber ihre Gedanken für sich behielt. Stattdessen sagte sie: »Ich glaube, das ist alles, was es dazu zu sagen gibt. Bevor Ihr geht, habe ich aber noch einige Fragen. Darf ich sie Euch stellen? Und könnt Ihr mir ein paar Tees und Kräuter mit Anleitungen hier lassen? Was ist zum Beispiel, wenn die Kinder Bauchweh bekommen?«

Sie warf einen besorgten Blick auf die beiden Kinder. Es war der Blick den Charlotte nur zu gut kannte. Jeder Mutter ging es beim ersten Kind so. Man hatte immer das Gefühl alles falsch zu machen.

Charlotte atmete tief durch und setzte sich, dann zog sie ihre Kräuterkiste heran und begann Sophia alles zu erklären.

Erst viele Stunden später sank sie in ihr Bett, in einem Zimmer, das sie in dieser Nacht tatsächlich für sich allein hatte. Obwohl sie körperlich erschöpft war, hielt die Aussicht, dass sie am nächsten Tag nach England reisen würde, sie wach und ließ sie nur dösen. Außerdem fürchtete sie, die Abreise der Kutsche zu verpassen, daher schreckte sie immer wieder auf. Doch auf die kleine Mary war Verlass, denn sie klopfte schon früh an Charlottes Tür.

Es war ein kühler Oktobermorgen und die Sonne kündigte sich erst mit einem orangefarbenen Streifen im Osten an, als Charlotte und Mary in die Kutsche stiegen. Als Lord Thornton und seine Frau später dazu stiegen, waren sie verwundert, Charlotte anzutreffen, sagten aber nichts weiter und schon kurz nachdem sie das Dorf von Saint-Germain-en-Laye hinter sich gelassen hatten, schlief Charlotte ein. Sie hatte einen letzten Blick auf das Schloss geworfen, doch es bedeutete ihr nichts mehr, nun da Alexander fort war.

Die Reise schien sich in die Länge zu ziehen als sie Stunde um Stunde über die französischen Straßen rumpelten und

Lord und Lady Thornton waren nicht sehr gesprächig. Doch Charlotte sollte es recht sein, so konnte sie sich in ihre eigenen Gedanken zurückziehen, die vor allem Greenhills galten. Auch die kleine Mary schien in Gedanken versunken zu sein und Charlotte argwöhnte, dass die junge Frau das Leben im Schloss mehr vermissen würde, als sie selbst.

Genau wie Alexander damals, begleitete Lord Craven die Kutsche zu Pferd. Sie machten in den gleichen Gasthäusern halt, wie auf dem Hinweg und Charlotte musste sich zwingen, nicht an Alexander zu denken. Sie betete, dass sie nicht auch in Calais im gleichen Gasthaus ein Zimmer nehmen würden, denn die Erinnerung daran, wie sie zum ersten Mal gemeinsam in einem Bett gelegen hatten und sie festgestellt hatte, wie sehr sie ihn wollte, schien noch so frisch.

Doch als sie die Hafenstadt erreichten, musste sie feststellten, dass ihre Gebete nicht erhört worden waren. Die Wirtsfrau musterte sie und sagte dann: »Mrs. Webber, nicht wahr? Wie merkwürdig, Ihr Gatte ist erst gestern abgereist.«

Es dauerte einen Moment, bis Charlotte begriff. Ihr Magen verknotete sich bei dem Gedanken, dass Alexander erst gestern hier gewesen war. Es war, als könnte sie seine Anwesenheit noch spüren. Als sie merkte, dass die Frau sie misstrauisch musterte, sagte sie: »Ich folge ihm nach England.«

Die Wirtin zuckte mit den Schultern. Lord Craven, der das Gespräch verfolgt hatte, schaute sie fragend an. Charlotte hob das Kinn und zog es vor, nicht zu antworten.

Zum Glück bekam sie ein winziges Zimmer, in dem sie mit Mary schlief. Die Reise erschöpfte sie so sehr und sie fürchtete die Fahrt über das Meer, die sie vor einigen Wochen so sicher in Alexanders Armen verbracht hatte. Allein der Gedanke daran, auf ein Schiff zu steigen bereitete ihr Übelkeit.

Am nächsten Morgen teilte Lord Craven ihnen mit, dass am folgenden Tag ein Schiff nach England gehen würde, auf dem sie fahren konnten. Die kleine Mary schaute Charlotte an und sagte: »Wolltet Ihr nicht in dieses Geschäft, in dem man

Kräuter kaufen kann. Das von dem Sir Alexander erzählt hat?«

Charlotte schluckte und nickte dann. »Das ist vielleicht eine gute Idee.«

»Habt Ihr etwas dagegen, wenn ich Euch begleite?«, fragte Lord Craven. Als er Charlottes Zögern sah, fügte er hinzu. »Eine Hafenstadt wie diese ist für eine Dame wie Euch nicht unbedingt dazu gemacht, allein herumzulaufen.«

Da sie wusste, dass er recht hatte, willigte sie ein.

Es dauerte eine Weile bis sie das Geschäft fanden und wieder betrachtete Charlotte all die fremdländischen Menschen, Schiffe und Waren. Aber an diesem grauen Tag riefen sie keine Sehnsucht in ihr hervor, sondern Trauer darüber, dass sie das nie wieder mit Alexander erleben würde.

Doch in dem kleinen Geschäft vergaß sie ihren Kummer, denn hier gab es Dinge, von denen sie bisher zum Teil nur gehört hatte. Und sie durfte in die Hand nehmen, riechen und sie hatte sogar noch etwas Geld, das sie nutzen konnte, um wertvolles Laudanum und anderes zu besorgen, das sie niemals in Greenhills bekommen hätte. Und wie Alexander gesagt hatte, kannte sich der Mann hinter dem Tresen auch mit der Seekrankheit aus und gab ihr das Kraut und die Anleitung dazu.

Für einen Moment vergaß Charlotte, was geschehen war und am liebsten hätte sie Alexander von ihrem Fund erzählt, doch dann kehrte die Erinnerung mit voller Wucht zurück und riss sie fast von den Beinen.

Nach einer weiteren unruhigen Nacht betrat sie am kommenden Morgen mit wackeligen Beinen das Schiff. Es war riesig im Vergleich zu dem Fischerboot, mit dem sie aus England herübergekommen waren. Mary und sie erhielten eine kleine Kabine unter Deck, doch Charlotte ging gleich wieder nach oben und schaute beim Ablegen zu. Mary hatte sie begleitet und als die Matrosen die Leinen lösten, fragte sie leise: »Ich weiß nicht, ob Ihr eines Tages noch einmal hierher kommt, Mylady, aber wenn ja, darf ich Euch dann begleiten?«

Charlotte schaute sie von der Seite an und zum ersten Mal fragte sie sich, was das Mädchen in Saint-Germaine-en-Laye erlebt hatte. Es war ein riesiger Palast und es gab so viele Bedienstete, sicherlich war es auch für Mary ungewohnt gewesen. Sie war so mit ihren eigenen Problemen beschäftigt gewesen, dass sie sich kaum um das Mädchen gekümmert hatte. Aber das war auch nicht nötig gewesen, denn die junge Frau war immer fröhlich und aufgeräumt gewesen. Dabei war Mary ihre wichtigste Verbindung zu Greenhills gewesen, die das Dorf fast besser kannte, als Charlotte selbst.

Einem Impuls folgend schlang sie einen Arm um die schmalen Schultern der jungen Frau. »Das darfst du, Mary, allerdings glaube ich nicht, dass ich noch einmal hierher kommen werde. Aber ich danke dir für alles, was du für mich getan hast. Ich habe mich gar nicht um dich gekümmert.«

Mit großen Augen schaute Mary sie an. »Aber das war doch das Schönste, Mylady. Ich musste Euch nie sagen, wohin ich gehe und was ich tue. Ihr habt mir gesagt, wenn Ihr mich braucht und sonst durfte ich…«, sie zuckte mit den Schultern, »ich selbst sein. Das kann ich in Greenhills nicht.«

Ein dicker Kloß bildete sich in Charlottes Kehle und es fiel ihr schwer zu sprechen. »Siehst du, Mary, und ich kann nur in Greenhills ich selbst sein.«

Mary drehte sich zu ihr. »Denkt Ihr das wirklich, Mylady? Gerade als ihr angefangen habt, die Nächte nicht in Eurem Zimmer zu verbringen, war es, als ob Ihr angefangen hättet zu leuchten. So habe ich Euch noch nie gesehen. Nicht einmal an den schönsten Tagen in Greenhills.«

Sprachlos starrte Charlotte die kleine Mary an, die auf einmal gar nicht mehr so klein schien.

Sie starrten auf die Küste, die immer kleiner wurde und das Heben und Senken des Schiffes setzte ein. »Ich freue mich nicht auf die Überfahrt«, gestand Mary.

Charlotte schüttelte den Kopf. »Ich auch nicht. Und ich muss mir noch einen Eimer besorgen.«

»Ich hole gleich zwei, einen für Euch und einen für mich«,

sagte Mary, drückte Charlotte noch einmal kurz und ging davon.

Sie waren am frühen Morgen losgesegelt, doch bereits am späten Nachmittag, kam die Küste Englands in Sicht und das Schiff steuerte auf die weißen Felsen von Dover zu. Es war eine viel kürzere Überfahrt gewesen, als auf ihrer Hinreise. Doch da waren sie auch weiter im Norden aufgebrochen.

Die kleine Mary hatte die Überfahrt besser überstanden, als Charlotte erwartet hatte und war nicht einmal ein bisschen grün um die Nase. Angst vor dem Schiff und dem Meer hatte sie auch nicht mehr und gegen Mittag saß sie mit der Dienerin von Lady Thornton an Deck und die beiden lachten über irgendetwas.

Charlotte hingegen war zwar übel geworden, aber sie hatte sich nicht übergeben müssen. Trotzdem sehnte sie sich nach Alexanders Armen und der Gedanke an ihn und all das, was sie in Frankreich verloren hatte, machten ihr Herz so schwer, dass sie das Gefühl hatte, das Schiff würde deswegen auf den Meeresgrund gezogen werden. Die meiste Zeit hielt sie sich in der Kabine auf, damit niemand ihre Tränen sah.

Als sie in den Hafen von Dover einliefen ging sie an Deck und kaum hatte sie einen Blick auf die Häuser im Hafen von Dover geworfen, trat Lord Craven neben sie. »Das gute alte England. Seid Ihr froh, wieder hier zu sein?«

Charlotte hob die Schultern. »Ist man nicht immer froh, wieder zuhause zu sein?«

»Ich würde Euch zu gern nach Greenhills begleiten, aber leider habe ich andere Verpflichtungen im Süden Englands.«

Überrascht schaute sie ihn an. »Ihr wisst den Namen noch?«

»Wundert Euch das?«, fragte er zurück.

»Ja, denn ich könnte mir nicht den Namen eines Gutes merken, das irgendwo in England liegt, wenn ich nur einmal mit jemandem im Park spazieren gegangen bin.«

Er lächelte. »Ihr unterschätzt Eure Wirkung, Lady Charlotte. Aber darf ich Euch eine Frage stellen?«

Sie nickte. »Natürlich.«

»Wusstet Ihr, dass Euer Onkel vorgehabt hat, Euch mit mir zu verheiraten?«

Charlotte starrte ihn an. »Wie bitte?«

Er lächelte wieder. »Ich nehme an, die Antwortet lautet nein. Es hätte mich auch gewundert, wenn er Euch in solch unwichtige Pläne eingeweiht hätte.«

Charlotte hielt sich an der Reling fest und kämpfte eine Welle der Übelkeit herunter. »Das heißt, wenn ich geblieben wäre, hätte ich Euch heiraten müssen?«

Jetzt lachte er. »Das hört sich ja an, als ob es das Schlimmste gewesen wäre, was Euch hätte passieren können. Ich fühle mich sehr geschmeichelt.«

Charlotte spürte, wie ihre Wangen heiß wurden. »Das habe ich so nicht gemeint.«

»Grämt Euch nicht. Ich habe den Vorschlag Eures Onkels Euch zur Frau zu nehmen dankend abgelehnt.«

Mit einem Stirnrunzeln wandte sie sich zu ihm um. »Jetzt fühle ich mich sehr geschmeichelt. Darf ich fragen, warum Ihr mich nicht wolltet?«

Er lehnte sich an die Reling und schaute sie von der Seite an. »Das hat nichts mit Euch zu tun, Lady Charlotte.«

»Womit denn sonst?«

Er musterte sie eindringlich. »Ich bin schon vergeben.«

Erstaunt schaute sie ihn an. »Seid Ihr verheiratet?«

Lord Craven schmunzelte. »Nein. Aber das seid Ihr auch nicht und trotzdem seid Ihr vergeben.«

Hastig wandte sie den Blick ab und hoffte, dass er ihre roten Wangen dem kalten Wind zuschreiben würde.

Sie atmete tief durch. Ich bin nicht mehr vergeben, dachte sie. Und doch würde sie es immer sein.

Schließlich kam ihr ein Gedanke und sie wandte sich zu ihm um. »Ist es meine Cousine, Lady Claire?« Wenn er so unverblümt war, durfte sie es auch sein.

Er hob eine Augenbraue, dann schüttelte er den Kopf. »Nein, Lady Charlotte, mein Herz ist in England.«

Und meines in Schottland, dachte sie und wandte den Blick in Richtung Norden.

Eine Weile schwiegen sie, aber es war ein einvernehmliches Schweigen, das ihr gut tat, denn sie hatte nicht das Gefühl sich verstellen zu müssen. Wie merkwürdig, da sie ihn ja gar nicht wirklich kannte.

»Was werdet Ihr tun, wenn Ihr in Greenhills seid?«

Charlotte zog den Kragen ihres Umhangs fester am Hals zusammen und hob die Schultern. »Das, was ich immer tue, wenn ich dort bin. Das heißt im Moment, alles winterfest zu machen. Die Ernte ist zum Glück schon eingefahren.«

Er schwieg einen Moment, dann schaute er sie wieder an. »Ich meinte, was Euren Verwandten angeht.«

»Wen? Meinen Onkel?«

Er richtete sich auf. »Dann wisst Ihr davon also auch nichts.«

»Wovon?«

Er zog eine Grimasse und schaute auf den Kai, der immer näher kam. »Euer Onkel hat Greenhills an einen seiner entfernten Verwandten gegeben und soweit ich weiß ist der kurz nach Eurer Abreise dort eingezogen.«

Der Boden unter Charlottes Füßen schwankte und sie tastete nach der Reling, als ihre Knie unter ihr nachgaben. Lord Craven griff nach ihr und konnte sie gerade noch auffangen, bevor sie auf dem Boden aufschlug.

»Das ist nicht wahr, oder?«, fragte sie, als sie sich mühsam wieder aufrichtete. »Ihr scherzt, nicht wahr?« Sie suchte sein Gesicht ab, in der Hoffnung, dass er dieses Missverständnis aufklären würde, aber er blieb ernst.

»Ich fürchte nein, Lady Charlotte. Euer Onkel hat mir Eure Situation und die von Greenhills ausgiebig erklärt, da er wollte, dass es für mich so attraktiv ist, dass ich Euch trotzdem nehme.«

Charlotte runzelte die Stirn. »Trotzdem?«

»Er meinte, Ihr seid ein Wildfang und es gehöre eine harte Hand dazu, wenn man Euch zur Frau nehmen würde. Aber

Greenhills würde hübsche Einnahmen bringen, vor allem, da es von einem Verwandten geführt würde und man nicht vor Ort sein müsste.«

»Das hat er gesagt?«, fragte sie und auf einmal begann sie ihren Onkel mit einer Macht zu hassen, die sie noch nicht gekannt hatte.

»Es tut mir leid, dass ich Euch solchen Kummer bereitet habe«, sagte er.

Sie wischte seine Bemerkung mit einer Handbewegung weg. »Ihr könnt ja nichts dafür.« Aber wenn ihr Onkel in diesem Moment hier gewesen wäre, hätte sie sich vermutlich nicht sehr damenhaft verhalten.

»Wollt Ihr trotzdem nach Greenhills reisen?«, fragte er nun.

Sie biss die Zähne zusammen und dachte einen Moment nach, dann hob sie das Kinn und wandte sich zu ihm um. »Warum sollte ich es nicht tun? Ich muss doch sehen, was dort los ist und wer dieser Mensch ist, der sich ins gemachte Nest gesetzt hat.«

Er hob eine Augenbraue. »Ihr erstaunt mich, Lady Charlotte.«

»Nur weil ich weiß, wie ich selbst für mich sorge? Und jetzt sagt mir alles über ihn, was Ihr wisst. Was hat mein Onkel Euch noch erzählt?«

Ihr Liegeplatz kam in Sicht und ein paar Männer an Land standen schon bereit, um die Taue aufzufangen. Sie wusste, dass sie nicht mehr viel Zeit hatten.

»Der Mann soll sehr zuverlässig sein und hat wohl im Leben ein bisschen Pech gehabt und sein eigenes Haus verloren. Euer Onkel wartete immer noch auf die zweite Nachricht von ihm. Das ist so gut wie alles, was ich weiß.«

Charlotte straffte die Schultern. »Vielleicht ist er schon wieder fort. Ansonsten wird er sicherlich bald gehen.«

Sie hörte sein leises Lachen und fuhr herum. »Was ist daran so lustig?«

»Ihr gefallt mir immer besser, Lady Charlotte. Vielleicht

hätte ich doch nicht so schnell nein sagen sollen.« Er zwinkerte ihr zu, doch dann wurde er ernst. »Ihr hört nie auf zu kämpfen, oder?«

Charlotte verschränkte die Arme und schüttelte den Kopf. »Nie.«

»Dann hoffe ich, dass der Mann, dem Ihr Euer Herz geschenkt das auch weiß«, sagte er leichthin. Er bot ihr den Arm. »Kommt, ich werde Euch von Bord begleiten und eine Passage auf einem Schiff in den Norden für Euch buchen. Nach Sunderland geht es, nicht wahr?«

Zögernd nahm sie seinen Arm und schaute England entgegen. Er hatte recht, sie würde niemals aufhören zu kämpfen. Nicht für Greenhills, nicht für die Menschen dort und vor allem nicht für Henry. Doch der Mann, dem ihr Herz gehörte, wollte nicht, dass sie für ihn kämpfte und das war etwas, mit dem sie wohl leben musste.

KAPITEL NEUNUNDZWANZIG

Alexander saß ganz still auf seinem Pferd und ließ den Blick über die Ansammlung von Gebäuden schweifen. Ställe, Scheunen, Nebengebäude und das Haupthaus von Kilburn waren insgesamt gut in Schuss, doch Kleinigkeiten deuteten darauf hin, dass einige Arbeiten vernachlässigt worden waren. Eine Tür hing schief in den Angeln, ein Fensterladen fehlte, der Garten war nicht winterfest gemacht worden, obwohl es bereits Anfang November war und die Nächte schon empfindlich kalt wurden.

Er stieg ab und ging mit steifen Beinen auf das Haupthaus zu, er hatte zu viel Zeit im Sattel verbracht. Plötzlich nahm er eine Bewegung am Rande seines Gesichtsfelds wahr. Er wandte den Kopf und blickte in ernste blaue Augen in einem Kindergesicht. Der Junge erstarrte, dann drehte er sich um und rannte weg.

Nur einen kleinen Moment später tauchte er mit einer Frau an der Hand hinter dem Nebengebäude auf. Jetzt war es Alexander, der erstarrte. Die Frau hatte, genau wie der etwa sechsjährige Junge, rote Haare, allerdings glatte und keine Locken. Nicht wie Charlotte. Sie trug ein schwarzes Kleid, Witwentracht vermutlich. Sie straffte die Schultern und reckte das Kinn, als würde sie sich für die Konfrontation mit ihm wappnen. Sie erinnerte ihn so sehr an Charlotte, dass er für einen Moment kaum noch atmen konnte, ob des Schmerzes, der in seiner Brust tobte.

Sie trat auf ihn zu. »Kann ich Euch helfen, Sir?«

»Ihr seid vermutlich Fiona Sinclair?«

Sie deutete einen Knicks an, sagte aber: »Und wer will das wissen?«

Er spürte, dass er bei ihrer Gegenfrage fast gelächelt hätte. Eine ungewohnte Empfindung in den vielen Tagen, die er nun schon aus Saint-Germaine-en-Laye fort war. »Sir Alexander Hartfort.«

»Seid Ihr ein Advokat?«

Er atmete tief durch und verdrängte die Erinnerung an seine erste Begegnung mit Charlotte, bei der sie ihm die gleiche Frage gestellt hatte. Er schüttelte den Kopf. »Mein Bruder ist Sir Thomas Hartfort und er ist mit Lady Sophia Eastham verheiratet. Wie Ihr vielleicht wisst, hat sie dieses Gut als Mitgift erhalten. Vor kurzem habt Ihr Nachricht geschickt, dass Euer Mann verstorben sei und ein neuer Verwalter gefunden werden müsse. Deswegen bin ich hier.« Er verbeugte sich kurz. »Mein Beileid zu Eurem Verlust.«

Etwas flackerte in ihren Augen auf und unwillkürlich griff sie sich an ihren Arm. Es war eine Geste, die er schon manches Mal gesehen hatte, bei Kindern und Frauen besonders, wenn allein die Erwähnung eines Namens oder die Erinnerung an eine Situation Angst auslöste. Er schaute ihr in die Augen und sah darin keine Trauer, sondern Erleichterung. Diese Frau war froh, dass ihr Mann tot war. Nun gut, das sollte ihn nicht weiter kümmern.

Sie nickte. »Ich hatte gedacht, dass bald jemand kommen würde.«

Er konnte nicht heraushören, ob sie das gut oder schlecht fand.

»Lady Sophia hat mich beauftragt, das Gut zu besichtigen und die Bücher zu prüfen, damit ich mir ein umfassendes Bild machen kann.«

Zitternd atmete sie durch. Dann nickte sie. »Sollen wir gleich anfangen?«

»Wenn es Euch recht ist«, sagte Alexander.

Sie nickte knapp und legte einen Arm um die Schultern ihres Sohnes. »Wir beginnen im Haus.«

In den nächsten Stunden gingen sie durch das Haupthaus, die Ställe, Scheunen und Nebengebäude. Alexander ließ sich jedes Zimmer zeigen, öffnete Kisten und Truhen, begutachtete die Ernte und Wintervorräte sowie die Tiere.

Der Junge lief die ganze Zeit mit und betrachtete Alexander aus großen, ernsten Augen, sagte aber nichts. Es war, als wolle er sicherstellen, dass seiner Mutter mit diesem Fremden nichts geschah.

Als sie auf einem der Felder den Rundgang beendeten, begann es zu regnen und Mrs. Sinclair schlug vor, zurück ins Haus zu gehen. Dort bereitete sie ihm heißen Wein und eine Suppe zu und legte ihm im Arbeitszimmer die Bücher vor. Ihm fiel auf, dass sie sich vorsichtig, fast lautlos bewegte, als wäre sie ein Schatten. Auch der Junge hielt sich nur an der Tür und trat nicht ein. Alexander fragte sich, was für ein Mann Walter Sinclair wohl gewesen war.

Ihm fiel auf, dass die Wirtschaftsbücher nicht im Arbeitszimmer gelagert wurden, sondern Mrs. Sinclair sie von woanders her holte. Die schweren Lederbände wiesen zum Teil Flecken auf und mit einem Stirnrunzeln strich er über einen, der aussah wie ein Fettfleck. Er hätte Tinte erwartet, aber kein Fett.

Fiona Sinclair bemerkte, was er tat und erstarrte. »Verzeihung«, murmelte sie. »Ich habe an den Büchern immer in der Küche gearbeitet.«

Sie zog den Kopf ein, als erwarte sie Schelte.

Alexander schlug die Bücher auf und blätterte sie langsam durch. Alles war fein säuberlich verzeichnet. Er begann bei den neuesten Einträgen. Die Handschrift war ordentlich und gut zu lesen. Dann blätterte er weiter nach hinten, Monate erst, dann Jahre. Die Schrift veränderte sich nicht.

»Sagt mir, Mrs. Sinclair, habt Ihr die Bücher geführt?«

Sie fuhr zusammen, doch dann straffte sie die Schultern, als mache sie sich zum Kampf bereit. »Warum fragt Ihr, Sir?«

»Weil alles in einer Schrift gehalten ist, vor dem Tod Eures Gatten und danach auch. Oder hattet Ihr und Euer Mann zufälligerweise die gleiche Handschrift?«

Er sah, wie sie um ihre Beherrschung kämpfte und erlöste sie, da es ihm keine Freude machte, sie zu quälen. »Wenn dem so ist, zolle ich Euch höchsten Respekt, denn ich weiß von meiner Schwägerin, dass dieses Gut sehr profitabel bewirtschaftet wurde. Das ist dann zum Großteil auch Euch zu verdanken.«

Sie stand ganz still und starrte ihn einfach nur an, unfähig etwas zu sagen und er fragte sich, was sie von ihm erwartet hatte. Etwa, dass er sie anbrüllte oder gar schlug?

Er erhob sich und klemmte sich die drei großen Bücher unter den Arm. »Wäre es Euch recht, wenn ich mich an den Küchentisch setze und alles dort durchschaue?«

Sie runzelte die Stirn. »Warum?«

Langsam ging er an ihr vorbei zur Tür. »Zum einen, weil es dort behaglicher ist und zum anderen, kann ich Euch dann schneller etwas fragen.«

»Also gut«, erwiderte sie, nahm den Gewürzwein und die Suppe und trug alles in die Küche.

Als er nach einem zweiten Teller Suppe fragte, die ausgezeichnet war und ihn durchwärmte, brachte der kleine Eddie ihm diese. Doch im letzten Moment, bevor er den Teller vor ihm auf den Tisch stellte, schaute er Alexander für einen Herzschlag ins Gesicht und zuckte zusammen. Die Schale kippte und ein Teil der Suppe schwappte auf den Tisch. Alexander riss die Bücher hoch, damit sie nicht beschädigt wurde.

Eddie starrte ihn mit weit aufgerissenen Augen an, während Mrs. Sinclair sofort alles aufputzte und sich mindestens zwanzig Mal entschuldigte.

»Es ist schon in Ordnung, Mrs. Sinclair«, sagte er. »Es ist ja nichts passiert.«

Sie warf ihm einen merkwürdigen Blick zu und senkte dann den Kopf.

Die wenigen Stunden, die ihnen bis zum Abend blieben, verbrachten sie in der Küche. Alexander arbeitete die Bücher durch und musste feststellen, dass Fiona Sinclair hervorragende Arbeit geleistet hatte. Nicht nur bei der Buchführung, sondern auch bei der Bewirtschaftung des Gutes. Es gab nur eine Sache, die ihn irritierte und das war ihm auch schon im Haus aufgefallen als sie den Rundgang gemacht hatten.

Er klappte das Buch zu und schaute sie an. »Wo sind die Bediensteten? Hier steht, dass Ihr vor zwei Monaten Lohn an über zwanzig Menschen ausgezahlt habt. Jetzt sind hier nur noch acht verzeichnet. Aber ich habe noch niemanden gesehen und wir haben uns nun wirklich alles angeschaut.«

Sie hob den Kopf. »Heute ist Sonntag, Mylord. Sie sind in der Kirche und dann bei ihren Familien.«

Er nickte, denn er hatte vergessen, welcher Wochentag gerade war. »Und die anderen fünfzehn?«

Sie faltete das Tuch, dass sie in der Hand hielt, zerknüllte es wieder und faltete es erneut. Schließlich presste sie die Lippen zusammen und sagte dann beinahe trotzig: »Sie haben die Gelegenheit ergriffen und sich woanders Arbeit gesucht.«

»Welche Gelegenheit?«

»Als mein Mann gestorben ist. Mitten in der Ernte sind sie alle verschwunden. Deswegen sieht es hier so furchtbar aus.«

Sie machte eine umfassende Geste.

Alexander lehnte sich auf dem Stuhl zurück. »Findet Ihr? Ich habe schon ganz andere Haushalte gesehen.« Er nickte und erhob sich. »Ich glaube, ich habe genug gesehen. Ich werde morgen wieder abreisen.«

Sie starrte ihn an und nur ihre Finger, die immer noch das Tuch knüllten, jetzt aber zitterten, zeigten, wie nervös sie war. »Und was passiert dann?«

»Ich werde Lady Sophia Bericht erstatten und sie wird entscheiden, was wir tun.«

»Einen neuen Verwalter einstellen?«, fragte sie tonlos.

»Vermutlich ja.«

Eddie schmiegte sich eng an die Seite seiner Mutter. Er musste genau wie Alexander gespürt haben, welche Angst auf einmal von Fiona Sinclair ausging.

Und er konnte sie sogar verstehen. Sie beide wussten, dass die Frau des verstorbenen Verwalters nicht würde bleiben können, wenn eine neue Familie hier einzog.

»Es wird sicherlich noch eine Weile dauern. Solange könnt Ihr bleiben.«

»Und dann?«, fragte sie und schaffte es sogar einen leicht ironischen Unterton mitschwingen zu lassen. Sie hatte gelernt, zu kämpfen, stellte er fest.

»Vielleicht habt Ihr Familie, zu der Ihr zurückkehren könnt. Oder Ihr findet eine Anstellung.«

Dass sie noch einmal heiraten könnte, schlug er nicht vor, denn anscheinend hatte sie schlechte Erfahrungen mit Männern gemacht.

Sie schluckte. »Ich komme aus dem Norden Schottlands, Mylord. Dorthin gehe ich nicht zurück. Und wer nimmt schon eine Frau in Anstellung, die ein Kind hat? Vor allem wären das höchstens Stellen als Wäscherin oder Näherin. Wie soll ich Eddie und mich davon ernähren?«

Er wusste, dass sie recht hatte, doch er konnte schlecht etwas dagegen tun.

»Hat Euer verstorbener Mann Euch denn nichts hinterlassen?«, fragte er.

Der rebellische Zug um ihren Mund war sofort wieder da, als er ihren Mann ansprach. »Er hat Eddie etwas hinterlassen, doch das wird er erst bekommen, wenn er erwachsen ist. Ansonsten bekommt es der nichtsnutzige Bruder meines Mannes, wenn er dann überhaupt noch lebt.«

Alexander fuhr sich über das Gesicht. »Ich werde mit Lady Sophia darüber sprechen. Schließlich habt Ihr soviel für das Gut und damit für sie getan. Vielleicht hat sie eine Idee.«

Mrs. Sinclair nickte knapp. »Ich werde ein Zimmer für Euch herrichten, Mylord.«

Und dann war sie fort.

Alexander ließ sich wieder auf den Stuhl sinken und schaute sich in der Küche um. Der große Tisch, an dem er gearbeitet hatte, erinnerte ihn an Greenhills, wie so vieles hier: die reiche Ernte in den Scheunen, die Ställe mit den gut genährten Tieren, der kleine Kräutergarten. Und das schlimmste war, dass Fiona Sinclair ihn auf eine gewisse Art und Weise an Charlotte erinnerte. Sie war genauso gut in ihrer Arbeit, trat auf die gleiche Weise für sich und das ein, was sie liebte und bot ihm die Stirn, auch wenn sie Angst hatte.

Und dann war da Eddie, der seiner Mutter nicht von der Seite wich. Er hatte keine Ähnlichkeit mit Henry, außer dass die beiden kleine Jungen waren. Während Henry neugierig, wissensdurstig, intelligent und lustig war und ihn jeden Tag mit Fragen gelöchert hatte, war Eddie schweigsam, ängstlich und ständig besorgt. Er hatte kaum zehn Worte gesprochen, obwohl er sich einige Stunden in Alexanders Nähe aufgehalten hatte. Seine Mutter liebte ihn und die beiden hatten anscheinend ein inniges Verhältnis zueinander. Er war sich sicher, dass Mrs. Sinclair für ihren Sohn kämpfen und ihn mit Zähnen und Klauen verteidigen würde, sollte es darauf ankommen. Doch Eddie fehlte die unbeschwerte Kindheit und die allumfassende Liebe, die Henry zuteil geworden war. Etwas, das Charlotte für ihn getan hatte.

In den vergangenen Wochen, seit er in Schottland unterwegs war, um den Auftrag der Königin auszuführen, hatte er viel über Henry und das, was Charlotte ihm erzählt hatte, nachgedacht. Und er hatte an Gilbert of Egerton gedacht. Wie konnte ein so wunderbares Kind wie Henry aus einem so widerwärtigen Mann wie Gilbert entstehen? Aber es lag daran, dass Henry niemals mit Gilbert in Berührung gekommen war und sein ehemaliger Freund keinen Einfluss auf das Kind nehmen konnte. Alexander war klar geworden, dass Charlotte richtig gehandelt hatte, als sie Henry verheimlicht hatte, dass er ihr Sohn war, auch wenn es ihm auf den ersten Blick grausam und nicht richtig erschienen war. Henry hätte sich sicherlich einmal verplappert und irgendjemand, der nicht wissen sollte, dass Charlotte ein Kind hatte, hätte es weiter erzählt. Gilbert hätte es irgendwann erfahren und wer weiß, was er dann gemacht hätte? Gewiss hätte er es als Druckmittel eingesetzt, um Greenhills an sich zu reißen. Denn auch wenn Henry ein Bastard war, war er der einzige männliche Nachkomme von Lord Dalmore, Charlottes Vater.

Ein Gedanke begann sich in seinem Hinterkopf zu formen, doch er konnte ihn nicht greifen. Irritiert versuchte er, ihn zu fassen zu bekommen, aber es blieb nur eine Ahnung, dass dort etwas war. Also ließ er davon ab und wandte sich etwas anderem zu. Er hatte die Erfahrung gemacht, dass diese nicht greifbaren Gedanken und Ideen sich am sichersten zeigten, wenn man sie ignorierte.

Doch leider wanderten seine Gedanken weiter zu Charlotte. Es waren immer die Abende, an denen sie ihn überwältigten. Tagsüber hatte er zu viel zu tun, doch abends, wenn er zur Ruhe kam, merkte er, wie sehr er sie vermisste. Und in Saint-Germain-en-Laye waren es auch die Abende gewesen, an denen sie zu ihm gekommen war. Noch immer konnte er sich an das Gefühl ihrer Haare in seinen Händen, ihres Atems an seinem Ohr und ihrer samtigen Haut unter seinen Fingerspitzen erinnern. Doch immer, wenn er daran dachte, wie er sie geliebt hatte, schoben sich die Bilder von den silbrigen Streifen auf ihrem Bauch in seine Gedanken.

Die Vorstellung, dass Gilbert sie bereits genauso berührt hatte, verursachte ihm Übelkeit und rief eine verzweifelte Wut in ihm hervor, die er am liebsten damit befriedigt hätte, Gilbert seine Faust ins Gesicht zu rammen. So wie er es schon damals hätte tun sollen, als sie noch befreundet gewesen waren und er sein wahres, schändliches Gesicht gezeigt hatte.

Doch eigentlich waren sie niemals wirklich Freunde gewesen. Sie hatten sich ein Studierzimmer an der Universität geteilt und Gilbert hatte ihn schamlos ausgenutzt, weil er zu faul zum Lernen war. Alexander hatte sich geschmeichelt gefühlt und sich von seinem Charme einwickeln lassen.

Außerdem war das Leben immer aufregend, wenn er mit Gilbert unterwegs gewesen war. Zu spät hatte er die grausamen Züge bemerkt, die sich auch gegen ihn richteten, als Gilbert einmal Langeweile hatte. Er hatte Alexander überzeugt, das Haus seiner Familie bei einem Kartenspiel einzusetzen, weil er selbst gerade kein Geld mehr hatte. Hoch und heilig hatte er Alexander versprochen, ihm das Geld zurückzugeben. Zu spät hatte Alexander bemerkt, was er angerichtet hatte. Gilbert hatte nie vorgehabt, ihm das Geld zu geben und sich einen Spaß daraus gemacht, zu sehen, wie Alexanders Familie ihr Zuhause verlor. Gelacht hatte er, sonst nichts. Und Alexander konnte ihm nicht einmal die Schuld zuschreiben, denn er war es gewesen, der das Haus eingesetzt hatte. Er hätte sich nicht von Gilbert überzeugen lassen müssen.

Der Verlust des Hauses schmerzte ihn noch heute, auch wenn Thomas es nicht so schwer genommen hatte, wie Alexander befürchtet hatte. Und heute wusste Alexander nicht mehr, was schlimmer für ihn war: dass Gilbert ihm das Haus abgenommen hatte oder dass er Charlotte berührt hatte.

Er atmete tief durch, um sein rasendes Herz zu beruhigen. Aus irgendeinem Grund hatte der Anblick von Eddie all diese Gedanken an Gilbert, Henry und Charlotte hervorgeholt und er wollte nur noch fort von hier.

Alexander stützte den Kopf in die Hände und sortierte seine Gedanken. Er wusste, dass er Charlotte bald wiedersehen würde und dann musste er sich einem Gespräch mit ihr stellen. Das hätte er vielleicht schon gleich am nächsten Morgen nach ihrem Streit machen sollen. Allerdings hatte er damals keine Ahnung gehabt, was er ihr sagen sollte und jetzt war es auch nicht besser. Er fürchtete und hoffte zugleich, dass er sie einfach nur in die Arme schließen würde und sie alles vergessen konnten. Er wollte sie so sehr, dass es weh tat und das Wissen, dass sie ihn genauso liebte und sich eine Zukunft mit ihm vorstellen konnte, brachte ihn beinahe um, denn er wusste nicht, ob er es jetzt noch konnte.

In diesem Moment trat Mrs. Sinclair in die Küche. »Euer

Zimmer ist bereit, Mylord. Es ist das erste links, wenn Ihr die Treppe hinaufgeht.«

Sie schaute ihn an und ihre Augen weiteten sich erschrocken. Erst jetzt bemerkte er, dass er die Hände zu Fäusten geballt hatte. Langsam öffnete er sie und ließ sie mit weit gespreizten Fingern auf dem Tisch liegen. Er wollte nicht, dass sie Angst vor ihm hatte.

Sofort entspannte sie sich. Er wandte sich ihr zu und sah, wie Eddie ihn schon wieder anstarrte. Allerdings war sein Gesicht neugieriger geworden. Er fragte sich, was aus dem Jungen werden würde, wenn er groß war. Ob er wie sein Vater werden würde oder ob die Liebe seiner Mutter ausreichte, ihn zu einem guten Mann zu machen. Doch wenn sie ihn kaum ernähren konnte, würde es schwer für ihn werden. Er fühlte, dass er ihr helfen wollte.

»Gibt es eine Möglichkeit, dass Ihr das Erbe Eures Sohnes schon früher ausgezahlt bekommt?«

Sie runzelte die Stirn, anscheinend erstaunt über den schnellen Themenwechsel, bevor sie den Kopf schüttelte. »Der Advokat hat mir klar gesagt, dass ich warten muss, bis Eddie erwachsen ist.«

Sie schien noch etwas hinzufügen zu wollen, aber dann seufzte sie und es klang eher wie ein frustriertes Knurren.

»Was denkt Ihr gerade?«, fragte Alexander.

Sie verschränkte die Arme und für einen Moment dachte er, dass sie nicht antworten würde. Aber dann tat sie es doch. »Dass ich ihn niemals hätte heiraten dürfen. Ich war so jung und so dumm. Er hat nur Unglück über mein Leben gebracht und meine Mutter hat es mir gleich gesagt.« Entsetzt schlug sie sich eine Hand vor den Mund. »Das hätte ich niemals sagen dürfen.«

Alexander betrachtete sie. »Er hat nicht nur Unglück über Euch gebracht. Seinetwegen habt Ihr Eddie.«

Ihre Augen füllten sich mit Tränen und sie legte ihrem Sohn eine Hand auf den Kopf. »Das stimmt, Mylord. Ich hätte es trotzdem nicht sagen sollen. So spricht man nicht von den Toten.«

Alexander winkte ab. »Ich habe schon Schlimmeres gehört. Vielleicht wendet sich Euer Leben ja jetzt zum Besseren, da er nicht mehr ist. Immerhin hat er Eddie Geld hinterlassen.«

Ein bitterer Zug erschien um ihren Mund. »Laut seiner Vorgabe, darf ich nicht wieder heiraten, sonst geht das Geld sofort an den Bruder meines Mannes.«

Das war es also, was sie vorher noch hatte sagen wollen und sich dann aber verkniffen hatte. Etwas an ihrem Tonfall ließ ihn stutzen. »Wollt Ihr denn noch einmal heiraten?«

Erschrocken schaute sie ihn an. »Mein Mann ist erst vor ein paar Monaten verstorben.« Doch ihre Wangen bekamen auf einmal einen Hauch von Farbe, was ihr gesamtes Aussehen veränderte.

»Aber es gibt jemanden, der Euch gern heiraten will«, stellte er fest. Manchmal waren Menschen so leicht zu lesen.

Sie starrte ihn an und drehte sich dann weg, doch er hatte die Tränen noch gesehen. Also hatte er recht gehabt. Aber dann fiel ihm auf, was er getan hatte. Er war in ihre Privatsphäre eingedrungen, einfach nur, weil es eine Angewohnheit von ihm war, Informationen nachzujagen und weil er sich von seinen eigenen Problemen ablenken wollte.

»Verzeiht, Mrs. Sinclair, das war unhöflich. Ich entschuldige mich in aller Form und werde mich in mein Zimmer zurückziehen.«

Sie drehte sich wieder um und verschränkte die Arme vor der Brust. »Warum tut Ihr das, Mylord?«

Er hob die Hände und wandte sich zur Tür. »Wie ich schon sagte, ich bitte Euch um Verzeihung.«

Doch sie schüttelte den Kopf. »Warum kümmert Ihr Euch um meine Angelegenheiten und wollt mir helfen? Warum fragt Ihr mich nach meiner Meinung? Warum seid Ihr nicht böse, dass ich die Bücher geführt habe? Warum seid Ihr nicht ärgerlich mit Eddie, weil er Euch mit der Suppe bekleckert hat?«

Alexander starrte sie an. Ihre Worte hatten etwas in seinem Inneren angerührt, auch wenn er nicht genau wusste, was es war. Doch dann begann er es zu begreifen. Er hatte sich verändert. Früher hätte er sich tatsächlich nicht für ihre Angelegenheiten interessiert. Sie hätte ihm für einen kurzen Moment leid getan und dann hätte er sie wieder vergessen. Doch aus irgendeinem Grund wollte er sich darum kümmern, dass es Eddie und ihr weiterhin gut ging, vor allem nach dem, was sie hier geleistet hatten.

Und dann wurde ihm klar, woher diese Veränderung kam. Charlotte war es, die ihn so verändert hatte. Charlotte mit ihrem großen Herz, das alle einschloss und die sich für die Menschen einsetzte, die sie liebte und die sie am meisten brauchten. Charlotte, die sogar Verständnis für Jacks Verhalten hatte und ihn in Schutz nahm, auch wenn er versucht hatte, ihre Scheune niederzubrennen. Charlotte, die ihr Kind schützte, indem sie es bei sich behielt und seine wahre Identität verschwieg, aber es mit all ihrer Liebe überschüttete, die sie hatte. Charlotte, die freigiebig alles gab, auch sich selbst und die in vollen Zügen lebte und liebte und sich nahm, was sie brauchte und sagte, was sie wollte. In seinem ganzen Leben hatte er keinen lebendigeren Menschen als sie getroffen.

Sie hatte ihn verändert, grundlegend. Das wurde ihm in diesem Moment klar und die Erkenntnis traf ihn mit einer solchen Wucht, dass er sich an der Tür festhalten musste, während er versuchte, seiner Gefühle Herr zu werden.

Mrs. Sinclair wartete immer noch auf eine Antwort von ihm und es dauerte einen Moment, bis er eine gefunden hatte. »Nicht alle Menschen sind so wie Euer verstorbener Mann. Es ist mir wichtig, dass Eddie diese Erfahrung macht, denn es wird ihn zu einem besseren Mann heranwachsen lassen. Auch wenn er schon eine gute Mutter hat. Die beste vermutlich.« Er sammelte sich kurz und fügte dann hinzu: »Ich werde Lady Sophia empfehlen, Euch das Gut weiterführen zu lassen.«

Ihre Augen weiteten sich. »Aber das ist nicht üblich«, stieß sie hervor.

Er lächelte. »Ihr seid auch keine gewöhnliche Frau und Ihr

seid in der Lage diese Aufgabe zu übernehmen, das sagen mir die Bücher. Ich kann nichts versprechen, aber ich kann Euch sagen, dass Lady Sophia ebenfalls eine ungewöhnliche Frau ist, die ihren eigenen Weg geht.«

Mrs. Sinclair blickte auf ihre Hand, die immer noch auf Eddies Kopf lag. »Ich danke Euch, Mylord.«

Er wandte sich um. »Wir haben Euch zu danken, Mrs. Sinclair. Und jetzt werde ich schlafen gehen, denn ich muss morgen sehr früh aufbrechen, da ich schnellstmöglich wieder in Paris sein muss.«

Er wusste, dass er sein Pferd antreiben würde, denn ihm war klargeworden, dass er Charlotte sehen musste. So schnell wie möglich.

Etwas anderes war ihm ebenfalls bewusst geworden, als Mrs. Sinclair für einen Moment ihre Gefühle nicht im Zaum gehabt hatte. Sie alle hatten Jugendsünden begangen. Mrs. Sinclair hatte gegen den Rat ihrer Mutter den falschen Mann geheiratet. Er selbst hatte sich hinters Licht führen lassen und unbedacht das Zuhause seiner Familie aufs Spiel gesetzt und Charlotte hatte sich einem jungen Mann hingegeben, der ihre Unerfahrenheit ausgenutzt hatte. Sie alle hatten Fehler gemacht, er genau wie sie.

Und als er an Thomas gedacht hatte, den es nie gestört hatte, dass Alexander das Haus verloren hatte und der ihm noch nie Vorwürfe deswegen gemacht hatte, war ihm klargeworden, das Charlotte das gleiche Recht dazu hatte, Fehler zu machen, wie er. Und ja, sie bereute diesen Fehler, aber sie hatte dafür Henry bekommen und das war nichts, wofür er sie weiter bestrafen konnte. Und all das musste er ihr sagen. So schnell wie möglich.

KAPITEL DREISSIG

Als Alexander sein Pferd einem Stallknecht übergab, war er froh, dass Jonathan gerade nicht da war. Er hätte sicherlich eine Bemerkung darüber gemacht, dass man den Weg auch nicht schneller zurücklegte, wenn man sein Pferd zuschanden ritt. Er wies den Burschen an, das Tier mit besonders viel Hafer zu versorgen und gründlich abzureiben. Er selbst würde später noch einmal nach dem Pferd sehen.

In einer der Sattelkammern wechselte er seine Kleidung, denn er hatte kaum eine Pause eingelegt und war so schnell geritten, dass er vollkommen verschwitzt war. Die Strecke von Calais nach Saint-Germain-en-Laye war ihm unendlich lang erschienen. Doch mit jeder Meile, die er zurücklegte, war ihm klarer geworden, dass er auf dem richtigen Weg war.

Er hätte Charlotte nicht einfach so sitzen lassen dürfen. Sie hatte ihm nicht nur die Wahrheit über Henry gesagt, sondern ihm auch erklärt, dass sie eine Zukunft mit ihm wollte. Und er war einfach gegangen, dabei wollte er genau das auch.

Er atmete tief durch und machte sich auf den Weg ins Schloss. Da er nicht Thomas, Sophia oder Valentina zuerst begegnen wollte, schlug er den Weg zu dem Trakt ein, in dem Charlottes Zimmer lag. Es war später Nachmittag und er hatte keine Ahnung, wo sie sich gerade aufhielt. Die Sonne war den ganzen Tag nicht herausgekommen und es war düster in den Fluren des Schlosses.

Am oberen Ende der Treppe, die zu dem Gang führte, in dem Charlottes Zimmer lag, stieß er fast mit jemandem zusammen. Er hörte einen unterdrückten Schrei, dann sprang eine blonde Frau fast panisch von ihm weg und schaute ihn aus großen Augen an.

Es dauerte einen Moment, bis er sie erkannte. »Lady Claire?«

Sie wirkte verändert, auch wenn er nicht genau erkennen konnte, warum. Ihre gesamte Haltung war anders, nicht mehr so erhaben und anmutig, sondern eher geduckt. Und war das ein verblasstes blaues Auge? Doch er musste sich irren, woher sollte sie so etwas haben?

»Guten Tag, Sir Alexander«, sagte sie dumpf, dann floh sie beinahe an ihm vorbei und die Treppe hinunter.

Verwirrt schaute er ihr hinterher. Doch das Gute war, dass er jetzt an ihrem Zimmer anklopfen konnte, um Charlotte zu suchen.

Kaum hatte er ein paar Schritte zurückgelegt, öffnete sich eine der Türen und Lord Seaforth kam heraus. Er bemerkte Alexander nicht gleich und als er den alten Mann sah, wurde ihm klar, wie günstig die Gelegenheit war. Er traf seine Entscheidung schnell, wie immer.

»Lord Seaforth«, sagte er und trat zu ihm. »Ich war gerade auf dem Weg zu Euch. Darf ich Euch um ein Gespräch unter vier Augen bitten?«

»Sir Alexander, Ihr seid also wieder da«, sagte der alte Lord und musterte ihn von oben bis unten. Auf einmal war Alexander sehr froh, dass er sich umgezogen hatte. »Ich war gerade auf dem Weg zum Herrenzimmer. Können wir dort sprechen?«

»Es wäre mir lieber, wenn wir uns allein unterhalten könnten.«

»Worum geht es denn?«

Alexander atmete tief durch. »Um Eure Nichte.«

Das Gesicht des älteren Mannes verdüsterte sich. Dann hatte sich ihr Verhältnis in der Zwischenzeit also nicht gebessert. »Was gibt es?«

Nur kurz überprüfte Alexander noch einmal, ob er die richtige Entscheidung getroffen hatte, doch dann wusste er, dass es die beste Entscheidung seines Lebens war. Er verbeugte sich. »Ich möchte Euch um die Hand Eurer Nichte Lady Charlotte Dalmore bitten.«

Der Lord hob die buschigen Augenbrauen. »Ihr wollt sie heiraten?«

»Das will ich, Lord Seaforth.«

Der alte Mann schnaubte und es schien eine Ewigkeit zu dauern, bis er antwortete. »Ihr könnt sie gern haben, Sir Alexander. Mir ist es gleich. Doch dafür müsst Ihr sie erst einmal finden, denn sie ist vor kurzem mit Lord Craven durchgebrannt.«

Hätte der alte Mann Alexander als Antwort in den Bauch geschlagen, hätte er nicht überraschter sein können. Ihm war, als ob das gesamte Schloss ins Wanken geriet. Charlotte war mit Lord Craven davon gelaufen? Das konnte nicht sein.

»Wo ist sie jetzt?«, fragte er, obwohl ihm im gleichen Moment klar wurde, dass Lord Seaforth es sicherlich nicht wusste.

Der zuckte tatsächlich mit den Schultern. »Ich weiß es nicht und es interessiert mich auch nicht. Um ehrlich zu sein, bin ich froh, dass ich sie los bin.«

»Und was ist mit Greenhills?«

Beinahe ärgerlich schaute der alte Lord ihn an. »Ach, darauf hattet Ihr es also mit dem Antrag abgesehen. Aber macht Euch keine Hoffnungen, mein Verwalter leistet gute Arbeit und meine Nichte bekommt jetzt sicherlich keine Mitgift mehr. Sie ist nicht dort, davon hätte ich gehört. Vielleicht hat Craven sie mit nach Wales genommen. Ich hörte, er kommt daher. Da kann sie auch gern bleiben, sie ist genauso wild und ungezogen wie eine Schottin oder Waliserin.« Er schnaubte. »Sonst noch etwas, Sir Alexander? Man erwartet mich im Herrenzimmer.«

Wie betäubt schüttelte Alexander den Kopf und ließ Lord Seaforth vorbeitreten. Noch lange stand er an der gleichen Stelle, nachdem das Humpeln des alten Lords verklungen war. Als er jedoch Stimmen am anderen Ende des Flures hörte, kam er in Bewegung. Er musste fort von hier, irgendwohin, wo er denken konnte.

Für einen Moment dachte er, dass er in sein Zimmer gehen würde, doch es lag zu dicht an dem von Thomas. Blieb nur der Stall. Hoffentlich war Jonathan nicht dort.

Ungesehen erreichte er die Stallungen, betrat sie durch eine der hinteren Türen und fand zu seiner Erleichterung eine leere Box, in die er sich einfach auf den blank gefegten Boden setzte. Er legte den Kopf auf die Knie und ergab sich seiner Verzweiflung. Man wusste noch nicht einmal, wo sie war. Und konnte es tatsächlich sein, dass sie mit diesem Craven zusammen war? Hatte er sie so falsch eingeschätzt?

Er wusste nicht, wie lange er dort im Halbdunkeln gesessen hatte, als er auf einmal schnelle Schritte hörte, die immer wieder innehielten. Dann fiel Lichtschein auf ihn und er hörte einen leisen Fluch. »Hier bist du«, sagte Thomas und trat neben ihn.

Alexander zog es vor, nicht zu antworten. Er wollte, dass Thomas ging.

»Lord Seaforth sagte im Herrenzimmer, dass du wieder da bist. Da habe ich dich gesucht.«

Alexander biss die Zähne zusammen und lehnte den Kopf gegen die Boxenwand. »Hast du nicht eine Familie, um die du dich kümmern musst?«

Thomas setzte sich neben ihn. »Genau die habe ich und ich kümmere mich gerade um sie.«

»Du brauchst dir keine Sorgen zu machen, kleiner Bruder.«

»Tue ich aber. Und weißt du warum?«

Alexander antwortete nicht und obwohl er wollte, dass

Thomas ging, war es auf eine gewisse Art und Weise doch angenehm, dass er da war.

»Weil ich genau weiß, wie es sich anfühlt, wenn man denkt, dass man die Frau, die man liebt, verloren hat.«

Alexander gab auf. Er wusste, dass er Thomas nichts vormachen konnte. »Ich glaube es nicht nur, ich weiß es«, sagte er düster.

»Und woher willst du das wissen?«, fragte Thomas.

»Weil ich ihren Onkel um ihre Hand gebeten habe und er mir sagte, dass sie mit Lord Craven abgereist ist. Durchgebrannt waren seine Worte. Hast du sonst noch Fragen?«

»Habe ich in der Tat. Traust du ihr das zu?«

Alexander hob die Schultern. »Ich weiß nicht mehr, was ich glauben soll.«

»Aber du glaubst dem alten, griesgrämigen Seaforth mehr als Lady Charlotte? Vielleicht hättest du besser erst einmal mit uns gesprochen. Oder eher gesagt, mit Sophia. Denn sie weiß am meisten darüber, was Charlotte denkt und fühlt. Und anscheinend weiß sie es viel besser als du.«

Alexander schloss die Augen und schüttelte den Kopf. »Es ist egal, ob sie mit Craven davon gelaufen ist oder nicht. Tatsache ist, dass sie nicht mehr hier ist. Ich habe sie bitter enttäuscht, als wir uns das letzte Mal gesehen haben. Das bedeutet wohl, dass sie nichts mehr mit mir zu tun haben will.«

Thomas streckte die Beine aus und verschränkte die Arme. »Könnte es nicht vielleicht auch heißen, dass sie dachte, dass du nichts mehr mit ihr zu tun haben willst?«

Alexander biss die Zähne zusammen. »Kommt doch aufs Gleiche raus.«

»Ich wage zu widersprechen, Herr Advokat. Solange du eine Chance hast, solltest du um sie kämpfen.«

»Das habe ich doch schon«, sagte Alexander müde.

»Ach ja? Und wie? Indem du ihren Onkel um ihre Hand gebeten hast? Das war es schon? Ein bisschen dürftig für meinen Geschmack.«

Alexander wusste, dass Thomas recht hatte, aber er konnte

es einfach nicht zugeben. »Jetzt sag schon, was du sagen willst. Was soll ich deiner Meinung nach tun?«

»Ah«, sagte Thomas mit einem Lächeln, »ich dachte schon, du fragst nie. Als erstes wirst du mitkommen und deine Nichte und deinen Neffen kennenlernen. Dann wirst du meine Frau begrüßen und dir von ihr erklären lassen, was an dem Tag, bevor du abgereist bist, passiert ist. Und dann werden wir alle gemeinsam einen Plan entwickeln, wie du Charlotte zurückgewinnst. Sophia und ich sind nämlich der Meinung, dass sie sich hervorragend als Schwägerin machen würde.«

Alexander starrte seinen Bruder an. »Ihr habt über uns gesprochen?«

Thomas hob die Augenbrauen und grinste. »Die Nächte können lang werden, wenn man sich um zwei ständig hungrige Kinder kümmern muss und nichts anderes mehr tun kann, außer stundenlang zu reden.«

Alexander stöhnte auf.

Thomas versetzte ihm einen Stoß in die Rippen. »Lass uns gehen. Sophia freut sich bestimmt, dich zu sehen.«

KAPITEL EINUNDDREISSIG

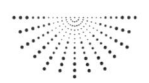

Alexander tat, was Thomas vorgeschlagen hatte. Er bewunderte die beiden Säuglinge, Janet, nach Sophias Mutter und Robert, nach seinem und Thomas' Vater, und begrüßte seine Schwägerin, die ihn interessiert musterte. Doch bevor sie oder Thomas etwas sagen konnten, bestand Alexander darauf, ihr von Kilburn zu berichten und was er dort vorgefunden hatte.

Als er zum Schluss kam und wie versprochen seine Empfehlung aussprach, Mrs. Sinclair als Verwalterin auf dem Gut zu belassen, runzelte Sophia nur kurz die Stirn. »Ich werde darüber nachdenken«, sagte sie. »Ich danke dir für die Zeit, die du dort verbracht hast. Vermutlich wolltest du schnell hierher zurückkehren.«

Alexander hob die Schultern. »Ich hatte es dir versprochen.«

Thomas setzte sich neben Sophia auf das Bett und nahm eines der Babys auf den Arm. Es war merkwürdig, seinen Bruder mit einem Kind zu sehen und Alexander musste den Blick abwenden, als er wieder an Charlotte dachte.

Thomas wandte sich an Sophia. »Glaubst du, dass Charlotte mit Lord Craven durchgebrannt ist?«

Sophia hob die Augenbrauen. »Nein«, sagte sie beinahe

entrüstet. »Soweit ich weiß hat er Lord und Lady Thornton nach England begleitet und Charlotte hat sich dieser Reisegruppe angeschlossen, was ja auch vernünftig war, denn sie kann die Reise kaum allein antreten.«

Alexander wusste, dass sie recht hatte, aber es schmerzte ihn trotzdem, dass Charlotte mit diesem Mann unterwegs gewesen war, von dem er rein gar nichts wusste. Das war etwas, was er ändern musste. Am besten würde er Valentina dazu befragen.

Sophia beugte sich vor und schaute Alexander direkt an. »An dem Abend, bevor du abgereist bist, wollte sie mit dir darüber sprechen, dass sie sich eine Zukunft mit dir vorstellen könnte. Hat sie das getan?«

Er nickte widerwillig.

Sophia und Thomas wechselten einen Blick, dann fragte sein Bruder, so als ob er mit einem Kind sprechen würde: »Und was hast du ihr geantwortet?«

Unruhig rutschte Alexander auf seinem Stuhl hin und her. Mit diesem Verhör hatte er nicht gerechnet.

Thomas seufzte. »Ich mache es dir leichter: Hast du ihr gesagt, dass du es auch willst?«

Er nickte nur.

Thomas schaute Sophia an. »Vielleicht sollten wir nur Fragen stellen, die er mit ja oder nein beantworten kann.«

Alexander verschränkte die Arme. »Du weißt schon, dass ich dich hören kann, oder?«

»Ja, aber über deine Gefühle kannst du nicht sprechen und da wir sichergehen müssen, dass du uns auch verstehst, ist es so vielleicht einfacher.«

Alexander warf seinem kleinen Bruder einen scharfen Blick zu. Am liebsten wäre er aufgestanden und gegangen, doch ein Funken Hoffnung, dass all dies etwas bringen würde, ließ ihn ausharren.

Thomas fuhr fort. »Sie wollte also dich und du wolltest sie. Jetzt hast du ihren Onkel um ihre Hand gebeten. Warum ist sie dann abgereist?«

»Das ist keine Frage, die ich mit ja oder nein beantworten kann«, sagte Alexander missmutig. Er sah, dass Sophia den Kopf senkte, um ein Lächeln zu verbergen.

Thomas grinste ihn an. »Versuch doch trotzdem sie zu beantworten, großer Bruder. Ich bin mir sicher, dass du das kannst.«

Alexander lehnte sich vor. »Ich weiß nicht, warum sie abgereist ist. Wenn ich es wüsste, wäre ich kaum hierher gekommen, sondern gleich nach Greenhills gereist.«

»Aber irgendetwas muss doch vorgefallen sein«, beharrte Thomas.

»Vielleicht Lord Craven?«, schlug Alexander vor.

»Glaubst du das wirklich?«, fragte sein Bruder und begann Janet, die sich auf seinem Arm regte, sanft zu schaukeln.

Alexander blieb eine Antwort erspart, als ein Klopfen an der Tür erklang. Auf Sophias »Herein«, trat Valentina ein. Ihr Bauch war deutlich gerundet und sie war fast überirdisch schön, so sehr strahlte sie.

»Dann stimmt es also, du bist wieder da«, sagte sie und schenkte Alexander ein Lächeln.

Er erhob sich und küsste ihr die Hand. In diesem Moment fiel ihm ein, dass er im Auftrag der Königin unterwegs war. »Verdammt«, murmelte er und als ihm der Fluch auffiel, fügte er hinzu: »Verzeihung, die Damen.« Er griff in seine Jacke und holte den Brief hervor. »Der ist für die Königin. Am besten bringe ich ihn ihr jetzt gleich.«

Valentina tauschte einen Blick mit Sophia und Alexander musste an sich halten, nicht gleich das Zimmer zu verlassen. Anscheinend hatten sich alle gegen ihn verschworen. Dann schüttelte Valentina den Kopf und nahm den Brief. »Ich werde ihn ihr vorlegen und du kannst morgen mit ihr sprechen.« Mit einem Lächeln schaute sie ihn an. »Nun, da Lady Charlotte abgereist ist, hatte ich Sorge, dass du nicht mehr zurück kommst, sondern gleich in England bleibst.«

Bevor Alexander etwas sagen konnte, warf Thomas ein. »Er hat bei Lord Seaforth um Lady Charlottes Hand angehalten und der hat ihm gesagt, dass sie mit Lord Craven durchgebrannt sei.«

Alexander drehte sich zu seinem Bruder um und warf ihm einen vernichtenden Blick zu. Doch der zuckte mit den Schultern. »Du weißt doch selbst am besten, dass sie es sowieso erfahren hätte, wenn sie es nicht schon längst weiß. Vielleicht kann sie helfen.«

»Ich brauche keine Hilfe.« Alexander verschränkte die Arme und wandte sich zum Fenster. »Außerdem schätze ich es nicht, wenn meine Privatangelegenheiten vor dem gesamten Hof ausgebreitet werden.«

Es war Valentina, die auf ihn zutrat und eine Hand auf seinen Arm legte. »Wir sind nicht der ganze Hof, sondern deine Freunde und deine Familie. Alles, was wir wollen, ist, dass du glücklich wirst. Wenn ich dich daran erinnern darf, hast du sowohl bei Sophia und Thomas als auch bei Jonathan und mir geholfen, dass wir unser Glück finden konnten. Warum gönnst du uns nicht das gleiche?«

Es dauerte einen Moment bis er sagen konnte: »Wenn ihr es alle nicht lassen könnt, dann bitte sehr. Allerdings glaube ich nicht, dass es etwas bringt.«

»Der unverbesserliche Pessimist«, spottete sein Bruder. »Aber das Gute ist, dass wir schon einen Plan entwickelt haben.«

»Einen Plan?« Alexander hob eine Augenbraue. Was sollte das heißen?

Thomas bettete das Baby an seine Schulter, schützte den Kopf mit seiner Hand, die riesig im Vergleich zu dem kleinen Kopf des Säuglings wirkte, und erhob sich vom Bett. »Du magst doch Pläne so gern, es sollte dir entgegen kommen.«

Alexander schaute von Valentina zu Sophia. Seine Schwägerin hatte zumindest den Anstand beschämt die Augen zu senken. Valentina hingegen erwiderte seinen Blick mit einem Funkeln in den Augen.

Er gab sich geschlagen. Seinem Bruder konnte er leicht die

Stirn bieten, aber gegen diese Frauen hatte er keine Chance. Vor allem nicht, wenn sie sich absprachen.

»Ich höre?« Er ließ sich wieder auf den Stuhl sinken.

Es war Sophia, die das Wort ergriff und auch wenn es sich merkwürdig anfühlte, mit seiner Schwägerin über diese Dinge zu sprechen, schätzte er doch ihren Sinn für logisches Denken. Das war etwas, das sie gemeinsam hatten.

»Für mich ist das alles sehr eindeutig. Charlotte möchte mit dir zusammen sein und du mit ihr. Aus irgendeinem Grund gab es aber ein Missverständnis zwischen euch, was dazu geführt hat, dass sie jetzt in England ist und du wieder hier. Deinen Worten von vorhin entnehme ich, dass du glaubst, dass sie in Greenhills ist. Stimmt das?«

Alexander zögerte, dann nickte er. Sie konnte nirgendwo anders sein, denn dort war Henry. Und das war etwas, wovon die anderen drei nichts wussten.

»Dann glaubst du also nicht wirklich, dass sie mit Lord Craven durchgebrannt ist?«

Dieses Mal zögerte er länger und dachte daran, wie sie mit diesem Mann im Park gelacht hatte. Doch dann wurde ihm klar, dass Charlotte nun einmal so war. Wenn sie glücklich war, lachte sie und er hatte sich in diesem Moment, als er sie aus dem Fenster mit Lord Craven beobachtet hatte, gefreut, wie glücklich sie war. Außerdem hatte sie ihm ein paar Stunden später gesagt, dass sie ihn liebte und dass sie mit ihm zusammen sein wollte.

Sie würde niemals mit einem anderen Mann fortgehen. So war sie nicht. Also schüttelte er den Kopf.

Valentina mischte sich ein. »Ich weiß sehr sicher, dass Lord Craven nicht bei ihr oder in Greenhills ist.«

Fragend schaute Alexander sie an, doch sie schüttelte leicht den Kopf. Entweder würde sie ihm später davon erzählen oder gar nicht, und er wusste, dass er sich mit dieser Information begnügen musste, aber auch, dass sie stimmte, wenn Valentina das sagte.

»Gut, dann hätten wir das also geklärt. Lasst uns weiter

machen«, fuhr Sophia fort. »Aus irgendeinem Grund kann Charlotte nicht hier im Palast bleiben, sodass ihr nicht hier zusammenleben könnt. Was ich sehr bedauerlich finde, wenn ich das einwerfen darf.«

Unwillkürlich legte Sophia sich eine Hand auf den Bauch und Thomas, der neben ihr stand, strich ihr sanft über die Schulter. Alexander wurde klar, dass es auch für Sophia schmerzlich gewesen sein musste, Charlotte zu verlieren.

Sie atmete tief durch. »Das bedeutet aber, dass du nach Greenhills musst.«

Alexander wollte etwas einwenden, doch Sophia hob die Hand, um ihn am Sprechen zu hindern. »Ich weiß, dass du nicht gefahrlos nach England kannst. Aber vermutlich ist es ein Risiko, das du eingehen musst, wenn du mit Charlotte zusammen sein willst.« Sie schaute prüfend an und sagte dann: »Allerdings kannst du gefahrlos nach Schottland reisen und könntest dort leben ohne, dass englische Soldaten dich finden. Aus diesem Grund möchte ich dir und Charlotte anbieten, dass ihr in Kilburn leben könnt, wenn ihr das wollt. Thomas sagte, dass es nicht weit von Greenhills entfernt liegt und sie könnte ab und zu nach ihrem Gut sehen, du wärst aber in Sicherheit.«

Atemlose Stille breitete sich aus. Alexander starrte sie an und schaffte es nicht, seine Gedanken in den Griff zu bekommen. Sie waren wie ein durchgehendes Pferd, dem er hilflos ausgeliefert war. War das tatsächlich eine Möglichkeit? Würde Charlotte sich darauf einlassen? Würde sie Henry mitnehmen können? Nur eine Frage konnte er ganz klar mit ja beantworten und zwar die, ob er es wollte. Es war genau das, was er wollte!

Er erhob sich und trat ans Fenster, damit er Zeit hatte, zu denken. Mittlerweile war es dunkel und sein Gesicht spiegelte sich in der Scheibe. Ein blasses Oval, das einem Geist zu gehören schien. Dem Geist eines Mannes, der nicht mehr hier sein sollte, sondern zuhause in England.

Er atmete tief durch, als er sich Sophias Vorschlag durch den Kopf gehen ließ. Es war die perfekte Lösung. Kilburn war

Greenhills von der Größe und der Art her sehr ähnlich. Es war tatsächlich nicht zu weit weg, aber es lag in Schottland, auf sicherem Boden. Er wusste, dass er sich dort wohlfühlen konnte. Und sie hatten bereits eine fähige Verwalterin, die Charlotte gefallen würde.

Hoffnung und Angst tobten in ihm und er wusste nicht, welches Gefühl gewinnen würde, als Thomas auf einmal sagte: »Und wenn ihr Kinder habt und eines davon ein Junge ist, gibt es einen Erben für Greenhills und Lord Seaforth kann nichts mehr dagegen tun, dass ihr zurückkehrt.«

Alexander erstarrte, als ihm klar wurde, was Thomas gerade gesagt hatte. Und jetzt begriff er auch, dass es dieser Gedanke gewesen war, den er schon in Kilburn gehabt hatte, als Mrs. Sinclair von Eddie und dem Nachlass ihres Mannes gesprochen hatte. Es war der Gedanke gewesen, den er nicht hatte greifen können.

Charlotte hatte bereits einen Sohn und wenn sie ihn offiziell anerkannte, würde Henry Greenhills erben. Warum hatte er das nicht früher gesehen?

Erleichterung durchflutete ihn und riss ihn fast von den Beinen. Es war so einfach. Und er wusste, was er zu tun hatte.

Einen Impuls folgend ging er zu Thomas und schloss seinen Bruder in die Arme. Vorsichtig, denn der trug immer noch das Baby auf dem Arm, aber trotzdem so fest er konnte. »Danke«, sagte er und schlug ihm auf den Rücken.

Verdutzt starrte Thomas ihn an, lächelte aber.

Als nächstes sank Alexander vor dem Bett auf ein Knie und war nun mit Sophia auf Augenhöhe. Er nahm ihre Hand und beugte sich darüber. »Ich stehe für immer in deiner Schuld.«

Sie lächelte und bedeckte seine Hand mit ihrer. »So wie ich in deiner.«

Alexander erwiderte das Lächeln. »Pass gut auf meinen Bruder auf. Er neigt zu Dummheiten.«

Ein Funkeln trat in ihre Augen. »Das liegt vielleicht in der Familie.«

Er erhob sich und trat zu Valentina. »Ich fürchte, ich muss meinen Dienst bei der Königin quittieren.«

Zu seiner Überraschung schüttelte sie den Kopf. »Das geht leider nicht, denn die Königin hat noch etwas mit dir vor. Allerdings passt es ganz gut, denn sie braucht dich in Schottland. Und wenn alles so wird, wie Sophia es beschrieben hat, wird dieses schottische Gut eine zentrale Rolle spielen. Die Königin ist übrigens mit dem Plan einverstanden.«

Fassungslos starrte Alexander sie an. »Die Königin weiß von der ganzen Sache?«

Valentina hob die Schultern. »Nicht alles, aber die wesentlichen Teile. Und es kommt ihr wirklich sehr entgegen, dass sie einen verlässlichen Mann in Schottland haben wird.«

Alexander schaute alle der Reihe nach an. »Hatte ich nicht gesagt, dass ich nicht will, dass der gesamte Hof darüber bescheid weiß?«

Sophia biss sich auf die Lippe, um ein Lächeln zu unterdrücken, Thomas hingegen grinste ihn an. »Jetzt weißt du, wie es mir damals ging.«

Eines der Babys begann zu weinen und das zweite stimmte Augenblicke später ein. Sophia zog eine Grimasse und sagte: »Ich fürchte, jemand hat Hunger. Das kann etwas dauern.« Sie schaute Alexander an. »Sehen wir uns morgen früh, bevor du abreist?«

Er atmete tief durch und nickte.

Valentina verabschiedete sich ebenfalls. »Ich werde den Brief zur Königin bringen. Leider wird sie keine Gelegenheit haben, dich vor deiner Abreise zu empfangen, aber ich werde ihr deine besten Grüße ausrichten. Sie wird dir später Nachricht schicken, was zu tun ist.« Sie ging zur Tür und wandte sich noch einmal um. »Auch wenn ich mich für dich freue, so werde ich dich doch hier vermissen.« Dann war sie fort.

Alexander öffnete die Tür zu seinem Zimmer und trat ein. Irgendein dienstbarer Geist hatte ein Kohlenbecken und eine Lampe entzündet, die in der Zugluft flackerte. Der Novemberwind rüttelte an den Fenstern und Alexander schaute sich in dem Zimmer um, das erst zu seinem geworden war, als Charlotte ihn hier besucht hatte.

Noch vor wenigen Stunden hatte er nicht in das Zimmer gehen können, denn es hätte ihm das Herz gebrochen. Das Bett, in dem er so viele heimliche Stunden mit Charlotte verbracht hatte, weckte unglaubliche Erinnerungen in ihm. Doch jetzt waren die Trauer und die Angst wie weggeblasen. Er hatte einen Plan und er wusste, dass er gelingen konnte.

Und das Unglaublichste war, dass er diesen Plan nicht allein hatte schmieden müssen, sondern dass es Menschen gab, die an seinem und Charlottes Glück interessiert waren.

Langsam ließ er sich auf das Bett sinken und zog die Stiefel aus. Ja, er hatte sich verändert. Charlotte hatte ihn verändert, denn jetzt konnte er endlich andere Menschen in sein Leben lassen. Und es fühlte sich besser an, als er je gedacht hätte.

KAPITEL ZWEIUNDDREISSIG

Charlotte trocknete sich die Hände ab und schaute sich um, ob es noch etwas zu tun gab. Doch alle Schüsseln mit Essensresten waren bedeckt und in der Vorratskammer, das Geschirr war abgewaschen und das Feuer würde sie gleich noch einmal schüren, damit Maude später den Tee für Mylord zubereiten konnte, den er immer noch einmal spät am Abend wünschte und den er sich mit einem Brandy zu verlängern pflegte.

Als Charlotte merkte, dass sie den Mann, der Greenhills übernommen hatte, als Mylord bezeichnet hatte, erstarrte sie. So durfte sie nicht von ihm denken. Ja, sie hatte die Rolle einer Dienstbotin eingenommen, aber nur weil Anni mit dem Kind gerade nicht arbeiten konnte und sie sonst ihre Stelle verloren hätte. Charlotte half nur aus und sammelte Informationen.

Doch sie konnte den Mann, der dort oben in ihren Zimmern lebte nicht als Mylord bezeichnen, auch wenn sie gerade so tat, als wäre sie eine Küchenhilfe. Denn er war für sie kein Mylord. Er war ein Verwandter von ihr, wenn auch nur ein weitläufiger, aber er stand nicht einmal vom Titel her über ihr.

Sie ließ sich auf einen Stuhl sinken und starrte auf den

riesigen Küchentisch, der sonst um diese Zeit voller Menschen gewesen war. Sie konnte noch das Lachen der anderen hören, wenn Henry wieder einmal etwas Lustiges gesagt hatte oder wenn Anni Maude aufzog. Sie sah die vielen Becher und Schüsseln und schmeckte das gute Mahl, das sie gemeinsam eingenommen hatten. Und sie fühlte noch die Wärme der Menschen, die hier jeden Abend zusammengekommen waren.

Jetzt war dieser Tisch nutzlos geworden, denn James, ihr entfernter Verwandter, der den ganzen Tag allein in seinem Zimmer hockte und Trübsal blies, hatte nicht erlaubt, dass alle gemeinsam hier aßen. Schlimmer noch, er hatte keine Kinder im Haus erlaubt. Das war ein weiterer Grund, warum Anni gerade nicht arbeiten konnte.

Und obwohl Charlotte mittlerweile herausgefunden hatte, warum James sich derart zurückzog, brach es ihr das Herz, dass das Leben in Greenhills so anders geworden war. Es war nicht mehr das Leben, das sie kannten und liebte.

Sie legte den Kopf in die Hände und seufzte. Was sollte sie bloß machen? Irgendetwas musste sie tun, doch was? Sie konnte schlecht bis zum Ende ihrer Tage als Dienstmagd auf Greenhills arbeiten.

Plötzlich legte sich eine kleine Hand auf ihre Schulter und obwohl Charlotte Henry nicht hatte kommen sehen, erschrak sie nicht. Sie fühlte sofort, dass er es war.

»Was ist los, Mylady? Weint Ihr schon wieder?«

Charlotte richtete sich auf und schüttelte den Kopf. »Ich weine nicht, ich ruhe mich nur aus. Und was meinst du mit ‚schon wieder'?«

Henry lehnte sich an sie und schlang die dünnen Arme um ihre Schultern. »Weil Ihr fast jede Nacht weint.«

Am liebsten hätte sie ihm gesagt, dass es nicht stimmte, doch da er fast jede Nacht zu ihr auf die Strohmatratze kam, die sie sich auf dem Heuboden eingerichtet hatte, und sich an sie kuschelte, wusste er es am besten.

Sie genoss es, dass Henry so sehr ihre körperliche Nähe suchte und es gab ihr einen gewissen Trost, obwohl ihr Herz immer noch gebrochen war und es nicht einen wachen Moment gab, da sie nicht an Alexander dachte. Sie war sich auch nicht sicher, ob ihr Herz jemals wieder heilen würde. Henry hatte ihr allerdings erklärt, dass er nur nachts bei ihr schlafen würde, weil es im November doch sehr kalt war und er nicht wollte, dass sie sich erkältete. Sie verstand, dass er sich als Achtjähriger schon fast erwachsen fühlte und nicht zugeben konnte, dass er sich gern an sie kuschelte und dafür eine andere Erklärung brauchte. Dafür liebte sie ihn umso mehr.

»Manchmal ist man eben traurig«, sagte sie nun und fuhr ihm durch die Haare.

»Hat Mylord Euch so traurig gemacht?«

»Wie kommst du darauf?«

»Weil Ihr nicht traurig wart, bevor er gekommen ist und seit Ihr wieder hier seid, weint Ihr nur noch.«

Es dauerte einen kleinen Moment, bis Charlotte begriff, wen Henry meinte und als sie verstand, dass er von Alexander sprach, schossen ihr doch die Tränen in die Augen. »Du kannst gut beobachten.«

»Also stimmt es?«

Charlotte dachte darüber nach, was sie Henry sagen sollte. Sie wusste, dass er die Wahrheit schon längst erraten hatte. »Ja, aber er hat es nicht mit Absicht getan. Er ist ein guter Mensch und er hat mir und uns allen hier sehr geholfen.«

Henry krauste die Nase. »Und das verwirrt mich so, Mylady. Einerseits war er so nett. Er hat mir den Hund da gelassen, Euch hat er immer so zum Lachen gebracht und er hat bei der Ernte geholfen. Aber dann bringt er Euch weg und dieser andere Mann kommt und als Ihr wiederkommt, weint Ihr nur noch. Ich weiß nicht, was ich davon halten soll.«

Unter Tränen musste Charlotte lächeln. »Das Leben ist manchmal schwer zu verstehen. Das geht mir ganz genauso.«

Plötzlich waren in der Halle polternde Schritte zu vernehmen und im nächsten Moment wurde die Tür aufgestoßen. Charlotte sprang auf und Henry flitzte aus der Küche.

James, der neue Mylord, stand in der Tür und schaute

Charlotte missmutig an. »Was macht Euer Junge schon wieder hier?«

Charlotte senkte den Blick. »Henry hat mir nur etwas Milch gebracht.«

»Ich will keine Kinder im Haus.«

»Sehr wohl, Mylord.« Sie hasste es, wenn sie ihn so ansprechen musste.

»Könnte ich meinen Tee haben? Ich will mich heute früher zurückziehen.«

»Natürlich, Mylord. Maude wird ihn Euch sofort bringen, wenn sie wieder da ist.«

»Mach du ihn mir.«

Charlotte starrte ihn an und fragte sich, wann sie endlich mit ihm reden sollte. Doch sie wusste nicht, was dieses Gespräch ergeben würde. Sie konnte ihn nicht einschätzen und in seiner Trauer, die er wie ein Banner vor sich her trug, war er unberechenbar. Vielleicht würde er sie sofort rausschmeißen und Maude, Anni und alle anderen gleich mit. Oder er würde die anderen dafür bestrafen, dass sie ihren Herrn so hintergangen hatten. Vielleicht würde er sich aber auch ihre Geschichte anhören und sie würde ihm mit Greenhills helfen können. Doch das erschien ihr unwahrscheinlich. Sie hatte schon zu lange die Rolle als seine Dienstmagd eingenommen, er würde sie nicht mehr ernst nehmen. Vor allem hatte sie keinen Vorschlag für ihn, wie sie mit Greenhills verfahren sollten. Auf keinen Fall konnte sie hier zusammen mit ihm leben. Sobald ihr Onkel das herausfand, wäre es sowieso vorbei.

Er seufzte und riss sie damit aus ihren Gedanken. »Heute Abend noch?«

Sie nickte und wandte sich zum Feuer, wo immer heißes Wasser in einem Kessel bereit stand. Ohne ihn anzuschauen, sagte sie: »Ich werde Euch einen Johanniskrauttee bereiten.«

»Ich würde einen schwarzen Tee, wie ich ihn immer trinke, vorziehen.«

Charlotte warf ihm einen Blick zu. »Er wird Euch gut tun.«

»Was soll das heißen?«

»Probiert es einfach aus. Ihr werdet besser schlafen.«

Dass der Tee auch die Trauer vertreiben konnte, sagte sie ihm nicht. Aber sie wünschte es ihm.

Er zuckte mit den Schultern und wandte sich zum Gehen. »Eins noch. Halte deinen Sohn von hier fern.«

Charlotte erstarrte. »Meinen Sohn?«, fragte sie leise.

»Das Kind, das eben hier war. Das ist doch dein Sohn.«

Sie schüttelte den Kopf. »Nein, Mylord. Er ist ein Findelkind.«

»Wirklich? Er sieht aber aus wie du. Auf jeden Fall will ich ihn hier nicht mehr sehen.«

»Sehr wohl, Mylord«, murmelte Charlotte und senkte den Kopf weiter, damit er ihre Bestürzung nicht sehen konnte. Sie selbst konnte keine Ähnlichkeit zwischen sich und Henry erkennen. Aber wenn sogar ein ignoranter Mann, der in seiner Trauer versunken war, feststellte, dass sie sich ähnlich sahen, konnte jeder andere es auch tun.

Kaum waren die Schritte auf der Treppe nach oben verklungen, öffnete sich die Tür und Henry kam wieder in die Küche. Charlotte schaute ihn lange an und studierte das sommersprossige Gesicht mit den Grübchen, der Zahnlücke, die er ihr stolz gezeigt hatte, als sie zurückgekommen war und den aufgeweckten Augen. Sah er ihr wirklich so ähnlich? Sie war stolz darauf und gleichzeitig machte es ihr Angst.

Henry ließ sich auf einen der Stühle sinken, allerdings so, dass er nahe an der Tür war und er saß auch nur halb auf dem Stuhl, damit er schnell flüchten konnte.

Charlotte fuhr sich über das Gesicht. Das war kein Zustand, den sie noch lange ertrug. Henry verdiente es, sich hier wohl und willkommen zu fühlen.

»Wird er für immer bleiben?«, fragte Henry jetzt auch missmutig.

Charlotte hob die Schultern. »Ich weiß es nicht.«

»Könnt Ihr nichts dagegen tun?«

»Ich weiß nicht was.«

Henry grinste. »Soll ich ihn mit meiner Zwille abschießen?«

Mit einem matten Lächeln goss Charlotte den Tee auf. »Untersteh dich. Das würde uns mehr Ärger bringen, als dass es hilft.«

Einen Moment war es ganz still in der Küche, dann fragte Henry. »Warum ist er immer so traurig?«

Überrascht schaute sie ihn an. Henry hatte eine Gabe dafür, Gefühle anderer Menschen zu erkennen. Viele andere Kinder hätten einfach nur gedacht, dass er ein griesgrämiger Mann war.

»Ich glaube, er hat etwas sehr Schlimmes erlebt.«

Sie rührte den Tee und überlegte, was sie Henry noch darüber erzählen wollte.

»Hat es etwas mit Kindern zu tun?«

Charlotte warf dem Jungen einen Blick zu, dann nickte sie. »Er hat seine Frau und seine beiden Kinder bei einem Feuer verloren. Dabei ist auch sein Haus abgebrannt.«

Henry kaute auf seiner Unterlippe. »Das würde mich auch traurig machen.«

»Mich auch.« Sie nahm die Kräuter aus dem Tee und bereitete das Tablett vor.

»Trotzdem ist es merkwürdig hier, seit er da ist. Ich wünschte, er würde wieder gehen. Kann er nicht sein Haus wieder aufbauen?«

Charlotte hob die Schultern. »Das weiß ich leider nicht.«

»Dann fragt ihn doch.«

Sie nahm das Tablett und ging zu ihm hinüber, beugte sich hinab und küsste ihn auf den Scheitel. »Ich lasse mir etwas einfallen. Und jetzt geh schon einmal in den Stall. Ich komme gleich.«

Henry lief in den dunklen Novemberabend hinaus und Charlotte, die gehofft hatte, dass Maude rechtzeitig zurück kam, um den Tee zu James zu bringen, trat den schweren Weg die Treppe hinauf an.

Sie war schon ein paar Mal hier oben gewesen, seit sie

zurückgekommen war. Er hatte sich das Zimmer ganz hinten in der Ecke ausgesucht, das nach Norden lag und dessen Fenster tagsüber von einem der großen Kastanienbäume beschattet wurden. Das dunkle Zimmer wurde es von allen genannt und vermutlich hatte James es deswegen gewählt.

So leise wie möglich klopfte sie an, trat ein und stellte das Tablett auf dem kleinen Tisch ab. Er saß beim Schein einer Lampe und las. Er schaute nicht einmal auf, als sie den Tee abstellte.

»Gute Nacht, Mylord. Ich werde mich zurückziehen, wenn Ihr nichts mehr braucht.«

Er brummte nur als Antwort und erleichtert verließ sie das Zimmer.

Auf dem Weg zurück machte sie an ihrem Zimmer Halt, so wie sie es sich angewöhnt hatte, wenn sie hier oben war. Sie wollte nur einen kleinen Blick auf ihr altes Leben werfen.

Er hatte nichts darin angerührt, alles war noch so wie bei Charlottes Abreise nach Frankreich. Außer dass Maude vielleicht einmal Staub gewischt hatte. Im Schrank hingen noch ihre Kleider, die sie jetzt nicht tragen konnte. Auf dem Tisch standen ihr kleines Tintenfass und die Schreibfedern. Sie hatte im August ein paar Sommerblumen gepresst und auch diese waren noch da. Das alles konnte sie im Halbdunkel nicht sehen, aber wenn sie in diesem Raum war und die Augen schloss, konnte sie sich für einen Moment der Vorstellung hingeben, dass alles noch so war, wie es sein sollte.

Plötzlich fiel ihr etwas ein. Vor ein paar Tagen hatte es zum ersten Mal gefroren und im Schrank lagen noch ihre Wollsocken und weiter hinten vielleicht sogar die Winterstiefel, die sie eigentlich hatte aussortieren wollen. Sie könnte beides gut gebrauchen.

Leise schlich sie zum Schrank und öffnete ihn. Sie wusste, dass er quietschte, wenn sie ihn zu weit öffnete. Aber vielleicht ging es, wenn sie ihn nur einen Spalt öffnete und hineingriff. Sie wusste genau, wo alles lag. Denn eines hatte sie schon gelernt: James hatte ein sehr feines Gehör.

Sie schaffte es, den Schrank geräuschlos zu öffnen und angelte nach den Socken. Sie lagen weit hinten, weil Charlotte zuletzt ihre Sommerkleider getragen hatte. Doch dann bekam sie sie zu fassen. Die Schuhe erreichte sie jedoch nicht. Vielleicht nächstes Mal.

Leise schloss sie den Schrank wieder und warf einen letzten Blick auf ihr mondbeschienenes Zimmer, in dem sie so viele Nächte ihres Lebens verbracht hatte. Sie musste wirklich etwas unternehmen. Wenn schon ihr Herz nicht mehr zu retten war, wollte sie wenigstens ihr altes Leben wieder haben.

Gerade hatte sie die Tür hinter sich geschlossen und wollte zur Treppe gehen, als sich eine Gestalt aus den Schatten löste. »Du stiehlst also?«

Charlotte fuhr zusammen und schrie vor Schreck beinahe auf. »Mylord«, keuchte sie und versuchte, sich zu sammeln. »Ihr habt mich erschreckt.«

»Was hast du da in der Hand?« Er kam einen Schritt auf sie zu.

Charlotte wusste, dass sie es mit Leugnen schlimmer machen würde. »Socken, Mylord.«

»Gehören sie dir?«

Charlotte schaute auf die Socken in ihrer Hand und überlegte, ob jetzt vielleicht ein guter Moment war, zu erklären, wer sie tatsächlich war und dass dies wirklich ihre Socken waren. Doch dann schaute sie James an und in seinem Gesicht lag ein solches Misstrauen, dass sie wusste, sie wäre im Nachteil, wenn sie es ihm jetzt sagte.

»Nein, Mylord, das sind die Socken von Mylady. Aber ich weiß, dass ich sie ausleihen darf. Und da es heute Nacht so kalt ist, wollte ich meine Füße wärmen.«

Er warf einen Blick zu ihrer Zimmertür, so als würde er den Raum zum ersten Mal wahrnehmen. Dann winkte er ab. »Sie kommt sowieso nicht zurück. Nehmt Euch, was ihr wollt. Vielleicht sollte ich das Zimmer ausräumen lassen.«

Charlotte stockte der Atem, aber dann nickte sie nur.

»Lasst es mich wissen. Kann ich sonst noch etwas für Euch tun?«

Er schüttelte den Kopf und Charlotte eilte die Treppe hinunter. Kaum hatte sie die Halle erreicht, öffnete sich die Küchentür und Henry winkte ihr hektisch zu. »Mylady, schnell. Mylady, Ihr müsst kommen.«

Charlotte legte einen Finger auf die Lippen. »Nicht, Henry. Geh.«

»Aber Mylady, Ihr könnt Euch nicht vorstellen, was passiert ist. Mylord ist wieder da.«

Charlotte erstarrte. »Was hast du gesagt?«

Henry strahlte über das ganze Gesicht. »Mylord ist wieder da. Alan hat ihn gesehen. Er ist in der Scheune.«

Beinahe hätten Charlottes Knie unter ihr nachgegeben. Alexander war hier? Das musste ein Missverständnis sein.

Vage nahm sie wahr, wie Henry auf einmal erstarrte und zur Treppe schaute. Sein Lächeln verblasste. »Verdammt«, murmelte er.

Charlotte wusste genau, wer dort stand und vermutlich jedes Wort gehört hatte.

»Warum nennt der Junge dich Mylady?«, fragte James. »Und wer ist Mylord?«

Langsam wandte Charlotte sich um. Er sah nicht wütend aus, nur verwirrt. Sie senkte den Kopf und atmete tief durch, dann jedoch wurde ihr klar, dass sie jetzt nicht mit ihm reden konnte. Es wären zu viele Erklärungen, zu viel Zeit. Erst musste sie herausfinden, ob Alexander wirklich da war oder ob Alan sich das einbildete, weil er zu viel getrunken hatte.

Sie hob das Kinn. »Ich werde es Euch später erklären, Sir James.«

Charlotte benutzte mit Absicht die formelle Anrede, die nur jemandem aus der gleichen Schicht zustand.

»Nein, das wirst du jetzt tun«, sagte er. »Ich verlange eine Erklärung.«

Doch Charlotte schüttelte den Kopf. »Ich bin keine Dienerin, Sir James, sondern Lady Charlotte Dalmore. Und das hier sind tatsächlich meine Socken.« Sie straffte die Schultern. »Ich werde Euch später alles erklären. Jetzt habe ich etwas anderes zu tun.«

Mit offenem Mund starrte er sie an, doch Charlotte wartete nicht ab, ob er noch etwas erwidern wollte. Sie griff nach Henrys Hand und lief mit ihm durch die Küche nach draußen, wo der Hund schon wartete.

»Ihr solltet einen Mantel anziehen, Mylady. Es ist sehr kalt.«

»Der ist im Stall, dafür habe ich jetzt keine Zeit.«

»Sollen Hund und ich Euch zur Scheune bringen?«

Charlotte beugte sich zu ihm und schaute in das Gesicht ihres Sohnes. »Das ist sehr lieb von dir, aber ich glaube, dass ich dieses Mal allein gehen muss. Ich habe viel mit Mylord zu besprechen.«

Henry grinste und auf einmal schien all der Unmut von ihm abgefallen zu sein. »Aber nicht wieder küssen.«

Charlotte runzelte die Stirn, denn eigentlich hatte sie ihm gerade einen Kuss auf die Stirn drücken wollen. »Darf ich dich denn wenigstens kurz in den Arm nehmen?«

Henry krauste die Nase. »Nein, ich meine doch Mylord. Den sollt ihr nicht küssen.«

Erschrocken schaute sie Henry an. »Du hast uns gesehen?«

Sie wusste nicht, wie sie das finden sollte. Außerdem schien der Kuss mit Alexander Jahrzehnte zurückzuliegen. Es war in einer anderen Welt gewesen. Sie wusste nicht einmal, ob sie ihn jemals wieder küssen würde.

Henry nickte. »Ihr solltet jetzt gehen, Mylady, nicht dass er wieder verschwindet.«

Zitternd atmete Charlotte ein. »Glaubst du wirklich, dass er es ist?«

»Alan hat es gesagt und meistens hat Alan recht. So wie Ihr.«

»Also gut«, sagte sie leise und strich sich die Röcke ihres einfachen grauen Wollkleides glatt. Auf einmal wünschte sie sich, dass sie etwas anderes tragen würde. Doch dann wurde ihr bewusst, dass sie sich im Streit getrennt hatten. Vielleicht war er gar nicht hier, um sie zu sehen. Aber warum sollte er sonst da sein?

Sie straffte die Schultern. Es gab nur einen Weg, das herauszufinden.

KAPITEL DREIUNDDREISSIG

Die ersten Schritte ging Charlotte. Ihr Herz klopfte so laut, dass sie glaubte, man müsste es über den ganzen Hof hören. Sie durchquerte den Garten und nahm dann den Weg zwischen dem Hauswirtschaftsgebäude und der Ruine der alten Scheune. Doch ihre Schritte wurden immer schneller und als der Weg bergan ging und sie die neue Scheune als Silhouette gegen den Nachthimmel erkennen konnte, begann sie zu rennen.

Die kalte Nachtluft, die Frost versprach, stach in ihren Lungen und kleine weiße Wolken bildeten sich vor ihrem Mund, als sie den Weg hinaufrannte.

Konnte es wirklich wahr sein?

Sie erreichte die Scheune und ein weißer Schatten löste sich lautlos vom First und glitt in die Nacht. Eine Schleiereule auf der Jagd.

Charlotte zwang sich, ihre Schritte zu verlangsamen und ging auf die andere Seite zum Scheunentor. Es war geschlossen. Was war, wenn Alan es sich nur eingebildet hatte? Und was, wenn nicht?

Zitternd legte sie eine Hand auf das Holz und zog die Tür auf. Das Licht des Vollmonds fiel in die Scheune und sie erschrak, als sich etwas Großes bewegte. Ein Pferd erkannte sie. Ein schwarzes. Alexanders Rappe.

»Oh Gott«, flüsterte sie. Er war also wirklich hier. Sie schaute sich um, doch die Scheune war zwar voller Wintervorräte, aber sie konnte ihn nirgends entdecken. »Alexander?«, rief sie leise und ihre Stimme klang zittrig.

Keine Antwort. Er war nicht hier. Wohin war er gegangen? Zum Haus?

Sie schloss die Tür wieder und wandte sich um. In diesem Moment sah sie ihn. Er stand unter dem jetzt kahlen Lindenbaum und schaute sie an.

Sie klammerte sich am Tor fest und spürte, wie ein Schluchzen in ihr aufstieg. Sie machte einen Schritt auf ihn zu und presste die Faust auf den Mund, als sie wieder schluchzte. Er löste sich aus dem Schatten des Baumes, erst langsam, dann immer schneller und schließlich lief er.

Wie von einer fremden Macht beherrscht, setzten sich ihre Beine in Bewegung und sie flog ihm fast entgegen. Sie trafen sich auf halber Strecke und bevor sie auch nur einen klaren Gedanken fassen konnte, hatte er seine Arme um sie geschlungen und zog sie so fest an sich, dass es beinahe weh tat. Verzweifelt klammerte sie sich an seinen Hals und sog seinen Geruch ein. Er war tatsächlich hier.

»Oh, Charlotte«, murmelte er an ihrem Ohr. »Ich habe dich so vermisst. So sehr.«

Sie konnte nicht antworten. Alles, was sie herausbrachte, war ein Schluchzen. Erst jetzt merkte sie, ja, konnte es körperlich fühlen, wie sehr er ihr gefehlt hatte, seine Stärke, seine Kraft, einfach, dass er für sie da war. Alle Anspannung, die sie in den letzten Wochen aufrecht gehalten hatte, fiel von ihr ab und sie klammerte sich an ihn wie eine Ertrinkende.

Eine gefühlte Ewigkeit hielten sie einander so, doch schließlich nahm Alexander ihre Hände und löste sie vorsichtig von seinem Hals. Er hielt ihre Hände fest und schaute ihr in die Augen, dann lächelte er und sank vor ihr auf ein Knie.

»Was machst du?«, fragte sie entsetzt.

»Schsch, lass mich. Ich muss dir etwas sagen.«

Er drückte ihre Hände und schaute so liebevoll zu ihr auf, dass sie sich am liebsten zu ihm gebeugt hätte, um ihn in die Arme zu nehmen.

»Ich hätte niemals gehen sollen, Charlotte. Zumindest nicht, ohne dass wir noch einmal sprechen. Ich war so dumm, dass ich dachte, dass ich davonlaufen kann und es hat mir das Herz gebrochen, als ich an den Hof zurückgekommen bin und du fort warst. Aber du hattest jedes Recht zu gehen, denn ich habe mich nicht wie ein Ehrenmann verhalten. Und du hast etwas Besseres verdient.«

Sie wollte einwenden, dass er ebenfalls jedes Recht gehabt hatte, zu gehen, nachdem sie ihm von Henry erzählt hatte, doch er schüttelte den Kopf.

»Ich bin noch nicht fertig. Ja, ich war schockiert über die Wahrheit und musste darüber nachdenken, aber ich hätte dir zumindest von meiner Wahrheit erzählen müssen. Denn meine Wahrheit ist, dass ich dich liebe. Mehr als alles andere auf dieser Welt und auch wenn ich über das, was du mir gestanden hast, nachdenken musste, hätte ich dir sagen müssen, dass ich wiederkomme und wir einen Weg finden. Ich hatte nie vor, dich zu verlassen. Ich könnte es gar nicht.«

Charlottes Kehle wurde so eng, dass sie kaum noch atmen konnte. »Oh Gott«, flüsterte sie und klammerte sich an seinen Händen fest.

Einen Herzschlag lang schloss er die Augen und ein Lächeln huschte über seinen Mund. Dann schaute er sie wieder an und sagte: »Ich weiß jetzt, dass ich nicht ohne dich sein kann, Charlotte. Und ich bin hergekommen, um dich zu fragen, ob du meine Frau werden willst.«

Fassungslos starrte sie ihn an. Da hatte sie gedacht, dass sie niemals heiraten würde und nun machte ihr dieser großartige Mann einen Heiratsantrag.

Sie öffnete gerade den Mund, als er weitersprach. Seine Stimme zitterte ein wenig und erst jetzt begriff sie, dass auch er nervös war und merkwürdigerweise beruhigte sie das mehr als alles andere.

»Ich weiß, was es bedeutet, dich zu heiraten. Ich weiß, dass Henry dazu gehört und all die anderen, die hier leben. Ich weiß, dass ich nicht nur dich in Frankreich haben kann und ich möchte es auch gar nicht. Ich will dich und das ganze Leben, das du mitbringst. Und auch wenn ich selbst nicht viel mitbringe, sondern nur mich, hoffe ich, dass du mich trotzdem zum Mann nimmst.«

Er senkte den Kopf und wartete auf ihre Antwort, seine Hände lagen zitternd in den ihren. Sie starrte auf seine blonden Locken und wäre am liebsten mit der Hand hineingefahren. Dann sank sie ebenfalls auf die Knie.

Überrascht und ein wenig sorgenvoll schaute er sie an. Charlotte lächelte. »Ich will mit dir auf Augenhöhe sein, wenn ich deinen Heiratsantrag annehme.«

Der Druck seiner Hände wurde fester und Hoffnung mischte sich in seinen Blick. »Heißt das ja?«

»Ja.«

Für einen Moment starrte er sie einfach nur an, doch dann breitete sich ein Lächeln auf seinem Gesicht aus. Langsam beugte er sich vor und als seine Lippen die ihren berührten, hörte Charlotte auf zu zittern.

Sein Kuss war sanft, zärtlich und so wunderbar vertraut. Er schlang die Arme um sie und hielt sie sicher, während sie sich seinen Lippen hingab. Sie wusste, dass es der schönste Kuss ihres Lebens war.

Doch schon bald beendete er den Kuss und zog sie auf die Beine. »Komm her«, sagte er leise und führte sie hinüber zur Mauer. Er lehnte sich dagegen, zog sie an sich und schlang seinen Umhang um sie beide. Dann rieb er über ihren Rücken und ihre Arme und erst jetzt merkte sie, wie kalt sie geworden war.

Sie legte ihre Wange auf seine Brust, lauschte seinem Herzschlag und ließ sich von ihm warmstreicheln. Seine Hände auf ihrem Körper fühlten sich wunderbar an. Sie konnte nicht glauben, was gerade passiert war. Er wollte sie tatsächlich, so wie sie war, mit allem, was dazu gehörte. Allein das Glücksgefühl, das dieses Wissen auslöste, wärmte sie von innen.

Sie schmiegte sich an ihn und flüsterte: »Wie gern wäre ich jetzt mit dir in deinem warmen Bett im Schloss.«

Er lachte leise und sie genoss die Vibration unter ihrer Wange. »Ich glaube, das wäre nicht gut.«

»Warum?«, fragte sie und wollte den Kopf heben, doch er drückte sie sanft wieder an seine Brust.

»Weil ich dich die ganze Nacht lieben würde und wir keine Gelegenheit hätten, zu reden. Und das müssen wir.«

Ein erregendes Kribbeln rieselte durch ihren Körper. »Ich hätte nichts dagegen, mich jetzt von dir lieben zu lassen.«

Wieder lachte er leise. »Alles zu seiner Zeit. Wir haben noch ein ganzes Leben lang Gelegenheit dazu.«

»Und was ist, wenn ich dich jetzt will?«

Er senkte den Kopf und flüsterte ganz dicht an ihrem Ohr: »Dann fühle ich mich sehr geehrt, versuche aber, nicht mehr daran zu denken, bis wir geredet haben. Sonst enden wir noch in der Scheune im Stroh.«

Seine Lippen an ihrem Ohr verursachten einen wohligen Schauer und sie stöhnte leise auf. Sie stand so dicht bei ihm, dass sie spürte, wie sich seine Männlichkeit regte und überlegte gerade, wie sie diese Tatsache für sich ausnutzen konnte, als er leise sagte: »Denk nicht einmal daran. Alles zu seiner Zeit.«

Sie musste lächeln. Er kannte sie einfach zu gut. Und sie musste zugeben, dass dies das Schönste war: Es war, als hätte es diesen Streit und ihre Zeit der Trennung nicht gegeben. Wie war das nur möglich?

Sie lehnte sich in seinen Armen zurück, sodass sie ihn anschauen konnte. »Worüber möchtest du mit mir sprechen?«

Sein Gesicht wurde ernst. »Über alles.«

Sie hob die Augenbrauen. »Das könnte aber lange dauern. Bist du sicher, dass wir uns nicht doch vorher ein Bett suchen sollten.«

Er lächelte und küsste sie sanft auf die Nasenspitze. »Du bist unverbesserlich.«

»Gefällt es dir nicht, dass ich dich will?«

»Doch«, sagte er leise. »Sehr sogar. Aber ich möchte wissen, was hier geschehen ist und ich will dir erzählen, was Thomas, Sophia und Valentina sich für uns ausgedacht haben.«

Auf einmal war sie neugierig und sie wusste, dass er genau das beabsichtigt hatte.

Sein Gesicht war ernst. „Können wir als Erstes über Gilbert sprechen?"

Charlotte wand sich in seinen Armen und schaffte es nicht mehr, ihn anzuschauen. „Muss das sein?"

„Ich denke ja."

Sie seufzte. „Was willst du wissen?" Sie hatte keine Ahnung, was sie bereit war, ihm zu erzählen, doch vermutlich hatte er ein Recht darauf. Schließlich würde sie seine Frau werden und dieser Mann war nicht nur Henrys Vater sondern auch sein ärgster Feind.

Er zog sie etwas enger an sich. „Gar nichts. Es sei denn, du möchtest mir etwas erzählen."

Sie schüttelte den Kopf. „Da gibt es nichts mehr zu erzählen." Sie erinnerte sich nicht gern an die Zeit. Es hatte ihr geschmeichelt, dass der gutaussehende Sohn eines Duke sie umworben hatte und heute schämte sie sich dafür. Sie hatte seinem Drängen viel zu schnell nachgegeben, weil niemand ihr erklärt hatte, was passieren konnte. Nachdem er ein paar Mal bekommen hatte, was er wollte, war er nie wieder aufgetaucht und später hatte sie erfahren, dass er nach Oxford gegangen war. Das war zur gleichen Zeit gewesen, als ihre Periode ausgeblieben war und sich ihr Körper verändert hatte. Erst dann hatte die alte Köchin Mary sie darüber aufgeklärt, wie man eigentlich schwanger wurde. Und dann war Henry irgendwann geboren wurden und Charlotte hatte Gilbert nie wieder gesehen. Sie hasste ihn nicht, aber sie wollte ihm auch nicht noch einmal begegnen.

Sanft strich Alexander ihr übers Gesicht. „Darf ich dazu noch etwas sagen?"

Sie hob die Schultern. „Wenn du möchtest." Sie wusste nicht, was sie erwarten sollte, schließlich war die Information, dass Gilbert Henrys Vater war, der Grund gewesen, warum Alexander ohne ein weiteres Wort aus Saint-Germain-en-Laye abgereist war.

„Als ich in Schottland war", begann er leise, „ist mir etwas klar geworden. Wir alle haben Fehler in unserer Jugend gemacht. Sowohl einer meiner Fehler als auch einer deiner, haben damit zu tun, dass wir Gilbert falsch eingeschätzt haben. Auch wenn mich der Gedanke schmerzt, dass er dich angefasst hat und ich das am liebsten ungeschehen machen möchte, so kann ich dir das nicht vorwerfen. Denn ich habe mich von ihm genauso hinters Licht führen lassen. Und das ist der Grund, warum ich heute ohne jeglichen Besitz dastehe." Überrascht schaute sie ihn an. Es schwang überhaupt keine Bitterkeit in seiner Stimme mit.

„Auf der anderen Seite haben unser beider Fehler auch etwas Gutes. Denn du hast Henry bekommen und ich wäre vermutlich niemals hier aufgetaucht, wenn ich Hyland Manor noch hätte. Und dann hätten wir uns niemals kennengelernt. Also muss ich Gilbert fast dankbar sein."

Charlotte runzelte die Stirn. „Aber nur fast."

Alexander lächelte und er sah so wunderschön im Mondlicht aus, dass ihre Knie wieder weich wurden. „Wir lassen uns das Leben von ihm nicht verderben. Das werde ich niemals zulassen."

Charlotte stellte sich auf die Zehenspitzen und küsste ihn. Dann sagte sie: „Müssen wir noch weiter über ihn sprechen?" Als Alexander den Kopf schüttelte, fügte sie hinzu: „Mich würde nämlich viel mehr interessieren, was Thomas, Sophia und Lady Valentina gesagt haben."

Er zog sie an sich. »Sollen wir dazu vielleicht irgendwo hingehen, wo es wärmer ist?«

Sie zögerte und kuschelte sich dann an ihn. „Ich friere nicht. Außerdem sind wir hier ungestört."

Aufmerksam schaute er sie an. »Wo schläfst du eigentlich im Moment?«

Auf einmal wurde sie sich ihres schlichten Kleides bewusst, ihrer Haube, die ihre Haare zurückhielt, damit sie bei der Arbeit nicht im Weg waren und ihrer rissigen Hände. Sie wusste, dass er aufmerksam genug war, das alles zu bemerken. Verlegen nahm sie die Haube vom Kopf. Dann hob sie das Kinn. »Im Stall auf dem Heuboden. Henry ist meistens bei mir und Alan schläft unten im Stall.«

»Ist dieser neue Verwalter so schlimm?«

Überrascht schaute sie ihn an. »Du weißt von ihm?«

»Dein Onkel hat mir davon erzählt.«

»Du hast mit ihm darüber gesprochen?«

Alexander nickte und wieder zuckte ein Lächeln um seine Mundwinkel. »Ich habe um deine Hand angehalten. Und falls es für dich irgendeine Bedeutung haben sollte: Er hat uns seinen Segen gegeben.«

Charlotte entfuhr ein empörter Laut. »Das ist mir egal.«

Alexander lächelte. »Das dachte ich mir. Und mir ist es auch gleich. In dem Gespräch hat er mir übrigens erzählt, dass du mit Lord Craven durchgebrannt bist. Und soweit ich weiß, ist er immer noch dieser Meinung.«

Charlotte starrte ihn an. »Das ist ungeheuerlich! Lord Craven war nur so freundlich, mir zu erlauben, mich der Reisegruppe nach England anzuschließen.« Sie zögerte und sagte es dann doch: »Allerdings hat er mir auch erzählt, dass mein Onkel mich mit ihm verheiraten wollte.«

Alexanders Arme zogen sich etwas fester um sie. »Der Teil ist mir neu. Hat er dir einen Antrag gemacht?«

Charlotte musste lachen, als sie das Missfallen in seiner Stimme hörte. Dann erlöste sie ihn. »Nein, er wollte mich sowieso nicht und hat schon bei meinem Onkel abgelehnt.«

»Gut für ihn«, knurrte Alexander leise. »Sonst hätte ich ihn fordern müssen.«

Charlotte stellte sich auf die Zehenspitzen und küsste ihn auf den Mund. Es tat so gut, das tun zu dürfen, nun, da sie verlobt waren. Dieser Gedanke löste ein Kribbeln der Vorfreude in ihrer Magengrube aus. Ab jetzt würde sie das immer tun dürfen.

Als hätte er ihre Glücksgefühle gespürt, lächelte Alexander sie liebevoll an.

»Jetzt erzähl schon«, sagte sie, »was haben die anderen sich überlegt?«

»Gleich«, erwiderte er. »Ich muss zuerst wissen, was hier los ist.«

In knappen Worten erzählte Charlotte von ihrer Heimkehr, die Überraschung und Freude aller, aber auch der Unmut über den neuen Mylord, der nur wenige Tage nachdem sie Ende September abgereist waren, in Greenhills eingetroffen war und erklärt hatte, dass er das Gut übernehmen würde.

»Er ist kein schlechter Mensch«, sagte sie, »aber er hat Kummer und verkriecht sich die meiste Zeit in seinem Zimmer. Ich weiß, dass er seine Frau und Kinder verloren hat und es deswegen nicht erträgt, wenn Kinder um ihn sind. Er kümmert sich um die Bücher, aber nicht um das Gut selbst. William hat er gleich entlassen und Anni darf nicht mehr arbeiten, da sie den Säugling bei sich hat. Deswegen habe ich ihren Platz eingenommen. So kann ich außerdem besser Informationen über ihn sammeln.«

»Und wofür willst du die nutzen?«, fragte Alexander.

Charlotte seufzte. »Genau das weiß ich noch nicht. Es gab nie den richtigen Moment, ihm zu sagen, wer ich bin. Und ehrlich gesagt habe ich Sorge, dass er uns alle rauswirft. Und wohin sollen wir dann gehen?«

Etwas regte sich in seinem Gesicht und fragend schaute sie ihn an, doch er schüttelte den Kopf. »Gleich, Liebes. Wie geht es Henry?«

Charlotte konnte ein Lächeln nicht unterdrücken. »Gut. Er ist glücklich, dass ich wieder da bin. Aber er war enttäuscht, dass du mich nicht gebracht hast. Er hat immer noch keinen

Namen für den Hund. Ich glaube, er hatte Sorge, dass du ihn wieder mitnimmst, wenn du zurückkommst und er sich zu sehr an ihn gewöhnt hat, wenn er ihm einen Namen gibt. Er nennt ihn immer nur Hund.«

Alexander lächelte und sie liebte ihn dafür, dass er sich für Henry interessierte.

»Er schläft jede Nacht bei mir, obwohl er behauptet, dass er dafür schon zu groß ist. Aber er hatte eine schwere Zeit. Anni hat jetzt das Baby und ist im Dorf untergekommen, das heißt sie hat keine Zeit mehr für ihn, Maude musste viel arbeiten, weil sie allein in der Küche war und Henry darf nicht mehr ins Haus.«

Sie biss sich auf die Lippe, als sie daran dachte, was heute Abend vorgefallen war. »Sir James hat mich darauf angesprochen, dass ich meinen Sohn vom Haus fernhalten sollte. Er hat gesehen, dass Henry mein Sohn ist. Er meinte, dass die Ähnlichkeit groß ist.«

»Verdammt, das ist nicht gut«, sagte Alexander leise.

Charlotte stimmte ihm zu, erwiderte aber trotzdem lächelnd: »Man sagt nicht verdammt.«

Spielerisch zwickte Alexander sie. »Das fängt ja gut an mit uns. Wirst du mir in unserer Ehe immer sagen, was ich tun darf und was nicht?«

Charlotte musste lachen. »Ich werde dir zumindest in unserem Schlafzimmer sagen, was du tun könntest, um mich glücklich zu machen.«

Er seufzte leise. »Und darauf freue ich mich jetzt schon.« Doch dann wurde er wieder ernst. »Wann willst du diesem Sir James sagen, wer du bist?«

Charlotte zog eine Grimasse. »Ich fürchte, das muss ich nicht mehr. Heute Abend als Henry herausgefunden hatte, dass du hier bist, hat er mich Mylady gerufen und Sir James hat es gehört. Er weiß also bescheid und ich werde später noch oder morgen früh mit ihm sprechen müssen. Bis dahin sollte ich eine Vorstellung davon haben, was ich ihm sagen könnte.«

»Weißt du denn, was du willst?«, fragte Alexander und schaute sie forschend an.

Charlotte hob die Schultern. »Bis jetzt wusste ich nur, dass ich nicht mit ihm hier leben kann. Außerdem wird er es sicher meinem Onkel erzählen. Und jetzt, da du da bist, ist alles noch einmal anders geworden. Jetzt weiß ich gar nicht mehr, was ich tun soll.« Sie hob den Blick und schaute ihn an. Ihr Herz klopfte auf einmal schneller. »Aber ich weiß auch, dass ich nicht in Frankreich leben kann. Ich will in Henrys Nähe sein und selbst wenn ich ihn irgendwie mitnehmen könnte, wüsste ich, dass die anderen hier mich brauchen.«

Auf einmal fürchtete sie, dass es das war, was er wollte. Und wenn sie seine Ehefrau war, müsste sie ihm eigentlich gehorchen und das tun, was er wollte.

»Bitte zwing mich nicht, dorthin zu gehen. Ich weiß nicht, ob ich das könnte.«

Sein Gesicht wurde weich und er legte eine Hand an ihre Wange. »Erinnerst du dich an meine Worte als ich vor dir gekniet habe?«

Charlotte verzog den Mund. »Ja und nein. Ich war ziemlich aufgeregt.«

Er lächelte. »Da warst du nicht allein. Aber ich weiß sehr genau, dass ich gesagt habe, dass ich dich mit deinem ganzen Leben will. Mit Henry und all den anderen, die hier sind und die dir etwas bedeuten. Ich weiß, dass ich nicht nur dich allein bekomme. Deswegen würde ich dich niemals zwingen, mit mir in Paris zu leben.« Er atmete tief durch. »Und deswegen habe ich mich von allen verabschiedet und mein Zimmer freigegeben, sollte es gebraucht werden. Ich wollte auch meinen Dienst bei der Königin aufgeben, aber das hat nicht geklappt.«

Charlotte runzelte die Stirn. »Was ist passiert?«

»Das erzähle ich dir gleich. Aber sag mir erst noch: Was willst du, wenn es um Greenhills geht? Was ist dir wirklich wichtig?«

Er zog sie wieder in seine Arme und gab ihr Raum zum Nachdenken. Doch im Grunde war die Antwort leicht.

»Am liebsten würde ich hier mit dir leben und einfach nur glücklich sein. Ich will, dass alle da sind, die Greenhills brauchen. Ich möchte, dass alle einen sicheren Ort haben, an dem sie leben können, ohne Angst zu haben, entdeckt zu werden, von wem auch immer. Ich möchte, dass Henry in Frieden aufwachsen kann und wenn ich mir dann noch etwas wünschen darf, dann wären es Geschwister für ihn.«

Sie fühlte, wie er sie auf den Kopf küsste. »Und was wäre, wenn dieser sichere Ort für alle nicht mehr Greenhills wäre, sondern woanders?«

Charlotte runzelte die Stirn. »Aber du kannst nirgendwo in England sein. Und wir können nicht mit Anni, Alan und allen nach Frankreich ziehen.«

»Aber wir könnten nach Schottland gehen.«

Wieder hörte sie diese leichte Unsicherheit in seiner Stimme. Sie löste sich von ihm und schaute ihn an. »Was meinst du damit?«

»Das ist der Plan von Sophia, Thomas und Valentina. Du weißt doch, dass Sophia dieses Gut in Schottland hat. Es ist direkt an der Grenze, aber auf schottischem Boden. Ich war dort und es ist wie Greenhills. Sogar die Verwalterin dort ist ein bisschen wie du, aber sie ist auch jemand, die einen sicheren Ort braucht. Sie würde dir gefallen. Sophia hat uns angeboten, dass wir dort leben können, wenn wir wollen.«

Charlotte starrte ihn an. Sie konnte kaum glauben, was er sagte. »Du wärst dort sicher«, sagte sie langsam.

Alexander nickte. »Das ist mir aber nicht das Wichtigste. Ich würde auch in England irgendwie zurechtkommen.«

Charlotte runzelte die Stirn. »Aber was sollen wir mit den anderen machen, wenn wir beide dorthin gehen?«

Natürlich wollte sie, dass Alexander in Sicherheit war, aber sie konnte doch nicht alle hier im Stich lassen.

»Sie könnten mitkommen. Jeder der will, darf mitkommen und für Henry wäre es auch ein sicherer Ort, denn Gilbert wird ihm dort niemals zufällig über den Weg laufen und sich ausrechnen, dass Henry womöglich sein Sohn sein könnte.« Er zögerte. »Es gibt noch etwas, was ich dir dazu vorschlagen möchte.«

»Was?«, fragte Charlotte und hörte selbst, wie rau ihre Stimme klang.

»Wenn du möchtest, könnten wir beide Henry offiziell als unseren Sohn anerkennen. Er wäre dann als ältestes unserer Kinder der Erbe und zwar auch in deiner Linie. Das heißt, wenn er erwachsen ist, würde er Greenhills bekommen.«

Hätte er sie nicht festgehalten, wären in diesem Moment ihre Knie unter Charlotte weggesackt. »Das würdest du tun?«

»Für dich tue ich alles und du weißt, dass ich Henry sehr mag. Ich könnte mir keinen besseren Sohn vorstellen.«

»Oh Gott«, flüsterte sie und presste sich eine Hand auf den Mund. Die Tränen begannen, über ihre Wangen zu rollen und Alexander wischte sie zärtlich weg.

Sie hatte nicht geahnt, dass sie jemals eine so tiefe Freude verspüren konnte. In ihren wildesten Träumen hätte sie nie geglaubt, dass ein Mann so etwas für sie und Henry tun würde. Er wäre endlich in Sicherheit und sie könnte ihn öffentlich so behandeln, wie sie es schon immer hatte tun wollen.

Alexander hob die Augenbrauen. »Ich hoffe, dass das Freudentränen sind.«

»Sind es«, flüsterte sie.

»Hör zu, du musst nichts jetzt entscheiden, aber wenn wir verheiratet sind und ich Henry offiziell als meinen Sohn anerkenne, könnten wir auch weiterhin in Greenhills leben, denn dein Onkel müsste die Rechte auf mich übertragen und ich würde sie dann im Namen von Henry bis zu seiner Volljährigkeit ausüben.« Er atmete tief durch. »Du kannst also auch hierbleiben, wenn du möchtest. Ich werde da sein, wo du bist.«

Sie schaute in sein wunderbares Gesicht und fragte sich, womit sie diesen Mann verdient hatte, der so unerwartet in ihr Leben getreten war. Tief in ihrem Inneren konnte sie fühlen, dass er all das, was er sagte, ehrlich meinte. Er gab ihr die Wahl, sich für das Leben zu entscheiden, das sie wollte.

Doch sie wusste, dass sie nicht nur an sich denken konnte, auch wenn sie Greenhills über alles liebte.

»Ich brauche nicht nachzudenken«, erwiderte sie. »Ich möchte, dass du in Sicherheit bist und Henry genauso. Selbst wenn du ihn als deinen Sohn annimmst, bleibt immer die Gefahr, dass jemand die Ähnlichkeit zwischen ihm und Gilbert entdeckt. Und die ist hier viel größer, als wenn wir in Schottland leben. Lass uns dort hingehen und neu anfangen. Wenn Henry erwachsen ist, können wir immer noch zurückkehren, wenn wir das wollen.«

»Kannst du Greenhills einfach so loslassen?«, frage Alexander.

Charlotte musste lächeln und auf einmal fühlte sie sich so leicht. »Wenn ich dich richtig verstanden habe, ist es doch so: Wenn wir heiraten und Henry als unseren Sohn anerkennen, ist er der Erbe von Greenhills, aber du wirst es in seinem Sinne bis zur Volljährigkeit verwalten. Das bedeutet, dass Sir James nicht mehr meinem Onkel berichten wird, sondern dir und damit auch mir. Ich kann also jederzeit herkommen und nach dem Rechten sehen. Und wenn mir nicht gefällt, was ich sehe, kann ich eingreifen.«

Alexander legte den Kopf in Nacken und lachte und sie konnte sich nicht sattsehen an ihm. Wenn er lachte, war das für sie der schönste Anblick der Welt. Es war alles, was sie brauchte.

Er schaute sie wieder an. »Das würde dir gefallen, nicht wahr? Dass du hier und dort alles beaufsichtigen kannst.«

Charlotte zog die Nase kraus. »Du sagst das so, als ob das etwas Schlimmes wäre.«

Alexander zog sie an sich und vergrub das Gesicht in ihren Haaren. »Oh, Charlotte, ich liebe dich und ich freue mich schon jetzt auf das Leben mit dir.«

Sie kuschelte sich an ihn und genoss seine Wärme. Er war einfach der großartigste Mann, den sie sich vorstellen konnte.

Er war wieder ernst geworden. »Du könntest aber auch gleich einen neuen Verwalter einstellen«, sagte er.

Charlotte schüttelte den Kopf. »Sir James ist kein schlechter Mensch, er trauert im Moment einfach nur. Und ich glaube, dass Greenhills ihn heilen kann. Er braucht nur Zeit. Wo soll er denn hin, wenn ich ihn rauswerfe?«

Alexander zog sie fester an sich. »Du bist unglaublich, weißt du das?«

»Warum sagst du das?«

»Weil du dich immer um alle kümmerst und für jeden Verständnis hast. Ich nehme an, Jack ist auch noch da?«

Charlotte versteifte sich ein wenig. »Ja, das ist er. Wir haben darüber gesprochen, er, Alan und ich. Er hat sich entschuldigt und den Schaden repariert. Er wird es nie wieder machen, er hat seine Lektion gelernt.«

Sie spürte, wie er schmunzelte. »Weißt du, dass ich sehr dankbar dafür bin, dass du so ein großes Herz hast?«

Sie lehnte sich zurück und schaute ihn an. »Ist das so?«

Er lächelte und beugte sich vor, um sie küssen. Doch vorher sagte er noch: »Ja, denn so ist auch für einen unverbesserlichen Pessimisten wie mich dort noch ein Platz.«

»Du bist doch kein Pessimist«, sagte sie.

»Nicht mehr«, sagte er leise und nahm ihr Kinn in seine Hand. »Und das verdanke ich dir.«

Seine Augen waren voller Wärme und dann küsste er sie endlich.

JULIAS ROMANCE CLUB

Möchtest Du wissen, wie es in Kirkton Fields für Charlotte und Alexander weiter geht? Oder wie Henry auf die Neuigkeiten reagiert? Und vielleicht auch, ob Hund einen Namen bekommt? Dann kannst Du in diesem Bonus Epilog lesen, wie es weitergeht.

In diesem Epilog bekommen die beiden auch einen Überraschungsbesuch von jemandem, den Du vielleicht schon aus einem anderen Buch kennst und mit der es im nächsten Buch weitergeht.

Du wirst automatisch für Julias Newsletter angemeldet - wenn Du nicht schon auf der Liste bist. Das ist für Dich komplett kostenlos, ich verspreche, dass ich niemals Spam sende und Du kannst Dich natürlich auch jederzeit wieder abmelden.

Tippe einfach folgenden Link in Deinen Browser ein: http://www.juliastirling.com/bedub

Auf den folgenden Seiten findest Du auch eine Leseprobe aus dem nächsten Band der Reihe *Das Versprechen einer Lady*.

VIELEN DANK FÜR EINE REZENSION

Wenn Dir das Buch gefallen hat, wäre es großartig, wenn Du eine Rezension auf Amazon schreibst.

Rezensionen helfen mir als Autorin, sichtbarer zu werden. Außerdem können so andere Leser, denen das Buch ebenfalls gefallen könnte, es finden.

Ich danke Dir von Herzen!

LESEPROBE AUS DAS VERSPRECHEN EINER LADY - BAND 4 DER REIHE LIEBE AM EXILHOF - KAPITEL 1

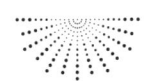

*E*in helles Lachen ließ ihn innehalten. Es schien so fehl in diesem Palast, in dem die Stimmung an diesem winterlichen Spätnachmittag angespannt war, dass er gar nicht anders konnte, als in die Richtung zu schauen, aus der es gekommen war. Die Frau musste über ihm auf der Treppe sein.

Diener und Mägde mit Kisten, Truhen und Armen voller Kleider eilten an ihm vorbei, alle mit ernsten Gesichtern. Schon mehrmals in der letzten Stunde, seit er sich in den Palast geschlichen hatte, war er von irgendjemandem angefahren worden, weil er im Weg stand oder zu lange geschaut hatte. Aber all die ernsten Gesichter und die Anspannung sagten ihm, dass heute Abend genau das passieren würde, was er schon seit ein paar Tagen vermutete. Der König würde aus London und vielleicht sogar aus England fliehen und der Königshof machte sich bereit, ihm zu folgen.

Er hatte Gerüchte gehört und sofort gewusst, dass dies seine Chance war, endlich von hier fortzukommen. Endlich aus den Schatten zu treten und sein eigenes Leben anzufangen. Wie ein Dieb hatte er sich in den Palast geschmuggelt und es war aufregend, hier zu sein. Erst zweimal war er zuvor im Königspalast gewesen und immer hatte sein Bruder darüber gewacht, dass er sich nicht danebenbenahm, als wenn er ihn wie einen Hund an der Leine führen würde. Doch heute nicht. Heute konnte er sich frei bewegen und sich alles in Ruhe anschauen.

Allerdings wurde es Zeit, dass er Sir John fand, der ihm noch einen Gefallen schuldete und der bestimmt etwas darüber wusste, ob der König heute das Land verlassen würde. Wenn dem so war, würde er mitgehen, wohin auch immer der König unterwegs war. Sir John würde ihm einen Platz auf einem der Schiffe organisieren. Dafür wollte er heute sorgen. Aber dafür musste er ihn erst einmal finden.

Die Frau lachte ein weiteres Mal und das Lachen perlte in dem Treppenhaus wider. Erneut dachte er, dass es wunderbar klang und Balsam für seinen angespannten Geist war. Es klang wie Musik und sie schien regelrecht vergnügt.

Wie war es wohl, wenn man keine Sorgen hatte? So konnte es nur Damen gehen, die am Hof des Königs lebten und sich über solche Dinge wie Krieg und Politik keine Gedanken machen mussten.

Auf einmal merkte er, dass er sie sehen wollte. Er brauchte ein Gesicht zu diesem Lachen.

Er sagte sich, dass er nur einen Blick auf sie werfen würde, dann wollte er weiter nach Sir John suchen. Und da er keine Ahnung hatte, wo der Mann sich aufhielt, konnte er ihn genauso gut ein Stockwerk höher suchen – dort, wo die Frau mit dem wunderbaren Lachen war.

Er stieg die Treppe hinauf und bog auf dem Treppenabsatz gerade um die Ecke, als er auf einmal einen leisen Schrei hörte. Er sah, wie etwas auf ihn zutaumelte, und er streckte gerade noch die Arme aus, um eine Frau in einem grauen Seidenkleid aufzufangen, die anscheinend auf einer der letzten Stufen ausgerutscht war.

Für einen Moment lag ihr schlanker Körper schwer in seinen Armen und er starrte auf die blonden Locken nieder, von denen sich ein paar aus einer schlichten Frisur gelöst hatten. Dann blickte sie zu ihm auf und ihre grauen Augen, die

die gleiche silbrige Farbe wie ihr Kleid hatten, schauten ihn erstaunt an. Sie war hübsch, stellte er fest.

Und dann lachte sie. Es war das Lachen, das er eben gehört hatte. Atemlos starrte er sie an.

»Oje«, sagte sie und rappelte sich auf.

Seine Hände verweilten einen kleinen Moment zu lange auf ihrer Taille, dann ließ er sie los und sie trat einen Schritt zurück, wobei sie fast wieder über die unterste Treppenstufe gestolpert wäre. Erneut griff er nach ihr und dieses Mal bekam er ihre Hand zu fassen. Ihre Finger waren schlank und warm und die Berührung elektrisierte ihn. Sie lächelte ihn strahlend an. »Danke«, sagte sie.

Er nickte nur und kam sich vor wie ein Dummkopf.

Eine andere Frau kam die Treppe hinuntergeeilt und schaute sie besorgt an. »Alles in Ordnung?«

Sie nickte. »Ich bin ausgerutscht, aber zum Glück hat dieser freundliche Herr mich aufgefangen.«

Wieder lächelte sie ihn an und er stellte fest, dass diese Frau vermutlich wirklich keine Sorgen hatte. Während alle um sie herum so angespannt waren, lächelte sie, als wäre sie an einem Sommertag im Park unterwegs.

Die andere Frau, die ebenfalls das Kleid einer Lady trug, musterte ihn von oben bis unten. »Das war sehr freundlich.« Sie schaute ihm forschend ins Gesicht. »Ich habe Euch noch nie im Palast gesehen.«

Es war eine Frage, die als Feststellung getarnt war. Sie war misstrauisch.

Er erschrak. Genau das hatte er vermeiden wollen. Er durfte nicht auffallen, denn wenn jemand mitbekam, dass er hier war, und es womöglich seinem Bruder verriet oder ihn aus dem Palast warf, war alles umsonst gewesen. Und das nur, weil er wissen wollte, wem dieses Lachen gehörte. Er musste sich besser unter Kontrolle haben.

Er verbeugte sich knapp. »Ich habe es eilig«, sagte er. »Ich wünsche Euch einen guten Abend.«

Dann hastete er an den beiden Frauen vorbei die Treppe

hinauf. Er musste sich beeilen, damit er Sir John fand, wenn er heute Abend unter denjenigen sein wollte, die den König begleiteten. Er hatte keine Zeit für Frauen.

Trotzdem konnte er es sich nicht verkneifen, noch einmal zu ihr zurückzuschauen, als er das Ende der Treppe erreicht hatte. Enttäuscht stellte er fest, dass sie ihm nicht hinterherschaute. Sie lachte wieder, legte dabei den Kopf leicht nach hinten und entblößte ihren weißen, zarten Hals.

Seine Hände kribbelten, als sie sich daran erinnerten, dass er sie eben in den Armen gehalten hatte, wenn auch nur für einen kurzen Moment.

Er prallte gegen etwas Hartes und stellte fest, dass er in einen Diener hineingelaufen war, der eine Kiste mit Dokumenten trug. Er fluchte. Verdammt, er musste sich konzentrieren. Es stand viel zu viel auf dem Spiel für ihn. Das konnte er sich das jetzt nicht davon zunichtemachen lassen, dass er eine Frau anstarrte, die er sowieso nie wiedersehen würde. Er wusste ja nicht einmal, wie sie hieß.

In diesem Moment bereute er, dass er sie nicht danach gefragt hatte.

Doch dann regte sich in ihm ein Gedanke. Wenn sie an diesem Abend hier im Palast war, würde sie vielleicht auch dem König folgen, wenn er das Land verließ. Er wusste, dass nicht alle Bewohner des Palastes mitgehen konnten, aber vielleicht war sie dabei. Dann würde er sie eventuell näher kennenlernen.

Wieder musste er einem Diener ausweichen. Er wischte sich übers Gesicht und zwang sich, nachzudenken, wo er Sir John finden konnte. Später konnte er wieder über die unbekannte Schöne nachdenken. In der Ferne hörte er erneut ihr Lachen und er biss die Zähne zusammen. Nicht jetzt.

HISTORISCHE LIEBESROMANE VON JULIA STIRLING

Liebe am Exilhof

Wenn Du historische Liebesgeschichten magst, in denen attraktive Männer um die Liebe einer starken Frau kämpfen und in denen es um Könige, Gentlemen und Ladies, Leidenschaft und natürlich auch um die großen, wahren Gefühle geht, dann sind die Bücher aus der Reihe *Liebe am Exilhof* genau das richtige für Dich!

Sie spielen in den Jahren um 1690 in England und Frankreich am Exilhof von König James II.

Alle Romane sind in sich abgeschlossen und können unabhängig voneinander gelesen werden.

Bei Amazon findest Du alle Bücher auf der Serienseite oder unter dem jeweiligen Titel des Buches.

Mittlerweile sind fünf Bücher in der Serie erschienen.

Band 0: Der gestohlene Kuss - Sophia Eastham und Thomas Hartfort

Band 1: Die Liebe der fremden Lady - Valentina Turrini und Jonathan Wickham

Band 2: Die ungezähmte Baroness - Charlotte Dalmore und Alexander Hartfort

Band 3: Das Versprechen einer Lady - Lilly Eastham und Nicholas Bedington

Band 4: Der Stolz des Herzens - Katherine Eastham und Philippe Laurent

Alle Bücher der Reihe sind auf Amazon erhältlich als E-Book, als Taschenbuch und als Großdruck-Ausgabe.

Außerdem sind alle Bücher in Kindle Unlimited und können von Mitgliedern im Rahmen des Kindle Unlimited Programms kostenlos gelesen werden.

Die ersten drei Bände gibt es auch als E-Book Sammelband.

―――――

Infos über weitere Bücher gibt es auf Julias Website und hier kannst Du Dich auch für den Newsletter anmelden, damit Du nie eine Neuerscheinung verpasst!

www.juliastirling.com

ZEITREISE-ROMANE VON JULIA STIRLING

Der Club der Zeitreisenden

Diese spannenden Zeitreise-Serie, die in den schottischen Highlands spielt, ist mystisch, geheimnisvoll, voller Freundschaft und Liebe zu außergewöhnlichen Männern, die nicht aus dieser Welt sind.

Verliebe Dich ebenfalls in die neue Serie *Der Club der Zeitreisenden*.

Alle Romane von *Der Club der Zeitreisenden* sind in sich abgeschlossen und in jedem Buch findet eine andere der Freundinnen, den Mann, für den sie bestimmt ist.

Begleite die vier Freundinnen in eine Welt voller Abenteuer, Freundschaft, Liebe und natürlich atemberaubender Highlander im schottischen Hochland.

Alle Romane sind in sich abgeschlossen und können unabhängig voneinander gelesen werden, aber das beste Leseerlebnis bekommst Du, wenn Du sie in der richtigen Reihenfolge liest.

Bei Amazon findest Du alle Bücher auf der Serienseite oder unter dem jeweiligen Titel des Buches.

Mittlerweile sind drei Bücher in der Serie erschienen.

Band 1: JENNA

Band 2: ALLISON

Band 3: LAUREN

Band 4: CAITRIN - erscheint im April 2021

Alle Bücher der Reihe sind auf Amazon erhältlich als E-Book, als Taschenbuch und als Großdruck-Ausgabe.

Außerdem sind alle Bücher in Kindle Unlimited und können von Mitgliedern im Rahmen des Kindle Unlimited Programms kostenlos gelesen werden.

―――――

Infos über weitere Bücher gibt es auf Julias Website und hier kannst Du Dich auch für den Newsletter anmelden, damit Du nie eine Neuerscheinung verpasst!

www.juliastirling.com

© / Copyright: 2020 Julia Stirling

Umschlaggestaltung, Illustration: Dimitar Stancev

Lektorat, Korrektorat: Martina König

Verlag: Julia Stirling, Kurpfalzstr. 156, 67435 Neustadt

ISBN: 9798683336462

Das Werk, einschließlich seiner Teile, ist urheberrechtlich geschützt. Jede Verwertung ist ohne Zustimmung des Verlages und des Autors unzulässig. Dies gilt insbesondere für die elektronische oder sonstige Vervielfältigung, Übersetzung, Verbreitung und öffentliche Zugänglichmachung.

www.juliastirling.com

Printed in Poland
by Amazon Fulfillment
Poland Sp. z o.o., Wrocław

70970118R00251